印度古代史诗
摩诃婆罗多
MAHĀBHĀRATA

[印] 毗耶娑 著

（二）

黄宝生
席必庄
郭良鋆
赵国华

译

中国社会科学出版社

普利塔之子们在赌博中输给灵魂邪恶的持国之子们和他们的大臣们后,愤怒地离开象城。
(3.1.8)

由于你的罪过,一场大战将会爆发。在大战中,力士怖军会用铁杵打断你的大腿!(3.11.34)

斑驳也猛然拔起一棵大树,像手执刑杖的阎摩,愤怒地和般度之子怖军对打起来。(3.12.46)

　　这美丽的莲花池源自山泉,不是灵魂伟大的俱比罗的家产。它属于俱比罗,也同样属于一切众生。既然是这种情况,谁用得着向谁乞求? (3.152.10—11)

变成鹿的摩哩遮让毗提诃公主悉多看见自己。也是命运驱使,悉多催促罗摩捕捉这只鹿。(3.262.17)

于是从萨谛梵的身体里,绳穿索绑,萎靡无力,一个拇指大的小人儿,被阎摩用力拉过去。(3.281.16)

目　　录

导言 ……………………………………………… 黄宝生（1）

第三　森林篇

森林篇（第1—11章）……………………………………（3）
诛斑驳篇（第12章）……………………………………（23）
野人篇（第13—42章）…………………………………（26）
登帝释天宫篇（第43—79章）…………………………（87）
朝拜圣地篇（第80—153章）…………………………（159）
诛辫发阿修罗篇（第154章）…………………………（301）
战药叉篇（第155—172章）……………………………（304）
蟒蛇篇（第173—178章）………………………………（339）
摩根德耶遇合篇（第179—221章）……………………（350）
黑公主和真光对话篇（第222—224章）………………（443）
牧场篇（第225—243章）………………………………（448）
梦鹿恐惧篇（第244章）………………………………（476）
斗米篇（第245—247章）………………………………（477）
黑公主遇劫篇（第248—283章）………………………（483）
盗耳环篇（第284—294章）……………………………（555）
引火木篇（第295—299章）……………………………（573）

导　　言

　　《森林篇》（Āraṇyakaparvan）讲述般度族五兄弟流亡森林十二年的生活。在古代印度，森林（āraṇya）意味蛮荒之地。婆罗门教将人生分为四个阶段：梵行期、家居期、林居期和遁世期。人进入老年后，就离开乡村或城市，进入森林，主要以野菜、根茎和果子维生。森林里有毒蛇猛兽和妖魔鬼怪（实际上是原始部落的妖魔化）。因此，森林生活艰苦而又危险，成为落难者的流亡之地。

　　般度族五兄弟赌博失败，离开象城，前往森林，走了三天三夜，到达迦摩耶迦林，遇见凶猛的罗刹斑驳。怖军过去在独轮城杀死的罗刹钵迦就是斑驳的兄弟。怖军和斑驳展开殊死搏斗，杀死斑驳。

　　在象城，维杜罗一再劝说持国王召回般度族兄弟，还给他们国土。持国王听得不耐烦，认为维杜罗偏向般度族兄弟，一气之下，赶他出走。维杜罗满怀忧伤，前往森林，与般度族兄弟一起生活。事后，持国王深感后悔，又派全胜前往森林召回维杜罗。

　　发生掷骰子赌博事件时，黑天不在场。当时，他忙于惩治侵犯多门城的沙鲁瓦王。他打败沙鲁瓦王后，才得知般度族兄弟已经流亡森林。他来到森林看望般度族兄弟。黑公主向黑天倾诉自己在赌博大厅中蒙受的屈辱。黑天安慰黑公主，发誓要为她复仇。

　　般度族五兄弟在双林定居下来。黑公主竭力鼓动坚战报仇雪恨。而坚战强调宽容是最高的美德。怖军也坚决主张用武力夺回王国，认为对于刹帝利来说，没有比战斗更重要的正法。而坚战坚持恪守流亡森林的承诺。同时，他也认为俱卢族阵营强大，难以战胜。

　　毗耶娑仙人前来看望他们，劝说他们不要长久定居在一个地方。于是，他们移居迦摩耶迦林。遵照毗耶娑的指示，坚战派遣阿周那前往雪山求取天神的法宝。阿周那在因陀罗吉罗山见到化作苦行者的因

1

陀罗。因陀罗表示，只要阿周那见到湿婆大神，就能获得众天神的法宝。

阿周那在雪山顶上修炼严酷的苦行。湿婆大神化作猎人来见阿周那，恰遇一个罗刹化作野猪，企图杀害阿周那。猎人和阿周那同时发射利箭，杀死野猪。为这个猎物的所有权，阿周那和猎人发生争执，展开搏斗。阿周那败北，大神湿婆显身。他对阿周那的勇武表示满意，把兽主法宝赠给阿周那。然后，水神伐楼拿、财神俱比罗和死神阎摩前来赠给阿周那法宝。因陀罗派遣御者摩多梨，驾驭飞车把阿周那接上天国。阿周那在因陀罗的天宫中住了五年，接受因陀罗赠送的法宝，学习法宝的使用方法，也学习歌舞艺术。

阿周那前往天国后，般度族兄弟在迦摩耶迦林中以采集植物和狩猎维生，也经常思念阿周那。巨马仙人前来看望般度族兄弟。坚战向他诉说自己的悲惨遭遇，询问在这大地上还有比自己更不幸的国王吗？于是，巨马仙人给他讲述了古代国王那罗的故事。

那罗陀仙人来到迦摩耶迦林，向坚战讲述朝拜圣地的功德，鼓励坚战朝拜各处圣地。烟氏仙人也向坚战描述各处圣地。毛密仙人漫游天国返回，来到迦摩耶迦林，向坚战报告喜讯：阿周那已在天国获得各种法宝，不久就会返回。因陀罗和阿周那都建议坚战朝拜各处圣地。

于是，毛密仙人带领般度族兄弟朝拜各处圣地，向他们讲述与圣地相关的各种故事传说，诸如投山仙人、鹿角仙人、美娘、曼陀多、瞻度、尸毗王、八曲仙人和谷购仙人。

般度族兄弟朝拜各处圣地，进入香醉山，道路艰险。他们停留在那罗延净修林。一天，东北风吹来一朵神奇的莲花。黑公主希望怖军采集一些这样的莲花。怖军独自朝着风吹来莲花的方向，前去寻找莲花，在一片芭蕉林中遇见神猴哈奴曼。哈奴曼向怖军讲述自己曾经协助罗摩战胜魔王的事迹，并展示自己能随意伸缩身体的神通。按照哈奴曼指点的路径，怖军到达财神俱比罗的莲花池，战胜守护莲花池的众罗刹，采集到莲花。

又有一天，怖军出外打猎。一个伪装婆罗门的罗刹，名叫辫发阿修罗，凶相毕露，抢走般度族兄弟们的武器，抓走坚战、无种、偕天和黑公主。偕天挣脱出来，呼叫怖军。坚战让自己的身体变重，阻碍这个罗刹快速行走。怖军及时赶到，与罗刹展开激战，杀死罗刹。

般度族兄弟在森林中度过四年后，前往白山，等待与阿周那团聚。他们住在阿哩湿底赛那仙人的净修林。黑公主鼓动怖军赶走山上的药叉和罗刹。怖军大战药叉和罗刹，杀死大力士罗刹有珠。怖军这个举动无意中解除了过去投山仙人对财神俱比罗的一个诅咒。俱比罗感到高兴，保证山上的药叉和罗刹都会保护般度族。

般度族在阿哩湿底赛那仙人的净修林里度过第五年。终于，阿周那乘坐因陀罗的飞车，从天国返回，与兄弟们和黑公主团聚。阿周那讲述自己在天国五年的经历。在天国期间，阿周那学会各种武艺后，曾奉因陀罗之命，歼灭远在海边的全甲族檀那婆，并顺便歼灭金城的阿修罗。因陀罗赐给阿周那"天授"螺号。

般度族五兄弟团聚后，在白山上又度过两年。然后，他们继续漫游森林。在第十二年，他们到达双林水池。怖军出外打猎，被一条巨蟒缠住。这条蟒蛇原来是友邻王，由于藐视和侮辱婆罗门，遭到投山仙人诅咒，从天国坠落，变成蟒蛇。坚战赶到，圆满回答巨蟒提出的问题。由此，诅咒解除，友邻王摆脱蛇身，返回天国。

般度族兄弟回到迦摩耶迦林。黑天前来看望般度族兄弟。摩根德耶仙人为般度族兄弟讲述婆罗门教的各种教义，诸如业报、婆罗门的伟大品性、刹帝利王权的至高地位、祭祀的功德、世界的毁灭和创造、四个时代、毗湿奴的神性和化身，并讲述相关的传说故事，诸如洪水传说、娃女、帝释光、敦杜摩罗、忠贞的妻子和莺耆罗仙人。

黑天和般度族兄弟一起在森林里住了一段时间。黑天的妻子真光还向黑公主求教为妻之道。然后，黑天和真光辞别般度族兄弟和黑公主，返回多门城。

难敌想要亲眼看到般度族兄弟在森林中受苦受难。他借口视察牧场，带领军队前往森林。他们在双林附近安营扎寨，与健达缚们发生冲突。健达缚们打败俱卢族军队，迦尔纳逃跑，难敌被俘。俱卢族大臣们前来向坚战求救。怖军认为难敌罪有应得。坚战不计冤仇，下令弟弟们救出难敌。难敌获救后，羞愧难当，差点绝食自尽。

难敌回到象城后，毗湿摩劝说他与般度族兄弟和解。难敌置若罔闻，却听从迦尔纳的建议，举行大祭，邀请各地国王参加。难敌和迦尔纳扬言等以后消灭般度族兄弟后，再举行真正的王祭。坚战得知这些消息，心情抑郁。

　　一天，坚战梦见一群鹿请求般度族兄弟从双林移居别处，因为他们以打猎维生，长久住在双林，会使双林的鹿群绝种。坚战醒来，怜悯群鹿，带领弟弟们和众婆罗门离开双林，移居迦摩耶迦林。

　　毗耶娑仙人前来看望般度族兄弟。坚战询问毗耶娑：施舍和苦行两项德行，哪项更难？毗耶娑回答说施舍更难，并讲述古代一位名叫牟陀迦罗的牟尼倾其所有，施舍一斗米的故事。

　　一天，般度族兄弟出外打猎，把黑公主留在净修林。信度王胜车路过这里，色迷心窍，强行劫走黑公主。般度族兄弟返回净修林，发现黑公主被劫，立即前去追赶。他们打败胜车的军队，救出黑公主。怖军和阿周那继续追赶和抓回胜车。但坚战顾念胜车是持国王的女婿，放走了他。

　　坚战询问摩根德耶仙人："可曾见过或听说天下还有什么人比我更不幸？"摩根德耶向坚战讲述了古代国王罗摩的故事。坚战又询问："可曾见过或听说有这样的一位女郎，忠于丈夫，有德，有福，像德罗波蒂公主一样？"摩根德耶向坚战讲述了古代贤女莎维德丽的故事。

　　太阳神托梦给迦尔纳，告诉他说，如果因陀罗乔装婆罗门向他乞求耳环和铠甲，那就应该要求因陀罗用"力宝"标枪交换。太阳神关心迦尔纳，因为迦尔纳是他的儿子。从前贡蒂在少女时，侍奉过一位婆罗门仙人。仙人赐给她一个得子咒语。她出于好奇，试验这个咒语，结果召来太阳神，生下迦尔纳。贡蒂出于无奈，遗弃这个私生子。迦尔纳由一位车夫收养长大，向德罗纳学习武艺，并成为难敌的朋友。迦尔纳身上的耳环和铠甲是天生的，能保证他不被敌人杀死。现在，因陀罗为了般度族的利益，乔装婆罗门向他乞求耳环和铠甲。迦尔纳为了恪守向婆罗门慷慨施舍的美德，割下身上的耳环和铠甲交给因陀罗，因陀罗也将"力宝"标枪赐给他。听说这件事后，持国之子们垂头丧气，而般度族兄弟们心生喜悦。

　　般度族兄弟又离开迦摩耶迦林，移居双林。一天，般度族兄弟为了帮助一个婆罗门找回钻火棍和引火木，追赶一头鹿。他们又累又渴，找水喝。坚战的四个弟弟先后喝了一个魔池里的水，倒在那里。

最后坚战巧妙地回答了魔池主人药叉提出的种种难题，使四个弟弟死而复生。药叉透露自己的真实身份是正法大神，赐给坚战恩惠，保证般度族兄弟第十三年在毗罗吒城隐匿生活，不会被人发现。

这样，般度族兄弟度过十二年流亡森林的生活，准备开始第十三年的隐匿生活。

以上是《森林篇》的主线故事。在漫长的十二年森林生活中，般度族兄弟历尽艰辛，磨练了意志。尽管黑公主和怖军经常表达报仇雪恨的迫切愿望，但都能顾全大局，服从坚战的旨意。般度族内部始终保持坚强的团结。坚战信守诺言，也能赢得道义上的优势。在这期间，阿周那又求得天神"法宝"。这些都是为般度族的未来胜利创造条件，奠定基础。

围绕这个主线故事，《森林篇》中插入许多传说和故事。它们大多是森林中的婆罗门仙人为般度族兄弟讲述的。显然，般度族兄弟在漫长的森林生活中，也有充裕时间听取故事，接受教诲。这些插话故事既与主线故事保持有机联系，又能独立成篇。

《那罗传》（第50—78章）讲述尼奢陀国王那罗和毗德尔跋国公主达摩衍蒂，由天鹅做媒，互相爱恋。在达摩衍蒂举行选婿大典时，四位天神（因陀罗、火神、水神和阎摩）和那罗一起前往应选。达摩衍蒂拒绝四位天神，而选中那罗。恶神迦利和德伐波罗得知后，忌恨那罗。迦利伺机附身那罗，挑唆那罗和弟弟布湿迦罗进行掷骰子赌博。那罗输掉王国和一切财富，和妻子达摩衍蒂流亡森林。那罗不愿达摩衍蒂跟随自己受难，故意遗弃达摩衍蒂。达摩衍蒂在森林苦苦追寻那罗，历尽艰辛，最后流落在支谛国宫中充当宫娥。而那罗在森林中遇见森林大火，从大火中救出蛇王迦久吒迦。蛇王报恩，咬了那罗一口，让那罗改变形貌，同时让毒液折磨附在那罗身上的恶神迦利。依照蛇王的指点，那罗前往阿逾陀城，充当国王哩都波尔那的车夫。哩都波尔那精通掷骰子。那罗以驭马术换取他的掷骰术。眼看那罗掌握了掷骰术，恶神迦利从那罗身上逃走。那罗也恢复了自己的形貌。此后，那罗和达摩衍蒂重逢团圆。那罗又通过掷骰子从弟弟布湿迦罗手里赢回王国。

巨马仙人向坚战讲述这个故事，旨在说明同样是在掷骰子赌博中输掉王国，那罗独自一人历尽磨难，最后获得好运，而坚战现在和弟弟们以及妻子黑公主在一起，又有众多的婆罗门陪随，境况比那罗好多了，因此，不必悲叹。

在《那罗传》中，恶神迦利富有象征意义。在吠陀文献中，迦利（Kali）、德伐波罗（Dvāpara）、特雷达（Tretā）和讫利多（Krta）分别代表骰子的点数幺、二、三和四。其中，幺为最大点数。后来，迦利演化为恶神。在《那罗传》中，迦利陷害那罗，德伐波罗是迦利的同伴。迦利进入那罗体内，也就是罪恶附身，引发灾难。实际上，在《摩诃婆罗多》中，难敌就是迦利的化身（1.61.81），沙恭尼就是德伐波罗的化身（1.61.72）。因此，《大会篇》中，坚战和难敌之间的掷骰子赌博也是有其根源的。

在史诗神话中，人类社会的发展分为四个时代（yuga，由伽），以这四种骰子点数命名：圆满（即讫利多）时代、三分（即特雷达）时代、二分（即德伐波罗）时代和争斗（即迦利）时代。在这四个时代序列中，人类的善行递减，恶行递增。争斗时代也就是恶神迦利统治的时代，即充满罪恶的黑暗时代。

《投山仙人》（第94—108章）讲述投山仙人为了解救在洞穴中头脚倒悬的祖先，决定娶妻繁衍后代。他和毗达尔跋国公主罗芭慕德拉（残印）结婚后，带着妻子一起修炼苦行。妻子要求投山仙人置办一些家具衣物，才与他合欢。投山仙人出外求取财富，遇见骗吃婆罗门的恶魔伊婆罗。他将计就计，吃下和消化掉伊婆罗的化作山羊的弟弟婆陀毗，迫使伊婆罗献出大量财富。罗芭慕德拉的愿望获得满足，为投山仙人生了一个儿子。由此，投山仙人的祖先摆脱地狱之苦，升入天国。然后，投山仙人又应众天神请求，喝干大海的水，以便众天神歼灭躲藏在大海中的檀那婆们。干枯的大海后来由天上的恒河下凡，重新填满。这位投山仙人还曾巧妙地阻止文底耶山疯长，不让它挡住太阳和月亮的道路。

投山仙人是印度神话传说中的一位著名仙人。通过修炼苦行和举行祭祀，他的威力胜过恶魔，也胜过天神。《马祭篇》中记载的另一则故事说，投山仙人曾经举行为期十二年的一次祭祀。祭祀开始后，天王因陀罗停止下雨。众婆罗门忧心忡忡，惧怕遭遇十二年旱灾。而投山仙人安慰他们说，如果因陀罗不下雨，他将取代因陀罗，保护众生。因陀罗慑于投山仙人的威力，又开始下雨。

这些婆罗门仙人的威力来自苦行和祭祀。修炼苦行需要禁欲。但婆罗门仙人也有繁衍后代的责任，也需要娶妻生子。如果子嗣断绝，祖先就会无人供奉而受苦受难。这种重视传宗接代的观念，与中国古人所谓"不孝有三，无后为大"相似。

《鹿角仙人》（第110—113章）讲述鹿角仙人从小在净修林里长大，从未见过女人。他长期修炼苦行，具有无比威力。当时，盎伽国遭遇旱灾。国王听取牟尼和大臣们的建议，派遣妓女前去引诱鹿角仙人。鹿角仙人天真无邪，以为妓女是青年修道人，但在交往接触之中，出于本能，受到异性吸引，最终跟随妓女前往盎伽国。鹿角仙人到达盎伽国后，因陀罗惧怕他的苦行威力，便降下雨来。国王把女儿和平公主嫁给鹿角仙人。鹿角仙人和和平公主在盎伽国生了儿子后，一起返回净修林。

印度古代崇尚苦行的威力，有不少神话传说描写因陀罗惧怕修炼严酷苦行的仙人，深感苦行的威力威胁自己的天王地位。苦行以禁欲为基础，鹿角仙人从未接触过女性。"无欲则刚"，他的苦行威力自然强大。但印度古人也不赞赏人对性事懵然无知。因为在懵然无知的状态中，禁欲有可能转变为纵欲，以至苦行的威力顿时丧失殆尽。巴利文佛典《本生经》（第523、526章）中记载有鹿角仙人的两个传说，都是描写天帝释（因陀罗）惧怕鹿角仙人的苦行威力，故意派遣天女或指使人间国王派遣公主引诱鹿角仙人，与他行淫，由此破坏了他的道行。[①]在《摩诃婆罗多》的这个插话中，鹿角仙人侥幸地完成为国王求雨的使命，最终正常地娶妻生子。

《持斧罗摩》（第115—117章）讲述国王迦多维尔耶（作武王）来到阇摩陀耆尼（食火仙人）的净修林骚扰抢劫，阇摩陀耆尼之子持斧罗摩杀死迦多维尔耶。后来，迦多维尔耶的儿子们进行报复，趁持斧罗摩不在净修林的时候，杀死阇摩陀耆尼。持斧罗摩怒不可遏，独自一人杀死迦多维尔耶的儿子们，又周游大地，总共三七二十一次，

---

① 参阅《季羡林文集》第八卷，江西人民出版社1996年版，第354页。

杀尽大地上的刹帝利。

这个传说反映印度古代婆罗门和刹帝利之间也存在激烈的争权夺利的斗争。原本按照种姓制度的分工，婆罗门掌管祭祀，刹帝利掌管军事。神权和王权结合，统治印度古代社会。但在社会进程中，婆罗门和刹帝利为争夺财富、权利和社会地位，也会发生冲突。这样，在婆罗门中也出现了一些武艺高手，持斧罗摩是其中最杰出的代表。在《摩诃婆罗多》中，俱卢族军队的大将德罗纳和慈悯也都是婆罗门出身。而且，据《初篇》（1.121.21—23）中的描写，德罗纳从持斧罗摩那里继承了全部法宝和作战秘诀。

持斧罗摩属于婆罗门的婆利古族，迦多维尔耶属于刹帝利的海河夜族。也据《初篇》（1.169—171）中的描写，迦多维尔耶的父亲成勇王在世时，赐给婆利古族大量钱财，作为祭祀的酬金。成勇王去世后，经济拮据。成勇王的后代向富庶的婆利古族索取钱财，遭到拒绝，便大肆屠杀婆利古族。后来，婆利古族幸存的股生仙人修炼苦行，决心为婆利古族复仇，毁灭整个世界。但他被祖先们劝阻。这说明持斧罗摩和迦多维尔耶及其儿子们的这场争斗还有历史渊源，持斧罗摩最终实现了为婆利古族复仇的愿望。

《美娘》（第122—125章）讲述行落仙人（婆利古之子）修炼苦行，长期站立不动，以致埋在蚁垤中，只有两只眼睛露在外面。芦箭王的女儿美娘出于好奇和任性，用荆棘刺穿行落仙人的两只眼睛。行落仙人发怒，施展法力，让芦箭王的随从们排泄不通。为了平息行落仙人的忿怒，芦箭王将女儿美娘嫁给这个衰老丑陋的苦行者。孪生天神双马童看中美娘。他俩先让行落仙人恢复青春，然后让美娘在他们中间挑选一人做丈夫。而美娘仍然挑选行落仙人为丈夫。行落仙人感激双马童恢复了自己的青春，请他俩喝苏摩酒。但这违背天王因陀罗对双马童下的禁令。因陀罗企图用雷杵惩治行落仙人。而行落仙人施展法力，使因陀罗动弹不得。行落仙人又变出一个巨妖，张嘴要吞噬因陀罗，迫使因陀罗向行落仙人认输投降。

有关行落仙人的传说也见于《梨俱吠陀》和《百道梵书》。相比之下，《摩诃婆罗多》中的这个传说更加突出宣扬行落仙人潜心修炼苦行，威力胜过国王和天神。

《曼陀多》（第126章）讲述婆利古族仙人为国王优婆那娑祭祀求子。国王误喝了念过咒的祭祀用水，结果自己怀孕，从左胁生下儿子。因陀罗亲自前来看望这个婴儿，把食指放在他的嘴中，说道："他会吮我。"由此，这位王子得名"曼陀多"（Māndhātr，意为"吮我者"）。后来，曼陀多成为伟大的转轮王。

这个传说也是宣扬婆罗门仙人苦行和祭祀的威力。

《瞻度》（第127—128章）讲述国王苏摩迦有一百个妻子，但只生下一个儿子瞻度。他渴望得到一百个儿子，听从祭司的安排，举行祭祀，将瞻度作为祭品。这样，他的一百个妻子为他生下一百个儿子。后来，苏摩迦去世，发现那位祭司为了这次祭祀而堕入地狱受煎熬。

这个传说一方面宣扬祭祀的威力，另一方面也明确表示反对采用残酷的人祭。人祭古已有之，在《夜柔吠陀》中就有具体的记载。

《老鹰和鸽子》（第131章）讲述因陀罗和火神分别化作老鹰和鸽子，考验尸毗王优湿那罗的德行。优湿那罗为了从老鹰口中救出鸽子，甘愿从自己身上割下等量的肉献给老鹰。但鸽子的重量始终重于他割下的肉，于是，他把全身献上。

这个传说颂扬刹帝利国王保护弱小和慷慨布施的精神。它也被佛教采纳为"佛本生故事"，用作颂扬舍身求法的精神，因为布施是达到涅槃的六大"波罗蜜"之一。

《八曲仙人》（第132—134章）讲述婆罗门之间的学问比赛。迦诃多在辩论中败于般丁，被沉入水中。而迦诃多的儿子八曲天资聪明，十二岁就精通学问。他得知父亲的死因后，前去参加遮那迦王的祭祀，在辩论中击败般丁，将般丁沉入水中。般丁入水前，说明原委：他是水神伐楼拿的儿子。他在从前辩论中击败许多婆罗门，是为了把那些婆罗门送往正在举行祭祀的伐楼拿那里。现在他去见父亲伐楼拿，那些婆罗门也会返回这里。这样，迦诃多见到了儿子八曲，对遮那迦王说道："无力的人可以生出有力的儿子，愚昧的人可以生出智慧的儿子，没有学问的人可以生出有学问的儿子。"（3.134.34）

这个传说崇尚学问和智慧，诚如八曲仙人所说："不靠年龄，不靠白发，不靠财产，不靠亲戚，在我们中间谁有学问，他就是长者。"（3.133.12）

《谷购仙人》（第135—139章）讲述婆罗堕遮和吟赞两位婆罗门，前者以苦行著称，后者以学问著称。婆罗堕遮的儿子谷购看到吟赞比自己的父亲更受人尊敬，便修炼大苦行，求取学问。因陀罗向他指出学问不靠苦行，而靠从师学习。而谷购固执己见，修炼更严酷的苦行。因陀罗只得赐给他学问。他获得学问后，骄傲狂妄，竟然在净修林里奸污吟赞的儿媳。吟赞施展法力，杀死谷购。婆罗堕遮在悲愤中诅咒吟赞将死于自己的儿子，然后他投火自尽。此后，吟赞的儿子远财误杀父亲吟赞。而远财却把弑父的罪责推在弟弟近财身上。众天神同情近财，赐给他恩惠。近财选择的恩惠是让父亲吟赞以及婆罗堕遮和谷购全都复活。

这个传说说明苦行不能代替学问。获取学问不能走捷径，要靠长期从师学习。而学问也不能代替品德。有学问而无品德，照样作恶犯罪。

《鱼往世书》（第185章）讲述梵天化身为头上长角的鱼，牵引一条船，帮助摩奴躲避洪水。洪水过后，摩奴修炼苦行，凭借苦行法力，重新创造世界众生。

这个洪水传说最早见于《百道梵书》。按照印度神话观念，世界处在创造和毁灭的循环中。每次世界毁灭，陷入洪水，一片汪洋，然后重新创造世界，摩奴成为人类始祖。在《摩诃婆罗多》的这个洪水传说中，鱼是梵天的化身，而在其他往世书中，一般都说成是毗湿奴的化身。

《蛙女》（第190章）讲述一位青蛙公主化作美女，嫁给甘蔗族国王环住，生了三个儿子。这三个儿子蔑视婆罗门，借用仙人瓦摩提婆的快马后，霸占不还，结果遭到瓦摩提婆的惩治。

这个传说宣扬婆罗门的威力胜过刹帝利。

《帝释光》（第191章）讲述王仙帝释光功德耗尽，从天上降到地下。但他在人间寻访到一头还记得他的功德的乌龟，说明他的声誉依然存在。于是，天车驾临，前来把他接回天国。

这个传说勉励人们从事善业，在人间留下美誉。

《敦杜摩罗》（第192—195章）讲述毗湿奴大神杀死两个凶猛的檀那婆（恶魔）摩图和盖达跋。这两个檀那婆的儿子敦杜修炼大苦行，赢得梵天的恩惠：所有的天神和檀那婆都不能杀死他。但这个恩惠中没有提及凡人。敦杜扰乱天国和人间。毗湿奴大神便将自己的威力注入甘蔗族国王古婆罗娑，由他杀死敦杜。古婆罗娑也由此得名"敦杜摩罗"，即"杀死敦杜者"。

这个传说颂扬毗湿奴大神降妖伏魔的业绩。

《忠贞的妻子》（第196—206章）讲述婆罗门憍尸迦生性暴躁，一次进入村中一户人家乞食，女主人精心侍奉丈夫，一时怠慢了他，惹得他满腔怒火。女主人请求他原谅，并向他说明自己奉行妻子忠于丈夫的正法。她还建议憍尸迦去向住在密提罗的一位猎人请教正法。憍尸迦找到这位猎人，聆听他讲述种姓法、善恶报应、轮回转生、数论、瑜伽和解脱法。憍尸迦也亲眼目睹这位猎人精心侍候父母，奉行孝道。最后，这位猎人告诉憍尸迦，自己前生也是一个婆罗门，由于误杀了一位牟尼，遭到诅咒，而转生为首陀罗。在这位猎人的感召下，憍尸迦返回家乡，尽心侍奉年迈的父母。

这个传说宣传婆罗门教的伦理规范，而且认为道德法则超越种姓，诚如憍尸迦最后所说："如果一个婆罗门行为不端，走向堕落，桀骜不驯，专做坏事，那他就跟首陀罗一样。如果一个首陀罗始终奉行自制、真理和正法，我认为他就是婆罗门，因为婆罗门由行为决定。"（3.206.11—12）

《鸯耆罗仙人》（第207—221章）讲述火神曾经前往森林修炼苦行，由鸯耆罗仙人替代火神。后来，鸯耆罗请求火神恢复火神的地位，而自己愿意成为火神的儿子。祭主是鸯耆罗的儿子，祭主的六个儿子是六种祭火。五位仙人修炼严酷的苦行，获得一个儿子，名叫五生。五生修炼一万年苦行，创造出众天神、五个世系和三组骚扰祭祀的神。五生的子孙成为各种祭火。家主之火婆诃运送世人供奉的祭品。它曾经在海中，委托阿达婆运载祭品。鱼类泄露它的去处。它诅咒鱼类成为众生的食物。它又藏入地下，创造出各种物质元素。后来，它又藏入海中，而阿达婆搅动大海，把它召唤出来。此后，它永远为一切众生运送祭品。

后来，天神和阿修罗发生战争，因陀罗想寻找一个天兵统帅。那时，七位仙人举行祭祀，从太阳中召唤来运送祭品的阿德菩多火。而这位火神迷上了七位仙人的妻子，不能如愿，前往森林。陀刹的女儿娑婆诃爱上这位火神，先后化作七位仙人中的六位仙人的妻子，与火神交欢。她接住火神的精液，洒在白山顶上的金盆里。这些精液聚在一起，生出儿子室建陀。室建陀长有六张脸，威力无比。六位仙人听到传言后，遗弃六位妻子。众天神要求因陀罗杀死室建陀。而室建陀用大火摧毁因陀罗的军队。最后室建陀接受因陀罗的请求，担任天兵统帅。恶魔们向众天神发动进攻。室建陀杀死魔王摩希舍，消灭所有恶魔。

这个传说分为两个部分，前一部分讲述火神的谱系，后一部分讲述战神室建陀（鸠摩罗）的诞生。《摩诃婆罗多》保存的这个传说比较古老。鸯耆罗或阿达婆本是古代拜火祭司的称谓。在这个传说中，鸯耆罗被纳入火神谱系，并强调鸯耆罗应该被看作是"惟一的火，多种多样的火是从他身上产生的"。（3.212.29）室建陀也是火神后裔。他的出生故事扑朔迷离，最后融入大神湿婆的传说，"楼陀罗（即湿婆）进入火中，乌玛（湿婆之妻）进入娑婆诃"，（3.220.9）生下室建陀。室建陀具有降伏妖魔的威力，但也含有一些对人类构成威胁的恐怖特征。他生下的童男童女统称室建陀鬼，专门偷取胎儿和抓取孩子，因而妇女会有流产，未成年的孩子生命不安全。

《一斗米》（第245—247章）讲述一位名叫牟陀伽罗的牟尼每月捡拾落穗，采集一斗米，养家糊口。但他依然举行祭祀，热情待客。另一位名叫杜婆婆的牟尼每到祭祀的日子，就来吃光牟陀伽罗家的食物。这样接连六次，牟陀伽罗始终毫无怨言。众天神得知他的施舍美德，派遣天使前来接他升入天国。天使向他描述了天国的种种幸福。但他得知在天国耗尽功德后，还会从天国坠落，他便表示不愿升入天国。此后，他修习智瑜伽，通过禅定，获得无上神通，达到"涅槃"。

这个传说颂扬的解脱理想富有佛教色彩。"涅槃"也是佛教的常用名词，表示摆脱生死轮回。

《罗摩传》（第257—275章）讲述阿逾陀城十车王有四个儿子：罗摩、婆罗多、罗什曼那和设睹卢祇那。十车王年迈，决定立长子罗摩为王位继承人。小王后吉迦伊受驼背侍女曼他罗挑唆，利用十车王曾经许诺赐给她恩惠，要求流放罗摩，而立自己的儿子婆罗多为王位继承人。罗摩为使父亲不失信义，甘愿流放。妻子悉多和弟弟罗什曼那也都甘愿随行。罗摩流放森林后，十车王抑郁而死。婆罗多被召回继承王位，明了真相后，痛斥母亲吉迦伊。他亲自前往森林，请求罗摩回去继承王位。罗摩坚持遵守父亲诺言，婆罗多只得暂时代替罗摩摄政。罗摩一行在森林中历尽艰辛。十首魔王罗波那施展妖术，劫走悉多。罗摩和猴子妙项结盟，协助妙项夺回猴国王位。神猴哈奴曼为罗摩找到被劫往楞伽城的悉多。罗摩率领猴子大军驾桥渡海，进入楞伽城，杀死魔王罗波那，救出悉多。罗摩一行返回阿逾陀城。婆罗多欣然交出王位，罗摩灌顶为王。

《摩诃婆罗多》中这个《罗摩传》插话相当于另一部印度史诗《罗摩衍那》的故事提要。关于《罗摩传》和《罗摩衍那》孰先孰后的问题，学者们有过论争。[①] 两大史诗从总体上说，《摩诃婆罗多》显得比《罗摩衍那》古老原始。《罗摩传》早于现存的《罗摩衍那》，不成问题。问题在于两大史诗长期都处在流动发展中，这就很难确定《罗摩传》体现的故事提要属于《罗摩衍那》发展过程中的哪个阶段。

《莎维德丽》（第 277—283 章）讲述摩德罗国王马主为求子嗣，祭祀莎维德丽女神。由此，王后生下一个女儿，取名莎维德丽。莎维德丽长成妙龄少女，马主让她自己寻访丈夫。她自愿选择遭到侵略而流亡森林的一个瞎子国王的儿子萨谛梵做丈夫。那罗陀仙人指出萨谛梵的寿命还有一年，莎维德丽依然不改变自己的选择。一年后，萨谛梵死去。死神阎摩前来拴走萨谛梵的灵魂，而莎维德丽紧追阎摩不放。阎摩不断赐给她恩惠，劝说她回去。莎维德丽前四次要求恩惠——愿公公双目复明、愿公公收复国土、愿父亲生有百子和愿自己生有百子，阎摩一一表示同意。于是，莎维德丽指出只有让萨谛梵复活，自己才能生有百子。阎摩只得赐给她这第五个恩惠。就这样，莎维德丽凭借自己的忠贞和智慧，救活丈夫，也使公公复明和复位。

《莎维德丽》和《那罗传》是《摩诃婆罗多》中最著名的两个插话故事。《莎维德丽》明显以莎维德丽为主角，而《那罗传》实际上也是以达摩衍蒂为主角。在史诗时代夫权至上的社会背景中，这两个插话以娴

[①] 参阅季羡林《罗摩衍那初探》，外国文学出版社 1979 年版，第 28—32 页。

熟的叙事艺术,充分展示了印度古代女性的道德光辉和性格魅力。

《摩诃婆罗多》采用对话体叙述方式。史诗人物在对话中,或者叙述事情经过,或者追忆往事,或者为了说明道理,引用传说和故事,这样就形成故事中套故事、对话中套对话的框架式叙事结构。上述这些在史诗主体故事之外能独立成篇的插入成分,我们称之为"插话"。这种插话既有文学性的,也有说教性的。文学性的插话包含神话故事、世俗故事和寓言故事。说教性的插话包含宗教、哲学、政治和伦理。《森林篇》和《初篇》是《摩诃婆罗多》中文学性插话比较集中的两篇。

文学性插话可以分为神话故事、世俗故事和寓言故事。神话故事的主角是天神和阿修罗,世俗故事的主角主要是婆罗门和刹帝利,寓言故事的主角是人和动物。在《摩诃婆罗多》包含的这三类插话故事中,以世俗故事居多。在世俗故事中既有颂扬刹帝利英雄业绩的故事,也有颂扬婆罗门神奇威力的故事,而以后者居多,因为史诗中的插话故事叙述者大多是婆罗门仙人。这些世俗故事,尤其是颂扬婆罗门的传说也常常带有浓郁的神话色彩,以至有些也可以归入神话故事。

相对而言,史诗中的世俗故事和寓言故事的主旨容易理解,而神话故事以及与神话相交织的世俗故事中的隐含意义需要认真思索。《摩诃婆罗多》开篇就有一个用作楔子的长篇插话(《初篇》第3章至第53章),可以统称为"蛇祭缘起"。它本身是插话,也照样采取框架式叙事结构,插话中套插话,内容繁纷复杂,世俗故事和神话故事紧密交织。这个插话的主旨是颂扬婆罗门的威力。我们在阅读中应该理解所谓"蛇祭"是采用巫术消灭蛇族,而蛇族是指以蛇为"图腾"的氏族。[1] 在古代,祭司常常兼做巫师,在祭祀仪式中施展法术。这个"蛇祭缘起"故事表明婆罗门的诅咒和巫术威力无比,无论是国王,还是蛇族,他们的生死命运全都操纵在婆罗门手中。

在这个"蛇祭缘起"中插入的"搅乳海"故事(《初篇》第15章至第17章)也是著名的神话传说,讲述天神和阿修罗互相合作,

---

[1] 参阅金克木:《印度文化论集》,中国社会科学出版社1983年版,第131页。

以曼陀罗山为搅棒，搅动乳海，搅出各种宝物，最后搅出"甘露"。为了独占"甘露"，天神和阿修罗发生大战，结果阿修罗战败，逃往地下和海中。印度学者和西方学者对"搅乳海"的原型有种种推测：榨苏摩汁、搅奶油、钻木取火和男女交媾。无论如何，它象征人类在生产活动和生殖活动中的创造能力。人类通过辛勤劳动，能够创造一切财富。但人类为了争夺财富所有权，却陷入永无止境的争斗和痛苦。因此，这个神话传说也隐含《摩诃婆罗多》这部史诗的主题。

总之，《摩诃婆罗多》中这些插话故事都经过漫长年代的流传和加工，积淀着印度古人的社会经验、人生智慧、思维方式和审美情趣，值得我们仔细阅读和研究。

本卷《森林篇》翻译分工如下：席必庄译第1—49章，第79—115章，第118—121章，第126—154章，第258—275章；郭良鋆译第116—117章，第155—184章，第186—256章，第284—299章；赵国华译第50—78章，第122—125章，第185章。我译第276—283章，同时补译了第78章（5—23）、第125章（11—23）、第185章（1、53—54）和第257章，并对本卷译文作了校订。

黄宝生

第三　森林篇

森　林　篇

一

镇群说：

最优秀的再生者啊！普利塔①的儿子们在赌博中输给持国王的儿子们和他们的大臣们，蒙受欺诈而忿怒。（1）又听了他们说出那些能激起深仇大恨的恶毒语言，我的这些俱卢族祖先怎么办呢？（2）这些像天帝释一般光辉的普利塔之子突然失去荣华富贵，遭受苦难，怎样在森林中度日？（3）这些灵魂高尚的人遭遇大难，有哪些人跟着他们？他们在森林中吃些什么？做些什么？住在何处？（4）杰出的婆罗门啊！这些灵魂高尚的杀敌英雄如何在森林里度过十二个年头？（5）一切妇女中最优秀的黑公主高贵吉祥，忠于丈夫，一向说话真实。她怎么能承受不该她承受的可怕的林居生活？（6）以苦行为财富的婆罗门啊！请您把这一切详详细细讲给我听。我渴望听您讲述这些极其英勇威武的祖先们的行迹。（7）

护民子说：

普利塔之子们在赌博中输给灵魂邪恶的持国之子们和他们的大臣们后，愤怒地离开象城。（8）他们全副武装，带着黑公主，走出象城增长门，向北行去。（9）帝军等十四个随从，也都带着妻子，迅速登上车，跟随出发。（10）

城中百姓知道他们前往森林，深感忧伤，不断谴责毗湿摩、维杜罗、德罗纳和慈悯。他们互相聚在一起，毫无畏惧地说道：（11）"罪恶的难敌受到妙力之子沙恭尼保护，又有迦尔纳和难降支持，一心夺

---

① 普利塔即般度之妻贡蒂。

取王国。我们以及我们的宗族和家室都完了。（12）恶人一旦受到恶人支持，想要霸占王国，我们的家族、传统、正法和利益都完了，哪里还会有幸福？（13）这难敌仇恨长辈，行为不端，抛弃亲友，贪图财利，骄横无礼，卑鄙无耻，生性残酷。（14）这难敌在哪里为王，那里的整个大地都会毁灭。所以，般度之子们到哪里，我们最好也都到那里去吧！（15）他们善良仁慈，灵魂高尚，制服感官和敌人，而又知廉耻，享有声誉，事事遵循正法。"（16）

这样说了以后，百姓们成群结队，跟在般度五子后面，双手合十，对贡蒂和玛德利的这些儿子们说道：（17）"你们丢下我们，要到哪里去呀？愿你们幸福！你们到什么地方去，我们这些不幸的人也要跟随你们到什么地方去。（18）听说那些残酷无情的人，用非法手段赢了你们，我们十分难过。但你们不能把我们抛下。（19）我们忠于你们，爱戴你们，永远是你们的朋友，为你们的利益着想。我们不愿在一个坏国王统治的国家里遭到毁灭。（20）

"诸位人中雄牛啊！和善人或恶人住在一起，有什么益处或害处，我们想讲一讲，请你们听一听吧！（21）就像衣服、水、芝麻或泥土和花朵放在一起，它们就会沾有香气，这是和善人相处的益处。（22）天天和愚人接近，就会陷入愚痴，而和善人接近，就会弘扬正法。（23）所以，追求宁静的人们应该和那些聪明睿智、年高德劭、秉性善良和修炼苦行的善人在一起。（24）和那些出身、学问和行为三方面都完美的人在一起，侍奉他们，比读经书还有益。（25）即使我们无所作为，只要和品行纯洁的善人在一起，我们也会变得纯洁，而侍奉恶人，我们也会犯下罪恶。（26）如果会见恶人，接触恶人，和恶人交谈，和恶人同坐，遵行正法的人就会受到损害，遭到挫折。（27）和卑下的人在一起，人的智慧就会减退；和平庸的人在一起，就会变得平庸；和优秀的人在一起，就会变得优秀。（28）为世人称赞，有利于法、利和欲，成为世人行为准则，在吠陀里讲到并为高尚的人们赞许，（29）这样的美德或集中或分别，存在于你们之中。我们一心向往幸福，愿意和你们这些有德之人在一起。"（30）

坚战说：

以婆罗门为首的百姓们出于同情和怜悯，把我们这些无德之人说成有德之人，我们真是幸运。(31)我和兄弟们在这儿对你们说的一切话，请你们出于同情和怜悯，都照办不误。(32)祖父毗湿摩、持国王、维杜罗以及我的母亲和朋友都住在象城。(33)希望你们为了我们的利益，尽力好好照顾他们，因为他们也和你们大家一样，非常伤心难过。(34)你们已经跟随我们走了很远。我向你们发誓，我们还会相会。请回去吧！好好照顾自己的亲人，爱护他们，把他们看作我托付给你们的人。(35)这是我心中最挂念的事情。你们好好照办了，我就会满意，也算是你们对我的敬重。(36)

护民子说：

听了法王坚战这样劝告，百姓们非常难过，发出痛苦的呼叫："国王啊！"(37)他们想起普利塔之子（坚战）的种种美德，满怀忧伤，痛苦不堪，在会见般度之子们之后，很不情愿地转身回去。(38)

等百姓们回去后，般度之子们登上车，前往恒河岸边一棵名叫见证的大榕树。(39)他们在天将黑时，到达那棵榕树。这些英雄接触圣洁的恒河水，度过那一夜。他们痛苦憔悴，只喝了些水，度过那一夜。(40)

出于慈爱，一些婆罗门跟随他们来到这里。他们有的是守护祭火的婆罗门，有的不是，都带着自己的门徒和亲人。在这些念诵吠陀的婆罗门陪伴下，坚战王显得十分光彩。(41)在美丽而凄苦的黄昏时分，众婆罗门燃起祭火，先是念诵吠陀的声音，后是谈话的声音。(42)这些声音像天鹅般甜美的婆罗门抚慰俱卢族俊杰坚战王，度过整个夜晚。(43)

以上是吉祥的《摩诃婆罗多》中《森林篇》第一章(1)。

二

护民子说：

一夜过去，天刚明时，那些靠乞食为生的婆罗门就来到不知疲劳、准备前往森林的般度五子面前，而贡蒂之子坚战王对他们说道：(1)"我们已被夺去一切，丧失王国，丧失荣华富贵。我们只得痛苦地前往森林，以野果、根茎和猎物为食。(2)森林里有很多艰难困苦，有很多猛兽毒蛇，我想你们到那里肯定会吃苦受难。(3)婆罗门的苦难甚至会毁灭神灵，何况是我呢？因此，诸位婆罗门啊！如果你们愿意，就从这儿回去吧！"(4)

众婆罗门说：

国王啊！你们走到哪里，我们也会跟随到那里。你们不该抛弃我们，因为我们通晓正法，对你们忠心耿耿。(5)连天神们也会对那些忠诚的人发慈悲，特别是那些品行端正的婆罗门。(6)

坚战说：

诸位婆罗门啊！我也始终对婆罗门无比忠诚。但现在我已失掉依托，这使我非常痛苦。(7)我的这些弟弟本可找些野果、根茎和猎物，但他们陷入忧伤和痛苦，不能自拔。(8)德罗波蒂受到侮辱，王国也被夺走，他们痛苦烦恼，我不敢叫他们去找吃的。(9)

众婆罗门说：

国王啊！你心中不必为养活我们担忧。我们自己会在林中找些吃的，一路跟着你走。(10)我们将沉思和祈祷，为你求福；在林中讲述一些合适的故事，愉快地度过时日。(11)

坚战说：

这样和诸位婆罗门在一起，我无疑会很快活。但在一无所有的情况下，我仿佛感到这是我的耻辱。(12)我怎么能看着你们大家自己去找吃的呢？你们本不该受苦，但出于对我的忠诚，跟着我受煎熬。邪恶的持国之子们真该死啊！(13)

护民子说：

这样说了以后，坚战王难过地坐在地上。这时，有位名叫寿那迦的婆罗门，热爱至高精神，博学多识，精通瑜伽和数论，对坚战王说道：(14) "每天，千种忧愁、百般恐惧侵扰愚者，而不侵扰智者。(15)那些违背理智、弊病很多、危害幸福的事，像你这样的聪明人是不会陷进去的。(16)国王啊！人们说智慧分为八支，能消除一切不幸，得自天启和传承。你就具备这种智慧。(17)像你这样的人，遇到经济困难、艰难险阻、亲人遭逢不幸、身心遭受痛苦，不会陷入绝望之中。(18)从前，灵魂高尚的遮那迦吟唱过怎样把握自我的诗句，

让我讲给你听吧！（19）

"这个世界为身心产生的痛苦折磨。如何消除这身心的痛苦，请听我逐一详细告诉你。（20）疾病、劳累、与怨憎者聚合和与心爱者别离，这四种原因造成身体痛苦。（21）如果迅速克服这四种原因，或者始终不把这些放在心上，能做到这两点，也就能平息身心的痛苦。（22）所以，聪明的医生首先用愉快的谈话和良好的服务安抚病人的心灵。（23）心灵上的痛苦会折磨身体，就像把烧热的铁球放入水罐，罐里的水也会发热一样。（24）因此，要像用水灭火一样，用智慧去安抚心灵。心灵的痛苦平息了，身体的痛苦也会消失。（25）

"众所周知，心灵痛苦的根源是爱。人由于爱而执著，也就产生痛苦。（26）一切痛苦的根源是爱，一切恐惧也由爱产生，忧愁、喜悦和辛劳也由爱引起。（27）爱产生激情，并产生对感官对象的追求。这两者都是有害的，但又以前者的害处为大。（28）就像树洞中的火会把大树连根烧掉，一点点错误的激情也会毁掉一个追求正法的人。（29）弃绝者不是与世隔绝，而是能从身边的事物中发现弊病。这样的人摒弃激情，不执著，不怀敌意。（30）所以，人应当用理智克制自己的身体对同党、对朋友和对财富产生爱。（31）那些富有学识、精通经典和灵魂完美的人们不会执著爱，就像水珠不会执著荷叶。（32）充满激情的人受爱欲驱使，产生愿望，愿望又变成渴望。（33）渴望是最大的作恶者，经常令人烦躁，造成大量非法行为，犯下可怕的罪恶。（34）愚人很难舍弃渴望。人会衰老，但渴望不会衰老。激情如同致命的疾病，只有舍弃渴望的人才能获得幸福。（35）渴望无始无终，存在于人体之中，就像无源之火毁灭一切。（36）如同木柴毁于自身产生的火，心地不纯的人毁于自身产生的贪欲。（37）

"正像有生命的人害怕死亡，有钱的人也经常害怕国王、水、火、盗贼和自己的亲人。（38）正像肉在空中会被飞鸟吃掉，在地上会被野兽吃掉，在水里会被鱼儿吃掉，有钱的人会被任何人吃掉。（39）对于一些人，钱财会成为灾祸。以钱财为幸福，执迷不悟，这样的人不会得到幸福。执著钱财的人，心中滋生迷妄。（40）有智慧的人都知道，钱财引起吝啬、骄傲、恐惧和不安，而这些给人带来痛苦。（41）赚取钱财、保护钱财和耗费钱财是痛苦，钱财毁掉和流失也是痛苦。为了钱财，甚至还会杀人。(42)放弃钱财，感到痛苦；守住钱财，也不容易。辛辛苦苦挣来钱财，也就不愿它们遭到毁灭。(43)愚人永不满足，智者常常知足。渴望没有止境，知足才是最大的幸福。所以，智者把知足看作世上最大的财富。(44)青春、美貌、生命、财富、权势以及同亲爱的人在一起，这些都不能持久，智者不贪恋。(45)人不敛聚财富，谁会忍受由它产生的痛苦？没有见过哪个敛财之人不忧愁烦恼。(46)所以，奉行正法的人们称赞漠视钱财的人，因为不沾污泥远比洗刷污泥要好。(47)坚战啊！你不应该渴求财富。如果你想要遵行正法，你就放弃对财富的渴求吧！"(48)

坚战说：

婆罗门啊！我希望得到钱财并不是为了追求享乐，不是出于贪心，而是为了供养婆罗门。(49)婆罗门啊！像我们这样的人，在居家的时期怎么能不供养和保护那些跟随我们的人呢？(50)遵循一切众生分享食物的教诲，居家的人供养那些不理炊事的人。(51)在善良的人们家中，干草、地面、水和亲切的话语这四样东西是绝不会短缺的。(52)居家的人应该让得病的人有床位、疲乏的人有座位、口渴的人有饮料、饥饿的人有食物。(53)客人到家，应该起身迎接，以礼相待，给予关注的目光和亲切的话语。(54)祭火、牛、亲属、客人、儿子、妻室和仆从得不到尊敬和供养，他们会像烈火一样焚烧。(55)居家的人不应该只为自己烹制食物，也不应该随意宰杀牲畜。在没有依礼供奉之前，他自己不能享用食物。(56)在黄昏和清晨，应该在地上为狗、贱民和飞鸟放些食物，这称为万神祭。(57)因此，人应该永远吃剩食和饮甘露。剩食是仆人吃剩的食物，甘露是祭祀剩下的食物。(58)居家的人遵行这样的生活方式，人们便说他遵行最高的正法。婆罗门啊！你对此有什么想法？(59)

寿那迦说：

哎呀！这个世界如此颠倒，真是不幸！善人感到羞愧的事，恶人却感到喜悦。(60)愚蠢的人受感官对象控制，充满激情，执迷不悟，安排大量剩食，以满足淫欲和食欲。(61)甚至警觉的人受到强烈的感官吸引，也会神志迷糊，犹如御者被受惊的劣马带离正道。(62)一旦六种感官都趋向感官对象，心中潜伏的欲望就会升起。(63)一旦内心趋向那些感官对象，便会产生渴望，并化作行动。(64)由于怀有强烈的欲望，他被感官对象之箭射中，倒在贪婪之火中，犹如火光引诱飞蛾扑火。(65)民众之主啊！这个人就会沉迷于吃喝玩乐，陷入愚痴的深渊，不知道自我。(66)这样，他就会像轮子一样，被无知、业报和贪欲推动着，在这世上轮回转生。(67)从梵天到草尖，他一次又一次投胎转生为地上、水下和空中的生物。(68)

愚者的情况就是这样。现在再请听我讲一讲智者的情况。这些智者热爱正法和幸福，向往解脱。(69)

要从事业，又要舍弃业，这是吠陀里的教导。所以，要无私地履行一切正法。(70)祭祀、诵读、布施、苦行、真诚、宽容、自制和不贪，这些是相传的正法八道。(71)这八道中，前四者通向祖先。凡是应该做的事，就要无私地去做。(72)这八道中，后四者通向天神，始终为善人所遵行。

灵魂纯洁的人们应该遵行这八种道路。(73)正确地把握意念，正确地控制感官，正确地遵守誓言，正确地侍奉长者，(74)正确地控制饮食，正确地诵读吠陀，正确地舍弃业，正确地抑止心，想要超脱轮回的人们都是这样行事。(75)楼陀罗们，沙提耶们，婆薮们，还有双马童，这些天神摆脱爱憎，获得自在，具有瑜伽力，维持众生。(76)贡蒂之子啊！婆罗多后裔啊！你也这样努力保持平静，用苦行去追求成功，获得瑜伽的成就。(77)你在报答祖先和举行祭祀方面已经获得成功。为了供养婆罗门，你就用苦行去争取成功吧！(78)苦行成功的人想做什么，都能凭借苦行的威力做到，所以，你就依靠苦行实现你的心愿吧！(79)

以上是吉祥的《摩诃婆罗多》中《森林篇》第二章（2）。

三

护民子说：

听了寿那迦说的这番话后，贡蒂之子坚战走到祭司跟前，站在兄弟们中间说道：(1)"这些精通吠陀的婆罗门要跟随我出发。而我满

怀痛苦，无力供养他们。（2）我不能抛弃他们，又没有布施的能力，尊者啊！请您告诉我，在这种情况下，我该怎样办？"（3）

遵行正法的优秀祭司烟氏仙人仿佛沉思了一会儿，依照正法考虑这个问题，然后对坚战这样说道：（4）"从前，萨毗多（太阳）看见创造出来的众生受饥饿折磨，他像父亲一样，对他们产生怜悯。（5）于是，太阳前往赤道以北，用光线吸取热力和液汁，又转回到赤道以南，进入大地。（6）太阳进入大地后，植物之主月亮吸取天上的热力，用水使植物生长。（7）进入大地的太阳接受月亮的热力，生出具有六味的圣洁的植物。这就是大地上众生的食物。（8）这样，维持一切生命的食物是太阳制造的。太阳是一切众生之父。所以，你去求他庇护吧！（9）许多出身和行为纯洁、灵魂高尚的国王们都依靠苦行拯救黎民。（10）毗摩王、作武王、威尼耶王和友邻王都依靠苦行、瑜伽和入定，拯救百姓出苦难。（11）以法为魂的婆罗多后裔啊！你也是行为纯洁的人，你就按照正法，依靠苦行供养这些婆罗门吧！"（12）

烟氏仙人说了这样一些合乎时宜的话，灵魂纯洁的法王坚战开始修炼最高的苦行。（13）这位以法为魂的人向太阳献了鲜花和供品，控制感官，饮风维生，接触恒河水，屏息敛气，修炼瑜伽。（14）

镇群说：

为了众婆罗门，俱卢族雄牛坚战王怎样礼赞威力奇异的太阳？（15）

护民子说：

国王啊！请好好听着吧！你要净身专心，王中因陀罗啊！我马上就会把一切都毫无遗漏地告诉你。（16）思想高尚的国王啊！烟氏仙人对灵魂伟大的普利塔之子坚战讲了太阳的一百零八个神圣的名字，请听我告诉你。（17）

它们是太阳、阿尔耶摩、薄伽、大匠、普善、阿罗迦（光）、萨毗多（鼓舞者）、罗毗、有光、无生、时限、死亡、陀多（维持者）和生光者，（18）地、水、威力、空、风、波罗延（至诚）、苏摩、祭主、太白金星、菩陀（水星）和安伽罗迦（火星），（19）因陀罗、毗婆薮（发光者）、光芒、纯洁者、勇猛者、缓行者、梵天、毗湿奴、楼陀罗、塞健陀、吠湿罗婆那和阎摩，（20）闪光者、腹火、柴火、威力之主、法旗、吠陀作者、吠陀支和携带吠陀者，(21)圆满时代（第一由伽）、三分时代（第二由伽）、二分时代（第三由伽）、迦利时代（第四由伽）、一切长生不死者的依靠、迦罗（一天的九百或一千八百分之一）、迦私陀（迦罗的三十分之一）、牟胡多（一天的三十分之一）、半月、月和季，(22)制年者、阿私婆陀、时轮、毗婆婆薮、布卢沙（原人）、永恒者、瑜伽行者、时显时隐者和经久不衰者，(23)世主、生主、万物创造者、驱逐黑暗者、伐楼拿、大海、光线、养育者、生命和毁灭仇敌者，(24)众生的依靠、众生之主、受众生侍奉者、摩尼珠、黄金、万物之始、满足愿望者和面向各方者，(25)胜利者、宽广者、施恩者、迅行者、维持生命者、弧行者、以烟为旗者、最初的神和阿底提之子，(26)以十二为特征者、莲花眼、父亲、母亲、祖父、天国之门、生之门、解脱之门和天国，(27)身体制造者、灵魂平静者、宇宙之魂、面向万物者、一切动物和不动物之魂、灵魂微妙者和友好地赋予形体者。(28)

　　值得赞美的灵魂伟大的太阳的这一百零八个神圣的名字，是灵魂伟大的因陀罗说的。(29)那罗陀仙人从因陀罗那里听到这些名字，烟氏仙人又从那罗陀那里听到，坚战又从烟氏仙人那里听到，实现了一切愿望。(30)

　　太阳灿若纯金和祭火，受到天神、祖先和药叉侍奉，受到阿修罗、夜行者和悉陀礼赞，你也在心中念诵他的名字吧！(31)谁在太阳升起的时候，专心念诵太阳的这些名字，他会得到儿子，得到很多财富和珠宝，经常记起前生的事，获得最好的记忆和智慧。(32)谁怀着纯洁善良的心，专心赞颂优秀的太阳神，他就能摆脱忧愁的火海，实现他心中的一切愿望。(33)

　　　　　　　　以上是吉祥的《摩诃婆罗多》中《森林篇》第三章 (3)。

四

护民子说：

后来，太阳高兴，把自己像祭火一样燃烧发光的身体显现在般度之子面前：(1)"国王啊！你希望得到的一切都能得到。我会给你七年加五年的食物。(2)果子、根茎、肉和蔬菜这四种厨房里烹饪的食物，你会用之不尽。你还会得到各种财富。"说完这些话，太阳隐身而去。(3)

通晓正法的贡蒂之子坚战得到太阳的恩惠，从恒河水中走出，抱住烟氏仙人的双足，又拥抱自己的兄弟们。(4)般度之子坚战和德罗波蒂一起走到厨房，眼看着就把食物备好。(5)四种林中食物做成的食品很多，取用不尽。他拿这些食品供婆罗门用餐。(6)坚战让婆罗门吃完后，才让弟弟们用餐。他自己则吃"剩食"，而水滴王孙女（德罗波蒂）又等坚战吃完以后才吃。(7)

从太阳那里获得恩赐后，像太阳一样光辉的坚战王满足了众婆罗门心里的种种愿望。(8)在祭司带领下，他们在吉星高照的朔望日，依照仪式，念诵经咒，为坚战王举行祭祀。(9)般度之子们受到祝福，在众婆罗门簇拥下，和烟氏仙人一起前往迦摩耶迦森林。(10)

以上是吉祥的《摩诃婆罗多》中《森林篇》第四章(4)。

五

护民子说：

般度族去了森林，以智慧为眼的安必迦之子（持国）坐在舒适的宝座上，心中受着煎熬。这位国王对以法为魂、智慧深邃的维杜罗说道：(1)"你的智慧像婆利古之子一样纯洁，你懂得至高而微妙的正法。在俱卢族中，你受到一致的尊敬。你告诉我一个对他们和我都合适的意见吧！(2)维杜罗啊！事情已经这样，现在怎样才能让城中百姓信任我们？怎样才能不让般度族将我们连根拔掉？同时，我也不希望他们遭到毁灭。"(3)

维杜罗说：

人主啊！人生三大目的以正法为本。人们说王国也以正法为本。所以，国王啊！你就遵循正法，尽力保护你自己所有的儿子和贡蒂的儿子们吧！(4)以妙力之子沙恭尼为首，那些灵魂邪恶的人邀请贡蒂之子坚战到大会堂掷骰子，你的儿子赢了诚实的坚战，也就失掉了正法。(5)俱卢族国王啊！我看有个办法可以挽回你的错误，这样，你的儿子就可以摆脱罪恶，在世上站住脚。(6)那就是让般度之子们得到你以前给他们的一切，国王啊！国王应该满足于自己拥有的财产，不贪图别人的财产，这是最高的正法。(7)这是你现在要做的头等大事，让般度之子们满意，让沙恭尼受辱。如果你想为儿子们留后路，国王啊！你就赶快这样做吧！(8)

国王啊！你如果不这样做，俱卢族肯定会遭到灭亡，因为怖军和阿周那一旦发怒，打起仗来，他们不会让任何敌人活着留下。(9)在他们中，有阿周那这样精通武艺、左手开弓的战士，有世间精华甘狄拨神弓，又有怖军这样臂膊粗壮的战士，世上有什么是他们得不到的呢？(10)

在你的儿子刚出生的时候，为了你的利益，我就对你说过："把这个对家族不利的儿子抛掉吧！"国王啊！你没有照我说的做。现在，我又为了你的利益劝说你，如果你不照着做，国王啊！以后你会吃苦头。(11)如果你的儿子和般度之子们和睦相处，共同治理国家，你就会快快乐乐，没有烦恼。如果你不能控制儿子和他的盟友，那么，还有一个办法，那就是你把你的儿子抓起来，让般度之子坚战统治国家。(12)

国王啊！无敌（坚战）摆脱激情，依法统治大地。这样，所有的国王很快会像商人们一样来到我们身边。(13)国王啊！让难敌、沙恭尼和车夫之子迦尔纳与般度之子们友好相处吧！让难降在大会堂上请求怖军和木柱王之女宽恕吧！(14)你要安抚坚战，尊敬他，让他登上王位。你问我怎样办，我还能说出什么别的办法吗？国王啊！如果你照我说的这样做了，你也就尽到了责任。(15)

持国说：

维杜罗啊！你在大会堂上说过的般度族和我的那些话，对般度族有利，对我们不利，所以一点也不合我的心意。(16)现在，你怎么又这样决定？你尽为般度族说话，让我觉得你不维护我的利益。我怎么能为了般度族抛弃自己的儿子呢？(17)毫无疑问，般度的儿子也是我的儿子，但毕竟难敌是我的亲骨肉。有谁会一视同仁，说道："我为了别人的骨肉抛弃自己的骨肉？"（18）维杜罗啊！你从不说假话，我也一直容忍你的傲慢。现在，或去或留，随你便吧！这就像一个不贞洁的女人，不管怎样受到抚爱，她还是会走的。（19）

护民子说：

国王啊！持国这样说完，猛然站起身来，走进后宫去了。维杜罗说道："这下完了。"急忙前往普利塔之子们那里。（20）

以上是吉祥的《摩诃婆罗多》中《森林篇》第五章（5）。

六

护民子说：

婆罗多族雄牛般度之子们为了去林中居住，带领随从，离开恒河岸边，前往俱卢之野。（1）他们在婆罗私婆蒂河、石头河和阎牟那河停留过，穿过一座又一座森林，不断向西行去。（2）然后，在婆罗私婆蒂河边平坦的沙地上，他们看到修道仙人们喜爱的迦摩耶迦森林。（3）婆罗多后裔啊！这些英雄住进了这座有很多鹿和婆罗门的森林，受到众牟尼陪伴和安抚。（4）

维杜罗渴望见到般度之子们，乘着一辆车，来到茂盛的迦摩耶迦森林。（5）维杜罗乘坐一辆由几匹快马拉着的车，来到森林。他看到法王坚战和德罗波蒂、兄弟们以及众婆罗门坐在僻静处。（6）

这时，信守诺言的法王也看到维杜罗从远处迅速赶来，便对弟弟怖军说道："不知维杜罗到我们这儿来要说什么？（7）他会不会听了妙力之子沙恭尼的话，又来邀请我们去赌博？这卑鄙的沙恭尼是不是还要在赌博中把我们的武器也赢去？（8）怖军啊！如果有人来邀请，我不能躲避。一旦把甘狄拨神弓输掉，那我们要得到王国也就成了问题。"（9）

国王啊！般度之子们一齐起身迎接维杜罗。这位阿阇弥陀后裔受到礼遇，也以合适的方式问候般度之子们。（10）维杜罗稍事休息后，这些人中雄牛就问他前来的原因。他就把安必迦之子持国说的那些话详详细细告诉了他们。（11）

维杜罗说：

无敌（坚战）啊！持国把我这个受庇护的人召去，给我礼遇，然后对我说道："事情已经这样，你采取平等的态度说出一个对他们和我都合适的办法吧！"（12）我就说了对俱卢族合适，也对持国有益的办法。但我说的办法不合他的心意，我也想不出还有别的什么办法。（13）般度之子啊！我提出的最佳方案，安必迦之子持国听不进去。就像病人拒绝良药，他拒绝我的忠告。（14）无敌（坚战）啊！就像一个坏女人在吠陀学者家中也不会变好，就像一个妙龄女子不喜欢六十岁的丈夫，婆罗多族雄牛持国不喜欢我说的话。（15）坚战王啊！俱卢族肯定要毁灭，持国不会获得幸福，因为就像荷叶留不住水珠，他听不进忠告。（16）婆罗多后裔啊！持国还怒气冲冲，对我说："你信任谁，就到谁那儿去吧！我不再指望你来协助我治理大地和城市了。"（17）

坚战王啊！我被持国赶走后，迅速跑到这儿来告诉你。我在大会堂上说的那些话，你们要记住！我现在再说一遍。（18）受到敌人残酷迫害，仍能保持耐心，等待时机，就像星星之火越烧越旺，这样的意志坚强者能独享大地。（19）国王啊！谁能把财产拿出来和朋友共享，他的朋友就会和他共患难。这是获得朋友帮助的办法。人们说，获得朋友帮助，就能获得天下。（20）般度之子啊！最好说真话，不要嚼舌说空话。有饭和朋友们共享。在他们面前，不要突出自己。这样处世行事，王国就会繁荣富强。（21）

坚战说：

依靠你的无上智慧，我将尽心竭力，按照您说的去做。根据时间和地点，你还有什么吩咐，我一定全部照办。（22）

以上是吉祥的《摩诃婆罗多》中《森林篇》第六章（6）。

七

护民子说：

国王啊！婆罗多后裔啊！维杜罗去了般度族的净修林，大智大慧的持国烦躁不安。(1)他来到大会堂门口,想起维杜罗,一阵发呆,随即昏倒在国王们面前。(2)等苏醒过来,从地上站起身,他就对站在跟前的全胜说道:(3)"维杜罗是我的兄弟和好友。他简直就像正法的化身。今天想起他来,我的心也碎了。(4)你快去把我的通晓正法的弟弟接回来。"持国王满怀悲伤,这样说着。(5)

  国王啊!后来,持国想念维杜罗,心中焦躁,形容憔悴。出于手足之情,他再次对全胜说道:(6)"全胜啊!你去找找我的弟弟维杜罗。我这罪恶的人,一怒之下把他赶走了,不知道他是不是还活着?(7)我的这位聪明睿智的弟弟过去没有做过一点对不起我的事。(8)而我怎么能对不起这位聪明绝顶的人?这位智者不会寻短见,全胜啊!你去把他接回来吧!"(9)

  听了持国王的话,全胜表示赞同,说道:"好吧!"随即赶往迦摩耶迦林。(10)没有多久,他就到达般度五子所在的那座森林,看见身穿羚羊皮的坚战。(11)只见他和维杜罗以及成千的婆罗门坐在一起,他的兄弟们在一旁保护,宛如众天神保护因陀罗。(12)

  全胜走到坚战跟前,向他行了礼,也向怖军、阿周那和双生子(无种和偕天)致敬如仪。(13)他接受坚战王问候,舒适地就座,说到来此的原因:(14)"维杜罗啊!安必迦之子持国想念您,快去看看他,救他一命吧!(15)令人尊敬的维杜罗啊!您就辞别俱卢族后裔、人中俊杰般度五子,遵照王中雄狮持国的命令,动身回去吧!"(16)聪明的维杜罗热爱自己的兄长,听了全胜的话,征得坚战同意,返回象城。(17)

  见到大智大慧的维杜罗,英勇威武的持国王说道:"通晓正法的兄弟啊!无罪的人啊!老天保佑,你回来了!老天保佑,你想起了我!(18)婆罗多族雄牛啊!为了你,我白天黑夜睡不着,在不眠中看着自己奇怪的身影。"(19)持国王拥抱维杜罗,吻了他的额头,说道:"我一时发怒,对你说了那样的话,希望你能原谅我!"(20)

  维杜罗说:

  国王啊!我已经原谅你了。你是我们的长者,我很想见到你,所以很快就赶回来。(21)人中之虎啊!懂得正法的人都愿意帮助落难的人,国王啊!在这方面不要犹豫不决。(22)对我来说,般度的儿子们

和你的儿子们都一样。现在，般度的儿子们有困难，所以，我的理智使我关心他们。(23)

护民子说：

就这样，大光辉的维杜罗和持国两兄弟互相谅解，无比快乐。(24)

以上是吉祥的《摩诃婆罗多》中《森林篇》第七章（7）。

八

护民子说：

听说维杜罗又回来了，受到持国王好言安抚，愚蠢的持国之子难敌浑身难受。(1)他陷入没有理智的黑暗中，把妙力之子沙恭尼、迦尔纳和难降叫来，对他们说道：(2)"持国宠信的大臣，般度五子的朋友，专为般度族的利益着想，这位博学的维杜罗回来了。(3)等他还没有说服持国召回般度五子，你们快为我的利益出出主意吧！(4)无论如何，只要我看到般度五子回到这儿，我又会失去控制，身心枯萎，性命不保。(5)我宁愿吃毒药、自刎或跳进火里，也不愿看到般度五子又在这儿兴旺发达。"(6)

沙恭尼说：

民众之主啊！你怎么会有孩子般的见识？般度五子已按照誓约离开这儿，他们不会再回来的。(7)婆罗多族雄牛啊！般度五子都是说话算数的人，孩子啊！就是你父亲叫他们回来，他们也不会听从的。(8)如果他们听从你父亲的召唤，违背誓约，又回到城里，我们就再跟他们赌一赌。(9)我们表面上装出听从持国王，保持不偏不倚的态度，但暗中要密切注视般度五子的疏漏。(10)

难降说：

聪明绝顶的舅舅啊！我们就照您说的办。您的智慧的话语一向合我的心意。(11)

迦尔纳说：

难敌王啊！我们都为您的利益着想。在这方面，大家的意见看来

是一致的。(12)

护民子说：

听了迦尔纳这样说，难敌王心中很不高兴，马上把脸转过去。(13)迦尔纳心领神会，睁大美丽的双眼，忿怒地望着难降和沙恭尼。(14)他自己站了出来，极其愤慨地说道："诸位国王啊！请你们听听我的意见。(15)我们都愿意为难敌王效力，但我们无所作为，就无法让他高兴。(16)我们一起拿起武器，穿上铠甲，登上战车，去杀掉在森林中流浪的般度五子吧！(17)如果他们都进入了无知无觉的安息之地，持国王的儿子们和我们就都不用争论了。(18)他们陷入忧愁，只顾哀伤，身边没有朋友，我认为我们能战胜他们。"(19)

听了车夫之子迦尔纳的这番话，大家连声称赞，说道："好吧！"(20)说罢，大家满腔愤怒，纷纷登上战车，一起出发，决心要去杀死般度五子。(21)

灵魂纯洁的岛生黑仙（毗耶娑）凭天眼看到他们动身出发，便来到他们身边。(22)这位举世崇拜的尊者阻止住他们，然后立刻去见坐在宝座上的、以智慧为眼的持国王，对他说了这些话。(23)

以上是吉祥的《摩诃婆罗多》中《森林篇》第八章(8)。

九

毗耶娑说：

大智大慧的持国啊！我要说一些对所有俱卢族人最有益的话，请听吧！(1)大臂者啊！受难敌控制的一伙人施展诡计，赢了般度五子，让他们去了森林，我感到难过。(2)婆罗多后裔啊！他们度过十三年后，回想这一时期的苦难，一定会满腔愤怒，把仇恨的毒液倾泻在俱卢族人身上。(3)你的儿子难敌灵魂邪恶，智力低下，经常发怒，他怎么能为了争夺王国，想要杀死般度五子？(4)你最好劝住你的愚蠢的儿子，让他安安分分。否则，他想去杀死林中的般度五子，反倒会丢掉自己的性命。(5)你最好照智者维杜罗、毗湿摩、慈悯、德罗纳和我说的话去做。(6)大智大慧的国王啊！与自己人争斗受人谴责，不合法，不光彩，希望你不要那样做。(7)婆罗多后裔啊！你的儿子那样算计般度五子，如果你坐视不管，大祸就要临头。(8)国王啊！或者让你的愚昧的儿子不带同伴，独自一人前往森林，和般度五子住在一起。(9)如果在相处中，你的儿子对他们产生亲情，那么，人主啊！你就大功告成。(10)不过，大王啊！听说人的品性是天生的，到死也不会改变。(11)毗湿摩、德罗纳、维杜罗和你是怎么想的？怎样合适就怎样做，否则就晚啦！(12)

以上是吉祥的《摩诃婆罗多》中《森林篇》第九章(9)。

一〇

持国说：

尊者啊！我也不喜欢赌博，牟尼啊！我想是命运支配了我，我才让他们去赌了。(1)对那场赌博，毗湿摩不喜欢，德罗纳不喜欢，维杜罗不喜欢，甘陀利也不喜欢，但出于愚痴，也就发生了。(2)恪守誓言的尊者啊！我也知道难敌愚昧无知，但由于爱子之心，我不能把他抛弃。(3)

毗耶娑说：

奇武之子持国王啊！你说的也是实话，我也知道儿子最亲爱，没有比儿子更宝贵的了。(4)神牛须罗毗流着泪对因陀罗诉说，让因陀罗也明白了，没有哪种荣华富贵比儿子更宝贵。(5)民众之主啊！我在这里就向你讲一讲须罗毗和因陀罗之间这次著名的对话吧！(6)亲爱的国王啊！古时候，众牛之母须罗毗在天国哭泣，因陀罗见了，心生怜悯。(7)

因陀罗说：

吉祥的神牛啊！你为什么哭泣？天神们、凡人们和母牛们都好吗？你这样哭泣，不会是为了一点小事吧？(8)

须罗毗说：

天王啊！我不是看到你们有什么灾难，因陀罗啊！我是为我的儿子难过，为他哭泣。(9)你看看这凶狠的农夫吧！他用刺棒鞭打我那瘦弱的儿子，把犁套在他身上折磨他。(10)修罗之主啊！看到他疲惫不堪，又被打得要死，天王啊！我心疼他，非常难过。(11)因陀罗啊！那儿有一头力大的牛，较能负重；这一头瘦弱无力、青筋暴露，艰难地负重，我是为他难过。(12)婆薮之主啊！你看农夫不断用刺棒抽打他，他还是拉不动。(13)我为他感到痛苦不堪，伤心哭泣，泪水从眼中涌出。(14)

因陀罗说：

光辉的神牛啊！你的成千成万个儿子都在受苦，为什么你单为这个儿子受苦而难过呢？(15)

须罗毗说：

天帝释啊！虽然我的成千成万个儿子对我来说都一样，但对受苦的儿子，我更加怜爱一些。(16)

毗耶娑说：

俱卢后裔啊！听了神牛须罗毗的话，因陀罗十分惊讶，承认儿子比性命更宝贵。(17)诛灭巴迦的因陀罗马上采取行动，降下暴雨，阻止农夫。(18)国王啊！正像须罗毗所说，所有的儿子对你来说都一样，但对受苦的儿子更加爱怜。(19)儿子啊！正像般度是我的儿子，你也是我的儿子，大智大慧的维杜罗也是我的儿子，因为爱你们，我才会说这些话。(20)国王啊！你长命，有一百零一个儿子，而般度只有五个儿子，看来他们不走运，蒙受痛苦。(21)他们怎么活下去？怎么兴旺起来？想到这些可怜的普利塔之子，我就心中不安。(22)国王啊！如果你希望俱卢族人都活着的话，你就让你的儿子难敌和般度五子和解吧！(23)

以上是吉祥的《摩诃婆罗多》中《森林篇》第十章(10)。

— —

持国说：

大智大慧的牟尼啊！您对我们说的这些话，我和所有的这些国王都知道。(1)牟尼啊！您说得很好，全是为了给俱卢族带来幸福。维杜罗、毗湿摩和德罗纳也这样对我说过。（2）如果您肯对我施恩，对俱卢族人垂怜，那就请您开导我那个灵魂邪恶的儿子难敌吧！（3）

毗耶娑说：

国王啊！弥勒仙人陪随般度族兄弟，现在想要看望我们，来到这里。（4）国王啊！为了你的家族安宁，这位大仙会依据正理开导你的儿子难敌。（5）王中因陀罗啊！凡是这位大仙说的，都要毫不迟疑地照办。如果不照办，他就会发怒，诅咒你的儿子。（6）

护民子说：

这样说了之后，毗耶娑就走了。接着，弥勒仙人出现。持国王带着儿子们，上前恭恭敬敬迎接他。（7）献上水和其他一切礼物，等这位卓越的仙人休息过后，安必迦之子持国王就谦恭地对他说道：（8）"尊者啊！您来到俱卢族国土，一路顺利吗？英勇的般度族五兄弟都好吗？（9）那些人中雄牛愿意遵守誓约吗？俱卢族的兄弟情谊没有破裂吧？"（10）

弥勒说：

我一路朝拜圣地，来到俱卢国土。在迦摩耶迦林，我偶然遇见法王坚战。（11）王上啊！为了看到盘着头发、围着兽皮、住在净修林里的灵魂高尚的坚战王，成群成群的牟尼汇聚那里。（12）大王啊！在那儿，我听到你的儿子们耍弄诡计，用赌博的方式犯下大罪。（13）王上啊！我一向喜欢你，对你十分宠爱，所以，我为俱卢族着想，来到这儿。（14）国王啊！在你和毗湿摩都还活着的时候，你的儿辈们互相敌对，这是很不应该的。（15）国王啊！你自己是控制局面的关键人物，为什么听任这样可怕的坏事发生？（16）俱卢族后裔啊！在大会堂上的这种行为像盗贼，国王啊！和苦行者们在一起，你就会显得不光彩。（17）

护民子说：

然后，尊贵的弥勒仙人转向动辄发怒的难敌王，用温和的声音对他说道：（18）"大臂难敌啊！能言善辩的大智者啊！请听我说些对你有益的话。（19）你不要和般度的儿子们为敌，人中雄牛啊！你做些对你自己、对般度族、对俱卢族和对世界都有益的事吧！（20）般度五子个个是人中之虎，英勇善战，生命力如同万头大象，身体结实如同金刚石。(21)他们坚持真理，信守誓言，以大丈夫气概为骄傲。他们杀死了以希丁波和钵迦为首的那些能随意变形、与天神为敌的罗刹们，杀死了罗刹斑驳。(22)灵魂高尚的般度五子从这儿出发，在晚上，灵魂凶恶的罗刹斑驳挡在路上，像一座大山一样屹立不动。(23)驰誉战场的优秀力士怖军像宰杀牲畜一样奋力杀死这个罗刹，犹如老虎咬死小鹿。(24)国王啊！你看，在征服四方时，怖军怎样在战场上杀死具有万象之力的大弓箭手妖连。(25)黑天是他们的亲戚，水滴王之孙猛光是他们的妻舅，哪个免不了衰老和死亡的凡人能在战争中和他们对抗？(26)婆罗多族雄牛啊！你和般度五子和解吧！听我的话，国王啊！不要自取灭亡。"(27)

民众之主啊！弥勒仙人这样说着，难敌用手拍着如同象鼻的大腿，(28)笑了笑，又用脚在地上乱划。这愚蠢的难敌什么也没有说，把头微微垂下。(29)国王啊！看到难敌不想听自己的话，用脚在地上乱划，弥勒仙人勃然大怒。(30)也是命中安排，这位优秀的牟尼弥勒怒不可遏，决意要诅咒难敌。(31)弥勒气得两眼通红，沾了沾水，诅咒心思恶毒的持国之子难敌道：(32)"因为你对我无礼，不听我的话，你很快就会得到你傲慢的果实。(33)由于你的罪过，一场大战将会爆发。在大战中，力士怖军会用铁杵打断你的大腿！"(34)

听到弥勒仙人这样诅咒难敌，持国王请求他开恩，说道："请你不要这样！"(35)

弥勒说：

国王啊！如果你的儿子能谋求和平，那么，我的诅咒就不会实现。否则，孩子啊！我的诅咒一定会实现。(36)

护民子说：

王中因陀罗啊！难敌的父亲惊恐不安，又问弥勒仙人："斑驳是怎样被怖军杀死的？"(37)

弥勒说：

我现在不告诉你，因为你心怀不满，你的儿子也不听我的劝告。等我走了以后，维杜罗会把一切都告诉你。(38)

护民子说：

这样说了之后，弥勒仙人就像来时一样离去。难敌听到斑驳被

杀，胆战心惊，也走了出去。(39)

以上是吉祥的《摩诃婆罗多》中《森林篇》第十一章 (11)。《森林篇》终。

诛斑驳篇

一二

持国说：

维杜罗啊！我想听听斑驳被杀的事，请你讲讲吧！那罗刹是怎样碰到怖军的？(1)

维杜罗说：

请听我讲述业绩非凡的怖军的这件事吧！我在听人说起他的业绩时，最后总会提到这件事。(2)

王中因陀罗啊！般度五子在赌博中输掉后，离开这里，走了三天三夜，到达迦摩耶迦林。(3) 国王啊！每天半夜，那些吃人的、行为恐怖的罗刹准会出来游荡。(4) 所以，苦行者和其他来往林中的人，害怕被罗刹吃掉，一向远远躲避这座森林。(5)

婆罗多后裔啊！般度族进入那里时，看见一个可怕的罗刹手持火把，眼睛燃烧，挡住去路。(6) 他伸出巨大的双臂，露出凶恶的面孔，站在那儿，挡住俱卢族后裔们的去路。(7) 他咬着牙齿和嘴唇，瞪着通红的眼睛，火焰般的头发高高耸起。他像一堆乌云，携带着阳光、闪电和白鹤。(8) 他施展罗刹幻术，发出巨大的吼声，犹如雨云发出轰轰雷鸣。(9) 听见他的吼叫，空中的飞鸟、地上的走兽和水中的游鱼都吓得发出哀叫，逃向四面八方。(10) 鹿、虎、豹、熊和野牛东奔西窜，仿佛整座森林被他的吼声吓跑。(11) 那些蔓藤遭到他的大腿掀起的大风袭击，棕色的嫩枝如同手臂，伸得远远的，紧紧抱住一棵棵大树。(12) 刹那间，刮起阴森可怖的狂风，天空布满尘土，星星消失。(13)

般度的五个儿子遇到这个他们不认识的大敌，好像五种感官突然遭到忧伤袭击。(14)远远看到身穿黑色鹿皮衣的般度五子,他就像美那迦山一样,挡在森林入口处。(15)眼如莲花的黑公主遇到这个从未见过的罗刹,吓得闭住双眼。(16)她披散着被难降抓乱的头发,犹如在五座大山中间奔腾的一条河流。(17)般度五子抱住昏晕的黑公主,好像五种感官抓住愉快的感官对象。(18)

这时,英勇的烟氏仙人正确地念诵各种诛灭罗刹的经咒,在般度五子的眼前,摧毁罗刹的幻术。(19)幻术失效,这个能随意变形、力大无比的罗刹气得圆睁双目,看上去像是死神。(20)随即,智慧深邃的法王坚战说道:"你是谁?属于谁?请说说,我们能为你做什么?"(21)

罗刹回答法王坚战说:"我是钵迦的兄弟,以斑驳闻名于世。(22)我无忧无虑住在这座空旷的迦摩耶迦林里,常常在战斗中打败凡人,把他们吃掉。(23)你们是什么人?你们来到我这儿,充当我的食物。我不用担心,会在战斗中打败你们,把你们统统吃掉。"(24)

婆罗多后裔啊!听了灵魂邪恶的罗刹的话后,坚战报出自己的家族和姓名:(25)"我是般度之子法王坚战,大概你也听说过。和我一起的是怖军、阿周那等等兄弟。(26)我们被夺去王国,想在林中居住,到了你把持的这座可怕的森林。"(27)

而斑驳却对坚战说道:"真是幸运!我心中久久渴望的东西,今天天神们给我送来了。(28)为了杀死怖军,我一直手持武器,在整个大地上游荡,但没有遇见他。(29)天公作美,今天碰上了我找了很久的杀兄仇人。他杀死了我亲爱的哥哥钵迦。(30)国王啊!他在藤野乔装婆罗门,靠咒术的力量,而不是靠胸膛里的力量,杀死我的哥哥。(31)这个灵魂邪恶的家伙过去还杀死我的好友,住在森林的希丁波,抢走他的妹妹。(32)现在,在夜半时分,我们出来游荡的时候,这个傻瓜来到了我的这座茂密的森林。(33)我今天要和他清算宿怨,要让他大出血,祭奠我的哥哥钵迦。(34)我今天要替我的哥哥和朋友报仇。杀死这个罗刹的仇敌,我将得到最大的安宁。(35)坚战啊!如果以前怖军逃过了钵迦之口,今天你就看着我把他吃掉。(36)我要杀死这个精力旺盛的狼腹(怖军),吃下去,消化掉,就像投山仙人吃掉大阿修罗。"(37)

听了罗刹斑驳的话,以法为魂、信守誓言的坚战愤怒地斥责道:"这办不到!"(38)

这时,大臂怖军迅速拔起一棵十臂高的大树,抹去它的叶子。(39)转瞬之间,阿周那也将威力如同金刚杵的甘狄拨神弓上了弦。(40)婆罗多后裔啊!怖军挡开阿周那,朝面目狰狞的罗刹跑去,说道:"你站住!你站住!"(41)说罢,般度之子力士怖军满腔愤怒,紧紧腰带,搓搓手,咬住嘴唇,以大树作武器,扑向罗刹。(42)他举起如同阎摩刑杖的大树,就像因陀罗举起金刚杵,猛烈地打在罗刹的头上。(43)

但看来罗刹在战斗中并不慌乱,他扔出燃烧的火把,犹如闪光的雷电。(44)优秀的战士怖军用左脚踢开火把,再次扑向罗刹。(45)斑驳也猛然拔起一棵大树,像手执刑杖的阎摩,愤怒地和般度之子怖军对打起来。(46)他们的树战使很多树木遭殃,就像从前猴王波林和妙项两兄弟为争夺王权对打时一样。(47)那些大树打在他们两个的头上就碎裂,就像莲花打在两头疯象的头上。(48)很多大树像芦苇一样折断,散落在大森林里像抛弃的布条。(49)

民众之主啊!罗刹首领和人中俊杰之间的这场树战继续了好一会儿。(50)随后,罗刹在战斗中愤怒地举起石头,扔向怖军,打得他站不稳脚跟。(51)石头打蒙怖军,罗刹伸出双臂,扑向怖军,就像罗睺扑向太阳。(52)他们两个扭在一起,互相厮打,犹如两头雄牛相斗。(53)他俩的恶斗凶猛可怕,犹如两头高傲的猛虎用爪和牙搏斗。(54)

高傲的狼腹(怖军)臂力过人,想到蒙受难敌的侮辱,想到黑公主望着自己,突然增添了力量。(55)他怒不可遏,冲上去用双臂抓住罗刹,就像颞颥和面颊开裂的大象冲向另一头大象。(56)英勇的罗刹也抓住怖军,但优秀的力士怖军奋力把他掀倒。(57)这两个勇士扭在一起厮打,胳膊摩擦,发出可怕的声音,如同竹子破裂。(58)这时,怖军用力摔倒罗刹,又拦腰抱住他,猛烈摇晃,犹如狂风摇撼大树。(59)在怖军的摇晃下,罗刹浑身无力,但他拼命挣扎,拽住怖军。(60)

狼腹(怖布)知道罗刹已经精疲力竭,于是用双臂紧紧抱住他,仿佛用绳索捆住一头牲畜。(61)罗刹大声吼叫,声音如同破鼓。怖军抓住他旋转,转了很久,直至他失去知觉。(62)知道罗刹已经垮掉,怖军用双手抓住他,像宰杀畜牲一样杀死他。(63)怖军用膝盖顶住下贱的罗刹的腰部,用双手掐他的脖子。(64)直到罗刹浑身僵直,眼睛大睁,怖军才把他扔在地上,嘴里说道:(65)"恶魔啊!你不用为希丁波和钵迦抹眼泪了,你自己也要到阎摩殿去了!"(66)说完,人中英豪怖军怒目圆睁,抛弃罗刹。这罗刹衣饰散乱,还在颤抖,但已失去知觉,没有生命。(67)

杀死乌云一般的罗刹后,般度族王子们让黑公主走在前面,赞扬怖军的种种美德,高高兴兴地前往双林。(68)人主啊!就是这样,怖军奉法王坚战之命,在战斗中杀死斑驳,婆罗多后裔啊!(69)

尔后,通晓正法、不可战胜的坚战披荆斩棘,清除林中障碍,和德罗波蒂一起,在那里居住下来。(70)婆罗多族雄牛们一起安慰德罗波蒂;大家满怀喜悦,亲切地赞扬狼腹(怖军)。(71)依靠怖军强大的臂力杀死罗刹后,这些英雄住进安宁的、消除了障碍的双林。(72)

我路过那座大森林时,就看见怖军奋力杀死的那个灵魂邪恶的罗刹,可怕地横在路上。(73)婆罗多后裔啊!我从聚集在那里的婆罗门的谈话中,听到了怖军的这个事迹。(74)

护民子说:

就这样,杰出的罗刹斑驳死于战斗。持国王听完之后,陷入沉思,仿佛痛苦地发出叹息。(75)

以上是吉祥的《摩诃婆罗多》中《森林篇》第十二章(12)。
《诛斑驳篇》终。

野 人 篇

一 三

护民子说:

博遮族、苾湿尼族和安陀迦族人听说般度五子忍受痛苦,去了森林,他们也一同出发,前往森林。(1)般遮罗族王子们、车底王英勇的羯迦夜族众兄弟,举世闻名。(2)他们怒不可遏,来到森林与般度五子相会。他们咒骂持国的儿子们,并问道:"我们怎么办?"(3)这些刹帝利雄牛让婆薮提婆之子黑天走在前面,围住法王坚战,坐了下来。(4)

婆薮提婆之子说:

大地将要饮下灵魂邪恶的难敌、迦尔纳、沙恭尼和难降的血。(5)然后,我们大家给法王坚战灌顶登基。作恶者应该被杀死,这是永恒的正法。(6)

护民子说:

出于对普利塔之子们的热爱,黑天非常愤怒,仿佛要焚毁众生,阿周那连忙加以抚慰。(7)看到黑天怒气冲冲,阿周那以前生的事迹赞美黑天,这位具有真正声誉的灵魂伟大者,(8)这位原人,不可限量者,真实者,无比光辉者,生主之主,毗湿奴,世界保护者,智慧者。(9)

阿周那说:

黑天啊!你从前是一位牟尼,一到黄昏就住下休息,在香醉山漫游了一万年。(10)黑天啊!你从前还在莲花圣地住过一万一千年,以饮水为生。(11)诛灭摩图者啊!你在广阔的钵陀利圣地,高举双臂,单足独立,喝风维生,度过一百年。(12)黑天啊!你脱去上衣,瘦削枯槁,青筋暴露,在娑罗私婆蒂河边举行十二年大祭。(13)大光辉的黑天啊!你在适合有德之士停留的波罗帕沙圣地,单足独立,严守规则,站了一千个天神之年。(14)

黑天啊!你是通晓领域者,一切众生的起源和终结,苦行的宝藏,永恒的祭祀。(15)你杀死大地之子妖魔那罗迦,取回摩尼耳环,黑天啊!你为祭祀放出第一匹出生的马。(16)完成祭祀,你成了众生中的雄牛,征服一切世界,在战斗中杀死一切遇到的提迭和檀那婆。(17)然后,大臂黑天啊!你把最高神位赐给沙姬的丈夫因陀罗,自己转生到人间。(18)

折磨敌人的黑天啊!你曾是那罗延,又是诃利、梵天、月亮、太阳、正法、陀多、阎摩和火,(19)风、俱比罗、楼陀罗、时间、天空、大地和方向,人中俊杰啊!你无生无始,是一切动物和不动物的导师,创造者。(20)

黑天啊!你充满威力,在奇车林里举行包括杜罗延祭在内的种种祭祀,慷慨布施。(21)黑天啊!你在每次祭祀,都布施足足一千万金币。(22)雅度族后裔啊！你是女神阿底提的儿子，以毗湿奴闻名于世，是因陀罗的弟弟。(23)折磨敌人的黑天啊！你还是儿童时，就凭自己的威力，三步跨越天国、天空和大地。(24)众生之魂啊！你到达天空，进入太阳之宫，用你自己的光辉照亮太阳。(25)

你清除牟罗的套索，消灭尼孙陀和那罗迦，恢复通往东光城的道路安全。(26)你在遮鲁提城打败阿胡底、迦罗特、童护、怖军、尸毗王和百弓。(27)你还登上像雨云一样轰鸣、像太阳一样光辉的战车，在战斗中打败宝光，抢夺博遮族公主做你的王后。(28)你一怒之下杀死帝光和耶婆那王迦色鲁曼，杀死梭波王沙鲁瓦，攻陷梭波城。(29)你在伊罗婆底河的战斗中杀死像作武王一样英勇的博遮王，还杀死牛主和多罗盖杜。(30)黑天啊！你占据仙人们喜欢的、圣洁富庶的多门城，又要将它沉入大海。(31)

杀死摩图的黑天啊！你哪有一点欺诈？愤怒、嫉妒、虚伪和残酷也都与你无缘。(32)坚定不移的黑天啊！你端坐心中，由自身的光辉照亮，所有的仙人前来向你乞求无畏。(33)杀死摩图者啊！折磨敌人者啊！到了世界末日，你把一切众生吸收进你自己体内，保存这个世界。(34)大光辉的神啊！你在儿童时代做的那些事，过去和将来都不存在。(35)莲花眼啊！你和大力罗摩一起行动，也曾在梵天的宫中和梵天住在一起。(36)

护民子说：

作为黑天之魂的阿周那这样说完后，保持沉默。这时，黑天对普利塔之子阿周那说道：(37)"你是我的，我也是你的，属于我的一切也属于你。仇恨你的人也仇恨我，追随你的人也追随我。(38)难以制服者啊！你是那罗，我是诃利·那罗延。那罗和那罗延两位仙人从另一个世界来到这个世界。(39)婆罗多族雄牛啊！你不能和我分开，我也不能和你分开，谁也不知道我们两个之间有什么区别。"(40)

这时，在这个英雄的集会上，众国王慷慨激昂，在以猛光为首的众兄弟围护下，(41)般遮罗族黑公主渴求庇护，走到和雅度族人坐在一起的莲花眼（黑天）跟前，说道：(42)"人们说，从前创造众生时，你是生主。阿私多·提婆罗说你是一切众生的创造者。(43)诛灭摩图者啊！难以征服者啊！食火仙人之子持斧罗摩说你是毗湿奴，是祭祀，是祭祀者，是受祭祀者。(44)人中俊杰啊！仙人们说你是宽容，是真理。迦叶波说你是从真理中产生的祭祀。(45)那罗陀说你是沙提耶、天神和婆薮的最高主宰，世界促进者啊！世界之主啊！(46)

"你的头填满天空，你的双足填满大地，你的腹部填满世界，主啊！你是永恒的原人。(47)最优秀的仙人啊！那些仙人修炼知识的苦行，以苦行磨炼自我，成功地洞察自我，(48)行为圣洁，不逃避战争，遵行一切正法，人中俊杰啊！你是这些王仙的归宿。(49)你是主宰者，统治者，存在者，自存者，永恒者。一切世界保护者，一切世界，星星，十方，天空，月亮，太阳，全都存在于你之中。(50)大臂者啊！一切众生的死亡和天神们的永生，一切世界的事情都取决于你。(51)诛灭摩图者啊！我出于信赖，要向你诉说我的痛苦，因为你是天上人间一切众生的主人！(52)

"黑天啊！主啊！我是普利塔诸子的妻子，你的朋友，猛光的妹妹，像我这样的人，怎么能被人拉到会堂上？(53)我月经来潮，只穿一件单衣，痛苦地颤抖着，被拉到俱卢族的集会上。(54)在国王们聚集的会堂里，看到我经血湿了身子，心思邪恶的持国之子们笑了起来。(55)他们在般度族兄弟们、般遮罗族人和苾湿尼族人还活着的时候，就想让我做女奴，供他们使唤。(56)黑天啊！按照正法，我是毗湿摩和持国的侄媳，他们却硬要让我做女奴！(57)我谴责了般度之子们，他们在战争中是出类拔萃的大勇士，却眼看着美名远扬的合法妻子遭受折磨。(58)

"黑天啊！去它的怖军的力量！去它的阿周那的神弓！他们两个居然容忍那些卑鄙的小人侮辱我！(59)力量微弱的丈夫也要保护他们的妻子，这是善人永远遵行的正法之路。(60)妻子受到保护，子女也就受到保护；子女受到保护，他们自己也就受到保护。(61)人自己都从妻子的腹中出生，所以妻子称作生育者。丈夫也受到妻子保护，否则，人自己怎么从妻子腹中出生？(62)般度之子们对请求他们庇护的人从不拒绝，但他们却没有保护需要保护的我。(63)黑天啊！我给我的五个丈夫生了五个威力无比的儿子，为了照看他们，我也应该受到保护。(64)我和坚战生下向山，和狼腹（怖军）生下子月，和阿周那

生下闻称，和无种生下百军，(65)和偕天生下闻业①，个个以真理为勇气，黑天啊！他们和始光一样，都是大勇士。(66)

"般度之子们箭术高超，在战争中所向无敌，他们怎么能容忍那些力量远不及他们的持国之子？(67)持国之子们违背正法，夺去他们的王国，让他们做奴隶，还把月经来潮、只穿着一件衣服的我拉到会堂上。(68)诛灭摩图者啊！除了阿周那和怖军，还有你，再没有人能在甘狄拨神弓上安上弦。(69)黑天啊！如果难敌还能活上片刻，去它的怖军的力量！去它的阿周那的甘狄拨神弓！(70)

"诛灭摩图者啊！从前，般度诸子尚未成年，遵守誓言，认真学习，不伤害生命，而难敌把他们和母亲一道逐出王国。(71)那个罪恶的人在怖军的饭里，放入一种新采集的、剧烈的毒药，令人毛发直竖。(72)人中俊杰啊！大臂黑天啊！只因怖军阳寿未尽，消化了掺在饭里的毒药，没有出事。(73)黑天啊！有一次，狼腹（怖军）无忧无虑地在波罗摩纳俱胝熟睡，那个罪恶的人把他捆起来，投下恒河后，回去了。(74)贡蒂之子大力士怖军醒来，挣断捆住自己的绳索，站了起来。(75)还有一次，在怖军熟睡时，难敌在他的全身放了很多黑色的毒蛇咬他，但杀敌者怖军没有死。(76)一觉醒来，贡蒂之子怖军打死所有的蛇，还一巴掌打死难敌心爱的御者。(77)

"在多象城的时候，年少的般度五子睡下，难敌又想把他们和他们的母亲一同烧死，但谁能办到这个呢？(78)在大火围困下，面临绝境，母亲惊恐地哭叫着，对儿子们说道：(79)'哎呀，我要完了！今天怎么才能逃过这场大火？我这孤苦无助的人要同我的孩子们一起毁灭了！'(80)这时，勇猛似风的大臂狼腹（怖军）安慰母亲和兄弟们说：(81)'你们不必害怕，我会像鸟中俊杰大鹏金翅鸟一样飞起来。'(82)说着，他左边抱着母亲，右边抱着坚战王，双肩驮着孪生的无种和偕天，背上背着阿周那。(83)英勇有力的怖军迅速带着大家，猛然跃起，把兄弟们和母亲一起救出大火。(84)美名远扬的般度五子和母亲一起连夜出发，来到罗刹希丁波森林附近的一座大森林。(85)

---

① 按照《初篇》第57章,黑公主德罗波蒂与阿周那生下闻称，与偕天生下闻军，而按照《初篇》第213章，与阿周那生下闻业，与偕天生下闻军，与这里的说法互有差异。

"到了那里，他们又疲乏，又难过，和母亲一起睡下。等他们睡熟后，名叫希丁芭的罗刹女来到这里。(86)幸运的罗刹女用力把怖军的双足抱在自己怀里，满怀喜悦地用温柔的手轻轻按摩。(87)这时，灵魂无量、以真理为勇气的力士怖军醒了过来，问她道：'纯洁无瑕的女郎啊！你在这里想要什么？'(88)听到他们俩的说话声，形貌和目光可怕的罗刹希丁波走过来，大声嚷嚷道：(89)'希丁芭啊！你在和谁说话？把他带到我跟前来，让我们两个把他吃掉！别磨蹭！'(90)但是，这位机智的、无可指摘的罗刹女同情怖军，心生爱怜，不愿说出实情。(91)

"于是，那个吃人的罗刹发出可怕的吼声，快步奔向怖军。(92)大力士罗刹满腔愤怒，冲向怖军，抓住怖军的手。(93)他又握紧金刚石般坚硬、碰上去像因陀罗的雷杵一样的手，向怖军打去。(94)大臂狼腹（怖军）不能忍受罗刹抓住自己的手，勃然大怒。(95)于是，精通一切武器的怖军和希丁波，如同因陀罗和弗栗多，展开了一场恶战。(96)怖军杀死希丁波后，让希丁芭走在前面和兄弟们一起离开那里。后来，希丁芭为他生下了儿子瓶首。(97)

"离开那座森林后，声誉卓著的般度五子和母亲一道，在众婆罗门簇拥下，前往独轮城。(98)在路上，毗耶娑成了般度五子的顾问，为他们提供有益的意见。恪守誓言的般度五子到达独轮城。(99)在那里，他们又遇到一个名叫钵迦的大力士，像希丁波一样可怕的吃人罗刹。(100)优秀的战士怖军杀死这个凶猛的罗刹，然后，和兄弟们一道前往木柱王的京城。(101)

"黑天啊！住在那里时，左手开弓的阿周那得到了我，就像你得到具威王的女儿艳光公主。(102)诛灭摩图者啊！普利塔之子阿周那在选婿大会上大显身手，做到别人做不到的事，赢得了我。(103)

"黑天啊！我受了很多折磨，满怀痛苦，离开婆婆，跟着烟氏仙人过起林居生活。(104)般度诸子像狮子一样威武，比那些仇人英勇，怎么会眼看着我受那些卑鄙的人折磨？(105)对于那些力量不如他们强大、行为卑劣的恶人造成的这些痛苦，他们怎么能容忍这么长时间？(106)我由命运安排，出生在一个大家族，成为般度五子的爱妻，灵魂高尚的般度的儿媳。(107)诛灭摩图的黑天啊！我这么个非凡的

贞洁女子，却在五个像因陀罗一般的丈夫的眼皮下，让人揪住头发！"(108)

讲完这些话，说话温柔的黑公主用莲花萼般柔嫩的手蒙住脸，哭了起来。(109)伤心的泪珠洒落在她那丰满、结实、美丽的双乳上。(110)她擦着眼睛，连连喘息，泪水噎着喉咙，又愤怒地说道：(111)"诛灭摩图者啊！我没有丈夫，没有儿子，没有兄弟，没有父亲，没有你，没有亲戚！(112)我受到卑鄙小人侮辱，你们仿佛无忧无虑，视而不见。迦尔纳那样嘲笑我。我的痛苦无法平息。"(113)

于是，黑天当着聚集在那儿的英雄们的面，对她说道："美人啊！那些惹你生气的人，将来他们的妻子都会痛哭。(114)因为他们全身会覆盖阿周那的箭，血流如注，丢掉性命，躺倒在大地上。(115)你不要伤心，凡是般度五子能做到的，我也会做到。我向你发誓，你将成为这五位国王的王后。(116)即使天空塌下，雪山崩溃，大地迸裂，大海枯竭，黑公主啊！我的话也不会落空。"(117)

猛光说：

我会杀死德罗纳，束发会杀死祖父毗湿摩，怖军会杀死难敌，胜财（阿周那）会杀死迦尔纳。(118)笑容可爱的妹妹啊！有大力罗摩和黑天支持，在战争中，甚至杀死弗利多的因陀罗也赢不了我们，何况持国的儿子们？(119)

护民子说：

猛光这样说完，在场的英雄们都把脸朝向黑天。当着他们的面，大臂黑天这样说道。(120)

以上是吉祥的《摩诃婆罗多》中《森林篇》第十三章(13)。

一四

婆薮提婆之子（黑天）说：

大地之主啊！坚战王啊！如果我那时在多门城，你就不会陷入这样的困境。(1)难以征服的坚战啊！即使安必迦之子持国、持国之子难敌王和俱卢族其他人不邀请我，我也会来到赌博的地方。（2）我会指出赌博的很多害处，进行劝阻。我会请来毗湿摩、德罗纳、慈悯和波力迦，（3）为了你，坚战王啊！劝告奇武之子持国王："俱卢后裔啊！不要让你的儿子们赌博，王中因陀罗啊！"（4）我在那里会指出赌博的种种害处。你现在深受其害，从前雄军之子也由此失去王国。（5）

民众之主啊！赌博会毁灭未来的幸福，赌博还会成瘾，我如实讲给你听。（6）贪色、赌博、狩猎和饮酒，这是欲望产生的四大恶癖，国王啊！染上它们，人就会失去吉祥幸福。（7）精通经典的人们认为这四者都有害，而有识之士认为赌博为害尤烈。（8）它可以在一天之内使财产荡然无存。它确实是恶癖，使钱财没有享用就丧失，只换来一些恶言恶语。（9）俱卢后裔啊！大臂者啊！赌博造成的这种那种害处，我见了安必迦之子持国会说的。（10）俱卢后裔啊！如果我这样说了，持国王也听进去了，俱卢族的正法也就安然无恙。（11）王中因陀罗啊！婆罗多族俊杰啊！如果他不听我的善意的忠告，我就要用武力制止他。（12）我也会这样对待那些假称朋友的恶人，劈杀会堂上的所有赌徒。（13）

俱卢后裔啊！可惜我当时不在阿那尔多，所以你们陷入了赌博造成的灾难。（14）俱卢族俊杰啊！般度之子啊！等我回到多门城，才从善战（萨谛奇）那里听说你遭难。（15）我听说之后，王中因陀罗啊！心里非常着急，立即跑来看你。（16）婆罗多族雄牛啊！看到你和你的兄弟们遭难，我们大家都很难过。（17）

以上是吉祥的《摩诃婆罗多》中《森林篇》第十四章（14）。

一五

坚战说：

苾湿尼族后裔啊！那时你怎么不在？黑天啊！你到哪里去了？你在异乡做什么？（1）

黑天说：

我到沙鲁瓦的京城梭婆去了，婆罗多族雄牛啊！我是去杀他的，人中俊杰啊！你听我告诉你原因吧！(2)陀摩高沙之子童护神采非凡，双臂修长，这位声名卓著的英雄被我杀死。(3)婆罗多族俊杰啊！在你举行王祭时，他争夺献礼，被我杀死。灵魂卑鄙的沙鲁瓦为此发怒，不能忍受。(4)婆罗多后裔啊！我在你们那里时，沙鲁瓦一听说童护被杀，怒不可遏，就去进攻我空虚的多门城。(5)国王啊！这个行为残暴的人，登上能随意飞行的梭婆城，到达多门城，与年轻的苾湿尼族雄牛们作战。(6)这个心思邪恶的人杀死苾湿尼族很多英勇的青年，把城市的园林也统统摧毁了。(7)

大臂英雄啊！他还说："苾湿尼族那个贱种，那个愚蠢的婆薮提婆之子哪里去了？(8)我要在战斗中打掉这个好战者的傲气！阿那尔多人啊！你们说实话吧！他在哪里，我就追到那里！(9)我要把这个杀死刚沙和盖辛的人杀掉才回去。我以武器发誓，不杀死他，决不回去。"(10)

梭婆国王就这样跑来跑去，想要和我在战场上决斗，说着："他在哪里？他在哪里？(11)我今天就要把这个背信弃义、作恶多端的小人送到阎摩殿去，因为我不能容忍他杀死童护。(12)这个本性邪恶的人把我的兄弟童护王杀死了，我要把他杀死在大地上。(13)我的英勇的兄弟、年轻的国王不是在战斗前线，粗心大意，被他杀死。我也要把他杀死。"(14)

俱卢后裔啊！大王啊！他这样喋喋不休辱骂我，凭借能随意飞行的梭婆城，停留空中。(15)俱卢后裔啊！我回去后，听到这个灵魂卑鄙、心思邪恶的玛尔狄迦婆多迦王骂我的话。(16)俱卢后裔啊！国王啊！我气得怒目圆睁，下定决心要杀死他。(17)俱卢后裔啊！他蹂躏阿那尔多人，辱骂我，作恶多端，气焰嚣张。(18)因此，大地之主啊！我动身去杀梭婆王。我一路寻去，在一个海湾看见了他。(19)国王啊！我做好准备，吹起我的"五生"螺号，召唤沙鲁瓦出来应战。(20)我和檀那婆们在那里战斗了好一会儿，然后把他们全都打倒在地，降服他们。(21)大臂者啊！就为了这件事情，在听到那场罪恶的赌博时，我没有到象城去。(22)

以上是吉祥的《摩诃婆罗多》中《森林篇》第十五章(15)。

一六

坚战说：

婆薮提婆之子啊！大臂英雄啊！大智大慧者啊！请你把杀死梭婆王的事再详细说说，因为我听了还不满足。(1)

婆薮提婆之子说：

大臂英雄啊！婆罗多族俊杰啊！听说我杀了闻声之子童护，沙鲁瓦便向多门城进军。(2)般度之子啊！灵魂邪恶的沙鲁瓦从四面八方包围多门城，他在空中城堡布好阵势。(3)大地之主沙鲁瓦就在那里向多门城进攻，投掷一切武器，展开大战。(4)

多门城周围设有旗杆、门楼和岗哨，设有铁栅、机关和坑道。(5)有大道和瞭望塔，有城门和塔楼，有抓人头发和投掷火把的器械。(6)婆罗多族俊杰啊！有骆驼，有铜鼓、小鼓和大鼓，有燃料、草料和拘舍草，有百杀器和犁头。(7)有喷火器和投石器，有斧钺、铁器和皮革，有火和投射器。(8)婆罗多族雄牛啊！多门城按照经典规定设防，备有各种物资，还有伽陀、商婆和优陀婆等等。(9)这些人出身名门，曾在战争中显示勇气，善于阻截敌人，俱卢族之虎啊！(10)它由坚固的城墙和高耸的壁垒保护，由马兵和步兵把守。(11)为了避免误事，猛军和优陀婆还在城中宣布"严禁饮酒"。(12)考虑到沙鲁瓦王可能会趁大家酒醉杀来，苾湿尼族和安陀迦族人都保持警觉，严阵以待。(13)

司库人员把所有的阿那尔多的歌舞艺人赶出城去。(14)桥梁拆掉，船舶停航，俱卢后裔啊！壕沟安上尖桩。(15)俱卢族俊杰啊！在一拘卢舍①范围内，水井填没，路面破坏。(16)纯洁无瑕的人啊！多门城凭借天然条件，难以进攻，易于防守，并具有一些天然的特殊武器。(17)婆罗多族俊杰啊！它安全可靠，防守严密，备有一切武器，如同因陀罗的天宫。(18)

---

① 一拘卢舍是一声叫喊能达到的距离。

坚战王啊！在梭婆王进攻的时候，没有印记，谁也不能进出苾湿尼和安陀迦族人的城堡。(19)俱卢后裔啊！王中之王啊！在所有大道和十字路口都部署军队，配备大象和马匹。(20)大臂者啊！得到薪饷、食物、武器和铠甲，军士们都尽心竭力。(21)没有人对薪饷表示不满，没有人多领薪饷，没有人受到特殊照顾，也没有人不展现英雄气概。(22)眼如莲花的人啊！得到优厚给养的军士们在多门城认真设防，阿护迦王严密守护。(23)

以上是吉祥的《摩诃婆罗多》中《森林篇》第十六章(16)。

一七

婆薮提婆之子说：

王中之王啊！梭婆王沙鲁瓦向多门城进军，用布满人和象的军队围困它。(1)沙鲁瓦王率领四大兵种俱全的大军，在平坦而水源充足的地方驻扎下来。(2)除了火葬场、神庙、蚁垤和祭坛外，到处都是他的军队。(3)军队分成六路前进，人主啊！沙鲁瓦的营帐扎满九个山坡。(4)军队武器齐全，战士精通一切武艺，车、马、象应有尽有，步兵充足，旌旗招展。(5)人人心满意足，个个体魄健壮，具有英雄的特征。旗帜五彩缤纷，盔甲斑斓夺目，战车和弓弩形形色色。(6)俱卢后裔啊！人中雄牛啊！安营扎寨后，沙鲁瓦王像百鸟之王，命令军队向多门城发起猛攻。(7)

看到沙鲁瓦王的军队袭来，苾湿尼族的年轻王子们出城应战。(8)俱卢后裔啊！美施、商波和大勇士始光都不能容忍沙鲁瓦的侵犯。(9)他们全副武装，登上战车，佩戴各种饰物，高举旗帜，迎战沙鲁瓦王众多的英勇将士。(10)

商波拿起弓，在战场上意气风发，和沙鲁瓦的大臣和主帅福增交战。(11)婆罗多族俊杰啊！阇婆婆蒂之子商波迅速向他发射猛烈的箭雨，像千眼大神降下倾盆大雨。(12)大王啊！主帅福增受到骇人的箭雨袭击，像雪山一样岿然不动。(13)王中之王啊！福增施展幻术，向商波射出更大的箭网。(14)商波也施展幻术，破了他的幻术造成的箭

网,并向他的战车泼洒成千支箭。(15)主帅福增中了商波的箭,疼痛难当,驾着快马逃去。(16)

沙鲁瓦的凶残的主帅逃跑,一个名叫急迅的勇猛力大的提迭向我的儿子商波冲来。(17)王中之王啊!急迅冲来,苾湿尼族后裔商波镇定自若,抵挡他的进攻。(18)贡蒂之子啊!商波是真正的英雄,迅速抡起铁杵,猛烈地向急迅打去。(19)坚战王啊!急迅遭到打击,倒在地上,如同根部枯朽的大树被一阵狂风刮倒。(20)这个英勇的大阿修罗被大杵击倒后,我的儿子商波就冲进敌阵,展开大战。(21)

大王啊!一个名叫毗文底耶的檀那婆是著名的大勇士、大弓箭手,他和美施交战。(22)坚战王啊!他和美施的战斗可怕激烈,如同昔日弗栗多和婆薮之主因陀罗交战。(23)大王啊!他们彼此忿怒地用箭对射,大声吼叫着,像两头力大无穷的雄狮。(24)艳光之子始光对着威力如同火焰和太阳的、消灭敌人的箭念起咒语,然后将它安在弓弦上。(25)我这个大勇士儿子忿怒地向毗文底耶呐喊,把箭向他射去,国王啊!毗文底耶倒地死去。(26)

看到毗文底耶被杀死,军队溃败,沙鲁瓦凭借随意飞行的梭婆城,再次攻来。(27)大臂者啊!看到沙鲁瓦的梭婆城降落地上,多门城的所有军队慌乱起来。(28)贡蒂之子啊!大王啊!这时始光站了出来,整顿阿那尔多人的军队,说道:(29)"你们都站住,看我投入战斗!我要用我的力量把梭婆城和它的国王赶出战场。(30)雅度族的人们啊!今天,我手中的弓射出像蛇一般的铁箭,要消灭梭婆王的军队。(31)你们放心吧!不要害怕!梭婆王就要毁灭。这个灵魂邪恶的人和我交战,他会和梭婆城一起毁灭。"(32)

英勇的般度之子啊!始光满怀信心地这样一说,整个军队又站稳阵脚,愉快地投入战斗。(33)

　　　　以上是吉祥的《摩诃婆罗多》中《森林篇》第十七章(17)。

一八

婆薮提婆之子说:

婆罗多族雄牛啊!对雅度族人这样说过以后,艳光之子始光登上金制的战车，套上装备齐全的马匹。(1)车上竖着以张开大口的鳄鱼为标志的旗帜，马匹像要飞腾上天，他冲向敌人。(2)这位大力士英雄把良弓拉得铮铮直响，箭箭射向敌人。他挂着箭囊，佩着宝剑，戴着护腕和护指。(3)他以闪电般的速度，两手交换开弓，使提迭们和梭婆城战士们不知所措。(4)在战斗中，他一次又一次射箭和搭箭，接连不断射杀敌人，谁也看不到其中的间歇。(5)他面不改色，四肢也不发抖，人们只听到他发出狮子般高亢的吼声，形同奇迹。(6)战车前方的金旗杆上飘扬着灿烂的旗帜，上面有令一切鱼类害怕的鳄鱼，张着大口，恐怖地呈现在沙鲁瓦的军队前面。(7)

国王啊！消灭敌人的始光迅速冲上前去，和沙鲁瓦交战。(8)俱卢族后裔啊！沙鲁瓦怒气冲冲，不能容忍英勇的始光在大战中向他进攻。(9)战胜敌人城堡的沙鲁瓦气得发狂，从那座能随意飞行的梭婆城上下来，和始光交战。(10)沙鲁瓦族和苾湿尼族的这两位英雄展开激战，就像钵利和婆薮之主因陀罗交战，人们聚在一旁观看。(11)

英雄啊！沙鲁瓦的战车是用黄金装饰的魔车，有坚固的底盘，有旗杆、旗帜和箭囊。(12)主人啊！俱卢后裔啊！光辉的大力士沙鲁瓦登上这辆精致的战车，向始光射箭。(13)始光在战斗中迅速举臂发射箭雨，使沙鲁瓦不知所措。(14)梭婆王在战斗中中箭受伤，怒不可遏，向我的儿子发射火焰般燃烧的利箭。(15)王中之王啊！艳光之子始光被沙鲁瓦的那些箭射中，迅即在战斗中射出一支致敌死命的箭。(16)我的儿子射出的这支羽毛箭穿透沙鲁瓦的铠甲，击中他的心脏，使他晕倒在地。(17)英勇的沙鲁瓦王失去知觉，倒在地上，檀那婆首领们纷纷逃跑，踩碎大地。(18)大地之主啊！梭婆王沙鲁瓦王失去知觉，倒在地上，他的军队里响起一片哀叫。(19)

俱卢后裔啊！这时，大力士沙鲁瓦又恢复知觉，站起身来，迅速向始光射箭。(20)大臂始光在战斗中被他的箭射中锁骨，这位英雄倒在战车上。(21)大王啊！沙鲁瓦射中艳光之子始光，发出狮子吼，吼声响彻大地。(22)婆罗多后裔啊！我的儿子晕厥过去，沙鲁瓦又迅速射出很多难以抵挡的利箭。(23)俱卢族俊杰啊！始光中了很多箭，倒在战场上，不省人事。(24)

以上是吉祥的《摩诃婆罗多》中《森林篇》第十八章(18)。

一九

婆薮提婆之子说：

优秀的力士始光被沙鲁瓦的箭射伤，前来参战的苾湿尼族人仿佛失去斗志，心惊胆战。(1)苾湿尼族和安陀迦族的整个军队发出一片哀叫，坚战王啊！始光倒下，敌人欢腾。(2)训练有素的御者达禄吉看到始光晕厥，连忙驱策快马，将他带出战场。(3)车还没有走远，善于击退敌方优秀车兵的始光恢复知觉，拿起弓来，对御者这样说道：(4)"御者啊！你要干什么？为什么要转身逃跑？这可不是苾湿尼族英雄们的作战之道。(5)御者啊！你是不是在大战中看到沙鲁瓦，神志不清了？或者看到战斗，心里害怕了？你如实对我说吧！"(6)

御者说：

遮那陀那之子啊！我既没有糊涂，也不害怕，美发者之子啊！我只是认为，对你来说，沙鲁瓦太厉害了。(7)英雄啊！那个恶棍力量强大，我悄悄撤退，因为在战争中，御者要保护昏厥在战车上的英雄。(8)长寿者啊！我应该始终保护你，你也应该保护我。考虑到应该保护战车上的英雄，我才驶离战场。(9)大臂英雄啊！你孤身一人，而檀那婆为数众多，艳光之子啊！考虑到力量悬殊，我才驶离战场。(10)

婆薮提婆之子说：

俱卢后裔啊！听了御者这么说，以鳄鱼为旗徽的始光对他说道："你把战车再赶回去吧！(11)达禄迦之子啊！你再也不要做这样的事了！只要我还活着，御者之子啊！你无论如何也不要把我带离战场。(12)苾湿尼族中还没有生下过一个放弃战斗的人，也不曾有谁杀死倒下的人，或者杀死已经表示投降的人。(13)也不曾有谁杀害妇女、老人和儿童，或者杀害失去战车的人、溃退的人和兵器折损的人。(14)你出身御者世家，精通御术，达禄迦之子啊！你也知道苾湿尼族人的作战之道。(15)你知道面临大军，苾湿尼族人的所作所为，御者之子啊！以后，再也不要从战场上退却了！(16)看到我背上受

39

伤，胆怯地从战场上逃回，难于制服的摩豆族后裔、伽陀之兄黑天会怎么说我呢？（17）身着青衣、嗜好饮酒的黑天之兄大臂力天来了之后，又会怎么说我呢？（18）御者之子啊！看到我从战场逃回，悉尼之孙、人中雄狮、大弓箭手萨谛奇和经常在战争中取胜的商波又会怎么说我呢？（19）御者啊！难以制服的美施、伽陀、娑罗纳和大臂阿迦卢罗又会怎么说我呢？（20）蕊湿尼族的妇女们聚在一起时，会怎么说我呢？我一向被人视为英雄，常以自己的大丈夫气概为骄傲。（21）她们会说：'这始光害怕了，弃战逃回，呸！'她们不会说：'好啊！'（22）御者之子啊！我和像我这样的人，听到责骂的话，哪怕是开玩笑，也会感到比死还难受，所以你以后再也不要驶离战场了！（23）

"诛灭摩图的诃利（黑天）把重任交给我，他去参加婆罗多族雄狮、光辉无比的普利塔之子的祭祀去了。（24）御者之子啊！英勇的成铠要出战，被我拦住。我说：'我去击退沙鲁瓦，你留下吧！'（25）诃利迪迦之子成铠信任我，就回去了。如果我弃战逃回，遇到这位大勇士，对他怎么说呢？（26）难以制服的黑天手持螺号、飞轮和铁杵，这位眼如莲花的大臂英雄回来时，我对他怎么说呢？（27）萨谛奇、力天以及安陀迦族和蕊湿尼族中其他经常和我竞赛的人们，我对他们怎么说呢？（28）御者之子啊！如果我背上中箭受伤，放弃战斗，身不由己，被你带回，那我无论如何也不想再活下去。（29）达禄迦之子啊！你赶快把车赶回去吧！以后无论遇到怎样的困难，也不要这样做了。（30）御者之子啊！背上中箭受伤，心里害怕，逃离战场，我决不会这样苟且偷生。（31）御者之子啊！你什么时候见过我害怕了，像懦夫一样弃战逃跑？（32）达禄迦之子啊！你不要逃避战斗。我强烈渴望战斗，你赶快驶往战场吧！"（33）

以上是吉祥的《摩诃婆罗多》中《森林篇》第十九章（19）。

二〇

婆薮提婆之子说：

贡蒂之子啊！御者之子在战场上听了这些话后，马上以温和动听的声音对始光说道：(1)"艳光之子啊！我驱马上战场，无所畏惧。我也知道苾湿尼族人是怎样作战的，这一点也不含糊。(2)但是，长寿者啊！对于御者来说，自古就有明训：在一切情况下都要保护战车上的勇士，而你又受了重伤。(3)你被沙鲁瓦的箭射中，受了重伤，失去知觉，英雄啊！我才把车驶离。(4)沙特婆多族俊杰啊！美发者之子啊！现在你既然苏醒过来，那就请看我的御马术吧！(5)达禄迦是我生身之父，养育我，训练我。我现在无所畏惧地冲向沙鲁瓦大军。"(6)

英雄啊！这样说完，御者驱策马匹，拉紧缰绳，快速驶向战场。(7)或奇妙地转圈，或转双圈，或向左转，或向右转，(8)国王啊！那些骏马受到驱策，缰绳收紧，仿佛向天空腾飞。(9)人主啊！熟谙达禄吉双手御车之妙，那些骏马仿佛一着地，马蹄就被烫着。(10)婆罗多族雄牛啊！真像奇迹一般，没有费多大的力，达禄吉就沿着沙鲁瓦的军队，从右绕到左。(11)

看到始光从右绕到左，梭婆王不能忍受，猛然向他的御者发射三支箭。(12)大臂英雄啊！达禄迦之子毫不在乎这些迅猛的箭，继续驱马前进。(13)于是，梭婆王又向我的英勇的儿子始光发射各种各样的箭。(14)在这些箭没有到达之前，杀敌英雄艳光之子始光笑了笑，展示自己的娴熟手艺，用数百支利箭将它们射断。(15)看到自己的那些箭被始光射断，梭婆王依靠可怕的阿修罗幻术，发射很多箭。(16)大力士始光知道他使用提迕法宝，便使用梵天法宝在半空中阻截，随即又射出一些箭。(17)破除他的法宝后，那些喝血的箭钻入他的头颅、脸颊和胸膛，他昏倒在地。(18)

卑鄙的沙鲁瓦中箭受伤，倒在地上，艳光之子始光又搭上一支致敌死命的箭。(19)这支箭受到所有陀沙诃族人祝福，如同太阳闪发光芒。看到这支箭搭在弓弦上，空中响起一片惊呼声。(20)包括因陀罗和财神在内的众天神派来那罗陀和威力强大的风神。(21)他俩前来向艳光之子始光传达众天神的话："英雄啊！这个沙鲁瓦王无论如何不应该被你杀死。(22)在战斗中，没有谁不会被这箭杀死。但你不应该杀死沙鲁瓦，把箭收回吧！(23)大臂英雄啊！创造主已经安排他死在提婆吉之子黑天手里，这确定无疑。"(24)

41

于是，始光非常高兴，把那支卓越的箭从他的良弓上收回，放进箭囊。(25)王中之王啊！这时，沙鲁瓦也站起身来，神情沮丧，忍受着箭伤，迅速带着军队逃跑。(26)王中之王啊！残酷的沙鲁瓦遭到苾湿尼族人打击，放弃多门城，登上梭婆城，飞向空中。(27)

以上是吉祥的《摩诃婆罗多》中《森林篇》第二十章(20)。

二一

婆薮提婆之子说：

人主啊！在你的盛大的王祭完毕后，我回到已经解除围困的阿那尔多城。(1)大王啊！我看到多门城失去光辉，没有吠陀诵读声和祭祀呼唤声，美丽的妇女们也不佩戴首饰。(2)多门城的那些园林也面目全非，认不出来，看到这情景，我心中疑惑，询问诃利迪迦之子成铠道：(3)"人中之虎啊！苾湿尼人的这座城里，男男女女狼狈不堪，我想知道这是为什么？"(4)

王中俊杰啊！听我这样一问，诃利迪迦之子成铠就详详细细告诉我沙鲁瓦围城和弃城的经过。(5)俱卢族俊杰啊！听了他详细讲述的这一切，我就下定决心要消灭沙鲁瓦王。(6)婆罗多族俊杰啊！我安慰城中百姓，也鼓励阿护迦王、婆薮提婆和苾湿尼族的所有英雄，说道：(7)"苾湿尼族雄牛们啊！城中的防务永远不能放松。你们要知道，我现在要去消灭沙鲁瓦王。(8)我不杀死他，就不回多门城！我要毁灭梭婆城和沙鲁瓦，然后回来见你们。敲起令敌人生畏的、有三种音调的战鼓吧！"(9)

婆罗多族雄牛啊！我这样安慰这些英雄后，他们高兴地对我说道："去吧！去消灭敌人吧！"(10)这些英雄满怀喜悦，为我祝福，令我高兴。我让那些优秀的婆罗门为我祝福，也向阿护迦俯首行礼。(11)然后，我登上由塞尼耶和妙项两匹骏马驾驭的战车。人主啊！我吹起优良的"五生"螺号，响彻四方。(12)在满怀胜利希望、四大兵种齐全的大军簇拥下，人中之虎啊！我出发了。(13)

穿过很多国家，越过很多高山、森林、湖泊和河流，我来到马提迦婆多。(14)人中之虎啊！在那里我听说，沙鲁瓦乘上梭婆城到附近去了,我便追踪他。(15)杀敌者啊!到了海边,我发现沙鲁瓦驾着梭婆城,在波涛汹涌的大海中央。(16)坚战啊!这个灵魂邪恶的人远远看见我,仿佛笑着,一次又一次向我挑战。(17)我用角弓射出许多致命的箭,但这些箭射不到他的梭婆城,令我生气。(18)

人主啊!这个生性罪恶、难以驯服的提迭贱种向我泼洒箭雨,数以千计。(19)婆罗多后裔啊!他射击我的士兵、御者和马匹,但我们毫不在乎这些箭,坚持战斗。(20)在战斗中,追随沙鲁瓦的英雄们向我发射成百成千支利箭。(21)那些阿修罗用许多致命的箭覆盖我的马匹、战车和御者达禄迦。(22)英雄啊!我的马匹、战车、御者达禄迦和军队被箭遮蔽,什么也看不见。(23)

于是,贡蒂之子啊!我依法念咒,用神弓射出数万支箭。(24)婆罗多后裔啊!我的军队的目标没有了,因为梭婆城紧贴天空,仿佛有一拘卢舍之遥。(25)见此情景,所有的人发出狮子吼,并拍起掌来,好像是演技场的观众,使我非常高兴。(26)在大战中,从我的弓中射出的箭钻入檀那婆们的身体,犹如嗜血的飞虫。(27)他们被利箭射穿,坠入大海,梭婆城中发出一片哀叫。(28)那些檀那婆被射断臂膀,看上去只剩下躯干,发出恐怖的叫声,纷纷坠落。(29)

这时,我用力吹起我的"五生"螺号,色泽如同牛奶、素馨花、月亮、莲藕和银子。(30)看到他们纷纷坠落,梭婆王沙鲁瓦施展幻术,和我展开大战。(31)他接连不断向我投掷铁钩、长矛、飞镖、铁戟、斧子、铁叉和标枪。(32)我也施展幻术,拦截和摧毁这些武器。幻术被攻破,沙鲁瓦举起山峰,和我交战。(33)婆罗多后裔啊!只见忽而如黑夜降临,忽而如黎明到来;忽而坏天气,忽而好天气;忽儿冷,忽儿热。(34)敌人就这样施展幻术,和我交战。而我通晓幻术,用幻术攻破幻术,并在战斗中及时地发射利箭。(35)大王啊!贡蒂之子啊!这时,空中好像有一百个太阳,一百个月亮,千万颗星星。(36)这时,不知是白天,还是夜晚,也辨不出方向。我陷入迷惑之际,使出智慧法宝,用它驱散沙鲁瓦的法宝,如同驱散棉花。(37)这场大战异常激烈,令人毛发直竖,王中之王啊!光亮恢复后,我再次和敌人交战。(38)

以上是吉祥的《摩诃婆罗多》中《森林篇》第二十一章(21)。

二二

婆薮提婆之子说：

人中之虎啊！国王们的大敌沙鲁瓦和我交战，再次腾入空中。(1)大王啊！头脑愚蠢的沙鲁瓦一心想取胜，愤怒地向我投掷百杀器、大杵、燃烧的长矛、铁叉和利剑。(2)我迅速发射利箭，拦截从空中飞来的这些武器，把它们射断成两截或三截，在空中发出响声。(3)于是，沙鲁瓦把成百成千支利箭射向达禄迦、马匹和战车。(4)英雄啊！达禄迦仿佛痛苦难忍，对我说道："我被沙鲁瓦的箭射中，但想到要坚守岗位，所以我坚持着。"(5)

听了御者可怜的话，我看了看他，发现他已经中箭受伤。(6)般度族俊杰啊！他的胸部、头部、身躯和双臂无处不是箭伤。(7)中箭之处，鲜血流淌，好像大雨冲下山上的矿物质。(8)大臂者啊！我看到御者被沙鲁瓦的箭射伤，手持缰绳，身体瘫软，我便扶住他。(9)

婆罗多后裔啊！这时，一个住在多门城的人飞快地来到我的战车旁，仿佛友善地劝说我。(10)他是阿护迦的仆从，悲伤绝望。坚战啊！你听听他说的话：(11)"英雄啊！多门城统帅阿护迦有话对你说，美发者啊！请听你父亲的朋友（阿护迦）对你说的话：(12)'难以制服的苾湿尼族后裔啊！今天沙鲁瓦进攻了多门城。趁你不在的时候，他用武力杀死了苏罗之子（婆薮提婆）。(13)所以，遮那陀那啊！你最好停止战斗，回来吧！保护多门城是你最重要的任务。'"(14)

听了他的话，我心里非常难过，不知道究竟该做什么，不该做什么。(15)英雄啊！听到这个噩耗，我心里埋怨萨谛奇、力天和大勇士始光。(16)俱卢后裔啊！我去摧毁梭婆城，把保护多门城和父亲的重任交给了他们。(17)杀敌的大臂英雄力天还活着吗？萨谛奇、艳光之子始光、英勇的美施和以商波为首的英雄们还活着吗？我焦虑不安。(18)人中之虎啊！我想，只要他们活着，就是手持金刚杵的因陀罗也不可能杀死苏罗之子。(19)所以，我心里认定，苏罗之子显然被杀了，以力天为首的所有英雄也被杀了。(20)

我反复想到他们全部遭到杀害，心情沉重，大王啊！我再次和沙鲁瓦交战。(21)这时，坚战王啊！英雄啊！我看见苏罗之子从梭婆城坠落下来，我顿时神志迷糊。(22)人主啊！我父亲坠落，那样子就像迅行王享尽功果后从天上坠落地下。(23)我看见他坠下时，头巾飘落，衣服凌乱，头发披散，就像耗尽功果的星宿陨落。(24)我的优良的角弓从我的手上失落，贡蒂之子啊！我在昏晕中瘫坐在车座上。(25)看见我坐在车上，失去知觉，像死去一样，婆罗多后裔啊！我的所有战士惊慌哀号。(26)我看见我父亲坠落时，手脚摊开，如同飞鸟下降。(27)大臂者啊！那些英雄手持标枪和铁叉，猛烈袭击我的坠落的父亲，使我的心发抖。(28)

就在一瞬间，英雄啊！我又恢复了知觉，依然置身在大战中，但我没有看到梭婆城，没有看到仇敌，没有看到沙鲁瓦，也没有看到我的年迈的父亲。(29)于是，我坚信那一切只是幻象。我又恢复理智，挽弓发射成百支利箭。(30)

以上是吉祥的《摩诃婆罗多》中《森林篇》第二十二章(22)。

二三

婆薮提婆之子说：

婆罗多族俊杰啊！我紧握闪闪发光的良弓，发射一支支利箭，把那些天神之敌的头颅从梭婆城上射落。(1)我用角弓向沙鲁瓦王发射许多箭。这些箭装饰有羽毛，高高飞行，威力无比，如同毒蛇。(2)俱卢族后裔啊！由于幻术的作用，梭婆城消失不见，我感到十分惊讶。(3)

婆罗多后裔啊！大王啊！我站在那里，一群群面目狰狞、头发蓬乱的檀那婆高声呐喊。(4)为了在战斗中杀死他们，我迅速挽弓搭上能循声射中目标的箭，呐喊声随即停止。(5)因为所有呐喊的檀那婆都被那些能循声射中目标的、灿若太阳的利箭射死了。(6)这边呐喊声消失，那边又响起呐喊声，大王啊！我同样向那边发射利箭。(7)就这样，婆罗多后裔啊！上下左右，所有十方呐喊的阿修罗，都被我

杀死。(8)

英雄啊！能随意飞行的梭婆城前往东光国，然后又出现，迷惑我的眼睛。(9)一个猴子形状的、能毁灭世界的檀那婆突然降下大石雨，将我覆盖。(10)王中因陀罗啊！山石之雨从四面八方袭击我，山峰堆积，如同蚁垤。(11)坚战王啊！连同马匹、战车和旗帜，我被压在群山下，消失不见。(12)我的军队，那些苾湿尼族勇士惊恐万状，迅速逃向四面八方。(13)民众之主啊！在我消失不见的时候，天上、地下和空中到处响起哀叫声。(14)大王啊！我的朋友们失魂落魄，痛苦悲伤，号啕大哭。(15)

英雄啊！我听见敌人欢笑，朋友悲伤。(16)于是，我举起我心爱的、能击碎一切岩石的法宝金刚杵，击破群山。(17)大王啊！那些马匹被大山压得奄奄一息，动弹不得，好像微微颤抖着。(18)看到我像太阳拨开空中云层，重新出现，我的所有亲人又高兴起来。(19)

国王啊！我的御者双手合十，躬身对我说道："看啊！苾湿尼族英雄！梭婆王沙鲁瓦在这儿！(20)黑天啊！再也不能轻敌，要竭尽全力！对沙鲁瓦不能手软，不能留情。(21)大臂者啊！杀死沙鲁瓦吧！美发者啊！不能让他再活了！杀敌英雄啊！施展一切勇气，杀死敌人！(22)强大者也不能轻视弱小的敌人，即使他匍匐在凳子上，何况他站在战场上？(23)人中之虎啊！主人啊！你竭尽全力杀死他吧！苾湿尼族俊杰啊！你不要再失去时机。(24)他不能用温和的手段解决，他也成不了你的朋友，英雄啊！是他向你挑战，蹂躏多门城。"(25)

贡蒂之子啊！听了御者说的这些话，我认为完全正确，决定在战斗中，(26)杀死沙鲁瓦王，摧毁梭婆城。于是，我对御者达禄迦说道："英雄啊！你稍待片刻。"(27)

随即，我就拿起心爱的火神法宝。它不可攻破，所向无敌，威力巨大，光辉无比。(28)在战争中，它能将一切药叉、罗刹、檀那婆以及倒行逆施的国王们化为灰烬。(29)这个光洁的飞轮边缘锋利，如同时神，如同阎摩。我向这个无与伦比的杀敌武器念咒，说道：(30)"用你的神威摧毁梭婆城和我的一切仇敌吧！"说罢，我使出臂力，忿怒地将飞轮向它投去。(31)

妙容飞轮腾入空中，如同又一个世界末日的太阳，周围绕有光环。(32)它挨近黯然失色的梭婆城，将它从中间劈开，如同锯子锯断木头。(33)梭婆城被妙容飞轮一劈为二，顿时倒塌，如同三城被大自在天的箭射中。(34)梭婆城倒塌，飞轮返回我的手中。我又迅速将它投出，说道："目标沙鲁瓦！"(35)

沙鲁瓦正在大战中挥舞大铁杵，飞轮闪闪发光，猛然将他劈为两半。(36)英雄沙鲁瓦倒下，檀那婆们心慌意乱，遭到我的利箭折磨，哀叫着逃向各方。(37)我将战车停在梭婆城附近，高兴地吹起螺号，鼓舞朋友们。(38)看见像弥卢山峰那样高耸的城堡、瞭望塔和城门都在燃烧，妇女们纷纷逃跑。(39)

就这样，我在战斗中杀死沙鲁瓦，摧毁梭婆城，又回到阿那尔多，带给朋友们欢乐。(40)杀敌英雄啊！由于这个原因，我没有到象城。如果我到象城，难敌就活不成。(41)

护民子说：

诛灭摩图的人中俊杰、聪明睿智的大臂黑天这样对俱卢后裔坚战说完，就告别般度族兄弟，准备动身。(42)大臂黑天向法王坚战行礼，坚战王和怖军亲吻他的头。(43)黑天接受般度族兄弟的礼拜，让妙贤和激昂登上金车，自己也上车。(44)他又安慰坚战一番，然后由塞尼耶和妙项两匹骏马驾着烂若太阳的战车，向多门城驶去。(45)

陀沙诃王黑天离去后，水滴王之孙猛光也带着德罗波蒂的儿子们，前往自己的城堡。(46)车底国王勇旗见过般度族兄弟后，也带着自己的妹妹，前往自己美丽的苏迦底摩蒂城。(47)婆罗多后裔啊！羯迦夜族王子们也征得无限光辉的贡蒂之子坚战同意，告别般度族兄弟，动身离去。(48)

当地的婆罗门和百姓依依不舍，不愿意抛弃般度族兄弟。(49)王中因陀罗啊！婆罗多族雄牛啊！这就是那些灵魂高尚的人们在迦摩耶迦林中的奇妙相会。(50)思想高尚的坚战王拜别众婆罗门，及时地吩咐人们备好车辆。(51)

以上是吉祥的《摩诃婆罗多》中《森林篇》第二十三章(23)。

二四

护民子说：

陀沙河王黑天一离去，坚战、怖军、阿周那、无种和偕天，还有黑公主和祭司，一起登上几辆驾着无上宝马的贵重车辆。(1)英雄们光辉灿烂，如同万物之主，一起登上车，前往森林。他们赠给通晓经咒的婆罗门许多金币、衣物和牛群。(2)二十个精通武艺的仆从走在前面，其余的人带上弓弩、铠甲、黄色的箭、弓弦和器械，跟在后面。(3)御者帝军迅速集合公主的衣物、首饰、乳娘和侍女，驾车跟随在后。(4)

城中居民不再悲伤，走近俱卢族俊杰坚战王，绕着他向右旋转行礼；众婆罗门和俱卢丛林的首领们愉快地向他致敬。(5)法王坚战和弟兄们一起，也愉快地向他们致敬。这位灵魂高尚的国王看到俱卢丛林的百姓纷纷涌来，便站在那里。(6)这位灵魂高尚的俱卢族雄牛对他们怀有深情，犹如父亲对儿子们；而他们也对这位婆罗多族俊杰怀有深情，犹如儿子们对父亲。(7)涌来的人潮走近他，围住他，他们怀着羞愧，泪流满面，连声呼唤道："救主啊！正法啊！(8)俱卢族俊杰啊！民众之主啊！抛弃我们这些城中居民和乡村百姓，就像父亲抛弃儿子们，法王你去哪里？(9)该诅咒的持国之子难敌和妙力之子沙恭尼，该诅咒的迦尔纳，他们心思恶毒，充满邪念，人主啊！你坚持正法，这些罪人想要陷害你。(10)你灵魂高尚，亲自建起无与伦比的天帝城，犹如天国之城矗立地上。你事业有成，如今抛弃这座城市，法王你去哪里？(11)灵魂高尚的摩耶建起这座无与伦比的会堂，犹如天国的会堂，仿佛由神幻造成，受天神保护，如今抛弃它，法王你去哪里？"(12)

威武的阿周那通晓法、利和欲，对聚集在这里的人们高声说道："我们的国王流亡森林，将会剥夺仇敌们的名声。(13)那些杰出的婆罗门、苦行者以及通晓正法和利益的人们，或集体，或个人，应该走上前来，祝福我们事业成功。"(14)

国王啊！阿周那说完这些话，众婆罗门和一切种姓的人，满怀喜悦，一齐向优秀的执法者坚战王右绕行礼。(15)他们告别普利塔之子坚战、怖军、阿周那、孪生子和祭军之女黑公主，返回自己的王国。但是，离别了坚战王，也就失去了快乐。(16)

以上是吉祥的《摩诃婆罗多》中《森林篇》第二十四章(24)。

二五

护民子说：

他们走了以后，信守诺言、以法为魂的贡蒂之子坚战对所有的弟兄说道：(1)"我们必须在荒无人烟的森林里居住十二年，你们在大森林里找一处有许多鹿和鸟的地方吧！(2)那里应该适合有德之人居住，吉祥可爱，有很多花果，我们能在那里愉快地度过十二个秋季。"(3)

坚战王这样说罢，阿周那像对老师那样，回答这位聪慧的人间导师。(4)

阿周那说：

您敬奉年长的大仙们，对人世间的一切无所不知。(5)婆罗多族雄牛啊！您一向敬奉婆罗门，敬奉岛生（毗耶娑）等人和大苦行者那罗陀。(6)自在的那罗陀经常出入一切世界之门，行走在神界和梵界，甚至健达缚和天女之中。(7)国王啊！毫无疑问，您知道那些婆罗门的一切行为，知道他们的一切威力。(8)国王啊！您知道幸福所在，所以，大王啊！您想去哪里，我们就在那里定居。(9)这里有一个名叫双林的湖泊，美丽可爱，适合有德之人居住，有很多花果，有各种飞鸟。(10)我觉得我们可以在这里度过十二年，国王啊！您觉得行吗？或者另找别处？(11)

坚战说：

普利塔之子啊！你说的，我完全同意。我们就到以双林著称的这座圣洁的大湖去吧！(12)

护民子说：

于是，遵行正法的般度五子，带着很多婆罗门，向圣洁的双林湖

49

走去。(13)这些婆罗门中,有的祭火,有的不祭火,有的诵习吠陀,有的乞食,有的念咒,有的住在林中。(14)这些婆罗门修炼苦行,坚持真理,恪守誓言,数以百计,围绕着坚战王。(15)般度五子——婆罗多族雄牛们和许多婆罗门同行,进入美丽圣洁的双林。(16)

炎热的夏季已过,雨季正要来临。坚战王看到大森林里花团锦簇,有娑罗树、棕榈树、芒果树、摩荼迦树、尼波树、黑檀树、沙尔伽树、阿尔琼树和金香木树。(17)森林中的大树枝头上,孔雀、鹪鹩和成群的鹧鸪,还有林中的杜鹃,发出婉转动听的鸣声。(18)坚战王看到林中有成群成群的大象,每群有象王带领。象王如同高山,有雌象陪伴,春情发动,颞颥流着液汁。(19)走近薄伽婆底,景色迷人。他看到林中住着许多悉陀和仙人,身穿树皮,头盘发髻,坚持正法,思想坚定。(20)

在以法为魂的人中,坚战王是佼佼者。他连忙下车,带领众弟兄和所有的人进入那片丛林,犹如帝释天进入天国,光辉无限,气宇轩昂。(21)成群成群的遮罗纳、悉陀和林中居民想要目睹这位聪明睿智、信守誓言的王中狮子的风采,一起走上前来,把他围在中间。(22)他向所有的悉陀致敬,也像国王或天神那样受到回敬。这位优秀的执法者和所有杰出的婆罗门一起,双手合十,进入丛林。(23)这位灵魂高尚、恪守戒行的国王像父亲那样,受到崇尚正法的苦行者们回敬。他走近一棵花团锦簇的大树,坐在树根下。(24)怖军、黑公主、阿周那和孪生子,还有那些随从,所有的婆罗多族俊杰都跟随他下车,来到树下。(25)蔓藤紧缠的大树微微下倾,迎接五位灵魂高尚的大弓箭手前来定居,犹如巍巍高山迎接五头象王。(26)

以上是吉祥的《摩诃婆罗多》中《森林篇》第二十五章(25)。

二六

护民子说:

这些因陀罗般的王子本应享受富贵安乐,现在来到丛林,生活艰辛。他们游荡在娑罗私婆蒂河边吉祥的娑罗树林中。(1)

威武的俱卢族雄牛坚战王在林中用最好的果子和根茎，满足所有的苦行者、牟尼和杰出的婆罗门。(2)般度五子住在森林中，祭司烟氏仙人富有光辉，犹如俱卢族的父亲。他举行种种祭祀，又为他们祭祖，献上新鲜的果实。(3)光辉吉祥的般度五子离国远行，住在林中。摩根德耶老仙人光彩熠熠，作为客人，来到他们的净修林。(4)这位灵魂高尚的仙人无所不知，威力无限。他看到黑公主德罗波蒂、坚战、怖军和阿周那，心中想起罗摩，在苦行者中间露出微笑。(5)法王坚战仿佛神情忧郁，对仙人说道："这些苦行者都面带羞愧，为什么你当着他们的面，望着我微笑，仿佛心情愉快？"(6)

摩根德耶说：

　　孩子啊！我没有笑，没有高兴，更没有得意忘形，只是看到你遭难，想起了信守诺言的十车王之子罗摩。(7)普利塔之子啊！由于父亲的命令，那位国王遁居森林，带着弟弟罗什曼那。从前我曾见过他，手持弓箭，游荡在哩舍牟迦山巅。(8)十车王之子罗摩灵魂高尚，纯洁无瑕，与战胜摩耶和杀死那牟吉的千眼神因陀罗相媲美。他遵奉父亲的命令，恪守自己的正法，流亡森林。(9)他威武有力如同帝释天，在战争中所向无敌，但他抛弃享乐，流亡森林。因此，不要恃强倚势，做不合正法的事情。(10)那婆伽和跛吉罗陀等等国王征服了这个大地，直到海角天涯，孩子啊！他们依靠真理征服所有世界。因此，不要恃强倚势，做不合正法的事情。(11)迦尸和迦禄沙国王信守诺言，抛弃王国和财产，人们称呼这位贤士叫阿罗迦（狂犬）。因此，人中俊杰啊！不要恃强倚势，做不合正法的事情。(12)

　　普利塔之子啊！古老的规律由造物主定下，圣洁的七仙①严格遵奉，在天上照耀至今。因此，人中俊杰啊！不要恃强倚势，做不合正法的事情。(13)国王啊！你看那些大象，长有象牙，高大似山，力量无穷，但也要服从造物主的安排。因此，人中俊杰啊！不要恃强倚势，做不合正法的事情。(14)人中因陀罗啊！你看一切众生，按照造物主的规定发挥作用，恪守自己的本分。因此，不要恃强倚势，做不合正法的事情。(15)

---

① 七仙即北斗七星。

普利塔之子啊！论守法和真诚，论善行和谦恭，你超过一切众生，美名远扬，你的光辉如同燃烧的太阳。（16）威武的国王啊，你就依照誓约，度过艰难的林中生活，用自己的光辉，从俱卢族取回荣华富贵。（17）

护民子说：

这位大仙人在苦行者中间，向坚战和他的朋友们说完这些话后，向烟氏仙人和般度五子告别，起身向北方走去。（18）

以上是吉祥的《摩诃婆罗多》中《森林篇》第二十六章（26）。

二七

护民子说：

灵魂高尚的般度五子住在双林，大森林里遍布婆罗门。（1）双林湖时时响起婆罗门吟诵吠陀的声音，变得和梵界一样圣洁。（2）四面八方吟诵夜柔吠陀、梨俱吠陀、娑摩吠陀和梵书的声音动人心弦。（3）般度五子的弓弦声和智慧的婆罗门的诵经声汇合，就像刹帝利和婆罗门结合，光辉灿烂。（4）

一天黄昏时分，贡蒂之子法王坚战坐着，四周围绕仙人。陀罗婆之子钵迦对他说道：（5）"普利塔之子啊！俱卢族俊杰啊！你看现在是婆罗门苦行者举行火祭的时候，到处点燃祭火。（6）在你的庇护下，恪守誓言的婆利古家族、鸯耆罗家族、极裕家族和迦叶波家族的仙人们，在这圣洁的森林里奉行正法。（7）大福大德的投山家族和严守誓言的阿德利家族的仙人们，以及整个世界的优秀婆罗门都来到了你身边。（8）普利塔之子啊！贡蒂之子啊！我要对你说些话，你和弟兄们专心听着吧！（9）婆罗门与刹帝利结合，刹帝利与婆罗门结合，就能消灭敌人，如同火和风结合，烧毁森林。（10）如果想要征服这个和那个世界，孩子啊！就永远不能离开婆罗门。一个国王得到精通法和利、克服愚痴的婆罗门帮助，就能消灭仇敌。（11）

"钵利遵行无上正法，保护众生。在这世上，他除了依靠婆罗门，也没有别的什么办法。（12）毗娄遮那之子钵利这个阿修罗有享不尽的欢乐，用不完的财富。他依靠婆罗门帮助，获得大地。一旦他对婆罗门作恶，也就走向毁灭。(13)如果不依靠婆罗门，这个蕴藏财富的大地，不会长久属于第二种姓（刹帝利）。如果得到精通世事的婆罗门指引，这个直达海边的大地便会归顺他。(14)没有婆罗门，刹帝利的力量会减弱，甚至消失，如同交战时没人驾驭的大象。(15)婆罗门有不可比拟的智慧，刹利帝有无与伦比的力量，如果两者结合，世界就会安宁快乐。(16)正如借助风力，烈火焚毁森林，依靠婆罗门，刹帝利消灭一切敌人。(17)聪明的人应该从婆罗门那里求取智慧，以便得到没有得到的东西，并让得到的东西繁荣增长。(18)得到没有得到的东西，并让得到的东西繁荣增长，要掌握其中的门道，你就要供养声誉卓著、精通吠陀、聪明睿智、博学多闻的婆罗门。(19)坚战啊！你对待婆罗门一向是最好的，因此你的光辉名声照耀一切世界。"(20)

陀罗婆之子钵迦这样赞美坚战，所有的婆罗门满怀喜悦，向钵迦表示敬意。(21)岛生（毗耶娑）、那罗陀、食火仙人之子持斧罗摩、广闻、帝释光、婆奴吉、成悟和千足，(22)耳闻、孟迦、咸马、迦叶波、诃利德、柱耳、火邻和寿那迦，(23)正言、妙言、巨马、梨达婆薮、优陀婆赖达、牛友、苏诃多罗和诃多罗伐诃那，(24)这些和其他许多恪守誓言的婆罗门赞颂无敌王坚战，犹如众仙人赞颂摧毁城堡的因陀罗。(25)

以上是吉祥的《摩诃婆罗多》中《森林篇》第二十七章(27)。

二八

护民子说：

一天黄昏时分，在林中忍受忧伤和痛苦的般度五子和黑公主一起坐着闲谈。(1)黑公主美丽可爱，聪明睿智，忠于丈夫。她对法王坚战说道：(2)"那个灵魂邪恶、凶狠残酷的持国之子肯定对我们毫不怜悯。(3)国王啊！看见你们兄弟和我穿着兽皮，出发前往森林，这个灵魂邪恶的人毫无歉疚，没有对我们说一句话。(4)对你这样恪守正法的好人，他都会说出尖刻的话。这个专做恶事的人，他的心一定是铁的。(5)你本应享福,不该受苦。这个灵魂卑鄙的恶人和他的那些朋友结成一伙,把这样的痛苦带给你,才感到高兴。(6)婆罗多后裔呀!你穿着兽皮,出发前往森林,有四个罪人没有流泪,(7)他们是难敌、迦尔纳、灵魂邪恶的沙恭尼和难敌凶暴的弟弟难降。(8)俱卢族俊杰啊!俱卢族其他的人都沉浸在悲痛之中,眼里流下泪水。(9)

"看见你现在的床,想起你过去的床,大王啊!我真替你难过。你本不应该受苦,而应该享福。(10)看见你的拘舍草坐垫,想起安放在会堂中央、镶嵌宝石的象牙宝座,我不由得悲从中来。(11)国王啊!从前我看见你在会堂上,群王簇拥,如今不见这情景,我心中怎么会安宁?(12)从前我见你身上抹有檀香,像太阳一样光辉灿烂,如今我见你一身泥垢污秽,婆罗多后裔啊!我简直要晕倒。(13)从前我见你身穿昂贵华丽的憍尸迦衣服,王中因陀罗啊!如今我却看到你身披树皮。(14)

"过去你的家里,常用金器盛出精心制作的美味食品,施予数以千计的婆罗门。(15)国王啊!不管是出家的还是在家的苦行者,都施予他们美味佳肴,夫主啊!如今看不到这些施舍了,我的心怎么能平静?(16)大王啊!从前年轻的厨师们佩戴明亮的耳环,制作精美可口的饭食给你的弟兄们吃。(17)如今我看见这些不该受苦的人都靠林中的野果维生,人中因陀罗啊!我的心无法平静。(18)怖军在森林中忍受痛苦,陷入沉思,你的怒火怎么没有及时升起?(19)看到怖军亲自完成种种任务,本应享福,却在受苦,你为什么不发怒?(20)看到怖军过去身穿各种精美服装,乘坐各种华丽车辆,如今流落森林,你为什么不发怒?(21)怖军有力量杀死所有俱卢族的人,但他忍住了,要等待你的恩准。(22)

"双臂阿周那比得上千臂阿周那(作武王);箭速飞快,比得上时神和阎摩。(23)大王啊!所有的国王都慑服他的武器的威力,在你举行祭祀的时候,前来侍奉婆罗门。(24)人中之虎阿周那受到天神和檀那婆敬仰。如今看到他陷入沉思,你怎么不发怒?(25)婆罗多后裔啊!看到这位不应受苦而应享福的普利塔之子流落森林,你怎么不发怒?而我简直要昏倒。(26)他用一辆战车就能战胜天神、凡人和蛇族。看到他流落森林，你怎么不发怒？(27)这位折磨敌人的英雄在形状奇异的车、马和象围绕下，打败许多国王，缴获许多财富。(28)他一次就能射出五百支箭。看到他流落森林，你怎么不发怒？(29)

"年轻的无种黝黑，高大，在战场上手持盾牌，是一位优秀的战将。看到他流落森林，你怎么不发怒？(30)坚战啊！看到俊美而英勇的玛德利之子偕天流落森林，你怎么不发怒？(31)我出生在木柱王家族，是灵魂高尚的般度王的儿媳。看到我流落森林，你怎么不发怒？(32)婆罗多族俊杰啊！你肯定是根本没有怒气，所以看到你的弟兄们和我这般遭遇，你的心中毫无痛苦。(33)

"俗话说，世上没有不发怒的刹帝利，而今天我在你这位刹帝利身上看到不是这样。(34)普利塔之子啊！一个刹帝利在必要的时候不显示威力，一切众生就会永远鄙视他。(35)所以，你对敌人无论如何不能忍让。毫无疑问，你能凭借自己的威力消灭他们。(36)同样，一个刹帝利在应该宽恕的时候不宽恕，也会受到众人唾弃，在今生和来世遭到毁灭。"(37)

以上是吉祥的《摩诃婆罗多》中《森林篇》第二十八章(28)。

二九

德罗波蒂说：

说起这个问题，人们常举出古代历史中波罗诃罗陀和毗娄遮那之子钵利之间的一段对话。(1)钵利曾经询问祖父波罗诃罗陀，这位通晓正法、大智大慧的阿修罗王和提迭王：(2)"爷爷啊！我有一个疑问，是宽容好，还是威力好？爷爷啊！请你如实告诉我。(3)知法的人啊！哪个好？请你毫不犹豫地告诉我。我会完全按照你的教导去做。"(4)智慧的祖父知道全部答案，回答钵利提出的疑问。(5)

波罗诃罗陀说：

并不是什么时候都是威力好，也不是什么时候都是宽容好，孩子啊！毫无疑问，你要了解这两者。(6)经常宽容的人，孩子啊！他会犯很多错误。他的仆从轻视他，外人也轻视他。(7)所有的人都不恭

55

敬他,孩子啊!智者们不赞成一味宽容。(8)仆人们不把他放在眼里,会做出很多恶事。那些愚蠢的人还会图谋夺取他的财产。(9)他的车辆、衣服、首饰、床榻、坐椅、食物、饮料和一切物品,(10)那些愚昧的仆人随意拿来享用。而主人吩咐施舍的东西,他们又不按照主人的吩咐施舍。(11)仆人们对主人毫不尊敬。而在这世上,不受尊敬还不如死去。(12)对于这种宽容的人,孩子啊!他的差役、儿子和仆人,甚至外人都会说出不恭的话。(13)他们轻视宽容的人,甚至想勾引他的妻子,而他的愚蠢的妻子也会随心所欲。(14)这些恶人长期贪图快乐,即使受到主人轻微的责罚,也会以怨报德。(15)对于宽容的人,始终存在这些和其他许多弊端,毗卢遮那之子啊!现在再听听不宽容的弊端吧!(16)

　　不管是在适当或不适当的场合,一味放纵感情,发泄愤怒,凭自己的威力施以各种惩罚。(17)他沉溺于自己的威力,和朋友们作对,结果会受到世人和自己人的仇恨。(18)由于轻视他人,他会丧失财富,受人责骂和鄙视,招来烦恼、仇恨和敌人。(19)动辄对人发怒施以各种惩罚,他很快就会失去荣华富贵,失去性命,甚至失去自己的亲人。(20)不管是恩人仇人,一味施展威力,世人就会惧怕他,就像惧怕进屋的蛇。(21)世人惧怕他,这对他有什么好处呢?世人见到有可乘之机,一定会做出对他不利的事。因此,一个人不能滥用威力,也不能一味温和。(22)一个人在该温和的时候温和,该严厉的时候严厉,他在今生和来世都会得到幸福。(23)

　　什么时候应该宽容,我要仔细说给你听。这些是智者们说的话,应该永远牢记不忘。(24)一个以前做过好事的人,犯了一点小错,那么,看在他做过好事的分上,应原谅他的错误。(25)由于无知而犯错误,对这样的人也应宽恕,因为并不是人人都能成为智者。(26)如果刁钻狡猾,明知故犯,还谎称不知道,这样的恶人即使犯有小罪,也应惩处。(27)对于所有的人,第一次犯错误都应原谅,如果第二次再犯,即使是小罪,也应惩处。(28)由于无知而犯错误,经过考察证实,那就可以宽恕。(29)以柔克柔,以柔克刚,柔和无所不成,因此柔和更厉害。(30)此外,要看时间、地点和自己力量的强弱。时间和地点不当,什么事也做不成。因此,要等待适当的时间和地点。由于

怕世人非议，也可以宽恕犯罪者。(31)这样，我讲述了什么时候应该宽容，同样也讲述了什么时候应该施展威力。(32)

德罗波蒂说：

因此，人主啊！我认为对那些贪得无厌、一贯作恶的持国之子们，是该你施展威力的时候了。(33)现在不是对俱卢族宽容的时候，施展威力的时候已经到来，你应该施展你的威力。(34)软弱受人轻视，凶狠使人害怕，知道在适当的时候使用这两者的人，才能成为大地之主。(35)

以上是吉祥的《摩诃婆罗多》中《森林篇》第二十九章(29)。

三〇

坚战说：

愤怒可以使人毁灭，也可以使人昌盛，聪明的公主啊！你要知道，愤怒是祸福两者的根源。(1)美人啊！能抑制愤怒的人，他是有福的；而经常不能控制愤怒的人，极其可怕的愤怒会导致他毁灭。(2)就世间所见，愤怒是众生毁灭的根源。像我这样的人，怎能发怒，导致世界毁灭？(3)发怒的人会犯下罪恶，甚至杀死师长。发怒的人会用刻毒的话侮辱好人。(4)发怒的人不知道什么该说，什么不该说。发怒的人没有什么事不能做，没有什么话不能说。(5)发怒的人会杀死不该杀死的人，而尊敬该杀死的人。一个发怒的人也会把自己送往阎摩殿。(6)看到这些弊端，那些希望今生和来世都得到无上幸福的智者都克制愤怒。(7)智者们都摒弃愤怒，像我这样的人怎么能发泄愤怒呢？德罗波蒂啊！考虑到这些，我才没有发怒。(8)

一个人对发怒的人也不发怒，他能把自己和别人从巨大的危险中救出，成为自己和别人的救命医生。(9)如果一个没有力量的愚人，在遭受苦难时，对强于自己的人发怒，结果只会送掉自己的性命。(10)一个人不能控制自己，他会毁掉自己，也毁掉来世。因此，德罗波蒂啊！古训要求力量弱小的人控制愤怒。(11)而力量强大的智者，在遭受苦难时，也不发怒，他会消灭使他受苦的人，在来世享受

快乐。(12)所以，凡是懂得这个道理的人，不管是强者，还是弱者，即使遭受苦难，也应该宽容。(13)

　　黑公主啊！世上的好人都赞成克制愤怒，他们认为善良的、宽容的人永远得到胜利。(14)真实胜于虚假，温和胜于残暴。愤怒有很多弊端，为善人所不取。像我这样的人怎么能发怒？即使为了杀死难敌。(15)有远见的智者称说某人有威力时，那人身上肯定没有愤怒。(16)谁能用理智抑制冒上来的愤怒，洞察本质的智者便认为他是有威力的人。(17)丰臀美女啊！发怒的人不能正确看待事情，他既不明白应该做什么，也不明白界限在哪里。(18)发怒的人会杀死不该杀死的人，甚至会用恶言恶语伤害长辈，所以，即使需要施展威力，也要远离愤怒。(19)能干、威武、英勇和敏捷，这些是威力的优良表现。一个人受愤怒控制，就难以发挥这些优点。(20)一个人摒弃愤怒，就能正确施展威力，聪明的公主啊！发怒的人难以在适当的时机施展威力。(21)无知识的人常把愤怒当成威力。而赋予人类的激情正是为了毁灭这个世界。(22)

　　因此，行为正常的人永远应该摒弃愤怒。可以肯定，甚至放弃自己的正法也比发怒要好。(23)只有愚昧无知的人才会做出悖理的事，无可指摘的美人啊！像我这样的人又怎么会做出悖理的事？(24)如果人间没有像大地一样的宽容者，人类就不能共处，因为愤怒是争斗的根源。(25)如果受了打击就要去打击别人，受了长者伤害就要去伤害长者，那么，一切众生都会毁灭，不法之事就会猖獗。(26)如果所有的人挨了骂，就立即回骂；挨了打击，就立即回击；(27)父亲伤害儿子，儿子也伤害父亲；丈夫伤害妻子，妻子也伤害丈夫，(28)黑公主啊！这样充满愤怒的世界就不会有生存了，美女啊！你要知道，生存是人类共处的基础。(29)德罗波蒂啊！在这样的世上，一切众生都会迅速消亡。因此，愤怒导致一切众生毁灭。(30)正因为世上还有像大地一样的宽容者，一切众生才得以诞生和繁荣。(31)美人啊！一个人在这世上遇到任何苦难，都应该宽容，因为大家都知道，有宽容，才有一切众生的诞生和幸福。(32)如果一个人被强者骂了，打了，激怒了，而他能容忍，能抑制自己的愤怒，他就是一个智者，一个优秀的人。(33)这样的人有威力，他的世界永恒。而缺乏智慧，容易发怒，

他在今生和来世都会毁灭。(34)

谈到这个问题,黑公主啊!人们经常引用一些关于宽容的偈颂,那是灵魂高尚而宽容大度的迦叶波仙人吟诵的:(35)"宽容是正法,宽容是祭祀,宽容是吠陀,宽容是所闻。懂得这种宽容的人,他能容忍一切。(36)宽容是梵,宽容是真,宽容是过去,宽容是未来,宽容是苦行,宽容是纯洁,这个世界由宽容支撑。(37)宽容的人达到的世界超越知梵者的世界,超越苦行者的世界,超越通晓祭祀者的世界。(38)宽容是有威力者的威力,宽容是苦行者的梵,宽容是诚实者的真理,宽容是布施,宽容是荣誉。"(39)

黑公主啊!像这样含有梵、真理、祭祀和世界的宽容,像我这样的人怎么能将它抛弃?祭祀者享受他们的世界,宽容的人享受更高的世界。(40)明理的人永远应该宽容。他对一切宽容,就会得到梵。(41)这个世界属于宽容的人,来世也属于他们。他们在这个世界受到尊敬,来世也走向幸福。(42)经常以宽容抑制愤怒,他们会得到最好的世界。因此,宽容被认为至高无上。(43)

德罗波蒂啊!这些是迦叶波仙人经常吟诵的关于宽容的偈颂,你听了之后,应该安于宽容,不要发怒。(44)福身王之子祖父毗湿摩会提倡和解,老师德罗纳和维杜罗也会主张和解,慈悯和全胜也会主张和解。(45)月授、尚武、德罗纳之子以及我们的祖父毗耶娑也都经常谈到和解。(46)有他们努力敦促和平,我认为国王(难敌)会归还我们王国。如果他出于贪婪,不归还,他将遭到毁灭。(47)

婆罗多族毁灭的可怕时刻已经来到,发怒的美人啊!我从一开始到现在,一直这样认为。(48)难敌不能宽容,也就找不到宽容。我能宽容,宽容也就找到我。(49)宽容和仁慈,这是有自制能力的人的行为,是他们永恒的正法。因此,我将正确地行动。(50)

以上是吉祥的《摩诃婆罗多》中《森林篇》第三十章(30)。

三一

德罗波蒂说:
向创造之神和维持之神致敬!他俩使你产生痴迷。你本应承袭父亲和祖先的遗风，而你却有不同的想法。（1）在这世上，人们依靠正法、仁慈、宽容、正直和慈悲，决不能得到荣华富贵。（2）婆罗多后裔啊！你和你威武的弟兄们不应该蒙受这种灾难，而这种难以忍受的灾难却落在你们身上。（3）婆罗多后裔啊！人们知道，在当时和现在，对你来说，没有什么比正法更可爱，你爱它甚至超过生命。（4）婆罗门、师长和天神们都知道，你的王国是为了正法，你的生命也是为了正法。（5）我知道，你会抛弃怖军、阿周那、玛德利的双生子和我，也不会抛弃正法。（6）

我听高贵的人们说，国王保护正法，正法也会保护这样的国王。但我认为正法并没有保护你。（7）人中之虎啊！你的心智永远追随正法，从不转移，就像一个人的影子永不离身。（8）你从不轻视和你一样的人或比你弱的人，更不用说比你强的人。就是在你得到整个大地的时候，你也没有滋长傲气。（9）普利塔之子啊！你常常高呼着"婆婆诃"，向火中投祭品，供奉婆罗门、天神和祖先。（10）婆罗多后裔啊！普利塔之子啊！你经常满足那些婆罗门、苦行者和希望获得解脱的在家人的一切愿望。（11）你把一些金属容器送给林居的人们。你家里没有什么不能送给婆罗门的物品。（12）大王啊！每天早晚祭过众神后，你把祭品分给客人和仆人，而自己只吃剩下的。（13）献兽祭、愿望祭、日常祭和家庭祭，你经常举行。（14）你失去王国后，住在这荒无人烟、强盗出没的大森林里，也没有放弃正法。（15）你还举行过马祭、王祭、莲花祭和牛祭这样一些大祭，慷慨布施。（16）

大王啊！在那场不公正的掷骰子赌博中，你失去理智，把王国、财产、武器、弟兄和我都输掉了。（17）你正直，温和，慷慨，知耻，说话诚实，怎么会想到去掷骰子？（18）看到你遭逢这样的不幸和痛苦，我心中非常困惑，焦虑不安。（19）世人处在自在天的支配中，而不是处在自己的支配中。说到这一点，人们也经常引用一个古老的传说。（20）

从前，维持之神撒下种子前，就已为众生安排了一切，幸福和痛苦，欢乐和悲伤。（21）国王啊！人中英雄啊！芸芸众生就像木偶，被牵引着，在台上手舞足蹈。（22）婆罗多后裔啊！自在天像空气一样，遍及一切众生，分配善和恶。（23）如同被绳子系着的小鸟，受到约束,不能自主,人在自在天控制下,既不是别人的,也不是自己的主人。(24)如同穿在线上的珍珠,如同鼻子上穿了绳子的牛,人听命维持之神,成为他的一部分,由他支配。(25)人在任何时候都不能自主,如同从岸上倒下,落入急流中的树。(26)人一无所知,不能主宰自己的苦乐,去天国或地狱,由自在天派定。(27)婆罗多后裔啊!如同小草听任劲风摆布,一切众生听任维持之神摆布。(28)自在天遍及一切众生,行善或作恶,但人们看不见他的行动。(29)这个被称作"领域"的身体,只是维持之神的工具。通过它,这位神让人们作业,得到善果或恶果。(30)

看看自在天施展的幻力吧!他用自己的幻力迷惑众生,让众生屠杀众生。(31)通晓吠陀的牟尼看到万物这个样子,如同阵阵狂风,变幻不定。(32)人们看到万物这个样子,这位神创造万物,变化万物。(33)如同用无知无觉的木头砍木头、石头砍石头、铁器砍铁器。(34)坚战啊!老祖宗薄伽梵自在天就这样施展诡计,让众生屠杀众生。(35)如同孩子玩弄玩具,这位尊神随心所欲,玩弄众生,让他们时合时离。(36)大王啊!维持之神对众生的行为不像父母,而像一个人发怒时的所作所为。(37)看到高尚、守戒、知耻的人受苦,而卑鄙的人享福,我焦虑不安。(38)普利塔之子啊!看到你落难,而难敌发迹,我要谴责维持之神。他竟然容忍这种不公平!(39)

持国之子难敌残酷无情,贪得无厌,践踏高尚的经典,违背正法,维持之神把荣华富贵赐给这样的人,会得到什么果报?(40)如果所做的事,其后果追随做事的人,而不落在其他人身上,那么,这件恶事的后果一定会落在自在天身上。(41)如果作恶的人没有得到恶报,那是因为他有力量,我只能为那些弱者感到痛心。(42)

以上是吉祥的《摩诃婆罗多》中《森林篇》第三十一章(31)。

三二

坚战说:
祭军之女啊!你说的这番话语句精彩,美妙动听,我们都听到了。但你的话中对神不敬。(1)公主啊！我做事不是为了求得好报。我给予是因为应该给予，我祭祀是因为应该祭祀。(2)黑公主啊！一个居家的男人应该做的事，我都尽力去做，不管有没有好报。(3)丰臀美人啊！我不是为了得到行正法的好报而行正法。我不违背经典，并且观察善人们的行为，然后才行正法，黑公主啊！我的天性倾向正法。(4)有所企图而行正法，或者，心怀恶念，对神不敬，行正法又怀疑正法，这样的人不会得到正法之果。(5)不要狂妄自大，信口开河对正法提出怀疑。怀疑正法的人注定要投生为牲畜。(6)灵魂脆弱的人怀疑正法和经典，就会远离长生不老的世界，就像首陀罗远离吠陀。(7)美名远扬的公主啊！一个人诵习吠陀，恪守正法，出身高贵，遵行正法的国王们会把他当作长者。(8)缺乏智慧，背离经典，怀疑正法，这样的人比首陀罗和盗贼更有罪。(9)

灵魂无限的大苦行者摩根德耶仙人刚刚离去，你已经亲眼见到。他依靠正法获得长生。(10)毗耶娑、极裕、弥勒、那罗陀、毛密、苏迦以及其他思想优秀的仙人也依靠正法获得成就。(11)你也亲眼见到了这些仙人。他们具有神通，在诅咒和施恩方面甚至比天神们更有力量。(12)这些如同天神的仙人，凭直觉和经典获得智慧，经常对我说，首先应该行正法。(13)所以，美人啊！不要让愤怒蒙蔽你的心，对维持之神和正法有所指摘和怀疑。(14)

对正法怀疑的人，从其他东西中找不到准则，便以自己为准则，狂妄自大，轻视优秀的人。(15)愚昧的人只相信与感官享乐相联系的眼前世界，陷入痴迷。(16)怀疑正法的人要赎罪都不行。怀着疑虑，可怜的罪人不能获得世界。(17)抛弃法则，诋毁吠陀和经典的意义，一味纵欲和贪婪，这样的愚人堕入地狱。(18)美人啊！始终奉行正法，毫不怀疑，这样的人在来世会得到无穷幸福。(19)摒弃仙人制定的准则，不维护正法，背离一切经典，这样的愚人生生世世不得安宁。(20)

黑公主啊！你不要怀疑有修养的人们遵行的正法。这种正法是由那些洞察一切、无所不知的古代仙人讲述的。(21)德罗波蒂啊！对于想去天国的人，正法是惟一的运载工具，就像商人越洋航行的船。(22)无可指摘的美人啊！如果人们奉行正法，而正法没有结果，那么，这个世界就会陷入无边的黑暗之中。（23）人们就不能获得涅槃，就会过着牲畜的生活，与苦难结缘，得不到任何利益。（24）如果苦行、梵行、祭祀、诵习经典、布施和正直都没有结果；（25）如果一切法事没有结果，只是一个骗局，那么，我们的前人，前人的前人，就不会奉行正法了。（26）

仙人、天神、健达缚、阿修罗和罗刹全都强大有力，他们为什么要恭恭敬敬奉行正法呢？（27）他们知道维持之神会依据善行赐予幸福之果，所以他们奉行正法，黑公主啊！这是永恒的法则。（28）正法是有结果的，不能说成没有结果，因为学问和苦行的成果有目共睹。（29）你自己的情况就是这样，黑公主啊！想想你是怎样出生的吧！这你是听说过的。你也知道威武的猛光是怎样出生的。（30）笑容可爱的美人啊！这些例子就足够了。知道做事都会有果报，智者得到很少，也会满意。（31）而愚昧无知的人得到很多，仍不满意。他们死后得不到正法产生的庇护和业报。（32）

发怒的美人啊！善事和恶事的果报，它们的产生和消亡，这些是天神们的秘密。（33）没有人知道它们，芸芸众生处在困惑迷茫之中。它们由天神守护，而天神的幻力是隐秘的。（34）那些身体瘦削、严守誓言的婆罗门用苦行烧去罪恶，内心宁静，他们能看见果报。（35）不要因为看不见果报而怀疑正法和天神，要兢兢业业地祭祀，无怨无悔地布施。（36）迦叶波仙人知道，梵天对他的儿子们说过，做事都会有果报，这是永恒的法则。（37）所以，黑公主啊！你要让怀疑像迷雾一样散去，要坚信这一切，不要冒出不敬神的情绪。（38）不要指摘主宰一切众生的维持之神，要向他请教，向他致敬，不要产生你那样的思想。（39）依靠他的恩惠，虔诚的凡人达到长生不死，黑公主啊！你决不要对这位至高的神妄加非议。（40）

以上是吉祥的《摩诃婆罗多》中《森林篇》第三十二章（32）。

三 三

德罗波蒂说：

普利塔之子啊！我没有蔑视正法，也没有谴责正法，又怎么会对

生主自在天不敬？(1)你知道，我心中悲苦，才说出这些话，婆罗多后裔啊！我还要向你诉说，你平心静气地听着吧！(2)

　　消灭敌人者啊！生在这世上，都应该做事。只有那些不动之物活着不做事，而人不是这样。(3)坚战啊！从母亲怀中吃奶到躺在死床上，人靠做事获得生存。(4)婆罗多族雄牛啊！动物中，特别是人，都希望他们做的事在今生和来世得到报偿。(5)婆罗多后裔啊！一切众生都懂得勤奋努力，享受现世的业报。(6)我看见众生都依靠自己的努力生活，就像这水中的苍鹭一样。维持之神和创造之神也是这样。(7)做自己的事吧！不要松懈，要用行动武装自己。知道应做什么事的人，在一千人中还不知有没有一个。(8)要增加和保护财富，就必须做事。如果只吃不种，雪山一般巨大的财富也会耗尽。(9)如果不做事，所有的人都会毁灭。我们看到人们即使没有收获，也在做事，因为他们知道，不做事就无法在这世上生存。(10)

　　世上有的人依赖命运，有的人相信运气，这两种人都不好，只有一心做事，才值得称道。(11)依赖命运，无所作为，舒舒服服睡大觉，这样的愚人走向没落，就像未经烧制的泥罐沉入水里。(12)相信运气，能做到的事也不做，就像一个孤弱无助的人，不会活得长久。(13)

　　一个人意外地发了财，人们认为那是运气，因为它不靠任何人的努力。(14)一个人得到了什么，称之为命运，普利塔之子啊！由于某种偶然性，被认为是天命。(15)一个人靠自己做事，获得某种成果，有目共睹，通常认为这是出于人力。(16)人中俊杰啊！自然而然地行动，无缘无故地获得成果，你要知道，这是自然而然的成果。(17)

　　这些靠运气、靠命运、靠自己做事或自然而然得来的成果，都是一个人从前所做事情的果报。(18)维持之神自在天依据种种原因，安排人们各自的工作，分配从前所做的事的果报。(19)一个人行善或作恶，你要知道是维持之神安排的，是从前所做的事的果报。(20)人的身体是维持之神做种种事情的工具。在他的驱动下，人不由自主地照着去做。(21)贡蒂之子啊！自在天为一切众生安排他们该做的事，让他们不由自主地去做。(22)

　　坚强的人富有主见，首先心中确定目标，然后付诸行动，达到目的,他自身是成功的原因。(23)人中雄牛啊!能做的事不计其数,众多的房屋和城市就是人的成果。(24)坚强的人应该运用智慧找出达到目的的方法,就像从芝麻中榨出油,从牛中挤出奶,从木中取出火。(25)然后,付诸行动,达到自己的目的。众生就是依靠事业成功而生存。(26)能干的人做事做得好,与不能干的人做事明显不同。(27)如果人不是事业成功的原因,那就不会有祭祀和布施的功果,也不会有老师和学生。(28)由于人是做事者,做事成功,人就受到称赞;做事失败,人就受到责备。在这世上,怎么可能不做事?(29)

有人认为一切靠运气,有人认为靠命运,有人认为靠人的努力,这是三种看法。(30)另一些人认为不能这样看,因为命运和运气根本看不见,而由运气和命运得到的利益,它的因果关系看得见。(31)精明能干的有识之士认为,人获得成果,有的靠命运,有的靠运气,有的靠自己的努力,没有第四种原因。(32)

维持之神正是这样给予众生符合心愿或不合心愿的果报。如果不是这样,众生中怎么会有困苦者?(33)如果从前做的事不产生影响,那么,人怀着希望做事,就都能得到期望的成果。(34)看不清这三种事情成功或不成功的原因,这些人是凡夫俗子。(35)摩奴规定应该做事。一个人无所事事,就不能生存。(36)坚战啊!在这世上,做事一般都会获得成果,而懒惰的人一无所获。(37)如果做事没有成果,表明需要赎罪,王中因陀罗啊!他就以现在做的事偿清旧债。(38)贫穷不幸寻找躺在床上的懒人,勤奋的人无疑会获得成果,享受富贵。(39)犹疑不决不能达到目的,坚强的人摆脱疑惑,积极行动,永远充满信心。(40)

目前我们处在极端不利的境况中。如果你振作起来做事,这不利的情况毫无疑问会不复存在。(41)一旦获得成功,那是你的光荣,也是怖军、阿周那和两位孪生弟弟的光荣。(42)别人做事会有收获,我们做事也会有收获。事情完成,做事的人就会知道得到什么成果。(43)农夫用犁犁地,播下种子,然后就默默地坐着,靠雨水带来收获。(44)如果雨水不作美,农夫也没有过错:"别人所做的,我都做了。"(45)

如果我们没有成功，不一定全是我们的过错。智者这样看问题，所以不必责备自己。(46)婆罗多后裔啊！"我已经尽力做了，但没有达到目的"，不必为此难过。事情总有两个结果，或是成功，或是不成功。如果不做事，那就是另一回事。(47)多种因素结合，事情才会成功。缺乏有利因素，成果很小，或者没有，从不退却的人啊！如果不着手做事，则既看不到果实，也看不到有利因素。(48)为了增进自己的幸福，智者总是运用智慧，尽力利用天时、地利、幸运和一切办法。(49)人应该勤奋做事，而勇气是向导。在一切行动中，勇气最重要。(50)智者看到对方占有许多优势，就会以怀柔的方式行事，以求达到目的。(51)坚战啊！他会期待对方衰落和灭亡。连山河都会衰亡，何况逃脱不出死亡法则的人？(52)一个人奋发有为，经常寻找敌人的弱点，就能结清自己与敌人之间的旧债。(53)一个人无论如何不应轻视自己，婆罗多后裔啊！自轻自贱的人不会有幸福。(54)婆罗多后裔啊！这是世人获得成功的基础。据说，成功之路多种多样，根据不同的时间和条件。(55)

婆罗多族雄牛啊！从前，我的父亲让一个婆罗门智者住在我们家里，他对我的父亲讲了这种道理。(56)他还教给我的兄弟们祭主仙人讲述的正道论。我当时在家中听到了他们之间的谈话。(57)坚战王啊！我有事进去，坐在父亲膝上，很想听他们谈话，那个婆罗门就亲切地对我讲述。(58)

以上是吉祥的《摩诃婆罗多》中《森林篇》第三十三章(33)。

三四

护民子说：

听了祭军之女这番话，满腔愤怒的怖军发出叹息，气冲冲地走到坚战王跟前，说道：(1)"你还是走适合正人君子、符合正法的王国之路吧！我们为何失去法、利和欲，住在这个苦修林里？(2)难敌不是靠正法，也不是靠正直和勇敢，而是设下掷骰子骗局，夺走我们的王国。(3)我们的王国被夺走，就像强大的狮子口中的肉，被弱小的、吃残食的豺狼夺走。(4)国王啊!你为什么要用那么一点儿正法掩饰自己,而丢掉产生法和欲的利,来到人迹罕至的森林里受苦?(5)我们的王国由手持甘狄拨神弓的阿周那保护,连因陀罗也夺不走。而听从你的命令,眼睁睁被人夺走了。(6)我们还活着,就让人抢走权力,如同断臂的人让人抢走吉祥果,瘸腿的人让人抢走奶牛。(7)婆罗多后裔啊!你热爱正法。照顾到你的爱好,我们就陷入这样巨大的苦难。(8)婆罗多族雄牛啊!我们听从你的命令,使自己的朋友忧伤憔悴,而让敌人兴高采烈。(9)我们听从你的命令,没有杀掉持国的儿子们。这个过错现在煎熬着我们。(10)

"看看你自己的行为,就像胆怯的鹿,国王啊!强者不喜欢这种懦弱的行为。(11)黑公主不喜欢,阿周那不喜欢,激昂不喜欢,斯楞遮耶不喜欢,我不喜欢,玛德利的孪生子也不喜欢。(12)你平常法不离口,恪守誓言,身体消瘦,国王啊!你是不是心灰意冷,想过这种懦夫的生活?(13)只有那些没有能力获得幸福的懦夫才陷入这种毫无收获、毁灭一切的绝望。(14)你有眼光,有能力,能看到自己的英雄气概。但是,国王啊!你太仁慈,看不到自己的不幸。(15)

"我们足够宽容,而持国的儿子们以为我们无能,这比死在战场上还痛苦。(16)如果我们直接走上战场,决不退却,即使被杀死了,我们也能升入善界。(17)婆罗多族雄牛啊!如果我们把他们杀掉,夺回整个大地,那对我们更好。(18)无论如何,我们要想坚持自己的正法,获得更大的荣誉,报仇雪恨,就应该这样做。(19)别人夺走我们的王国,我们为自己的利益战斗,世人明了真相,会称赞我们,而不是谴责我们。(20)国王啊!如果正法只给我们自己和我们的朋友们带来损害,它就不是正法,而是灾难,是不正之法。(21)兄长啊!一个人一味守法,因守法而变得软弱,法和利都会脱离他,就像快乐和痛苦脱离死人。(22)一个人为了正法,带来痛苦,他不是智者。他不知道正法的意义,正如瞎子不知道太阳的光芒。(23)

"为了利而追求利,这样的人并不懂得利,只是像一个看守森林的奴仆。(24)过分追求利,而不顾法和欲,他就像杀害婆罗门的人那样受到谴责,应该被众生杀死。(25)同样,经常追求欲,而不顾法和利,他就会失去朋友,也会失去法和利。(26)失去法和利,一味纵欲寻欢，终会衰竭死去，如同池水枯竭，鱼儿死去。(27)所以，智者从不忽视法和利，正像木头生出火，有了法和利才有欲。(28)利以法为本，法又容纳利，两者互为源泉，就像雨云和海洋。(29)

"接触物质对象产生的喜悦是欲。它是内心的意欲，并没有形体。(30)国王啊！追求利的人努力追求法，追求欲的人努力追求利，而从欲中别无追求。(31)智者认为，欲不产生其他的欲。欲是果实，在使用中耗尽，就像木头化为灰烬。(32)国王啊！如同猎人捕杀小鸟，非法以这种方式杀害众生。(33)愚昧无知的人受情欲和贪婪驱使，无视正法，在今生和来世都应该被众生杀死。(34)

"国王啊！你显然知道利是获取物质财富。你也知道利的本质及其种种变异。(35)由于衰老或死亡，失去或损失财富，人们认为是失利。我们现在就处在失利的情况中。(36)五种感官、思想和心，作用于感觉对象，产生喜悦。我认为这就是欲，行动的最高果实。(37)因此，在分别观察法、利和欲后，人不应该只注重法，只注重利，或只注重欲，而始终应该三者并重。(38)经典规定，一天中，最初的时间用于法，中间的时间用于利，最后的时间用于欲。(39)经典也规定，一生中，最初的时间用于欲，中间的时间用于利，最后的时间用于法。(40)雄辩的人啊！智者善于运用时间，会按时分别致力法、利和欲。(41)国王啊！俱卢后裔啊！对于向往幸福的人，是解脱好，还是追求这些好，你要想明白，找出办法解决。(42)国王啊！你要迅速作出决断，否则你处在两者中间，活着像病人一样痛苦。(43)

"你通晓正法，一贯遵行正法。朋友们了解你，称赞你，鼓励你行动。(44)国王啊！布施、祭祀、崇敬善人、学习吠陀和正直，这些是最高的正法，在今生和来世产生果报。(45)国王啊！人中之虎啊！一个人由于缺少财富，不能做到这些，也应该保持这些品德。(46)世界以正法为基础，没有什么比正法更重要。但是，国王啊！遵行正法需要大量财富。(47)这些财富绝不可能乞讨得来，也不是懦弱的人只要一心想着正法就能得来。(48)人中雄牛啊！婆罗门依靠乞讨达到目的，你却不能。你必须依靠自己的威力满足财富的需求。(49)对于刹帝利，乞讨或者商人和首陀罗的生活方式都是不容许的。尤其对于刹帝利，正法就是他胸中的力量。(50)智者们都说正法高贵。你应该追

求高贵，而不能安于卑微。(51)

"你要明白，王中因陀罗啊！你知道永恒的正法，你生为一个从事令人战栗的残酷事业的刹帝利。(52)你保护臣民，收获果实，并不受谴责，国王啊！这是维持之神为你安排的永恒的正法。(53)普利塔之子啊！你背离正法，将会在世间受到嘲笑。背离自己的正法，不会受到赞扬。(54)摒弃心中的怯懦，树立刹帝利的决心，贡蒂之子啊！依靠勇气，像负轭的牛一样，肩负起你的重任吧！(55)大王啊！没有一个国王单凭以法为魂，赢得大地，赢得繁荣，赢得荣华富贵。(56)很多卑鄙贪婪的小人依靠花言巧语和阴谋诡计获取王国，像猎人获取猎物。(57)般度族雄牛啊！连众天神也是运用计谋战胜比他们出生得早而又繁荣昌盛的阿修罗兄长们。(58)大臂国王啊！明白了一切属于强者，你就施展最好的计谋，杀死敌人吧！(59)

"没有哪个持弓的武士在战场上能与阿周那相比，也没有哪个持杵的武士能和我相比。(60)国王啊！强者是依靠勇气作战，而不是依靠身材和热情，般度之子啊！你要依靠你的勇气。(61)勇气是财富之本，其他一切都是空谈。勇气决不像冬季的树阴，可有可无。(62)想要获得更多的财富，就要舍弃一些财富，这和播种一样，贡蒂之子啊！对此你不要怀疑。(63)如果花费得不到相等的回报，甚至得不到回报，那就不值得花费，因为这种交易等于给驴搔痒。(64)

"同样，人中因陀罗啊！一个人舍小法而得大法，他肯定是一位智者。(65)智者离间敌人和盟友。盟友受离间抛弃敌人。智者制服衰弱无力的敌人。(66)国王啊！强者依靠勇气作战，而不是依靠勤勉或赞美使臣民归顺。(67)众多的弱小者联合起来也能杀死一个强大的敌人，正如一群蜜蜂可蜇死一个偷蜜者。(68)国王啊！太阳用光芒保护一切众生，也毁灭一切众生，你要变得像太阳那样。(69)国王啊！我们听说依法保护大地也是古老的苦行，我们的祖先就是这样做的。(70)

"看到你忧愁烦恼，世人都相信太阳也会失去光辉，月亮也会失去美丽。(71)国王啊！人们分散或聚在一起谈论时，总是称赞你，而谴责对方。(72)更重要的是，大王啊！婆罗门和师长们聚到一起时，都高兴地说到你言而有信。(73)你从不出于痴迷、吝啬、贪婪或畏惧，或者为了欲和利，说过任何谎言。(74)一个国王在夺取国土时犯下一些过失，以后他举行祭祀，慷慨布施，就能消除一切罪过。(75)国王赐给众婆罗门数以千计的村庄和牛，就可以摆脱一切罪恶，就像月亮摆脱黑暗。(76)俱卢后裔坚战啊！几乎所有的城乡居民，老老少少，都聚在一起称赞你。(77)难敌有王国，就像狗膀胱里有牛奶，首陀罗肚里有吠陀，小偷有诚实，女人有力气。(78)婆罗多后裔啊！这样的话在世上流行已久，妇女们和孩子们背诵起来就像念吠陀。(79)

"这辆战车装备齐全，长期以来让你达到目的，你登上去，赶快出发吧！(80)让杰出的婆罗门为你祝福，让精通武艺、手持硬弓、勇猛如同毒蛇的众兄弟护卫你，像摩录多们簇拥诛灭弗栗多的因陀罗，立刻向象城出发吧！(81)凭你的威力征服敌人，就像征服阿修罗，贡蒂之子啊！从持国的儿子们那里夺回荣华富贵，大力士啊！(82)从甘狄拨神弓射出的兀鹰羽毛箭如同毒蛇，任何一个凡人都无法抵挡。(83)婆罗多后裔啊！在战争中，任何一个英雄、一头大象或一匹骏马都经不起我愤怒的铁杵打击。(84)有斯楞遮耶人、羯迦夜人和苾湿尼族雄牛黑天帮助，贡蒂之子啊！我们在战争中怎么会夺不回王国？"(85)

以上是吉祥的《摩诃婆罗多》中《森林篇》第三十四章(34)。

三五

坚战说：

婆罗多后裔啊！毫无疑问，你说的句句是实话，如同利箭刺伤我。你刺伤我，我不怪你，都是因为我失策，连累你们遭受灾难。(1)想从持国之子手里夺取王位和王国，我才赌博掷骰子。不料妙力之子沙恭尼擅长赌博，为了难敌的利益，与我作对。(2)来自山区的沙恭尼精通诡计，经常在大厅里掷骰子。他施展诡计，捉弄我这个不懂诡计的人，怖军啊！我亲眼目睹他的阴险狡诈。(3)眼看那些骰子，无论是奇数或偶数，全都顺从沙恭尼的心意。我若能克制自己，就不会再赌下去。但是，怒气扼杀人的沉着。(4)我受大丈夫气概、骄傲和勇气束缚,不能克制自己,怖军啊!我不责怪你的话,但我认为那是必然会发生的事。(5)持国之子难敌王一心想夺取王位,加害我们,让我们变成奴隶,怖军啊!是德罗波蒂救了我们。(6)

你和阿周那也都知道,当我们在会堂上再次赌博,持国之子难敌当着婆罗多族众人的面,押下一个赌注,对我说道:(7)"无敌王子啊!你同所有的兄弟,要在森林里住上十二年,姓名公开,一切听便。而到了第十三年,你们就要隐姓埋名,乔装改扮。(8)兄弟啊!如果婆罗多族侦探打听到你的行踪,发现了你,你就得再次度过同样这些年,普利塔之子啊!你要明确同意这一点。(9)王子啊!如果在这一年里,你们能迷惑我们,不被我们的侦探发现,婆罗多后裔啊!我在这个俱卢族大会上起誓:五河地区全部归还你。(10)如果你赌赢我们,我们所有的兄弟也抛弃一切享乐,同样度过这些年。"难敌王这样说完,我当着俱卢族众人的面,说道:"好吧,就这么办。"(11)

那场倒霉的赌博就在那里进行。我们赌输了,被迫远离家乡。就这样,我们在艰苦的森林中,像可怜的受苦人,到处流浪。(12)难敌还不肯罢休,依然听凭愤怒控制。他鼓动一切俱卢人和我们作对。一些人也对他俯首听命。(13)既然在善人们面前,立下誓约,谁又能为了王国毁约?高贵的人认为,如果违背正法,即使成为大地主人,也比死去更坏。(14)在掷骰子的时候,你握紧铁闩,准备做出英雄的举动。你想要烧掉我的双手,而被阿周那拦住。怖军啊!如果你当时真的那样做,岂不是犯下大错?(15)在赌博没有开始之前,你为什么不说这些,显示你的英雄本色?现在你有了说话时间,但为时已晚。你何必对我说这些过时的话?(16)

怖军啊!看到祭军之女受人欺凌,我们只能忍气吞声,我深感痛苦,仿佛吞下毒药。(17)当着俱卢族众英雄的面,我的话已经说出口,现在就不能不这样,婆罗多族英雄啊!你就等待幸福来临吧!就像播下种子后,等待收获。(18)一个人以前上当受骗,知道仇恨会开花结果,他的英雄气概成倍增长,成为真正的英雄,活在这个人世间。(19)我认为他能获得世上的一切荣华富贵,敌人向他俯首弯腰,朋友们怀着无限深情爱戴他,犹如众天神依附因陀罗。(20)你要知道,我的誓言真实不虚,我热爱正法胜过甘露和生命。王国、儿子、

名誉和财富，所有这一切抵不上我的一个誓言。(21)

以上是吉祥的《摩诃婆罗多》中《森林篇》第三十五章(35)。

三六

怖军说：

你与时间订立契约。时间是长有翅膀的毁灭者，没有终止，没有限量，像洪水卷走一切。(1)大王啊！你是受时间束缚的凡人，像泡沫会消失，像果子会坠落，却要直接面对时间！(2)贡蒂之子啊！就像用针尖一点又一点挑尽眼膏，人的寿命每一瞬间都在减少，他怎么能够等待时间？(3)只有寿命无限的人，或知道寿命限度、洞察一切的人，他才能等待时间。(4)我们要等待十三年，国王啊！在等待中，时间会减少我们的寿命，把我们带向死亡。(5)凡有躯体者，死亡永远会附在他们的躯体上。所以，我们要在死亡以前努力获得王国。(6)一个国王浑浑噩噩，不追求名誉，不报仇雪恨，他会像牛一样陷入泥沼。(7)一个人缺乏勇气，不努力复仇，我认为他是贱种，白白出生在世上。(8)国王啊！你有金子般的双臂，众所周知。在战争中杀死仇敌，享受用双臂赢得的财富吧！(9)国王啊！如果一个人杀死卑鄙的敌人，立刻前往地狱，地狱对他也会像天国。(10)

愤怒的煎熬胜过火烤，不管是夜晚还是白昼，我都不能入睡。(11)普利塔之子阿周那是优秀的弓箭手，也忍受着极大的痛苦，像雄狮伏在洞中。(12)他独自一人就能对付世上所有的弓箭手，如今像大象一样抑住自己的焦灼。(13)无种和偕天，生育英雄的老母亲，都愿意讨你欢喜，像哑巴一样呆坐着。(14)

包括斯楞遮耶族在内的所有亲戚都愿意讨你欢喜，只有我和向山之母（德罗波蒂）非常气愤。(15)但我说的一些话，他们也都赞成。大家都遭受苦难，愿意打仗。(16)没有多大力量的卑鄙小人夺去我们的王国，在那里享受，国王啊！哪里会有比这更可恶的灾难？(17)折磨敌人者啊！你注重品德，心肠慈悲，充满温情，默默忍受痛苦，国王啊！没有人会赞扬你。(18)你既然像婆罗门一样慈悲，为什么要出生为刹帝利？生为刹帝利种姓的人通常心地坚硬。(19)你也听说过摩奴讲述的王者之法，凶狠残酷，充满欺诈，没有和平安宁。(20)人中之虎啊！你有智慧，有勇气，有学问，出身高贵，为什么该做的事不做，坐在这儿，像一条懒蛇？(21)

贡蒂之子啊！你想隐藏我们，仿佛想用一把草盖住雪山。(22)普利塔之子啊！你闻名大地，不可能乔装打扮，隐藏自己，就像天上的太阳不可能隐藏起来。(23)如同水边枝繁叶茂、鲜花盛开的婆罗树，又如白色的大象，阿周那怎么能隐藏住自己？(24)普利塔之子啊！无种和偕天这两位弟弟如同狮子，怎么能隐藏住自己？(25)普利塔之子啊！名声纯洁的英雄母亲黑公主德罗波蒂怎么能隐藏住自己？(26)国王啊！百姓们从小就认识我，我要隐藏自己就像要隐藏弥卢山。(27)

此外，很多国王和王子被我们赶出他们的王国，现在他们都效忠持国。(28)他们受过我们伤害，被我们驱逐，不会善罢甘休，肯定要向我们报复，讨好持国之子。(29)他们会派遣很多密探寻找我们，发现我们，对我们构成巨大威胁。(30)我们已经在森林里住了十三个月，你就把它看成十三年吧！(31)智者们说，就像菩提迦①可以代表苏摩一样，一个月也可以代表一年。(32)或者，国王啊！你好好喂饱善于驮东西的好牛，也就可以摆脱这个罪过。(33)所以，国王啊！你一定要下决心消灭敌人。对所有的刹帝利来说，没有比战斗更重要的正法。(34)

以上是吉祥的《摩诃婆罗多》中《森林篇》第三十六章(36)。

三七

护民子说：

贡蒂之子坚战这位折磨敌人的人中之虎听了怖军的这番话后，发出叹息，陷入沉思。(1)他沉思片刻，决定了自己该做的事，随即回答怖军说：(2)

---

① 菩提迦是一种植物，像苏摩一样，可以酿酒。

"婆罗多族大臂英雄啊！能说会道的人啊！你说了这些话，现在也听听我说的话吧！(3)婆罗多族后裔啊！怖军啊！完全依靠暴力，去犯大罪，只会带来痛苦。(4)大臂者啊！经过认真商议和周密安排，然后很好地实施，就能达到目的，命运也会好转。(5)你只凭冲动，仗着自己有力而骄傲，自以为能做这件事。你听听我的意见吧！(6)

"广声、舍罗、英勇的水连、毗湿摩、德罗纳、迦尔纳和英勇的德罗纳之子马嘶，(7)以难敌为首的难以制服的持国之子们，个个精通武艺，时时剑拔弩张。(8)那些遭受过我们打击的国王和王子，现在都依附俱卢族，热爱他们。(9)婆罗多后裔啊！他们都为难敌效力，而不为我们效力。俱卢族国库充实，兵力强大，会竭力保卫自己。(10)俱卢族军队中所有的人，包括他们的儿子、大臣和战士，全都分到了钱财。(11)难敌对那些英雄特别尊敬，我确信他们在战争中会为他捐弃性命。(12)虽然毗湿摩、大臂德罗纳和灵魂高尚的慈悯，对我们和他们都同样看待，(13)但我认为，他们吃王室的饭，也只能效命王室，直至在战斗中抛弃他们难于舍弃的性命。(14)他们都精通法宝，遵行正法，我认为，就是以因陀罗为首的众天神也不能战胜他们。(15)还有大勇士迦尔纳，经常兴高采烈，又动辄发怒。他精通一切武器，不可制服，披戴不可刺穿的甲胄。(16)在战争中，不打败所有这些人中俊杰，又孤立无援，你不可能杀死难敌。(17)怖军啊！想到车夫之子迦尔纳武艺娴熟，胜过一切弓箭手，我就睡不着觉。"(18)

听到这些话，怖军怒不可遏，但又感到害怕和失望，什么话也不说了。(19)

般度的两个儿子这样交谈着，贞信之子、伟大的瑜伽行者毗耶娑来到这里。(20)他走向前来，按照礼节接受般度五子致敬。然后，这位擅长辞令的人对坚战说道：(21)

"大臂坚战啊！人中雄牛啊！我凭意念知道你心里想的事，立刻就来到这里。(22)婆罗多后裔啊！毗湿摩、德罗纳、慈悯、迦尔纳和德罗纳之子马嘶在你心中造成恐惧，杀敌者啊！(23)我将依据法则找出消除这种恐惧的办法，你听了以后要坚定信心，用行动去实现。"(24)

擅长辞令的破灭仙人之子毗耶娑又将坚战带到一旁，对他说了这番富有意义的话：(25)

"婆罗多族俊杰啊！你的幸福时刻会来到，普利塔之子阿周那会在战争中压倒敌人。(26)听我告诉你这个叫做'忆念'的法术吧！它是成功的化身。我知道你需要我保护而告诉你。得到了它，大臂阿周那就会获得成功。(27)般度之子啊！为了得到法宝，他必须去找因陀罗、楼陀罗、伐楼拿、财神俱比罗和法王阎摩。他具有苦行和勇力，能够见到这些天神。(28)他是威力巨大的仙人，古老而永久的神，永恒的毗湿奴的一部分，得到那罗延帮助。(29)

"大臂阿周那从因陀罗、楼陀罗和其他天神那里取得法宝后，就能做出伟大的业绩。(30)贡蒂之子啊！大地之主啊！离开这个森林，另外找一个适合你们居住的森林去吧！(31)在一个地方住久了不会感到愉快，也会打扰那些宁静的苦行者。(32)野兽会吃光，植物和药草也会耗尽，因为你供养着很多精通吠陀和吠陀支的婆罗门。"(33)

精通瑜伽实质的世尊毗耶娑说完这些话，就把无与伦比的瑜伽术传授给求他庇护的纯洁无瑕的法王坚战。(34)然后，富有智慧的贞信之子毗耶娑向贡蒂之子坚战告别，消失不见。(35)

以法为魂的坚战聪明睿智，用心记住那个梵术，时常练习。(36)他听从毗耶娑的话，高兴地离开名叫双林的森林，向婆罗私婆蒂河边的一个名叫迦摩耶迦的森林走去。(37)大王啊！那些修炼苦行、懂得教育和文字的婆罗门都跟随他，犹如众仙人跟随天王因陀罗。(38)到了迦摩耶迦林，灵魂高尚的婆罗多族雄牛们和大臣们以及随从们一起住下。(39)国王啊！这些坚强的英雄在那里住了一段时间，专心学习箭术，聆听至高的吠陀。(40)他们经常打猎，用纯洁的箭射取猎物，按照规定献给祖宗、天神和婆罗门。(41)

以上是吉祥的《摩诃婆罗多》中《森林篇》第三十七章(37)。

三八

护民子说：
过了一些时候，法王坚战想起牟尼（毗耶娑）传达的信息。(1)

他用手拍拍以聪明著称的婆罗多族雄牛阿周那,露出抚慰的微笑,单独与他谈话。(2)克敌制胜的法王仿佛沉思了一会儿,然后悄悄对阿周那说道:(3)

"婆罗多后裔呀!现在毗湿摩、德罗纳、迦尔纳和德罗纳之子马嘶已经掌握四部弓箭吠陀。(4)他们知道一切梵器、神器和魔器的用法,也知道救治之法。(5)持国之子像对待师长一样对待他们,安抚他们,使他们感到满意。(6)他对这些武士的行为举止无可挑剔。他们受到崇敬,到时候会不遗余力,为他效命。(7)现在整个大地都属于难敌。你是我们的依靠,重任落在你的身上,克敌者啊!我看是时候了,有件事需要你做。(8)

"弟弟啊!我从岛生黑仙毗耶娑那里得到一个梵术,只要正确运用,整个世界都会大放光明。(9)你要认真掌握这个梵术,在适当的时候取得天神们的恩宠。(10)婆罗多族雄牛啊!你自己要修炼严厉的苦行,带着弓和剑,穿着铠甲,像一个得道的牟尼,朝北方走去,对任何人都不让路。(11)阿周那啊!所有的法宝都在因陀罗那里。众天神害怕弗栗多,把他们的力量都交给因陀罗了。你到了那里,就能发现所有的天神法宝。(12)你去求帝释天,他会把这些法宝给你。今天敬神净身后,就动身去见摧毁城堡的因陀罗。"(13)

说完这些话,法王坚战向依礼敬过神、语言和身心得到控制的阿周那传授梵术。然后,这位兄长向英勇的弟弟道别。(14)

奉法王坚战之命,阿周那带着甘狄拨神弓和两个取之不尽的箭囊,去见摧毁城堡的因陀罗。(15)这位大臂英雄穿上铠甲,戴上护掌护指的皮套,向火中投放祭品,拿金币赏赐众婆罗门,得到他们的祝福。(16)这位大臂英雄紧握神弓,深深吸口气,抬头望了望苍穹,为了杀死持国的儿子们,动身出发。(17)

看见贡蒂之子阿周那紧握神弓,众婆罗门、悉陀和隐身不见的生灵都说:"贡蒂之子啊!你心里想要的东西,很快就会得到。"(18)看见双腿如同娑罗树干的阿周那像雄狮一样离去,所有人的心都被他带走。黑公主对他说道:(19)"大臂阿周那啊!愿贡蒂在你出生时怀抱的一切希望都会实现!贡蒂之子啊!愿你自己怀抱的一切希望也同样会实现!(20)愿我们再不要出生在刹帝利家族!我要向那些婆罗门致敬，他们从不以战斗为生。(21)你的所有兄弟在睡不着的时候肯定会谈论你，一再颂扬你的英雄业绩。(22)普利塔之子啊！在你长期离家的日子，我们对享受、财物甚至生命都不会感到兴趣。(23)普利塔之子啊！我们所有人的幸福和痛苦、生和死、王国和富贵荣华，全部取决于你，贡蒂之子啊！我向你道别，祝你平安，般度之子啊！(24)我向创造之神和维持之神致敬！婆罗多后裔啊！祝你一路平安！无论遇到空中、地上和天上的生灵，或者路上的其他生灵，都安然无恙。"(25)

随后，大臂阿周那向兄弟们和烟氏仙人右绕致敬，紧握美妙的神弓，动身出发。(26)他具有因陀罗瑜伽，威武有力，一切生灵都从路上让开。(27)有了瑜伽之力，他的行动像风一样，快速似思想，一天就到达圣洁的雪山。(28)他翻过雪山和香醉山，不知疲倦地日夜兼程，越过很多险关。(29)阿周那到达因陀罗吉罗山，听见空中传来话音："停下！"于是，他就在这儿停下。(30)

左手开弓的阿周那看见树下有一个瘦瘦的苦行者，黄色皮肤，盘着发髻，周身闪耀梵光。(31)这位大苦行者看见阿周那站在那里，对他说道："孩子啊！你是谁？拿着弓箭，穿着铠甲，戴着护手的皮套，来到这里，像是一个遵行刹帝利法的人。(32)在这里，武器是没有用的。这里是摒弃喜怒而和平宁静的婆罗门苦行者聚集的地方。(33)这里不需要弓，也用不着战斗，孩子啊！丢掉你的弓吧！你已经到达至高的归宿。"(34)

婆罗门对这位威力无穷的英雄反复这样说，好像他不是阿周那，而是别的什么人。但阿周那意志坚定，毫不动摇。(35)于是，婆罗门感到高兴，仿佛笑着对他说："杀敌者啊！祝你幸福！我是帝释天，你选择恩惠吧！"(36)

听到因陀罗这样说，英勇的俱卢后裔阿周那双手合十，俯首致敬，回答千眼之神道：(37)"世尊啊！我有一个愿望，请你施恩。我今天想从你这里学会全部法宝。"(38)

伟大的因陀罗满怀喜悦，仿佛笑着回答道："阿周那啊！你已经到达这里，还要法宝做什么？你已经到达至高的归宿，你就选择欲望和世界吧！"(39)

听了这话，阿周那对千眼大神说道："我不需要别的什么世界和欲望，也不想成为天神，这些有什么快乐？（40）三十三天之主啊！我也不想要统治一切天神的王权。我把我的兄弟们抛在森林里，有仇不报，在无尽的岁月里，我在一切世界都会名誉扫地。"（41）

这位在一切世界受到崇敬的、诛灭弗栗多的天神听他这么说，便用温和的语言安慰阿周那道：（42）"孩子啊！只要你去见了众生之主、手持三叉戟的三眼大神湿婆，我就把一切法宝交给你。（43）贡蒂之子啊！你要努力找到这位至高的神。见到了他，你会获得成功，进入天国。"（44）

对阿周那说完这些，帝释天消失不见。阿周那就在那儿，修习瑜伽。（45）

以上是吉祥的《摩诃婆罗多》中《森林篇》第三十八章（38）。

三九

镇群说：

尊者啊！做事不知疲劳的普利塔之子阿周那是怎样获得法宝的，我很想听听事情的详细经过。（1）富有威力的人中之虎、大臂阿周那怎样无所畏惧，进入荒无人烟的森林？（2）优秀的知梵者啊！他住在森林里做了些什么？他怎样取得岿然不动的大神湿婆的欢心？（3）优秀的再生者啊！请你赐恩，我很想听听这件事，因为你知道天上人间的一切事情。（4）大智者啊！听说优秀的武士阿周那从前在战斗中从不失败。他和湿婆打了一仗，无比神奇，令人毛发直竖。（5）听到这场大战，英勇的人中之狮普利塔之子们也惊心动魄，悲喜交加。（6）普利塔之子阿周那做了一些什么事，请全部告诉我。我看不到他有任何可以指摘的地方。请你把这位英雄的全部事迹都讲给我听。（7）

护民子说：

孩子啊！俱卢族之虎啊！我这就把灵魂高尚的阿周那的伟大神奇的事迹讲给你听。（8）纯洁无瑕的人啊！你请听普利塔之子阿周那怎样与三只眼的神中之神湿婆相遇，和他亲身接触。（9）

受坚战派遣，无比英勇的阿周那动身去见天王因陀罗和神中之神商羯罗（湿婆）。(10)人中雄牛、俱卢后裔大臂阿周那为了事业的成功，带着甘狄拨神弓和宝剑，向着北方、朝雪山之巅走去。(11)国王啊！因陀罗之子阿周那，这位一切世界中的大勇士下定决心修炼最高的苦行，独自一人来到荆棘丛生的可怕的森林。(12)森林里有各种鲜花，各种野果，各种飞鸟走兽，还有悉陀和遮罗纳出没其间。(13)

贡蒂之子阿周那来到这个荒无人烟的森林，天上响起螺号声和鼓声。(14)一阵很大的花雨降到地上，天空四面八方布满云层。(15)阿周那穿过大山附近那些难以穿越的丛林，到达雪山顶上住下。(16)他在那里看见很多开满鲜花的树，树上无数小鸟婉转鸣叫，还有像蓝琉璃似的溪流，转动着很多漩涡。(17)天鹅和野鸭高声鸣叫，白鹤和杜鹃声声啼唤，麻鹬和孔雀婉转呼应。(18)大勇士阿周那看到迷人的森林和圣洁清凉的溪水，顿时心旷神怡。(19)思想高尚、威力巨大的阿周那喜欢林中这片幽美的地方，在那里开始修炼严厉的苦行。(20)

他身披裘衣，带着棍子和鹿皮。第一个月，他三天三夜吃一个野果。第二个月，六天六夜吃一个。(21)第三个月，半月吃一片掉在地上的枯叶。(22)第四个月，大臂阿周那整月以风为食，双臂高举，无所依撑，只用脚尖着地站立。(23)由于经常沐浴，灵魂高尚、威力无限的阿周那的发髻像闪电和莲花一般光洁。(24)

这时，所有的大仙来到手持毗那迦神弓的湿婆跟前，向这位大福大德的青项大神行礼致敬，然后向他报告阿周那所做的事，说道：(25)"威力巨大的普利塔之子站在雪山顶上，修炼严厉的、难以忍受的苦行，烟雾弥漫四面八方。(26)众神之主啊！我们不知道他想要做什么，感到很不安。让他停止苦行就好了。"(27)

大自在天说：

你们不知疲倦而来，照样高高兴兴回去吧！我知道他心中强烈的愿望。(28)他不渴望天国，也不渴望天国王权，也不渴望添寿。他想要的，我现在就可以给他。(29)

护民子说：

听了湿婆的话，言而有信的仙人们满怀喜悦，返回各自的净修林。(30)

以上是吉祥的《摩诃婆罗多》中《森林篇》第三十九章(39)。

四〇

护民子说：

那些灵魂高尚的苦行者走后，手持毗那迦神弓的、涤除罪恶的世尊诃罗（湿婆），(1)化装成山野猎人，如同一棵金树，周身闪闪发光，仿佛另一座弥卢山。(2)他拿起光辉的弓和毒蛇似的箭，向前冲去，像发出烈焰、燃烧森林的大火。(3)有恪守同样誓言、身穿同样服装的女神乌玛陪伴他，还有身穿各种服装的生灵兴高采烈地跟随他。(4)国王啊！婆罗多后裔啊！身穿山野猎人的服装，有成千妇女跟随，这位大神十分光彩。(5)

刹那间，整个森林悄然无声，水流声和鸟鸣声都停止了。(6)他走到做事不知疲劳的普利塔之子跟前，看到一个名叫牟迦的提底之子，相貌奇异。(7)这个灵魂邪恶的罗刹化作野猪，看上去想要杀死阿周那。(8)阿周那拿起甘狄拨神弓和毒蛇似的箭，挽弓上弦，弓弦铮铮有声。他对罗刹说道：(9)"你到这儿来，想杀死我这个无辜的人。我还是先送你到阎摩殿去吧！"(10)

化作山野猎人的商羯罗（湿婆）看见优秀的弓箭手阿周那准备射击罗刹，马上制止他说：(11)"是我先想杀死这个黑云一般的家伙！"但阿周那没有理睬他的话，将箭发射出去。(12)大光辉的山野猎人也同时向同一目标射出如同雷电和火焰的箭。(13)他俩射出的两支箭同时落到牟迦山岳般庞大而结实的躯体上。(14)两支箭击中他，就像雷电和霹雳击中大山。(15)许多支利箭如同喷着火焰的蛇，将他射死，使他再次露出罗刹的可怕原形。(16)

贡蒂之子阿周那这位杀敌英雄心中很高兴。他看见一个金子一般的男人，身穿山野猎人的服装，有妇女相伴，仿佛笑着对他说道：(17)"你是谁？为什么带着一群妇女在这荒无人烟的森林里漫游？你这个金子一般的人在这座可怕的森林里不害怕吗？(18)你为什么要射击我捕获的野兽？是我先杀死这个跑到这里来的罗刹。(19)不管是出于想得到猎物，还是出于对我不尊重，只要我活着，你就别想

逃脱。你今天对我这般行事，不合狩猎之法，所以，山里野人啊！我要你为此送掉性命。"（20）

听般度之子这么说，山野猎人仿佛笑着，用温和的声音对左手开弓的般度之子说道：（21）"是我先瞄准他，是我先得手，是我射死了他。（22）你不应该以自己的力量为骄傲，把自己的错误安在别人身上，傻瓜啊！你冒犯了我。只要我活着，你就别想逃脱。（23）你站稳吧！我要射出像雷电一般的箭。你也使出你的最大力量，射出你的箭吧！"（24）

于是，他们两个一再发出咆哮，互相发射毒蛇似的箭。（25）阿周那向山野猎人泼洒箭雨，商羯罗（湿婆）满心欢喜地接受箭雨。（26）手持毗那迦弓的湿婆顷刻间接受那阵箭雨，身体毫无损伤，站在那儿，像高山一样岿然不动。（27）阿周那看见箭雨完全失效，非常惊奇，说道："好啊！好啊！（28）这住在雪山顶上的人，身体娇嫩，受了甘狄拨神弓射出的铁箭，却毫无痛苦。（29）他是谁？是天神显身吗？是楼陀罗，还是药叉或者天王因陀罗？显然，这座美好的山上聚集着一切天神。（30）我射出了成千张箭网，除了手持毗那迦弓的湿婆，没有谁能抵挡。（31）除了楼陀罗，不管他是天神，还是药叉，我都要用利箭把他送往阎摩殿。"（32）

于是，国王啊！吉湿奴（阿周那）愉快地发射成百支致人死命的利箭，就像太阳放射光芒。（33）手持三叉戟的世尊湿婆满怀喜悦，接受这些箭，如同大山承受石雨。（34）刹那间，箭用完了。阿周那发现箭用完了，不免害怕起来。（35）于是，阿周那想起世尊火神，是他从前在甘味林给了自己两个取之不尽的箭囊。（36）阿周那心想："我的箭没有了，我的弓还能射什么？是谁把我的箭都吞掉了？（37）就像用三叉戟的尖顶袭击大象，我就用这弓的尖顶把他送往手持刑杖的阎摩那里。"（38）

杀敌英雄阿周那挥弓作战，那个山野猎人却把他的神弓也吞了下去。（39）失去了弓，阿周那手持宝剑，稳稳站住，向山野猎人迅猛冲去，一心想结束这场战斗。（40）俱卢后裔阿周那使足臂力，挥剑砍向山野猎人的头。这把锋利的宝剑连山都能劈开，但一碰到山野猎人的头就折断了。（41）于是，阿周那拔起大树，拿起石块作战。身躯高大的山野猎人把大树和石块也统统吞了下去。(42)大力士阿周那口中冒着烟，用金刚杵般的拳头向这难以战胜的、化作山野猎人的大神打去。(43)化作山野猎人的大神也用像帝释天的金刚杵一般坚硬的拳头痛打阿周那。(44)般度之子阿周那和山野猎人双方用拳头搏斗，发出嘭嘭的可怕响声。(45)

这场令人毛发直竖的拳击大战进行了好一会儿，如同从前弗栗多和因陀罗之间的那场大战。(46)力士阿周那朝山野猎人的胸口打去，山野猎人也竭尽全力，猛烈打击般度之子。(47)他们俩胳膊碰击，胸膛相撞，身体里冒出火，带有火星和烟雾。(48)大神湿婆用四肢紧紧抓住阿周那，愤怒地用力挤压他，使他神志迷糊。(49)婆罗多后裔啊！阿周那整个身子被神中之神湿婆紧紧抱住，受到挤压，变得像一个肉团。(50)被灵魂高尚的大神抱住，阿周那呼吸停止，昏倒在地。大神湿婆感到高兴。(51)

薄伽梵说：

喂！喂！阿周那啊！你的业绩、勇气和毅力无与伦比，令我高兴。没有一个刹帝利能与你相比。(52)纯洁无瑕的人啊！今天你的威力和勇气和我的一样，大臂者啊！人中雄牛啊！我对你满意，你看着我吧！(53)大眼的人啊！我要给你非凡的视力。从前你是仙人，现在你在战争中会打败一切敌人，即使他们是天神。(54)

护民子说：

这时，阿周那看见了大光辉的大自在天湿婆，看见了这位手持三叉戟、有女神陪伴的山神。(55)攻克敌人城堡的普利塔之子阿周那双膝跪地，俯首行礼，请求大神诃罗（湿婆）开恩。(56)

阿周那说：

佩戴贝壳的神啊！一切众生之主啊！毁掉薄伽眼睛的神啊！请饶恕我的冒犯，商羯罗啊！(57)我想拜见你，才来到这座大山，神主啊！这里是你心爱的，也是苦行者们聚集的最好地方。(58)一切众生崇拜的尊神啊！我求你开恩，大神啊！希望您不要怪罪我的鲁莽。(59)因为我不知道是你，和您打了起来。我是来求你庇护的，商羯罗啊！求你现在宽恕我！(60)

护民子说：

以雄牛为旗徽、大光辉的湿婆笑了起来，拉住阿周那美丽的胳

臂，对他说道："已经宽恕了！"(61)

以上是吉祥的《摩诃婆罗多》中《森林篇》第四十章(40)。

四一

薄伽梵说：

你前身是那罗，那罗延是你的同伴。你在钵陀利林修了几万年严厉的苦行。(1)你有至高的威力，人中俊杰毗湿奴也有。你们两位人中俊杰的威力支撑这世界。(2)主人啊！在帝释天灌顶的时候，你带着鸣声似雷的大弓，和黑天一起，杀死檀那婆们。(3)普利塔之子啊！那张甘狄拨神弓很合你的手，人中俊杰啊！我施展幻术，将它吞下了。那两个适合你使用的、取之不尽的箭囊也是我吞下的。(4)以真理为勇气的普利塔之子啊！我对你很满意，人中雄牛啊！你想要什么恩惠，就向我要吧！(5)在凡人中，或在天上，没有人能和你相比，尊重他人者啊，克敌者啊！刹帝利以你为翘楚。(6)

阿周那说：

以雄牛为旗徽的世尊啊！主人啊！如果你乐意满足我的愿望，我想要厉害的兽主法宝。(7)这件名叫梵颅的楼陀罗法宝，有惊人的威力，在可怕的时代末日会毁灭整个世界。(8)在战争中，我会用它焚烧檀那婆、罗刹、精灵、毕舍遮、健达缚和蛇。(9)一念咒语，它就能生出数以千计的三叉戟、形状可怕的铁杵和像毒蛇一样的箭。(10)在战场上，我可以用它与毗湿摩、德罗纳、慈悯和一向说话尖刻的车夫之子迦尔纳作战。(11)毁掉薄伽之眼的世尊啊！这是我的第一愿望。由于你的这个恩惠，我会变得强大有力。(12)

薄伽梵说：

我把心爱的大兽主法宝给你，般度之子啊！你能持有它，发射它，也能收回它。(13)这件法宝，连因陀罗也不知道，阎摩也不知道，药叉王俱比罗、伐楼拿和风神也都不知道，凡人哪里还会知道？(14)普利塔之子啊！你千万不要突然将它对人放出，因为它一落到没有威力的人身上，就会焚烧整个世界。(15)在三界所有动物和不

动物中，没有中了它不死的。它可以用思想、目光、语言和弓射出。(16)

护民子说：

阿周那听后，立刻集中思想，净化自己，然后上前拥抱世界之主的双足。大神说道："你学吧！"(17)于是，大神教给般度族俊杰阿周那怎样使用这件如同死神化身的法宝，包括将它收回的秘诀。(18)从此，这件法宝就为灵魂高尚的阿周那效劳，如同为乌玛的三眼丈夫湿婆效劳。阿周那愉快地接受它。(19)这时，整个大地震动，包括高山、森林、树木、海洋、荒原、乡村、城镇和矿山。(20)数以千计的螺号、铙钹和锣鼓顷刻之间鸣奏，汇成巨大的声响。(21)天神们和檀那婆们都看见那件可怕的法宝燃烧着，出现在威力无限的般度之子阿周那身旁。(22)三眼大神抚摸一下威力无限的阿周那，他身上的一切伤痛全部消失。(23)普利塔之子阿周那双手合十，俯首向三眼大神致敬。三眼大神临别嘱咐他说："到天国去吧！"(24)

于是，众神之主、乌玛的丈夫、能克制自己的大智者山神湿婆把那张能杀死提迭和毕舍遮的甘狄拨神弓，交还人中俊杰阿周那。(25)人中俊杰阿周那目送大自在天由女神乌玛陪伴，离开这座白雪覆顶、高原深谷、飞鸟栖息、大仙出没的圣山，走向天国。(26)

以上是吉祥的《摩诃婆罗多》中《森林篇》第四十一章(41)。

四二

护民子说：

阿周那眼看手持毗那迦弓、以雄牛为旗徽的湿婆消失不见，如同世界望着太阳落山。(1)婆罗多后裔啊！杀敌英雄阿周那感到十分惊奇，心想："我亲眼看见大神了！(2)我真幸运，蒙受恩宠，因为我亲眼看到了手持毗那迦弓、赐予恩惠的三眼大神诃罗（湿婆）的真身，还亲手接触到他。(3)我知道我达到目的，灵魂达到至高境界。我能战胜一切敌人，实现计划。"(4)

这时，色泽如同琉璃、光辉吉祥的水神照亮四面八方，由水族簇拥着来了。(5)能控制自己的水族之主伐楼拿,偕同蛇和大小河流,带着众提迭、众沙提耶和众天神,来到这个地方。(6)接着,全身金黄的财神俱比罗也乘坐光芒四射的飞车,由药叉们伴随,来到这里。(7)吉祥的财神俱比罗相貌非凡,如同照亮天空,前来看望阿周那。(8)毁灭世界的阎摩也显身,威风凛凛,带着那些曾经造福世界的、有形或无形的祖先,来到这里。(9)太阳之子法王阎摩手持刑杖,毁灭一切众生,灵魂不可思议。他的飞车闪闪发光,(10)照耀三界,照耀俱希迦、健达缚和蛇,如同世界末日升起的第二个太阳。(11)他们来到这座大山光辉美妙的峰顶,看到在那里修炼苦行的阿周那。(12)过了一会儿,帝释天也带着因陀罗尼,坐在仙象爱罗婆多头顶,由众天神簇拥着来了。(13)他头顶上撑着白华盖,光彩熠熠,犹如白云下的一轮皓月。(14)他受到健达缚和以苦行为财富的仙人们齐声赞美,来到山顶站定,如同高高升起的太阳。(15)

　　这时,聪明睿智而通晓最高正法的阎摩站在南边,用云中雷鸣般的声音说出了吉祥的话语:(16)"阿周那啊!阿周那!请看我们这些世界保护者聚集这里。我们赐给你视力,因为你配看到我们。(17)你从前是名叫那罗的仙人,灵魂无限,力量无穷,孩子啊!奉梵天之命,你投生凡人。你是因陀罗生的,英勇威武。(18)俱卢后裔啊!那些受到婆罗堕遮之子德罗纳保护,一碰就像火一样炙人的刹帝利,那些化身为人的、无比英勇的檀那婆,还有全甲族,都会被你战胜。(19)阿周那啊!无比英勇的迦尔纳是烤热整个世界的、我的父亲太阳神的一部分,他将被你杀掉。(20)贡蒂之子啊!还有那些降生到大地的人,他们是天神、健达缚或罗刹的一部分,也会在战争中,根据自己的业果,被你杀掉,得到各自的归宿。(21)阿周那啊!你的英名将永远留在世上,因为你直接与大神湿婆交战,使他感到满意。你会和毗湿奴一起减轻大地的重负。(22)大臂英雄啊!收下这支谁也不能抵挡的宝杖吧!使用这件法宝,你将实现伟大的事业。"(23)

　　于是,俱卢后裔普利塔之子阿周那依礼收下这件法宝,也学了咒语以及发射和收回的方法。(24)

　　这时,黝黑如同乌云的水族之主伐楼拿大神站在西边说道:(25)"普利塔之子啊!铜色大眼的人啊!你是刹帝利俊杰,遵行刹帝利正法。看看我吧！我是水神伐楼拿。(26)贡蒂之子啊！接受我手中举着的这些不可抵抗的伐楼拿套索吧，连同收回它们的秘密！(27)英雄啊！在拯救达罗迦①的大战中，我就是用这些套索套住数以千计的提迭。(28)因此，大勇士啊！接受我送给你的这份礼物吧！你一用它，就是死神也不能逃脱。(29)你在战斗中使用这件法宝，毫无疑问，这大地上就不会再有刹帝利了。"(30)

伐楼拿和阎摩赐予法宝后，居住在盖拉娑山的财神俱比罗又说道：(31)"左手开弓的大臂英雄啊！古老不朽的神啊！在过去许多劫中，你经常和我们一起操劳。(32)你把我这心爱的法宝'消失'也拿去吧！它能摄取勇气、威力和光辉，还能使敌人沉睡，杀敌者啊！"(33)

于是，俱卢后裔大臂力士阿周那依礼接受俱比罗的这件法宝。(34)

这时，说话如同云中之雷的天王因陀罗用温和的话语，抚慰做事不知疲劳的普利塔之子阿周那，说道：(35)"贡蒂之子啊！大臂英雄啊！你是古老的神，获得圆满成功，进入神道。(36)大光辉的克敌者啊！你准备准备，上天国去吧！因为你要为天神们做一件重要的事。(37)俱卢后裔啊！我的车和御者摩多梨就要来大地上接你。到了天国，我将给你一些法宝。"(38)

看到世界保护者们聚集在山顶，聪慧的贡蒂之子阿周那感到惊奇。(39)大光辉的阿周那用语言、清水和野果向聚在这里的世界保护者们表示致敬。(40)天神们向阿周那回过礼，就像来时那样回去。他们的行动依照心愿，快似思想。(41)人中雄牛阿周那得到了法宝，心满意足，认为自己已经达到了目的。(42)

以上是吉祥的《摩诃婆罗多》中《森林篇》第四十二章(42)。
《野人篇》终。

---

① 达罗迦是天国祭主仙人的妻子。

登帝释天宫篇

四三

护民子说：

王中因陀罗啊！世界保护者们走了以后，普利塔之子阿周那就盼着天王的车子到来。(1)聪明的阿周那这样想着，摩多梨驾着光辉灿烂的车子来了。(2)这辆车子一路驱除天空的黑暗，划破云层，雷鸣般的巨大响声震撼四面八方。(3)车上有许多刀剑，可怕的标枪，令人生畏的铁杵，威力神奇的飞镖，光芒强烈的闪电。(4)还有许多雷杵，带飞轮的槌子，能发出狂风的风箱，声音如同孔雀和雷电。(5)还有许多凶猛可怕的大蛇，口中喷着燃烧的火，顶冠如同白云，身躯结实如同石头。(6)一万匹快速似风的骏马，拉着这辆光彩夺目的神车。(7)阿周那看见车上飘扬着像青莲一样深蓝的常胜旗，旗杆用黄金装饰，光辉灿烂。(8)

看见车上的御者全身用纯金装饰，大臂阿周那以为他是天神。(9)阿周那这样想着，摩多梨向他走来，谦逊地低头行礼，对他说道：(10)"啊！啊！尊贵的帝释天之子啊！帝释天想见你，赶快登上他的车吧！(11)你的父亲，神中俊杰百祭（因陀罗）对我说：'众天神要看看来到这里的贡蒂之子。'(12)帝释天由众天神、仙人、健达缚和仙女们簇拥着，在那儿等着见你。(13)所以，你就依照诛灭巴迦的因陀罗的盼咐，离开人间，和我一同到天国去。你得到法宝后，再返回人间。"(14)

阿周那说：

摩多梨啊！快走吧！请登上这辆即使举行成百次王祭和马祭也难以得到的宝车吧！(15)那些经常举行祭祀、慷慨布施而大福大德的国王，或者天神，或者檀那婆，都不能登上这辆宝车。(16)那些没有修过苦行的人，就是想看一看或摸一摸这辆宝车都不行，更不用说登上它了。(17)贤士啊！等你登上车，坐好，把马牵稳，随后我就上车，

像一个行善的人登上善道。(18)

护民子说：

听了阿周那的话，帝释天的御者迅速登上车，拉住缰绳，控制马匹。(19)这时，俱卢后裔贡蒂之子阿周那满心欢喜，到恒河里沐浴净身，按照法则念了咒语。(20)然后，按照礼仪向祖先献过圣水，向群山之王曼多罗告别道：(21)"大山啊！那些善良的牟尼恪守正法，行为纯洁，一心追随天国之路。你一向是他们栖息的地方。(22)大山啊！由于你的恩惠，很多婆罗门、刹帝利和吠舍到达天国，与天神们一起漫游，无忧无虑。(23)山王啊！大山啊！牟尼栖息地啊！圣地啊！我在你这儿住得很快乐。现在我要走了，向你告别。(24)我已经看到你的许多山峰、丛林、河流、小溪和纯洁的圣地。"(25)

杀敌英雄阿周那说完这些话，告别大山，登上神车，像太阳光芒四射。(26)聪明的俱卢后裔阿周那满怀喜悦，乘坐这辆灿若太阳的神车，升空而去。(27)已经远离地上行走的凡人的视线，他看到成千辆奇异的飞车。(28)这里没有太阳、月亮或火光照耀，而由自己的功德获取的光辉照耀。(29)那些星星形状的光体，虽然很大，但由于太远，看起来像许多小小的油灯。(30)般度之子阿周那看见它们在自己的位置上，用自身的光焰燃烧，美丽明亮。(31)他还看见成百群由苦行升入天国的王仙、悉陀和在战争中牺牲的英雄聚在这里。(32)还有数以千计像太阳一样光辉的健达缚、俱希迦、仙人和天女。(33)

看到这些自身发光的世界，阿周那感到惊奇，询问摩多梨。摩多梨亲切地回答他说：(34)"普利塔之子啊！这些都是行善积德的人，在自己的位置上放光，主人啊！他们就是你在地上看到的星星。"(35)

随后，阿周那看见长有四牙的胜利白象爱罗婆多，像顶峰高耸的盖拉娑山，站在门口。(36)经过悉陀的道路，俱卢族和般度族俊杰阿周那神采奕奕，如同从前的王中俊杰曼陀特里。(37)眼如莲花的阿周那又经过国王们的世界，然后看到帝释天的阿摩罗婆底城。(38)

以上是吉祥的《摩诃婆罗多》中《森林篇》第四十三章(43)。

四四

护民子说：

阿周那看见这座美丽的城，悉陀和遮罗纳来往其间，那些圣洁的树常年开花。(1)圣洁的香风向他吹来，风中夹有那些圣洁的树木散发的香气。(2)他看到天帝的欢喜园林，园中有成群的仙女。那些开满仙花的树仿佛向他召唤。(3)这是行善积德者的世界，没有修过苦行、没有向火中投过祭品或者在战争中逃跑的人是看不到的。(4)不举行祭祀的人，说谎的人，不学习吠陀的人，没有在圣地沐浴净身的人，抵制祭祀和布施的人，也看不到它。(5)破坏祭祀，饮酒，和师母私通，吃肉，这些灵魂邪恶的小人绝对看不到它。(6)大臂阿周那望着这座仙乐圣歌回荡的园林，进入帝释天心爱的城。(7)他看到成千辆能随意飞行的天神的飞车停在那儿，还有上万辆飞车正在起飞。(8)

般度之子阿周那受到健达缚和天女赞颂；圣洁的清风向他吹拂，送来花香。(9)众天神和健达缚，还有悉陀和大仙，高高兴兴向做事不知疲倦的普利塔之子阿周那致敬。(10)受着祝福和赞美，在仙乐声中，大臂英雄阿周那踏上螺号声和鼓声鸣响的大道。(11)这条宽阔的星星的道路就是著名的天神之道。奉因陀罗之命，普利塔之子阿周那走在这条路上，接受各方传来的赞颂。(12)路上还有所有的沙提耶、摩录多和双马童，所有的阿提迭、婆薮、楼陀罗和纯洁无瑕的梵仙。(13)以底离钵为首的很多国王和王仙，东布鲁和那罗陀以及诃哈和呼呼两个健达缚。(14)俱卢后裔阿周那依礼和他们相见后，看到了克敌制胜的天王百祭（因陀罗）。(15)

普利塔之子大臂阿周那从宝车上下来，亲眼见到自己的父亲、诛灭巴迦的天王因陀罗。(16)因陀罗撑着美丽的金柄白华盖，摇动散发天香的扇子。(17)以毗首婆薮为首的健达缚唱着赞歌，一些杰出的婆罗门念诵梨俱吠陀、夜柔吠陀和娑摩吠陀的颂歌。(18)贡蒂之子力士阿周那走上前去，俯首行礼，因陀罗用双手将他紧紧抱住。(19)然后，在受天神和王仙敬拜的、神圣的宝座上，帝释天用双手拉着阿周那，让他坐在自己的身旁。(20)杀敌英雄天王因陀罗又吻了阿周那谦恭地低下的头，把他搂在自己怀里。(21)

灵魂无限的普利塔之子阿周那遵照千眼大神的旨意，坐在帝释天宝座上，俨然成了第二个因陀罗。(22)弗栗多之敌因陀罗用他的圣洁芳香的手，亲切地抚摸阿周那英俊的脸，安慰他。(23)他又轻轻抚摸他挽弓射箭而变得结实的、像金柱一般粗长的双臂。(24)手持金刚杵杀死恶魔波罗的因陀罗一再用他的被金刚杵磨出老茧的手轻轻抚摸阿周那的双臂。(25)杀死弗栗多的千眼大神望着头发浓密的阿周那，仿佛面带微笑。他的眼睛充满喜悦，睁得大大的，怎么也看不够。(26)他们同坐在一个宝座上，给整个大厅带来光辉，宛如月中第十四日，太阳和月亮同时升在天空。(27)

这时，善于吟唱娑摩颂歌的东布鲁等等优秀的健达缚用最甜美的嗓音唱起娑摩吠陀中的颂歌。(28)诃哩达吉、弥那迦、兰跋、补婆吉蒂、自光、优哩婆湿、弥室罗计尸、东杜戈哩和婆噜提尼，(29)戈巴哩、偕生、鸠婆药尼、不寐、画军、如画和声音甜美的娑诃，(30)还有其他很多体态婀娜、眼如莲花、令悉陀们心旌动摇的天女，在各处跳起舞来。(31)她们纤腰丰臀，翩翩起舞，乳房颤动，频频传送秋波，勾人心魂。(32)

以上是吉祥的《摩诃婆罗多》中《森林篇》第四十四章(44)。

四五

护民子说：

众天神和健达缚知道帝释天的心思，迅速以最高的礼遇，接待普利塔之子阿周那。(1)他们给王子阿周那用过洗脚水和漱口水后，送他到因陀罗的住处。(2)般度之子阿周那住在自己父亲的宫中，受到敬奉，并学习使用和收回种种法宝。(3)他从帝释天手中得到可爱的、难以抵御的金刚杵和以云和孔雀为标志、响声隆隆的雷电。(4)阿周那掌握了法宝，想到自己的兄弟们。但他遵照摧毁城堡的因陀罗的命

令,愉快地住了五年。(5)

在一个恰当的时候,帝释天对掌握法宝的阿周那说道:"贡蒂之子啊!你再跟奇军学学跳舞和唱歌吧!(6)这些天神使用的乐器在人间是没有的,贡蒂之子啊!你也学会它们吧!将来对你有好处。"(7)

摧毁城堡的因陀罗把阿周那交给了自己的朋友奇军。阿周那和他在一起,无忧无虑,十分愉快。(8)

有一天,大仙毛密在漫游中,想看看摧毁城堡的因陀罗,来到帝释天宫。(9)大仙向天王因陀罗行礼,看到占据因陀罗的半个宝座的般度之子阿周那。(10)这位优秀的婆罗门在帝释天赐给他的拘舍草宝座上坐下,接受大仙们的敬拜。(11)看见阿周那坐在因陀罗的宝座上,毛密仙人心想:"普利塔之子是个刹帝利,他怎么坐在帝释天宝座上?(12)他做了什么善事,征服了哪些世界,能坐上这个受众天神敬拜的位置?"(13)

沙姬之夫、杀死弗栗多的帝释天知道毛密仙人心中在想什么,微微一笑,对他说道:(14)"梵仙啊!我知道你心中想要说什么,听我告诉你吧!他生为刹帝利,但不完全是一个凡人。(15)梵仙啊!这位大臂者是我的儿子,由贡蒂生下。他出于需要,来这里取法宝。(16)婆罗门啊!你竟然不知道这位古老的优秀仙人?听我告诉你他是谁和事情缘由。(17)

"有两位古老的优秀仙人那罗和那罗延,你要知道,他俩就是阿周那和黑天。(18)有一个连众天神和灵魂高尚的仙人们都不能看到的净修林,著名的钵陀利圣地。(19)婆罗门啊!那儿就是毗湿奴和吉湿奴(阿周那)居住的地方,悉陀和遮纳罗出没的恒河就从那儿流出。(20)梵仙啊!由于我的命令,这两位大光辉者降生大地。这两个大勇士会解除大地的重负。(21)

"有一些叫作全甲族的阿修罗,得到一种恩典,忘乎所以,做出对我们不利的事。(22)他们得到恩典,变得强大,傲气十足,不把天神们放在眼里,想要杀死天神们。(23)这些强大而凶恶的陀奴之子们住在地下,所有的天神无法和他们交战。(24)杀死摩图的毗湿奴,不可战胜的诃利,这位吉祥的尊神以迦毗罗之名去到地上。(25)婆罗门啊!从前,他只用目光一扫,就把挖掘罗娑达罗地狱的萨竭罗王的儿子们统统杀死了。(26)杰出的婆罗门啊！他在大战中和普利塔之子阿周那会合，毫无疑问，会为我们完成伟大的事业。(27)英勇的普利塔之子阿周那能抵御所有的全甲族阿修罗。他在战争中将他们杀死后，还会回到人间去。(28)

"现在，你按照我的安排前往大地上，去见住在迦摩耶迦林里的英雄坚战。(29)你带去我的口信，告诉以法为魂、言而有信的坚战：'不必为阿周那担心，他得到法宝后，很快就会回去。(30)没有纯熟的臂力，不掌握法宝，在战争中不能够与毗湿摩和德罗纳等人交锋。(31)现在，思想高尚的大臂阿周那已经获得法宝，也精通天国的舞蹈、乐器和歌唱。(32)人主啊！克敌英雄啊！你也应该和其他所有的弟兄一起，到不同的圣地去看看。(33)王中因陀罗啊！在那些圣地沐浴后，就没有罪恶，没有痛苦，没有污垢，你将幸福地享受你的王国。'(34)

"优秀的婆罗门啊！杰出的再生者啊！你有苦行的力量，能保护他在大地上漫游。(35)在难以通行的高山和崎岖不平的路上，常有凶恶的罗刹出没，你始终应该保护他们。"(36)

大苦行者毛密仙人答应道："好吧！"就朝大地走去，前往迦摩耶迦林。(37)到了迦摩耶迦林，他看见克敌制胜的法王坚战在苦行者们和弟兄们的围绕之中。(38)

以上是吉祥的《摩诃婆罗多》中《森林篇》第四十五章(45)。

四六

镇群说：

婆罗门啊！听了威力无限的普利塔之子阿周那的惊人事迹后，大光辉的持国又怎么说呢？(1)

护民子说：

从杰出的仙人岛生（毗耶娑）口中听说普利塔之子阿周那到达帝释天界，安必迦之子持国王对全胜这样说道：(2)"御者啊！我已经听到聪明的普利塔之子阿周那的全部事迹，你也如实知道全部实际情况。(3)我的儿子灵魂愚钝,行为放纵,一心作恶,他会毁掉这个大地。(4)坚战灵魂高尚,即使随口说的话,也诚实无欺。有阿周那为他作战,三界都会属于他。(5)当阿周那射出在石头上磨尖的、箭头锋利的铁制耳箭,有谁能站在他面前,即使是超越死亡和衰老的人。(6)我那些灵魂邪恶的儿子全会死掉,因为他们要与不可战胜的般度五子作战。(7)

"我反复想来想去,也想不出有哪个勇士能在战争中抵御手持甘狄拨神弓的阿周那。(8)即使德罗纳和迦尔纳抵御他,或者还有毗湿摩,能否取胜也是很大的疑问。我看不到我们在这世上有胜利的可能。(9)迦尔纳心肠太软,又心不在焉;老师德罗纳已经年迈。而普利塔之子阿周那血气方刚,强壮有力,满腔愤怒,勇敢坚强。(10)这将是一场凶恶的大战,从各方面看,不可取胜。这些勇士全都精通武艺,名声卓著。(11)如果他们战败,即使送给他们所有的主权,他们也不会要。所以,只有杀死他们或者杀死阿周那,才会有和平。(12)但是,没有一个人能战胜阿周那,杀死阿周那。他对我的那些愚蠢的儿子的怒气如何才能平息?(13)

"像天王因陀罗一样英勇的阿周那在甘味林赢得火神欢心。他在盛大的王祭中战胜所有的国王。(14)全胜啊!雷打在山顶上还会给山留下残迹,阿周那射出的箭却不会给我的儿子们留下残骸。(15)就像太阳的光芒折磨一切动物和不动物,普利塔之子阿周那双臂射出的箭会折磨我的儿子们。(16)整个婆罗多族军队受到左手开弓的阿周那的战车响声惊吓,想必会全线崩溃。(17)阿周那在战场上站定,挽弓射箭。造物主创造了这位毁灭一切的死神,没有人能逃脱。"(18)

全胜说:

国王啊!大地之主啊!你说难敌的那些话完全对,一点不假。(19)威力无限的般度五子看到他们享有美名的合法妻子黑公主被拉到会堂上,满怀愤怒。(20)大王啊!听了难降和迦尔纳的那些会引起可怕后果的话,我想他们会睡不着觉。(21)大王啊!我听说普利塔之子阿周那在交战中,用他的弓取得有十一个身体的湿婆的欢心。(22)一切天神之主、束发的尊神湿婆是想试试阿周那,才装扮成山野猎人和他交战。(23)世界保护者们也在那里向这位为了求取法宝而修炼苦行的俱卢族雄牛阿周那显身。(24)除了阿周那,大地上没有别的人能亲眼见到那些天神。(25)国王啊!连大神也不能撕碎他的身体,有谁能在战争中打败这个英雄?(26)他们拽来德罗波蒂,激怒般度五子,招来可怕的灾祸,令人毛发直竖。(27)看到难敌向德罗波蒂露出他的两条大腿,怖军气得嘴唇颤抖,大声说道:(28)"罪恶的人啊!十三年后,我要用我这金刚杵一般的铁杵,把你这掷骰子耍花招的恶棍的双腿打断!"(29)

般度五子都是优秀的武士,威力无限,精通一切武器,就是天神也很难战胜他们。(30)我认为,普利塔之子们充满勇气和愤慨,怒不可遏,会在战争中毁灭你的儿子们。(31)

持国说:

御者啊!迦尔纳何必要说那些难听的话?把黑公主拖到会堂上已经足够结仇的了。(32)我的那些愚蠢的儿子,他们的长兄行为不端,他们怎么可能规规矩矩?(33)御者啊!那个不幸的人看到我眼瞎,行动不便,也就不听我的话。(34)他的那些愚笨的大臣,迦尔纳和妙力之子沙恭尼等人,只会助长这个傻瓜犯错误。(35)普利塔之子阿周那威力无限,随便射出的箭也会毁灭我的儿子们,何况他发怒射出的箭。(36)他的大臂挽开大弓射出念过咒语的法宝,甚至能把天神们射倒。(37)三界庇护主诃利,也就是那位黑天,是他的谋士、卫士和朋友,他还有谁不能打败?(38)全胜啊!听说阿周那赤手空拳,用双臂和大自在天湿婆交战,真是太奇妙了!(39)从前阿周那和黑天一起,在甘味林帮助火神,整个世界都知道。(40)普利塔之子阿周那、怖军和沙特婆多族婆薮提婆之子黑天一旦发怒,我的儿子连同他的大臣们和亲友们都将不复存在。(41)

以上是吉祥的《摩诃婆罗多》中《森林篇》第四十六章(46)。

四七

镇群说:

仙人啊!持国王把英勇的般度五子赶走,现在这样忧愁悲伤,已经毫无意义。(1)这位国王为什么纵容自己愚昧的儿子难敌，听任他去激怒大勇士般度五子？(2)请说说般度五子在森林里吃些什么？请您告诉我，他们是吃林中野生的植物，还是吃耕种的植物？(3)

护民子说：

这些人中雄牛把林中野生的植物和用他们纯洁的箭猎获的野兽首先献给众婆罗门，然后才自己享用。(4)国王啊！这些英勇的大弓箭手住在森林里，有很多祭火的和不祭火的婆罗门跟随他们。(5)坚战王供养着一万个掌握吠陀、通晓解脱、灵魂高尚的婆罗门。(6)他用箭射死羚羊、黑鹿和其他适于祭祀的林中走兽，依照礼仪献给众婆罗门。(7)

在那里，看不见任何人脸色不好，或疾病缠身，或瘦弱无力，或担惊受怕。(8)俱卢族俊杰法王坚战供养他们，如同供养亲爱的儿子、亲戚和同胞兄弟。(9)享有美名的德罗波蒂像母亲那样，总是让自己的丈夫们和所有的婆罗门先吃，她自己吃剩下的食物。(10)他们经常带着弓箭，坚战王朝东，怖军朝南，孪生子无种和偕天，一个往西，一个往北，打猎获取肉食。(11)他们住在迦摩耶迦林，阿周那不在身边。他们盼望和他团聚，平时诵经，念咒，祭祀，就这样过了五年。(12)

以上是吉祥的《摩诃婆罗多》中《森林篇》第四十七章(47)。

四八

护民子说：

婆罗多族雄牛啊！安必迦之子持国长长地叹了一口热气，和他的御者全胜商议道：(1)"般度的一对天神之子无种和偕天有天王因陀罗般的光辉，作战勇猛。(2)他们有锐利的武器，箭射得很远，坚决果断，出手很快，怒气冲冲，常常有勇有谋。(3)全胜啊！这像狮子一般勇猛，像双马童一样难以抵御的两兄弟，如果在战争中让怖军和阿周那在前，他们紧跟在后，我看我们的军队不会有剩下的了。(4)这两个天神之子是大勇士，在战争中所向无敌。他们怒不可遏，不会饶恕带给德罗波蒂苦难的人。（5）苾湿尼族大弓箭手们和般遮罗族大勇士们受到言而有信的婆薮提婆之子黑天保护。他们和普利塔的儿子们会在战争中将我的儿子们的军队化为灰烬。（6）御者之子啊！在战斗中，大力罗摩和黑天指挥的苾湿尼族人迅猛无比，就是高山也不能阻挡。（7）威力可怕的大弓箭手怖军手持装有尖钉的、诛灭敌方英雄的铁杵，走在他们之中。（8）响声似雷的甘狄拨神弓和怖军迅猛的铁杵，国王们无法承受。（9）那时，我会想起朋友们的话。这些话我本应记取，而受了难敌的影响，我以前没有记取。"（10）

全胜说：

国王啊！这是你忽视的极大错误。你出于糊涂，没有制止你的儿子，尽管你能够制止。（11）听到般度之子们在赌博中输了，不可动摇的、诛灭摩图的黑天迅速到迦摩耶迦林会见他们。（12）以猛光为首的木柱王的儿子们也去了，毗罗吒、勇旗和羯迦夜族大勇士们也去了。（13）他们见到失败的普利塔之子们后说的话，我从派出的探子那里得知，也都禀报了你。（14）诛灭摩图的诃利（黑天）到了那里，般度五子围住他，求他担任阿周那的战车的御者。他同意说："好吧！"（15）

看到普利塔之子们处境艰难，身上披着黑鹿皮，黑天怒不可遏，对坚战说道：（16）"以前在天帝城举行王祭时，我所见的普利塔之子们的繁荣兴旺景象，在其他国王们那里很难见到。（17）在那场祭祀中，所有的国王，包括梵伽、安伽、崩德罗、朱罗、达罗毗荼和安达罗迦，都被你们的武器和威力吓住。（18）那些住在海边的人，住在城镇的人，住在丛林的人，以及僧诃罗人，巴尔巴罗人和弥戾车人，（19）西部成百个王国的人，海边的人，还有波诃罗婆人、陀罗陀人、山野猎人、耶婆那人和沙迦人，（20）诃罗胡那人、支那人、杜伽罗人、信度人、伽古德人、罗摩特人、孟德人、女儿国人和坦伽纳人，（21）婆罗多族雄牛啊！我看到这些人和其他很多人在那次王祭中担任你的侍从。（22）荣华富贵变化无常，如今被他们夺走。我要为你夺回荣华富贵，还要夺取他们的性命。（23）俱卢后裔啊！偕同大力罗摩、怖军、阿周那、孪生的无种和偕天、阿迦卢罗、伽陀、商波、始光、阿护迦、英勇的猛光和童护之子，（24）婆罗多后裔啊！我立刻要在战争中杀死难敌、迦尔纳、难降、妙力之子沙恭尼和其他参战的人。(25)然后,你和弟兄们一起住在象城,享有持国王的财富,统治这个大地。"(26)

在这次英雄的聚会上,以猛光为首的人们听到坚战王这样说:(27)"遮那陀那啊!大臂英雄啊!我相信你的真诚的誓言,你会杀死我们的敌人以及他们的追随者。(28)但我已在国王们中承诺定居森林,美发者啊!过完十三年,你再为我实现这个誓言吧!"(29)

听了正法坚战的话,以猛光为首的人们立刻好言相劝,使黑天的一腔怒火得以平息。(30)他们当着婆薮提婆之子黑天的面,对纯洁无瑕的般遮罗国黑公主说道:"王后啊!难敌惹你生气,他将为此送掉性命。我们对你发誓,这一定会实现,美丽的公主啊!你不要悲伤!(31)黑公主啊!那些看到你生气时欢笑的人,将来禽兽会吃着他们的肉欢笑。(32)那些把你拽到会堂去的人,将来兀鹰和豺狼会拽住他们的头颅,喝他们的血。(33)般遮罗国公主啊!你会看见他们的尸体一遍又一遍地被那些食肉的猛兽在地上拖着,吞噬着。(34)那些污辱你、不把你放在眼里的人,他们的头颅被割下时,大地会饮他们的血。"(35)

这些人中雄牛说了许多这样的话。他们都是富有威力的勇士,声誉卓著。(36)法王坚战选中这些大勇士,十三年后,由婆薮提婆之子黑天带头,前来进攻我们。(37)大力罗摩、黑天、阿周那、始光、商波、萨谛奇、怖军、孪生的无种和偕天、羯迦夜族诸王子、般遮罗族诸王子和法王坚战,(38)他们都是人间英雄,灵魂高尚,不可战胜。一旦他们带着亲友和大军前来,如同一群愤怒的雄狮,有哪个想活命的人敢和他们对抗?(39)

持国说:

在赌博的时候,维杜罗就对我说:"人中因陀罗啊!如果你们赢了般度族,肯定会招来大祸,血流成河,俱卢族走向灭亡。"(40)御者啊!我相信维杜罗对我说的这一切都会发生。毫无疑问,般度族承诺的时间一过,战争就会发生。(41)

以上是吉祥的《摩诃婆罗多》中《森林篇》第四十八章(48)。

四九

镇群说:

灵魂高尚的普利塔之子阿周那去帝释天界取法宝时,以坚战为首的般度族兄弟们做些什么?(1)

护民子说:

灵魂高尚的普利塔之子阿周那去帝释天界取法宝时,这些人中雄牛和黑公主住在迦摩耶迦林。(2)有一天,这些婆罗多族俊杰和黑公主坐在一处偏僻的草地上,想起阿周那,满怀忧伤,泪水哽塞了咽喉。(3)他们失去了王国,本来就很痛苦,现在又和阿周那分离,不免心中充满哀愁。(4)

大臂怖军对坚战说道:"大王啊!般度之子们的性命都系在阿周那身上。这位人中雄牛奉你之命出去了。(5)如果他死了,般遮罗人连同他们的儿子、我们以及萨谛奇和婆薮提婆之子无疑都会遭到毁灭。(6)精力充沛的阿周那遵照你的命令出去了,不考虑会遭到多少艰难困苦,有什么比这更令人难过的呢?(7)我们认为,依靠他的双臂,我们所有这些灵魂高尚的人就能在战争中打败敌人,得到大地。(8)接受这位弓箭手的劝阻,我才没有在会堂上把持国之子们,连同妙力之子沙恭尼,送往另一个世界。(9)我们臂粗力壮,又有婆薮提婆之子黑天保护,却在这儿强压着由你引起的满腔怒火。(10)如果我们和黑天一起杀死以迦尔纳为首的敌人,我们就能统治用我们自己的双臂赢来的整个大地。(11)大王啊!由于你掷骰子的错误,我们所有这些不乏英雄气概的优秀力士才在这儿受苦。(12)

"大王啊!你应该考虑一下刹帝利的法!大王啊!林居绝不是刹帝利的法。智者们说,刹帝利的最高之法是获取王国。(13)国王啊!你是懂得刹帝利法的人,不要背离正法之道,国王啊!让我们在未满十二年之前就把持国之子们杀死吧!(14)民众之主啊!让我们从森林回去,也召回阿周那和黑天。我们要在大战中迅速打败布好阵容的持国之子们,大王啊!我要把他们送往另一个世界。(15)我要杀死持国的所有儿子,连同妙力之子沙恭尼。不管是难敌,还是迦尔纳,或者是别的什么人,只要前来迎战,我就杀死他。(16)民众之主啊!等我杀死他们后,你再从森林回去。这样,你就不会有任何过错了。(17)

"大王啊!克敌者啊!以后我们举行各种祭祀,就能涤除罪恶,升入至高的天国。(18)大王啊!如果我们的国王不是天真幼稚,优柔寡断,一味崇尚正法,事情本该这样办的。(19)据说有这样的规矩,对于耍弄诡计的人,应该用诡计将他们杀死,因为用诡计杀死耍弄诡计的人不算犯罪。(20)婆罗多后裔啊!大王啊!那些通晓正法的人在正法中看到一天一夜等于一年。(21)主人啊!大王啊!我们还经常听到这样的吠陀诗句:在艰难困苦中度过一天等于度过一年。(22)从不动摇的人啊!如果你承认吠陀的准则,过完一天等于过完一年,那么,十三年的期限已经满了。(23)克敌者啊!现在是杀死难敌和他的追随者的时候了,大王啊!在他还没有统一天下之前,赶快杀死他吧!"(24)

般度之子怖军这样说着,坚战王亲了亲他的额头,安慰他说:(25)"大臂英雄啊!毫无疑问,十三年一过,你就会和手持甘狄拔神弓的阿周那一道,杀死难敌。(26)普利塔之子啊!你不要说时间已经到了。我不能说谎,也没有说谎的本领。(27)贡蒂之子啊!难以制服的人啊!欺骗是罪恶。不用欺骗,你也能杀死难敌和他的追随者。"(28)

法王坚战这样对怖军说着,大福大德的大仙人巨马来到。(29)以法为魂的坚战王看见遵行正法的仙人到来,按照经典规定,恭恭敬敬用蜜食款待仙人。(30)等仙人坐下休息过后,大臂坚战就向他连连诉起苦来,说道:(31)"尊者啊!那些熟谙骗术、精通掷骰子的赌徒把我叫去,依靠掷骰子赌博夺走我的财产和王国。(32)那些心思邪恶的人欺骗我这个不擅长掷骰子的人,还把比我的生命更重要的妻子拖到会堂上。(33)大地上还有比我更不幸的国王吗?你过去看见过或者听说过有吗?我想没有比我更痛苦的人了。"(34)

巨马说:

大王啊!你说:"再没有比我更不幸的人了。"般度之子啊!(35)纯洁无瑕的国王啊!如果你想听的话,我就讲一个国王的故事,他比

你更加痛苦和不幸。(36)

护民子说：

坚战王对他说道："尊者啊！请讲吧！我很想听听这位国王的不幸遭遇。"(37)

巨马说：

大地之主啊！从不动摇的人啊！你和弟兄们一道，专心听听这个比你不幸的国王的故事吧！(38)尼奢陀人中曾有一个国王，名叫雄军。他有一个儿子，名叫那罗，精通法和利。(39)我们听说，这位国王也受骗，被布湿迦罗赢了。他本不该受苦，也只好带着妻子去森林居住。(40)国王啊！在林居期间，他没有马，没有车，也没有兄弟和亲戚在他的身边。(41)而你呢，有天神般英勇的兄弟们和梵天般优秀的婆罗门们陪随你，所以你不应该悲伤。(42)

坚战说：

擅长辞令的仙人啊！我很想详细知道灵魂高尚的那罗的故事，请你讲给我听吧！(43)

以上是吉祥的《摩诃婆罗多》中《森林篇》第四十九章(49)。

五〇

巨马说：

从前有位名叫那罗的国王，他是难军之子，力大身强，具备一切优良的品行，容貌十分俊美，而且还精通马性，驭术非凡。(1)在诸多国王之中他出类拔萃，俨然天神因陀罗凌驾于众王之顶，他好似太阳闪烁着璀璨的光华，高高地悬挂在世间万物之上。(2)这位英雄是尼奢陀国的国王，也是军队的伟大统帅。他通晓吠陀圣典，非常敬重婆罗门。他言而有信，却有掷骰子的嗜好。(3)绝色美女都想和他结为伉俪，但是，这位尼奢陀国王却能约束住自己，不涉声色。他的武艺在诸多射箭能手当中首屈一指，他俨然太阳神之子摩奴亲身降临凡间。(4)

再说文底耶山南麓有一个王国，名为毗德尔跋，国王毗摩是一位令人生畏的勇士,他具备一切优秀的品德。这位国王非常喜爱孩子,却没有一个儿女。(5)为求得儿女,他专心致志地竭尽了自己的各种努力。一天,有位道行最为高深的婆罗门仙人,名叫达摩那,翩然驾临毗摩王宫。(6)

盼子心切的毗摩,一向知礼明法,他即刻偕同王后举行了隆重的礼仪,欢迎达摩那仙人,使光辉的仙人万分满意。(7)这位享有盛誉的达摩那仙人,以慈善为怀,又富有同情心,当即赐下恩典。于是,毗摩夫妇有了一个最优秀的女儿,和三位高贵不凡的王子。(8)他们的女儿就是达摩衍蒂。三个王子分别叫做达摩、怛陀、达摩那。王子们个个光辉灿烂,美德皆备,骁勇无比。(9)

单说达摩衍蒂。她腰肢婀娜,面容美丽,光艳照人,享有盛誉。她福气绵绵,十分吉祥,在众世界里声名远扬。(10)这位女郎长到青春妙龄时,就有一百名浓妆女仆来侍奉她,有一百名女友前簇后拥,环绕在她的身旁,其尊其贵,好似天后沙姬一般。(11)毗摩之女达摩衍蒂的体态美绝人寰,全身上下佩戴着珠翠珍宝,她在众多的女友当中,好似一道闪电,放射出绚丽的光芒。(12)

如此美丽的达摩衍蒂,像她这样姿容的女郎,无论是在天神中和药叉中,还是在凡人中,也无论是在任何一处地方,真可谓见所未见,闻所未闻。这位妩媚的娇娘,惹得众神也动了春心,无不为之神魂颠倒。(13)

国王那罗是一位人中之虎,英俊超群,举世无双,他生就堂堂相貌,好似俊美的爱神降生在人间。(14)达摩衍蒂的前后左右,对那罗时常是赞不绝口;尼奢陀国王那罗的左左右右,也将达摩衍蒂夸奖个不休。(15)就这样,他俩常常听说对方的美德。虽然从未见面,但心中已经是彼此钟情,相互之间的爱慕之情一天比一天更加深厚起来。(16)

有一天,那罗实在压抑不住他心头的热恋之情,于是走向一处寂静的地方,坐在后宫附近一片森林里。(17)随后,他看见一群天鹅,一只只都以黄金装饰。当它们正在树林中游游荡荡时,那罗捉住了其中一只。(18)不料,那只天鹅竟对那罗口吐人言,说:"国王啊!请你不要把我伤害,我做一件令你开心的事来报答你。(19)尼奢陀国王啊！我要在达摩衍蒂的面前，把你的一切说给她听，不论在任何时候，让她的心思都在你身上，不会去想别的男人。"(20)天鹅刚说完这番话语，国王那罗就把手松开让它飞去。随后，那群天鹅便振翼展翅，径直向毗德尔跋国飞去。(21)

天鹅飞到毗德尔跋国的京城，降落在达摩衍蒂的身旁。这时，达摩衍蒂正在众多女友的环绕之中。(22)她蓦然发现那群天鹅美丽惊人，便欢欢喜喜地冲着天鹅奔跑过去，想把天鹅捉到手里。(23)天鹅立刻在御花园的树林中散开了，分头逃向四方。那群女郎，学着达摩衍蒂的样子，每人也都朝着天鹅奔跑追逐。(24)

有一只天鹅在达摩衍蒂的身边，这位公主追赶它时，突然，天鹅竟用人的语言，对公主说道：(25)"达摩衍帝呀！尼奢陀有位国王名唤那罗，他和天神双马童一样漂亮，没有人能够同他相提并论。(26)美艳的女郎啊！倘若你能成为他的爱妻，你这位苗条女郎就会生下贵子，你的美貌也会增色添姿。(27)无论是天神、健达缚、小神仙、凡人，还是蛇怪、罗刹，我们都曾经见过。但是，像那罗一般英俊的男子，我们却从未曾有过这样的眼福。(28)你是女子群里的瑰宝，那罗又是男人中的佼佼者，美女与英男互相匹配，那般幸福和美满，只怕是天上人间绝无仅有。"(29)

那只天鹅说完这一番话，毗德尔跋国的公主达摩衍蒂对天鹅说："请你也向那罗这样说一说吧！"(30)那天鹅答应一声："遵命！"便又返回了尼奢陀国，将事情经过原原本本告诉了国王那罗。(31)

以上是吉祥的《摩诃婆罗多》中《森林篇》第五十章(50)。

五一

巨马说：

达摩衍蒂听了天鹅的那一番话语，由于爱恋那罗的缘故，从此变得郁郁寡欢。(1)那时节，公主达摩衍蒂每日里沉思不语，十分可怜，面色苍白，身体一天天消瘦，不断地发出一声声长吁短叹。(2)她的一双眼睛动也不动地仰望着天空，呆呆地苦思冥想，看样子如痴如狂。她食不甘味，坐不安席，任凭什么时候也觉得没有乐趣。（3）不管白天或是黑夜，她都坐卧不宁，常常发出嘤嘤的哭泣。达摩衍蒂的女友们看到她的这些举止，知道她心中十分忧伤。（4）于是，她们来到毗德尔跋国王面前向他禀报："人主啊！达摩衍蒂的心情极不舒畅！"（5）

从达摩衍蒂女友那里，国王毗摩闻知这一番情况，他想起关于自己女儿的一桩十分重大的事情。（6）国王想到自己女儿已经到了青春年华，该亲自为女儿举办选婿大典了。（7）于是，毗摩国王向众位国王发出邀请："诸位英雄啊！我将为达摩衍蒂公主举行选婿大典，特此奉告！"（8）

大地上的众位国王闻听毗摩王要亲自为达摩衍蒂举办选婿大典的消息，纷纷响应毗摩的召唤，全都奔向毗摩王的京城。（9）国王们率领着大军前来，象兵、骑兵和战车奔驰的声音，响彻了负载万物的大地，步兵将士佩戴着缤纷的花环和饰物，真是美丽又庄严。（10）

恰在同样一个时刻，有两位年高德劭的高贵仙人，从人间漫游到天国世界。（11）一位是那罗陀，一位是波尔伐多，来到天帝因陀罗的宫殿中，领受到他的深深敬意。（12）有一千只眼睛的天神因陀罗向两位仙人致敬，问候他俩贵体安康，祝他们永远太太平平。（13）

那罗陀说：

天神啊，主宰！我们俩一切平安。伟大的主人啊！全世界的国王都很健康。（14）

巨马说：

天帝因陀罗闻听他们提到人世的众生，说道："国王们个个都是知礼明法的，在战斗中不惜捐弃生命。（15）他们手执兵刃，冲向敌人，面临死亡从不后退，从不徬徨。对于他们来说，这座不朽的天堂，就像我的如意神牛一样，能让他们遂心所愿。（16）可是现在这些果敢顽强的英雄们都在哪里呢？我怎么见不到他们前来做我亲爱的客人？"（17）

天帝的话音刚落，那罗陀便对他回答说："我的尊者啊！你为什么一个国王也见不到，我将慢慢讲给你听！（18）毗德尔跋国王有个女儿，名叫达摩衍蒂，她的声名传遍四方，她的容貌美绝人寰，大地上没有哪个女郎能与之相比于万一。(19)天帝啊！不久就要举行她的选婿大典，各处的国君和公子王孙统统聚集到那里去了。(20)伟大的因陀罗啊！达摩衍蒂是世上的一块瑰宝，所有前去求婚的各国国王，都满怀热望想得到她做妻子。"(21)

就在那罗陀向天帝因陀罗高声述说的时候，火神、水神等护世天神，诸神中的这几位至尊，一起来到天帝因陀罗的身旁。(22)那罗陀所讲的那一番话，他们都听得清楚仔细，一个个不由得喜上眉梢，乐滋滋地说道："那我们也一起去吧！"(23)尔后，天神们便率领成群的随从出发到人间，这时，人世间的众多国王已经先期到达了。(24)

精神高尚的那罗国王对达摩衍蒂发自内心的爱，忠贞不渝。他闻听天下的国王都将云集毗德尔跋国，便急匆匆地向毗德尔跋国赶去。(25)

途中的诸位天神在行进中看见了地面上的那罗，发现他有一副英俊的容貌，俨如美丽超群的爱神降生在人世一般。(26)护世天神们看见那罗好像太阳一样光辉闪闪，他们不由自主地停住了车辇，那罗之美使他们惊呆了。(27)诸位天神在空中戛然停住了一辆辆飞车，从云天里冉冉降落到地面。(28)"喂，喂，尼奢陀国王！你是王中魁首，人中俊杰！你一向信守承诺，请你帮助我们，来做我们的一名使者。"(29)

以上是吉祥的《摩诃婆罗多》中《森林篇》第五十一章(51)。

五二

巨马说：

听了诸神的要求，那罗不假思索，立刻答应说："可以！"接着，他双手合十，向天神敬礼，然后，他才向天神问道：(1)"你们是谁？哪位想让我担当使者？有什么事情需要我去办？就请如实地说吧！"(2)

尼奢陀国王说罢此言，因陀罗便朝他开口发话道："你要知道我们是天神，为了达摩衍蒂的选婿大典一同来到这里。(3)我是因陀罗，这是火神、水神,国王啊,那一位就是致世人身死的阎摩神。(4)你要转告达摩衍蒂,我们几个护世天神渴望一睹她的芳容。(5)天帝、火神、水神和死神,我们四位天神,满心期望能得到她,请她务必从我们当中挑选一位天神做丈夫!"(6)

天帝这番话刚说完,那罗双手合十回答说:"我和你们一样为同一个目的而来,你们不能再委派我去做这件事!"(7)

天神们说:

尼奢陀国王啊!你已经允诺我们,照我们所说的话去办,为什么你又反悔了?你赶快行动,莫再拖延!(8)

巨马说:

尼奢陀国王再次说道:"毗摩王的皇宫宝殿防卫得非常森严,我怎么能进得去呢?"(9)"你能够走进王宫里。"天帝因陀罗这样对那罗说。那罗应了一声:"好吧!"便走向达摩衍蒂居住的后宫,果然顺利地走了进去。(10)

那罗看到,毗德尔跋公主达摩衍蒂身边环绕着一群女友。他看见这位姿色佳丽的女郎,姣好又吉祥,光艳照人。(11)女郎的双眸秀美,腰肢纤细,玉体娇嫩,焕发出道道神采,好像能遮住明月的清辉。(12)一见到美丽无比的达摩衍蒂,那罗的情爱油然增长。可是,他想到做事言而有信,便赶快克制住自己内心的思恋之情。(13)陪伴着达摩衍蒂的那些名门淑媛看见那罗,顿时全都乱了方寸,一个个变得慌慌张张,被他的神采吸引,从座位上站起。(14)淑女们一个个又惊又喜,虽然面对那罗都默默地一言不发,内心却情不自禁地赞美着他。她们暗中称赞:(15)"啊,他多么英俊!啊,他多么可亲!啊,他多么坚定!这位高贵的男人!他是谁?是天神,还是药叉?或者是一个健达缚驾临此地?"(16)这群姿色俏丽的女郎,惊喜得说不出话,那罗的神采将她们折服,使她们一个个都羞羞答答。(17)

达摩衍蒂也感到十分惊讶,她未曾开言唇边已微含笑意,她向着英雄那罗,似笑非笑地启齿说道:(18)"你是谁呀?完美无瑕的人儿!你的光临,陡然催生了我的爱情。纯洁的人啊,神一样的英雄!请你告诉我,(19)你是怎样才来到这里?你怎么没有被人发现呢?因为我的房间,一向严加防范,我的父王从来就不许卫士玩忽职

守。"(20)

那罗回答:"幸运的女郎啊!请你知道,我是那罗,来到这里是做天神的使者。(21)天帝、火神、水神和死神阎摩,这些天神都满怀期望想把你获得。美人啊!你要从他们当中挑选一位天神做你的丈夫!(22)正是借助了他们的神力,我进来时才没有被人发现,没有受到阻拦。(23)亲爱的!为了这件事情,几位尊神差遣我到这里来,美人啊!请你依照自己的心愿尽快做出决定。"(24)

以上是吉祥的《摩诃婆罗多》中《森林篇》第五十二章(52)。

五三

巨马说:

达摩衍蒂向天神致敬之后,莞尔一笑,又对那罗说道:"国王啊!请你忠实地爱怜我,我应该为你做点什么呢?(1)主人啊!因为我和我所有的任何财产,这一切统统都属于你,请你放心大胆爱怜我吧!(2)国王啊!天鹅对我说的那一番话语,已将我爱情的火焰点燃。英雄啊!我是为了你,才把众位国王召集到一起。(3)亲爱的!倘若你拒绝我的请求,为了你,我会服毒、焚身、投水,或者上吊!"(4)

毗德尔跋公主十分激动地将此话讲完,那罗宽慰她说道:"这里既然有护世天神们,你为什么偏偏愿意嫁给一个凡人?(5)诸位天神是世界的创造者,他们具有伟大的灵魂,与他们相比,我连他们脚上的灰尘都不如,你应该把心寄托在他们身上啊!(6)凡人如果触怒了天神,死亡就会降临到他的头上。请你保护我吧!纯洁无瑕的美人。你一定要去选择那几位至尊的天神。"(7)达摩衍蒂本来唇边挂着甜甜的微笑,听后,她用饱含泪水的哽噎语言,拖长了声音,向国王那罗缓缓地倾诉道:(8)"主人啊!我已想妥一个不会使你获罪的办法。国王啊!用这个办法,你绝不会有什么罪过。(9)届时,你务必同天神们一起来到为我举行选婿大典的地方。(10)然后,在护世天神们的面前,我将选择你做我的丈夫。人中之虎啊!这样做将不会有什么罪责。"(11)

听完毗德尔跋公主的叮咛,国王那罗便返回了天神聚集之地。(12)因陀罗和其他天神正并肩而立,他们一见到那罗,马上仔细询问事情的经过。(13)

天神们说:

国王,你是否已经见到了笑意甜蜜的达摩衍蒂,国王啊,纯洁的人!她讲了些什么?请你快快向我们禀告!(14)

那罗说:

我依照世尊们的吩咐,前往达摩衍蒂后宫,那后宫不但有高大的围墙,而且还有许多手持棍棒的卫士防守在宫门。(15)我借助于世尊们的神力,顺利地见到了那位公主。守卫在那里的卫士,没有一个人看见我已进入宫中。(16)睿智的诸位天神,我看见了她的众多女友,她们也全都看见了我,一见到我,她们都万分惊异!(17)尊神们啊!我为世尊们做了游说,可是,那位花容月貌的女郎却失去了理智,偏偏相中了我。(18)她对我深情地诉说:"出类拔萃的人啊!请你和天神们一同光临为我举行选婿大典的地方。(19)人中之俊杰啊!我要在天神面前选择你做我的夫郎。魁伟的人啊!这样,你不会担什么罪过。"(20)天神们啊!我如实详细地讲述了事情的经过。你们是世界的主宰,此事完全由你们定夺。(21)

以上是吉祥的《摩诃婆罗多》中《森林篇》第五十三章(53)。

五四

巨马说:

到了福星高照的黄道吉日,在一个美好的时刻,国王毗摩邀请众位国王说:"请你们一起光临选婿大典吧!"(1)国王们遭受着爱情的折磨,都渴望得到达摩衍蒂,他们一听到这个消息,都脚步匆匆地蜂拥而来了。(2)

选婿大典在一座大厅里举行。大厅装有拱门,金碧辉煌,黄金的柱子更增添了它的华丽。众位国王走上富丽堂皇的厅台,就像一群雄狮登上了山冈。(3)他们每个人都佩戴着芬芳的花环,耳朵上装饰的摩尼宝珠光亮闪闪。他们在厅台一一就座,坐垫各色各样,款式纷繁。(4)那座聚满了国王的大厅,好似聚满龙蛇的都府快乐城;聚满了人中之虎的大厅,又像聚满了猛虎的山洞。(5)国王们的臂膀又粗又壮,就像是一条条顶门的硬杠,皮肤光洁,肌肉健美,五指一伸,就像五头巨蛇一样。(6)诸位国王的张张脸庞都十分漂亮,显得又和蔼又慈祥;高高的鼻梁,熠熠的神采,他们的脸庞如同天上光辉的太阳和月亮。(7)

容颜美艳的达摩衍蒂,随后也举步进入了那座大厅。她的璀璨光华,一下子夺去了众位国王的眼睛和魂魄。(8)国王们的眼光齐刷刷地落在她的身上,不论他们看见她身体的哪一部位,他们的眼光都被牢牢地吸在那里。(9)在宣布众位国王的名字之时,毗摩之女看见了五个人,这五个人的长相和那罗一模一样。(10)毗德尔跋公主看见他们一道站在地上,从模样上无法区分,她心中好一阵困惑。她仔细地瞧瞧这个,看看那个,哪一个都觉得是国王那罗,实在是让人无从辨认。(11)这位美丽的达摩衍蒂,费尽心思努力琢磨,"我怎样分辨诸位天神呢?我又怎样认出国王那罗呢?"(12)毗德尔跋公主不停地思索着曾经听说的天神们的特征,她的内心里非常痛苦:(13)"我从长者那里曾经听说,天神们具有一定的特征,可是站在这里地上的那几位天神,我连一个特征也未发现!"(14)她如此这般地久久思索,又经过一阵反复琢磨,还是没有结果。美丽的女郎感到寻求天神庇护的时刻已经来临。(15)

达摩衍蒂用纯洁善良心灵和美好的语言,向众位天神祈祷了一番,她又双手合十致了礼,抖抖颤颤地开口说道:(16)"既然天鹅之言我已亲耳听过,由尼奢陀国王做我的丈夫。天神们啊,凭此事实,哪位是那罗请你们向我指明!(17)既然我的言语和心灵,对他没有丝毫的不忠诚,天神们啊,凭此事实,哪位是那罗请你们向我指明!(18)既然上天已经安排尼奢陀国王做我的丈夫,天神们啊,凭此事实,哪位是那罗请向我指明!(19)同我丈夫并立的几位天神啊,请你们现出自己的本相!以便使我能够辨认出我那大有福分的丈夫!"(20)

天神们听罢达摩衍蒂这番可怜的哀求,听见了她的崇高决定,了解到她对那罗的钟爱之情。(21)众天神感受到她心地纯洁又聪明,领悟出她对那罗的一片深情和敬意,便尽快努力呈现出世人所说的那些特征。(22)达摩衍蒂看见天神们既不流汗也不眨眼睛,花环保持得既新鲜又干净,身体站立,双脚却不接触地面。(23)只有一个人双脚着地,地上映出同他身体一样的影子,脖子上的花环已枯萎,还沾染上灰尘点点。热汗淋漓,眼睛频频闪动,啊!这就是尼奢陀国王那罗!(24)达摩衍蒂终于辨认出天神和大有福分的那罗。她依照正法,选中了那罗做自己的丈夫。(25)这位大眼睛的佳人,此时感到有些腼腆,用手轻轻地牵住那罗的衣边,把一个艳丽异常的鲜花环,佩戴在那罗的双肩,就这样,绝色美女达摩衍蒂,选定了那罗做自己的夫郎。(26)

在场的诸位国王爆发出一片欢腾,众天神和大仙们发出一阵"好啊!好啊!"的喝彩之声;惊异的人群也都发出呼喊,他们都把出类拔萃的国王那罗称赞。(27)毗摩之女选择那罗做丈夫,威力无比的护世天神们也无比欢喜,他们赐给了那罗八件恩典。(28)讨人喜欢的天帝因陀罗赐给尼奢陀国王的两件恩典是:祭拜天帝,天帝就在那罗面前出现;国王将有无上荣耀的命运。(29)以祭品为食的火神赐给尼奢陀国王的恩典是:只要那罗需要,他就会出现,那罗会获得像他一样光辉的世界。(30)死神阎摩赐给他的是:食物中的味,又赐给他正法面前居有最崇高的地位。水神赐给尼奢陀国王的恩典是:只要那罗需要,就会出现粼粼的清水。(31)众天神共同赐给这对凤鸾一束芳香浓郁至极的花环。赏赐过了这一些恩典,四位护世天神又都返回了天堂。(32)惊异的国王们参加过了那罗和达摩衍蒂的婚礼,如同来的时候一样,又高高兴兴地返回。(33)

大有福分的那罗国王,与女中瑰宝达摩衍蒂珠联璧合,相亲相爱,犹如天帝因陀罗和天后沙姬一样幸福美满。(34)那位欣喜若狂的国王那罗就像太阳一样放射着光芒,人臣子民对那罗十分拥护和爱戴,他也运用正法保护着臣民。(35)那罗举行了一次马祭,还用了一些别的牺牲。除此之外,施舍也十分丰厚。(36)从此,如同天神一样的那罗,与达摩衍蒂形影不离,在令人快活的森林、树丛中遣怀怡情,欢度时光。(37)这一位大地的保护者,举行祭祀,尽情享乐,保

护着大地丰硕的万物。(38)

以上是吉祥的《摩诃婆罗多》中《森林篇》第五十四章(54)。

五五

巨马说：

毗摩之女选择了尼奢陀国王为夫郎，威力巨大的护世天神们随即返回天堂，归途中遇见两位天神迎面走来，一位叫迦利，另一位是他的伴当，名叫德伐波罗。(1)天帝因陀罗见到迦利，便对他说："迦利，德伐波罗，你们要到什么地方去？"(2)迦利马上向天帝回答："我俩前去参加达摩衍蒂的选婿大典，我要让她选中我，因为我的心早已到了她的身边。"(3)因陀罗微微一笑，对他说道："那个选婿大典已经举行完毕，她已选中了那罗国王做自己终身的伴侣。"(4)

听完天帝这几句话，迦利的怒气塞满了胸膛。他草草地问候过几位尊神，便愤愤地吐出几句话：(5)"她竟然在天神面前挑选一个凡人做郎君，那么，正义的严重惩罚，一定要落在她的头上！"(6)迦利说完这些话，几位天神又对他把话讲："达摩衍蒂选中了那罗国王，我们都深深表示赞同。(7)谁能不支持那罗国王呢？他具备一切美德，又忠实地履行自己的诺言。(8)那罗这位人中之虎，护世天神般的国王，真诚、忍耐、好施、苦行、纯洁、自制、平和、坚定。(9)那罗国王具备如此美德，如果谁妄想对他加以诅咒，那他就会反而伤害了自己，(10)就会跌入凄惨的地狱，深无底，大无边，救渡无船。"对迦利和德伐波罗说罢这样一番话，诸位天神便一起回到了天上。(11)

等到诸位天神一起离去，迦利就同德伐波罗商议道："我无法平息胸中对那罗的愤怒，德伐波罗，我要把心里所有的话全部告诉于你。(12)我要让那罗从王位上垮台，让他不再和达摩衍蒂相爱！你钻入骰子里去，你必能帮助我获得成功。"(13)

以上是吉祥的《摩诃婆罗多》中《森林篇》第五十五章(55)。

五六

巨马说：

迦利和德伐波罗一起定下诡计，随后便动身前往尼奢陀国王所在之地。(1)迦利不断地窥伺等着时机，在尼奢陀国住了很久很久。后来迦利终于在第十二年的时候发现了一个机遇。(2)一天，尼奢陀国王解过小便，就已经到了晚祷的时间，他忘记了洗濯双脚，随即进行了祷拜。由于那罗国王身体不洁，迦利就趁这个机会钻进了他的体内。(3)

迦利钻进了那罗的身体之后，又施展神通，变化出一个人形，走到那罗的兄弟布湿迦罗的面前。他挑唆布湿迦罗说："走呀，和那罗掷骰子赌个输赢！(4)我和你站在一边，那罗掷骰子一定会惨遭失败。王爷啊！击败了那罗国王，你就会赢得尼奢陀的全部国土！"(5)经过迦利这一番话语的引诱，布湿迦罗便向那罗走去。迦利变成一粒名叫"牛中雄牛"的骰子，交到勇敢的布湿迦罗手里。(6)布湿迦罗走到兄长那罗的身边。说道："让我们俩赌上一局吧！用'牛中雄牛'作主骰。"(7)那罗国王的心地纵然很宽阔，也忍受不了这场挑战。在一旁观望的达摩衍蒂，虽然告诉他掷骰子不合时宜，可那罗却置之不理。(8)

那罗赌白银、赌黄金、赌车辆、赌牲畜、赌衣服，由于有迦利潜伏在身体里，他在赌博时连连失利，大败亏输。(9)那罗对骰子如痴如狂，他的正常感觉已经完全丧失。无论哪位婆罗门贤人君子，全都不能阻止他掷骰子！(10)

尔后，国家的全体人民和众位大臣，一齐前来，要求探视和看护这位身体已染病的国君。(11)那罗的车夫伐尔湿内耶，向达摩衍蒂禀报："身负重任的大臣和人民，已经来到，正在宫门口等候。(12)我们的国王一贯明察正法，深知政事，不能眼看着让国王遭到不幸。他们候立在宫门，请求禀告尼奢陀国王。"(13)美丽的达摩衍蒂满怀悲苦，面容憔悴，她用含着泪水的语言，对那罗说道：(14)"国王啊！

忠于王国的众位子民和全体大臣，都盼望能朝见你，已经在宫门候立多时。他们三番两次地要求，话语殷切又诚恳，国王啊！你应该前去接见他们。"(15)话语未完，她那秀美的双眸就已泪水涟涟。面对这般光景的妙腰爱妻，由于有迦利潜伏在身体内，那罗却一点也不动心，对她一句话也不回答。(16)全体大臣和人民，再三请求都不被国王理睬，万分羞愧，他们心里头想着："他变了！"只得各自走回自己的家门。(17)此时，布湿迦罗和那罗兄弟二人，仍似从前，继续赌博。赌了好几个月的光景，那罗也未能取胜。(18)

以上是吉祥的《摩诃婆罗多》中《森林篇》第五十六章(56)。

五七

巨马说：

头脑清醒的达摩衍蒂，探视过国王那罗，看见他对骰子那般如痴如狂的情景，便已知道他神志不清。(1)因此，这位毗摩的女儿十分恐慌，更加陷入深深的悲哀。但是，她仍然想竭尽全力帮助那罗。(2)她担心那罗犯下罪孽，想要帮助他。她看到那罗的财产被相继夺走，非常痛心地对自己的奶母说：(3)"波哩诃塞娜！奉那罗之命，你前去催请众位大臣，让他们把服饰金钱及其余财产清点好，一一地报告分明！"(4)众位大臣接到了达摩衍蒂假传的圣旨前来报告说："财产已所剩无几，这样下去，恐怕都要化为乌有了！"(5)他们再一次候立在宫门的前面要求面谒国王，达摩衍蒂又一次向国王禀报，可是，那罗对此已非常气恼。(6)

达摩衍蒂看见丈夫很不高兴，心里感到羞愧难容，只得转身走进了自己的房中。(7)在自己的房中，达摩衍蒂接连不断听到报告，骰子总是违背自己丈夫的意愿，那罗的财产不断地被夺去。于是，她再一次对奶母说：(8)"波哩诃塞娜！奉那罗之命，你再到车夫伐尔湿内耶那里走一趟。请你把他带到这里，有一件重大的事情已经迫在眉睫！"(9)奶母听完达摩衍蒂的盼咐，便通过几名心腹奴仆，带来了车夫伐尔湿内耶。(10)

达摩衍蒂用柔和的语气，亲切地问候了伐尔湿内耶。这位懂得地利天时，没有任何过错的毗摩之女，向车夫说：(11)"你深知国王平时如何待你，你俩一向是很友好的。如今他正处在险恶的境地，你应该帮助他，为他付出一定的努力。(12)现在，国王被布湿迦罗连连战胜，这样继续下去，他掷骰子的那番兴味，肯定就会越来越浓。(13)既然骰子是布湿迦罗的，又总是按照他的意志旋转，那么，这骰子会让那罗倾家荡产，大祸接踵而来，这样的局面已经是一目了然了。(14)目前，贤人君子的进谏之言，国王一点也听不进去，由此看来，这位性情豪爽的人，会把整个国家完全输掉，不会剩留半点东西。(15)眼下，国王他已是昏昏然了，我的话他也不喜欢听。车夫啊！我寻求你的庇护，请你依照我的话去办。也请你相信我，我若有丝毫的不良居心，我迟早会丧命，堕入阴间！(16)请你用那罗那几匹心爱的骏马驾车，把我的两个孩子放在车辇上，催马扬鞭，把他们送到毗德尔跋国的京城去！(17)请你赶快把这两个孩子和那几匹千里马托付给我的亲属。你愿留愿走，请你自便。"(18)

那罗的车夫伐尔湿内耶又将达摩衍蒂的这番盼咐转述给那罗的几位主要大臣。(19)大臣们集在一起商议，表示同意。于是，车夫把两个孩子放在车辇上，驱车驰向了毗德尔跋国的首都。(20)

那位车夫来到了毗德尔跋国的京城，把达摩衍蒂的女儿因陀罗塞娜、儿子因陀罗塞那，以及那罗国王的华车和骏马都托付给了毗摩国王。(21)车夫满怀愁苦和心中的悲痛向毗摩国王禀明了那罗国王的情景。然后他离开了毗摩国王，一路乞食前去憍萨罗国，到了京都阿逾陀城。(22)车夫怀着万分痛苦的心情，依靠向那罗国王学到的驭马术，担任了憍萨罗国国王哩都波尔那的侍从。在那里混些薪俸，维持生计。(23)

以上是吉祥的《摩诃婆罗多》中《森林篇》第五十七章(57)。

五八

巨马说：

在伐尔湿内耶动身之后，那罗在赌博中失去了王国和所有财产，他的一切统统都被布湿迦罗夺走了。(1)那罗失去了王国之后,布湿迦罗得意地哈哈大笑,对那罗说道:"让赌博再继续下去吗?不过,你将用什么来作为赌注呢?(2)你只剩下一个达摩衍蒂了,其余的一切都已在我的手里。用达摩衍蒂来作你的赌注吧!那才是极好的主意,如能承蒙你的同意,咱们就再赌下去吧!"(3)

受到布湿迦罗这般奚落,那罗满腔怒火,他的一颗心仿佛被撕开了。(4)过了一会儿,这位素享盛誉的人怒视布湿迦罗,褪下身上所有的饰物。(5)这位给朋友增添忧愁的人只留下一件衣服遮掩全身,浪掷了无数财富,形单影只,默默地朝外走去。(6)

达摩衍蒂也只剩下身穿的衣服一件,看到那罗出去,跟随其后,陪伴着败落的尼奢陀国王在野外住了三个夜晚。(7)那罗的兄弟布湿迦罗却紧逼不舍,在城中高声大喊:"如果有人胆敢招待那罗,我就将他处死,决不宽容!"(8)慑于布湿迦罗这几句杀气腾腾的话,本应受到款待的那罗,人民却不敢向他表达热烈敬意。(9)因此,哪怕是在城市的郊外,那罗也得不到丝毫的照顾,整整三天,那罗和妻子仅能用水来维持生命。(10)

又度过了许许多多个日日夜夜,一直被饥饿折磨的那罗,蓦然看见了那么一群鸟,羽毛如同金子。(11)国王心中暗暗盘算:"这些鸟既是我今天的美餐,也是我的一笔财产!"(12)于是,他将贴身的那件衣服脱下,想把那一群鸟网住。不料这时候,所有的鸟都一齐飞起,带着那罗的内衣飞上了高高的云天。(13)看到那罗赤身裸体站在地上,低垂着头,狼狈不堪,那些鸟俯视着他,用人的语言对他讲道:(14)"大笨蛋!我们是骰子,来这里拿走你的衣衫!因为你穿着衣服,我们就不会欢快。"(15)

那罗国王看到这群骰子消失,而自己赤身裸体,对达摩衍蒂说:(16)"无瑕的女郎!这些骰子愤怒地剥夺我的王权,使我难以维生,忍受饥饿的折磨。(17)由于它们作怪,尼奢陀人不敢招待我。它们竟然还变成鸟,抢走我的衣服。(18)我已遭遇最大的不幸,心中万分痛苦,神志也不清醒,作为你的丈夫,我有几句有益的话,你听后,一定要牢牢铭记心中!(19)到遥远的南国去,要走许多许多的路途,还要跨过一条叫阿般提的河流,再翻过熊黑山,方能走到路的尽头。(20)横穿峰峦起伏的文底耶山,涉过流入大海的波优湿尼河,会见到伟大仙人的一座座森林道院,那里到处有繁茂的鲜花和丰硕的果实。(21)这就是前往毗德尔跋的路,这一条路也通向憍萨罗国。离此地再远的地方,就是南国了。"(22)

心中悲苦,面容憔悴的达摩衍蒂眼含热泪,用哽噎的言语,对尼奢陀国王那罗说出了一席使人心痛断肠的话:(23)"我的心儿在不停颤抖,我的肢体全都变得瘫软无力。国王啊!你这番打算,在我的脑海中不住地盘旋!(24)如今你被抢走了王位和财产,赤身露体,饥饿又疲乏,在这荒无人烟的林莽中,我怎么能自己走开,把你抛下?(25)你这样疲惫不堪,还要忍受着饥饿的煎熬,你心里在盼望着能够舒服一点。大王啊!在这凄惨的森林中,我将会帮你解除忧愁和烦恼。(26)治疗种种苦痛的疾病,连医生也不知道有什么良药可以和妻子的作用相比。我对你讲的确实是真理。"(27)

那罗说:

妙腰女郎啊!你正是人们所说的那种妻子——对于常人,没有朋友可以与妻子相仿;对于病人,没有什么药物能抵得上妻子的作用!(28)胆怯的女郎啊!我没有抛弃你的念头,你为什么自己要无端地心生恐慌呢?无可指责的女郎啊!我绝不会把你抛弃,就像我不能抛弃我自己一样。(29)

达摩衍蒂说:

伟大的国王啊!你如果不愿离开我而自己行动,那你为何指给我前去毗德尔跋的道路呢?(30)人主啊!我知道你不应该把我抛弃,可是,因为你神志已不清醒,你有可能把我抛弃。(31)人中俊杰啊!你反复向我说明路线,天神般的人啊!这增添我的忧愁。(32)国王啊!如果出走真是你的心愿,那么,我们就一同去毗德尔跋吧!(33)亲爱的!在那里,我的父王会十分敬重你。我们会受到应有的礼遇,在我家安安逸逸地住下去。(34)

以上是吉祥的《摩诃婆罗多》中《森林篇》第五十八章(58)。

五九

那罗说：

既然是你父亲的王国，就如同我的王国一样。可我正处在遭难的境地，这种惨状无论如何也不能到那里去。(1)以前我荣华富贵，去那里为你增添快乐，现在我不幸落难，怎么能去那里为你增添忧愁？(2)

巨马说：

国王那罗一再这样说着，好言安慰只穿半件衣服的达摩衍蒂。(3)

他们俩合披一件衣裳，从这里到那里四处游荡。他们疲惫不堪又饥又渴，来到了一座福舍①面前。(4)于是，那位尼奢陀国王偕同毗德尔跛的公主，走入那座福舍。刚刚迈进了那座福舍，国王那罗颓然躺倒在地。(5)他赤身露体，全身污秽不堪，四肢摊开，沾满尘土。尼奢陀国王十分疲倦，就这样和达摩衍蒂睡卧在地上。(6)

娇嫩的达摩衍蒂突然遭遇这种痛苦，此刻被睡意所征服。(7)就在达摩衍蒂入睡之后，忧愁仍然搅扰着那罗的心，国王如同前几天一样又没能入睡。(8)好端端的王国全然丧失了，自己又遭到大臣百姓的摈弃，这一件件事情使国王陷入深深的凝思：(9)

"我如果这样做将会怎样？我不这样做又会如何？我自己去死是否最好，还是离开妻子独自走开？(10)这位始终热爱我的女郎，为了我，她已经备尝艰辛。如果她离开我，总有一天会回到她亲属的身边。(11)这无与伦比的女郎，跟着我肯定要遭受更大的痛苦。一旦与我分离，或许会有危险，但她有希望找到幸福？"(12)国王再三考虑之后，认为两相分离，才会给达摩衍蒂带来幸福。(13)

那罗自己身上没有一丝一线，而达摩衍蒂身上只裹着一件衣服，他想试着把妻子的衣服破下来一半。(14)"我怎样才能把衣服破开，

---

① 福舍是做善事的人在交通不便之处，为旅人修建的住房。

又不至于吵醒我的爱妻?"尼奢陀国王一边思索,一边围绕着福舍来回打转。(15)就在那罗四下里打转之时,他猛然在福舍外面发现了一把没有带鞘的上好宝剑。(16)这位以往征服仇敌的英雄好汉,挥剑割下半件衣服穿在了身上,撇下了沉睡的毗德尔跛公主,神志不清地匆匆走开了。(17)

尔后,他受到了心灵的谴责,又重新回到那座福舍里。尼奢陀国王一见到达摩衍蒂,顿时泪水潸潸流淌,情不自禁哭诉起来:(18)"从前连风和太阳都不曾见过我可爱的娇妻,如今,她却孤孤单单地睡在福舍中央的泥土地上!(19)这位笑意甜蜜的女郎,身上遮盖着那件割裂的衣裳,她一觉醒来,看不到我,将会是怎样地如痴如狂啊!(20)这位毗摩王的女儿,是我贤惠美丽的爱妻,我怎么能忍心把她抛弃?在这野兽追逐的可怕森林里,为了寻找我,她会不停奔走,为了寻找我,她将会到处游荡。"(21)

就这样,那罗国王被迦利暗中驱遣,一次一次地走开,又被爱情拉转回头,一次次地返回福舍。(22)那时候,那罗苦不堪言,他的心仿佛已破裂成了两半。他就好像是一架秋千,悠荡出去,又悠荡回还。(23)那罗虽然又返回福舍,但他已经被恶神迦利折磨得昏昏然了。他向达摩衍蒂倾吐了许多甜言蜜语,最后,还是抛下了沉睡的妻子跑了出去。(24)国王被迦利折磨得失了魂灵,左思右想,把妻子抛在空旷的森林里,痛苦地出走。(25)

以上是吉祥的《摩诃婆罗多》中《森林篇》第五十九章(59)。

六〇

巨马说:

那罗离开后的一段光景,达摩衍蒂倦意完全消除了。这一位美臀女一觉醒来,在凄凉的林中胆战心惊。(1)她寻找不到自己的丈夫,万分恐惧,她满怀痛苦和忧伤,高声呼唤尼奢陀国王:(2)

"哎,夫郎!哎,伟大的国王!你为什么要把我抛弃?将我抛弃在这凄凉的林莽中!我是多么悲惨,我是多么惶恐,我不久就要死在这林莽之中。(3)伟大的国王啊!你明了正法,言而有信,怎么能在发过那么诚恳的誓言之后,抛下睡熟的我而离去呢?(4)你怎么能随便抛弃一个百依百顺的忠实妻子?尤其是这个时候,别人错待你,而她没有错待你。(5)

"你以往曾在护世天神们面前,真诚表白过对我的一片忠诚,人主啊!你应该对我履行那番诺言。(6)英雄啊!你一定是在跟我开一场大玩笑!我已经害怕得很,你快露面吧!(7)我看见你,我看见你,国王啊!你用树丛遮掩起自己,为什么不跟我说话,哪怕一句半句?(8)

"王中之王啊!我竟落到如此地步,多么凄惨,多么可怜!国王啊!我在哭喊,你为什么不来拥抱我,安慰我?(9)我并不忧虑我自己,更不忧虑别的什么东西,现在你怎么能只身一人,孤独自处呢?国王啊,我在为你担心啊!(10)你又饥又渴,疲惫不堪,十分瘦弱,此刻,黑夜沉沉,你藏在大树根旁,是因为看不见我,才不出来吗?"(11)

尔后,饱受忧愁折磨的达摩衍蒂,似乎是用忧愁振奋起力量,这里那里不停奔走,到处呼唤,痛苦异常!(12)这位焦急不安的女郎,一次次跌倒,又一次次爬起。这位惶恐万分的美丽女郎,一阵阵昏厥,一阵阵哭喊。(13)女郎难以抑制心中惊恐不安,在忧伤中忍受着煎熬,她一次又一次中断了呼吸。这位忠于丈夫的毗摩之女,愤怒地喊道:(14)"尼奢陀国王遭受了难以承当的痛苦,是谁的诅咒使他尝尽了痛苦,谁就要受他所受过的痛苦,并且痛苦之上还要再加大灾大祸!(15)谁对心地无邪的那罗造就下了这样深重的罪恶,谁就要遭受更大的痛苦,让他一生一世都苦度日月!"(16)

那罗国王的妻子达摩衍蒂就这样不停地哭喊着,在野兽出没的森林中寻找丈夫。(17)毗摩的女儿已经如狂如癫,她四处跑着,不断呼唤:"国王啊!国王啊!"(18)犹如一只焦躁的雌鹗发出尖利的叫声,她忧愁哀伤,接连发出声声哭号。(19)

有那么一条巨大的蟒蛇,正饥肠辘辘地寻觅食物,毗摩之女正在附近蹒跚而行,走过来时突然被它将身体紧紧缠住。(20)达摩衍蒂遭到蟒蛇缠身,忧心如焚,她全然没有忧虑自己,一心牵挂着那

罗：(21)

"哎呀，丈夫啊！我在这里孤苦伶仃，独自一人，我的身体被蟒蛇缠绕得很紧很紧，你为什么还不快快跑来把我搭救？(22)等到你消弭了罪过，再恢复了思想、智慧和财产，到那时你再回想起我，国王啊，你可怎么生活？(23)尼奢陀王啊！当你疲倦、饥饿和困乏时，谁来消除你的疲劳？"(24)

在这一座深邃的森林之中，有个东游西荡的猎人，他偶然听到了达摩衍蒂的哭喊，急急忙忙地奔跑到女郎面前。(25)看见一位大眼睛娇娘被一条蟒蛇缠绕着全身，那个猎人迅速地跑上前去。(26)他挥起锋利的猎刀，奋力从蛇的头部砍下去，那条蟒蛇动也没动，就被猎人结果了性命。(27)猎人从蟒蛇的身下解脱开达摩衍蒂，取来一些清水让她洗一洗，洗完后猎人安慰了公主几句，又送给她一些食物，然后问道：(28)"长着小鹿眼睛的女郎啊！你是谁？为什么来到森林中？光彩娇艳的女郎啊！什么原因使你遭受到这么巨大的不幸？"(29)经他那样一问，达摩衍蒂便把一切经过告诉了猎人。(30)

达摩衍蒂只披裹着半件衣服，遮掩不住丰满的双臀和圆圆的乳房，她的肢体柔软又娇嫩，全身美丽无瑕，脸庞闪耀着皎月般的光芒。(31)她美丽的双眸睫毛弯弯，讲话的声音又是那么甜蜜，猎人自从见到了这位无可挑剔的女郎，淫欲之情便把他牢牢控制住。(32)猎人为了不让达摩衍蒂识破行迹，便用殷勤而温柔的话语安慰着这位美女。(33)忠实丈夫的达摩衍蒂早把那个恶棍看穿，并被猎人的恶意深深地激怒。(34)那个心地邪恶的矮小猎人，虽然感受到她正气凛然不可侵犯，宛似一团燃烧的火焰不可靠近，但他仍然执迷不悟，妄想对达摩衍蒂采用强暴手段。(35)

丈夫和王国全部失去，达摩衍蒂已经痛苦不堪，眼前又遇见了这样一个邪恶的歹徒，已经无话可说，她对他发出了愤怒的诅咒：(36)"除去那位尼奢陀国王那罗，我的心从不思念别人，凭此事实，就让这个猥贱的猎人立刻倒地身亡吧！"(37)达摩衍蒂的诅咒刚刚讲完，那个猎人就像一棵树木遭到烈火焚烧，一头栽倒在地。(38)

以上是吉祥的《摩诃婆罗多》中《森林篇》第六十章(60)。

六一

巨马说：

目似莲花的女郎诅咒了那个可恶的猎人，使他倒地身亡，便动身穿越凄凉的森林。森林中有惨厉之声不断回响。(1)林中有狮子、猛虎、野猪、熊、麋鹿、豹子竞相追逐，那些形形色色的鸟群散布在四方，还有野蛮人和盗贼在其中居住。(2)森林中生长着娑罗树、毛竹、达婆树、圣无花果树、黑檀树、因古陀树、忧何树、阿周那树、阿利吒树、檀香树和木棉树。(3)还有赡部树、芒果树、娄可罗树、佉蒂罗树、麻栗树、藤葛、迦希摩利树、阿摩罗迦树、迦丹波树和乌杜波罗树。(4)枣树、野苹果树、无花果树、高大可爱的棕榈树、椰枣树、诃利陀迦树和毗毗陀迦树。(5)

达摩衍蒂见到千姿百态的座座山岭，蕴藏成百种不同的矿物，见到各种鸟鸣啭在处处林阴，周围还有许多奇形怪状的山洞；见到条条河流、湖泊和水洼，更有令人喜爱的群群麋鹿。(6)她见到许多恶鬼、蛇怪和罗刹，他们一个个全都面目狰狞；见到一片片小湖和水塘，到处是一座座林立的山峰，见到条条小溪流的山涧，大海的模样更是蔚为奇观。(7)毗德尔跋公主还见到成群的野牛、野猪、豹狼、熊罴、猿猴和蛇。(8)

这位享有盛誉的毗德尔跋国的公主，光艳照人，坚强又吉祥，她为寻找那罗，独自一个人到处奔走不停。(9)可怜的达摩衍蒂，遭到夫郎的遗弃而面容憔悴，她舍生忘死，来到又一处险恶的林莽中。这位公主任凭眼前出现何物，她都毫不恐惧。(10)她痛苦凄凉，泪珠滚滚地喊了一声："国王啊！"忧夫之愁缠绕着身体，她无力地依靠在一块石头上。(11)

达摩衍蒂说：

王中雄狮啊，那罗国王！尼奢陀国人民的保护者！你把我抛弃在凄凉的森林里，现在你在何地？(12)英雄啊，你举行过各种祭祀，祭祀中你对他人施舍那样慷慨，如今怎么能这样错误地对待我？(13)你曾经在我面前许下诺言,你应该忠实地恪守。(14)国王啊!天鹅对你和对我说的那些话,你也应该牢牢地记住。(15)出类拔萃的人啊,圣典的每一部、每一支,包含的就是一个忠实!(16)往日你向我表白的那些言词,你也应该忠实地恪守。(17)

英雄啊,无咎的丈夫!难道你真的不再需要我,在这一处可怕的林莽中,为什么不同我讲话?(18)那边有一头狮子饥饿又残暴,张开大口,样子十分凶恶,难道你不应该来保护我吗?(19)往日里你曾经向我表白说:"妙人啊,我非你不爱!"亲爱的!难道你都忘记了?(20)我疯疯癫癫,泪如泉涌,国王啊,我盼望能够再见到你的面!你既然也想与我相见,为什么不对渴念你的妻子说话?(21)国王啊!你可见到我多么可怜,消瘦的身体上只裹着半件衣服,满身沾满了泥土污秽。(22)我哭哭啼啼,泪水涟涟,就像是一只失了群的母鹿,你为什么不关心我?(23)伟大的国王啊!你的妻子孤孤单单在大森林里,正在与你讲话,你为什么默不作声?(24)

人中之俊杰!你具备王族的美德,具有健美的身躯。而今天,在这一座山岭里,在这片辽阔险恶的森林中,有雄狮和猛虎在互相追逐,我却见不到你的身影!(25)国王啊!此刻你是在卧、在坐,还是在静静地站立?或者你是在迈步行走?(26)为了你,我痛不欲生,因为忧愁,我的容貌憔悴。我能向谁询问:我的丈夫那罗,你们是否遇见?我能向谁打听;我的夫郎,你们可曾在林中看见?(27)今天谁能告诉我,这位容貌英俊、灵魂伟大、消灭敌军的那罗就在这座森林里?(28)今天我会听到谁说出这样甜蜜的话:"这就是你寻找的莲花眼那罗王!"(29)

这头雄狮威力不凡,是森林之王,长有四颗獠牙,下腭硕大。这只狮子迎面朝我走来,我毫不惧怕地向它问道:(30)"尊者啊,你是兽中之王,是这一片大森林的主人,请你知道,我是毗德尔跋国王的女儿,(31)我也是曾经诛灭仇敌的国王那罗的妻子,我叫达摩衍蒂。我独自一人在森林中寻找丈夫,愁得瘦骨嶙峋,无人相助,何等可怜。百兽之王!你若能遇到那罗,请你千万告诉我,让我得到最大的安慰!(32)倘若你不把遇到那罗的事告诉我,那么兽中佼佼者啊!乞求你吃掉我,让我从痛苦与忧愁中解脱出来吧!"(33)那位兽中之王

听罢我的这般哭诉，径自向河边走去了。(34)

有一座山岭上摩苍穹，光芒四射，色彩斑驳，让人心旷神怡。(35)最高的一座山峰巍然耸立，宛如大森林的旗杆一般。奇形怪状的岩石将这座山巧妙地装点，山中布满种类纷繁的宝藏。(36)山中动物种类繁多，有雄狮、猛虎、大象、野猪、熊和麋鹿，鸟雀多种多样不一而足，鸣啭声在山野四处回响。(37)各种美丽的树木花草装点着这座高山，白云缭绕着峰峦，山间有溪水潺潺。我见到这座高山，不由得又向这众山之王问道：(38)"尊者啊，群山之王！庇护者啊，你大有福分！(39)我走向前来向你敬礼！请你知道，我是一位国王的女儿，一位国王的儿媳，一位国王的妻子，我就是那声名远扬的达摩衍蒂！(40)

"毗德尔跋国王，他是一位英雄，也就是我的父亲，名叫毗摩，他是大地的主人，四大种姓的保护者。(41)他曾举行过王祭和马祭，向婆罗门慷慨地施舍过许多财产。他是国王中的佼佼者，长着一双大眼睛。(42)他全心全意地信奉大梵天，行为高尚；他言而有信，慈悲为怀，严格守戒，广做善事，他积聚了丰厚的财富，明了正法，心地纯正。(43)我的父亲是英明的主人，是一个征服群敌的国王，尊者啊！请你知道，站在你面前的人，正是他的女儿！(44)

"伟大的山岭啊！我的公公是王中魁首，他名副其实，叫做毗罗塞那——雄军！(45)这国王的儿子是位英雄，十分吉祥，诚实忠厚，作战勇猛。他遵从父亲的旨意，登基接了王位，一心要把自己的国家治理得有条不紊。(46)他的名字叫那罗，是降伏仇敌的英雄，他又叫有福名者，的确是大名鼎鼎。他全心全意地信奉大梵天，精通吠陀圣典，善于辞令，广为善事。(47)他举行祭祀，是一名慷慨的施主，是一位公正廉明的执政者。众山的魁首啊！请你知道，我正是他的妻子。(48)

"我的财富不但全部丧失，而且又失去了丈夫，无依无靠，孤苦无援，陷入了不幸的境地，我丈夫是一位美男子，那可是百里挑一。如今他独自出走，我正在到处寻找。(49)众山的魁首啊！你有成百个山峰触摸昊昊青空，在这座险恶的森林之中，你也许见过我夫郎的身影。(50)我丈夫的相貌能赛过因陀罗，他长着一双修长的胳膊，他富有智慧、果敢、勇猛、言语真实、意志坚强。众山的魁首啊！你也许见到我丈夫。(51)众山之魁首啊！我孤单一人，哭哭啼啼，痛苦之极，今天你为什么不用温柔的话来安慰我呢？如同安慰极其痛苦的亲生闺女！(52)

"英雄啊！你一向言语有节，知法明礼，你是大地的主人，如果你就在这一片森林之中，请你现出自己的身形！(53)什么时候我才能聆听到尼奢陀王说话的声音？那声音温和深沉，像雨云中的惊雷一样令人振奋，似甘露一般带给我勃勃生机！(54)什么时候才能聆听到这位灵魂伟大的国王遵循圣典的谈话，叫一声'毗德尔跋公主'，解除我的忧愁？"(55)

巨马说：

国王的爱妻达摩衍蒂向山中之王说完这些话，又向北方走去。(56)这位姿容妙曼的女娇娘，行走了三天三夜，看见了一座广大的森林道院。这里风光旖旎，好似天堂里的花园一般。(57)这里有许多像极裕、婆利古、阿特利仙人一样的苦行者，他们使这森林道院放射出夺目的光辉。(58)

苦行者们以水为餐，以清风为食，用树叶盛饭，这样苦修苦炼，征服了七情六欲，非常吉祥，都渴望看到登天的路程。(59)女郎又见到森林道院中可爱的茅屋，有苦行者和修道仙人居住在里边，那些修道仙人身上穿着树皮或兽皮衣服。(60)庭院中有很多麋鹿和猿猴，还有很多苦行者。(61)

达摩衍蒂清眉俊目，一头秀发，臀部浑圆，乳房丰满，稳重端庄，神采飞扬，脸庞俏丽，步态优雅，腰肢婀娜。(62)那罗的爱妻，女中之宝，大福大德的达摩衍蒂走入森林道院的庭院里。(63)她向苦行的长者们一一敬过礼，便弯腰收步，在一旁恭立，那里的全体苦行者，异口同声地对她说："欢迎你！"(64)那些深有道行的仙人也都向她表示敬意。他们又说道："请坐，请你讲讲我们将为你做些什么？"(65)

美臀女达摩衍蒂问候他们说："各位享有盛誉的苦行者啊！你们对于苦行、祭火和正法，乃至对于飞禽走兽，都没有丝毫的过错，愿你们诸位平安如意、遵循正法、大吉大利！"(66)

苦行者们对享有盛誉的女郎说道："亲爱的，愿你一切平安！全身美丽无瑕的女婵娟啊,请说说你是谁?到此地是为什么?(67)看到你的容颜如此美丽,看到你全身放射着璀璨的光华,我们都感到万分惊异,请你放心大胆,不要有任何的忧虑!(68)你是森林的伟大女神?还是山岭的伟大女神?你或者是河流的女神?纯洁的女郎啊,请你告诉我们真实的情形吧!"(69)

达摩衍蒂对那群仙人们说道:"圣哲贤人们!我既不是森林的女神,也不是山岭的女神和河流的女神。(70)诸位深有道行的苦行者啊!请你们知道,我是一个凡人,我要将实情说给你们,请各位仔细聆听。(71)

"毗德尔跋的国王,名叫毗摩,他灿烂辉煌,功绩盖世,我就是他的女儿。(72)睿智聪敏的尼奢陀国王名叫那罗,富有学识,是人民的主人。他声名远被,是一位英雄,在战场上所向无敌,他就是我的丈夫。(73)他对众天神虔诚地崇拜,对婆罗门关怀备至,他光芒四射,保护着尼奢陀族。(74)他言而有信,明了正法,饱读经典,是诚实的化身。他信奉大梵天,忠实于天神,十分吉祥,摧毁了许多仇敌的城堡,把仇敌扫荡净尽。(75)我的丈夫那罗,是国王中的佼佼者,他有着一双大大的眼睛,面如满月,像天帝一样神采辉焕。(76)在出众的祭祀者中,他是最受推崇的一个;对吠陀圣典穷原竟委造诣精深;在与敌人的战斗中,他英勇顽强百战百胜;他光华璀璨,好似太阳和月亮一般。(77)有那么几个卑鄙小人,他们心地邪恶,罪孽深重,他们用赌博将我丈夫迷惑。这群十恶不赦的狡诈家伙,却交上了好运,利用掷骰子把王国的财富统统夺走。(78)

"你们诸位可知道,我正是王中佼佼那罗的妻子,名字就叫达摩衍蒂,我焦急渴望看到我的丈夫。(79)我找遍了茫茫的森林,一座座险峻的山冈;我找遍了一处处湖泊、沼泽和一条条江河;我找遍了那些可爱的池塘,找遍了所有可以走到的地方。(80)

"我的丈夫那罗能征惯战,武艺超凡,他保护着全体尼奢陀族人民。为了找到他,我游荡到这里。我现在凄凄惨惨,痛苦不堪。(81)你们都是大吉大利的仙人,这座苦行林也福气盈盈,我想,那罗国王必定到过这里。(82)圣哲贤人啊!这周围的森林有老虎猛兽栖身,险恶异常,阴气森森,令人恐怖万分。为了寻找他,我才来到这里。(83)如果再经过几天几夜,仍然见不到那罗国王的面,我就从躯壳中解脱出来,了结自己的生命,让死神来接纳我的灵魂。(84)既然我已经失去了最可爱的人,我的生命还有什么意义呢?今天我为什么还要活下去呢?我忧虑丈夫已经尝尽了痛苦啊!"(85)

毗摩的女儿达摩衍蒂,独自在林中这样悲哀地哭诉。过了一会儿,口宣真理的苦行者们告诉她说:(86)"幸运的女郎啊!你会有美满的结局。你不要着急,不用很久,你就会与他见面。(87)毗摩之女啊!尼奢陀国王那罗,这位出类拔萃的正法保护者,当他脱离苦难以后,你们必能夫妻相见,这是毫无疑问的。(88)他将把罪恶摆脱干净,同时将拥有各种珍奇异宝;在他的统治下,城市必定会繁荣昌盛,更加强大,让一切仇敌惴惴不安,最终把他们全部降伏;(89)他将为贤人君子们消除种种忧愁和烦恼,还将给家族带来兴旺发达。幸运的女郎啊!你一定能见到你的如意郎君!"(90)

对思念那罗的王后说完这番话,倏忽之间,那些苦行者就消逝不见了,连祭火、祭品和整座森林道院也都一齐渺无踪迹。(91)美丽无瑕的达摩衍蒂亲眼目睹这场奇迹,惊诧不已,将信将疑:(92)"难道我是做了一场奇怪的梦?我在这里见到的是什么情景啊?众位苦行人哪里去了呢?那座森林道院又搬到何处去了?(93)那条盛满幸福之水的可爱河流,刚才还有许多婆罗门在水中嬉戏,现在怎么不见了?那一片令人心旷神怡的森林,树木枝头上装点着硕果累累,处处繁花似锦,这所有的一切怎么都消失了?"(94)达摩衍蒂数日一心一意忧虑着丈夫,面如土色,十分可怜。此时她的唇边浮上了甜蜜的微笑,久久陶醉在这美丽的回忆中。(95)

尔后,达摩衍蒂走到另一个地方,看见了一株不寻常的无忧树。她热泪盈眶,话音哽咽。(96)她走近那株无忧树,看见枝头上装饰着嫩芽点点,朵朵鲜花竞相开放,鸟儿愉快地鸣叫,真是怡人心灵。她用既含混又模糊的话语说道:(97)

"森林中的这株树多么美好。繁花硕果绚丽多彩,俨然就是吉祥的树中之王!(98)请你让我无忧、无虑、无愁苦吧!我相信,你一定看见了那位国王,忧虑、恐惧、磨难,他已经全部消除。(99)他名叫那罗,是我达摩衍蒂心爱的夫君,他骁勇善战,是尼奢陀人民的保护者。你已经见到过我这位可爱的人！（100）他的皮肤柔软又细嫩，身上只披着半件衣服。这位英雄遭受到不幸的折磨，所以才来到这座森林。（101）无忧树啊！请你这样解除我的种种忧伤，这样，你才不负无忧树的美名。"（102）

　　姿容妙曼的达摩衍蒂围绕无忧树走了三圈，向树王施以右旋礼，那株树仍然默默无语。她只得承受着难忍的痛苦，走向一处更险恶的地方。（103）

　　达摩衍蒂一路行走，看见一片又一片森林，一条又一条江河，一座又一座可爱的山岭，一只又一只飞禽走兽。（104）她看见一些岩洞，还有形态各异的悬崖绝壁，更有那江河溪涧奇异的景象。（105）坚守信念的达摩衍蒂继续不知疲倦地寻觅着丈夫的行踪，走过了悠悠漫长的道路。尔后，她遇到了一支浩大的商旅队，商旅队带有许多只大象、马匹和车辆。（106）

　　商旅队正要渡过一条大河。那条大河十分惹人喜爱，河水宽阔而深湛，水面粼粼闪光，河水澄澈又清凉，水中有乌龟、水蛇和鱼在欢快地游动，茂盛的芦苇遮掩着河岸。（107）大河的上空，响着麻鹬和鱼鹰的鸣叫，赤鹅那独特的叫声也随着风一阵阵飘飞过来。举目望去，水中还点缀着几处沙洲。（108）

　　达摩衍蒂看见那支庞大的商旅队，便径直走到人群当中。（109）她的形容疯狂，极度悲伤，全身披裹的还只是那半件衣裳，肮脏不堪。她面色苍白清瘦，一头秀发沾满了灰尘。（110）那些商人一看见她，有的惊慌失措抬腿就跑；有的瞪大双眼僵立在那儿不知如何是好；有的商人吓得哇哇乱叫。（111）

　　另外有一些商人，见到达摩衍蒂，立刻对她产生了怜悯之情，他们向她走近，一齐朝她微笑着问道：（112）"幸运的女郎啊！你是谁？是谁家的人？为什么在这野兽角逐的森林里？你也许是某一位凡间女子吧？在这样的地方突然见到你，我们都有些紧张。（113）真诚幸运的女郎啊！请你把实情告诉我们。你是森林的女神？山岭的女神？还是一位天上的女神？因为我们想得到你的保护。（114）你是个药叉还是罗刹？或者是一位名门女娃？请你向我们多方赐福！无瑕的女郎，我们要求你好好保护我们！（115）你如果能让商旅队事事安宁，同意

我们离开此地,让我们尽快地赶路。幸运的女郎啊!就请你发话,我们完全依靠你的保佑!"(116)

达摩衍蒂公主向商旅队的首领、商旅队的全体人说道:(117)"商旅队的诸位老人、年轻人和商旅队的众位首领!请你们知道,我的确是个凡人,是国王的女儿,国王的儿媳,国王的妻子,渴望见到丈夫。(118)毗德尔跋国王是我的父亲,尼奢陀国王是我的夫君。我丈夫名叫那罗,他大吉大利,不可征服。我为了寻觅丈夫来到这里。(119)你们如果知道这位消灭敌军的王中之虎那罗国王的情况,就请尽快告诉我吧!"(120)

那支庞大商旅队的主人,也是商旅队的首领,名叫至纯,对美丽无瑕的女郎说道:"笑意甜蜜的女郎啊!请你听我讲!(121)我是商旅队的首领。你所说的那个名叫那罗的人,我们不曾见到。(122)我只见到大象和豹子,见到野牛、猛虎、熊罴与麋鹿。这一座森林环境恶劣又艰险,不会有人在里面居住。但愿药叉王摩尼跋德罗照应我们!"(123)

面对众位商人和那位首领,达摩衍蒂又向他们问道:"这支商旅队要走向哪里?请你们告诉我。"(124)

商队首领说:

我们这支商旅队是属于支谛国国王的,他名叫妙臂,言而有信。女郎啊!我们商旅队为了经商赚钱,要到别的国家去,我们要尽快赶路了。(125)

以上是吉祥的《摩诃婆罗多》中《森林篇》第六十一章(61)。

<h1 style="text-align:center">六二</h1>

巨马说:

达摩衍蒂听罢商旅队头领的话,迫切地盼望早日见到丈夫,便和商旅队一起出发了。(1)

此后,经过了很长的时间,在广袤又险恶的森林里,商人们看见一个大湖,莲香馥郁,四处美不胜收。(2)湖水的周围绿草茂盛,遍地灌木丛生，可作薪柴。可食的根茎和野果十分丰硕，一群群各种各色的鸟禽在湖面萦绕。(3)看见那碧波荡漾的湖水和那周围令人赏心悦目的风景，真令人心情舒畅！这时，马匹已经很疲乏，商人们都盼望能够停下来休息。(4)征得商旅队头领的同意，庞大的商旅队进入高处的树林中，来到临近湖岸的地方停下来休息。(5)

到了半夜时候，大地上万籁俱寂，悄无声响，劳累的商人们早已沉沉进入梦乡。这时，有一群野象走近混有醉象涎液的山泉饮水。(6)商旅队的人们睡卧在地上，恰好挡住了象群去莲花池饮水的道路，遭到象群践踏。(7)商人们高声呼叫，为了能寻求活命，睡意未消就逃进了树丛。有些人惨死在野象的牙齿下，有些人惨死在野象的鼻子下，在这美丽的莲花湖畔，竟有不少人相继丧生。(8)数量众多的牛、驴、骆驼和马匹也惊惶万状，甩开四蹄狂奔怒驰，互相撞击，互相践踏，接连倒毙。(9)一片混乱过后，有一些商人倒卧在地，发出一声声凄惨的叫喊；有些商人头破血流，倒在树丛中；有一些躺卧在沟沟坎坎上。好端端的一整支商旅队，如此这般几乎全部遇难了。(10)剩下死里逃生的人们，第二天挪动脚步走出树丛，他们为自己的兄弟、父子和朋友所遭到不幸而无限悲痛。(11)

达摩衍蒂见到这情景，心中十分悲伤，凄凄切切地说道："难道是我犯下了什么罪过？在荒无人烟的森林中，我遇到了这支商旅队。可能是由于我自己时乖运蹇，才连累了他们，使商旅队被象群践踏得死的死，伤的伤！(12)我注定要遭受长久的苦难。记得一位长者这样说过：'时间不到，不会死掉。'(13)今天，我虽然没有被象群踩死，可我心中的悲伤和苦痛使我难以支撑。现在看来，没有哪件凡人之事不是天神们安排布置的。(14)从我还是孩提的时候起，我的行为、思想、话语言谈，从未犯下任何过错，怎么竟会遭逢这样一场大难呢？(15)在举行选婿大典的时节，护世天神们曾经一同驾到。为了那罗，我在大典上断然拒绝了众位天神。看来，一定是他们施展出法力，使我此刻经受与亲人离别的苦痛！"(16)

达摩衍蒂满怀痛苦，忧心忡忡，随同一群死里逃生的、精通吠陀的婆罗门，又启程了。(17)

她披裹着割剩一半的衣服，又走了漫长的日子。有一天傍晚，她走进了伟大的城市——支谛国王的京都。有一位宣扬真理的国王，名叫妙臂，在那里执掌朝政。(18)市民们发现商旅队中有一名女郎走过来，她面色苍白，骨瘦如柴，头发散乱，污秽不堪，显得又疯又癫，令人心中怜悯。(19)市民百姓的孩子们眼见她走进了国王的京城，一个个感到奇怪，便成群地在她背后尾随而行。(20)

　　孩子们前后簇拥，把她围成一团，来到了国王宫殿的前面，正巧王太后从宫殿走到外面，看见了人群围绕着一位美女。(21)于是，王太后立刻下令，指派一个人将女郎带上宫殿的平台。王太后一见达摩衍蒂，大为惊异，向她问道：(22)

　　"你虽然这般的满怀忧愁，却仍旧十分的美丽端庄，就像是云中的一道闪电，发出璀璨夺目的光芒。请你告诉我：你是什么人？是谁家的女郎？(23)天仙般的女郎啊！你虽然没有修饰装扮，却有超越凡人的美丽容颜。你身边虽然没有人陪伴，可见到生人你既不害怕，也不回避，你显然不是一个寻常的女人。"(24)

　　达摩衍蒂回答："请您知道，我是一个凡人，一个忠于丈夫的女人。(25)我是一个好出身的侍女，按照自己的意愿住下，以根茎和果子维生，天一黑就睡下。(26)我的丈夫的美德真是难以数尽，我和他终身相伴，如同形影相随永不分开。(27)因为他丧失了天神的保护，赌博场上掷骰子，全然没有掌握分寸，结果惨遭失败，输掉了所有财产，输掉了王国，孤身一人进入了森林。(28)那时我丈夫输得身上只剩一件遮体的衣裳，他变得焦躁不安，如疯如狂，我用好言相劝，追随他进入了森林。(29)谁想林中的一群鸟雀又把他的那件衣衫带走。他精赤条条，理智也完全丧失。(30)看他那么痛苦，我一路跟随他，好几天，即使在黑夜我也总是不敢合眼。(31)又过了很长时间，在森林里的某个地方，由于我抵抗不住困意而进入了梦乡。我的丈夫割去了我的半件衣裳，把无辜的我抛弃了。(32)尔后，我再也没有见到那天神一样的生命之主——我亲爱的丈夫。我的心中如同烈火在焚烧，日日夜夜地寻找他。"(33)

　　王太后听完达摩衍蒂的哭诉，心里为她难过，说道：(34)"女郎啊，请你在此住下吧！我的快乐就寄托在你的身上。亲爱的！让我的那些仆人去寻找你的丈夫。(35)等你的丈夫跑遍了四面八方，他会自

己找到这里。亲爱的,你住下吧,肯定会见到你的丈夫。"(36)

听罢王太后的话,达摩衍蒂又说道:"生育英雄之子的母亲啊!我愿意有条件地住在这里。(37)我不吃残羹剩饭,也不为人洗濯双脚,无论在什么情况下,我都不同其他男人搭话。(38)如果某一个男人向我求婚,你应该惩处他。不过,为了寻找我的丈夫,我希望能见到婆罗门。(39)如果可以这样,我就毫不犹豫地住在这里,除去这些条件,虽说是皇宫宝殿,我也绝不动心。"(40)

王太后高兴地对她讲道:"你提出的一切,我都条条照办,你立下这样的誓愿,我的心里也喜欢啊!"(41)

王太后对达摩衍蒂这样说后,又对名叫妙喜的女儿说道:(42)"妙喜呀,来认识一下这位貌似天仙的宫娥吧,你和她一起要和睦相处。"(43)

以上是吉祥的《摩诃婆罗多》中《森林篇》第六十二章(62)。

六三

巨马说:

却说那罗抛离达摩衍蒂之后,在深邃的森林中,看见了一场烈焰熊熊的大火。(1)在那场森林大火的中心,他听见了有个生灵在高声叫喊:"那罗!快快来到这里!"(2)那罗说声:"你莫要惊慌!"便一头钻进了大火中央,看见了一条蛇王蜷曲成一个圆圈躺在那里。(3)

那条大蛇向那罗行过礼,浑身颤抖着向他说道:"国王啊,人的保护者!请你知道,我是蛇王迦久吒迦。(4)国王啊!有一位梵仙曾被我缠绕住了,他纯洁无辜,苦行的法力又很高超,他在盛怒之下把我诅咒。(5)由于仙人的诅咒,我的身体一步也不能够挪动了。我要告诉你一个极妙的办法,陛下借此办法可以搭救我。(6)我一定会成为你的朋友,像我这样的蛇是绝无仅有的。告诉你,我会变得很轻巧,请你把我拿起来尽快离开这里。"(7)

蛇中之王这样说罢,就变得仅有拇指一般大,那罗把那条蛇马上拿起来,迅速奔跑到森林大火之外。(8)

黑眼皮的蛇王迦久吒迦被那罗带到了一处空旷的地方。那罗放下他,刚想离去,大蛇又对他再吐人语,说:(9)"尼奢陀国王啊!请你数着自己的脚步朝前走,我要为你安排一个美满的结局。"(10)那罗刚数到十[1],那条大蛇猛然一口把那罗咬住,那罗被那条大蛇一咬,他的美貌便立刻消失。(11)那罗发现自己改变了形貌,心里十分惊愕,立刻停住了脚步,那罗再看那条蛇王,已经恢复了它的本相。(12)

尔后,那条大蛇迦久吒迦,开口说话安慰那罗:"你的美貌被我隐匿起来,人们不会再认出你了。(13)那罗啊!你是被剧痛改变了模样。有个家伙潜伏在你的身上,我的毒液会叫他苦痛难忍。(14)伟大的国王啊!一旦毒液遍布你的身体,那个家伙还不放开你,他就要受到无比痛苦的伤害。(15)国王啊!你纯洁无辜,不该遭他欺侮,这使我怒火万丈,对他绝不姑息。人中之虎啊!我是在好心好意保护你。(16)你不要害怕仇敌,不要害怕那些通晓吠陀的婆罗门,也不要对蛇存有恐惧心理,更不要怀疑和惧怕我施的恩典。(17)王中之王啊!那毒液不会给你造成任何痛苦。国王啊!你仍将能行动自如,而且能十分自如地参加战斗。(18)你今天离开此地,就去美丽的阿逾陀城,投奔哩都波尔那国王吧!你就对他说:'我是车夫跋乎迦。'他熟知吠陀圣典,对掷骰子极其精通。(19)因为你掌握高超的驭马术,哩都波尔那国王一定会向你传授掷骰子术。他是吉祥的甘蔗族的后代,将成为你的好朋友。(20)那时你的结果自然是会美满的。你将和妻子重相聚首,恢复王国,又能与儿女团圆。你的心再不要忧虑不安了,我对你讲的都是真情实话。(21)你如果想见到你自己原先的容貌,那时,你应该记起我,把这件仙衣穿在身上。(22)这件仙衣会使你的容颜依旧。"大蛇说完,就赠给了那罗一件仙衣。(23)俱卢后裔啊!蛇王这样对那罗作了指点,赠给他一件仙衣,随即隐身不见。(24)

以上是吉祥的《摩诃婆罗多》中《森林篇》第六十三章(63)。

---

[1] 梵文中,基数词十的读音正好与动词"你咬吧"读音相同。蛇王借此与那罗开玩笑,同时也是为了报答他。

六四

巨马说：

蛇王消失后，尼奢陀国王动身启程。他在第十天头上，走到了哩都波尔那国王的京城阿逾陀。(1)

那罗走近国王的身旁，对他说道："我是跋乎迦，驾驭马匹我最擅长，可称得上是能手，大地之上没有人能够与我相比。(2)我能为任何难事提供咨询，而且我的烹调术也胜过别人。(3)国王啊！请你留用我，世上种种困难的技艺，我都会竭尽全力地去做。"(4)

哩都波尔那说：

跋乎迦，你留下吧，就做这些事，祝你幸运！我一向喜欢车速飞快。(5)你登上我的那辆车辇，驾驭它，让驾车的马匹迅捷如闪电，你更要保养好那些马匹，你的薪俸是一万金币。(6)伐尔湿内耶和吉婆罗，他俩将永远服侍你一个人，你和他们俩相处自然会十分欢畅。跋乎迦，请你留在我身旁。(7)

巨马说：

哩都波尔那国王热情欢迎那罗，那罗也顺势留在他的王宫中。尔后，那罗就由伐尔湿内耶和吉婆罗陪伴着，为国王做车夫，他在哩都波尔那的京城里深受人们的尊敬。(8)

这位国王虽然在别国居住下来，内心却深深地思念着妻子达摩衍蒂，每天夜里他都要吟诵一首偈颂：(9)"我那美丽的爱妻，如今躺在何处？她那样饥渴交迫，疲乏不堪，含辛茹苦！如今，她是否还在挂念着我这个蠢货，还是在曲意侍奉着他人？"(10)

他在夜里这样吟诵，吉婆罗在一旁听了，对他说道："跋乎迦，你思念的那个人是谁？请把你的相思之苦说一说吧。"(11)

随即，国王那罗便对吉婆罗讲述说："有那么一个天大的蠢货，他有个深受大家敬重的妻子，他对她本来也十分忠贞。(12)只是由于某一个缘由，那个蠢人竟然与他妻子离散了。蠢汉失去了那位心爱的女郎，导致他被痛苦折磨得到处乱跑。(13)他忧心忡忡，如同脚踩烈焰一般，无论白天黑夜，他全然不知疲倦，深切地思念着他的妻子，每一个夜晚都为她唱一曲祝福的颂歌。(14)他在整个大地上游荡，这个微不足道的人偶然到了某个地方，便留住下来，由于思念心爱的人，心中依然十分痛苦。(15)回忆起当初在凄凉可怖的森林里，女郎一路追随着那个男人，她却无端地遭到那个无福之人的抛弃！唉，她假若能活下来，可实在是不易呀！(16)一个女孩家，从不认识也不习惯那些路途，她又饱受饥渴的熬煎，唉，她假若能活下来，可实在是困难呀！(17)朋友啊！你有所不知，在那样广大险恶的森林里面，时时有野兽出没，而那个没福的蠢货竟然把她抛弃在那里了！"(18)

　　这位尼奢陀国王，居住在别国的皇宫之中，栖身于一个普通的房间里，说完这一席话，又凝神思念起自己的妻子达摩衍蒂。(19)

　　　　　　以上是吉祥的《摩诃婆罗多》中《森林篇》第六十四章(64)。

六五

巨马说：

　　那罗的王国被人夺取，他和妻子一并沦为奴婢；毗摩迫切想见到那罗，把众婆罗门派遣出去。(1)丰厚的财物赏赐完毕，毗摩对他们指示仔细："请你们诸位寻找那罗和我的女儿达摩衍蒂。(2)无论哪一位能完成这个任务，发现尼奢陀国王的踪迹，把他俩带回来，我将赏赐给他一千条牛的财产，还将赐给他一个像城镇那样大的乡村。(3)倘若不能把他俩带回给我，无论是达摩衍蒂或者那罗，只要找到他俩的踪迹，我也赏给一千条牛。"(4)

　　闻听国王毗摩这样宣讲，婆罗门兴奋地走向四方，前往各个城镇各个王国，寻觅借妻的尼奢陀国王。(5)有位婆罗门名叫妙天，寻到可爱的支谛国都，时值那日为国王祈福。他在国王的宫中，看见了毗德尔跋公主，她和妙喜站在一处。(6)公主举世无双的美貌隐约可见，宛如太阳的光芒，如今被乌云掩藏。(7)他见女郎大大的眼睛，肮脏不堪，瘦骨嶙峋，通过种种的迹象表征，猜到她就是毗摩之女达摩衍蒂。(8)

妙天说：

这一位姿容俊美女娇娘，与我从前所见仍然一样，她似吉祥天女人人爱慕，今日见到她我如愿以偿。(9)她的双庞宛似团圞的月亮，肤色黝黑，美而圆的乳房，她俨然女神光辉闪耀，照彻寰宇和四面八方。(10)她的双眸是莲花瓣形状，宛若爱神之妻罗蒂一样，她为诸方世界向往仰慕，光辉似一轮皎洁的月亮。(11)由于遭逢厄运，她的肢体上沾满污泥，如同从毗德尔跛池塘中拔出的莲根。(12)她好似有团圞月亮的夜空，皎月却被罗睺吞入了口中；她满怀忧夫之愁令人可怜，仿佛是一道大河水流枯干。(13)她好似一座莲花池遭到象鼻侵扰，荷叶凋落，池水混浊，鸟禽惊恐不安。(14)她的肢体柔嫩娇贵，适宜住在镶嵌宝石的宫殿中，现在好似莲根突然被拔出，遭受炎热烧灼。(15)她品貌双全，理应装点未加装点，犹如一弯新月，被空中的乌云遮掩。(16)

失去称心的美好享用，她又离开了故旧亲朋，只因盼望会见到丈夫，可怜的女郎才未轻生。(17)一个缺少装饰品的女子，丈夫就是她主要的装饰；这一位女郎失去了丈夫，纵有照人光艳也不显露。(18)那罗离开了她，肯定会遇到莫大的困难；他支撑着自己的身体，没有因忧愁而消沉。(19)这一位头发漆黑的女郎，一双大眼睛像莲花，她本应幸福却横遭苦难，看见她我的心也在抖颤。(20)这一位心地良善女婵娟，何时会到达痛苦的边缘？何时她才能与丈夫相会？如同金牛星和月亮一般！(21)尼奢陀王重新获得她，肯定会喜悦，如同失去王国的国王重新获得大地。(22)他和她有同样的秉性和年龄，他和她门当户对有同样家庭，尼奢陀国王应与公主重聚首，黑眼睛女郎亦应和他再相逢。(23)那罗盖世无双，是英雄汉，我应该成全他与妻子团圆，这妻子翘首盼望见到夫君，我应该把她好生宽慰一番。(24)面如满月的女郎苦痛难当，陷入冥想，从前不曾见过她这样，我要安慰她一场。(25)

巨马说：

女郎的种种迹象和特点，婆罗门妙天这样考虑完，便迈步走近了毗摩之女，开口与女郎攀谈：(26)"毗德尔跛的公主啊！我是妙天，你兄弟的密友，遵循毗摩国王的盼咐，我来到此地把你寻求。(27)公主！你父母玉体健康，你的诸位兄弟也都平安；你在那里的两个儿女，生龙活虎，都很健壮；你的亲人和朋友为了你，简直急得要命。"(28)

坚战王啊！达摩衍蒂认出了妙天，随即把仁慈的众亲眷，全部逐一地询问周全。(29)国王啊！蓦然见到妙天——兄弟中意的婆罗门高贤，愁弱不堪的毗德尔跋公主，她号啕大哭，啼泣涟涟。(30)婆罗多子孙啊！忧愁消瘦的达摩衍蒂，妙喜发现她哭哭啼啼，和妙天呆在房间一隅。(31)妙喜向母亲禀报："宫娥和婆罗门走到一起，她就大放悲声哭哭啼啼，请叫她来，如果您同意！"(32)

尔后，支谛国王的母亲就从国王的后宫起身，前往女郎和婆罗门所在之地。(33)民众之主啊！王太后带来妙天询问短长："这位心情万分激动的女郎，是谁家之女或是谁人妻房？(34)这一位美目流盼的女郎，怎样离开父母或者丈夫？这位贤女落到这种地步，婆罗门啊，你如何认出？(35)我期望从你了解周详，因我询问的这位女郎，容颜佳丽和天仙一样，请你告诉我事情真相！"(36)国王啊！太后这样问完，婆罗门之中的高贤妙天，他舒舒服服地坐在一旁，讲了达摩衍蒂的真情实况。(37)

以上是吉祥的《摩诃婆罗多》中《森林篇》第六十五章(65)。

六六

妙天说：

毗德尔跋的国王毗摩，正法为魂，勇猛过人；幸运的女郎是他的女儿，叫达摩衍蒂，声名远闻。(1)尼奢陀的国王英名远播，他是雄军之子唤做那罗，得名有福，富于聪明才智，这位幸运的女郎是他的妻子。(2)那罗在赌博中输给兄弟，国王的王位因而被夺去；他和达摩衍蒂一起出走，去往哪里？无人知晓。(3)为了寻觅达摩衍蒂，我们踏遍了你的大地，却原来这一位娇娃，流落到你儿子的宫里。(4)

像她一般美貌的女郎，在这大地上未曾见到。这位皮肤黝黑的女郎，双眉中央天生一颗吉祥痣，灿若莲花，我曾见过，现在隐而不见。(5)她的眉心红痣被泥土盖上，宛如一片薄云遮住月亮；那是造物主为她点上的，象征吉祥富贵。(6)像蒙上尘埃一弯月牙，她未放射夺目的光华；尽管身体沾惹了灰尘，她的美丽却丝毫不损；虽然她不曾妆饰打扮，依然似黄金光辉闪闪。(7)女郎生就这样的玉体，又有这样的红痣一颗，如隐藏的火犹存灼热，我认出她是公主。(8)

巨马说：

民众之主啊！妙天的话语谛听完毕，妙喜她即为女郎除去盖住红痣的一层薄泥。(9)女郎的红痣泥土除落，璀璨的光芒立时闪烁，宛若晴朗无云的夜空，一轮皎月儿光华四射。(10)婆罗多之子孙啊！妙喜和王太后见到红痣，便搂抱住女郎失声痛哭，又好似突然把哭声止住；王太后拭掉纷坠的泪珠，对她柔声细语把话倾诉：(11)"美貌的女郎啊！你的这颗红痣表示出了你就是我姐姐的女儿。我和你的母亲，是十湖国灵魂伟大的国王苏达门的女儿。(12)他将你的母亲许配给了毗摩国王，将我许配给了雄臂国王。你出生以后，我曾在十湖国我父亲家里见到过你。(13)达摩衍蒂啊！这里就是你的家，你就如同在自己的父亲家里一样，我是主人，你也同样是主人。"(14)

达摩衍蒂非常激动，她向母亲的胞妹表示深深的致意，恭敬地说道：(15)"虽然您不知道我的底细，但却好心地收留了我，我能住在您这里，感到十分称心如意。您满足我的一切愿望，还时时照顾和保护我。(16)姨母，在这里继续住下去，我会感到更加安稳舒适，可是，我因长期遭受不幸，离家出走已经很久，请你允许我回去吧！(17)我那一双年幼的儿女和我分别后，一直居住在我父亲家里，我怎么能继续和他们分离呢？(18)倘若您老人家愿意做一件使我高兴的事情，就请您为我准备一辆车辇，我希望立即疾驰到毗德尔跋去。"(19)

达摩衍蒂的想法得到表哥的赞同，姨母也欣然应允了她的请求。(20)王太后派人用一辆最吉祥的人力车，携带上许多食物、饮料以及衣裙，载着达摩衍蒂公主，朝着毗德尔跋国奔去。(21)没用多久的时间，达摩衍蒂就抵达了毗德尔跋国的京城。她的亲戚和朋友都兴高采烈地争先恐后地前来迎接和问候。(22)她见到了自己的一双儿女，还见到了诸位女伴和所有的亲人。他们全都那么健康和平

安。(23)享有盛誉又颇为幸运的达摩衍蒂,用最高的礼仪供养了天神,又向众多的婆罗门表示了敬意。(24)

毗摩国王见到女儿心中甚是喜欢,按照诺言赏赐妙天一千条牛,另有一处村庄和钱财。(25)国王啊!那位激动困倦的女郎,夜里住在父亲的殿堂,她又向母亲倾吐衷肠。(26)

以上是吉祥的《摩诃婆罗多》中《森林篇》第六十六章(66)。

六七

达摩衍蒂说：

母后啊,我对你说句实话,如果你愿意让我继续活命,就请让人把我的那罗找回来。(1)

巨马说：

王后听完达摩衍蒂的话,痛苦至极,满面泪痕,哽哽咽咽说不出一句清晰的话。(2)那时,整个后宫,凡是看见王后这般悲伤的人们,也都禁不住发出叹息,一个个恸哭失声。(3)王后向毗摩禀报说:"伟大的国王啊!你的娇女达摩衍蒂深切地担忧着她的丈夫。(4)她抛却羞涩,亲口要求我派人去寻找她的丈夫。"(5)

国王出于爱女之情和对王后的尊重,立刻派遣那些能够控制意志与欲望的婆罗门前往四方寻找,并要求他们想尽一切办法,务必要把那罗找到。(6)遵从了毗摩国王的命令,几位英雄的婆罗门向国王说道:"待我们见过达摩衍蒂,就立刻动身启程。"(7)

婆罗门见到毗摩的女儿,达摩衍蒂对他们说:"无论你们走到哪一个国家,哪一处地方,遇到哪些人,一定要反复地述说这样一段话：(8)'赌徒啊!你割走了她的半件衣裳,尔后,你又走向了什么地方?热恋着你的妻子刚进入梦境,你竟把她抛弃在荒凉的森林里。(9)她只能用仅有的半件衣裳遮身蔽体,忍受住了种种熬煎。此刻她已经住进了你指点的地方,正翘首盼望着你能归来。(10)她整日哭个不停,都是因为那一桩忧愁的事令她难忘。英雄啊!请赐个恩惠吧!给那善良的女子一个回答。'(11)说这样一些话,他会怜悯我,犹如火借风势，能够焚烧一座森林。(12)'丈夫永远应该支持和保护妻子，你是通晓正法的善人，为何抛弃这两种责任？(13)你出自名门，富有才智，一贯仁慈，大家都称赞你的为人。因为她的好命运完全被毁掉，所以怀疑你失去了恻隐之心。(14)伟大的射手，人中英雄啊，请求你对她施以怜悯之情！因为我一向听你说，慈悲乃是最高尚的品德。'(15)当你们讲述这些话的时候，倘若有哪个人做出了反应，你们就应该对这个人多方面了解，详细打听他是何人，现住在何方。(16)诸位婆罗门中的高贤！如果有人能答出你们的问话，你们要疾速地返回，将他的回答报告给我。(17)你们应该不知疲倦地赶回来，这样，他就不会发现你们负有毗摩的使命。(18)不管他富有，贫穷，或者渴望钱财，你们应该摸清他的意图。"(19)

达摩衍蒂向诸位婆罗门吩咐完，他们便都立刻动身，前往各地寻找那罗。(20)众多的婆罗门寻遍了各个王国的城镇，又找遍了所有的乡村、寺庙和每个森林道院，也没有得到那罗的一点音讯。(21)诸位婆罗门每到一个地方，全都依照达摩衍蒂所说的那样，把那一番话向人们反复地讲述。(22)

以上是吉祥的《摩诃婆罗多》中《森林篇》第六十七章(67)。

六八

巨马说：

又过了一段漫长的时光，有一位名叫波尔那陀的婆罗门，他回到了毗德尔跋都城，向毗摩之女禀报说：(1)"达摩衍蒂公主！我白天黑夜地寻访那罗。在我抵达阿逾陀城的时候，立即去了哩都波尔那国王那里。(2)我就在大庭广众之中，按照你所讲过的那样，将那些隐语说给哩都波尔那国王听。(3)哩都波尔那国王听后，什么话也没有讲。我又把那番话再三地讲来讲去，听众中也没有一个人应上一句。(4)经过国王的恩准，我远远地避离了众人，这时，立即有一人上前跟我搭话。那是哩都波尔那的奴仆，他的名字叫跋乎迦。(5)他是一个丑陋畸形的侏儒，烹调食品手艺高超，是国王的车夫，精通驭马

术,驾驭车马迅疾如飞。(6)

"我见到车夫接连不断地唉声叹气,一次次地哭泣。他向我问候平安,又开口对我讲道:(7)'名门秀女即使遇到灾难,她也能够自己保护自己。贤良的女子必会赢得天堂,即便她受到丈夫的抛弃,也决不会因此而产生怨怒。(8)遭遇坎坷的蠢人,已经把自己的幸福丧失殆尽;女郎为此遭到抛弃,不该对他生气。(9)希望自己能够生活下去,他捕捉鸟雀,可衣服反而被鸟雀夺去。他遭受病痛折磨,女郎不该对他生气。(10)不管待她好不好,看到丈夫落到这般境地,失去王国和富贵,女郎不该对他生气。'(11)公主啊!我听完跋乎迦这番话,便急急忙忙地返回这里。你听了之后,做出决定,禀报国王。"(12)

公主听完波尔那陀的话,已经是激动得热泪盈眶,她来到母亲面前,悄悄地对母亲讲:(13)"母亲!有件事情你无论如何也不要告诉父亲,我要当着你的面,召见优秀的婆罗门妙天。(14)父王毗摩根本不会考虑我的主意。你若真心愿意让我找回丈夫,就应该尽量帮助我。(15)我想让妙天到阿逾陀走一趟。当初他能很快地找到我,我相信,他也能很快地把那罗带回来。"(16)

然后,达摩衍蒂取出丰厚的财物,向饱尝辛苦的波尔那陀表示谢意,她说道:(17)"婆罗门啊!等那罗回到这里,我还要再赏赐你一些东西。你为我办的这件事情,除了你,其他人很难办成。优秀的婆罗门啊!因为有了你的帮助,我很快就要与我的丈夫重逢了。"(18)心地宽厚的波尔那陀向达摩衍蒂祝福过后,便返回自己的家门。(19)

达摩衍蒂送走了波尔那陀,又派人引来了精明能干的婆罗门妙天,当着母亲的面,她对妙天说:(20)"妙天!请你前往阿逾陀城,向国王哩都波尔那述说清楚,你就说,毗摩之女达摩衍蒂打算重新选择一个丈夫,她的选婿大典即将再次举行。(21)各国的国王和公子王孙,已从四面八方蜂拥而去了,按照已经算好的时间,那个选婿大典就定在明天。(22)倘若您也想光临,就请迅速动身吧,明天清晨当太阳升起的时候,那位女郎就要重新选定夫婿。因为那一位英雄那罗,全然不知他是死是活。"(23)

大王啊!婆罗门妙天前往国王哩都波尔那那里,转达了达摩衍蒂

说的这番话。(24)

以上是吉祥的《摩诃婆罗多》中《森林篇》第六十八章(68)。

六九

巨马说：

哩都波尔那国王听罢，便找来车夫跋乎迦，用温和的语气问道：(1)"精通马性的人啊，如果你认为只要一天时间就可以到达毗德尔跋，那我就想去参加达摩衍蒂的选婿大典。"(2)

一向胸襟开阔的那罗，听见国王说出这几句话，他痛苦的心仿佛要被人撕碎，千万种思绪在他的脑海中不停地萦绕：(3)"也许是自己心中愁苦和头脑不清，达摩衍蒂才真的要做这样的事情？也许是为了我，聪明的娇娘想出来这条锦囊妙计？(4)唉！毗德尔跋公主受尽了艰辛苦难，可她想做的事情又是多么残忍。由于罪恶，我变得愚蠢而渺小，是我的过错把她毁了。(5)世界上女人的本性全是动摇不定，而我造下的罪孽又如此这般深重！为了我，她心绪不宁，忧愁纷扰，丧失了意志，丢失了情感。只有她全然绝望了，才能做出来这样的事情！(6)可是，任凭什么情况下，她绝不会这样做，因为有一双儿女在她的身边，那双儿女是我们的后代啊！倘若事情的真相真像哩都波尔那所讲的那样，我只得上路之后再做决定。我要用哩都波尔那对达摩衍蒂的爱慕之情，去达到自己的目的。"(7)

跋乎迦精神沮丧，心中这样想定，向哩都波尔那双手合十敬过礼，回答说：(8)"国王啊！我向你保证，一天的光景，必能抵达毗德尔跋的京城。"(9)

然后，车夫跋乎迦就遵照哩都波尔那国王的旨意，走向马厩去挑选马匹。(10)跋乎迦受国王的多次催促，终于弄来了几匹马。这些马匹身躯瘦削，可本领极高，最适宜长途奔驰。(11)它们都精力充沛，有坚强的脚力，阔大的鼻孔，粗壮的下颚，纯净的毛色，总之，良种骏马的一切特长，它们全都具备了。但在不懂行的人看来，这些产于信度的骏马却其貌不扬，没有什么特别的地方。(12)

哩都波尔那国王一见到这些马,不由得十分生气,说道:"你是在欺骗我?(13)这几匹瘦马怎么能驾得起车辕?去毗德尔跋的路程那么遥远而又艰难,这样的马怎么能在一天内跑完全程呢?"(14)

跋乎迦说:

一天到达毗德尔跋都城,这几匹马足以做到,不在话下。如果你要挑别的马,请你说说哪几匹?我为你套上。(15)

哩都波尔那说:

你通晓驭术和马匹的性情,跋乎迦啊!你认为这些马行,就赶快套上吧!(16)

巨马说:

高明的那罗把那四匹具备一切良种优点的骏马一起套上了国王的车。(17)国王随即匆匆地登上了车子,那些骏马屈膝跪在地上。(18)吉祥的人中俊杰那罗国王将这几匹光辉有力的骏马安抚了一番。(19)他让车夫伐尔湿内耶稳坐车中,便熟练地操动起缰绳,以最快的速度向前飞奔。(20)他施展出精熟的驭马术,巧妙催赶,那马仿佛是腾入了云天,连乘车人都感到有些头晕目眩。(21)哩都波尔那国王看见四匹马驾驭着车辆,轻捷如风,迅疾似电,感到万分惊异。(22)

车夫伐尔湿内耶听见那辆车子传出的隆隆轰鸣,又听见约束马匹的吆喝声,不由得让他想起了那罗:(23)"这位跋乎迦,他难道是众神之主天帝因陀罗的车夫摩多梨?因为这位跋乎迦的驭马术实在太不寻常。(24)难道他是沙梨睐特罗,那位精通马性的仙人,化作形体丑陋的凡人?(25)啊呀!他莫非就是那个攻克敌人城堡的国王那罗?他现在来到这里。(26)或者,那罗精通的驭马术,可巧这位跋乎迦也非常熟练?因为让人冷眼看上去,他俩的技艺没有任何差距。(27)他俩的年龄也不差上下。可是,他不会是大英雄兼驭马行家那罗。(28)然而,灵魂伟大的人们由于命运安排,按照经典讲述的方式改变容貌,隐蔽身份,在这大地上行动。(29)他的畸形的容貌令我心生疑惑。我想我的这种怀疑也可能缺乏根据。(30)他俩年龄和身材相仿,容貌相异,我最终还是认为跋乎迦具备一切优美品德,就是那罗。"(31)

大王啊!那罗的车夫伐尔湿内耶这样思来想去,反复考虑。(32)而哩都波尔那国王和伐尔湿内耶同坐车上,一路上尽情地欣赏着跋乎

迦的驭马术。(33)他注视着跋乎迦过人的臂力,超人的勇气和机敏,不由得心花怒放,高兴非常。(34)

以上是吉祥的《摩诃婆罗多》中《森林篇》第六十九章(69)。

七〇

巨马说:

车辇疾驰,恰似鸟儿翱翔在碧蓝的晴空。条条江河,座座高山,处处森林,片片湖泊,倏忽之间都一掠而过。(1)

突然,国王哩都波尔那坐在车辇里,发现自己的一件外衣飘落到地上。(2)这位思想高尚的国王连忙对那罗说道:"我要捡回那件衣服。(3)请你挽住疾驰的马,让伐尔湿内耶取回我的那件外衣。"(4)那罗向他答道:"您的外衣已经落在几里路以外,不可能再把它拿回来了。"(5)

过了一会儿,那位哩都波尔那国王又发现远处森林中有一棵果实累累的毗毗陀迦树。(6)他瞥了那棵树一眼,便对跋乎迦炫耀道:"我的车夫啊,我在计算方面有高超本领,是否请你见识一番?(7)所有的人都不是全知全能的,全知全能的人根本不存在。无论在何时,知识和学问也不可能都掌握在一个人手中。(8)跋乎迦啊!这棵树上的叶子和果子与落在地上的叶子和果子数目不同,地上比树上多一百零一,多一片叶子和一百个果子。(9)那棵树的两根大树枝上共有五千万片叶子,两根树枝和小毛权上,可采摘二千零九十五个果子。"(10)

跋乎迦立即从车上跳下来,向哩都波尔那说道:"国王啊!你所炫耀的这一切,简直超出了我的视界。(11)但你的计算也不神秘,大王啊!我要亲自数一数这棵毗毗陀迦树。(12)你说的数字是对是错,等我走近那棵树,细细地数一数才能知道。请伐尔湿内耶暂时把马缰绳控制好。"(13)

国王对那位车夫说:"没有时间再做耽搁!"而跋乎迦坚持说道:(14)"且请你稍稍等候一分钟,或者你自己赶路程,这条路走动

起来很平安，有伐尔湿内耶驱车就行！"（15）

俱卢族子孙啊！哩都波尔那忙安慰他说："跋乎迦呀！茫茫大地上，你才是车夫，并非别人！（16）精通马性的人！有了你，我才想往毗德尔跋一走，你可不应该进行破坏，我是在寻求你的护佑。（17）跋乎迦！我可以答应你，只要你对我做出保证——今天到毗德尔跋之后，才让我看见旭日初升。"（18）跋乎迦当即向他回答："我数完那棵毗毗陀迦，随后就到达毗德尔跋，请你按照我的话做吧！"（19）

国王仿佛已把愿望抛却，对他说了声："请你去数！"跋乎迦飞快地离开车辇，一五一十数完那一棵树。（20）尔后，跋乎迦十分惊诧，对国王说了这几句话："我已经数完那些果子，它如你所说毫爽不差！（21）国王！你的本领出奇神妙，这件事我已亲眼见到；国王！我愿聆听这门知识，它是应该为人所知晓。"（22）

就在那匆忙赶路途中，国王对跋乎迦说道："要知道我精通掷骰术，在计算方面机敏聪明。"（23）跋乎迦随即说道："这门知识请向我传授！人中之雄牛啊，我的驭马术请你拿走！"（24）尔后，国王哩都波尔那，这位举足轻重的人物，由于他垂涎驭马之术，答应了跋乎迦的请求：（25）"这门最高明的掷骰术，跋乎迦！遂你心愿拿走；我的掷骰术抛弃不要，驭马术由你暂且保留！"哩都波尔那这样说完，便把知识向那罗传授。（26）

那罗精通了掷骰子赌术，迦利也离开了他的身躯，那条迦久吒迦蛇的剧毒，不断从迦利的嘴里吐出。（27）那时候迦利落进了厄运，他的诅咒之火澌然而熄；国王那罗被他弄得瘦骨嶙峋，漫长的岁月里自我失迷。（28）迦利自己摆脱了蛇毒，显现出他的本来面目；尼奢陀国王怒气冲天，一心想把他诅咒一番！（29）

迦利恐惧万分，身体瑟瑟发抖，双手合十，对那罗说道："国王啊！请平息你的愤怒，我将给予你最崇高的荣耀。（30）愤慨的达摩衍蒂过去已经诅咒过我，自从你和她分手之后，我已尝够了剧烈的折磨。（31）不可战胜的英雄啊！我在你身上，被蛇王的毒液日夜焚烧，苦痛难熬。（32）从今以后，世上的人们会不知疲倦地歌颂和称赞你，无论在任何时候，我都不再给世上的人们造成恐惧和不安。"（33）

那罗国王听他这样一讲，慢慢平息了自己的满腔怒火。随后，那个胆怯的迦利，立刻钻进了毗毗陀迦树里。至于那罗与迦利之间的谈话，并没有被其他人听见。(34)诛灭敌酋的尼奢陀国王那罗，从此消除了狂热的症状，恢复了理智，他也能把树上的果子计算得一清二楚。(35)

那罗满怀着极度的兴奋，焕发起高昂的精神，大步跨上车辇，驾驭着骏马继续前进。毗毗陀迦树名声不佳，因为它做了迦利的依靠。(36)那罗的内心十分欢畅，他连连催动几匹骏马，骏马们一次次拔地而起，如同几只不断鼓动双翼的飞鸟一般。(37)这位心胸博大的那罗国王，正朝着毗德尔跋国奔驰前进。那罗离开后，迦利也返回自己的家。(38)国王那罗摆脱了迦利，祛除了热狂，只是还没有恢复容貌。(39)

以上是吉祥的《摩诃婆罗多》中《森林篇》第七十章(70)。

七一

巨马说：

尔后，正值黄昏的时分，真正的猛士哩都波尔那抵达毗德尔跋国，人民向毗摩报告了音信。(1)遵照毗摩的一道命令，国王进入到恭底那城，他的车辇发出的响声，使四面八方隆隆轰鸣。(2)寄在那里的那罗的马匹，随即听到车辇的声响，振奋昂扬，犹如往昔在那罗身旁。(3)

达摩衍蒂谛听到了那罗车辇的辚辚之声，如雨云来临时的莲花，听见云中的阵阵雷鸣。(4)当那罗把驾车的马匹，像从前那样控轭妥当，毗摩之女与寄托的骏马，都觉得车辇声一如既往。(5)飞落在宫殿上的孔雀，棚圈里的大象和良骏，它们在那里也已听到，大地之主的车声辚辚。(6)国王啊！听到辚辚车声，大象和孔雀都仰起头颈，它们鸣叫啼哮个不住，如同看见了云彩升腾。(7)

达摩衍蒂说：

能够操使车辇发出这样隆隆声响的人，必定是大地之主那罗！这声响仿佛把茫茫大地震动，这响声令我十分欢欣鼓舞。(8)脸庞如同满月的那罗,美德无以言喻的英雄!与你相见的愿望今日如果落空,我就毁弃我这年轻的生命!(9)如果今天我不能投入你的怀抱,去感受丈夫那温馨的抚慰,我就毁弃我这年轻的生命!(10)声如雷霆的尼奢陀国王,金子一样的尼奢陀国王!倘若今天你不走近我的身旁,我将毫不犹豫地毁弃生命!(11)猛如雄狮的王中之王,制伏醉象的王中之王!倘若今天你不向我靠近,我将毁弃生命,决不迟疑!(12)灵魂伟大的人啊!你说的每一句话都使我信任,即使是在琐细的事情上面,我也不记得你有过不能兑现的虚言。(13)你是一位仁慈的施主,努力征服自己的感官。尼奢陀国王!你明辨是非,是一位大有作为的英雄之辈,是我深深敬重的丈夫,而在私下里,你却对我百依百顺,就像一个唯唯诺诺的仆人。(14)我深深地敬重我的丈夫,我的心中永远铭刻着你的美德,虽然你曾经抛弃过我,我的心为了你而伤感破碎,但我日日夜夜依旧对你忠贞不渝。(15)

巨马说:

达摩衍蒂这样喃喃自语着,好像已经失去了感觉。她在宏伟的宫殿中大声哭泣,焦灼地盼望着能与丈夫相聚。(16)尔后,在宫中庭院里面,达摩衍蒂看见一辆车辇,车上乘坐着哩都波尔那国王,还有伐尔湿内耶和一名素不相识的车夫。(17)

那车夫便是跋乎迦,他和伐尔湿内耶从华丽的车辇上跳下,放慢了马匹的脚步,把那辆车稳稳地停住。(18)哩都波尔那国王离开了车座迈步下地,走向猛士毗摩国王的身旁。(19)毗摩王用最高的礼仪接待了哩都波尔那国王,却不知道他无缘无故地登门,是被女人的符咒招来的。(20)

"欢迎你的光临,我能为你做什么?"毗摩王不知道哩都波尔那国王专程为他的女儿而来,这样问道。(21)而那位哩都波尔那国王,果真能力高强,富有智慧,他没有看见任何一位国王,或者是任何一位公子王孙,既未听到选婿大典的歌乐,也未见到婆罗门在此聚集,(22)他想了一想,便向主人致以深切敬意,回答道:"谨来拜访。"(23)

毗摩国王虽然满脸堆笑,心里却不住地再三思索:"他远在几百里之外,到底为了什么突然来到?(24)他一路上要经过我的许多村庄，既来访问，他却一个村庄也没有停留。若是为区区小事，他怎能亲自专程前来呢?"(25)毗摩国王已经料想到事情并非一般，等款待过哩都波尔那后，便对他说："请先生歇息吧，你一定非常疲倦了。"(26)哩都波尔那国王受到了热情款待，十分高兴，随后在毗摩王众多奴仆的簇拥下住进了准备好的宾馆。(27)

当伐尔湿内耶陪同国王哩都波尔那走开的时候，跋乎迦也动身赶起车辆，走向一座车房。(28)他卸下了马匹，让它们吃草料和饮水，然后，他进到了车辇的座厢里，遵照哩都波尔那国王的命令，在那里等候。(29)

再说达摩衍蒂，她看见了哩都波尔那国王和车夫伐尔湿内耶，也看见了跋乎迦那副模样。(30)毗德尔跋公主不由得左思右想："这车辇究竟是什么人在驾驶？那洪亮的声响与那罗的没什么两样，我却没有见到尼奢陀国王。(31)也许如今这一门技能，已被伐尔湿内耶学到手，因此他的车辇之声，如同那罗的一样？(32)或者，哩都波尔那的驭马技巧与那罗旗鼓相当，我误把他的车辇声当作是那罗驱车的响声？"(33)达摩衍蒂经过一番琢磨，便派出一名宫女，前去侍奉跋乎迦。(34)

以上是吉祥的《摩诃婆罗多》中《森林篇》第七十一章(71)。

七二

达摩衍蒂说：

你到车辇的座厢里，找到那个畸形的侏儒跋乎迦，仔细了解一下他到底是谁。(1)亲爱的！到他面前你要请安，要彬彬有礼，温文尔雅。你应该把真实情况询问清楚。(2)如今令我疑惑的是：这位车夫很可能就是国王那罗，如果事情真是这样，我就心满意足，夙愿得偿了。(3)在你询问他时，要提一提波尔那陀问过的那番话，然后看他如何回答。(4)

巨马说：

女使者接受命令，前去向跋乎迦传话，而美丽的女郎达摩衍蒂站

在宫殿上观望。(5)

盖湿尼说：

人中雄牛啊！欢迎你驾到，问你安好！达摩衍蒂让我来问你：(6)你们是何时动身启程的？来这里是为了什么事情？请你把实情详细地告诉我，我好回报给毗德尔跋公主。(7)

跛乎迦说：

激动的女郎啊！哩都波尔那国王素来享有盛名，他听说达摩衍蒂要再次选婿，而且，选婿大典就定在明日举行。(8)听罢这条消息，国王便急忙上路了，我是他的车夫，驾驭着头等的追风骏马，走了几百里路程。(9)

盖湿尼说：

你们之中的另一位是谁？而你，又是谁？你是怎样担任车夫这个差事的？(10)

跛乎迦说：

他是那罗国王的车夫，叫伐尔湿内耶，名气很大。那罗出走以后，他就去侍奉哩都波尔那国王了。(11)我非常精通马性，又有高超的烹调手艺，所以，哩都波尔那国王亲自选我担任车夫，也兼当厨师。(12)

盖湿尼说：

那么，伐尔湿内耶是否知道国王那罗去了什么地方？跛乎迦啊！不论怎么样，他总会对你讲过点什么吧？(13)

跛乎迦说：

伐尔湿内耶把那罗的两个孩子托付在这里，以后，他就依照自己的愿望离开了此地。他根本不知道关于那个行为不光彩的尼奢陀国王的去向。(14)女郎啊！不会有任何人知道那罗了，那位大地之主的美貌已经隐没，他潜行匿迹，在这世界上到处飘泊。(15)即便是他自己或他最亲近的人，都不可能认出他。因为他身上现有的种种特征，无论如何也无法证明他就是那罗。(16)

盖湿尼说：

前些时候，有一位前去阿逾陀城寻找那罗的婆罗门，他曾经再三再四、反反复复地转述一位女子的话：(17)"赌徒啊！你割走了她半件衣裳,尔后,你又去了什么地方?亲爱的!热恋着你的妻子刚入梦乡,你竟把她抛弃在荒凉的森林。(18)她只能用仅有的半件衣裳遮身蔽体,忍受住了种种熬煎。此刻,她已经住进了你指点的地方,正翘首盼望你能归来。(19)她整日哭个不停,都是因为那一桩忧愁的事令她难忘。英雄啊!请赐个恩惠吧!给那善良的女子一个回答。"(20)思想伟大的人啊!请你回答她所喜爱的语言,无可指责的毗德尔跋公主,愿意聆听到那一番话谈。(21)你闻听到这一席隐言,曾经给予婆罗门一个答案;你以前的那一番回答,毗德尔跋公主愿再听一遍!(22)

巨马说:

宫女的话音刚落,那罗的双眼已经噙满了泪水,顿时显露出内心的激动不安。(23)此时此刻,大地之主那罗如同遭到了烈火焚烧,极力压抑住内心的痛楚,用泪水哽噎的语言,将他的回答又重复了一遍:(24)"名门秀女即使遇到灾难,她也能够自己保护自己。贤良的女子必会赢得天堂。(25)即便她们遭到丈夫的抛弃,也决不会因此而产生怨怒。她们用贞操作为铠甲,她们的性命赖以保全。(26)他希望能够活下去,捕捉鸟雀,衣服却被鸟雀抢去。他遭受病痛折磨,黑皮肤女郎不该对他生气!(27)不管待她好不好,她已经看到丈夫落到这般地步,失去王国和富贵,忍饥挨饿。"(28)

那罗的心头极度痛苦,激动地倾吐着肺腑之言,不禁流下了潸潸泪水。(29)尔后,宫女盖湿尼转回宫中,将跋乎迦所讲的话,以及他那种激动情绪,详细禀报给达摩衍蒂。(30)

以上是吉祥的《摩诃婆罗多》中《森林篇》第七十二章(72)。

<h1 style="text-align:center">七三</h1>

巨马说:

却说达摩衍蒂听罢宫女的禀报,满怀忧愁,她怀疑跋乎迦的确就是那罗。她又对宫女说:(1)"请你再去一次,要更加仔细地观察跋乎迦。你要不声不响地呆在他的身边,注意他的行为举止。他的每一个动作，你都要观察清楚。(2)女郎啊！倘若他去做某件事，你要观察他的动作和意图。(3)他手段强硬也莫把火给，他哀哀乞求也不要给水，你闲着无事那就算很对！(4)你把这一切观察分明，就向我禀报他的动静，如果还见到别的什么，你也要把它讲与我听！"(5)

达摩衍蒂既如此吩咐，盖湿尼随即行走迅速；她观察到这位精通马性的车夫的特征，然后返回。(6)她把一切经过的详情，向达摩衍蒂细述分明；她在跛乎迦身上，亲眼看到天神的和凡人的特征。(7)

盖湿尼说：

达摩衍蒂啊！像他那样行为纯洁的人，以前连听也没有听到过。(8)他遇到低矮的门，进去不用弯腰低头，行动自如，狭窄的门径会为他放宽敞开。(9)为供哩都波尔那享受，那里有不止一种珍馐，又有丰盛的禽兽之肉，完全合乎国王的胃口。(10)跛乎迦为了洗浴，在那里备下一只水罐，他朝那水罐里望了一眼，罐内立刻盈满了粼粼的清水。(11)跛乎迦洗浴完毕，便动手去生火，他拿起一把茅草，将茅草折断堆放好，(12)随即就有熊熊的火苗儿在茅草中间蓦然腾起。我看到这个奇迹，惊讶地返回这里。(13)我在那里还看到一个奇迹，他的手触摸到火，竟然不会被火烧灼。(14)那火苗避开他的手，斜着向上升腾。我又目睹了另外一起奇迹：(15)他拿起几枝鲜艳的花朵，用双手轻轻地抚摸着，随后，又用双手不住地揉搓。(16)那花朵经他这样揉来揉去，反而变得更加芬芳，更加艳丽，这些举动真是叫人不可思议，我看到后，迅速返回这里。(17)

巨马说：

达摩衍蒂听到跛乎迦的这些神奇举动，认为这足以证明那罗真的来了。(18)可她不明白的是，俊美的那罗为什么变成了跛乎迦那副模样？她哭泣着，温柔地对宫女说道：(19)"女郎啊！趁着跛乎迦疏忽的时候，你到他的厨房里，拿回来一块做熟的烤肉。"(20)

机敏的宫女趁着那罗心神不定之际，上前拿起一块滚烫的烤肉，转眼间跑回来了。(21)达摩衍蒂往日曾经快乐地享受过那罗烹调的肉。她尝了尝这块肉，认为这个厨师就是那罗，不禁伤心痛哭。(22)她极其衰弱，洗了洗脸，然后打发宫女带领着她的一双儿女前去会见那罗。(23)

149

那罗见到自己的儿女,立刻奔跑着迎向他们,激动地把两个孩子紧紧地搂到怀里。(24)那罗看到这一双儿女宛似一对天神的后代,内心的痛苦达到顶点,不禁失声痛哭,泪如泉涌。(25)他一再表露了强烈的感情,又突然放开了两个孩子,冲着宫女说道:(26)"亲爱的!这两个孩子长得很像我那一对儿女,蓦然间见到他们,使我不由得流下热泪。(27)亲爱的!人心邪恶,不得不防,我是别国来的客人,你三番五次来这里,别人会怀疑你道德堕落,所以,还是请你带孩子离开吧。"(28)

以上是吉祥的《摩诃婆罗多》中《森林篇》第七十三章(73)。

七四

巨马说:

那罗固然很聪明,但他前后的态度变化已被宫女察觉。她匆匆返回,又把这一切告诉了达摩衍蒂。(1)

达摩衍蒂听后痛似断肠,认为跋乎迦就是那罗。随后,她满怀渴望之情,叫上宫女,一同来见母亲,说道:(2)"母亲!我怀疑跋乎迦就是那罗。我已经三番五次考察过,只是对他的相貌还有疑问,我要亲自辨认他。(3)或者让他来见我,或者让我去见他。这事告诉不告诉父亲,全由您做主。"(4)

王后把事情告诉了毗摩国王。豁达的毗摩国王允准了女儿的这桩心愿。(5)达摩衍蒂得到父亲和母亲的赞同,迫不及待地把那罗请进了自己的房间。(6)

彼时彼刻,达摩衍蒂一见那罗变成的那副模样,这位姿容殊丽的女郎,满腹的悲伤恰似摧肝裂胆。(7)达摩衍蒂身上披裹着一件褐色的衣服,乌黑的长发盘在头顶,蓬首垢面,忍着悲痛对着跋乎迦侃侃说道:(8)"跋乎迦!从前你曾经见过哪位坚守正法的男子汉,把熟睡的妻子抛弃在森林里,竟然独自出走了?(9)把清白无辜、精疲力竭的妻子抛弃在森林里,这种令人伤心的事情,除去那罗,还会有谁干得出来?(10)难道我犯了什么罪过?当我正熟睡得昏昏沉沉、茫然无知时，竟然遭到无情的抛弃！(11)从前，我对天神弃置不顾，选择他做了丈夫。我对他一往情深，忠贞不渝，又为他生儿育女，让他做了父亲。(12)他也曾经发过誓言：'我与女郎围绕圣火，牵手而行结为夫妻。她忠贞地恪守天鹅之言，我要与她厮守，永远不和她分离。'那罗啊！你对我表白的真诚到哪里去了？"(13)

达摩衍蒂这位黑眼睛的痴情女郎将所有的痛苦和忧愁，都向那罗倾诉了。那痛苦的泪水滚滚流出她的双眸。(14)

那罗看到妻子这般情景，也悲痛欲绝，随即对达摩衍蒂说道：(15)"我失去了王位，又抛弃了你，并非是我要这样做。那时，我不能支配自己，这全是恶神迦利干下的勾当。(16)坚持正法的女人啊！从前你在森林里，我失去衣裳，你曾诅咒过他。(17)由于你的那番诅咒，迦利在我的身体里也吃尽了苦头，一直就像被投进了烈焰一样难熬。(18)为了你，我坚持不懈修炼苦行，终于把可恶的迦利战胜。咱们俩的苦难也该到头了。(19)那个罪恶的家伙终于离开了我。我来此地，也完全是为了你，除此之外我没有别的目的。(20)女郎啊！不论何时，女人怎么可能像你一样把深情忠实的丈夫抛弃，而再去另外选择一个夫婿呢？(21)使者们把毗摩国王的旨意传遍整个大地，人们都纷纷传说毗摩的女儿要选择第二个丈夫。(22)哩都波尔那国王正是听说达摩衍蒂要按照自己的心愿重新选婿，才急忙动身，驾着千里马来到这里。"(23)

达摩衍蒂听完那罗的这一番苦情悲叹，她双手合十，浑身抖颤，恐惧不安，再一次开言。(24)

以上是吉祥的《摩诃婆罗多》中《森林篇》第七十四章(74)。

七五

达摩衍蒂说：

幸运的人啊！你不应该错误地怀疑我，因为我拒绝了天神，选择了你。(1)为了见到你，众多婆罗门被派往各地。他们无论到了什么地方，都把我说的隐语用歌曲演唱给众人听。(2)

有一位聪明睿智的婆罗门名叫波尔那陀,与你相逢在憍萨罗国哩都波尔王的宫殿。(3)由于他把我的话传给你,又带回了你的回答,这才使我琢磨出了一个能引导你归来的办法。(4)国王啊!因为只用一天光阴靠驾驭马匹奔驰几百里路程的车夫,这世上除了你,再没有第二个人。(5)大地的保护者啊!既然我的言行和心灵深处对你没有任何的不尊敬,那么,我自然会永远地服侍你。(6)这个世界上,风神在不停巡行,他的慧眼能够明察所有生灵,倘若我的行为有什么罪过,就请他来结束我的性命吧!(7)同样,在众生的头顶,伟大的太阳神在永远不停地运行。假如我的行为有什么罪过,就请他来结束我的性命吧!(8)月神像智慧一样潜行在一切众生的心中,假如我的行为有什么罪过,也请他来结束我的性命吧!(9)正是这三位天神,他们主宰着天堂、空间、人世这三重世界。请他们现身,或者为我如实地述说,或者就在今天结束我的生命吧!(10)

巨马说:

达摩衍蒂的话刚讲完,风神在天地之间开口说道:"那罗!这位女郎清白无辜,她对你说的都是实情。(11)达摩衍蒂的贞操完美无缺,我们生有慧眼,就是她三年来的见证。(12)她设下无与伦比的巧计,全是为了你,因为,一天能驾车走上几百里路途的人,世上除了你,再无他人了。(13)大地之主啊!你重新得到了毗摩之女,她也又得到了你,此刻,你不要再有任何怀疑了,请偕同你的妻子回去吧。"(14)

风神这样讲罢,天鼓咚咚作响,和风微微荡漾,花雨也纷纷扬扬地飘落下来。(15)亲眼目睹了这场最大奇迹的那罗国王,立即驱散了对达摩衍蒂的一片狐疑。(16)

这时,那罗想起了蛇王,便把蛇王送给他的那件一尘不染的仙衣穿在身上,转眼间恢复了自己原来的容貌。(17)达摩衍蒂见到本来容貌的丈夫,便抱住那罗放声大哭。(18)那罗像以往那样神采奕奕,把心爱的达摩衍蒂拥抱在怀里,他揽着自己的一双儿女,心中感到无比兴奋。(19)达摩衍蒂的面庞辉焕光艳,紧贴那罗的胸脯,这位大眼睛女郎咻咻娇喘。(20)肢体上沾满尘土的女郎,久久搂着人中之虎笑容朗朗,双眸中珠泪夺眶而出。(21)

毗德尔跋公主的母亲把达摩衍蒂和那罗相认的全部经过，兴高采烈地告诉了毗摩国王。(22)那罗领受过洗足之礼后，伟大的毗摩国王对他说道："明天破晓时，你一定会感到同达摩衍蒂欢度了一个最美好的良宵。"(23)当天，那罗就住宿在毗摩国王的宫里，夜间，夫妻俩相伴一处，高高兴兴，娓娓讲述着他们在林中的全部经历。(24)

那罗在第四个年头，终于和妻子重相聚首了。他的愿望已经圆满实现，心中获得了极大的快乐。(25)达摩衍蒂重新获得了丈夫，也心满意足，犹如生长禾苗的大地得到丰沛的雨露。(26)她与丈夫重新相聚，以往的忧伤，一身疲倦，都烟消云散了。达摩衍蒂实现愿望，宛然夜空皎月高悬，灿烂明亮。(27)

以上是吉祥的《摩诃婆罗多》中《森林篇》第七十五章(75)。

七六

巨马说：

那罗国王与达摩衍蒂欢度过良宵，起身梳洗打扮完毕，便一起去觐见毗摩国王。(1)孝顺的那罗向岳丈行礼，光艳美丽的达摩衍蒂紧跟在他的后头，也向父亲行礼。(2)毗摩像对待自己的亲生儿子那样，高兴地和那罗拥抱。他按照应有的礼节向那罗表示了敬意，又把忠于夫君的达摩衍蒂赞扬了一番。(3)那罗国王按照礼仪接受敬拜，也按照礼仪回拜，表示敬意。(4)

尔后，京城中所有的黎民百姓看见了那罗像以前一样来临了，他们一个个喜不自胜，整个京城都洋溢着喜庆的欢声笑语。(5)那时，百姓们用带着旌旗的花环，给城市打扮得辉煌庄严，通衢大道洒扫得非常清洁，道边还栽植了很多鲜花和瑞草。(6)市民百姓还在房门上结扎上鲜花，挂满了五彩缤纷的彩饰；所有天神的庙宇，也全部受到朝拜和供养。(7)

哩都波尔那国王听说跋乎迦是那罗乔装而成的，此时已经和达摩衍蒂重新相逢了，也为他们高兴。(8)那罗国王让人请来了哩都波尔那，请求他的谅解，聪敏而受崇敬的国王哩都波尔那因为种种缘由也并不介意。(9)受到隆重礼遇的哩都波尔那国王为那罗的悲惨遭遇深感惊奇，祝贺说："谢天谢地，你和妻子终于相聚了！(10)你曾住在我家一处不为人知的房舍里，那真是我的莫大罪过。(11)我所做过的一些事情，也许有不当之处，也请你原谅。"(12)

那罗说：

国王啊！你对我并未犯下过任何微小的过错，即使有，我也不介意，因为我本应该体谅你。(13)国王啊！你早就成了我的朋友和亲人，从此，我们彼此之间会变得更加亲密，咱们应该感到欢乐。(14)我住在你宫中，虽然总不会像在自己家里那样，但是，我的一切都得到了你适当的照顾，使我感到很满意。(15)国王啊！属于你的那门驭马术，还在由我保存着，如果你现在同意接受，我愿意马上把它交还给你。(16)

巨马说：

尼奢陀国王这样说完，就将驭马术传授给哩都波尔那国王。哩都波尔那遵循一定的仪规，接受了它。(17)这位国王掌握了那门驭马术，便带领另一位车夫伐尔湿内耶返回了自己的京城。(18)他们走后，那罗国王在恭底那城逗留了不太长的时间。(19)

以上是吉祥的《摩诃婆罗多》中《森林篇》第七十六章(76)。

七七

巨马说：

那罗国王在恭底那城小住一月光景，便向毗摩王辞行了。他带领着为数不多的扈从，踏上了回尼奢陀的归途。(1)他有一辆华美的车子，有十六头大象，五十匹骏马，以及六百名步兵战士。(2)那罗国王行色匆匆，大象、骏马、战士的行动之声震动了整个大地。这位豁达的国王，一路上这样风驰电掣，径直进入了自己的京城。(3)

尔后，雄军之子那罗便去和布湿迦罗相见，对他说道："让我们俩再来掷骰子吧，我已经长了许多见识。(4)布湿迦罗！达摩衍蒂，以及我得到的其他财产，这就是我这次投下的赌注，而你，必须押上

154

王国来做赌注。(5)让我们俩人再赌上一轮,愿你的赌运亨通,让我们以各自的性命一决雌雄!(6)谁得胜就拿走对方所下的赌注,或者是王国,或者是财富。(7)如果你不情愿进行这场赌博,就让我们进行一场战争。咱们使用两辆战车,一对一地决斗。(8)这个王国是我们祖辈留传下来的,应该千方百计地保卫和扩展它,为它不惜流血奋战,这是祖先留下的训诫。(9)布湿迦罗!我们或者是掷骰子下赌注,或者是比武艺见高低,谁精明强干,从今天开始,这个国家就由谁来统治。"(10)

尼奢陀国王讲完,布湿迦罗微微一笑,心中认定自己稳操胜券,开口说道:(11)"祝你走运,尼奢陀国王!既然你学来了本事,那么,咱们就用性命赌一场!假如你事败不利,你可就失去你的妻子达摩衍蒂了。勇士啊!你和你的妻子可要说话算数。(12)到时候,我要倾尽那些赢来的财产,按我的心意精心装扮毗德尔跋公主,达摩衍蒂肯定要来服侍我,像天上的仙女服侍因陀罗一样。(13)那罗啊!我常常想起你,盼望你,掷骰子没有众多的赌友,那就感觉不到什么乐趣。(14)今天我就把这位绝妙无瑕的丰臀美女赢过来,我的心里一直想着她。"(15)

那罗听完布湿迦罗这些污言秽语,气愤得真想挥起利剑把他的脑壳劈成两半。(16)但那罗忍住了,微微一笑,说道:"你现在何必乱嚷,等你确实赢了再叫嚷也不迟。我们两个开赌吧!"(17)

随后,那罗和兄弟布湿迦罗两人进行了一场生死的赌博。那罗的一注赌运亨通,最终战胜了布湿迦罗。而布湿迦罗的珠宝库乃至自己的生命都输个精光。(18)

那罗战胜了布湿迦罗,纵情地开怀大笑,他对布湿迦罗讲道:"我的王国已消除了混乱,斩掉了荆棘,又恢复了以往的面貌。(19)布湿迦罗!你这个被废黜的国王真没福气,你想看一眼毗德尔跋公主也办不到了!蠢货呀!你和你的随从们都已成为她的奴仆。(20)以往我曾经被你战胜过,可那并不是你的本领,而是恶神迦利使出的花招,可你至今还蒙在鼓里呢!这是别人造孽犯下的罪行,无论如何我也不会要你顶罪,布湿迦罗!(21)现在,我把你的性命还给你,你要像往日一样幸福地生活。我还会像从前那样喜欢你,这一点你不用怀

疑。(22)我对你的手足情义，永远不会抛弃，因为你是我弟弟，祝你长命百岁。"(23)

那罗国王，这位真正的勇士，对布湿迦罗安慰后，又多次地把他拥抱，并且赐给他一座城市作封邑，请他前去居住。(24)布湿迦罗深深地感受到那罗真诚的安慰，他双手合十，激动地说：(25)"国王啊！正是你赐予我第二次生命，我祝愿你生活美满！心情永远愉快，祝愿你的王国昌隆不衰！"(26)

布湿迦罗和往日一样，领受到了那罗国王的热情款待，在尼奢陀国的京城留住了一个月。随后，在他臣民的簇拥下，高高兴兴地前往自己的封城。(27)他拥有一支不小的军队，有许多调驯好的马匹和奴婢，人中雄牛啊！他容貌英俊，灿若太阳。(28)

送走了布湿迦罗，吉祥的那罗回身进入富丽堂皇的京城，好生安抚城中百姓。(29)

以上是吉祥的《摩诃婆罗多》中《森林篇》第七十七章(77)。

七八

巨马说：

笼罩在京城的那些忧郁阴云被驱散了，在举行盛大的喜庆之际，国王动用了一支大军，声势浩大地前去迎接达摩衍蒂回国。(1)毗摩国王，这位心胸坦荡的非凡勇士，在一番热情款待之后，便欢送达摩衍蒂和她的儿女上了路。(2)毗德尔跋公主和子女归来，便高兴地把那罗国王紧紧围住，那罗国王更是兴高采烈，好似天堂的众神之主因陀罗。(3)那罗重新治理自己的王国，他的治国之道使他更负盛名。从此，在赡部洲中，他的故事在众多的国王中广为传诵。(4)

那罗依照仪规，举行各种祭祀，慷慨布施，王中因陀罗啊！你不久也会这样与朋友们生活在一起。(5)人中俊杰啊！由于赌博，战胜敌人城堡的那罗和妻子陷入这样的苦难，婆罗多族雄牛啊！(6)大地之主啊！那罗独自一人遭受可怕剧烈的痛苦，最后又获得好运。(7)而你和弟兄们以及黑公主在一起，般度之子啊！在大森林里愉快生

活,思索正法。(8)这些精通吠陀和吠陀支的大福大德的婆罗门始终陪随你,国王啊!你还有什么可以悲叹的?(9)

据说这个故事能毁灭迦利,民众之主啊!像你这样的人听了会得到安慰。(10)经常想想人的财富聚散无常,平静看待得失,不必为之悲伤。(11)谁讲述那罗的伟大事迹,或者经常聆听,他就不会遭逢不幸。财富会接近他,他会走向富裕。(12)聆听这个古老永恒的优秀故事,他会获得儿子、孙子和牲畜,成为人中俊杰。毫无疑问,他会健康快乐。(13)你担心精通骰子的赌徒还会邀请你赌博,国王啊!我会解除你的担心。(14)我知道骰子的全部秘密,以真理为勇气的人啊!你向我学吧!我乐意告诉你,贡蒂之子啊!(15)

护民子说:

坚战王满心喜悦,对巨马说道:"尊者啊!我希望如实知道骰子的秘密。"(16)这位大苦行者把骰子的秘密教给灵魂高尚的般度之子坚战后,前往马首圣地沐浴。(17)

巨马走后,坚战听说聪明睿智的普利塔之子、左手开弓者阿周那正在修炼严厉的苦行,饮风维生。(18)严守誓言的坚战从来自各个圣地和高山的婆罗门和苦行者的口中听说:(19)"普利塔之子大臂阿周那在修炼难以完成的苦行,从未见过任何人修炼这样严厉的苦行。(20)普利塔之子阿周那是恪守誓言的苦行者,独自行动的牟尼,犹如光辉的正法的化身。"(21)听说阿周那在大森林里修炼苦行,国王啊!般度之子坚战为亲爱的弟弟担忧。(22)坚战忧心如焚,为了寻求慰藉,向众婆罗门请教各种知识。(23)

以上是吉祥的《摩诃婆罗多》中《森林篇》第七十八章(78)。

七九

镇群说:

尊者啊!我的曾祖父阿周那离开迦摩耶迦林后,般度之子们在这位左手开弓者不在时做了些什么?(1)因为我觉得这位战胜敌军的大弓箭手是他们的依靠,就像毗湿奴是天神们的依靠。(2)缺了像因陀

罗一样英勇、在战斗中从不退却的阿周那,我的英勇的曾祖父们在森林里怎么生活?(3)

护民子说:

朋友啊!左手开弓的阿周那离开迦摩耶迦林后,这些俱卢子孙陷入痛苦忧伤。(4)般度之子们像断了线的珍珠,折了翅膀的鸟,大家心里都很难过。(5)缺了做事不知疲劳的阿周那,迦摩耶迦林就像缺了财神俱比罗的奇车园。(6)镇群王啊!缺了这位人中之虎,般度之子们住在迦摩耶迦林,没有欢乐。(7)婆罗多族俊杰啊!这些大勇士用纯洁的箭为婆罗门捕杀各种用于祭祀的鹿。(8)这些征服敌人的人中之虎经常出去搜集林中食物,献给众婆罗门。(9)国王啊!在阿周那走后,这些人中雄牛在林中很想念他,郁郁寡欢。(10)

有一天,般遮罗国黑公主思念远走他乡的这位英雄丈夫,对般度族俊杰坚战说道:(11)"双臂阿周那和千臂阿周那一样,缺了这位般度族俊杰,我觉得这森林毫无生气,我看这大地仿佛到处空荡荡。(12)多么奇怪,缺了左手开弓的阿周那,鲜花盛开的森林对我不再可爱。(13)缺了像青云一样美丽、像醉象一样英勇、眼如莲花的阿周那,迦摩耶迦林对我来说,毫无趣味。(14)大王啊!想起左手开弓、弦声如雷的阿周那,我就得不到安宁。"(15)

大王啊!德罗波蒂悲悲切切说了这些话,杀敌英雄怖军听后,对她说道:(16)"妙腰美人啊!你说的这些话令人高兴,使我的心像饮了甘露一样舒畅。(17)他的双臂又长又圆又匀称,像铁闩一样,有弓弦磨出的老茧,常常拿着刀、剑或铁杵。(18)双臂戴着金镯,如同两条五头蛇。缺了这位人中之虎,这森林就像失去了太阳。(19)般遮罗族人和俱卢族人依靠这位大臂英雄,甚至英勇奋战的天神们的军队也吓不倒他。(20)依靠这位灵魂高尚的人的双臂,大家有信心在战争中打败敌人,赢得大地。(21)缺了英雄阿周那,我在迦摩耶迦林里失去支撑,看这大地仿佛到处是一片空虚。"(22)

无种说:

因陀罗之子(阿周那)曾经前往北方,在战斗中打败许多大力士,获得数以百计的健达缚骏马。(23)国王啊!在盛大的王祭中,这位光辉吉祥的人亲切地将这些鹧鸪色的、速度如风的骏马献给自己的

兄长。(24)这位怖军之弟手持可怕的神弓，如同天神。现在缺了他，我也不愿意住在迦摩耶迦林。(25)

偕天说：

从前，他在战争中打败很多大勇士，获得很多钱财和姑娘，在盛大的王祭中，把这一切献给国王。(26)他具有无限光辉，得到婆薮提婆之子黑天同意，独自战胜雅度族所有的人，掠走妙贤公主。(27)看到这里阿周那的座位空着，大王啊！我的心始终不得安宁。(28)克敌者啊！我想还是离开这座森林吧，因为缺了英雄阿周那，这座森林对我们不再可爱了。(29)

以上是吉祥的《摩诃婆罗多》中《森林篇》第七十九章(79)。
《登帝释天宫篇》终。

朝拜圣地篇

八〇

护民子说：

这些大福大德的般度族大勇士和德罗波蒂住在森林里，热烈思念阿周那。(1)有一天，他们在那里看见灵魂高尚的神仙那罗陀。由于梵光闪耀，他的光辉如同燃烧的火焰。(2)光辉吉祥的俱卢族俊杰坚战由弟兄们围绕，犹如百祭因陀罗由众神围绕。(3)如同莎维德丽颂诗[①]不离开吠陀，太阳的光芒不离开弥卢山，贞洁的祭军之女德罗波蒂遵行正法，不离开普利塔之子们。(4)纯洁无瑕的镇群王啊！尊贵的仙人那罗陀接受敬拜后，用适当的话语安慰正法之子坚战。(5)他对灵魂高尚的法王坚战说道："优秀的执法者啊！说说你想要什么？我可以给你什么？"(6)

于是，正法之子坚战王和弟兄们一道，双手合十，俯首向天神般的那罗陀行礼，然后说道：(7)"最守信、最幸运的仙人啊！你受到

---

① 梨俱吠陀中一首著名的颂诗，又名伽耶特利。

159

一切世界崇敬，只要你满意，赐予恩惠，我认为事情也就成功了。(8)纯洁无瑕的优秀牟尼啊！如果你肯赐给我和我的弟兄们恩惠，我请你去掉我心中的一个疑团。(9)婆罗门啊！一心想朝拜圣地而周游大地的人，他的结果会怎样？请你详细地讲一讲吧！"(10)

那罗陀说：

婆罗多族国王啊！好好听着吧！毗湿摩从补罗私底耶听来的话，我全部讲给你听。(11)

从前，优秀的执法者毗湿摩为了坚守对父亲的誓言，住在恒河岸边，如同一位牟尼。(12)大王啊！这位大光辉者在天神和仙人们出没的吉祥圣洁的地方，在天神和健达缚常去的恒河源头，(13)依照礼仪行事，使祖先们和天神们满意，也使仙人们满意。(14)

过了一些时候，有一天，这位大苦行者正在念经，看到模样奇特的优秀仙人补罗私底耶。(15)他看到这位苦行严厉的仙人仿佛燃烧着吉祥的光辉，感到无比的欢欣，也感到无比的惊奇。(16)婆罗多后裔啊！大王啊！优秀的执法者毗湿摩按照礼仪敬拜到来的仙人。(17)毗湿摩心地纯洁，控制思想，将敬客的礼物举在头上，向这位优秀的梵仙通报自己的名字道：(18)"祝福你，最守信的仙人！我叫毗湿摩，是你的奴仆。见到你，我就从一切罪恶中得到解脱。"(19)

大王啊！坚战啊！优秀的执法者毗湿摩说完这些话就闭上嘴，双手合十，默默坐下。(20)看到俱卢族俊杰、毗湿摩因遵守法规和诵习吠陀而变得清瘦，仙人对他怀有好感。(21)

补罗私底耶说：

通晓正法的大福大德的人啊！由于你的谦逊、克制和真诚，我对你十分满意。(22)纯洁无瑕的人啊！就是因为你奉行正法和你对自己父亲的忠诚，孩子啊！你才看到我，我也喜欢你。(23)毗湿摩啊！看到我的人不会没有收获，说吧！我可以为你做些什么？俱卢族俊杰啊！纯洁无瑕的人啊！你说要什么，我都会给你。(24)

毗湿摩说：

大福大德的主人啊！你受到一切世界崇敬，我能见到你，得到你的喜欢，我认为事情也就成功了。(25)如果你要加恩于我，优秀的执法者啊！我就讲出我心中的一个疑问，请你为我解答。(26)尊者啊！

关于各个圣地的法，我有些不明白，很想听你一一讲解。(27)威力无穷者啊！以苦行为财富的婆罗门仙人啊！巡礼大地的人会得到什么结果？请你说说吧！(28)

补罗私底耶说：

好啊！让我告诉你仙人的最终目的，孩子啊！你用心听着，从那些圣地能得到的果实。(29)一个人的双手、双足、心、知识、苦行和名誉都得到很好控制，他能享受到圣地的果实。(30)不占有财物，知足满意，克制，纯洁，不骄傲自大，他能享受到圣地的果实。(31)不欺诈，不贪功，节制饮食，控制感官，不犯任何罪过，他能享受到圣地的果实。(32)王中因陀罗啊！不发怒，诚实，坚守誓言，对待众生和自己一样，他能享受到圣地的果实。(33)

在吠陀里，仙人们依次讲述了各种祭祀，以及今生和来世可以得到的各种果实。(34)大地之主啊！穷人没有力量举行那些祭祀，因为它们需要很多器具和大量财物。(35)只有国王和富人能够举行那些祭祀，没钱财和器具的孤苦无助的人无法举行。(36)人主啊！你要知道，也有穷人能举行的仪式，圣洁的功果与祭祀一样，优秀的武士啊！(37)婆罗多族俊杰啊！这是仙人们的最高秘密，那就是朝拜圣地甚至胜过举行祭祀。(38)不奉行三夜斋戒，不朝拜圣地，不布施黄金和牛，这样的人会变得贫穷。(39)而朝拜圣地得到的果实却是慷慨布施、举行赞火等等祭祀的人得不到的。(40)

在人世间，有一个三界闻名的神中之神的圣地，名叫补湿迦罗，大福大德的人会去那里。(41)俱卢后裔啊！大地之主啊！在补湿迦罗，早中晚三次祈祷的时间，有一千亿处圣地。(42)主人啊！阿提迭、婆薮、楼陀罗、沙提耶、摩录多、健达缚和天女们都经常在那儿。(43)大王啊！天神、提迭和梵仙们在那儿修炼苦行，具备大功德，获得神通。(44)一个聪慧的人，只要向往补湿迦罗，就能消除一切罪恶，在天上受到尊敬。(45)幸运的人啊！受到众天神和檀那婆尊敬的老祖宗梵天经常满怀喜悦住在这个圣地。(46)幸运的人啊！众天神和优秀的仙人们在补湿迦罗获得大功德，取得圆满成功。(47)

智者们说，如果一个热心供奉祖先和天神的人到这个圣地沐浴，他得到的果报相当于举行十次马祭。(48)如果一个人去补湿迦罗森林里，供养一个婆罗门，就凭这件事，毗湿摩啊！他在今生和来世都会享福。(49)就用自己赖以为生的菜蔬、野根和野果，诚心诚意、无怨无悔地供养婆罗门，这样的智者能获得举行马祭的果实。(50)贤王啊！如果婆罗门、刹帝利、吠舍或首陀罗到这个圣地沐浴，他就不会投胎低贱的子宫。(51)婆罗多族雄牛啊！特别是，如果一个人在迦剌底迦月到补湿迦罗去，他就会有享不尽的功果。(52)婆罗多后裔啊！如果一个人早晚双手合十，默默想着补湿迦罗，那就等于到所有的圣地去沐浴，他就会在梵天的宫中得到不朽的世界。(53)不管是女人还是男人，只要在补湿迦罗沐浴，他们从出生以来的一切罪恶都会涤除。(54)

国王啊！正如一切天神中以诛灭摩图的毗湿奴为首，补湿迦罗当称一切圣地之首。(55)如果一个人在补湿迦罗住上十二年，自制，纯洁，他就能得到举行一切祭祀的功果，前往梵界。(56)一个人举行了整整一百年火祭，或在迦剌底迦月在补湿迦罗住了一夜，两者得到的功果一样。(57)到补湿迦罗去很困难，在补湿迦罗修苦行很困难，在补湿迦罗施舍很困难，住在补湿迦罗也很困难。(58)

一个控制感官、节制饮食的人，在补湿迦罗住了十二夜，绕圣地右行致过敬意后，就应当到赡部摩尔迦圣地去。(59)这个圣地是天神、仙人和祖先们常去之处，进入那里，能得到举行马祭的功果，前往毗湿奴的世界。(60)一个隔三天才吃一次的人在那里住上五夜，就不会遇到不幸，而能得到最大的成功。(61)

离开赡部摩尔迦后，再去坦都利迦净修林，他就不会遇到不幸，而会在天国受到崇敬。(62)一个敬奉祖先和天神的人，到了投山仙人湖，在那里住上三夜，国王啊！他就会得到举行赞火祭的功果。(63)一个人到了吉祥如意、受人崇敬的甘婆净修林，在那里吃蔬菜和水果度日，他就能找到童身之道。(64)因为那是最神圣的正法之林，婆罗多族雄牛啊！人只要一踏进那里，他就摆脱一切罪恶。(65)一个控制感官，节制饮食的人在那里敬拜祖先和众天神，他就可以获得满足一切愿望的祭祀的功果。(66)在那里右绕致敬后，前往迅行王坠落处圣地，在那里可以得到马祭的功果。(67)

然后再去摩诃迦罗，控制感官，节制饮食，在戈提圣地沐浴，可以得到马祭的功果。(68)从这里再去跋陀罗婆陀圣地,通晓正法的人啊!那是乌玛之夫湿婆的功德宝地,在三界享有盛名。(69)在那里见到湿婆,可以得到一千头牛的功果;蒙受大神恩惠,可以获得群主的地位。(70)

从那里再到三界闻名的那尔摩达河去,用供品满足祖先和众天神,可以得到举行赞火祭的功果。(71)然后再去南方海滨,在那里遵守梵行,控制感官,可以得到赞火祭的功果,能登上飞车。(72)然后再去遮尔曼婆底河,控制感官,节制饮食,赢得欢喜天的许可,可以得到赞火祭的功果。(73)通晓正法的人啊!然后,前往雪山之子阿尔布陀的住地。从前,那里的地上有一条裂缝,坚战啊!① (74)那里是三界闻名的极裕仙人的净修林。在那里住上一夜,可以得到一千头牛的功果。(75)遵守梵行,控制感官,在宾迦圣地沐浴,人中之虎啊!可以享有一百头红牛的功果。(76)通晓正法的英雄啊!从那里再去人间闻名的波罗婆沙,那里是众天神食用祭品的嘴,也就是以风为御者的火神常去的地方。(77)控制思想而纯洁的人在这个优美的圣地沐浴,可以得到举行赞火祭和通宵祭的功果。(78)

然后,前往婆罗私婆蒂河和大海交汇的地方,可以得到一千头牛的功果。婆罗多族雄牛啊!可以在天国世界,像火一样,永远闪发光辉。(79)在那里住上三夜,用供品满足祖先和天神们,他会像月亮一样闪发光辉,得到举行马祭的功果。(80)婆罗多族俊杰啊!然后再去赐恩圣地,那是敝衣仙人赐给毗湿奴恩惠的地方。在这个圣地沐浴,可以得到一千头牛的功果。(81)然后再去多门,控制感官,节制饮食,在宾达罗迦沐浴,可以得到很多黄金。(82)幸运的克敌者啊!在那个圣地,直到今天还能见到有莲花标记的印章,这是令人惊奇的事。(83)俱卢子孙啊!婆罗多族雄牛啊!在那里可以看到有三叉戟形状的莲花,大神湿婆就在那里。(84)

婆罗多后裔啊!然后再去信度河和大海交汇的地方,在水王的圣地沐浴,控制思想。(85)婆罗多族雄牛啊!在那里用供品满足祖先、天神和仙人们,可以到达水神伐楼拿的世界,自身光辉闪耀。(86)坚

---

① 补罗私底耶的话是讲给毗湿摩听的,但又由那罗陀转述给坚战听,所以其中夹有对坚战的呼告。

战啊!智者们说,在那里敬拜螺耳大神,可以得到相当于十次马祭十倍的功果。(87)向那里右绕致敬后,婆罗多族雄牛啊!俱卢族俊杰啊!前往三界闻名的特哩密圣地,以消除一切罪过著称。(88)在那里,梵天等等天神都敬奉大自在天。在那里沐浴后,敬拜众天神簇拥的楼陀罗,就能消除自出生以来的一切罪恶。(89)人中俊杰啊!人中之虎啊!所有的天神都赞美特哩密。在那里沐浴后,可以得到马祭的功果。(90)大智大慧者啊!从前,强大的毗湿奴杀死天神们的仇敌后,在这里得到净化。(91)

通晓正法的人啊!然后再去受到赞颂的圣地持富。到了那里,可以得到举行马祭的功果。(92)俱卢族俊杰啊!在那里沐浴后,控制自我,用供品满足祖先和天神们,可以在毗湿奴界受到尊敬。(93)婆罗多族雄牛啊!这是婆薮们的至高圣地,在这里沐浴,饮水,会成为婆薮们喜欢的人。(94)人中俊杰啊!信度陀摩以消除一切罪过著称,在那里沐浴后,可以得到很多黄金。(95)前往梵东伽,控制思想,心地纯洁,摒弃激情,行善积德,这样的人可以到达梵界。(96)前往悉陀们常去的帝释天女儿的圣地,在那里沐浴后,可以迅速到达帝释天界。(97)还有天神们常去的莱奴迦圣地,婆罗门在那里沐浴后,会变得和月亮一样纯洁。(98)

然后,前往五河圣地,在那里控制感官,节制饮食,可以依次得到五种备受称赞的祭祀的功果。(99)通晓正法的人啊!婆罗多族俊杰啊!然后,前往毗玛的优美居处,在名为子宫的圣地沐浴后,(100)国王啊!就会投生女神之子,佩戴闪闪发光的耳环,得到十万头牛的功果。(101)前往三界闻名的吉利孟伽去,在那里敬拜老祖宗梵天,可以得到一千头牛的功果。(102)通晓正法的人啊!然后,前往无上的圣地维摩罗,那里至今还能看到金鱼和银鱼。(103)人中俊杰啊!在那里沐浴后,等于举行了婆阇贝耶祭,消除一切罪恶,灵魂净化,就会到达至高的归宿。(104)

然后,前往三界闻名的摩罗达,按照礼仪在西边的晚霞中沐浴,(105)人中因陀罗啊!根据自己的能力向有七条火舌的火神敬献牛奶粥。智者们说,在这里献给祖先的供品不会耗尽。(106)在那里向火神敬献一次牛奶粥胜过布施十万头牛,胜过举行一百次王祭或一千次马祭。(107)王中因陀罗啊!离开那里,前往婆私陀罗圣地,到达大神湿婆身边,可以得到马祭的功果。(108)然后,前往摩尼多圣地,遵守梵行,专心致志,在那里住上一夜,国王啊!可以得到赞火祭的功果。(109)

王中因陀罗啊!然后,前往举世闻名的提维迦,婆罗多族雄牛啊!听说那里是婆罗门的出生地。(110)那里是三界闻名的手持三叉戟的大神居处,在那里沐浴敬拜大神湿婆,(111)人尽自己的力量敬献牛奶粥,婆罗多族雄牛啊!可以得到满足一切愿望的祭祀的功果。(112)那里有一个楼陀罗的圣地,名叫迦摩,是天神和仙人们常去的地方,婆罗多后裔啊!在那里沐浴后,可以迅速获得成功。(113)前往耶阇那、亚阇那和梵沙,在补私波尼亚沙沐浴后,可以不为死亡忧伤。(114)人们说,天神和仙人们常去的提维迦圣地有半由旬宽,五由旬长。(115)

通晓正法的人啊!然后,前往长年祭祀圣地。以梵天为首的众天神和悉陀以及优秀的仙人们恪守誓言,在那里举行长年祭祀,慷慨布施。(116)王中因陀罗啊!到过长年祭祀圣地,可以得到王祭和马祭的功果,克敌者啊!(117)然后,前往毗纳沙纳,控制感官,节制饮食。婆罗私婆蒂河在那儿从沙漠中消失,然后又在阇摩梭陀毗陀、湿婆陀毗陀和纳戈陀毗陀重新出现。(118)在阇摩梭陀毗陀沐浴,可以得到赞火祭的功果;在湿婆陀毗陀沐浴,可以得到一千头牛的功果;在纳戈陀毗陀沐浴,可以进入蛇界。(119)王中因陀罗啊!然后,前往很难找到的圣地兔乘,婆罗多后裔啊!那里的莲花以兔子的形状掩藏。(120)婆罗多族俊杰啊!它们每年迦剌底迦月在婆罗私婆蒂河中沐浴。(121)人中之虎啊!婆罗多族雄牛啊!在那里沐浴后,人永远像月亮一样明亮,可以得到一千头牛的功果。(122)

俱卢后裔啊!一个克制自己的人前往鸠摩罗戈底,在那里沐浴,专心敬拜祖先和众天神,可以得到举行牛祭的功果,繁荣家族。(123)然后,通晓正法的人啊!专心致志,前往楼陀罗戈底,大王啊!从前,有一千万仙人想见楼陀罗大神,高高兴兴前往那里。(124)"我将首先看到以雄牛为旗徽的大神!"婆罗多后裔啊!仙人们这样说着,动身出发。(125)大地之主啊!为了使这些灵魂完善的仙人不生气,瑜伽之神湿婆运用瑜伽力,(126)创造了一千万个楼陀罗,让他们分别出现在仙人们面前。这样,他们就都认为"是我首先看到"。(127)这些光辉炽烈的仙人极其虔诚,大神感到满意,赐给他们恩惠:"从今天起,你们的正法会发扬光大。"(128)人中之虎啊!在楼陀罗戈底沐浴后,人会变得纯洁,得到马祭的功果,繁荣家族。(129)

王中因陀罗啊!然后,前往举世闻名的娑罗私婆蒂河圣洁的合流处。(130)以大梵天为首的天神、仙人、悉陀和遮罗纳在制多罗月的白半月第十四日前往那里敬拜遮那陀那。(131)人中之虎啊!在那里沐浴后,可以得到很多黄金,涤除一切罪恶而灵魂纯洁,升入梵界。(132)人主啊!然后,前往娑陀罗婆商,那是仙人们完成种种祭祀的地方。到了那里,可以得到一千头牛的功果。(133)

以上是吉祥的《摩诃婆罗多》中《森林篇》第八十章(80)。

八一

补罗私底耶说:

王中因陀罗啊!然后,前往备受赞颂的俱卢之野。一切众生到达那里,都能摆脱罪恶。(1)一个人只要经常说"我要去俱卢之野,我要住在俱卢之野",他就能摆脱罪恶。(2)英雄啊!一个人应该在娑罗私婆蒂河边住上一个月。以梵天为首的天神、仙人、悉陀和遮罗纳,(3)大地之主啊!婆罗多后裔啊!还有健达缚、天女、药叉和蛇族,从那里前往圣洁的梵野。(4)坚战啊!一个人只要心中想去俱卢之野,他的罪恶就会消除,到达梵界。(5)俱卢子孙啊!诚心诚意前往俱卢之野,可以得到王祭和马祭的功果。(6)国王啊!向那里守门的大力士药叉摩阇迦录迦致敬,可以得到一千头牛的功果。(7)

通晓正法的王中因陀罗啊!然后,前往毗湿奴的无上居处,名叫沙陀陀。诃利(毗湿奴)就在那儿。(8)在那里沐浴,敬拜三界之本源诃利,可以得到马祭的功果,到达毗湿奴界。(9)然后,前往三界闻名的巴利波罗婆,可以得到赞火祭和通宵祭的功果。(10)到达婆利提维圣地，可以得到一千头牛的功果，人主啊！朝圣者前往娑录吉尼，在那里的十马祭圣地沐浴，可以得到举行十次马祭的功果。(11) 然后，前往蛇族最好的蛇女神圣地，可以得到举行赞火祭的功果，找到蛇界。(12) 通晓正法的人啊！然后，前往守门者陀兰杜迦的圣地，在那里住上一夜，可以得到一千头牛的功果。(13)

然后，前往五河流域，控制感官，节制饮食，在戈底圣地沐浴，可以得到马祭的功果；到达双马童圣地，人就会变得漂亮。(14) 通晓正法的人啊！然后，前往名为野猪的无上圣地。从前，毗湿奴在那里化身野猪，人中之虎啊！在那里沐浴，可以得到赞火祭的功果。(15) 王中因陀罗啊！然后，前往阇延蒂的苏摩圣地，在那里沐浴，可以得到王祭的功果；在埃迦亨沙沐浴，可以得到一千头牛的功果。(16)

俱卢子孙啊！朝圣者到达成洁，可以得到莲花祭的功果，变得纯洁。(17) 然后，前往睿智的大神湿婆的圣地，名叫孟迦婆陀。在那里住上一夜，可以得到群主的地位。(18) 王中因陀罗啊！那里有举世闻名的药叉女圣地。前往那里，可以到达各种圣洁的世界。(19) 婆罗多族雄牛啊！那儿是著名的俱卢之野的门户，朝圣者诚心诚意，右绕致敬。(20) 食火仙人之子、灵魂伟大的持斧罗摩的圣地可以与布湿迦罗圣地媲美。在那里沐浴，敬拜祖先和众天神，国王啊！一切事情都能成功，可以得到马祭的功果。(21)

人主啊！然后朝圣者应该去罗摩湖，王中因陀罗啊！光辉炽烈的英雄持斧罗摩在那里迅速消灭刹帝利，形成五个湖泊。(22) 人中之虎啊！我们听说，他让鲜血流满这些湖，他的父辈和祖辈感到满意，大地之主啊！高兴地对罗摩说道：(23) "罗摩啊！大福大德的人啊！婆利古族后裔啊！你对祖先虔敬，英勇无比，我们感到高兴，祝你幸运！你选择一个恩惠吧！极其光辉的人啊！你想要什么？"(24)

王中因陀罗啊！优秀的武士罗摩听到这些话，双手合十，对站在空中的祖先们说道：(25) "如果列位祖宗对我满意，要赐给我恩惠，那我希望完成苦行。(26) 我满怀愤怒消灭刹帝利，因此，我希望凭借你们的威力，摆脱罪恶，让这些湖泊成为大地上著名的圣地。"(27)

听了持斧罗摩的这些善意的话，祖先们满怀喜悦，高兴地回答他说：(28) "由于你对祖先虔敬，你的苦行会增长。而你满怀愤怒消灭刹帝利，(29)你已摆脱罪恶，因为他们的毁灭是他们自己的业果。那些湖泊也毫无疑问会成为圣地。(30)在那些湖里沐浴，用供品满足祖先们。祖先们会高兴地满足他心中的愿望，即使这种愿望在大地上和永恒的天国很难实现。"(31)国王啊！祖先们赐给持斧罗摩这些恩惠后，向这位婆利古族后裔告别，高高兴兴地隐身离去。(32)

这就是灵魂高尚的婆利古族后裔持斧罗摩的这些湖泊的由来。一个遵守梵行、恪守善戒的人在罗摩湖里沐浴，敬拜持斧罗摩，王中因陀罗啊！可以得到很多黄金。(33)

俱卢子孙啊！朝圣者到达名为家族源的圣地，在那里沐浴，国王啊！他就会繁荣自己的家族。(34)婆罗多族俊杰啊！到达名叫净身的圣地，在那里沐浴，他的身体无疑会变得纯洁，而身体纯洁的人可以到达无上的善界。(35)然后，王中因陀罗啊！前往三界闻名的圣地，威力强大的毗湿奴曾在那儿拯救世界。(36)到达三界闻名的拯救世界圣地，在那里沐浴，就能拯救他自己的世界。到达吉祥圣地，就能获得无上的吉祥。(37)到达迦比罗圣地，专心致志，遵守梵行，在那里沐浴，敬拜众天神和祖先，可以得到一千头迦比罗牛的功果。(38)

到达太阳圣地，守住心神，在那里沐浴，控制思想进行斋戒，敬拜祖先和众天神，可以得到赞火祭的功果，前往太阳的世界。(39)然后，朝圣者到达牛宫圣地，在那里沐浴，可以得到一千头牛的功果。(40)俱卢子孙啊！朝圣者到达商乞尼，在这个女神的圣地沐浴，可以获得最美的容貌。(41)王中因陀罗啊！然后，前往守门者阿兰杜迦圣地。这是灵魂高尚的药叉王俱比罗在婆罗私婆蒂河的圣地，大王啊！在那里沐浴，可以得到赞火祭的功果。(42)通晓正法的国王啊！然后，前往梵涡圣地，在那里沐浴，可以进入梵界。(43)通晓正法的人啊！然后，前往无上的妙善圣地，在那里祖先们常和天神们在一起。(44)在那里沐浴，一心一意敬拜祖先和众天神，可以得到马祭的功果，前往祖先的世界。(45)通晓正法的人啊！然后，前往安布婆沙耶，在财神的那些圣地沐浴，婆罗多族俊杰啊！可以免受一切病痛，在梵界受到尊重。(46)婆罗多族国王啊！还有母亲圣地，在那里沐浴，人就会幸福无穷，子孙繁衍昌盛。(47)

然后，前往寒林圣地，控制感官，节制饮食，大王啊！那里有别处很难找到的大圣地。(48)人主啊!在一杖远的距离看它一眼,就会使人变得圣洁,婆罗多后裔啊!在那里洗发,也会使人变得圣洁。(49)大王啊!那里有一个去除犬毛圣地,人中之虎啊!那里的婆罗门智者热爱这个圣地。(50)婆罗多族俊杰啊!灵魂圣洁的婆罗门俊杰们在这个圣地控制呼吸,去除犬毛,王中因陀罗啊!他们达到至高的归宿。(51)大地之主啊!那里有个十马祭圣地,人中之虎啊!在那里沐浴,可以达到至高的归宿。(52)王中因陀罗啊!然后,前往举世闻名的人湖,国王啊!从前有一些黑鹿被猎人射伤,跳进这个湖,变成了人。(53)在这个圣地沐浴,遵守梵行,控制感官,灵魂就会摆脱一切罪恶而纯洁,在天国世界受到尊敬。(54)大地之主啊!在人湖东面一迦罗沙的地方,有一条著名的阿波迦河,是悉陀们常去之处。(55)在那里向众天神和祖先敬过粟米饭,就会得到极大的正法之果;在那里向婆罗门施舍一次饭食,就等于施舍一千万次。(56)在那里沐浴,敬拜众天神和祖先,住上一夜,可以得到赞火祭的功果。(57)

婆罗多后裔啊!王中因陀罗啊!然后,前往梵天的无上居处。大地上人们称它为梵天的乌冬波罗。(58)俱卢族雄牛啊!王中因陀罗啊!在那里的七仙湖和灵魂伟大的迦毗私陀罗的草地沐浴,(59)控制思想,纯洁无瑕,朝拜梵天,灵魂摆脱一切罪恶而纯洁,到达梵界。(60)到达难以到达的迦毗私陀罗的草地,罪恶被苦行的威力焚毁,就能隐身消失。(61)王中因陀罗啊!然后,前往举世闻名的萨罗迦,在黑半月的第十四日朝拜以雄牛为旗徽的大神湿婆,可以得到他希望得到的一切东西,到达天国世界。(62)俱卢子孙啊!萨罗迦有三千万个圣地,大地之主啊!那里的水井和池塘中有一千万个楼陀罗,婆罗多族俊杰啊!那里有个圣地叫伊罗居。(63)婆罗多后裔啊!在那里沐浴,敬拜祖先和众天神,就不会遭遇不幸,可以得到婆阇贝耶祭的功果。(64)

大地之主啊!婆罗多后裔啊!在紧达那和紧阇比耶沐浴,可以得到无尽的馈赠和赞颂。(65)怀着虔敬的心,控制感官,在迦罗湿圣地沐浴,可以得到赞火祭的功果。(66)萨罗迦的东边是灵魂伟大的那罗陀的圣地,俱卢族俊杰啊!那就是闻名遐迩的阿那赡摩。(67)婆罗多后裔啊！在这个圣地沐浴，放松呼吸，得到那罗陀的允许，可以到达那些很难到达的世界。(68)国王啊！在白半月的第十日到达莲花圣地，在那里沐浴，可以得到莲花祭的功果。(69)然后，前往举世闻名的三界圣地，那里有清除罪恶的圣河吠陀罗尼。(70)在那里沐浴，敬拜手持三叉戟、以雄牛为旗徽的大神湿婆，灵魂摆脱一切罪恶而纯洁，可以达到最高的归宿。(71)王中因陀罗啊！然后，前往最美好的波罗吉林，国王啊！天神们经常住在那里，修炼连续数千年的大苦行。(72)婆罗多后裔啊！若在德利私陀婆底沐浴，用供品满足众天神，可以得到赞火祭和通宵祭的功果。(73)婆罗多族俊杰啊！王中因陀罗啊！在众天神圣地沐浴，可以得到一千头牛的功果。(74)在巴尼伽多沐浴，令众天神满意，可以得到王祭的功果，进入仙人世界。(75)

　　王中因陀罗啊！然后，前往绝妙的圣地弥什罗迦圣地。我们听说，那是综合的圣地。(76)那是灵魂伟大的毗耶娑为婆罗门设置的圣地，王中之虎啊！谁在弥什罗迦圣地沐浴，他就等于在一切圣地沐浴。(77)然后，前往毗耶娑林，控制感官，节制饮食，在那里的心速圣地沐浴，可以得到一千头牛的功果。(78)一个纯洁的人到达女神的圣地摩度婆底，在那里沐浴，控制感官而纯洁，敬拜众天神和祖先，得到女神的嘉许，可以得到一千头牛的功果。(79)婆罗多后裔啊！节制饮食，在憍尸吉河和石头河的汇合处沐浴，可以摆脱一切罪恶。(80)有一个名叫毗耶娑的圣地。睿智的毗耶娑曾经为儿子悲痛不已，决定在那里舍弃躯体。(81)王中因陀罗啊！是众天神让毗耶娑重新振作起来。到达这个圣地，可以得到一千头牛的功果。(82)俱卢子孙啊！到达紧达陀井，在那里只要施舍芝麻，就可以获得最高成功，摆脱债务。(83)人中之虎啊！阿诃和苏丁是两个难以到达的圣地。在那里沐浴，可以到达太阳世界。(84)

　　然后，前往三界闻名的弥戾伽屠摩，在那里的恒湖沐浴，敬拜手持三叉戟的大神湿婆，可以得到马祭的功果。(85)在提婆圣地沐浴，可以得到一千头牛的功果。然后，前往三界闻名的侏儒圣地。(86)在那里的毗湿奴足迹沐浴，敬拜侏儒（毗湿奴），灵魂可以摆脱一切罪恶而纯洁，到达毗湿奴的世界。(87)在净化家族圣地沐浴，可以使自己的家族获得净化。前往摩录多们的无上圣地风湖,在那里沐浴,人中之虎啊!可以在风神世界受到尊敬。(88)人主啊!在永生不死的众天神圣地永生湖沐浴,蒙受众天神恩泽,会在天国世界里受到尊敬。(89)王中因陀罗啊!人中俊杰啊!按照礼仪,在莎利诃陀罗的莎利苏尔波圣地沐浴,可以得到一千头牛的功果。(90)婆罗多族俊杰啊!娑罗私婆蒂河有个吉祥林圣地,在那里沐浴,可以得到举行赞火祭的功果。(91)

俱卢后裔啊!然后,前往飘忽林,王中因陀罗啊!从前,飘忽林里以苦行为财富的仙人们,为了朝拜圣地,到达俱卢之野。(92)婆罗多族俊杰啊!为了给仙人们提供宽敞满意的空间,在娑罗私婆蒂河边营造了这片丛林。(93)在这丛林里沐浴,可以得到一千头牛的功果。在少女圣地沐浴,可以得到举行赞火祭的功果。(94)人中之虎啊!然后,前往梵天的无上胜地,在那里沐浴,低种姓的人也能获得婆罗门性,而灵魂纯洁的婆罗门可以到达最高的归宿。(95)人中俊杰啊!然后,前往无比美好的苏摩圣地,国王啊!在那里沐浴,可以到达苏摩世界。(96)

人主啊!然后,前往七河圣地。在大仙界闻名的曼迦纳迦就是在那里获得成功的。(97)国王啊!我们听说,从前这位曼迦纳迦的手被拘舍草尖划破,流出蔬菜汁。(98)看到流出蔬菜汁,这位修炼大苦行的婆罗门仙人惊奇得睁大眼睛,高兴得跳起舞来。(99)英雄啊!在他跳舞的时候,那些动物和不动物为他的神采所迷,也都跳起了舞。(100)国王啊!以梵天为首的天神们和以苦行为财富的仙人们把这位仙人的事禀报大神湿婆,说道:"神啊!请你拿出个办法,让这位仙人不要跳舞了。"(101)

为了天神们的利益,大神湿婆满心欢喜来到这位跳舞的仙人面前,对他说道:(102)"喂!通晓正法的大仙啊!你为何这样舞个不停?牟尼中的雄牛啊!你今天这样高兴究竟是为了什么?"(103)

仙人说:

神啊!难道你没有看见我的手流出蔬菜汁吗?一看见它,我就满怀喜悦,忍不住跳起舞来。(104)

补罗私底耶说:

大神笑了笑,对这位被激情冲昏头脑的牟尼说道:"婆罗门啊!

我不觉得这有什么可惊奇的。看看我吧!"(105)

人中俊杰啊!纯洁无瑕的王中因陀罗啊!这样说了以后,睿智的大神就用指甲划破自己的拇指。(106)国王啊!从划破的伤口喷出雪白的灰烬。看到这情景,这位牟尼羞愧得双腿跪下,说道:(107)"手持三叉戟者啊!我认为没有比楼陀罗更伟大的神了,你是天神和阿修罗世界的归宿。(108)尊者啊!你创造了这个包括动物和不动物的三界宇宙。到世界毁灭时,一切又要进入你之中。(109)纯洁无瑕的神啊!连天神们都不能完全了解你,何况我呢?以梵天为首的众天神都能在你身上见到。(110)你是一切,你是所有世界的创造者和促进者。由于你的恩惠,一切天神毫无畏惧,快快乐乐。"这样赞颂大神后,这位仙人俯首致敬。(111)

仙人说:

大神啊!承蒙你的恩惠,但愿我的苦行不会衰竭。(112)

补罗私底耶说:

于是,大神满心欢喜,对这位婆罗门仙人说道:"婆罗门啊!由于我的恩惠,你的苦行会增长一千倍。(113)大牟尼啊!我要和你一同住在这个净修林。凡是有人在七河圣地沐浴,敬拜我,(114)他们在今生和来世都没有什么难以得到的东西,而且毫无疑问,他们到达娑罗私婆蒂的世界。"(115)

婆罗多后裔啊!然后,前往三界闻名的奥沙那沙,那里有以梵天为首的天神们和以苦行为财富的仙人们。(116)据说迦尔底竭耶尊者出于对跋尔伽婆的爱护,每天清晨、中午和黄昏三个时辰都出现在那儿。(117)人中之虎啊!有个消除一切罪恶的迦巴罗摩阇那圣地,在那里沐浴,可以摆脱一切罪恶。(118)人中雄牛啊!然后,前往阿耆尼(火神)圣地,在那里沐浴,可以到达火神世界,拯救自己的家族。(119)婆罗多族俊杰啊!那里还有众友仙人的圣地,大王啊!在那里沐浴,可以投生为婆罗门。(120)人中之虎啊!到达梵阴圣地,控制思想,心地纯洁,在那里沐浴,可以到达梵界,使家族七代人保持纯洁。这一点毫无疑问。(121)

王中因陀罗啊!然后,前往三界闻名的迦尔底竭耶的圣地,名叫广水,国王啊!在那里沐浴,全心全意敬拜祖先和众天神。(122)不管是女人还是男人,不管是无意还是有意,以人的智慧能做出的任何坏事,(123)婆罗多后裔啊!只要在那里沐浴,一切罪孽就消除,还可以得到马祭的功果,到达天国世界。(124)人们说俱卢之野神圣,而娑罗私婆蒂河比俱卢之野神圣,众多的圣地又比娑罗私婆蒂河神圣,而广水又比所有的圣地神圣。(125)在这一切圣地中至高的广水圣地念诵祷文,舍弃躯体,不会遭受临死时的痛苦。(126)梵天之子舍那鸠摩罗和灵魂伟大的毗耶娑仙人这样吟诵过,吠陀里也这样规定,所以,国王啊!应该前往广水圣地。(127)人中俊杰啊!没有比广水更圣洁的圣地了。毫无疑问,它适宜祭祀,消除罪恶,净化灵魂。(128)人中俊杰啊!智者们说,即使犯有罪恶的人,只要在广水圣地沐浴,也能升到天上。(129)婆罗多族俊杰啊!那里还有一个蜜流圣地,在那里沐浴,可以得到一千头牛的功果。(130)

　　人中俊杰啊!然后,前往女神的圣地,举世闻名的娑罗私婆蒂河和阿卢纳河的汇合处。(131)婆罗多族雄牛啊!斋戒三夜,在那里沐浴,可以免除杀害婆罗门之罪,得到举行赞火祭和通宵祭的功果,使他家族七代人保持纯洁。(132)俱卢子孙啊!那里还有一个阿婆底尔纳圣地,是从前达尔宾仙人同情婆罗门而建立的。(133)遵守誓言,系过圣线,举行斋戒,常做法事,念诵经咒,这样的再生者无疑是婆罗门。(134)人中雄牛啊!即使不做法事,不念诵经咒,只要在那个圣地沐浴,也会成为一个完全守戒的婆罗门,这是古人亲眼见到的。(135)达尔宾还将四个大海汇在一起,人中之虎啊!在那些海里沐浴,就不会遭遇不幸,还能得到四千头牛的功果。(136)

　　王中因陀罗啊!然后,前往沙多沙诃私罗迦圣地和沙诃私罗迦圣地。这两个圣地举世闻名。(137)在这两个圣地沐浴,可以得到一千头牛的功果。在那里布施或斋戒,会收到千倍的功效。(138)王中因陀罗啊!然后,前往哩奴迦圣地,在那里沐浴,一心一意敬拜祖先和众天神,灵魂摆脱一切罪恶而纯洁,可以得到举行赞火祭的功果。(139)在毗摩阇那圣地沐浴,控制怒气和感官,就能摆脱因贪得而犯下的一切过失。(140)然后,前往五榕圣地,遵守梵行,控制感官,就会获得大功德,在善人的世界里受到尊敬。(141)以雄牛为旗徽的瑜伽之主湿婆就在那里。只要到达那里,敬拜众神之主湿婆,就

会获得成功。(142)

　　伐楼拿的圣地奥伽沙凭借自身的光芒，灿烂辉煌。以梵天为首的天神们和以苦行为财富的仙人们曾在那儿任命古诃（迦尔底竭耶）为天兵统帅。(143)俱卢后裔啊！在奥伽沙东面就是俱卢圣地。在俱卢圣地沐浴，遵守梵行，控制感官，灵魂摆脱一切罪恶而纯洁，可以到达俱卢的世界。(144)然后，前往天国门圣地，控制感官，节制饮食，可以升入天国，到达梵界。(145)人主啊！然后，朝圣者前往阿那罗迦，国王啊！在那里沐浴，就不会遭遇不幸。(146)人中俊杰啊！梵天自己常在那儿和以那罗延为首的众天神结伴，受到他们的崇敬。(147)王中因陀罗啊！俱卢子孙啊！附近还有楼陀罗之妻的圣地，在那里朝拜这位女神，就不会遭遇不幸。(148)大王啊！在那里朝拜宇宙之主、乌玛之夫大神湿婆，可以摆脱一切罪过。(149)大王啊！朝拜脐生莲花、克敌制胜的那罗延，就会光彩熠熠，到达毗湿奴的世界。(150)人中雄牛啊！在所有的天神圣地沐浴，就会摆脱一切痛苦，永远像月亮光芒四射。(151)

　　人主啊！然后朝圣者前往吉祥城，到达净化圣地，令祖先和众天神满意，可以得到举行赞火祭的功果。(152)婆罗多族雄牛啊！那里有恒湖和池井，大地之主啊！池井里有三千万个圣地，国王啊！在那里沐浴，可以到达天国世界。(153)在阿波迦河沐浴，敬拜大自在天湿婆，可以得到群主的地位，拯救自己的家族。(154)然后，前往举世闻名的私陀奴婆陀，在那里沐浴，住上一夜，可以到达楼陀罗（湿婆）的世界。(155)然后，前往极裕仙人的净修林波陀利巴赡，在那里吃枣子，斋戒三夜。(156)人主啊！在那里足足吃上十二年枣子也相当于斋戒三夜。(157)

　　人主啊！朝圣者到达因陀罗道，在那里日夜斋戒，就会在帝释天（因陀罗）的世界受到尊敬。(158)到达一夜圣地，在那里住上一夜，约束自己，说话诚实，就会在梵界受到尊敬。(159)通晓正法者啊！然后，前往三界闻名的圣地，灵魂伟大的光源太阳的净修林。(160)在这个圣地沐浴，敬拜以光辉为财富的太阳，可以到达太阳的世界，拯救他的家族。(161)俱卢子孙啊！朝圣者在苏摩圣地沐浴，毫无疑问，可以到达苏摩的世界。(162)通晓正法的国王啊！然后，朝圣者前往灵魂伟大的陀底阇的圣地，那里特别圣洁，净化身心，举世闻名。(163)国王啊！婆罗私婆蒂之子、苦行之宝鸯耆罗就在那儿。在这个圣地沐浴，可以得到婆阇贝耶祭的功果，进入婆罗私婆蒂之道，这是无疑的。(164)

国王啊！控制自我，遵守梵行，然后，前往少女净修林，在那里住上三夜，虔诚地进行斋戒，可以得到一百个天女，到达梵界。(165)通晓正法者啊！然后，朝圣者前往森尼希底圣地。以梵天为首的天神和以苦行为财富的仙人们具有大功德，每个月都要来这里。(166)罗睺吞食太阳的时候，在这个圣地沐浴，等于举行一百次马祭，愿望永远能得到满足。(167)地上和空中的那些圣地，大大小小的河流、池塘和小溪，(168)水井、沟渠和其他圣地，它们每月都要来到森尼希底会合，这是无疑的。(169)任何女人或男人犯有什么罪过，只要在这个圣地沐浴，毫无疑问，一切罪过可以消除，还可以乘上莲花色的飞车，前往梵界。(170)然后，向守门的药叉阿兰杜迦致敬，在千万相圣地沐浴，可以得到很多黄金。(171)婆罗多族俊杰啊！那里有个恒湖圣地，通晓正法者啊！在那里沐浴，一心一意遵守梵行，永远享有王祭和马祭的功果。(172)

在大地上，飘忽林最圣洁；在空中，补湿迦罗最圣洁。而俱卢之野在三界中最杰出。(173)在俱卢之野，风扬起的尘土也会把做过恶事的人引向最好的归宿。(174)这些住在婆罗私婆蒂河以南、石头河以北的俱卢之野的人就和住在天国一样。(175)只要说一句"我要去俱卢之野，我要住在俱卢之野"，就能摆脱一切罪恶。(176)国王啊！住在梵天的祭坛、常有梵仙们光临的圣洁的俱卢之野，不会有任何忧伤。(177)在陀兰杜迦和阿兰杜迦之间，在罗摩湖和摩阇迦录迦之间，这地方是俱卢之野，也叫普五，据说是老祖宗梵天的北方祭坛。(178)

以上是吉祥的《摩诃婆罗多》中《森林篇》第八十一章(81)。

八二

补罗私底耶说：

通晓正法的国王啊！然后，前往正法圣地，在那里沐浴，一心一意遵行正法，可以使家族七代人保持纯洁，这是无疑的。(1)通晓正法者啊！然后，前往优秀的圣地迦罗波陀那，可以得到举行赞火祭的功果，进入牟尼的世界。(2)国王啊！然后，前往芬芳林。以梵天为首的天神们和以苦行为财富的仙人们，(3)悉陀、遮罗纳、健达缚、紧那罗和蛇族都在那儿。只要进入这个森林，就可以摆脱一切罪恶。(4)国王啊！然后，前往河流中最优秀、最杰出的婆罗私婆蒂河。这条女神河从一棵无花果树流出。(5)在那里从蚁垤中流出的水里沐浴，敬拜祖先和众天神，可以得到马祭的功果。(6)那里有一个很难到达的圣地，离蚁垤肯定有投六杖之遥，名叫自在居。(7)人中之虎啊！在那里沐浴，可以得到一千头迦比罗牛和举行马祭的功果。这是经过古人验证的。(8)

婆罗多族俊杰啊！朝拜芳香、百罐和五祭圣地，会在天国受到尊重。(9)婆罗多后裔啊！那里有个三叉戟塘圣地，在那里沐浴，一心一意敬拜祖先和众天神，舍弃躯体后，无疑会得到群主的地位。(10)王中因陀罗啊！然后，前往难以到达的女神圣地，三界闻名的沙甘婆利圣地。(11)恪守誓言的国王啊！女神在一千天年中，每月坚持吃素。(12)出于对女神的崇敬，以苦行为财富的仙人们前往那里，婆罗多后裔啊！女神就用蔬菜款待他们。从那时起，女神又名沙甘婆利。(13)到达沙甘婆利，遵守梵行，专心致志，住上三夜，约束自己，行为纯洁，只吃蔬菜。(14)婆罗多后裔啊！由于女神的恩惠，在那里吃三天蔬菜所得功果等于在别处吃十二年。(15)

然后，前往三界闻名的圣地金轴。从前，毗湿奴在这里取悦楼陀罗，求取恩惠。(16)他得到天神们难以得到的很多恩惠。摧毁三城的湿婆（楼陀罗）高兴地对他说：(17)"你将在这个世界上比我们更可爱，黑天啊！毫无疑问，你的口将是整个世界。"(18)王中因陀罗啊！

到达那里，敬拜以雄牛为旗徽的湿婆大神，可以得到马祭的功果，得到群主的地位。(19)

然后，前往土摩婆底，在那里斋戒三夜，无疑会得到心中希望得到的种种东西。(20)人主啊！在女神圣地以南有个车涡圣地，通晓正法者啊！心怀虔敬，控制感官，前往这个圣地，蒙受大神湿婆的恩惠，可以得到最高的归宿。(21)婆罗多族雄牛啊！向这个圣地右绕致敬后，前往陀罗圣地，大智者啊！它能消除一切罪恶，人中之虎啊！人主啊！在那里沐浴，就不会有忧愁。(22)通晓正法者啊！向大山致敬后，前往恒河之门，它无疑相当于天国之门。(23)到了那里，诚心诚意，在戈底圣地沐浴，可以得到莲花祭的功果，拯救自己的家族。(24)在恒河七支、恒河三支和释迦罗婆利多，按照礼仪，令众天神和祖先满意，可以在圣洁的世界受到尊敬。(25)

然后，前往迦尔喀罗，在那里沐浴，斋戒三夜，可以得到马祭的功果，到达天国世界。(26)人主啊！朝圣者前往迦毗拉婆陀，在那里住上一夜，可以得到一千头牛的功果。(27)俱卢族俊杰啊！王中因陀罗啊！还有灵魂伟大的蛇王迦毗罗的圣地，闻名一切世界。(28)人主啊！在这个蛇族圣地沐浴，可以得到一千头迦毗罗牛的功果。(29)然后，前往福身的圣地罗利底迦，国王啊！在那里沐浴，就不会遇到任何不幸。(30)在恒河的汇流处沐浴，可以得到举行十次马祭的功果，拯救他的家族。(31)王中因陀罗啊！然后，前往举世闻名的芳香圣地，灵魂摆脱一切罪恶而纯洁，会在梵界受到尊敬。(32)人主啊！然后，朝圣者前往楼陀罗婆利多，大王啊！在那里沐浴，会在天国世界受到尊敬。(33)人中俊杰啊！朝圣者在恒河与娑罗私婆蒂河的汇合处沐浴，可以得到马祭的功果，到达天国世界。(34)

到达美耳主圣地，依照礼仪，敬拜这位天神，就不会遭遇不幸，可以到达天国世界。(35)朝圣者前往古布伽摩罗迦圣地，可以得到一千头牛的功果，到达天国世界。(36)人主啊！朝圣者前往圣地无碍榕，用海水沐浴，住上三夜，可以得到一千头牛的功果，拯救他的家族。(37)然后，前往圣地梵涡，遵守梵行，凝思澄虑，可以得到马祭的功果，到达天国世界。(38)然后，前往朱木拿河源头，在河里沐浴，可以得到马祭的功果，在天国世界受到敬重。(39)到达三界闻名的陀尔毗商迦罗曼,可以得到马祭的功果,进入天国世界。(40)到达悉陀和健达缚常去的信度河源头,在那里住上五夜,可以得到很多黄金。(41)到达很难到达的圣坛圣地,可以得到马祭的功果,进入太白金星之道。(42)

婆罗多后裔啊!然后,前往仙人河和极裕圣地。走过极裕圣地,任何种姓的人都成为婆罗门。(43)在仙人河沐浴,在那里住上一个月,只吃蔬菜,人主啊!可进入仙人的世界。(44)到达婆利古峰,可以得到马祭的功果;到达英雄解脱圣地,可以摆脱一切罪恶。(45)婆罗多后裔啊!在昴宿和鬼宿相会时到达这个圣地,行善之人可以得到赞火祭和通宵祭的功果。(46)然后,在黎明或黄昏到达无与伦比的知识圣地,在那里沐浴,可以精通一切学问。(47)在消除一切罪恶的大净修林住上一夜,停食一顿,就能进入幸福的世界。(48)在摩诃罗耶住上一个月,每三日进一次餐,灵魂摆脱一切罪恶而纯洁,可以得到很多黄金。(49)

到达老祖宗梵天喜欢的圣地吠多悉迦,可以得到马祭的功果,进入太白金星之道。(50)到达悉陀们常去的美人圣地,容貌就会变得俊美,这是古人亲眼见过的。(51)遵守梵行,控制感官,到达婆罗摩尼,可以乘上荷花色的飞车,到达梵界。(52)然后,前往悉陀们常去的圣洁的飘忽林。梵天常常由天神们陪伴,住在那里。(53)一个人只要想去飘忽林,他的罪恶就消失一半;只要一进入飘忽林,他的罪恶就彻底消失。(54)热心朝圣的坚定者应该在飘忽林住上一个月,婆罗多后裔啊!凡是大地上有的那些圣地,飘忽林里都有。(55)婆罗多后裔啊!约束自己,节制饮食,在那里沐浴,可以得到牛祭的功果,婆罗多族俊杰啊!家族七代人会保持纯洁。(56)智者们说过,谁在飘忽林里静心斋戒,舍弃躯体,他会在天国享受快乐,王中俊杰啊!飘忽林永远圣洁,适合祭祀。(57)到达恒河的发源地,在那里斋戒三夜,可以得到婆阇贝耶祭的功果,与梵合一。(58)到达娑罗私婆蒂河,在那里令祖先和众天神满意,无疑会在娑罗私婆蒂的世界里享受快乐。(59)

然后,前往巴胡达,在那里凝思澄虑,遵守梵行,可以得到提婆娑陀罗祭的功果。(60)然后,前往善人云集的圣洁的吉罗婆底,在那里专心敬拜祖先和众天神,可以得到婆阇贝耶祭的功果。(61)到达无垢无忧圣地,就会像月亮一样光辉熠熠;在那里住上一夜,会在天国世界受到敬重。(62)然后,前往萨罗逾河杰出的圣地戈普拉达罗。罗摩就是从那儿带着他的仆从、军队和车辆前往天国。(63)婆罗多后裔啊!在那里舍弃躯体,由于圣地的威力,由于罗摩的意愿和恩惠,可以进入天国。(64)主人啊!在戈普拉达罗圣地沐浴,灵魂摆脱一切罪恶而纯洁,会在天国世界受到敬重。(65)俱卢子孙啊!在俱摩底河的罗摩圣地沐浴,可以得到马祭的功果,使家族保持纯洁。(66)婆罗多族俊杰啊!那里有个百千圣地。控制感官,节制饮食,在那里沐浴,婆罗多族雄牛啊!可以得到一千头牛的功果。(67)

王中因陀罗啊!然后,前往无与伦比的帕尔迭斯坦,在戈底圣地沐浴,敬拜古诃,国王啊!可以得到一千头牛的功果,变得神采奕奕。(68)然后,前往波罗奈,敬拜以雄牛为旗徽的湿婆大神,在迦毗罗湖沐浴,可以得到王祭的功果。(69)王中因陀罗啊!到达难以到达的摩根德耶仙人的圣地,在举世闻名的俱摩底河和恒河的汇合处,可以得到赞火祭的功果,拯救自己的家族。(70)婆罗多后裔啊!遵守梵行,控制感官,到达伽雅,可以得到马祭的功果。(71)主人啊!那里有三界闻名的不朽的榕树,在那里向祖先的布施不会耗尽。(72)在那里的大河沐浴,令祖先和众天神满意,可以到达不朽的世界,拯救自己的家族。(73)

然后,前往有正法林为之增色的梵湖,从夜晚呆到黎明,就可以得到莲花祭的功果。(74)王中因陀罗啊!那座湖里高高竖着梵天的祭柱。向祭柱右绕致敬后,可以得到婆阇贝耶祭的功果。(75)王中因陀罗啊!然后,前往举世闻名的泰奴迦,在那里住上一夜,供奉芝麻和奶牛,国王啊!灵魂摆脱一切罪恶而纯洁,肯定前往月亮的世界。(76)大王啊!毫无疑问,至今仍有迹象表明神牛迦比罗带着牛犊在山上行走,婆罗多后裔啊!现在还能看到她和牛犊的蹄印。(77)王中因陀罗啊!婆罗多族俊杰啊!只要摸一摸那些蹄印,就可以消除一切恶业。(78)

然后,前往睿智的大神湿婆的圣地兀鹰榕,在那里用灰烬抹身,走近以雄牛为旗徽的大神湿婆。(79)婆罗门可以得到十二年誓言的功果，其他种姓的人可以消除一切罪恶。（80）然后，前往歌声回荡的乌德延多山，婆罗多族雄牛啊！那里可以看到太阳的足迹。（81）严守誓言的婆罗门在那里进行一次晨祷或晚祷，等于进行了十二年的晨祷或晚祷。（82）那里有著名的圣地阴门，婆罗多族雄牛啊！前往那里，可以摆脱种姓混乱。（83）在白半月和黑半月住在戈雅，国王啊！毫无疑问，家族七代人会保持纯洁。（84）应该希望多生儿子，他们中或许有一个会去戈雅，或者举行马祭，或者放走一头黑牛。（85）

国王啊！人主啊！朝圣者前往颇勒古，可以得到马祭的功果，获得巨大的成功。（86）王中因陀罗啊！然后，一心一意前往法脊，大王啊！那里正法常在，坚战啊！到达那里，可以得到马祭的功果。（87）王中因陀罗啊！然后，前往梵天的无上圣地，在那里敬拜无限光辉的梵天，可以得到举行王祭和马祭的功果。（88）人主啊！然后，朝圣者前往圣地王舍，在那里的温泉沐浴，会像迦希梵仙人一样快乐。（89）一个纯洁的人在那里应该品尝每日献给药叉女的供品，蒙受她的恩惠，可以免除堕胎罪。（90）前往圣地玉蛇，可以得到一千头牛的功果。在那里品尝每日献给玉蛇的供品，（91）即使被毒蛇咬着，毒液也不伤害他。在那里住上一夜，可以摆脱一切罪恶。（92）国王啊！然后前往梵仙乔答摩的森林，在那里阿诃利亚湖沐浴，可以到达最高的归宿，国王啊！走近吉祥女神，可以得到吉祥幸福。（93）通晓正法的人啊！那里有一个三界闻名的池塘，在那里沐浴，可以得到马祭的功果。（94）那里还有王仙遮那迦的井，受到众天神崇拜。在那里沐浴，可以到达毗湿奴的世界。（95）

然后，前往能消除一切罪恶的毗纳沙纳，可以得到婆阇贝耶祭的功果，到达月亮的世界。（96）到达含有一切圣地水源的甘陀吉河，可以得到婆阇贝耶祭的功果，到达太阳的世界。（97）通晓正法者啊！进入阿提文希耶苦行林，毫无疑问，大王啊！会和俱希迦们一同享受快乐。（98）到达悉陀们常去的甘布那河，可以得到莲花祭的功果，前往天国世界。（99）到达三界闻名的毗沙拉河，可以得到赞火祭的功果，前往太阳的世界。（100）人主啊！到达大天泉，可以得到马祭的功果，拯救自己的家族。（101）一个纯洁的人到达天神们的莲花池，就不会遭遇不幸，可以得到婆阇贝耶祭的功果。（102）遵守梵行，诚心诚意，前往大自在天足迹,在那里沐浴,可以得到马祭的功果。(103)婆罗多族雄牛啊!听说那里有一千万个圣地,王中因陀罗啊!它们曾被一个邪恶可恶、化身乌龟的阿修罗夺去,国王啊!后来又被威力强大的毗湿奴夺回。(104)坚战啊!在那里沐浴,可以得到莲花祭的功果,到达毗湿奴的世界。(105)

王中因陀罗啊!然后,前往那罗延的圣地,婆罗多后裔啊!诃利(毗湿奴)经常住在那里。那里有事迹神奇的毗湿奴的娑罗村。(106)到那里朝拜赐予恩典的、不朽的三界之主毗湿奴,可以得到马祭的功果,到达毗湿奴的世界。(107)通晓正法的人啊!那里有一口消除一切罪恶的井,王中因陀罗啊!这口井永远容纳四海,在那里沐浴,就不会遭遇不幸。(108)坚战啊!朝拜赐予恩典的、不朽的大神毗湿奴,可以摆脱债务,变得和月亮一样光辉。(109)控制思想,心地纯洁,在阇底私摩罗沐浴,无疑能记起前生。(110)前往婆提湿婆罗城,敬拜盖沙婆(毗湿奴),进行斋戒,无疑能获得心中希望的一切。(111)然后,前往消除一切罪恶的伐摩那,敬拜诃利(毗湿奴)大神,就不会遭遇不幸。(112)前往消除一切罪恶的婆罗多净修林,在涤除重大罪孽的憍尸吉河沐浴,可以得到王祭的功果。(113)

通晓正法者啊!然后,前往优美的占婆树林。在那里住上一夜,可以得到一千头牛的功果。(114)到达人们无比崇敬的圣地阇耶私提罗,在那里住一夜,可以得到赞火祭的功果。(115)人中雄牛啊!在那里见到与女神在一起的、大光辉的世界之主湿婆,可以进入密多罗和伐楼拿的世界。(116)婆罗多族雄牛啊!到达迦尼亚僧吠德耶,控制自己,节制饮食,可以进入生主摩奴的世界。(117)婆罗多后裔啊!恪守誓言的大仙们说,在迦尼亚供奉的饮料和食物是不会耗尽的。(118)到达三界闻名的尼湿吉罗河,可以得到马祭的功果,到达毗湿奴的世界。(119)人中之虎啊!在尼湿吉罗河的汇合处布施,无疑能到达梵天的世界。(120)那里有三界闻名的极裕仙人的净修林,在那里沐浴,可以得到婆阇贝耶祭的功果。(121)

到达梵仙们常去的天神峰,可以得到马祭的功果,拯救自己的家族。(122)王中因陀罗啊!然后,前往众友仙人之湖。众友仙人就是在这里获得最高成就。(123)英雄啊!婆罗多族雄牛啊!在众友仙人之湖住上一个月，可以得到举行一个月马祭的功果。(124)住在一切圣地中最优秀的大湖圣地，就不会遭遇不幸，可以得到很多黄金。(125)朝拜住在英雄净修林的鸠摩罗，无疑能得到马祭的功果。(126)到达三界闻名的阿阇尼陀罗河，可以得到赞火祭的功果，不会再从天国返回。(127)到达位于山王的祖宗湖，在那里沐浴，可以得到赞火祭的功果。(128)有一条三界闻名、使人净化的鸠摩罗河从祖宗湖流出。(129)在那里沐浴，就可以认为自己是达到目的的人。在那里进行三天进一次餐的斋戒，可以摆脱杀害婆罗门的罪恶。(130)

　　虔诚地登上三界闻名的高利女神峰，进入乳峰塘。(131)在那里沐浴，诚心诚意敬拜祖先和众天神，可以得到马祭的功果，进入帝释天的世界。(132)到达达摩罗奴纳，遵守梵行，凝思澄虑，可以得到马祭的功果，进入帝释天的世界。(133)俱卢后裔啊！到达天神们常去的难底尼的那口井，可以得到人祭的功果。(134)在迦离迦、憍尸吉和阿奴纳三河的汇合处沐浴，住上三夜，这样的智者可以摆脱一切罪恶。(135)到达优哩婆湿圣地和苏摩净修林，在瓶耳净修林沐浴，这样的智者会在大地上受到崇敬。(136)遵守梵行，严守誓言，在杜鹃嘴圣地沐浴，就能记起前生。这是经过古人验证的。(137)一个婆罗门只要到过一次难陀，就能成为灵魂完善的人，灵魂摆脱一切罪恶而纯洁，进入帝释天的世界。(138)到达值得赞美的粉碎麻鷫山的圣地公牛岛，在娑罗私婆蒂河沐浴，可以乘上飞车，光彩熠熠。(139)大王啊！到达牟尼们常去的奥达罗迦，在那里沐浴，可以摆脱一切罪恶。(140)到达梵仙常去的正法圣地，可以得到婆阇贝耶祭的功果，这是毫无疑问的。(141)到达旃巴，在恒河沐浴，前往檀陀罗迦圣地，可以得到一千头牛的功果。(142)然后，前往善人常去的罗吠庇迦圣地，可以得到婆阇贝耶祭的功果，乘上飞车，受到崇敬。(143)

　　　　以上是吉祥的《摩诃婆罗多》中《森林篇》第八十二章(82)。

八三

补罗私底耶说：

在黎明或黄昏到达美好的圣地僧吠德耶，在那里沐浴，无疑能成为一个智者。(1)国王啊！到达从前蒙受罗摩恩惠而设立的罗赫德耶圣地，可以得到很多黄金。(2)到达迦尔多亚河，在那里斋戒三夜，完成祖传的仪规，可以得到马祭的功果。(3)王中因陀罗啊！智者们说，到达恒河与大海汇合处，可以得到十次马祭的功果。(4)婆罗多后裔啊！到了恒河的另一岛上，在那里沐浴，斋戒三夜，国王啊！一切愿望都会实现。(5)然后，前往消除一切罪恶的吠陀罗尼河，到达毗罗阇圣地，就会像月亮一样光辉。(6)这样的人会出生在圣洁的家族，消除一切罪恶，得到一千头牛的功果，保持家族纯洁。(7)在索纳河与乔底罗提河的汇合处住下，身心纯洁，令祖先和众天神满意，可以得到赞火祭的功果。(8)俱卢后裔啊！到达索纳河与那尔摩达河的发源地，在梵沙古尔摩沐浴，可以得到婆阇贝耶祭的功果。(9)

人主啊！到达憍萨罗河的公牛圣地，在那里斋戒三夜，可以得到婆阇贝耶祭的功果。(10)到达憍萨罗河，在迦罗圣地沐浴，无疑能得到十一头牛的功果。(11)在补私钵婆底沐浴，斋戒三夜，可以得到一千头牛的功果，拯救自己的家族。(12)然后，控制思想，在婆陀利迦圣地沐浴，可以获得长寿，进入天国世界。(13)到达食火仙人之子持斧罗摩常去的摩亨陀罗山，在罗摩圣地沐浴，他就可以得到马祭的功果。(14)俱卢子孙啊！那里有摩登伽的圣地，国王啊！在那里沐浴，可以得到一千头牛的功果。(15)到达吉祥山，在河边沐浴，可以得到马祭的功果，进入天国世界。(16)在吉祥山上住着无比光辉和快乐的大神湿婆和女神，还有众天神围绕的梵天。(17)控制思想，身心纯洁，在天神之湖沐浴，可以得到马祭的功果，获得最高的成就。(18)到达般德耶受到天神们崇敬的公牛山，可以得到婆阇贝耶祭的功果，在天国享受快乐。(19)国王啊！然后，前往天女们云集的卡维利河，在那里沐浴，可以得到一千头牛的功果。(20)王中因陀罗啊！然后，

前往海滨少女圣地，在那里沐浴，可以摆脱一切罪恶。（21）

王中因陀罗啊！然后，前往三界闻名的圣地牛耳。它位于海中，受到一切世界崇敬。（22）以梵天为首的天神们和以苦行为财富的仙人们，还有精灵、药叉、毕舍遮、紧那罗和大蛇，（23）悉陀、遮罗纳、健达缚、凡人和蛇，江河、海洋和群山，都到那里敬拜乌玛之夫湿婆。（24）在那里敬拜这位尊神，斋戒三夜，可得到十次马祭的功果，获得群主的地位。在那里住上十二夜，可以成为灵魂完美的人。（25）然后，前往三界闻名的伽耶特利的圣地，在那里住上三夜，可以得到一千头牛的功果。（26）人主啊！那里也是直接验证婆罗门的地方，国王啊！种姓混杂的人念诵伽耶特利颂诗听起来像偈句或歌曲。（27）

到达难以到达的婆罗门仙人商婆尔陀之湖，就会容貌美丽，生活幸福。（28）然后，到达维纳河，令祖先和众天神满意，可以得到孔雀和天鹅驾驭的飞车。（29）到达悉陀们常去的戈达瓦利河，可以得到牛祭的功果，到达蛇王婆苏吉的世界。（30）在这条河与维纳河汇合处沐浴，可以得到婆阇贝耶祭的功果；在这条河与瓦尔达河汇合处沐浴，可以得到一千头牛的功果。（31）到达梵地，住上三夜，可以得到一千头牛的功果，进入天国世界。（32）遵守梵行，诚心诚意。到达俱舍婆罗婆那，住上三夜，可以得到马祭的功果。（33）然后，国王啊！前往黑维纳河的源头、可爱的天神湖、阇蒂摩多罗湖和少女净修林。（34）天王因陀罗在那里举行了数百次祭祀，婆罗多后裔啊！到达那里，可以得到举行一百次赞火祭的功果。（35）在天神湖沐浴，可以得到一千头牛的功果；在阇蒂摩多罗湖沐浴，可以记起前生。（36）

然后，前往优美圣洁的波约私尼河，在那里一心一意敬拜祖先和众天神，可以得到一千头牛的功果。（37）大王啊！到达弹宅迦林，只要在那里沾水，沐浴，婆罗多后裔啊！可以得到一千头牛的功果。（38）到达破箭仙人和灵魂高尚的苏迦仙人的净修林，就不会遭遇不幸，保持家族纯洁。（39）然后，前往食火仙人之子持斧罗摩常去的苏尔巴罗迦，在罗摩圣地沐浴，可以得到很多黄金。（40）在沙波德戈达婆罗沐浴，控制感官，节制饮食，可以获得大功德，进入天国世界。（41）然后，前往天神之路，在那里控制感官，节制饮食，可以得到举行提婆娑陀罗祭的功果。（42）

然后，遵守梵行，控制感官，前往婆罗湿婆多仙人曾在那里传授吠陀的冬伽迦林。(43)婆罗多后裔啊！吠陀失传时，莺耆罗仙人之子坐在大仙们的衣服上，(44)按照规则发出"唵"音①，从前学过的吠陀就回到他的记忆中。(45)仙人们、天神们、伐楼拿、阿耆尼、生主、诃利、那罗延和大神湿婆，(46)大光辉的老祖宗梵天和众天神，让大光辉的婆利古仙人在这里举行祭祀。(47)于是，婆利古尊者依照规定的仪式，为所有的仙人安置好祭火。(48)他按照礼仪，用酥油满足火神后，天神们和仙人们都高高兴兴地返回三界。(49)王中的俊杰啊！只要一进入这座冬伽迦林，不管是男人还是女人，一切罪恶都会消除。(50)一个意志坚定的人，在那里控制感官，节制饮食，住上一个月，国王啊！可以进入梵界，保持家族纯洁。(51)

到达美陀毗迦，令祖先和众天神满意，可以得到赞火祭的功果，获得智慧和记忆力。(52)然后，前往举世闻名的迦楞阇罗山，在那里的天神湖沐浴，可以得到一千头牛的功果。(53)国王啊！在迦楞阇罗山上完善自己，无疑会在天国受到尊敬。(54)然后，民众之主啊！前往群山中最优秀的质多罗俱吒山，那里有消除一切罪恶的曼陀吉尼河。(55)在那里沐浴，一心敬拜祖先和众天神，可以得到马祭的功果，到达最高的归宿。(56)王中因陀罗啊！然后，前往无上胜地帕尔迭斯坦，国王啊！那是大军神常去之处。(57)人中俊杰啊！只要到达那里，就能获得成就。在戈底圣地沐浴，可以得到一千头牛的功果。(58)向它右绕致敬后，前往阇耶私吒斯坦，在那里敬拜大神湿婆，会像月亮一样熠熠生辉。(59)大王啊！婆罗多族雄牛啊！那里有一口著名的井，井里住着四海，坚战啊！(60)王中因陀罗啊！在那里沐浴，右绕致敬，控制自己，净化灵魂，可以得到最高的归宿。(61)

俱卢族俊杰啊！然后，前往舍楞迦毗罗城，大王啊！从前，十车王之子罗摩就在那里渡过恒河。(62)遵守梵行，诚心诚意，在恒河沐浴，可以洗去一切罪恶，得到婆阇贝耶祭的功果。(63)人主啊！前去敬拜大神湿婆，右绕致敬，可以得到群主的地位。(64)

王中因陀罗啊！然后，前往仙人们盛赞的补罗耶伽。那里有以梵

---

① 唵（Om）在婆罗门教中是一个神圣的音节，在念诵吠陀的开头和结束都要念诵"唵"。

天为首的众天神、众方位和众方位神,(65)世界保护者、沙提耶、尼内多、祖先和以舍那鸠摩罗为首的至高仙人,(66)以鸯耆罗为首的梵仙、蛇类、鸟类、悉陀和轮行者,(67)江河、海洋、健达缚、天女、诃利和生主。(68)在那里有三个火坛,天下第一圣地恒河从这三个火坛中间流出补罗耶伽。(69)三界闻名的多波那之女阎牟那河在那里与恒河汇合,净化世界。(70)听说恒河与阎牟那河的汇合处是大地的阴部,仙人们说补罗耶伽是这个阴部的顶端。(71)

　　补罗耶伽、补罗底斯坦、甘波罗、阿斯婆达罗和薄伽婆蒂这几个圣地被称为生主的祭坛。(72)坚战啊!吠陀和祭祀在那里具体呈现,恪守誓言的仙人们在那里侍奉生主,天神们和转轮王们在那里祭拜生主。(73)因此,婆罗多后裔啊!在三界中没有比补罗耶伽更神圣的地方,它胜过一切圣地。(74)只要听到或说到这个圣地的名字,或者取一点那儿的泥土,就可以摆脱罪恶。(75)严守誓言,在恒河与阎牟那河的汇合处沐浴,可以得到王祭和马祭的功果。(76)婆罗多后裔啊!这是天神们也敬重的祭祀宝地,在这里即使施舍很少,也等于施舍很多。(77)孩子啊!不要让吠陀的话或世人的话使你放弃死在补罗耶伽的想法。(78)俱卢子孙啊!据说在补罗耶伽有六亿零一万个圣地。(79)诵习四吠陀和说话诚实所能得到的功德,在恒河与阎牟那河汇合处沐浴就能得到。(80)那些圣地中,薄伽婆蒂是蛇王婆苏吉的无上圣地,在那里沐浴,可以得到马祭的功果。(81)俱卢子孙啊!那些圣地中,还有三界闻名的天鹅落圣地,恒河岸边的十马祭圣地。(82)大王啊!恒河流经的地方是仙人们的苦行林,而靠近恒河两岸的地方是悉陀的区域。(83)

　　这个真理应该让再生者们、善人们、自己的儿子、朋友、学生和随从亲耳聆听。(84)它合乎正法,纯洁神圣,可爱,净化灵魂,增进幸福,通向天国。(85)它是大仙们消除一切罪恶的秘密。在再生者中间学到它,可以达到纯洁无瑕。(86)经常听取这些圣地的功德,就会永远保持纯洁,记起前生,在天国享受快乐。(87)在讲到的这些圣地中,有去得了的,也有去不了的。想去一切圣地的人,凡是去不了的圣地,可以在心里想着去。(88)为求功德,婆薮、沙提耶、阿提迭、摩录多、双马童和天神般的仙人们都到过那些圣地。(89)

信守誓言的俱卢子孙啊！你也依照仪规，到那些圣地去，以功德增进功德。（90）首先是那些操行完美、信仰纯正、通晓吠陀、富有教养的善人才能到达那些圣地。（91）俱卢后裔啊！不信守誓言的人，灵魂不完善的人，不纯洁的人，盗贼，心术不正的人，不会在那些圣地沐浴。（92）你一向行为端正，正视法和利，你的所有祖先因你得到超度。（93）通晓正法的国王啊！你一向遵行正法，以老祖宗梵天为首的天神们和仙人们都对你满意。（94）因陀罗般的毗湿摩啊！你将来会到达婆薮们的世界，在这大地上也会得到永垂不朽的美名。（95）

那罗陀说：

仙人补罗私底耶尊者说完这些话，满怀喜悦，告别而去，隐身消失。（96）俱卢族之虎啊！明了经典内涵的毗湿摩也就遵照补罗私底耶的话，周游大地。（97）谁要是这样走遍大地，他死后可以享受举行一百次马祭的功果。（98）普利塔之子啊！你将获得八倍的正法，因为你将带领这些仙人前往，你会得到八倍的功果。（99）婆罗多后裔啊！这些圣地现在多为罗刹占据，除了你，俱卢后裔啊！别人不能到达那里。（100）

谁清早起来就吟诵神仙们的功行和一切圣地的要义，他就能摆脱一切罪恶。（101）

一些杰出的仙人，蚁垤、迦叶波、阿底梨耶、恭底尼耶、众友和乔答摩，（102）阿私多、提婆罗、摩根德耶、伽罗婆、婆罗堕遮、极裕和牟尼优陀罗迦，（103）寿那迦和他的儿子、优秀的祈祷者毗耶娑、杰出的牟尼杜婆娑和大苦行者伽罗婆。（104）这些以苦行为财富的优秀仙人全都期待着你，大王啊！你和他们一同前往那些圣地吧！（105）一位名叫毛密的大光辉的神仙会与你相会。你就和他一同前往吧！（106）知法者啊！你和我依次朝拜了那些圣地，你将得到摩诃毗奢王一样的显赫声名。（107）俱卢族之虎啊！就像以法为魂的迅行王和补卢罗婆娑，你也会凭借自己的正法光辉灿烂。（108）就像跋吉罗陀王和著名的罗摩，你也会在所有国王中灿若太阳。（109）就像摩奴、甘蔗王、大名鼎鼎的补卢和威力强大的威尼耶，你也会名扬四方。（110）就像从前诛灭弗栗多的因陀罗摧毁一切敌人，你也会消灭敌人，保护众生。（111）眼若莲花的人啊！你也会像作武王阿周那一

样，以自己的正法征服大地，以正法获得荣誉。(112)

护民子说：

仙人那罗陀尊者这样安慰灵魂高尚的坚战后，告别而去，隐身消失。(113)以法为魂的坚战认真思考这些话的意义，理解仙人们朝拜圣地的功德。(114)

以上是吉祥的《摩诃婆罗多》中《森林篇》第八十三章(83)。

八四

护民子说：

知道了弟弟们和睿智的那罗陀仙人的意见后，坚战王就对如同祖父的烟氏仙人说道：(1)"为了获得武器法宝，我已经派出灵魂无限、真正英勇的人中之虎大臂阿周那。(2)以苦行为财富的尊者啊！这位英雄忠心耿耿，富有才能，和婆薮提婆之子黑天一样精通武艺。(3)婆罗门啊！我了解这两位消灭敌人的黑王子，就像富有威力的毗耶娑仙人了解这两位英雄一样。这两位眼如莲花的婆薮提婆之子黑天和阿周那是两位毗湿奴。(4)那罗陀仙人也知道。他也经常对我这样说。我也知道他俩是那罗和那罗延两位仙人。(5)我知道阿周那有能力，所以才派他去。我知道这位天神之子能力不比因陀罗差。他能见到天王因陀罗，得到武器法宝，所以我才派他去。(6)

"毗湿摩和德罗纳是大勇士，慈悯和德罗纳之子马嘶也难以制胜。持国王之子难敌选中这些大力士为他作战。他们都是英雄，通晓吠陀，精通武艺。(7)车夫之子迦尔纳是大勇士，通晓法宝。这位大力士一直渴望与普利塔之子阿周那交战。(8)他像马一般快捷，像风一般有力。箭似火焰，手掌发出拍击声。扬起的尘土似烟雾，武器的威力似烈火。持国之子难敌如同助长火势的风。(9)犹如世界末日死神释放的劫火，无疑会焚毁我的军队，就像焚毁一堆干草。(10)

"黑天如同劲吹的风，阿周那的神奇武器如同密集的乌云，白马如同伴随乌云的苍鹭，甘狄拨神弓如同彩虹。(11)这片阿周那乌云在战斗中始终泼洒箭雨，熄灭熊熊燃烧的迦尔纳之火。(12)

"攻克敌人城堡的阿周那一定能直接从帝释天那里得到所有的法宝。(13)我认为他一个人就足以对付他们所有的人。在战斗中，没有一个敌人能对付他。(14)我们会看到般度之子阿周那带着武器回来，他从不会被困难压倒。(15)人中俊杰啊！没有这位英雄在身边，我们和黑公主在这座迦摩耶迦林里心神不宁。(16)所以，请你告诉我们另一座圣洁的森林，水果和食物丰富，景色秀丽，行善的人们常去那里。(17)我们在那里住上一些时候，等待以真理为勇气的英雄阿周那，如同渴望雨水的人们等待乌云。(18)请你讲讲从再生者们那儿听说过的各种净修林、河流、湖泊和美丽的山峦吧！(19)婆罗门啊！阿周那不在，我们不愿意住在这座迦摩耶迦林了，想往别的方向走走"。(20)

以上是吉祥的《摩诃婆罗多》中《森林篇》第八十四章(84)。

八五

护民子说：

看到般度之子们焦虑不安，精神沮丧，如同天国祭主的烟氏仙人安慰他们道：(1)"婆罗多族雄牛啊！国王啊！请听我讲述众婆罗门赞许的那些圣洁的净修林、圣地、山岳和方位吧！(2)坚战王啊！我先凭记忆向你讲述王仙们常去的美丽的东方吧！(3)婆罗多后裔啊！那里有神仙们爱去的飘忽林，有各种圣洁的天神圣地。(4)那里有神仙们常去的圣洁而美丽的戈摩蒂河，有天神们祭祀的地方，有太阳神宰杀牺牲的地方。(5)那里有王仙们崇敬的圣洁的伽耶山，有众天神和仙人们常去的吉祥的梵湖。(6)人中之虎啊！因此，古人说希望能有很多儿子，其中有一个能去朝拜伽耶也好。(7)

"纯洁无瑕的人啊！那里有大河和伽耶湿罗圣地，有一棵被众婆罗门称为不朽的榕树，主人啊！在那里献给祖先的供品不会耗尽。(8)那里有一条名叫颇勒古的大河，河水圣洁，婆罗多族雄牛啊！那里还有憍尸吉河，根茎和水果丰富，以苦行为财富的众友就是在那里成为婆罗门。(9)圣洁的恒河也在那里流过，跋吉罗陀在恒河岸边举行多次祭祀，慷慨布施。(10)俱卢子孙啊！人们说在般遮罗有一个圣地叫优多波罗婆多，俱湿迦后裔众友曾和帝释天一起在那儿举行祭祀。食火仙人之子持斧罗摩在那儿赞颂过众友的祖先，(11)因为他看到众友超人的威力。俱湿迦后裔众友在曲女城和因陀罗一同饮过苏摩酒，从此脱离刹帝利，宣称：'我是一个婆罗门！'(12)英雄啊！那儿有举世闻名的恒河与阎牟那河的汇合处，崇高圣洁，是仙人们爱去的地方。(13)以前，万物之魂老祖宗梵天曾在那里举行祭祀，婆罗多族俊杰啊！所以它以补罗耶伽（祭祀）的名字著称。(14)

"王中因陀罗啊！那里有投山仙人的大净修林，国王啊！据说在迦楞阇罗山上有个称作金滴的圣地。(15)有一座超越群山的圣洁而吉祥的山，俱卢后裔啊！那是灵魂高尚的婆利古族持斧罗摩的摩亨陀罗山。(16)贡蒂之子啊！从前，老祖宗梵天在那里举行过祭祀，坚战啊！圣洁的恒河在那里流经他的祭场。(17)民众之主啊！这条圣洁的河在那里称作婆罗摩娑罗。那里有很多洗尽罪恶的人。只要见到这个圣地，人就变得圣洁。(18)那里有摩登伽的草地，优美的大净修林，圣洁而吉祥，举世闻名。(19)那里有可爱的瓶水山，根茎、水果和泉水丰富。尼奢陀王那罗曾在那里饮水解渴，得到庇护。(20)那里有可爱的天神林，苦行者们为之增辉。山顶上有巴胡达河和南达河。(21)

"大王啊！这些就是我要对你讲的东方的一些圣地、河流、山岳和圣洁的地域。(22)听我再告诉你其他三个方位的圣地、河流、山岳和圣洁的地域吧！"(23)

以上是吉祥的《摩诃婆罗多》中《森林篇》第八十五章(85)。

八六

烟氏仙人说：

婆罗多后裔啊！现在我讲述我所知道的南方的一些圣地，请听吧！(1)在那个方向，有著名的神圣吉祥的戈达瓦利河，水量充沛，岸边有很多丛林，是苦行者常去的地方。(2)还有消除罪恶和恐惧的维纳河和毗摩罗蒂河，岸边有很多飞禽走兽，苦行者的净修林为之增辉。(3)婆罗多族雄牛啊！还有王仙尼伽的波约私尼河，水量充沛，岸边有可爱的圣地,婆罗门常去那里。(4)大苦行者、大瑜伽行者摩根德耶在那里诵唱过尼伽王朝世系赞歌。(5)听说尼伽举行祭祀时,因陀罗沉醉苏摩酒,众婆罗门沉醉布施。(6)婆罗多族俊杰啊!在伐楼拿斯罗多娑山上有摩陀罗的森林和祭柱,吉祥圣洁的林中盛产水果和根茎。(7)听说在波罗维尼河北岸,干婆的圣洁的净修林中,有很多著名的苦行者的丛林。(8)

孩子啊!婆罗多后裔啊!在苏尔巴罗迦有灵魂高尚的食火仙人的两个美丽的祭坛,石头圣地和布罗湿旃陀罗。(9)贡蒂之子啊!在摩尔德耶国有个无忧圣地,那里有很多净修林。而在般德耶国,坚战啊!有投山仙人的圣地和伐楼拿的圣地。(10)人中雄牛啊!据说在般德耶人中有一些圣洁的童女,贡蒂之子啊!我要讲讲那里的达摩罗波尔尼河,请听吧!(11)在那里,天神们怀着巨大愿望,在净修林里忍受苦行折磨。那里有三界闻名的牛耳。(12)孩子啊!那是一个神圣吉祥的湖,湖水浩淼,清凉宜人,灵魂不完善的人很难到达那里。(13)那里有神会山,山上有投山仙人的弟子特利苏摩耆尼圣洁的净修林,水果和根茎丰富。(14)那里有充满宝石的光辉吉祥的琉璃山,有投山仙人的净修林,根茎、水果和水源都很充足。(15)

人主啊!我还要讲讲苏拉私吒罗的圣地、净修林、山岳、河流和湖泊。(16)众婆罗门说那里的大海中,有天神们的圣地遮摩宋孟阇那和波罗跋沙,坚战啊!(17)那里有苦行者们常去的吉祥圣地宾达罗迦,有让人迅速获得成功的优阇衍多山。(18)听说优秀的神仙那罗陀曾用这样一首诗歌颂它,坚战啊!请听吧!(19)"在苏拉私吒罗,有座圣洁的优阇衍多山,麋鹿栖息,飞鸟盘桓,在山上修苦行的人在天国受到尊敬。"(20)

那里还有圣洁的多门城,诛灭摩图的黑天就住在这座城中。他是古老天神显身,是永恒的正法。(21)通晓吠陀的婆罗门和懂得至高灵魂的人都说灵魂伟大的黑天是永恒的正法。(22)牧人黑天是纯洁者中最纯洁者,有德者中最有德者,吉祥者中最吉祥者。(23)这位诛灭摩图的诃利(黑天)眼似莲花,是三界中永恒的神中之神,他的灵魂不可思议。(24)

以上是吉祥的《摩诃婆罗多》中《森林篇》第八十六章(86)。

八七

烟氏仙人说:

我现在对你讲讲西方的阿凡提国的那些吉祥的圣地。(1)婆罗多后裔啊!那儿有圣洁的那尔摩达河向西流去,有比利延古林和芒果林,围绕有瓦尼罗蔓藤。(2)据说那里有比湿罗婆仙人的神圣住所;乘坐人车的财神俱比罗就出生在那里。(3)那里有一座神圣吉祥的山,名叫琉璃峰;有很多树,绿叶如盖,开满仙花,结满仙果。(4)那里的山顶上有一个智者的湖,国王啊!湖中盛开青莲,天神们和健达缚们常去那里。(5)大王啊!这座圣洁的山能与天国媲美,常有天神和仙人出没,在那里能看到许多奇迹。(6)攻克敌人城堡者啊!那里有王仙众友的圣洁的巴拉河,有许多湖泊和圣地。(7)在这条河的岸边,友邻之子迅行王坠落在善人们中间,重新获得永恒的正法世界。(8)

孩子啊!那里有圣洁的湖,有美那迦山,英雄啊!那里还有阿私多山,根茎和水果丰富。(9)坚战啊!那里有迦刹犀那的圣洁的净修林,般度之子啊!那里有举世闻名的行落仙人的净修林,主人啊!只要在那里修一点儿苦行,就能获得成就。(10)大王啊!那里有灵魂完善的仙人们的净修林赡部摩尔迦,最温和的人啊!那里有成群的麋鹿和飞鸟。(11)国王啊!那里有苦行者们常去的圣洁的旗环河、梅迪亚河和恒伽林,大地之主啊!还有婆罗门常去的闻名遐迩的圣洁的信陀婆林。(12)婆罗多后裔啊!那里有老祖宗梵天的圣洁的青莲池,是林居者、悉陀和仙人喜爱的净修林。(13)俱卢族俊杰啊!最完美的人啊!生主曾在这里赞颂青莲池:(14)"一个聪明智慧的人只要心里想到青莲池,就能消除罪恶,在天国享受快乐。"(15)

以上是吉祥的《摩诃婆罗多》中《森林篇》第八十七章(87)。

八八

烟氏仙人说：

王中之虎啊！我将北方的那些圣地对你讲一讲吧！(1)般度之子啊！那里流着圣洁的娑罗私婆蒂河，围绕有森林，岸边有湖泊。那里还有迅速流向大海的阎牟那河。(2)那里有神圣吉祥的巴罗刹婆多仑那圣地，婆罗门完成娑罗私婆蒂祭祀后，就到那里去沐浴净身。(3)无辜的人啊！那里有个称作火首的神圣吉祥的地方，婆罗多后裔啊！从前，偕天曾在那里举行祭祀，用投掷木棒的方法量地。(4)坚战啊！因陀罗在这里赞颂他。这首偈颂经由婆罗门的口，流传在世上：(5)"偕天在阎牟那河边升起祭火千万，慷慨布施千万。"(6)

声名卓著的转轮王婆罗多在那里先后举行了三十五次马祭。(7)孩子啊！我听说那里有萨罗迦私多仙人的无比圣洁而闻名遐迩的净修林，能满足婆罗门的愿望。(8)普利塔之子啊！娑罗私婆蒂河永远受到善人崇敬，大王啊！从前矮仙们在那里举行祭祀。(9)坚战啊！那里有圣洁的石头河，人主啊！那里还有德高望重的吠婆尔尼耶和伐尔纳。(10)他俩精通吠陀和各种知识，婆罗多族俊杰啊！他俩还经常举行神圣的祭祀。(11)

毗沙卡逾波是从前因陀罗和伐楼拿等众天神多次聚在一起修炼苦行的地方，无比神圣。(12)大福大德的食火仙人名声卓著，曾在神圣而可爱的波拉沙迦举行祭祀。(13)在那里，所有杰出的河流带着各自的水，呈现在这位杰出的仙人四周，侍奉他。(14)大王啊！英雄啊！看了灵魂高尚的食火仙人的威力，毗首婆薮亲自在那里吟诵这首偈颂：(15)"灵魂高尚的食火仙人祭祀天神，所有的河流来到他那里，用蜜浆满足他。"(16)

那里有山野猎人和紧那罗居住的美好的山峦，健达缚、药叉、罗刹和天女为之增辉。(17)坚战王啊！那里有恒河迅猛地破山而出的地方，那是梵仙们常去的圣洁的恒河门。(18)俱卢后裔啊！那里有永童的圣地迦纳喀罗。那里还有补卢罗婆娑出生的补卢山。(19)大王啊！

那里有一座称作婆利古峰的大山，婆利古仙人曾在那里修炼苦行，大仙们常去这个净修林。(20)

人中雄牛啊！过去、未来、现在和永恒的人中俊杰是那罗延，是毗湿奴。(21)据说，在宽阔而圣洁的钵陀利河附近，有声誉卓著的那罗延的圣洁的净修林，三界闻名。(22)国王啊！恒河夹带温水，不同于夹带金沙和凉水的钵陀利河。(23)大吉祥、大光辉的仙人们和天神们经常到那里去向全能的大神那罗延致敬。(24)灵魂至高无上的永恒之神那罗延在哪里，整个世界和所有圣地也在那里。(25)他就是至高圣洁的梵、圣地和苦行林，所有的神仙、悉陀和以苦行为财富的人都在那里。(26)原初之神、诛灭摩图的大瑜伽行者那罗延在哪里，那里就是最圣洁的地方，对此你不要有所怀疑。(27)

大地之主啊！人中俊杰啊！我已经告诉你大地上的这些圣地。(28)这些圣地是婆薮、沙提耶、阿提迭、摩录多、双马童以及和梵天一样灵魂高尚的仙人们常在的地方。(29)贡蒂之子啊！你带着你的大福大德的弟兄们，和婆罗门雄牛们一起朝拜这些圣地，就会消除焦虑和烦恼。(30)

以上是吉祥的《摩诃婆罗多》中《森林篇》第八十八章(88)。

八九

护民子说：

俱卢后裔啊！烟氏仙人这样说着，大光辉的毛密仙人来到这里。(1)一见到他，般度族长兄坚战王和众人，还有众婆罗门，站起身来，好似天上众天神见到帝释天。(2)依照礼仪向他致敬问候后，法王坚战询问他出游的意图和来访的原因。(3)经般度之子坚战询问，思想高尚的毛密仙人仿佛要让般度之子们高兴，用温和的话语说道：(4)

"贡蒂之子啊！我随意周游一切世界，到过帝释天的住处，在那里见到这位众神之王。(5)人中之虎啊！我在那里看到你的弟弟，那位左手开弓的英雄。我看到普利塔之子阿周那和因陀罗坐在同一个宝座上，感到莫大的惊讶。(6)众神之王在那里对我说道：'你去告诉般度之子们吧！'所以，我立即来到这里，想要见到你和你的弟弟们。(7)经常受人吁请的因陀罗和灵魂高尚的普利塔之子阿周那托我带话，般度之子啊！我要告诉你好消息。(8)国王啊！你和你的弟弟们以及黑公主听着吧！般度族雄牛啊！你派大臂阿周那去找法宝。(9)普利塔之子阿周那已经从楼陀罗那里得到无与伦比的法宝。这件名叫梵颅的法宝是楼陀罗凭苦行得来的。(10)左手开弓的阿周那得到了楼陀罗的这件出自甘露的法宝，连同咒语和收回的方法，以及赎罪和祝福的方法。(11)坚战啊！无比英勇的普利塔之子阿周那还从阎摩、俱比罗、伐楼拿和因陀罗那里得到金刚杵和刑杖等其他法宝，俱卢后裔啊！(12)他还跟毗首婆薮之子学会唱歌、跳舞、吟诵婆摩吠陀和弹奏乐器。(13)就这样，你的二弟、贡蒂之子阿周那得到法宝，学会健达缚之术，在那里过得很快乐。(14)

"坚战啊！杰出的天神因陀罗对我说的话，请听我告诉你：(15)'婆罗门俊杰啊！你将前往人间世界，这是无疑的。你到那里把我的话告诉坚战：(16)你的弟弟阿周那已经得到法宝，等他完成天神们不能完成的伟大事业后，很快就会回去。(17)同时，你要和你的弟弟们一起修炼苦行。没有比苦行更好的事。修炼苦行可以成就大业。(18)婆罗多族雄牛啊！我知道迦尔纳，他在战争中抵不上普利塔之子阿周那的十六分之一。(19)克敌者啊！你心中对迦尔纳的恐惧，等左手开弓的阿周那回去，我会替你除去。(20)英雄啊！你想朝拜圣地，毛密仙人无疑会告诉你一切。(21)修炼苦行和朝拜圣地的好处，这位大仙会告诉你。你要真心相信。'"(22)

以上是吉祥的《摩诃婆罗多》中《森林篇》第八十九章(89)。

九〇

毛密说：

坚战啊！你再听听阿周那说的话："请给予我的兄长坚战合法的幸福。(1)以苦行为财富的人啊！你熟悉最高的正法和苦行，懂得光辉吉祥的国王们的永恒的正法。(2)你知道使人纯洁的办法,让般度之子获得朝拜圣地的功德吧!(3)你要尽一切努力,让坚战王去朝拜圣地,施舍牛。"这是阿周那对我说的话。(4)

阿周那还说:"他应该在你的保护下朝拜各方圣地,遇到艰难险阻,不会受到罗刹侵害。(5)就像陀提遮仙人保护因陀罗,鸯耆罗仙人保护太阳,婆罗门俊杰啊!请你保护贡蒂之子,使他免遭罗刹侵害。(6)在路上有很多像山一般高大的罗刹,有你保护,他们就不敢接近贡蒂之子们了。"(7)

遵照因陀罗和阿周那的嘱托,我将和你一路同行,保护你免受惊恐。(8)俱卢后裔啊!那些圣地我已经朝拜过两次,现在我和你一起第三次去朝拜。(9)坚战啊!以摩奴为首,那些行善积德的王仙都朝拜圣地,大王啊!朝拜圣地可以消除恐惧。(10)俱卢后裔啊!那些狡诈的人,灵魂不完善的人,不学无术的人,犯罪的人,心术不正的人,不能在那些圣地沐浴。(11)你一向以法为魂,通晓正法,言而有信,你将会摆脱一切罪恶。(12)贡蒂之子啊!你会和跋吉罗陀和伽耶等国王一样,般度之子啊!你也会和迅行王一样。(13)

坚战说:

尊者啊!我高兴得不知道说什么好了!成为天王因陀罗想到的人,还有什么比这更幸福?(14)得到你的来访,有阿周那这样的兄弟,成为帝释天想到的人,还有什么比这更幸福?(15)世尊因陀罗嘱咐我朝拜圣地。烟氏仙人对我说过这事,我也有这个想法。(16)婆罗门啊!我已下定决心,你想什么时候动身去朝拜圣地,我就什么时候走。(17)

护民子说:

看到般度之子坚战决定朝圣,毛密仙人对他说道:"大王啊!你少带一点人,这样能轻装前进。"(18)

坚战说:

那些乞食为生的婆罗门和苦行者,那些忠于王室而跟来的市民,请都回去吧!(19)请他们去找持国王,持国王会按时给予他们适当的供养。(20)如果持国王不给他们适当的供养,那么,一心为我们的利益着想的般遮罗王会给的。(21)

护民子说：

于是，大批的市民、婆罗门和苦行者带着沉重的心情向象城走去。(22)出于对法王坚战的爱，安必迦之子持国王接纳了他们，以礼相待，赐给他们钱财。(23)贡蒂之子坚战王和为数不多的婆罗门，与毛密仙人一起，在迦摩耶迦林里愉快地住了三夜。(24)

以上是吉祥的《摩诃婆罗多》中《森林篇》第九十章(90)。

九一

护民子说：

国王啊！住在林中的那些婆罗门看见贡蒂之子坚战动身出发，来到他的跟前，对他说道：(1)"国王啊！你和你的弟兄们与灵魂高尚的神仙毛密一道，要去朝拜圣地了。(2)大王啊！般度之子啊！请你把我们也带走吧！俱卢后裔啊！没有你，我们不可能到达那些圣地。(3)人主啊！那些圣地野兽出没，道路崎岖难行，结伴的人少，不能到达那里。(4)你们兄弟都是勇士，出色的弓箭手，有你们众位英雄保护，我们也就可以去朝圣。(5)民众之主啊！大地保护者啊！有了你的恩惠，我们可以得到朝拜圣地和恪守誓言的吉祥之果。(6)国王啊！在你的勇气庇护下，朝拜圣地，在圣地沐浴，我们就会洗清罪孽，变得纯洁。(7)婆罗多后裔啊！王中因陀罗作武王、王仙八部和毛足王，(8)还有盖世英雄婆罗多，他们的那些难以到达的世界，你在圣地沐浴后，也都能到达。(9)大地保护者啊！我们要和你一起去朝拜波罗跋沙等圣地、摩亨陀罗山等山岳、恒河等河流和毕洛叉树等树木。(10)如果你对众婆罗门抱有好感，人主啊！你就赶快同意我们的请求吧！你会因此得到幸福。(11)大臂英雄啊！那些圣地到处都有阻碍苦行的罗刹们，你能保护我们，使我们免遭他们侵害。(12)烟氏仙人和睿智的那罗陀仙人说过的那些圣地，还有大苦行者毛密仙人说过的那些圣地，(13)人主啊！你带着我们，在毛密仙人保护下，消除罪恶，朝拜所有那些圣地吧！"(14)

受到众婆罗门这样尊敬爱戴，般度族雄牛坚战高兴得热泪盈眶。

他在怖军等弟兄围绕下，对所有这些仙人说道："好吧！就照你们说的办！"（15）

随后，征得毛密仙人和祭司烟氏仙人同意，般度族俊杰坚战带着弟弟们和体态无可指摘的德罗波蒂，准备出发。（16）大福大德的毗耶娑、那罗陀和波尔伐多这三位仙人，来到迦摩耶迦林看望般度之子坚战。（17）坚战王依礼向他们致敬。这三位受到善待的大福大德的仙人对坚战说道：（18）"坚战啊！孪生的无种和偕天啊！怖军啊！你们要保持心地正直和纯洁，去朝拜圣地吧！（19）婆罗门说，控制身体，这是人誓；而保持心灵和智慧纯洁，这是神誓。（20）人主啊！对英雄们来说，心中没有恶念也就足够了。你们怀着友善的心，保持纯洁，去朝拜圣地去吧！（21）你们保持心地纯洁，恪守控制身体的人誓，又恪守神誓，你们将得到应有的果实。"（22）

般度之子们和黑公主一同发誓说："我们照办！"于是，所有的牟尼和神仙祝福他们一路平安。（23）

王中因陀罗啊！英雄们向毛密仙人、岛生黑仙毗耶娑、神仙那罗陀和波尔伐多行了触脚礼，（24）和烟氏仙人以及林居的婆罗门们一起，在十一月末十二月初动身出发。（25）他们穿着树皮和兽皮衣，盘着发髻，披着穿不透的铠甲，前往圣地。（26）他们带着帝释军等侍从，十四辆车，还有厨师和其他仆从。（27）镇群王啊！英勇的般度之子们带着兵器、宝剑、箭和箭囊，向东方出发。（28）

以上是吉祥的《摩诃婆罗多》中《森林篇》第九十一章(91)。

九二

坚战说：

最卓越的神仙啊！我不认为我是一个品德不好的人，但我受到这种痛苦的煎熬，没有任何别的国王受到过。（1）毛密仙人啊！我认为我们的敌人都是些没有道德的、不遵守正法的人，但为何他们都在这世上能繁荣昌盛？（2）

毛密说：

国王啊！普利塔之子啊！你千万不能因此难过。那些不奉行正法的人,他们的繁荣依靠非法获得。(3)依靠非法得到繁荣的人,即使见到好的光景,战胜自己的敌人,但最终仍要遭到彻底毁灭。(4)大地之主啊!我见过很多提迭和檀那婆依靠非法繁荣昌盛一时,但最终还是走向灭亡。(5)

我在古老的天神时代见过这一切。那时,修罗(天神)们崇尚正法,而阿修罗们违背正法。(6)婆罗多后裔啊!那时,天神们都去朝拜各处圣地,而阿修罗们则不去。不遵守正法,在他们之中首先产生骄傲。(7)由骄傲产生自大,由自大产生嗔怒,由嗔怒而不知廉耻,不知廉耻则毁了他们的行为。(8)宽容、吉祥和正法不久就抛弃这些厚颜无耻、行为不端、不守誓言的阿修罗。于是,国王啊!幸福走向天神们,而不幸找上阿修罗。(9)接着,争吵也来到这些陷入不幸、傲气十足的提迭们和檀那婆们之中。(10)贡蒂之子啊!这些檀那婆陷入不幸,卷入争吵,被骄傲冲昏头脑,抛弃祭祀,思想混乱,(11)他们不久就遭到毁灭;荣誉扫地的提迭们也走向彻底灭亡。(12)而崇尚正法的天神们前往大海、河流、湖泊和其他神圣的地方。(13)般度之子啊!他们用苦行、祭祀、布施和祝福,消除一切罪恶,得到幸福。(14)就这样,睿智的天神们到处布施,祭祀,朝拜圣地,由此得到最大的幸福。(15)

所以,王中因陀罗啊!你也和你的弟兄们一起到各处圣地去沐浴,你将重新得到幸福。这是一条永恒之路。(16)就像尼伽王、尸毗王、奥湿那罗王、跋古罗陀王、婆薮摩纳王、伽耶王、补卢王和补卢罗婆娑王,(17)他们经常修炼苦行,朝拜圣地,在那里沐浴,拜见圣人,从而变得圣洁。(18)他们都获得荣誉、功德和财富,民众之主啊!王中因陀罗啊!你也会和他们一样得到荣华富贵。(19)就像甘蔗王及其儿子和亲友,还有牟朱恭陀王、曼陀多王和摩奴多王,(20)就像天神们和神仙们,依靠苦行的力量得到圣洁的美名,你也会得到。(21)持国之子们陷入骄傲和痴愚,毫无疑问,他们不久就会像提迭一样遇到毁灭。(22)

以上是吉祥的《摩诃婆罗多》中《森林篇》第九十二章(92)。

九三

护民子说：

大地保护者啊！这些英雄带着一行人，这里那里住住行行，不觉来到飘忽林。(1)婆罗多后裔啊！国王啊！般度之子们在戈摩蒂河边那些圣洁的圣地沐浴，施舍牛和钱财。(2)这些俱卢子孙在少女圣地、马圣地和牛圣地，一次又一次令天神们、祖先和众婆罗门满意。(3)大地保护者啊！般度之子们还到达婆罗戈提山、牛发山和巴胡达河，在那里沐浴。(4)大地之主啊！然后，他们到达天神祭祀之地补罗耶伽，在那里住下，沐浴净身，修炼严厉的苦行。(5)言而有信、灵魂高尚的般度之子们在恒河与阎牟拿河的汇合处沐浴，洗尽罪恶，向众婆罗门布施钱财。(6)然后，婆罗多后裔啊！般度之子们和众婆罗门一道，前往苦行者们爱去的生主的祭坛。(7)英雄们在那里住下，修炼严厉的苦行，经常用林中的食物供奉众婆罗门，令他们满意。(8)

无比光辉的人啊！然后，他们前往通晓正法、行善积德的王仙伽耶敬拜过的大山。(9)那里有伽耶湿罗湖，有圣洁的大河，有仙人们常去的圣洁优美的圣地梵湖。(10)投山仙人曾去那里会见太阳之子（阎摩），国王啊！永恒的正法（阎摩）就住在那里。(11)民众之主啊！那里是一切河流的共同发源地，手持三叉戟的大神湿婆经常在那里。(12)到达那里，般度族英雄们举行四个月的大型仙人祭。那里有一棵不朽的大榕树。(13)数以百计以苦行为财富的婆罗门来到那儿，依照仙人的方式举行四月祭。(14)在那里，富有知识和苦行、精通吠陀的婆罗门在灵魂高尚的般度之子们的集会中，讲了一些圣洁的故事。(15)在那里，精通学问和誓言、守着童子戒的仙人沙摩陀讲了阿牟尔多罗耶沙之子伽耶的事迹。(16)婆罗多后裔啊！阿牟尔多罗耶沙之子伽耶这位优秀的王仙做了哪些善事，请听我告诉你！(17)

国王啊！伽耶王在那里举行祭祀，慷慨布施，成堆成堆的食物如同成百上千座山。(18)酥油和酸奶像数百条河流，美味佳肴像数千道洪流。(19)国王啊！他每天都这样向那些乞讨者大量布施，众婆罗门享受着烹调精美的饭食。(20)在布施的时候,吟诵吠陀的声音直达云霄,婆罗多后裔啊!除了吟诵吠陀的声音外,其他什么声音也听不到。(21)国王啊!这种圣洁的声音回荡着,充满大地,充满一切方向,充满空中,充满天国。这是一个伟大的奇迹。(22)婆罗多族雄牛啊!人们享受美味佳肴,心满意足,容光焕发,到处为他唱起赞歌:(23)"参加伽耶祭祀的人,有谁今天还想进食?那些吃不完的食物在那儿堆成二十五座山。(24)无限光辉的王仙伽耶在他的祭祀中所做的,过去没有人做到过,将来也不会有人做得到。(25)天神们充分享受了伽耶的祭品,怎么还能接受其他人的供奉?"(26)

俱卢后裔啊!就这样,灵魂高尚的伽耶在湖边举行祭祀,出现这些赞歌。(27)

以上是吉祥的《摩诃婆罗多》中《森林篇》第九十三章(93)。

九四

护民子说:

国王啊!坚战王广给布施后又动身,来到投山仙人的净修林,住进一个叫难胜的小城堡。(1)善于辞令的坚战王到了净修林后,这样询问毛密仙人:"听说投山仙人在这里要了婆陀毗的命,请问那是为什么?(2)我知道婆陀毗是杀人的提迭,但不知他的威力如何?不知他怎么惹怒了伟大的投山仙人,为自己招来了杀身之祸?"(3)

毛密说:

俱卢后裔啊!从前有一个提迭叫伊婆罗,住在宝石城,他有一个弟弟叫婆陀毗。(4)有一天,提底之子伊婆罗对一个修苦行的婆罗门说:"尊者呀!请赐我一个像因陀罗一般的儿子!"(5)

但那个婆罗门没有给他一个像因陀罗一般的儿子,于是这个阿修罗就对婆罗门怀了一腔怒火。(6)谁若是已为死神阎摩召去,伊婆罗只要呼唤他的名字,那死者就会带着原来的躯体,活生生地出现在眼前。(7)所以,他把他的弟弟婆陀毗变成了一只羊,烹成美味请那婆罗门吃,等吃完了再把他的弟弟呼唤。(8)民众之主啊!大阿修罗婆陀毗立刻钻破那婆罗门的肚子，高高兴兴地活着出来。（9）国王啊！那坏心肠的伊婆罗就用这办法，一次又一次地请婆罗门用餐，使很多婆罗门丧了命。（10）

就在这时候，有一天，投山仙人看见自己的祖先，头朝下脚朝天，倒悬在一个深坑。（11）他问那些倒悬的祖先："你们为何落到这般光景？"那些通晓吠陀的人对他说："都是因为没有后嗣啊！"（12）

他们还对他说："我们都是你的祖先，因为想求子传宗接代，我们才倒悬在这深渊里。（13）投山啊！如果你有了一个好儿子，我们就会从这地狱得到解脱，你也得到有子嗣的好下场。"（14）

爱好真理和正法的光辉有力的仙人对他的祖先们说："祖先们啊！我会满足你们的愿望，请你们丢掉心中的烦恼吧！"（15）

后来，仙人尊者就考虑，怎样才能得到儿子呢？他看世上的女人，觉得没有一个配做他的妻子，为他生儿育女。（16）于是，他要把万物中最美的地方都集中在一人身上，为自己造出一个美女。（17）

大苦行者仙人把为自己创造的这个姑娘赐给渴望生子的毗陀婆国王。（18）

这个美妙的女子在毗陀婆王家降生，长得像闪电一样明亮，体态婀娜，光彩照人。（19）女儿一降生，毗陀婆王非常高兴，连忙向众婆罗门通报这天大的喜讯。（20）大地之主啊！所有的婆罗门都向毗陀婆王祝贺，并给公主取了个名字叫罗芭慕德拉（残印）。（21）大王啊！那公主长得美貌绝伦，像水中的红莲，像祭火的吉祥的火焰。（22）

王中因陀罗啊！这位幸福的公主长到青春年华，有一百个服饰华丽的少女陪伴她，有一百个宫女服侍她。（23）在这一百个宫女随侍，一百个女伴簇拥中，公主就像天上众星所捧的金牛星。（24）她虽然贤淑，端庄，又正值青春妙龄，但因惧怕投山仙人，竟没有一个男子敢去向她求婚。（25）

这公主诚挚，贤淑，温顺，容貌又胜过天女，她使她的父亲和一切亲人的心里都感到快慰。（26）公主的父亲毗陀婆见女儿芳龄已长，不觉心中暗自思量："我把女儿托付给谁才好呢？"（27）

以上是吉祥的《摩诃婆罗多》中《森林篇》第九十四章（94）。

九五

毛密说：

投山仙人知道公主已经长成，可以为他做妻做主妇，就来见毗陀婆王，对他这样说道：（1）"国王呀！因为想生子，我已决定成亲。我选中了罗芭慕德拉，大地之主啊！请求你把她许配给我吧！"（2）

一听仙人要和他结亲，国王吓得魂不附体。他不能拒绝仙人，又不愿女儿和他成亲。（3）他去见他的王后，对她说出了心中的忧虑："这大仙法力无边，一发怒就会用他诅咒的烈火将我焚毁。"（4）

看见国王和王后忧心忡忡，罗芭慕德拉走上前去，对他们说出这样一番很合时宜的话：（5）"父王啊！请不要发愁，不要难过，就把我嫁给投山仙人吧！父亲啊！嫁了我，就能保住你。"（6）

民众之主啊！灵魂高尚的人啊！听了女儿的话，毗陀婆王就按照礼仪，把罗芭慕德拉公主嫁给了投山仙人。（7）

和罗芭慕德拉公主一成亲，投山仙人就对她说："你那些衣饰太华贵了，把它们统统脱掉！"（8）腿如芭蕉茎的大眼美人听了丈夫这话，立刻从命，把那些贵重华丽的首饰和衣服都脱了下来。（9）这大眼的公主不怕贫寒，穿上破烂的衣服，也用树皮和兽皮遮身，就这样和丈夫一起生活，守着共同的誓言。（10）

最优秀的仙人投山尊者带着和自己相配的新娘，来到叫恒河源的地方，身体力行，修起最严峻的苦行。（11）罗芭慕德拉欢欢喜喜地侍奉丈夫，十分有礼，十分尊敬。投山仙人觉得自己的妻子很称心，对她也极尽爱抚温存。（12）

民众之主啊！就这样过了很长的时间。有一天，仙人把罗芭慕德拉仔细端详，见她正值经期，刚刚出浴，修苦行已使她浑身光辉灿烂。（13）他喜欢她侍奉自己很尽心，能控制感官，一片纯真，再加容光焕发、姿色迷人，他要她上前来和自己做一番夫妻之爱。（14）

罗芭慕德拉羞答答，双手合十，对可敬的投山仙人，无限亲切妩媚地说：（15）"大仙啊！毫无疑问，丈夫是为生子才娶妻，但你也要满足我的意愿。(16)婆罗门啊！想我未嫁时住在父王的宫中，睡的是锦绣床榻。如果你要和我合欢，也应把我带到那样的床上。(17)我还希望看你戴上花环和各式各样的珠宝；我也戴上无比精美的首饰，好和你尽情作欢。"(18)

投山说：

罗芭慕德拉啊！腰肢美妙的幸运的人啊！我没有你的父亲那么多钱财，如何能办到这些？(19)

罗芭慕德拉说：

主人啊！凭你的苦行的威力，这世上的一切财富，你要的话，刹那间就可拿到跟前。(20)

投山说：

你说的也是实情，但那样做会破坏我的苦行。你能不能说出一个好办法，使我的苦行不致受到破坏？(21)

罗芭慕德拉说：

以苦行为财富的人啊！我的经期快过，剩下的时间已不多。你若不依我，我是不愿到你跟前的。(22)我也不愿你把正法抛在一边，以苦行为财富的人啊！你一定想个两全之法满足我的心愿！(23)

投山说：

有福的人儿啊！如果你意已决，一定要把愿望实现，我这就去想办法，美人啊！你就呆在这儿随意消遣吧！(24)

以上是吉祥的《摩诃婆罗多》中《森林篇》第九十五章(95)。

九六

毛密说：

俱卢后裔啊！投山仙人就这样出去寻找钱财。他找到国王须多厘瓦，因为他知道他是国王中最有钱的。(1)国王听说投山仙人来了，连忙带领一班大臣到王国边境，恭恭敬敬地迎接仙人。(2)他依礼向仙人献上待客的物品，然后双手合十，请问他来访的原因。(3)

投山说：

大地之主啊！你要知道，我是专程来向你要些钱的。在对别人没

有损害的情况下，你能给多少就给我多少吧！（4）

毛密说：

于是，国王把收支的账目拿了出来，对仙人说："明智的尊者啊！你看拿多少合适，你就拿多少吧！"（5）

这位头脑冷静的婆罗门把国王的收支账目仔细看过以后，心里想，拿一点点也是要使黎民百姓受苦的。（6）于是，他带上须多厘瓦王，又去找国王婆陀罗湿婆。婆陀罗湿婆也亲自到王国边境，迎接他们两人。（7）他向两位客人献上洗脚水和达哩薄草等，又请允许他问一问两位光临的原因。（8）

投山说：

大地之主啊！我们两人是来向你要钱的。你能拿出多少而对别人没有损害的话，就请你尽量拿出多少给我们吧！（9）

毛密说：

于是，国王婆陀罗湿婆把自己的全部账目摆了出来，说道："请看有多少剩余的，你们都拿去。"（10）

头脑冷静的投山仙人把账目摊开仔细看，心里想，拿一分也不能不让百姓受苦啊！（11）于是，投山仙人、须多厘瓦王和婆陀罗湿婆王又一道去找富有的补卢俱蹉之子陀罗婆陀斯逾。（12）大王啊！陀罗婆陀斯逾王带着车辆，来到王国边境，依礼迎接投山仙人和两位国王。（13）这位优秀的甘蔗族国王以应有的礼仪向客人致敬，等他们稍事休息后，就问他们光临的原因。（14）

投山说：

国王啊！我们是来向你要钱的，你能拿出多少而对别人没有损害的话，就请你尽量拿出多少给我们吧！（15）

毛密说：

那位国王一听，也把全部收支账目拿了出来，说："这剩余的，你们看拿多少合适就拿多少吧！"（16）

头脑冷静的投山仙人把收支账目打开仔细一看，觉得拿一分也不能不让百姓受害。（17）大王啊！那三位国王聚在一起，你看看我，我看看你，然后对大仙人这样说：（18）"婆罗门啊！这世上钱最多的当数名叫伊婆罗的檀那婆，今天我们就一道去找他要钱吧！"（19）

国王啊！他们都认为去向伊婆罗要钱不会错，就一同找伊婆罗去了。(20)

以上是吉祥的《摩诃婆罗多》中《森林篇》第九十六章(96)。

九七

毛密说：

伊婆罗听说投山仙人带着几位国王来了，便带领群臣，到王国边境，恭迎贵宾。(1)俱卢后裔啊！这阿修罗中最杰出的伊婆罗殷勤款待客人，又用他的弟弟婆陀毗来宴请他们。(2)知道做成羊肉端上的正是大阿修罗婆陀毗，王仙们吓得魂飞魄散，呆呆地发怵。(3)投山仙人却没有一点惊慌惧怕，他对几位王仙说："别怕！别怕！让我来吃这大阿修罗！"(4)

大牟尼投山坐到主宾席上，提逊王伊婆罗笑容满面，连连给大仙上肉布菜。(5)投山仙人把婆陀毗的肉吃得干干净净，一点也没有剩下。一吃完，伊婆罗就大声把婆陀毗呼唤，(6)却不见婆陀毗，只有大仙人投山的屁滚出来。见此状，伊婆罗知道大阿修罗婆陀毗已被消化，不觉悲从中来。(7)

他带领群臣，双手合十，问道："诸位到此有何原因？我能做些什么效劳各位？"(8)投山仙人笑逐颜开，把来意对伊婆罗说了一遍："阿修罗啊！我们大家都知道你是财神爷。(9)我需要大量金钱，这些国王都不太富裕。只要对别人没有损害，你能给多少，就拿出多少给我们吧！"(10)

伊婆罗向仙人致敬。然后说道："你知道我打算拿出多少？如果说得准，我一定如数拿出。"(11)

投山说：

阿修罗啊！我知道你打算给这几个国王每人一万头牛，大阿修罗啊！我知道你还打算给他们每人金币十千。(12)你打算给我的牛和金币成倍多，外加金车一辆，套上两匹骏马快如思想。快去拿来吧，伊婆罗啊！车子一定是真金铸成。(13)

毛密说：

贡蒂之子啊！伊婆罗一寻思，车子确实是黄金铸成。这位提迭心痛难忍，拿出车子和许多钱财。(14)婆罗多后裔啊！毗罗婆和苏罗婆两匹马拉着这辆车，载着投山仙人，还有所有的国王和黄金，立刻飞奔向前进，转眼间就到了投山仙人的净修林。(15)几位王仙向投山仙人辞别而去。仙人有了钱，满足了罗芭慕德拉的一切愿望。(16)

罗芭慕德拉说：

仙人尊者啊！你已满足了我的一切愿望，现在就让我为你生下一个英勇无比的儿子吧！(17)

投山说：

幸福的美人啊！你的行为让我很高兴。关于生子的事情，我有个考虑，你听我说说。(18)你是愿意生一千个或一百个，但只能顶十个的儿子呢，还是愿意生十个抵一百个的，或是生一个能赛一千个的儿子？(19)

罗芭慕德拉说：

以苦行为财富的人啊！我愿只生一个但能赛一千个的儿子，因为一个有学问、品德好的儿子胜过很多不成器、不做好事的儿子。(20)

毛密说：

投山仙人说了声："就依你的！"于是，在一个适当的时候，他就和这虔诚而有美德的女子享受了一番夫妻的欢情。(21)让妻子怀孕后，他就前往森林。在他去森林的期间，他的妻子罗芭慕德拉怀了七年的孕。(22)婆罗多后裔啊！转眼过了七载，生下赫赫有名的大诗人提咤私裕。他的威力使他光辉熠熠，仿佛生来就会念诵吠陀、吠陀支和奥义书。(23)投山仙人的这命根，成了一个威力无比的大仙人。当他还是一个小孩儿，居住在父亲家里就很机灵。拾柴负薪是他的日常事，由此得了一个名字叫载薪。(24)

看见这么一个好儿子，投山仙人非常高兴。他的祖先们也得到解脱，前往他们所希冀的世界。(25)从此，投山仙人的净修林出了名，季季都有开不尽的鲜花。波罗诃罗陀族的妖魔婆陀毗也从此被投山仙人消灭了。(26)大王啊！这就是投山仙人的净修林，它有很多优点，景色宜人。这里有圣洁的恒河，你可随意下去沐浴净身。(27)

以上是吉祥的《摩诃婆罗多》中《森林篇》第九十七章(97)。

九八

坚战说：

最优秀的婆罗门啊！睿智的投山仙人的种种业绩我都想听，请你详详细细地讲一讲吧！(1)

毛密说：

大王啊！投山仙人灵魂无限，请听他的威力和非凡的神奇事迹。(2)那事还是发生在圆满时代，檀那婆们兴起大战，打个不停。一些叫迦哩耶的檀那婆异常残酷凶狠。(3)他们拥戴弗栗多，用种种武器把自己装备起来，围攻以因陀罗为首的天神。(4)天神们努力想要诛灭弗栗多，把毁城之神因陀罗推举在前，一同去见大梵天。(5)大梵天对双手合十站在跟前的众神说："修罗们啊！你们想做什么，我全知道了。(6)我告诉你们一个办法，你们就可以诛灭弗栗多了。有一个足智多谋的大仙人，叫陀提遮。(7)你们一同去见这位仙人，请他赐恩。这位以法为魂的仙人会高兴地答应赐恩。(8)一心取胜的天神们啊！等他答应了赐恩，你们再一起说，为了三界的利益，请他把自己的骨头赐给你们。他会舍弃肉身，把自己的骨头赐给你们。(9)你们用他的骨头做个金刚杵。那将是威力无比，异常坚硬，上面有六道棱，使用时会发出巨大而可怕的声音。(10)用这个金刚杵，百祭（因陀罗）就能杀死弗栗多。办法我已全部讲了，所以赶快去吧，不要耽搁！"(11)

听了这话，天神们个个精神振奋。他们向大梵天辞行，推那罗延在首，一起向陀提遮的净修林走去。(12)净修林在婆罗私婆蒂河对岸，有种种树木和蔓藤，蜜蜂似婆罗门吟诵娑摩吠陀嗡嗡不倦，杜鹃咕咕叫个不停，还有其他飞禽走兽声，好一座生机盎然的净修林！(13)牛群、野猪、小鹿和牦牛都在悠然地漫游，吃草，一点也不怕老虎狮子到来。(14)很多大象正发春情，和母象们跳进了池塘，戏水声响彻了净修林。(15)老虎和狮子藏在山洞和岩谷中，它们的巨吼声也一阵阵回荡在净修林。(16)

天神们到达陀提遮仙人的这座净修林，处处有美景，和天堂一般。(17)他们在那里看到陀提遮仙人，只见他像太阳一般光辉灿烂，比得上老祖宗大梵天。(18)大王啊！修罗们躬身向仙人行了触脚礼，然后照大梵天的盼咐，一同开口请求他赐恩。(19)

　　仙人陀提遮心中喜悦，满面春风笑盈盈。对那些优秀的修罗，他开口这样说分明："为了你们的利益，天神们啊！我今天就赐给你们恩惠，为了让你们得胜，我甘愿舍弃自己的肉身。"(20)话音刚落，这位婆罗门俊杰、能控制感官的仙人，就舍弃了自己的性命。按照大梵天的指点，天神们把死者的骨头拿在手。(21)

　　天神们无限欢欣，为了把阿修罗战胜，又去见工巧大神，把目的向他说清。工巧大神听了很高兴，痛快地满口答应，一定要努力用心，把消灭阿修罗的武器做成。(22)工巧大神做成金刚杵，威力大，样子也令人吃惊。做完后，工巧大神高兴地对因陀罗说道："弗栗多与天神为敌，可恶又可恨，你今天就启程，用这无上的金刚杵去要他的命！(23)杀死了那个阿修罗，你就和众神统治天国，安享快乐，再不怕有灾祸。"听了工巧大神的话，因陀罗满怀喜悦，谦恭地伸手把金刚杵接下。(24)

　　　　以上是吉祥的《摩诃婆罗多》中《森林篇》第九十八章(98)。

<h1 style="text-align:center">九九</h1>

毛密说：
　　天上人间正被弗栗多围困得苦。因陀罗带着金刚杵，由强有力的众神保护，直奔弗栗多。(1)弗栗多有迦哩耶们在四周保护，他们身体魁梧，手里高举武器，像高峰耸立的群山。(2)婆罗多族俊杰啊！刹那间天神们和檀那婆们展开大战，打得三界都胆战心惊。(3)英雄们手举刀剑往仇敌身上砍，刀剑的碰击声响成一片。(4)大地保护者啊！从身上砍下的头颅纷纷自天上坠落尘寰，看起来就像从树上掉下的多罗果。(5)迦哩耶们有金甲护身，他们手拿长矛挥舞不停，就像一座座高山燃起森林大火，猛烈攻向众天神。(6)天神们抵挡不住他

们猛烈的进攻,吓得四处奔跑乱了阵。(7)看到天神们吓得逃跑,弗栗多气焰更高,毁城的千眼大神一下子失去勇气。(8)看见帝释天失去勇气,不朽的大神毗湿奴忙把自己的精力赐给千眼大神,使他又有了力量和勇气。(9)看见毗湿奴把精力赐给帝释天,天神们和纯洁无瑕的梵仙们也纷纷效法,都把自己的精力赐给他。(10)有了以毗湿奴为首的众神的精力和大福大德的梵仙们的精力,因陀罗精力充沛,强大无比。(11)

弗栗多知道天王因陀罗恢复了力量,气得大声咆哮。他的吼声震撼大地和四面八方,震撼天空、高山和天国。(12)国王啊!听到这巨大的可怕吼声,伟大的因陀罗也无法忍受。他在惊恐中迅速掷出强大的金刚杵,想要杀死弗栗多。(13)大阿修罗的脖子上,黄金项圈闪闪发光。因陀罗的金刚杵把他击倒在地,犹如往古巍巍高山曼陀罗,被毗湿奴用手推倒。(14)弗栗多已经倒在地上。因陀罗还吓得逃跑,跳进一个池塘。他吓得不知道自己已经亲手掷出金刚杵,更不知道弗栗多已经中杵身亡。(15)

天神们喜笑颜开,仙人们也高兴地赞颂因陀罗。弗栗多一倒,提迭们心急如火焚。天神们齐心协力,迅速杀戮他们。(16)他们遭到天神们杀戮,惊恐地逃进大海。大海茫茫无边际,里面有无数鳄鱼和珠宝。(17)进入大海把身藏,檀那婆们又趾高气扬。他们聚在一起商量,要想把三界消灭光。有些檀那婆善于谋划,争先恐后献良策。(18)檀那婆们左思右想,也是出于天命,他们做出可怕的决定:"哪些人有学问,哪些人修苦行,就首先把他们消灭。(19)三界存在依靠苦行,因此,赶快动手消灭苦行。大地上那些修苦行的人,通晓正法的人,懂得梵的人,赶快把他们消灭。只要消灭了他们,三界也就毁灭。"(20)

这些檀那婆做出决定,自以为毁灭世界有妙计,欣喜若狂。他们以波涛翻滚、珠宝聚集的大海为要塞,那是伐楼拿的住处。(21)

以上是吉祥的《摩诃婆罗多》中《森林篇》第九十九章(99)。

一〇〇

毛密说：

这些叫迦哩耶的阿修罗把大海，把水神伐楼拿的水宫作了安乐窝，动手消灭三界逞威风。(1)天一黑他们的怒火就上升，跑到各个净修林和圣地，把住在那里的牟尼们吃掉。(2)这些恶魔跑到极裕仙人的净修林，吃掉一百八十八个婆罗门，又吃掉九个苦行者。(3)行落仙人圣洁的净修林是婆罗门常去的地方。他们去那里吃掉一百个以果子和根茎为生的牟尼。(4)婆罗堕遮的净修林里住着一些严格遵守梵行，只靠餐风饮水活命的婆罗门，也被他们吃掉二十个。他们夜里吃人，白天就躲进大海。(5)

这些叫迦哩耶的阿修罗本来就是与死亡为伴的恶魔，凭着臂力大，一到夜里就疯狂地跑到各处净修林骚扰，杀死无数的婆罗门。(6)人中俊杰啊！人们还不知道那些婆罗门为谁所杀。提迭们也就杀个不停，专杀那些修苦行的。(7)一到天明，总会看到一些因节制饮食而瘦弱的牟尼倒在地上，气绝身亡。(8)他们身上已经没有一点肉和血，也没有骨髓和肚肠，关节散开，看上去就像地上一堆堆的贝壳。(9)净修林里狼藉不堪，遍地是打碎的坛坛罐罐，要向祭火投放的物品和浇酥油的勺也被打翻在地。(10)诵习吠陀和祭祀的"婆娑"呼声已经听不见，祭祀的盛况烟消云散，因为害怕迦哩耶，世界变得一片凄凉。(11)

人主啊！眼看人在渐渐减少，为了保住自己性命，人们纷纷逃向各方。(12)有的逃进山洞，有的逃到瀑布边，有的惧怕死亡，吓得丢了命。(13)有些英勇的大弓箭手极其骄傲，竭尽全力寻找檀那婆们的踪迹。(14)他们备尝辛苦，筋疲力尽，找不到藏在海里的这些恶魔。(15)

人主啊！祭祀的盛典一停，世界变得死气沉沉，天神们感到很痛苦。(16)因陀罗等天神十分惧怕，聚到一起商量办法，决定去找无往不胜的那罗延。(17)他们一同去见诛灭摩图的那罗延（毗湿奴），对他说："主啊！你是创造主，创造了我们，养育了我们。你是世界之主，这世上一切动物和不动物全由你造出。(18)眼如莲花者啊！为了拯救这世界，不让它罹难受苦，你曾变成猪，把大地从海中救出。(19)无上士啊！从前你还以半人半狮的形象出现，杀死英勇无比的最初的提迭希罗尼耶格西布。(20)那一切生灵都杀他不死，拿他无可奈何的大阿修罗钵利，也是你变成一个侏儒，把他从三界消除。(21)赡婆这个阿修罗武艺娴熟，凶残恶毒，专门破坏祭祀而闻名，也是你将他消除。(22)诛灭摩图者啊！你的这类功绩数不清，我们这些吃惊受怕的天神只有投奔你。(23)众神之主啊！请你为了三界的利益，保护世上的一切生灵；也请你保护包括因陀罗在内的天神，因为大家都受着巨大的威胁，惊恐万分。"(24)

以上是吉祥的《摩诃婆罗多》中《森林篇》第一百章(100)。

— ○ —

天神们说：

主啊！有了您恩赐，四种生物[①]才得以生存；有了他们生养不息，才有祭品供奉天神。(1)由于你的恩惠和庇护，各界就这样互相依存，繁荣昌盛，无忧无虑。(2)现在各界却遭了大难，恐惧不安，我们简直弄不清是谁在晚上杀死许多婆罗门？(3)没有婆罗门，地上的世界就要破灭；地上的世界不复存在，天国也要毁灭。(4)大臂者啊！世界之主啊！只有你赐恩，各界众生才能有庇护；只有你，才能使他们免遭毁灭！(5)

毗湿奴说：

修罗们啊！众生受害的原因我都知道。你们先丢开烦恼，仔细听我说吧！(6)有一种叫迦哩耶的极端残忍的阿修罗，他们依仗弗栗多，让整个世界都遭了灾祸。(7)睿智的千眼大神杀了弗栗多，为保住自己的性命，他们就逃进伐楼拿的住处。(8)进入可怕的鳄鱼聚居的大

---

① 指胎生、卵生、化生和湿生。古代印度将一切生物分为这四类。

海后,为了毁灭各界,他们就在夜晚出来杀害婆罗门。(9)一进入大海,他们就受不到伤害。要想打败他们,只有想法弄干大海。除了投山仙人外,谁也没有弄干大海的本领。(10)

听了毗湿奴的指点,天神们向大梵天告辞,一同向投山仙人的净修林走去。(11)他们在那里见到灵魂高尚、神采焕发的投山仙人,只见仙人们敬拜他,就像众天神敬拜大梵天。(12)天神们走向净修林里这位灵魂高尚的大仙人,密多罗和伐楼拿的儿子,苦行的堆积,以自己的功绩著称。(13)

天神们说：

从前友邻王作恶,为害各界。为了保护各界众生,你将他赶出天国,不让再做修罗之主。①(14)杰出的文底耶山因生太阳的气,突然不断升高。只是不敢违抗你的命令,它才停止升高。(15)当世界被黑暗笼罩,众生受到死亡威胁,他们得到你的庇护,最终安然无恙。(16)尊者啊！我们常常受你恩泽,在恐惧中得到你庇护。现在我们正在受苦,因此请求你这位赐恩者给我们一个恩惠。(17)

以上是吉祥的《摩诃婆罗多》中《森林篇》第一百零一章(101)。

一〇二

坚战说：

大牟尼啊！文底耶山为什么生气？为什么突然升高？我很想听个详细,请您讲一讲吧！(1)

毛密说：

大王啊！山中之王弥卢山非常高大,金光闪闪,太阳每天一升一落,都要向它右绕致敬。(2)见了这情景,文底耶山就对太阳说:"太阳啊！你每天绕着弥卢山转个不停,你也应当绕着我向右行,不能把我看轻！"(3)

---

① 友邻王曾取代因陀罗作天帝。

213

听了文底耶的话，太阳连忙回答："山中之王啊！不是我自己愿意要绕着弥卢山向右转，是世界安排一切，给我规定了这条路线。"（4）

折磨敌人者啊！一听这话，文底耶山怒不可遏，突然开始一个劲地往上长，想把太阳和月亮的路挡住。（5）所有的天神聚集在一起，由因陀罗率领，去见伟大的文底耶山王。他们设法劝阻它，但不管怎么说，山王文底耶就是不听。（6）于是，天神们一起去见投山仙人。这位仙人住在净修林修苦行，是最优秀的执法者，勇气非凡，光彩照人。天神们一起向他说明来意。（7）

天神们说：

最优秀的婆罗门啊！山王文底耶大发雷霆，把太阳和月亮的路都挡住了，还使星星也不能运行。（8）最有福的婆罗门啊！除了你没有谁能拦住它。求求你，别让它再往上升！（9）

毛密说：

听了天神们向自己求助，投山仙人就带着妻子去见文底耶大山，走到它跟前，对它说道：（10）"最优秀的山啊！我有事要往南方一行，望你闪开一条路，让我过去！（11）还望你等着我，一直等到我回来。等我回来了，你又可以随意往上升。"（12）

消灭敌人者啊！同文底耶山这样说定以后，投山仙人就往南方去了，至今也没有从南方回来。（13）坚战王啊！你问我怎么由于投山仙人的威力，文底耶山就不再上升，这就是全部经过，我已讲给你听。（14）大王啊！你再听我讲讲修罗们得到投山仙人的恩惠后，怎样消灭那些叫迦哩耶的阿修罗吧！（15）

听了天神们的话，密多罗和伐楼拿之子投山仙人就问："你们为什么到这里来？要我赐什么恩？"听仙人这样问，天神们就说：（16）"大仙人啊！我们求你把大海的水喝干，好让我们杀死那些迦哩耶和他们的亲友，因为他们仇恨天神。"（17）

听了天神们的话，投山仙人就说："好吧！为了各界最大的幸福，我将满足你们的愿望。"（18）

信守誓言的投山仙人说完这话，就带上修苦行得道的仙人们和众天神，走向河流的丈夫大海。（19）人、蛇、健达缚、药叉和紧那罗也都成群地跟在灵魂伟大的投山仙人的后面，都想目睹这个奇迹。(20)他们浩浩荡荡来到咆哮的大海，只见狂风卷起巨浪，水势汹涌，波涛滚滚。(21)水花飞溅，像大海在笑，卷起一个个漩涡，又像跌进无数深渊。海里有各种各样的鳄鱼，还有各式各样的飞禽。(22)众天神、健达缚、长蛇和大福大德的仙人们，都跟着投山仙人，一同来到大海。(23)

以上是吉祥的《摩诃婆罗多》中《森林篇》第一百零二章(102)。

一〇三

毛密说：

到达海边，伐楼拿之子投山仙人对随他一同来到的仙人们和天神们说：(1)"为了各界的利益，我要把大海喝干。你们有什么事需要办的，赶快办吧！"(2)

说完这话，做事必胜不败的密多罗和伐楼拿之子投山仙人突然怒容满面，当着一切世界的面，开始喝起海水。(3)见他喝海水，包括因陀罗在内的所有天神都惊诧不已，对他又是赞颂，又是敬拜。(4)他们赞颂道："你是我们的保护人，你是世界的创造主，有你大发慈悲，包括天神在内的整个世界就可免遭毁灭。"(5)

天神们敬拜灵魂伟大的仙人，健达缚们的管弦声响彻四面八方，天花纷纷撒下。投山仙人已把海水喝光。(6)天神们看到大海里的水已被喝光。他们欣喜若狂，拿起天上神奇的武器，斗志昂扬，杀戮那些檀那婆。(7)天神们灵魂高尚，力大无穷，高声呐喊，向檀那婆们发起猛攻。檀那婆们遭到杀戮，在天神猛攻下，无力抵御。(8)

婆罗多后裔啊！檀那婆们被天神们杀得恐怖地大声喊叫，但转眼之间他们又奋起和天神们展开激战。(9)灵魂完善的牟尼们已经用苦行的威力折磨檀那婆们，所以他们竭尽全力，还是被天神们消灭了。(10)他们都戴有金首饰、手镯和耳环，被杀倒下时，好像金苏迦花纷纷坠落地上。(11)人中俊杰啊！有几个迦哩耶逃了命，他们穿过大地，到地狱去藏身。(12)

看到檀那婆们已被歼灭，天神们又用种种美妙的语言称赞最优秀的仙人投山：(13)"大福大德啊！由于你的恩惠，各界得到了极大的幸福，那些凶残的迦哩耶由于你的威力被消灭了。(14)大臂者啊！世界的创造主啊！那被你喝下去的水，还请你吐回大海去吧！"(15)

听了天神们的要求，牟尼中的雄牛回答道："喝下的水已被我消化，要使大海重新填满水，你们只有努力另想办法。"(16)

听了灵魂完善的大仙的话，修罗们都很惊讶，又很忧虑害怕。(17)大王啊！一切众生互相告别，向牟尼中的雄牛投山仙人行礼，然后，如何来的，又如何回去了。(18)天神们一遍又一遍商量如何找水填满大海。后来，同毗湿奴一道，到大梵天跟前，双手合十，对他讲了要给大海充水的事。(19)

以上是吉祥的《摩诃婆罗多》中《森林篇》第一百零三章(103)。

一〇四

毛密说：

世界老祖宗大梵天对一同来到的天神们说："去吧！你们都到各自想去的地方去吧！(1)过一段很长的时间，跋吉罗陀王为了自己的祖先的缘故，会让大海恢复原状。"(2)

坚战说：

婆罗门啊！这和祖先怎么有关？牟尼啊！跋吉罗陀又怎么努力让大海充满水呢？(3)以苦行为财富的人啊！我想听你详细讲述这位国王的最善功行，婆罗门啊！(4)

护民子说：

听了灵魂伟大的法王坚战的话，婆罗门之首毛密仙人就把灵魂伟大的萨竭罗王的卓著功勋讲了一番。(5)

毛密说：

甘蔗族有位国王叫萨竭罗，长得仪表堂堂，天性善良，又威武有力，只是没有儿子。(6)婆罗多后裔啊！他消灭了醯诃耶人和多罗强伽人，还降服了其他国王，然后统治着自己的王国。(7)婆罗多族雄牛啊！这位国王有两个王后，一个叫毗达厘毗，一个叫舍毗耶，婆罗多族俊杰啊！她们两人年轻貌美，非常骄傲。(8)王中因陀罗啊！萨竭罗王求子心切，带着两个妻子到盖拉娑山住下，在那里修炼大苦行。(9)他修苦行，功夫渐深，还能行瑜伽，遇见摧毁三城的三眼大神。(10)他就是手执三叉戟的商羯罗，携带毗那迦神弓的自在天，变化无穷的乌玛之夫，权力与忿怒之神湿婆。(11)看到赏赐恩典的大神，大臂国王带着两个妻子，上前向他行礼，请求他赐给儿子。(12)

大神很高兴，对带着妻子的优秀国王说："国王啊！你来的是时候，我赐给你恩惠！(13)优秀的国王啊！你的一个妻子会生下六万个儿子，他们个个都是在战争中威风凛凛的英雄。(14)国王啊！但这六万儿子会一同毁灭。你的另一个妻子只生一个儿子。这惟一的英勇的儿子将是你的传宗接代人。"说完这话，楼陀罗隐身消失。(15)

萨竭罗王心满意足，非常高兴，带着两个妻子，回到了自己的王宫。(16)人中俊杰啊！国王的两个眼如莲花的妻子毗达厘毗和舍毗耶果然怀了孕。(17)到了产期，毗达厘毗生下一个瓜，舍毗耶则生下一个貌如天神的男婴。(18)国王见生下一个瓜，心里正想把它丢掉，只听空中传来一个深沉而庄严的声音说：(19)"国王啊！别冒失！你不应该把儿子抛弃！你要从瓜里取出瓜子，努力保护好。(20)国王啊！你把每粒瓜子分别放到装着冒着热气的酥油的罐中，这样，你就会得到六万个儿子。(21)人主啊！这是大神湿婆的旨意，你的儿子就要以这样的程序出生，你可不能有别的想法。"(22)

以上是吉祥的《摩诃婆罗多》中《森林篇》第一百零四章(104)。

一〇五

毛密说：

王中俊杰啊！婆罗多族雄牛啊！听见空中传来的这些话，萨竭罗王深信不疑，连忙恭恭敬敬地照着做了。(1)大王啊！由于楼陀罗的恩典，王仙萨竭罗的六万儿子来到人间，一个个神采非凡，具有无限的威力。(2)他们非常凶恶，做事残酷无情，还能到天上去溜达，仗着人多势众,把包括天神在内的各界都不放在眼里。(3)他们英勇善战,常向天神们、健达缚们、罗刹们和一切生灵进攻。(4)世界众生被萨竭罗的愚昧糊涂的儿子们杀得很苦,随着众天神,一同去求大梵天庇护。(5)

一切世界的大福大德的老祖宗大梵天只对他们说:"天神们啊!你们和一切世界众生如何来的,还是如何回去吧!(6)修罗们啊!过不了多久,萨竭罗的这些儿子就会因他们犯下的恶业而遭遇恐怖的灾难。"(7)

人主啊!听了大梵天这样说,天神们和世界众生就向这位老祖宗辞行,像来时一样回去了。(8)

婆罗多族雄牛啊!过了很长一段时间,英勇的萨竭罗王想要举行马祭。他的祭马由他的儿子们保护,在大地上四处放牧。(9)祭马走到干涸无水、景象可怕的大海边,虽然有人保护,却突然消失不见。(10)萨竭罗的儿子们认定那无上的宝马是被人偷走了。他们去见自己的父亲,告诉他马被偷了。他就命令他们到四面八方去把马找回来。(11)

大王啊!萨竭罗王的儿子们奉了父命,到四面八方去找,足迹遍及大地。(12)找来找去,他们大家又聚到了一起,既没有找到祭马,也没有找到偷马的人。(13)于是,他们一同去见萨竭罗,双手合十说道:"父王啊!我们到过包括大海和岛屿,包括高山和森林,以及包括岩洞和大大小小河流在内的整个大地。(14)国王啊!我们遵照你的命令,四处找寻,但既没有找到马,也没有找到盗马的人。"(15)

大王啊!听了儿子们的话,萨竭罗王气得晕了过去。也是天意使然,他竟对他们大家这样说道:(16)"儿子们啊!你们别回头。再出去找马吧!找不到祭马就别回来!"(17)

奉了父亲的命令,萨竭罗的儿子们再一次出去,踏遍了大地,想把祭马找回。(18)萨竭罗的这些英勇的儿子看见海底大地有裂缝,他们就用锄头和大镐,对准一个洞,使劲地挖掘起大海。(19)大海是水神伐楼拿的宫殿。它被萨竭罗的儿子们挖得伤痕累累、痛苦难忍。(20)萨竭罗的儿子还把阿修罗们、罗刹们、蛇类们和各种各样的生物挖得痛苦难忍,大放悲声。(21)只见成百上千的生物有的没有头,有的没有躯干,有的被砍得颅骨膝骨破碎不全。(22)但他们还照样继续挖,继续把鳄鱼居住的大海翻腾,但挖了很久,仍不见马的踪影。(23)他们挖得满腔愤怒,直到在大海的东北角上把地狱也挖开,才见祭马在地上悠然徘徊。(24)他们还看见灵魂伟大的迦毗罗,因修苦行,周身闪烁光辉,像一团燃烧的火。(25)

以上是吉祥的《摩诃婆罗多》中《森林篇》第一百零五章(105)。

一〇六

毛密说:

国王啊!萨竭罗的儿子们一见祭马,欢喜得汗毛直竖。也是受死神差遣,他们一心想把马捉回,愤怒地冲上前去,竟没有把灵魂伟大的迦毗罗放在眼里。(1)大王啊!这位优秀的牟尼又被人们叫做婆薮提婆之子。萨竭罗的儿子们的无礼激怒了他。(2)这位威力巨大的牟尼一瞪眼,射出威严的光芒,焚烧萨竭罗的愚蠢的儿子们。(3)

大苦行者那罗陀看到萨竭罗的儿子们被化为灰烬,就到萨竭罗跟前,将这事告诉了他。(4)从那罗陀仙人口中听到这可怕的噩耗,一时间萨竭罗非常伤心,但他又想起湿婆说过的话,自己宽慰自己,仍考虑如何去寻回祭马。(5)婆罗多族之虎啊!他有个孙子叫鸯输曼,是阿萨曼阇之子。他把孙子招来,说道:(6)"我的六万个威力无尽的儿子为我办事,冒犯迦毗罗的威严,走向死亡。(7)孩子啊!纯洁无瑕的人啊!为了保护正法,为了市民的利益,你的父亲也已经被我抛弃。"(8)

坚战说:

以苦行为财富的人啊!王中之虎萨竭罗为什么要将自己亲生的、不应被抛弃的英勇的儿子抛弃呢?请你对我讲一讲吧!(9)

毛密说:

萨竭罗的这个儿子叫阿萨曼阇,是王后舍毗耶所生。他喜欢抓住城中百姓小孩的脚,倒悬着把哭哭啼啼的小孩扔进河里。(10)城中百姓充满恐惧和悲伤,一起走到萨竭罗跟前,双手合十站着对他

讲：(11)"大王啊！你是我们的保护人，使我们不怕敌军的车轮。在阿萨曼阇造成的大恐怖中，也只有你能保护我们！"(12)

这位优秀的国王听了城中百姓诉说这种骇人的事，心里一阵难过，对大臣们说：(13)"你们今天就将我的儿子阿萨曼阇逐出城去！如果你们要让我高兴，就赶快去把这事办了！"(14)

人主啊！大臣们听了萨竭罗的吩咐，立刻执行他的命令。(15)这就是灵魂伟大的萨竭罗王为了城中百姓们的利益而将儿子放逐的事，我已经讲给你听。(16)萨竭罗对大弓箭手鸯输曼又说了些什么，这也告诉你，请听我说。(17)

萨竭罗说：

孩子啊！你的父亲已经被我放逐，其他的儿子又全部死亡，祭马也没有找回，这些使我备受煎熬。(18)我受着痛苦的煎熬，祭祀受阻使我茫然无措，孙儿啊！你去把马找回，把我从地狱救出来吧！(19)

毛密说：

听了灵魂伟大的萨竭罗这样说后，鸯输曼怀着忧伤的心情，来到大地有缝的那地方。(20)他从那里顺道钻进海底，看见了灵魂伟大的迦毗罗和那匹马。(21)见到威力的化身，年高德劭的仙人，鸯输曼俯首触地向他致敬，并说明来意。(22)婆罗多后裔啊！以法为魂、威力巨大的迦毗罗仙人对鸯输曼很满意，说道："我要赐给你恩惠！"(23)

于是，鸯输曼第一为了祭祀而请求那匹马，第二为了净化父亲们而请求水。(24)

威力巨大的牟尼雄牛迦毗罗对他说道："纯洁无瑕的人啊！愿你吉祥如意，你请求的，我全赐给你。(25)你宽厚仁爱，又尊重正法和真理。由于你，萨竭罗才能称心如意；由于你，你的父亲才有了后继。(26)由于你的威力，萨竭罗的儿子们会升入天国。为了净化他们，你的孙子将取悦大自在天，把走三条路的恒河从天国带下。(27)人中雄牛啊！孩子啊！你把马带走吧！祝你幸运！让灵魂伟大的萨竭罗的祭祀完成吧！"(28)

听了灵魂伟大的迦毗罗这样说后，鸯输曼牵了马，来到灵魂伟大的萨竭罗举行祭祀的地方。(29)他向灵魂伟大的萨竭罗行触足礼，萨竭罗也吻了他的头，然后他把一切经过禀告萨竭罗。(30)他依照所见

所闻讲述萨竭罗的儿子们遭到灭亡，又告诉他祭马已经带到祭祀场。(31)

萨竭罗听后，把失去儿子的痛苦抛开，对鸯输曼表示敬意，然后把祭祀举行完毕。(32)祭祀完毕，所有的天神都称赞萨竭罗。从此，萨竭罗把伐楼拿居住的大海看做自己的儿子一般。(33)眼如莲花的萨竭罗在他的王国里统治了很长时间。后来，他把王国的重任交给孙子，自己升入天国。(34)

大王啊！以法为魂的鸯输曼也像他的祖父一样，统治这以大海为边的大地。(35)他生下一个儿子叫底离钵。他把王位传给这位通晓正法的儿子，自己也升入天国。(36)

听说大批祖先不幸丧生，底离钵痛苦不堪，想法解救他们。(37)这位国王竭尽全力，想把恒河从天上引下，但是徒劳无益，恒河没有从天上降到人间。(38)底离钵有个吉祥的儿子叫跋吉罗陀，忠于正法，坚持真理，说话诚实，不怀嫉妒。(39)婆罗多族雄牛啊！底离钵让这儿子灌顶继承王位，自己退居到森林。到森林后，靠苦行和瑜伽之力，在适当的时候升入天国。(40)

以上是吉祥的《摩诃婆罗多》中《森林篇》第一百零六章(106)。

一〇七

毛密说：

跋吉罗陀成了精通箭术、英勇善战的转轮王，又是为众人的心里和眼里增加喜悦的人。(1)有一天，大臂跋吉罗陀听说，他的六万祖先因为得罪灵魂伟大的迦毗罗，惨遭毁灭，死后还升不了天国。(2)这位国王满怀悲痛，把国家托付给宰相，自己决心到雪山去修苦行。(3)人中俊杰啊！他一心想用苦行之火烧尽罪恶，以取悦恒河；他也观赏群山中最美好的雪山。(4)只见层层峰峦把雪山装点，峰顶有种种矿物闪闪发光，气象万千，云彩随风飘动，不断将层层山峦拥抱。(5)溪谷与山涧里流水潺潺，处处有花丛把雪山装点，深居山洞的狮子和老虎也常常在雪山出现。(6)山上有种种珍禽，鸣声响彻一片,有大黑蜂和天鹅,有黑顶鸥和饮雨的杜鹃。(7)有孔雀和啄木鸟,有布谷鸟、轮鸟和望月鸟,还有叫黑眼圈和爱儿的鸟。(8)处处有美丽的湖泊和水湾,里面开满了红荷白莲,仙鹤的鸣声甜美悦耳,这一切装点雪山,美景无限。(9)

在雪山的岩石上,时时有紧那罗和天女出现。一棵棵大树挺立在雪山,树干上有象牙磨出的癜痕。(10)山上有名叫持明的小神们到处游荡,各种各样的宝石充满山间,还有舌头闪闪发光的巨毒长蛇,(11)雪山上有的地方灿烂如黄金,有的地方雪白如银子,有的地方一片黑沉沉,好像堆着擦眼的乌油烟。(12)

人中俊杰跋吉罗陀在那里修炼严厉的苦行,只喝清水,只吃果和根,整整过了一千年。(13)在天上时间整整过了一千年后,伟大的恒河自己对跋吉罗陀显了形。(14)

恒河说:

大王啊!你要向我求什么呢?我能给你什么呢?说吧!你说什么,我就照你说的做。(15)

毛密说:

听了恒河这样说,跋吉罗陀王就对这位雪山的女儿说道:"赐恩的大河啊!我的叔祖父们寻找祭马,被迦毗罗仙人送到死神阎摩那里去了。(16)他们是灵魂伟大的萨竭罗之子,共有六万之多。受不了迦毗罗灼人的威力,顷刻间就丧失性命。(17)他们死后,只有什么时候你把水洒在他们身上,他们才能去天国居住。(18)大福大德的大河啊!把萨竭罗的儿子们,我的那些叔祖父们带到天国去吧!这就是我对你的恳求。"(19)

听了跋吉罗陀王的话,备受各界崇敬的恒河非常高兴,立刻对他说出这样的话:(20)"大王啊!我一定满足你的要求,这是没有问题的。不过,在我从天下降时,那迅猛的流势很难承受。(21)国王啊!在三界中,除了神中魁首青项湿婆大神外,再没有谁能承受。(22)大臂者啊!你快去用苦行取悦这位赐恩的湿婆。我从天降落时,这位大神会用他的头接住我。为了你的祖先们的利益,他会满足你的愿望。"(23)

国王啊!听了这话后,跋吉罗陀就到盖拉娑山,去取悦商迦罗

（湿婆）。(24)过了一段时间，这位人中俊杰终于见到湿婆，求得恩典，国王啊！为了使自己的祖先们能入住天国，请他接住自天降落的恒河。(25)

以上是吉祥的《摩诃婆罗多》中《森林篇》第一百零七章（107）。

一〇八

毛密说：

听了跋吉罗陀的话，也考虑到这对天神们大有好处，湿婆尊者就对跋吉罗陀王说："好吧！就依你的要求。(1)大臂者啊！最贤明的国王啊！为了你，我将接住自天降落的吉祥、美丽、圣洁的天河。"(2)

大臂者啊！这样说完后，湿婆就在拿着种种兵器、样子可怕的随从们的簇拥下，来到雪山。(3)在雪山上站定后，他对人中俊杰跋吉罗陀说道："大臂者啊！你求雪山之女恒河吧！我会接住这条自天降落的最出色的河。"(4)

听了湿婆的话，跋吉罗陀王精神振奋，谦恭地一心默想着恒河。(5)河水圣洁的、美丽的恒河被跋吉罗陀王这样默想着。她又看见湿婆大神站着迎接她，于是马上自天空降落。(6)一见恒河从天降，众天神、大仙、健达缚、蛇类和罗刹，都一同走来想好好看看她。(7)

雪山之女恒河往下降落，波涛滚滚，卷起一个个大漩涡，水里满是鳄鱼和其他各种鱼族。(8)大王啊！大神诃罗（湿婆）接住了这天空的飘带恒河。她在他的头部像一条珍珠项链大放异彩。(9)国王啊！那走向大海的雪山之女，那有三条支流的恒河蜿蜒流下，河水充盈，水中激起一团团白色的浪花，好像是排成行的白天鹅。(10)她有时像蛇行蜿蜒，体态婀娜，有时又猛然倾泻，像醉妇跌跌撞撞，白色的浪花像披在身上的轻衫，有时水浪汹涌，发出激越的涛声。(11)她就这样仪态万端，从天上降到地面，并对跋吉罗陀说道：(12)"大王啊！指一指吧，你要我从哪一条路流向前？大地之主啊！我已为你降落到大地。"(13)

人中俊杰啊！听了这话，跋吉罗陀王就向灵魂伟大的萨竭罗王的儿子们的躯体所在地走去，要用圣洁的水净化他们。(14)

受众界崇拜的大神诃罗接住恒河后，又偕同众天神，前往一切山中最好的盖拉娑山。(15)

跋吉罗陀王和恒河一起到了大海边。恒河很快就把伐楼拿居住的大海灌满了水。(16)跋吉罗陀王高兴得把恒河看做自己的女儿。他在那里向祖先们献了水，了却了宿愿。(17)

走三条路的恒河怎样下凡来到大地，怎样又让大海充满水，我已经讲述这一切。(18)大王啊！你问我灵魂伟大的投山仙人为何要把大海喝干，为何要消灭杀害婆罗门的婆陀毗，我全都讲了，主人啊！(19)

以上是吉祥的《摩诃婆罗多》中《森林篇》第一百零八章（108）。

一〇九

护民子说：

婆罗多族雄牛啊！贡蒂之子坚战渐渐来到能消除罪孽和恐惧的南达河与阿波罗难陀河。(1)到达金顶山时，坚战王看到很多不可思议的奇异现象。(2)在那里，只要一说话，就会乌云翻腾，石流滚滚，心生恐怖的人不能登上这座山。(3)那里经常有清风吹拂，经常有天神降雨，每天黎明或黄昏时候，可以见到运送祭品的火神尊者。(4)看到这些奇异现象，般度之子坚战又向毛密仙人询问出现奇异现象的原因。(5)

毛密说：

粉碎敌人者啊！关于这事，我把我们以前听说的告诉你，国王啊！你注意听着！(6)

在这座雄牛峰上，曾经有一个名叫雄牛的苦行者，已有好几百岁，动辄发怒。(7)别人和他说话，他生气地对山说道："无论谁在这里说话，你就向他投掷石头！"(8)这位苦行者还把风召来，说道："不许发出声响！"因此，一旦有人说话，乌云就出面阻止。(9)国王

啊！这位大仙出于愤怒做了这样一些事，以阻止别人。(10)

国王啊！听说从前天神们来到南达河，人们都想瞻仰天神，也跟随而来。(11)以帝释天为首的天神们不愿意让人们看见他们，就以这座山作为难以逾越的堡垒。(12)贡蒂之子啊！从那时起，人们就再也看不见这座山了，更不用说登上它。(13)没有苦行功力的人不能看见这座大山，也登不上这座大山。所以，贡蒂之子啊！你要缄默不出声。(14)天神们经常在这里举行最高的祭祀，婆罗多后裔啊！到今天还能见到那些祭祀的遗迹。(15)民众之主啊！这里到处遍布的杜尔伐草长得像俱舍草，许多树木像一根根祭柱。(16)到今天还有很多天神和仙人住在这里，婆罗多后裔啊！在黄昏和黎明还能看见他们燃起的祭火。(17)贡蒂之子啊！凡在那里沐浴的人，他们的罪孽都会立即消除，因此，俱卢族俊杰啊！你和你的弟兄们一起到那儿去沐浴吧！(18)在南达河沐浴净身后，你再到憍湿吉河去，众友仙人曾在那儿修炼最严厉的苦行。(19)

护民子说：

坚战王带领众人在南达河沐浴净身后，前往圣洁、美丽、充满吉祥之水的憍湿吉河。(20)

以上是吉祥的《摩诃婆罗多》中《森林篇》第一百零九章(109)。

一一〇

毛密说：

婆罗多族雄牛啊！这是圣洁的天河憍湿吉，这里有众友仙人的美丽可爱的净修林。(1)这里有灵魂伟大的迦叶波之子(无瓶)的圣洁的净修林。他的儿子是能控制感官的苦行者鹿角。(2)他以苦行的威力让因陀罗下雨。因为惧怕他，诛灭钵罗和弗栗多的因陀罗就在大旱之时降雨。(3)迦叶波之子(无瓶)的这位光辉的儿子为母鹿所生，在毛足王的国内创造伟大的奇迹。(4)在谷物收获之后，毛足王把女儿和平公主嫁给鹿角，就像太阳嫁出女儿莎维德丽。(5)

坚战说：

迦叶波之子(无瓶)的儿子鹿角怎么是母鹿所生？因为这违背生育

之道。他怎么依靠苦行做到这一点？(6)为什么在干旱之时,诛灭钵罗和弗栗多的帝释天会惧怕这个聪明的孩子而降雨？(7)信守誓言的和平公主容貌如何？她如何博得这位母鹿所生的仙人欢心？(8)听说王仙毛足是个遵行正法的人,为什么诛灭巴迦的因陀罗不在他的国土降雨？(9)尊者啊！我很想听听鹿角仙人的事迹,请你详详细细如实讲给我听！(10)

毛密说：

梵仙无瓶凭苦行达到灵魂完善。他和生主一样光辉,元阳从不虚射。(11)请听他的威武有力、光辉无比的儿子鹿角怎样降生在大湖,怎样在孩提时就受到长者尊敬。(12)无瓶仙人在大湖修炼苦行,天长日久,辛苦劳累,受到天神们和仙人们尊敬。(13)国王啊！有一天,他在水中沐浴,见到天女优哩婆湿,不觉元阳泄入水中,被一头母鹿连水一同喝下。(14)国王啊！母鹿口渴喝水,将精液一同喝下而怀孕了,因为命中注定的事不会落空。(15)

母鹿生下的儿子就是鹿角大仙。他在森林中长大,一直修炼苦行。(16)国王啊！这位灵魂高尚的大仙头上长有鹿角,因此,他以鹿角之名著称于世。(17)除了自己的父亲以外,他没有见过别的男人,国王啊！他的心一直专注于梵行。(18)

那时候,十车王有个朋友,名叫毛足,是盎伽国国王。(19)听说这位国王让众婆罗门的愿望落了空,因此,众婆罗门抛弃了他。(20)由于祭司跑掉,千眼大神因陀罗就不在这位国王的国土上降雨,他的臣民备受煎熬。(21)这位国王询问那些修苦行、有智慧、能够让天王因陀罗降雨的婆罗门：(22)"有什么办法让天降雨？"在他的催促下,这些聪明的婆罗门表达自己的看法。(23)

其中一位优秀的牟尼对国王毛足说："王中因陀罗啊！你惹恼了众婆罗门,所以你需要弥补过失。(24)大地之主啊！你把无瓶仙人的儿子鹿角请来吧！他是林居者,对妇女一无所知,天真纯朴。(25)如果这位大苦行者来到你的国土,国王啊！天立刻就会降雨,对此我毫不怀疑。"(26)

国王啊！听了这话,毛足弥补自己的过失,前去求得众婆罗门宽恕,然后回来。臣民们看见国王回来,也高兴地迎接他。(27)然后,盎伽王毛足召集善于出谋划策的大臣,努力设法把鹿角仙人请来。(28)坚定不移的毛足依靠这些精通经典、利益和策略的大臣,想出一个办法。(29)这位大地之主召来一些出色的妓女。他对这些精通一切的妓女说道:(30)"美人们啊!你们要设法诱惑仙人之子鹿角,让他信任你们,把他带到我的国土来。"(31)

那些妓女既怕国王发怒,又怕仙人诅咒,顿时脸色变得惨白,神情沮丧,异口同声地说道:"这件事我们无能为力。"(32)

这时有个老妇人对国王说道:"大王啊!我可以想法把那位以苦行为财富的人带来!(33)但你要满足我的一些愿望,然后我就能将仙人之子鹿角带来。"(34)

国王明白她的意图,给了她大量钱财和各种珠宝。(35)于是,大地之主啊!老妇人就带着几个年轻貌美的妇女,径直前往森林。(36)

以上是吉祥的《摩诃婆罗多》中《森林篇》第一百一十章(110)。

— — —

毛密说:

婆罗多后裔啊!为了完成国王交给的任务,老妇人依照国王的命令,凭借自己的智慧,在船上建起一座净修林。(1)净修林里装饰着人造的开花结果的树木,各式各样的灌木和蔓藤,结着美味的如意果。(2)这座船上净修林造得美丽可爱,赏心悦目,看上去如同奇迹。(3)把船停泊在离迦叶波的净修林不远的地方后,她就派人去那位牟尼经常走动的地方。(4)这个老妓女将应做的事都向她的聪明的女儿做了交代,看准一个机会,派出她的女儿。(5)机灵的年轻妓女来到附近,到达净修林,看见仙人之子鹿角。(6)

妓女说:

牟尼啊!苦行者们都好吗?你们食用的根茎和果子丰富吗?你在这个净修林里快乐吗?我今天前来看望你。(7)苦行者们的苦行有长进吗?你的父亲精力充沛吗?婆罗门啊!他对你感到满意吗?鹿角啊!你是否诵习吠陀?(8)

鹿角说:

你光辉灿烂如同星辰,我觉得应该向你致敬。我愿意给你献上洗脚水，也依法献上果子和根茎。(9)这拘舍草垫蒙上黑鹿皮，柔软舒适，请你随意坐上歇歇身，天神般的婆罗门啊！你的净修林在哪里？你奉守什么誓言？(10)

妓女说：

迦叶波后裔啊！这座山的那一边，就是我的可爱的净修林，离此只有三由旬。按照我们的法规，我不能接受你的敬礼和洗脚水。(11)

鹿角说：

我有熟透了的果子献给你，有薄喇多迦、阿摩罗迦、波奴沙迦、樱古陀、檀婆那和比利亚萝，请你随意品尝！(12)

毛密说：

妓女没有接受那些东西，却拿出了很多珍馐美馔给鹿角品尝。尝过那些色味俱佳的食品后，鹿角非常喜欢。(13)然后，妓女又给他一些香气扑鼻的花环，一些五彩缤纷的衣服，一些上等的饮料，愉快地游戏玩乐，大声欢笑。(14)她拿着一个球在他跟前戏耍，千姿百态，像一株开满鲜花的蔓藤。她常常把身子靠在鹿角仙人身上，不断地紧紧拥抱他。(15)她把鲜花盛开的婆罗树、无忧树和荻罗迦树弯下摘花，像喝醉了酒，毫不害羞，百般引诱仙人的儿子。(16)她看到鹿角仙人有些神不守舍时，她又一再挤压他的身体，然后，借口要做火祭，含情脉脉凝望着他，慢慢离去。(17)

她走了以后，鹿角仙人为爱神驱使，变得如醉如痴，一心想着她，感到空落落的，长吁短叹，十分痛苦。(18)过了一会儿，迦叶波之子无瓶仙人来到这里。他长着狮子般的黄褐色眼睛，头发长至指甲，精心诵习吠陀，沉思入定。(19)看见儿子独自坐在那里沉思默想，心绪不宁，不住地长吁短叹，两眼朝天，无瓶仙人就对可怜的儿子说道：(20)"孩子啊！你今天怎么还没有准备好木柴？怎么还没有生起祭火？怎么到现在还没有把往祭火里浇酥油用的木勺洗干净？怎么还没有把牛犊牵到母牛跟前？(21)儿子啊！你和往常不一样，你思虑重重，木然发呆，显得过分忧伤。我要问你，今天有谁到这里来过？"(22)

以上是吉祥的《摩诃婆罗多》中《森林篇》第一百一十一章(111)。

一一二

鹿角说：

今天来了一个遵守梵行的年轻人，头盘发髻，精神饱满，不高也不矮，肤色像金子，眼睛像莲花，看起来像天神的儿子一样光辉灿烂。(1)他容貌俊美，像太阳一样光芒四射，眼珠黑白分明，头发又黑又长，扎着金丝绳，散发幽香。(2)他的脖子上戴着首饰，光辉夺目，像空中的闪电。他的脖子下面有两个圆球，没有毛，十分迷人。(3)他的腹脐一带腰身很细，臀部丰满。在他的衣服里面有一条金腰带，像我的一样，闪闪发光。(4)还有一样看似奇妙的东西，他的双脚发出叮当的响声。他的双手戴着像我的念珠那样的东西，也能发出响声。(5)他一动，身上佩戴的那些东西就发出叫声，像湖里发狂的天鹅一样。他的衣服看上去很奇特，很漂亮，和我的衣服不一样。(6)他的脸也很美妙，我一见到就满心喜欢。他的声音像杜鹃的叫声，我一听到就内心激动。(7)

父亲啊！就像仲春的树林在微风吹拂下散发芳香，他也在微风吹拂下散发无比纯洁的芳香。(8)他的头发梳得很整齐，从额头分为两半垂下。他的两只耳朵上有两个奇妙美丽的环。(9)他用右手拍打一个奇妙的果子似的圆东西，一次次拍到地上，又一次次奇怪地蹦跳回来。(10)他一边拍打，一边旋转着，像树儿在风中摇晃，父亲啊！一见到这个像天神的儿子的人，我就产生强烈的喜爱和欢乐。(11)他又抱住我的身子，把我的脸埋在他的头发中，又把嘴放在我的嘴上，发出一种声音，使我感到快活。(12)

我给他洗脚水和很多果子，他没有接受，对我说："这是我的法规。"然后，他取出很多别样的新奇水果给我。(13)他给我的水果和我给他的那些水果味道不一样，这些水果没有皮，也没有核。(14)这个高贵的人还给我喝一些美味的饮料，喝了后我感到非常兴奋，好像大地在动一样。(15)

他还给了我这些用丝带扎成的、美丽芳香的花环。把花环放在这里后，这个依靠苦行而光辉灿烂的人就返回自己的净修林去了。(16)他走后，我就心不在焉，身子受着煎熬。我只想赶快到他身边去，或者他天天到这里来。(17)父亲啊！我要到他身边去。他遵守的是什么誓言？我想和他一起修行，像他一样修炼严厉的苦行。(18)

以上是吉祥的《摩诃婆罗多》中《森林篇》第一百一十二章(112)。

一一三

无瓶说：

儿子啊！有些罗刹就是以奇异的形貌在各处游荡。他们无比俊美而又极端凶恶，经常企图阻挠苦行。(1)孩子啊！那些漂亮的罗刹在森林里诱惑修炼严厉苦行的牟尼，让他们堕落下去，离开幸福的世界。(2)控制灵魂、追求善人世界的牟尼决不与他们交往，无罪的孩子啊！那些行为邪恶的罗刹专门喜欢破坏苦行者的苦行。(3)儿子啊！给你喝的那些饮料也是邪恶的，只有恶人才喝。那些五光十色、香气扑鼻的花环，也不是牟尼能用的东西。(4)

毛密说：

劝阻儿子不要接近那些罗刹后，无瓶仙人就去追寻她。但找了三天也没有寻出下落，他又回到净修林。(5)当无瓶仙人按照惯例又出去采集野果的时候，那个妓女再次前来引诱鹿角仙人。(6)一见到她，鹿角仙人兴奋激动，跑到她跟前，对她说道："趁我父亲没有回来以前，我们到你的净修林去吧！"(7)

国王啊！无瓶仙人的惟一的儿子鹿角仙人就这样中了计，上船出发。她们用种种办法引诱他，把他带到盎伽王的国土。(8)这艘华丽的船停在一个看到净修林的地方。国王在岸边建造了一座美妙的王家净修林。(9)国王把无瓶仙人的独生子引进内宫后，看见天上突然降下雨来，世界浸透雨水。(10)

愿望得到满足，毛足王就把自己的女儿和平公主嫁给鹿角仙人。为了平息无瓶仙人的怒气，还在道路两旁安排很多牛在耕田。(11)国王还在无瓶仙人要经过的地方安排很多牲畜和勇敢的牧人，吩咐他们说，一旦无瓶仙人来找儿子，问起他们时，(12)就双手合十，回答道："尊者啊！这些牲畜和耕地的牛都是你的儿子的，大仙啊！我们能做些什么让你高兴的事？我们都是你的奴仆，听从你的吩咐。"(13)

动辄发怒的无瓶仙人采好果子和根茎回到净修林，怎么也找不到儿子，勃然大怒。(14)他气炸了肺，怀疑是盎伽王所为，立即动身前往旃巴，想要焚毁盎伽王和他的国土。(15)他走得又累又饿，遇见一些富裕的牧场。牧人们依礼款待他，敬奉他。他像国王一样在那里住了一夜。(16)受到他们殷勤的款待，他就问道："善人们啊！这一切都是谁的？"他们走上前来，一起回答道："这些都是你的儿子置下的财产。"(17)

他这样经过一个又一个地方，都受到敬拜和款待，听到甜蜜的话语，他的怒气也就渐渐平息下来，愉快地到达住在城里的盎伽王那里。(18)他受到这位人中雄牛敬拜，看见自己的儿子像天国的因陀罗，自己的儿媳和平公主迎上前来，宛如闪电。(19)王中因陀罗啊！无瓶仙人看到那些村庄和牧场，看到自己的儿子和儿媳和平公主后，怒气平息，还赐给国王毛足最大的恩惠。(20)大仙让他的具有太阳和火一样威力的儿子留在那儿，对他说道："等儿子生下，做完国王希望你为他做的一切事后，你再回到森林。"(21)

后来鹿角仙人依照父亲的吩咐，回到父亲所在的地方。像天上卢醯尼总是伴着月亮一样，和平公主总是伴着他。(22)像吉祥的阿容达提对极裕仙人，像罗芭慕德拉对投山仙人，像达摩衍蒂对那罗，像沙姬天女对手持雷杵的因陀罗，(23)像那陀延那之女月军始终顺从牟陀伽罗，阿阇弥吒后裔啊！和平公主对林居的鹿角仙人也十分顺从，充满爱意，王中因陀罗啊！(24)

大王啊！这就是名誉圣洁的仙人的圣洁的净修林，为大湖增添光辉。你在那里沐浴，做完应做的事，身心纯洁，然后前往别的圣地，国王啊！(25)

以上是吉祥的《摩诃婆罗多》中《森林篇》第一百一十三章(113)。

一一四

护民子说：

镇群王啊！然后，般度之子从憍湿吉河出发，依次朝拜所有的圣地。(1)国王啊！到达恒河入海处，他在五百条河流汇合的地方沐浴。(2)然后，婆罗多后裔啊！英勇的大地之主坚战王和弟兄们一道，沿着海岸向羯陵伽人居住的方向走去。(3)

毛密说：

贡蒂之子啊！在羯陵伽人居住的地方流着吠陀罗尼河，正法之神也来这里寻求庇护，祭祀众天神。(4)河的北岸有很多仙人，适于祭祀的山峦为它增添光辉。那里是婆罗门常去的地方。(5)它像天神的飞车一样，想上天国的人可借助它升入天国。从前，还有很多别的仙人在那里举行祭祀。(6)王中因陀罗啊！就在这地方，在一次举行祭祀时，楼陀罗（湿婆）取走祭祀用的牲畜，人中因陀罗啊！说道："这是我的！"(7)

婆罗多族雄牛啊！牲畜被他取走，天神们说道："你不要侵占别人的东西，不要破坏一切法规。"(8)接着，天神们用吉祥的话语赞颂他，用供品满足他，向他表示敬意。(9)于是，湿婆大神放下祭祀用的牲畜，乘上天国飞车离去，坚战啊！我在这里告诉你楼陀罗的事。(10)由于惧怕楼陀罗，天神们决定永远将大家所得的最新鲜的一份给他。(11)谁要是在这里吟唱这个故事，在这里沐浴，天神们乘飞车上天的道路就会出现在他眼前。(12)

护民子说：

然后，大福大德的般度之子们和德罗波蒂下河沐浴，祭拜祖先。(13)

坚战说：

请看，以苦行为财富的毛密尊者啊！我一接触这河水就超凡脱俗。(14)信守誓言的人啊！由于你的恩惠，我看到一切世界，听到灵魂高尚的苦行者们的祈祷声。(15)

毛密说：

坚战啊！民众之主啊！你在这里听到的声音来自三十万由旬以外的地方，所以，你要默不作声。(16)国王啊！贡蒂之子啊！这个可爱的森林属于自在之神。威力强大的工巧大神曾在这里举行祭祀。(17)在这次祭祀中，自在之神将大地，连同高山和森林，作为酬金赠给灵魂高尚的迦叶波仙人。(18)贡蒂之子啊！大地被施舍出去，生气地对主宰世界之神说道：(19)"尊者啊！请你无论如何不要将我赐给凡人！这样的施舍不作数，我要沉到地下世界去。"(20)

民众之主啊！迦叶波仙人看到大地郁郁不乐，就抚慰大地。(21)般度之子啊！他用苦行取悦大地。大地重新露出水面，呈现祭坛的形状。(22)国王啊！这就是呈现祭坛形状的地方，大王啊！登上这里，你就会变得英勇有力。(23)等我给你举行吉祥仪式，你就能登上这个祭坛，阿阇弥吒后裔啊！这个祭坛只要被凡人一碰，就会进入大海。(24)般度之子啊！你要念着这样的真言，迅速登上祭坛："你是火神，密多罗，子宫，圣水，毗湿奴的精液，神的肚脐！"(25)

护民子说：

举行完吉祥仪式，灵魂高尚的坚战前往流向大海之河，按照毛密仙人的盼咐，完成一切事情，到达摩亨陀罗山，在那里住了一夜。(26)

以上是吉祥的《摩诃婆罗多》中《森林篇》第一百一十四章(114)。

一一五

护民子说：

大地之主坚战王在那里住了一夜，和弟弟们一起善待苦行者们。(1)毛密仙人在那里讲到所有婆利古族、鸯耆罗族、极裕族和迦叶波族的苦行者们。(2)王仙坚战会见他们，双手合十向他们致敬，并询问跟随持斧罗摩的英雄无恙道：(3)"罗摩世尊何时才会在苦行者们中露面？我希望届时见到这位婆利古族仙人。"(4)

无恙说：

罗摩有洞悉一切的灵魂，已经知道你要到来。他很喜欢你，很快

就会让你见到他。（5）苦行者们每月十四和初八都会看到罗摩。过了这一夜，明天就是十四。（6）

坚战说：

你跟随食火仙人之子英勇的大力士罗摩。他过去做过的一切事情，你都亲眼见到。（7）所以，请你讲一讲，罗摩在战斗中怎样打败了所有的刹帝利？是什么原因发生了战斗？（8）

无羞说：

在曲女城有一位强大有力的国王伽提，举世闻名。他去森林住了下来。（9）在他林居的期间，他的一个貌若天女的女儿降生了，婆罗多后裔啊！婆利古族的利吉迦仙人要娶他的这个女儿为妻。（10）于是，国王对这位严守誓言的婆罗门说："在我们家族，有一条祖传的家规。（11）婆罗门俊杰啊！你要知道，娶我们的女儿必须有一千匹白色快马做聘礼，每匹白马有一只黑耳朵。（12）但是，婆利古族后裔啊！即使你说给不出这样的聘礼，我的女儿也应该嫁给你这样灵魂高尚的人。"（13）

利吉迦说：

我就给你一千匹白色快马，每匹白马有一只黑耳朵。让你的女儿做我的妻子吧！（14）

无羞说：

坚战王啊！那样说过后，利吉迦就去对水神伐楼拿说道："请你给我一千匹白色快马，每匹白马有一只黑耳朵，让我拿去做聘礼。"（15）于是，伐楼拿给了他一千匹马。这些马出现的地方就以马圣地闻名于世。（16）

利吉迦的迎亲队和天神们都来了。伽提王得到一千匹马，又看到众天神，于是就在曲女城的恒河岸边把女儿贞信嫁给了利吉迦。（17）卓越的婆罗门利吉迦依照正法娶了贞信为妻后，与这位细腰美人一起尽情享受欢乐。（18）坚战王啊！在他俩完婚以后，婆利古族俊杰来看儿子和儿媳，满心喜悦。（19）夫妻两人向这位受天神们尊敬的父亲行礼，请他坐下，然后双手合十，侍立一旁。（20）世尊婆利古高兴地对儿媳说道："幸福的美人啊！你想要什么恩典就说吧！我一定满足你的愿望。"（21）

他的儿媳贞信就请求他让自己和自己的母亲能得到有子的恩典。婆利古就赐给她这一恩典。(22)

婆利古说：

在你和你的母亲月经来潮时，你们去沐浴，以求生子。沐浴后，你母亲去拥抱一棵菩提树，你去拥抱一棵无花果树。(23)

无恙说：

但是，国王啊！她们两人彼此抱错了树。有一天，婆利古来了，知道她们互相抱错了树。(24)于是，精力无比的婆利古对儿媳贞信说："将来你生下的儿子是婆罗门，但他的行为却是刹帝利的。(25)而你母亲生的儿子将是伟大的刹帝利，但行为却是婆罗门。他极其英勇，但尊行善人之路。"(26)

贞信一再请求公公开恩，说道："哪怕我的孙子这样也行，但愿我的儿子不是这样！"(27)

婆利古说："好吧，就这样！"一听这话，她非常高兴，般度之子啊！到时候，她生下了儿子阇摩陀耆尼（食火），具有威力和光辉，为婆利古族带来喜悦。(28)般度之子啊！他慢慢成长起来，富有威力，在诵习吠陀方面超过很多仙人。(29)婆罗多族雄牛啊！他像太阳一样光辉灿烂，学会全部弓箭吠陀和四种兵器。(30)

以上是吉祥的《摩诃婆罗多》中《森林篇》第一百一十五章(115)。

一一六

无恙说：

大苦行者阇摩陀耆尼精心钻研吠陀，克制自我，修炼苦行，由此征服众天神。(1)坚战王啊！他去拜访国王钵罗犀那耆多，求娶公主莱奴迦，国王满足了他的愿望。(2)这位婆利古族幸运者娶了莱奴迦，回到净修林，和贤妻一起修炼苦行。(3)他俩生了五个儿子，罗摩虽然排行在最后，可是不比兄长弱。(4)

转眼之间有一天，五个儿子都去摘果子。莱奴迦遵行戒律，按时出外去沐浴。(5)她在归来路途上，国王啊！偶然遇见马提迦婆多国王,名字叫奇车。(6)看到他一身富贵相,胸前佩戴莲花环,与后妃们在水池中嬉戏,莱奴迦心生淫欲。(7)非分之想乱了方寸,她进入水中,失去操守。她惴惴不安回到林中,丈夫一眼就看透。(8)看到她镇定神态已失去,圣洁光芒也消失,大苦行者连声骂道呸呸呸!(9)

接着,大儿子回来,名字叫做鲁门沃,还有沃苏、苏塞纳和维希瓦沃苏。(10)尊者挨个下命令:杀死他们的母亲!四个儿子听了都发怵,瞠目结舌无反应。(11)一怒之下,大仙发出诅咒,四个儿子顿时失灵性,犹如呆傻低能儿,犹如走兽和飞禽。(12)

杀敌能手罗摩最后回到净修林,大苦行者阇摩陀耆尼怒气冲冲下达命令:(13)"不要迟疑,儿子啊!杀死你的有罪的母亲!"于是,罗摩举起斧子,砍下母亲的头颅。(14)灵魂高贵的大苦行者阇摩陀耆尼怒气顿时消失,大王啊!他满心欢喜,开口说道:(15)"这是一桩艰难的事,你遵奉父命已经办到。我愿意赐给你恩惠,遂你心愿随你挑。"(16)罗摩选择这个恩惠:"但愿母亲能复活!但愿忘却弑母事!但愿不再犯罪过!(17)但愿兄长得康复!但愿常胜和长寿!"苦行者阇摩陀耆尼全部满足了儿子的要求。(18)

在这之后有一天,五个儿子照常外出。阿努波国王来到这里,名字叫迦多维尔耶。(19)仙人之妻莱奴迦依礼接待这位国王。他是武士,傲气十足,埋怨接待不周详。(20)他从这个净修林,不管母牛发出哀叫,强行牵走小牛犊,还把大树也推倒。(21)待到罗摩回家时,父亲把情况告诉他。罗摩望见母牛哀叫,心中怒不可遏。(22)婆利古族杀敌英雄罗摩愤怒地追上迦多维尔耶,在战斗中大显神威。(23)迦多维尔耶手臂有一千,坚硬无比,如同铁栅,罗摩挽弓发射利箭,把那些手臂全都射断。(24)

阿周那(迦多维尔耶)的儿子们满腔仇恨,一天趁罗摩不在,他们赶来净修林。(25)大仙孤身一人正在修苦行。面对众敌杀害他,他不加反抗,只是一再呼唤罗摩。(26)迦多维尔耶的儿子们挽弓放箭,射死大仙,然后启程回家,坚战啊!(27)

他们杀死阇摩陀耆尼,远离而去。婆利古族后裔罗摩手捧柴火回到家里。(28)一见父亲已经亡故,英雄罗摩悲痛欲绝,父亲竟然这样

死去,死得一点没有价值。(29)

以上是吉祥的《摩诃婆罗多》中《森林篇》第一百一十六章(116)。

<h1 style="text-align:center">一一七</h1>

罗摩说:

迦多维尔耶的儿子们头脑愚蠢,行为卑贱,罪责在我,而你被杀死,犹如林中鹿中箭。(1)父亲啊!你是知法者,一向遵行正义之路,从不伤害众生灵,怎么会遭到这种结局?(2)您老正在修苦行,孤身一人,力量单薄,数百支利箭射死你,他们岂能逃脱罪责?(3)这些无耻的家伙,如何向朋友夸口?他们杀死知法者,一位不抵抗的老人。(4)

无恙说:

大苦行者罗摩痛悼亡父,说完这些悲伤的话,为父亲隆重举行葬礼。(5)征服敌人城堡的罗摩点火焚化父亲尸体,同时庄严发誓:"我要杀尽一切刹帝利!"(6)

威武有力的英雄罗摩义愤填膺,紧握武器,如同死神,独自一人就杀尽迦多维尔耶的儿子们。(7)还有他们的随从,个个都是刹帝利,杀敌英雄罗摩也将他们全部杀死。(8)杀了三七二十一次,杀绝大地上的刹帝利,在普五地区,鲜血流满五大湖。(9)

这位婆利古族后裔,就在这里祭祀祖魂。祖父利吉迦显灵,好言劝阻孙子。(10)于是,威武的仙人之子罗摩举行大祭祀供奉天王因陀罗,把大地献给祭司们。(11)大地之主啊!罗摩又建造一座金祭坛,高九维亚摩,宽十维亚摩①,献给大仙迦叶波。(12)遵照迦叶波的旨意,国王啊!众婆罗门分享这座金祭坛,从此他们得名"持份"。(13)勇力无比的罗摩将大地献给大仙迦叶波后,自己定居在摩亨陀罗大山。(14)就是这样,光辉无比的罗摩与世上的刹帝利结冤仇,为此征服这个大地。(15)

---

① 维亚摩是长度单位,一维亚摩为二十臂长。

护民子说：

在第十四日，思想高尚的罗摩按时来到，向众婆罗门、法王坚战和他的弟兄们显身。(16)王中因陀罗坚战和弟兄们一起向他致敬。王中俊杰坚战给予众婆罗门最高的礼遇。(17)坚战王敬拜阇摩陀耆尼之子罗摩，也受到他的回拜，在摩亨陀罗山上度过这一夜，又向南方走去。(18)

以上是吉祥的《摩诃婆罗多》中《森林篇》第一百一十七章(117)。

一一八

护民子说：

婆罗多后裔啊！崇高的坚战王朝拜海边一处又一处圣洁可爱的圣地。婆罗门为这些圣地增添光辉。(1)继绝王之子啊！般度之子坚战和弟兄们以及国王的子孙们在那些圣地沐浴，然后，前往流向大海的圣洁的普拉沙斯达河。(2)崇高的坚战王在那里沐浴，敬拜祖先和众天神，向一些杰出的婆罗门布施钱财，然后，前往流向大海的戈达瓦利河。(3)国王啊！然后，无罪的坚战到达达罗毗荼人聚居地，到达净化世界的大海。这位英雄朝拜圣洁的投山仙人圣地和一些妇女圣地。(4)在那里，般度之子坚战听到杰出的弓箭手阿周那的许多无与伦比的业绩，受到最优秀的仙人们尊敬，感到无上欣慰。(5)就这样，大地保护者坚战和黑公主以及弟兄们，在那些圣地沐浴净身，赞颂阿周那的业绩，在大地上愉快漫游。(6)在那些优美的海滨圣地，他布施数千头牛，高兴地和弟兄们一起讲起阿周那赠牛的事。(7)国王啊！他依次朝拜海边这些和其他许多圣地，完成自己的心愿，见到最圣洁的苏尔巴罗迦圣地。(8)

他走过一个海滨地区，来到大地上一个著名的森林。从前修罗们在那里修炼苦行，圣洁的国王在那里举行祭祀。(9)臂膀粗壮的坚战在那里看到杰出的弓箭手利吉迦之子的祭坛。成群的苦行者们围住这个值得祭拜的祭坛。(10)然后，大地之主坚战看到众婆薮、众摩录多、双马童、阎摩、阿提迭、财神俱比罗、因陀罗、毗湿奴、萨毗多和湿婆的圣地。(11)国王阿！还有薄伽、月神、太阳神、水神、众沙提耶、维持之神、祖先和带着随从的楼陀罗的圣地，(12)还有婆罗私婆蒂、众悉陀、普善和其他许多天神的圣洁迷人的圣地。(13)他在所有那些圣地沐浴净身，举行各式各样的斋戒，施舍许多财宝，然后，又来到苏尔巴罗迦圣地。(14)

他又和弟兄们一起，从海滨这个圣地出发，来到大地上卓越的婆罗门赞颂的波罗跋沙圣地。(15)眼睛又红又大的坚战王和弟兄们一起在这里沐浴，敬拜众天神和祖先。黑公主、众婆罗门和毛密仙人也这样做。(16)优秀的执法者坚战王在那里住了十二天，餐风饮水，早晚沐浴，四处燃起祭火，修炼苦行。(17)

绊湿尼族两位英雄大力罗摩和黑天听说阿阇弥陀后裔坚战在修炼严厉的苦行，带着军队前来看望他。(18)绊湿尼族后裔们看到般度之子们睡在地上，满身污垢，德罗波蒂受着不该受的苦，不禁悲从中来，发出哀怨。(19)

坚战勇气不减，按照礼仪迎接大力罗摩、黑天、黑天之子始光、商波、悉尼之孙萨谛奇和其他绊湿尼族人。(20)他们受到热情接待，也向般度之子们回礼，国王啊！然后，他们围绕坚战入座，犹如众天神围绕因陀罗。(21)坚战王无比高兴，向黑天讲述敌人们的所有行径，他们的林居生活，天王之子阿周那去向因陀罗求取法宝。(22)威武的绊湿尼族英雄们听了坚战的话，心中高兴，但看到他们瘦成那样，又不免流下伤心的眼泪。(23)

以上是吉祥的《摩诃婆罗多》中《森林篇》第一百一十八章(118)。

一一九

镇群说：

以苦行为财富的人啊！绊湿尼族后裔们和般度之子们到达波罗跋沙圣地后，他们做些什么？说些什么？(1)绊湿尼族后裔们和般度之子们都是灵魂高尚的人，精通一切经典，相互十分友好。(2)

护民子说：

绊湿尼族后裔们到了海滨圣地波罗跋沙后，围着侍奉英勇的般度之子们。(3)大力罗摩白净似牛奶、茉莉花、月亮和莲藕,戴着野花编成的花环,对眼似莲花的黑天说道:(4)"黑天啊!遵行正法得不到好报,违背正法也得不到恶报,因此,灵魂高尚的坚战盘着发髻,穿着树皮,住在森林里受苦受难。(5)而难敌统治大地,大地也没有裂开吞噬他。所以,缺少智慧的人就认为违背正法比遵行正法更好。(6)难敌繁荣昌盛,坚战被夺走王国,遭逢不幸,人们私下产生了疑惑:现在臣民应该怎样做?(7)这位正法之神所生的国王、普利塔之子热爱正法,坚持正理,慷慨布施,却失掉王国,失掉幸福,而背离正法的人怎么会兴旺发达?(8)

"把普利塔之子们流放后,毗湿摩、婆罗门慈悯、德罗纳和老国王怎么能享受到幸福?呸,这些心思邪恶的婆罗多族长辈们!(9)把无罪的侄子们赶出王国后,这位邪恶的大地之主死后去见祖先时,怎么还能说'我对儿辈们行为正确'?(10)他也不用脑子好好想一想:'我做了什么?在这大地上的国王中,我天生眼瞎,以致把贡蒂之子也逐出王国。'(11)奇武之子持国和他的儿子们做出这种残酷的事,他肯定是在祖先世界的土地上看到开满金色花朵的树。(12)他那样无所顾忌,放逐精通武艺的坚战和他的弟兄们肯定是询问过那些肩膀宽阔、眼睛又红又大的人。听取了他们的意见。(13)

"大臂怖军赤手空拳消灭敌人的大军;听到他的声音,敌人就会吓得屁滚尿流。(14)他因饥渴和路途的劳累而消瘦,但依然勇猛有力。我相信,一旦他手持各种武器和箭,遇见他们,想起这段可怕的林居生活,一定会把他们杀得一个也不剩。(15)在大地上,没有一个人的勇气和力量能和他相比。如今风吹日晒,冷冷热热,身体消瘦,但在战斗中,一定会把敌人杀得一个不剩。(16)他曾经驾驭一辆战车在战争中征服东方国王们及其追随者,凯旋而归。这位勇猛有力的怖军,如今穿着树皮,在森林里受苦受难。(17)

"你们看偕天。他曾经征服聚集在檀多古罗的南方国王们,如今穿着苦行者的衣服,俨然一个苦行者。(18)醉心战斗的英雄无种曾经驾驭一辆战车,征服西方的国王们,如今住在森林里,靠根茎和果子维生,留着发髻,满身污垢。(19)

"这位英勇的国王的女儿,在盛大的祭祀中,从祭坛中出生。她

应该享福，怎么能在森林中忍受这种痛苦的生活？(20)

"正法之神、风神、天王因陀罗和双马童这些天神的儿子本应享受安乐幸福，怎么能在森林里受苦？(21)正法之子坚战遭到失败，连同妻子、弟兄和随从一起被放逐，难敌兴旺发达，这大地怎么不连同山岳一齐崩塌？"(22)

以上是吉祥的《摩诃婆罗多》中《森林篇》第一百一十九章(119)。

一二〇

萨谛奇说：

罗摩啊！这不是悲叹的时候。我们应该面对现实，抓紧时间，采取行动，虽然坚战王什么也没有说。(1)世上那些有保护者的人，不用自己动手去做什么事。事情都由保护者去做，就像尸毗王等等保护迅行王，罗摩啊！(2)世上有保护者自愿为他们做事，罗摩啊！这些人中俊杰有保护者，他们不会像没有保护者的人们那样遭受苦难。(3)为何有了罗摩、黑天、始光、商波和我这些能保护三界的保护者，坚战王和他的弟兄们还会住在森林里？(4)

最好我们的军队现在就出发，带上各种武器，穿上漂亮的铠甲，让绊湿尼族军队击败持国之子及其亲友，把他们送往阎摩殿。(5)你一旦发怒，能够包围整个大地，更不用说手持角弓的黑天。请你杀死持国之子难敌和他的亲友，就像天王因陀罗杀死弗栗多。(6)

普利塔之子阿周那是我的兄弟、朋友和师长，他和黑天像一个人一样。为了消灭难敌，他也在做着神奇的、艰巨的、难以做到的事情。(7)

罗摩啊！我要用我的那些锐利的武器抵挡难敌的箭雨，在战斗中打败他。我要用我的威力如同毒蛇和烈火的利箭砍下难敌的头颅，让他身首分离。(8)我要在战场上用锋利的宝剑奋力砍下难敌的头颅，杀死难敌和他的追随者们，杀死所有俱卢族人。(9)卢醯尼之子啊！让大地上的人们高兴地看到我在战争中拿起武器，独自杀死俱卢族的战将们，就像死神之火烧掉一大堆干草。(10)

慈悯、德罗纳、毗迦尔纳和迦尔纳不能抵御始光射出的利箭。我知道你的儿子的勇武，一上战场，就不愧是黑天之子。(11)让商波凭借双臂的力量征服难降，摧毁他的御者和战车。这位赡婆婆蒂之子作战奋勇，在战场上没有什么不能抗衡。(12)少年商波就曾迅猛驱逐商波罗的提迭军队，还在战斗中杀死双腿和胳臂粗壮的马轮。有哪个人在战斗中落入他的双臂，还能挣扎出来？(13)就像凡人落入死神手中不能出来一样，在战斗中落入他的手中，谁还能生还？(14)

　　婆薮提婆之子黑天将用利箭组成的火网焚烧毗湿摩和德罗纳两位大勇士，焚烧被儿子们簇拥着的月授和所有的军队。(15)以飞轮为武器的黑天无与伦比，一旦在战斗中拿起武器和利箭，包括天神世界在内的一切世界中，有什么他不能征服？(16)

　　阿尼娄陀拿起剑和盾牌，就会让持国之子们失去知觉，身首分离，尸体布满大地，就像祭祀中拘舍草覆盖祭坛。(17)伽陀、伏罗牟迦、巴胡迦、婆奴尼陀和少年英雄尼沙特，还有作战奋勇的娑罗纳和美施，他们都会做出与家族相称的业绩。(18)

　　让绊湿尼族、博遮族和安陀迦族的战将们率领英勇的刹帝利军队，在战斗中杀死持国之子们，在世界上显扬名声。(19)然后，让激昂统治大地，灵魂高尚的优秀执法者、俱卢族俊杰坚战就可以实现他在掷骰子时说过的誓言。(20)用我们发射的箭征服敌人，清除持国之子们，杀死迦尔纳，让法王坚战享受这个大地，这是我们最光荣的任务。(21)

婆薮提婆之子说：

　　摩豆族后裔啊！毫无疑问，我们认为你说的话完全正确，勇气不减的人啊！但是，不凭自己的双臂征服的土地，俱卢族雄牛决不会要的。(22)坚战决不会出于欲求、恐惧或贪婪而放弃自己的正法。怖军、阿周那、英勇的孪生兄弟无种和偕天以及木柱王之女黑公主也是这样。(23)怖军和阿周那在战斗中，举世无双，还有玛德利的两个儿子无种和偕天辅助他，他怎么不能统治整个大地？(24)一旦灵魂高尚的般遮罗国王、羯迦夜国王、车底国王和我们一起战斗，打击敌人，难敌就该离开这个生命世界了。(25)

坚战说：

　　摩豆族后裔啊！你这样说话不奇怪。但我更要保护的是真理，不是王国。黑天是惟一了解我的人,我也真正了解黑天。(26)摩豆族后裔啊!一旦人中豪杰黑天认为逞勇显威的时间到达,悉尼族英雄啊!你和黑天一定会打败难敌。(27)陀沙诃族英雄们今天就请回去吧!和许多人间保护者在一起坚强有力,无与伦比的英雄们啊!对正法不能疏忽大意。我会再看到你们,那时大家欢乐团聚。(28)

护民子说:

他们互相道别,敬拜长者,拥抱幼者。然后,雅度族英雄们返回自己的家园,坚战王继续周游各处圣地。(29)送走黑天后,法王坚战到达毗达尔跋国王建立的圣地,在水中混有苏摩酒的波约私尼河边住了下来。(30)

以上是吉祥的《摩诃婆罗多》中《森林篇》第一百二十章(120)。

一二一

毛密说:

国王啊!听说尼伽王在这里举行祭祀,用苏摩酒取悦摧毁敌人城堡的因陀罗。因陀罗十分满意,喝得醉倒。(1)包括因陀罗在内的天神们和国王们在这里举行过很多祭祀,在祭祀中慷慨布施。(2)

阿牟尔多罗耶之子伽耶王在这里举行过七次马祭,用苏摩酒取悦手持金刚杵的因陀罗。(3)在祭祀中原先使用木制和陶制器皿,在他的七次祭祀中全用金制的器皿。(4)在这七次祭祀中,他举行的七种仪式闻名遐迩。七次祭祀中,每次祭祀的祭柱上方都有圆环。(5)他在祭祀中使用的祭柱都是金制的,光辉夺目,坚战啊!包括因陀罗在内的天神们亲自树起这些祭柱。(6)在大地之主伽耶的这些卓越的祭祀中,因陀罗喝醉苏摩酒,众婆罗门陶醉于布施。(7)

如同世上的沙粒,天上的星星,汇成洪流的雨点,无法数清,(8)大王啊!伽耶在七次祭祀中向参加祭祀的人们布施的钱财,无法数清。(9)即使上面提到的这些东西可以数清,乐善好施的伽耶布施的钱财也还是数不清。(10)他把工巧天制作的那些金牛赠给来自各地的婆罗门,令他们满意。(11)民众之主啊!灵魂高尚的伽耶在祭祀中到处建立寺塔，使大地只剩下少量空隙。(12)婆罗多后裔啊！由于这个功德，伽耶进入因陀罗的世界。谁在波约私尼河里沐浴，他也会进入与伽耶同样的世界。(13)所以，王中因陀罗啊！大地保护者啊！你和弟兄们在这里沐浴，就能涤除一切罪孽。(14)

护民子说：

光辉有力、清白无辜的人中俊杰坚战王和弟兄们在波约私尼河中沐浴，然后，一起来到琉璃山和那尔摩达大河。(15)民众之主啊！毛密仙人尊者把那里所有可爱的圣地一一讲述。(16)坚战王和弟兄们依照次序和自己的心愿向前走去，不止一次地向众婆罗门布施钱财，数以千计。(17)

毛密说：

贡蒂之子啊！一个人只要见到琉璃山，走下那尔摩达河，他就到达天神们和国王们的世界。(18)人中俊杰啊！这是三分时代和二分时代的交接点，到达这里，就能摆脱一切罪恶。(19)孩子啊！这里是沙利耶提王举行过祭祀的地方，憍尸迦仙人和双马童亲身在这里饮用过苏摩酒。(20)婆利古后裔大苦行者行落仙人在这里生过因陀罗大神的气，将他定住，一动也不能动。这位行落仙人在这里娶了美娘公主为妻。(21)

坚战说：

婆利古后裔行落尊者为何将诛灭巴迦的因陀罗定住？这位大苦行者为何生因陀罗的气？(22)婆罗门啊！双马童神又是怎样饮了苏摩酒？请你如实告诉我这一切。(23)

以上是吉祥的《摩诃婆罗多》中《森林篇》第一百二十一章(121)。

一二二

毛密说：

大仙婆利古有个儿子，名叫行落。他在一片湖泊的水滨修炼苦行，神采焕发，大放光芒。(1)他修炼的是英雄立地站桩，稳稳地固定站立在一个地方，度过了悠悠漫长的岁月。(2)茂密的藤萝已经把他的身体全部遮住了，成群的蚂蚁撒下泥土，不知经过多少年月，他被埋入蚁垤，（3）上下左右浑似土丘一般，就这样藤遮土掩，行落仙人竟成了个蚁垤。但是，他仍然一味地修炼苦行。（4）

尔后，又过去了很久很久。一天，一位名唤芦箭的国王，驾临这片秀丽的湖泊，在旖旎的风光中遣怀怡情。（5）这位国王后宫中有四千佳丽，但他只生了惟一的女儿，名叫美娘。（6）美娘容貌十分美丽，珠宝金翠装饰着全身，光彩熠熠。众多的女友前簇后拥，她在这片湖畔信步游玩，走到了行落的蚁垤附近。（7）这位生有皓齿的公主，看见了几棵大树枝繁叶茂，花朵缤纷。她仔仔细细地观看了一会儿，在女友的簇拥下抓住一株。（8）容貌美丽的美娘，正值青春年华，柔情脉脉，顺手折下树木的几根枝条，枝条上的花朵娇艳芬芳。（9）

她身穿美丽的裙子，经过巧妙的装点，显得更加妩媚动人。她独自一人离开了女伴，被睿智的行落仙人在一旁看到了，觉得她像一条游动的闪电！（10）在荒野之中突然看见这位美妙女郎，光辉的仙人非常高兴。这位具有苦行法力的梵仙喉咙干渴，低声呼唤这位女郎，但她没有听见。（11）然后，美娘来到了蚁垤跟前，她发现蚁垤之中有两个闪亮的东西，因为好奇和头脑不清，就弄了一根荆棘，（12）一边说："这到底是什么呀？"一边用荆棘刺破了仙人的一双眼睛。易生嗔怒的行落仙人，眼睛被美娘刺瞎了，不由得怒火冲天。他施展法力，封闭住了芦箭王扈从们的大小便。（13）尔后，军士们因为大小便不通，都憋得痛苦难忍。国王见他们那般痛苦不堪的模样，便仔细地盘问起来：（14）

"婆利古的高贵儿子行落仙人，他素来潜心于苦修苦炼，年事已高，易生嗔怒，今天是谁在此冒犯了仙颜？你们谁知道实情，快快说来。"（15）

全体军士回答国王说："我们并没有犯下过错！请陛下无论用什么办法，也要尽快把事情弄个水落石出。"（16）随后，那位大地保护者，他又是抚慰又是威吓，并且，询问了自己的大臣们，他们也都不了解情况。（17）

美娘看见父王的军士憋得难忍，痛得乱叫，又看见父亲十分焦急的神情，于是便对国王说道：（18）"我正在这里游游逛逛，突然看见

蚁垤中有东西在闪光,我以为是萤火虫,走到跟前就用一根荆棘把它刺伤了!"(19)

芦箭王听罢美娘的话,飞快地朝着蚁垤奔去了。在那里,他见到了深有道行、年纪高迈的行落仙人。(20)国王朝着他合掌敬礼,又恳切地为众军士求情说:"我的女儿无知冒犯了仙颜,请你饶恕她所犯的罪过吧!"(21)

婆利古之子行落便向那位芦箭王说道:"你的女儿形容美丽,仪态万方,因为幼稚和糊涂,做了一桩错事。(22)如果我能娶她为妻,我的怒气自然就会平息了。陛下!我对你说的全是实话,没有半点虚言。"(23)芦箭王没有丝毫犹豫地应允了仙人的要求,他把自己的女儿美娘,送给了那高贵的行落仙人。(24)

行落娶了美娘为妻,心中无比喜悦。国王也得到了仙人的恩典,率领军士回京城去了。(25)那位纯洁无瑕的美娘,得到了行落仙人做她的丈夫。从此,面容光艳的女郎,她修炼苦行,克己自制,(26)虔诚地侍奉圣火,热情地款待客人。她和顺、贤惠,总是欢悦地服侍、温柔地体贴夫郎行落。(27)

以上是吉祥的《摩诃婆罗多》中《森林篇》第一百二十二章(122)。

一二三

毛密说:

后来有一天,美娘正在沐浴,未着衣裳,恰在这时,众神之中的双马童来到这里。(1)他俩看见了腰肢美丽的女郎,姿容妙曼,宛如天帝的女儿一般。以"乐助"为名的双马童跑上前去和美娘搭腔:(2)"两股美丽的女郎!我们想知道你是谁家的贤女?你来林中做什么?请你讲一讲,美人!"(3)美娘赶紧裹上了衣裙,回答一对卓越的天神,说:"你们二位要知道,我是芦箭王的女儿,行落仙人的妻子。"(4)闻听此言,双马童莞尔一笑,又对美娘说道:"美人啊!你父亲怎么把你送给了一个路到尽头的老翁?(5)你在森林中信步漫游,宛似一道闪烁的电光,羞怯的女郎啊!我们看你比天仙还要美丽。(6)华丽的衣裳穿在你的身上,精美的首饰装扮着你,你是多么光彩娇艳啊!(7)行落仙人体衰年暮,早已被爱情和欢乐所驱逐,美人啊!你为什么偏要侍奉这样一个丈夫呢?(8)他既无力保护你,也没有能力赡养你,不如把你的丈夫抛弃了,从我们两人中间选一个做你的新郎。笑意甜蜜的女郎!请听我们的劝告,切莫虚度了你的青春年华。"(9)

美娘听罢这一番话,向双马童正色回答说:"请你们二位不要胡猜乱想,我十分爱我的丈夫行落。"(10)双马童又对女郎说道:"我们俩是出类拔萃的医神,我们可以把你的丈夫变得又年轻又美貌。(11)然后,你可以在他和我俩中间选一个做你的夫郎。是否这样办?美貌的女郎!请你回去和丈夫商量商量。"(12)

女郎来到了丈夫的身边,把双马童所讲的,统统地告诉了丈夫。(13)行落听后,告诉妻子:"就照他们的话去做吧!"美娘得到丈夫的允许,回复双马童:"就这么办吧!"(14)双马童得到了答复,便向美娘吩咐道:"让你的丈夫进入水里!"(15)行落为了自己能有美丽的形容,迅速地跳进湖水之中,双马童也紧跟着跳入水中。(16)过了一刻,他们又一起出湖登岸。三个人全变得一模一样,容貌犹如天神,耳环光芒闪烁,正值青春年少,让人一见就满心欢喜。(17)

他们一起来到美娘面前,又异口同声地说道:"光艳的女郎啊!请你在我们中间挑选一个如意夫郎,你爱上了谁就请挑选吧。"(18)

美娘把他们看了又看,三个人的容貌一模一样,公主运用心灵和智慧,终于在三人中间挑选出了自己的丈夫行落。(19)

尔后,这位神光广被的仙人,年轻、美貌的心愿得以实现,又得到美丽的妻子,他兴高采烈地对双马童说道:(20)

"我本来已经老迈年高了,如今变得既年轻又美貌,还得到了这样一位娇好的妻子,这一切都仰仗您的成全。(21)因此,为了报答你们,我愿意让你们在天神之王的面前,成为能饮苏摩仙酒之神。我之所言,必成真实。"(22)

双马童听罢仙人的话,满怀喜悦地返回天庭。行落和妻子就好像一对天神一样,共同欢度着美好的时光。(23)

以上是吉祥的《摩诃婆罗多》中《森林篇》第一百二十三章(123)。

一二四

毛密说：

尔后，芦箭王听说行落重新变成了一位青年，他高高兴兴率领着军队，来到了他的森林道院。(1)国王看到行落和美娘俨然是一双天神的儿女，真正满怀欣喜，就像赢得了整个大地一样。(2)国王和妻子得到了仙人优渥的礼遇，襟怀博大的国王芦箭，坐在行落仙人的身旁，讲述吉祥的话语。(3)这时，行落高兴地说："陛下！我将为你举行祭祀，请让人做好各项准备。"(4)那大地之主芦箭王一听此言，真是心花怒放，他对行落的那番话千恩万谢，非常感激。(5)

尔后，芦箭王命人建造好了一座不同凡响的祭场，选择了一个祭祀的吉日，盼望着这场祭祀能成全他的一切愿望。(6)就在行落为芦箭王开始祭祀的时候，那里发生了神奇的事情。(7)

当时，行落为双马童取来了苏摩仙酒，刚刚为这对天神拿起勺子，因陀罗拦住了这位仙人。(8)

因陀罗说：

双马童不该饮苏摩仙酒，这是我因陀罗的旨意。他们不过是为我们天神的儿子治病的郎中，所干的行当根本不配饮苏摩酒。(9)

行落说：

你不要小看他们，双马童的心灵高尚，健美绝伦，是他俩让我重返青春，就仿佛是一名英俊的天神。(10)你和其他天神都可享用苏摩酒，怎么没有他俩的一份呢？天帝啊！要知道双马童也是天神。(11)

因陀罗说：

他俩干的行当都是郎中，都有一副色迷迷的长相。总在凡人世界东游西荡，怎么配得上在此安享苏摩仙酒？(12)

毛密说：

天帝因陀罗反复唠叨这几句话，行落仙人理也不理他，趁机又拿起那把勺子。(13)行落正要给双马童盛上美妙的苏摩仙酒，因陀罗见此情景，愤愤地说道：(14)"如果你一味坚持给双马童盛苏摩仙酒，我就向你打出独一无二的金刚雷杵。"(15)行落仙人听罢此言,微微含笑瞧了他一眼,便按照规矩给双马童盛上了一勺苏摩仙酒。(16)因陀罗被激怒了,正要打出模样凶恶的金刚雷杵,他那条紧握雷杵的手臂已被行落仙人定住了!(17)

　　行落定住天帝的胳膊之后,口念咒语,不断地把酥油投入火中,他施展出广大的法力,要招来恶灵,打算结果天神因陀罗!(18)行落仙人使出苦行法力,那个恶灵也随之出现,变成一个极为凶悍的大妖魔,名叫迷醉,天神和阿修罗都无法估量他的身体。(19)嘴巴阔大无边,尖牙利齿,令人胆寒。如果将他的下颌放在地面,他的上颌就能耸入云霄。(20)他有四根长长的獠牙,每根獠牙有一万由旬长,而其他的牙齿,根根都有十由旬长,那些牙齿像一道栅栏,又像密密排列的铁矛的尖头。(21)他的两臂像两道山岭,两臂都有一万由旬。他的双目好比是太阳和月亮。他那张嘴巴就是死神。(22)他的舌头像电光一样闪烁不停,不住地舔着他的巨口,他的巨口洞开,目光毒烈,仿佛要猛地把世界吞食掉。(23)妖魔怒气冲冲地奔向因陀罗,要把他吃到肚里。他那巨大的身躯,狰狞的面目,令人毛骨悚然。一声吼叫,震撼了诸界。(24)

　　　　　　　　　　以上是吉祥的《摩诃婆罗多》中《森林篇》第一百二十四章(124)。

<h2 style="text-align:center">一二五</h2>

毛密说:

　　天神因陀罗,看到妖魔的一副面孔十分可怕,正奔上前来要吃掉他,那巨口张开,俨然是死神一样!(1)因陀罗的手臂已被仙人定住,心中十分惊惶,舔了舔嘴角。天帝这时已经受不住恐惧的折磨,赶紧向行落仙人开口说道:(2)

　　"行落大仙!从今天起,双马童享有饮苏摩酒的权利。我对你讲的完全是真话。(3)这件事,你一开头就没有错误,就让他成为新的规定吧!婆罗门仙人!我知道你不会做错什么事情。(4)婆利古之子!你今天使双马童享有饮苏摩仙酒的权利,你的勇力再次得到展

现。(5)我使你的勇力得到展现,这样,美娘和她的父亲也能享誉世界。因此,按照你的意愿,对我开恩吧!"(6)

那位灵魂伟大的行落仙人,闻听天帝释如此一讲,满腔的怒火霎时间便消退,立刻解放了因陀罗。(7)接着,他又用高强的本领,对那恶灵用了分身术,有的痛饮酒浆,有的拥抱美女,有的掷骰子,有的打猎,不断地变化着形象。(8)

行落挥退了那恶灵,用苏摩仙酒款待了因陀罗、双马童和众天神,为国王完成祭祀。(9)从此,在诸界中英名远扬的行落仙人,便和他钟爱的妻子美娘,在林野中欢度时光。(10)

坚战王啊!这是他的湖,鸟声啁啾。你在这里和弟兄们一起敬拜祖先和众天神。(11)大地保护者啊!你看过这里和悉迦多刹圣地后,婆罗多后裔啊!前往信度林,看看那些河流,大王啊!你要在所有的圣地沾水净身。(12)阿尔吉迦山是仙人们的居处,常年有果子和流水,是摩录多们的胜地,坚战啊!这里有数百座天神的寺塔。(13)这是仙人们崇拜的月亮圣地,这里有吠伽那娑仙人们和婆罗吉厘耶仙人们。(14)这里是三座圣洁的山峰和三道流泉,你要绕着它们行走,随意沐浴。(15)贡蒂之子啊!福身王、修那迦王、那罗和那罗延在这里获得永恒的地位,人主啊!(16)天神、祖先和大仙们经常住在这里,在阿尔吉迦山上修炼苦行,坚战啊!你要祭拜他们。(17)仙人们在这里吃牛奶粥,民众之主啊!阎牟那河长流不息,黑天在这里专心修炼苦行。(18)

粉碎敌人者啊!双生子、怖军和黑公主,我们所有这些瘦削的苦行者要去那里。(19)这是因陀罗的圣洁的山泉,人主啊!陀多、毗陀多和伐楼拿曾经登临这里。(20)他们住在这里,宽容大度,遵守最高的正法,国王啊!这是友善之人和正直之人的圣山。(21)这条阎牟那河是王仙们的常去之处,国王啊!经常举行各种祭祀,是消除罪恶和恐惧的圣地。(22)大弓箭手曼陀多王亲自在这里举行祭祀,还有偕天和杰出的布施者苏摩迦,贡蒂之子啊!(23)

以上是吉祥的《摩诃婆罗多》中《森林篇》第一百二十五章(125)。

一二六

坚战说：

优婆那娑之子、王中之虎曼陀多在三界中享有盛名，大婆罗门啊！这位杰出的国王是怎样出生的？这位大光辉的国王又是怎样得到这样高的地位？(1)三界受到这位灵魂高尚的国王控制，就像受制于毗湿奴。我很想听一听这位智者的生平事迹。(2)我也想听听这位像帝释天一样光辉的国王为什么取名曼陀多。而你擅长讲述这位英勇无比的国王的出生故事。(3)

毛密说：

大王啊！你用心听取这位灵魂高尚的国王的事迹吧！曼陀多这个名字在三界中广为传颂。(4)甘蔗族诞生一位名叫优婆那娑的国王。这位大地保护者举行过很多祭祀，在祭祀中慷慨布施。(5)这位优秀的执法者举行过一千次马祭和其他很多祭祀，在祭祀中慷慨布施。(6)这位灵魂高尚、恪守誓言的王仙没有子女，于是他把王国托付给大臣们，自己常住森林。(7)他按照经典，自己约束自己。有一天，他内心焦渴，进入婆利古的净修林。(8)

王中因陀罗啊！那天夜里，灵魂高尚的大仙婆利古之子为妙光之子（优婆那娑）举行求子祭祀。(9)王中因陀罗啊！那里放着一个大罐，里面装着念过咒而变得圣洁的水。喝下这水，妙光之子（优婆那娑）的妻子就会生下一个和帝释天一样的儿子。(10)

把那罐水放在祭坛上后，大仙们熬夜困倦，睡着了。妙光之子（优婆那娑）经过那里。(11)这位国王喉咙发干，渴得难受，想要喝水。他浑身疲乏，进入净修林讨水喝。(12)他发出叫喊，由于疲乏无力，喉咙发干，喊声像鸟叫一样，谁也没有听见。(13)这时，国王看见那个装满水的罐子，迅速跑过去，把水喝完了才放下水罐。(14)焦渴难忍的国王喝下清凉的水，顿感轻松自在，非常舒服。(15)

仙人们和国王一起醒来，看见水罐里的水没有了。(16)于是，大家就问："这是谁干的事？"优婆那娑如实回答说："是我喝了。"(17)

婆利古之子对他说："这可糟了！这水通过苦行得来，为你求子放在那儿。(18)为了让你得子，我依靠严酷的苦行，把梵注入水中，威力无比的王仙啊！(19)你会有一个强大有力、英勇无比、具有苦行威力的儿子，他凭自己的勇力甚至能将帝释天送往阎摩殿。(20)国王啊！我依法使水有了奇效，你却把这水喝了，铸成大错。(21)现在，我们也没有别的办法挽救这事，你这样做也只能算是天意。(22)大王啊！你口渴，喝下这罐依法念过咒语、蕴含我的苦行和精力的水，这样，你自己会生下一个英勇的儿子。(23)我们在这里为你举行了无比神奇的祭祀。你这样英勇，你会生下一个像因陀罗一样的儿子。"(24)

过了整整一百年，这位灵魂高尚的国王身子左侧裂开，出来一个像另一个太阳似的儿子。(25)生出一个极其光辉的儿子，而死亡也没有找上优婆那娑王，这仿佛是奇迹。(26)接着，无比光辉的帝释天来看望这个孩子，把自己的食指放进孩子的嘴里。(27)手持金刚杵的帝释天说道："他会吮我。"于是，包括因陀罗在内的天神们就给孩子取名"曼陀多"（"吮我者"）。(28)

大地保护者啊！吮了帝释天伸给他的食指后，孩子长成十三腕尺高。(29)大王啊！他只要心中一想，吠陀、弓箭吠陀和天国法宝都会来到他的跟前。(30)阇伽婆神弓、牛角箭和不可穿透的铠甲，都会立刻为他所有。(31)婆罗多后裔啊！因陀罗亲自为他举行灌顶礼。他依法征服三界，如同毗湿奴大神跨步征服三界。(32)这位灵魂高尚的国王的王权之轮转动，不受阻碍。各种珍宝自动来到这位王仙跟前。(33)

大地之主啊！他的国内充满财富。他举行各式各样的祭祀，在祭祀中慷慨布施。(34)国王啊！这位威力巨大、光辉无比的国王建了很多寺塔，作了很多法事，因此，占有因陀罗的一半宝座。(35)这位聪明睿智、始终奉行正法的国王一声令下，整个大地，包括海洋和城池，在一天之内就能征服。(36)大王啊！他在那些慷慨布施的祭祀中建起的寺塔布满这个四角大地，没有一点空隙。(37)大王啊！据说这位灵魂高尚的国王向众婆罗门布施了一万兆头牛。(38)

有一次，十二年没有下雨，为了让谷物生长，这位灵魂高尚的国王当着手持雷杵的因陀罗的面,让雨降下。(39)他用箭重创出生在月亮世系、吼声如同巨云的甘陀罗王,把他杀死。(40)国王啊!这位灵魂高尚的国王赢得四种百姓拥护,以自己的苦行和威力稳定一切世界。(41)请看,俱卢之野中间这块圣洁的地方就是这位灿若太阳的国王举行祭祀之处。(42)大地保护者啊!这些就是曼陀多的伟大事迹和他的非凡出生。你问我的,我都讲了。(43)

以上是吉祥的《摩诃婆罗多》中《森林篇》第一百二十六章(126)。

一二七

坚战说:

娴于辞令的人啊!苏摩迦怎样英勇,我想听一听。请你把他的业绩和威力如实地讲一讲吧!(1)

毛密说:

坚战王啊!从前有一个遵行正法的国王,名叫苏摩迦。他有一百个和他相配的妻子。(2)国王尽了很大的努力,想让她们生儿子,但过了很长时间,也没有得到儿子。(3)他努力到老,终于在他的一百个妻子中,生下一个儿子,名叫瞻度。(4)民众之主啊!这孩子一生下来,所有的母亲就都围着他转,再也顾不上自己的欢情和享受。(5)

有一天,一只蚂蚁咬了瞻度的屁股,国王啊!这孩子被咬痛了,大哭起来。(6)于是,所有的母亲都心疼得围着他哭,哭声响成一片。(7)当时,国王正坐着和大臣们议事,还有祭司们在场,突然听到悲伤的哭声。(8)于是,国王派人去看,到底出了什么事?侍从回来如实报告太子的事。(9)征服敌人的苏摩迦王马上起身,带着大臣们赶到后宫,哄住儿子。(10)国王啊!哄住儿子后,苏摩迦王出后宫,又坐在祭司们和大臣们中间。(11)

苏摩迦说:

只有一个儿子真不幸,还不如没有儿子。所有的人都会生病,只有一个儿子让人担心。(12)婆罗门啊!为了求子,我经过考虑,陆续

253

娶了一百个妻子，但她们都没有生育。(13)经过努力，我的惟一的儿子瞻度总算生了下来。但是，一切之中，还有比这更痛苦的吗？(14)婆罗门俊杰啊！我和我的妻子们年岁都大了，我和她们的生命维系在这个惟一的儿子身上。(15)要是能做一件什么事，从而得到一百个儿子，不管这事轻重难易，我都一定去做。(16)

祭司说：

有一件事，做了以后就会有一百个儿子。如果你能做的话，苏摩迦啊！我就告诉你。(17)

苏摩迦说：

不管该做不该做，只要能得到一百个儿子，你知道我一定会做，尊者啊！请告诉我吧！(18)

祭司说：

国王啊！如果你把瞻度作祭品，让我举行一个祭祀，那么，你不久就会得到一百个光辉的儿子。(19)闻到祭火中的油脂烟味，你的妻子们就会给你生下无比英勇的儿子。(20)瞻度原来是谁生的，还会由她生下，在他身上左侧会出现一个金色的胎记。(21)

以上是吉祥的《摩诃婆罗多》中《森林篇》第一百二十七章(127)。

一二八

苏摩迦说：

婆罗门啊！应该做些什么事，你就去做吧！为了求得儿子，我一切都照你的话办。(1)

毛密说：

于是，祭司就让苏摩迦拿瞻度作祭品，开始举行祭祀。母亲们不忍心，用力去抢儿子，悲痛欲绝，大声哭喊道："天哪，我们都给毁了！"(2)

母亲们抓住瞻度的右手，拼命拉，祭司则抓住瞻度的左手，使劲拖。(3)在母亲们像雌鹗一样的痛哭声中，祭司抢过孩子，将他宰杀了，依法将他的脂油投入祭火。(4)

俱卢后裔啊！母亲们一闻到祭火燃烧脂油的气味，难过得晕倒在地，而国王的所有这些后妃也都怀了孕。(5)民众之主啊！婆罗多后裔啊！到了十个月，她们为苏摩迦生下了整整一百个儿子。(6)婆罗多后裔啊！在所有那些母亲生的儿子中，瞻度最大。他受到她们的宠爱也是别的儿子不能相比的。(7)他的身上左侧有一个金色胎记。在一百个儿子中，他排行第一，品德优秀。(8)

后来，苏摩迦的那个国师去世。过了一段时间，苏摩迦也去世。(9)苏摩迦死后，看见这位祭司在可怕的地狱里受煎熬，就问道："婆罗门啊！你怎么会在地狱里受煎熬呢？"(10)

受着烈火煎熬的国师对他说道："国王啊！这就是我为你举行那场祭祀的业果。"(11)

听了这话后，王仙苏摩迦就对法王阎摩说道："请放了我的祭司，让我进入地狱。是我做的事，这位大福大德的祭司是为了我，而受地狱之火煎熬。"(12)

正法说：

国王啊！一个人是不能承受别人的业果，娴于辞令的人啊！你的种种业果你会见到。(13)

苏摩迦说：

我不愿抛弃这个诵读吠陀的婆罗门，前往圣洁的世界。我希望同他一起生活在天神世界,(14)或者一起下地狱，法王啊！我和他做了同样的事，天神啊！不管是善果还是恶果，我们两人应该同样承担。(15)

正法说：

国王啊！要是你希望这样的话，你就和他同受业果吧！和他受了相同时间的煎熬，你将得到好的归宿。(16)

毛密说：

这位眼如莲花、热爱老师的国王做到了这一切，以自己的行动与那位婆罗门老师一道，重新获得美好的世界。(17)前面就是那位国王的圣洁的净修林。只要有耐心，在这里住上六夜，就会得到好的归宿。(18)王中因陀罗啊！俱卢后裔啊！你做好准备，控制自我，消除烦恼，在这里住上六夜吧！(19)

以上是吉祥的《摩诃婆罗多》中《森林篇》第一百二十八章(128)。

一二九

毛密说：

国王啊！从前生主就在这里举行了为时一千年的伊私蒂吉多祭。(1)那跋伽之子安婆利沙在这里的阎牟那河边举行祭祀。他依靠祭祀和苦行获得最大成功。(2)国王啊！这是友邻之子迅行王举行祭祀的圣地。他举行祭祀后，向参加祭祀的人发放十兆头牛。(3)贡蒂之子啊！迅行王光辉无比，统治整个大地，能与因陀罗抗衡。你看，这就是他举行祭祀的地方。(4)请看，这大地上堆积着各种各样的火，仿佛在迅行王的祭祀功德重压下下沉。(5)

这是只有一片叶子的莎弥树，这是优美的湖。请看这些罗摩湖，请看那罗延的净修林。(6)大地保护者啊！利吉迦之子威力无限，修习瑜伽，遨游大地，这是他在罗比雅河边踏出的路。(7)

俱卢后裔啊！有一个毕舍遮妇女戴着石臼，说过这样的话，我讲给你听：(8)"如果在瑜甘陀罗吃了酸奶，在阿俱多过了夜，在普地罗耶沐了浴，你希望同儿子住在一起。(9)如果住了一夜，你还要再住一夜，白天发生的事和晚上发生的事就完全不一样了。"① (10)

婆罗多族俊杰啊！今天我们就在这里过夜，贡蒂之子啊！这里是俱卢之野的门户。(11)国王啊！友邻之子迅行王在这里花费成堆成堆的珠宝，举行很多祭祀，博得因陀罗喜欢。(12)人们说巴刹婆多南是阎牟那河的圣地，智者们称它是天国的门户。(13)孩子啊！最优秀的仙人们带着祭柱和石臼，在这里举行了婆罗私婆蒂祭，祭祀完后沐浴净身。(14)婆罗多王多次依法征服大地，在这里放出黑斑祭马。(15)人中之虎啊！受大神仙僧婆尔陀保护的摩奴多王在这里举行上乘的祭祀。(16)王中因陀罗啊！在这里沐浴，可以看到一切世界，摆脱一切罪恶，获得净化，婆罗多后裔啊！(17)

护民子说：

般度族俊杰坚战王和弟兄们一起在那里沐浴，受到大仙们赞颂。

---

① 毕舍遮是一种恶鬼。这里是毕舍遮妇女威胁婆罗门妇女的话。

然后，他对毛密仙人说道：(18)"以真理为勇气的人啊！我靠苦行看见了一切世界，我在这里看见了骑白马的般度族俊杰阿周那了。"(19)

毛密说：

大臂英雄啊！最优秀的仙人们也看到这些。请看这条圣洁的娑罗私婆蒂河吧！那里聚集着把她当作惟一庇护所的人们，人中俊杰啊！到那里沐浴，你会涤尽一切罪恶。(20)神仙们在这里举行过很多娑罗私婆蒂祭，贡蒂之子啊！仙人们和王仙们也是这样。(21)这里有生主的祭坛，周长五由旬。这里也是热心祭祀、灵魂高尚的俱卢的地区。(22)

以上是吉祥的《摩诃婆罗多》中《森林篇》第一百二十九章(129)。

一三〇

毛密说：

婆罗多后裔啊！凡人在这里修苦行，可以升入天国，国王啊！有成千上万愿意死的人来到这里。(1)从前陀刹在这里举行祭祀时祝愿道，在这里死去的人将赢得天国！(2)民众之主啊！这里有圣洁的娑罗私婆蒂河和奥克婆蒂河，有娑罗私婆蒂河的维那舍那圣地。(3)英雄啊！这里是尼奢陀国的门户。出于对尼奢陀人的仇恨，娑罗私婆蒂河钻入地下，说道："别让尼奢陀人发现我！"(4)这是阇摩梭陀毗陀圣地，娑罗私婆蒂河在这里重新出现。那些圣洁的流向大海的河都朝她流去。(5)

征服敌人者啊！这里有信度河圣地，在这里罗芭慕德拉遇见投山仙人，选他做自己的丈夫。(6)太阳般光辉的人啊！这是波罗跛沙圣地，光辉熠熠，神圣，纯洁，消除罪恶，为因陀罗所喜爱。(7)这是名叫毗湿奴足印的优美圣地。这是无上圣洁的可爱的断索河。(8)因丧子悲痛，极裕仙人尊者捆住自己投入河中。绳索却自己断去，他又浮出。(9)

征服敌人者啊！你和你的弟兄们请看，这是圣洁的迦湿弥罗，大仙们聚居在这里。(10)婆罗多后裔啊！北方的所有仙人、友邻之子迅行王、火神和迦叶波在这里举行过会谈。(11)大王啊！这里是光辉的摩那娑湖的门户，吉祥的罗摩在这里的山中开辟一个雨季居处。(12)这是著名的伐狄迦辛多圣地，在毗提诃国北面，这里以真理为力量。(13)这是优阇那迦圣地，谷购仙人以及极裕仙人和妻子阿容达提在这里得到安宁。(14)这是俱舍梵湖，湖里长着俱舍沙耶莲花。这是艳光公主的净修林，她在这里消除怒气，获得安宁。(15)

般度之子啊！你已经听说三昧的缩影，大王啊！现在你将看到名叫婆利古峰的大山。(16)还有阎牟那河附近的阇罗河和优波阇罗河。优湿那罗王在那里举行祭祀后，胜过因陀罗。(17)民众之主啊！婆罗多后裔啊！为了考察他是否与天神相当，因陀罗和火神走近这位国王。(18)为了考察灵魂高尚的优湿那罗，赐恩的因陀罗和火神变成老鹰和鸽子，来到他的祭祀。(19)国王啊！鸽子惧怕老鹰，飞落在优湿那罗的大腿上，寻求庇护。(20)

以上是吉祥的《摩诃婆罗多》中《森林篇》第一百三十章(130)。

一三一

老鹰说：

国王啊！人们说在所有的国王中，只有你以正法为灵魂，那你为什么还要做违背正法的事？(1)国王啊！我为饥饿所苦，这鸽子注定是我的食物，你不要贪图正法而破坏正法，抛弃正法。(2)

国王说：

大鸟啊！因为惧怕你，想保住性命，这只小鸟才惊慌失措地飞到我的身边，寻求庇护。(3)老鹰啊！这只鸽子想要摆脱恐惧，飞到我的身边。我不把它交给你，你怎么看出这不合正法？(4)老鹰啊！这鸽子战战兢兢，看上去惊恐万分，为求活命，飞到我的身边。如果我丢下它不管，我会受到谴责。(5)

老鹰说：

大地之主啊！一切生物靠食物生存，靠食物生长，靠食物活命。(6)舍弃难以舍弃的东西,还能活很长日子;而舍弃食物,就活不多久。(7)因此,民众之主啊!失去食物,我的生命就会抛弃躯体,走上没有回头的路。(8)以法为魂者啊!我一死,我的儿子和妻子也会毁灭。你保护一只鸽子,却要毁掉很多性命。(9)一个正法妨碍另一个正法,它就不是正法,而是恶法,以真理为力量的人啊!只有不妨碍正法,它才是正法。(10)大地保护者啊!在发生抵触时,就应该考虑孰轻孰重。要没有妨碍,这样的正法才能遵行。(11)决定是正法或不是正法,要考虑孰轻孰重,国王啊!然后,依据重要性确定正法。(12)

国王说:

卓越的鸟啊!你说了很多妙语。你是不是鸟王美翼?毫无疑问,你通晓正法,说了很多合乎正法的妙语。(13)我看你没有什么不知道的,但你怎么会认为抛弃寻求庇护者是对的呢?(14)鸟啊!你这样做,只不过是为了寻找食物,而你还能找别的食物,甚至比这更好的食物。(15)母牛、公牛、猪、麋鹿、水牛或其他动物,你想吃的,今天都可以给你。(16)

老鹰说:

大王啊!我不吃猪,不吃牛,也不吃各种各样的鹿。这些食物对我有什么用?(17)刹帝利雄牛啊!大地保护者啊!这是上天给我安排的食物,把这只鸽子给我吧!(18)老鹰吃鸽子,这是永恒的规律,国王啊!你不要明知有路,却要爬上芭蕉树。(19)

国王说:

鸟类中的尊者啊!你就统治这富饶的尸毗王国吧!或者,无论你想要什么,我都给你,鹰啊!你就放过这只前来求我保护的鸟儿吧!(20)鸟中俊杰啊!你要我做什么事才肯放过这只鸽子,你就说吧!我会照办,因为我不把这只鸽子交给你。(21)

老鹰说:

人主优湿那罗啊!如果你爱护这只鸽子,你就从你自己身上,割下与鸽子等量的肉。(22)国王啊!你割下的肉一旦与鸽子等量,就交给我,我会表示满意。(23)

国王说:

鹰啊!你提出这个要求,我认为是对我开恩。所以,我今天就把

自己的肉割下，称足分量给你。(24)

毛密说：

于是，贡蒂之子啊！这位通晓最高正法的国王割下自己的肉，和鸽子一同放在秤上称分量。(25)在秤上一称，鸽子比肉重，于是，优湿那罗王又再次把自己的肉割下添上。(26)一次又一次割肉，肉也没有鸽子重，他就自己站到秤上去了。(27)

老鹰说：

知法者啊！我是因陀罗，这鸽子是火神，我俩是要考察你的正法，所以来到你的祭场。(28)民众之主啊！你从身上割下肉，你的光辉名声将流传于世。(29)国王啊！世上的人们称道你，歌颂你，你的美名和你的世界也就会永垂不朽。(30)

毛密说：

般度之子啊！这就是那位灵魂高尚的国王的住地，圣洁能消除罪恶，你同我一道看看吧！(31)国王啊！在这里，那些行善积德、灵魂高尚的婆罗门经常看到天神们和长生不老的仙人们。(32)

以上是吉祥的《摩诃婆罗多》中《森林篇》第一百三十一章(131)。

一三二

毛密说：

乌达罗迦的儿子白旗以精通经咒、富有智慧著称于世，王中因陀罗啊！请看这是他的圣洁的净修林，那里的树上始终结着果子。(1)白旗在这里亲眼看见婆罗私婆蒂化身下凡。白旗对出现在面前的婆罗私婆蒂说道："我要精通语言。"(2)

国王啊！乌达罗迦之子白旗和迦诃多之子八曲是舅甥关系，他们两人在当时是最精通梵学的人。(3)这舅甥两个婆罗门进入大地之主毗提诃王的祭场，在辩论中击败无与伦比的般丁。(4)

坚战说：

能够击败般丁的婆罗门，该有多大的威力！这八曲是谁生的？毛密仙人啊！请你把这一切如实讲给我听。(5)

毛密说：

国王啊！乌达罗迦有一个遵守纪律的学生，名叫迦诃多。他侍奉老师，事事尊重老师，跟老师学习了很长时间。(6)同他一起学习的有不少婆罗门学生，但老师认为他能成才，很快将学问传授给他，并将自己的女儿妙生嫁给他。(7)不久，妻子怀孕。那像火神似的胎儿对正在学习的父亲说道："父亲啊！你整夜学习，但好像方法不对。"(8)

大仙迦诃多在学生们面前听到这样的话，非常生气，就诅咒那腹中的胎儿道："你在娘肚子里就说话，因此你将成为一个八处弯曲的人！"(9)

后来，这孩子生下，身子果真弯弯曲曲，因此得名八曲大仙。白旗是他的舅舅，但和他一般年纪。(10)

腹中的胎儿渐渐长大，妙生受着怀胎之苦。她需要钱财，一天趁没有旁人在，和气地对贫穷的丈夫说道：(11)"大仙啊！没有钱，我怎么办呢？我已经怀胎十月，你一点钱也没有，我怎么度过分娩的难关呢？"(12)

听了妻子这样说，迦诃多就到国王遮那迦那里，向他乞求钱财。在那里，擅长辩论的殷丁击败他，把他沉入水中。(13)乌达罗迦听说女婿在辩论中失败，被赢家沉入水中，就对女儿妙生说，这事一定要对八曲保密。(14)

妙生严格履行父亲的建议，八曲生下来后，没有听说过这事。他把乌达罗迦当成自己的父亲，把白旗当成自己的兄弟。(15)到十二岁时，八曲坐在乌达罗迦膝上。白旗拉他的手，他哭了起来。白旗对他说道："这不是你父亲的怀抱！"(16)白旗说的难听的话，刺痛八曲的心。他回家，哭着问自己的母亲："我的父亲在哪儿？"(17)

妙生悲痛欲绝，她怕受诅咒，就说出一切。从母亲那里知道了一切真相，婆罗门八曲对白旗说道：(18)"我们去参加遮那迦王的祭祀。听说他的祭祀美妙绝伦。在那里，我们会听到众婆罗门辩论，吃到珍馐佳肴。我们的才智会增长，因为梵音吉祥美妙。"(19)

于是，舅甥两个一同前去参加遮那迦王盛大的祭祀。八曲受到阻拦，在路上遇见遮那迦王，说了这番话。(20)

以上是吉祥的《摩诃婆罗多》中《森林篇》第一百三十二章(132)。

一三三

八曲说：

在没有遇到婆罗门时，路是瞎子的，路是聋子的，路是妇女的，路是挑夫的，路是国王的。一旦遇到婆罗门，路就是婆罗门的。（1）

国王说：

今天我就给你让路，你愿意去哪里，就去那里吧！火是不会被看轻的，连因陀罗也经常向婆罗门低头。（2）

八曲说：

我俩来看祭祀，朋友啊！我们好奇心切，希望作为客人进入祭场，门卫啊！请你放行吧！（3）我俩想要看看帝光之子（遮那迦）的祭祀，想要见见遮那迦王，和他说说话，门卫啊！你不要怒气冲冲，把我们当作瘟疫似的。（4）

门卫说：

我们听从般丁的吩咐："你要听清我的话，不要让年幼的婆罗门进来，只有年长的、有学问的优秀婆罗门才能进来。"（5）

八曲说：

门卫啊！如果要年长才能进入的话，我就可以进入。我们已经长大，遵守誓言，凭着吠陀的威力，我们有资格进入。（6）我们谦恭顺从，控制感官。我们的知识学问已经成熟。人们说，不要轻视年轻人，一点小火苗碰上什么，也会熊熊燃烧。（7）

门卫说：

你说说吠陀中常用的诗句，一个音节有很多表现形式。你还是把自己看作孩子吧！你吹嘘什么？在辩论中取胜不是一件容易的事。（8）

八曲说：

身躯长大不能认为就是成熟，就像木棉树长瘤，不是成熟。树身矮小，但能结果，就是成熟，而不能结果就不是成熟。（9）

门卫说：

在这世上，孩子向长者学习智慧，随着时间过去，也变成长者。

知识不是在短时间内能够获得，你这孩子怎么像长者一样说话？（10）

八曲说：

一个人不是因为头发白了，就是长者。一个孩子只要有知识，天神们就会认为他是长者。（11）仙人们定下法则：不靠年龄，不靠白发，不靠财产，不靠亲戚，我们中间谁有学问，他就是长者。（12）门卫啊！我想在国王的大会上见见般丁。你去向戴着莲花花环的国王通报一下我的到来。（13）门卫啊！你今天就会看到我和智者们辩论。一旦大家默不作声，也就分出谁高谁低了。（14）

门卫说：

只有成熟的学者才能进入的祭祀场，你一个十来岁的孩子怎么能进入？我尽量设法让你进去，你自己也要做出努力。（15）

八曲说：

喂！喂！遮那迦族最卓越的国王啊！你值得尊敬。你万事如意，兴旺发达。像你这样的祭祀者，从前只有迅行王一人。（16）我们听说在辩论中，智者般丁战胜那些精通吠陀的学者，就毫不犹豫地让你派遣亲信们将他们沉入水中。（17）听说这事后，我今天就到这里来，要在众婆罗门面前讲讲梵学难题。般丁在哪里？我要见他，像太阳消灭星星那样消灭他。（18）

国王说：

你想击败般丁，但你还不了解对手的雄辩力量。只有大家公认的勇士才敢这样说话，而般丁的力量是善于辩论的众婆罗门亲眼目睹的。（19）

八曲说：

他没有和像我这样的人辩论过，所以他成了狮子，无所畏惧地说话。今天遇到我，他就会倒下去，像倒在路上的断了轴的车子。（20）

国王说：

知道有六个毂、十二根轴、二十四个关节、三百六十条辐的东西是什么的人，他是真正的诗人。（21）

八曲说：

但愿有二十四个关节、六个毂、十二根轴和三百六十条辐的常转

不息的车轮①保护你！（22）

国王说：

如同套在一起的两匹马，如同老鹰俯冲而下，哪个天神孕育他们？他们又生下谁？（23）

八曲说：

国王啊！但愿他们不出现在你的家，也不出现在仇敌们的家。是以风为御者的天神孕育他们，他们又生下了他。②（24）

国王说：

什么睡着不闭眼睛？什么生下来不会动？什么没有心？什么快速增长？（25）

八曲说：

鱼睡着不闭眼睛，蛋生下来不会动，石头没有心，河流快速增长。（26）

国王说：

我认为你不是凡人，而具有神性。我认为你不是孩子，而是长者。你能言善辩，无与伦比。所以，我让你进门。这位就是般丁。（27）

以上是吉祥的《摩诃婆罗多》中《森林篇》第一百三十三章(133)。

一三四

八曲说：

国王啊！这里聚集着无与伦比的国王们和可怕的军队，这些辩论者无路可退，他们像大湖里的一群天鹅发出鸣叫。（1）般丁啊！你自以为是了不起的雄辩家。你今天和我赌高低，就像河流面对火海。你在我面前站稳吧！（2）

般丁说：

不要弄醒睡着的老虎！不要刺激舔着舌头的毒蛇。你要知道，如

---

① 指一年有六季、十二个月、二十四个半月和三百六十天。
② 以风为御者的天神指火，他们指闪电和雷霆。

果你用脚踢它的头，你是不会不被它咬的。(3)身体结实，然而软弱无力，傲慢地打击大山，只会伤害自己的手掌和手指，而大山毫无损伤。(4)就像与密提罗国王相比，一切国王显得渺小；与美那迦山相比，一切山显得渺小；与种牛相比，牛犊显得渺小。(5)

毛密说：

坚战啊！八曲怒不可遏，在大会上吼叫着，对般丁说道："你回答我的话，我也回答你的话吧！"(6)

般丁说：

一个火以许多方式燃烧，一个太阳照亮一切，一个天王是英勇的杀敌者，一个阎摩是祖先之杰。(7)

八曲说：

因陀罗和火神是一对漫游的朋友，那罗陀和波尔伐多是一对神仙，双马童是一对天神，一辆车子有一对轮子，创造之神创造成对的夫妻。(8)

般丁说：

业产生三种生物，三吠陀履行婆阇贝耶祭祀，祭官一日三次行祭，世界有三界，光也有三种。(9)

八曲说：

婆罗门有四个生活阶段，四个祭司举行祭祀，方向有四个，种姓有四种，牛永远有四足。(10)

般丁说：

火有五种，旁格底韵律有五音步，祭祀有五种，感官有五种，吠陀里天女的发辫有五条，世间著名的圣河有五条。(11)

八曲说：

一些人说，点燃祭火要布施六头牛，时令之环有六季，感官有六种，昴宿有六个星，在所有的吠陀中，快速祭祀有六种。(12)

般丁说：

家畜有七种，野兽有七种，祭祀颂歌音律有七种，著名仙人有七个，敬客礼物有七种，琵琶琴弦有七根。(13)

八曲说：

八夏那相当于舍多摩那，吃狮子的猛兽沙罗跋有八条腿，我们听

说天神中的婆薮有八个,一切祭树立祭柱有八角。(14)

般丁说:

祭祖点火吟诵九首颂诗,创造有九个步骤,毗栗诃底韵律有九个音节,数字永远是九个。(15)

八曲说:

世上男人有十个人生阶段,十乘一百是一千,女人怀胎要十月,十个伊罗迦,十个陀舍,十个阿尔纳。(16)

般丁说:

十一天的祭牲有十一头,祭柱有十一根,生命的变化有十一种,据说天上众天神中有十一个楼陀罗。(17)

八曲说:

一年有十二个月,阇伽底韵律每音步有十二个音节,据说普通的祭祀要举行十二天,婆罗门说阿提迭有十二个。(18)

般丁说:

据说第十三日是个大凶日,大地有十三个岛。(19)

毛密说:

般丁说到这里卡住了,八曲为他补足后半偈颂:"盖辛跑了十三天,人们说阿底阐陀韵律音步有十三音节。"(20)看见般丁低头沉思,哑口无言,而八曲高声应对,祭祀场上喧哗声起。(21)在遮那迦王的祭祀中出现热闹场面,众婆罗门喜气洋洋,纷纷走到八曲跟前,双手合十,向他致敬。(22)

八曲说:

我听说般丁曾在辩论中击败一些婆罗门,将他们沉入水中。今天对般丁也应该实行这样的办法,把他捉住沉入水中。(23)

般丁说:

遮那迦王啊!我是伐楼拿王的儿子。他和你一样在举行十二年的祭祀。为了他的祭祀,我把那些杰出的婆罗门送往那里。(24)他们去看过伐楼拿的祭祀后,还会回到这里。我向值得尊敬的八曲致敬,为了他,我将去会见我的父亲。(25)

八曲说:

那些有学问的婆罗门智慧和语言遭受挫折,被沉入水中。我凭智慧撷取语言，善人们可以检验我的话。(26)正像烈火避开善人的家，不会焚烧他们，人们也会判断年幼的孩子说的话是不是在理。(27)遮那迦啊！你听我的话，像吃了希来湿摩多迦果一样麻木。或者，你为奉承赞美所陶醉？你像一头大象，即使遭到鞭策，也不听我的话。(28)

遮那迦说：

我听你的话像听天神的话。你不是凡人，而是天神的化身。你在辩论中击败般丁，你愿意拿他怎么办就怎么办！(29)

八曲说：

国王啊！让般丁活着对我没有用。如果他的父亲是伐楼拿，就把他沉入水中吧！(30)

般丁说：

我是伐楼拿王的儿子，把我沉入水中我不怕。此刻，八曲会见到他久已消失的父亲迦诃多。(31)

毛密说：

随即，那些受到灵魂高尚的伐楼拿尊敬的婆罗门重新出现在遮那迦王的面前。(32)

迦诃多说：

遮那迦啊！人们就是为了这个目的行善求子。我没有做到的事，我的儿子做到了。(33)遮那迦啊！无力的人可以生出有力的儿子，愚昧的人可以生出智慧的儿子，没有学问的人可以生出有学问的儿子。(34)

般丁说：

国王啊！死神会亲自拿起利斧在战争中砍下你的仇敌们的头颅，祝你幸福如意！(35)在你的祭祀中，诵唱了优迦陀赞歌和优美的娑摩颂歌，畅饮了苏摩酒，众天神会满怀喜悦，亲自显身，在祭祀中享受他们各自的一份。(36)

毛密说：

国王啊！所有的婆罗门站起身来，光辉无比。般丁向遮那迦王告别，沉入海水中。(37)八曲击败杰出的般丁，向自己的父亲致敬，又接受众婆罗门的敬礼，然后和舅舅白旗一道，返回净修林。(38)贡蒂之子啊！阿阇弥吒后裔啊！你就和弟兄们以及众婆罗门一起高高兴兴在这里住下，行为纯洁，虔诚不二，然后，再同我一道到别的圣地去。(39)

以上是吉祥的《摩诃婆罗多》中《森林篇》第一百三十四章(134)。

一三五

毛密说：

国王啊！这里是沙门伽河，又名摩吐维罗河。这个圣地名叫迦尔陀弥罗，是婆罗多沐浴的地方。(1)沙姬之夫因陀罗杀死弗栗多后失去幸福，在沙门伽河里沐浴后，摆脱一切罪孽。(2)人中雄牛啊！这是美那迦山沉入大地之腹的地方，从前阿底提为了求子，曾在这里煮食。(3)人中雄牛啊！登上这座山中之王，你将清除不名誉、不可言说的厄运。(4)坚战王啊！这是仙人们喜爱的迦纳喀罗山脉。这是伟大的恒河。(5)阿阇弥吒后裔啊！从前永童尊者在这里获得最高成就。你去河中沐浴，就能摆脱一切罪孽。(6)贡蒂之子啊！这是名叫补尼耶的湖，这是名叫婆利古峰的山。你和你的大臣们静静地沾沾恒河的水吧！(7)这里是巨首仙人可爱的净修林，贡蒂之子啊！你在这里摒弃骄傲和愤怒吧！(8)般度之子啊！这里是吉祥的吟赞仙人的净修林，婆罗堕遮之子诗人谷购就在这里遭到毁灭。(9)

坚战说：

富有威力的婆罗堕遮是怎样的人？这位仙人的儿子谷购怎么会遭到毁灭？(10)毛密仙人啊！我很想听一听所有这些事，因为我喜欢听取这些天神般的仙人们的事迹。(11)

毛密说：

婆罗堕遮和吟赞是朋友，两人亲密无间，一同住在森林里。(12)婆罗多后裔啊！吟赞有两个儿子，一个叫近财，另一个叫远财。婆罗堕遮有一个儿子，叫谷购。(13)吟赞和他的两个儿子都是学者，婆罗堕遮是苦行者，婆罗多后裔啊！吟赞和婆罗堕遮从小亲密友爱，无与伦比。(14)

无罪的人啊！谷购看见自己修苦行的父亲不受众婆罗门敬重，而吟赞和他的两个儿子备受众婆罗门敬重。(15)于是，般度之子啊！富有锐气的谷购心中难受，满怀悲愤。他修炼可怕的苦行，求取吠陀知识。(16)他修炼大苦行，置身于熊熊燃烧的大火中，折磨自己的身体，以致因陀罗也感到发热。(17)于是，坚战啊！因陀罗来到谷购跟前，问他道："你为何要修这样的大苦行？"(18)

谷购说：

受众神敬拜的因陀罗啊！我修炼这种最高的苦行，是想得到那些婆罗门都没有学会的吠陀。(19)诛灭巴迦者啊！我是为了学习吠陀才修苦行，憍尸迦啊！我希望通过苦行获得所有的知识。(20)主啊！靠老师口授学吠陀，要用很长时间，所以我做出这种最大的努力。(21)

因陀罗说：

婆罗门仙人啊！你想走的这条道路不可取，婆罗门啊！何必自我折磨呢？还是通过老师口授学习吧！(22)

毛密说：

婆罗多后裔啊！无比威武的人啊！这样说完后，帝释天离去，谷购照旧修炼苦行。(23)我们听说，这位大苦行者修炼可怕的苦行，以致天王因陀罗也浑身发热难受。(24)诛灭勃罗的大神因陀罗再次走到这位修炼严厉苦行的大牟尼谷购跟前劝阻他。(25)因陀罗说："要想你和你的父亲得到吠陀知识，这样做决不能达到目的，也不明智。"(26)

谷购说：

天王啊！如果你不满足我的愿望，我还要依照更大的戒规修炼更可怕的苦行。(27)天王啊！如果你不满足我的一切希望，摩诃梵啊！你听着，我会将我的肢体一块一块割下来，投入熊熊燃烧的大火，作为祭品。(28)

毛密说：

知道这位灵魂高尚的牟尼做出这个决定，为了阻止他的苦行，聪明的因陀罗运有智慧，寻思办法。(29)然后，因陀罗化作一个好几百岁的婆罗门苦行者，身体非常衰弱，患着肺病。(30)他走到谷购常去沐浴净身的圣地，在恒河上用沙建桥。(31)这位婆罗门俊杰不听帝释天的话，帝释天就用沙子填恒河。(32)他不断往恒河里一把一把抛沙子，让谷购看到他在修桥。(33)看见他试图建桥，这位牟尼中的雄牛笑着对他说道：(34)"婆罗门啊！你这是在做什么？你想要什么，你费尽心力做这样的事是毫无意义的。"(35)

因陀罗说：

孩子啊！我要架起一座桥，行人过恒河就方便了。人们一次又一次渡过恒河很辛苦。(36)

谷购说：

你这样无论如何也挡不住洪流。你停止做这种不可能的事吧！去做力所能及的事吧！(37)

因陀罗说：

就像你为了得到吠陀而修起苦行，我也要承担这不可能承担的任务。(38)

谷购说：

天王啊！如果你认为我做的事就像你做的这事一样毫无意义，诛灭巴迦者啊！(39)那么，众神之主啊！你就让我做我能做到的事，赐给我恩惠，让我能比别人强。(40)

毛密说：

因陀罗依照这位大苦行者的要求，赐给他恩惠，说道："你和你的父亲会如愿通晓吠陀。(41)你的其他愿望也会得到满足，谷购啊！回去吧！"愿望得到满足后，谷购走到父亲跟前，对他说道。(42)

以上是吉祥的《摩诃婆罗多》中《森林篇》第一百三十五章(135)。

一三六

谷购说：

我得到恩惠，我和父亲都会通晓吠陀，胜过他人。(1)

婆罗堕遮说：

孩子啊！如愿得到恩惠，你会变得骄傲。一旦骄傲，你很快就会可悲地遭到毁灭。(2)儿子啊！这里，人们引用天神们讲述的一件事

270

例。从前,有一个叫巴罗提的英勇的仙人。(3)他因丧子而悲痛,修炼极难的苦行,祈愿"我会有一个不死的儿子"。这样,他得到了一个儿子。(4)但天神们没有赐给他像天神一样不死的儿子。凡人没有不死的,都有一定的寿命。(5)

巴罗提说:

卓越的众天神啊!就像这些山永远耸立,不会毁灭,我的儿子的寿命以山为标志,也会这样。(6)

婆罗堕遮说:

他的儿子出生了,取名具慧,是个动辄发怒的人。他听了他父亲求他不死的事后,变得非常骄傲,藐视仙人们。(7)他以轻侮牟尼们为乐事,在大地上漫游。一天,他遇见英勇而睿智的仙人弓目。(8)具慧对弓目仙人很无礼,英勇的弓目诅咒他道:"你会化为灰烬!"但他没有化为灰烬。(9)弓目见具慧安然无恙,这位英勇的仙人便用一些水牛撞碎大山。(10)象征他的寿命的大山毁坏,具慧顿时死去。父亲取回儿子的死尸,放声哭泣。(11)

牟尼们看见他悲痛哭泣,对他念诵吠陀里的一首偈颂。听我告诉你:(12)"凡人无论如何不能改变命运的安排,所以,弓目能用水牛撞碎大山。"(13)

年轻人得到恩惠就骄傲起来,胆大妄为,很快就会遭到毁灭。但愿你不要这样。(14)儿子啊!这位吟赞仙人十分英勇,他的两个儿子也和他一样。你要小心,不要冒犯他。(15)儿子啊!他发起怒来,会狠狠折磨你。他是一位具有学问和苦行,又容易发怒的大仙人。(16)

谷购说:

父亲啊!我会照你说的做,千万不要担心。我会像尊敬你一样,尊敬吟赞仙人。(17)

毛密说:

谷购对父亲说了这样温和的话后,无所畏惧,欺侮其他仙人们,感到心满意足。(18)

以上是吉祥的《摩诃婆罗多》中《森林篇》第一百三十六章(136)。

一三七

毛密说：

谷购无所畏惧，四周游荡。在一个春季，他来到吟赞仙人的净修林。(1)婆罗多后裔啊！他看到圣洁的净修林里，树上鲜花盛开，吟赞仙人的儿媳像女紧那罗一样在林中散步。(2)为情欲驱使，失去理智，谷购无耻地对这位羞涩的女子说道："到我跟前来！"(3)

吟赞仙人的儿媳知道谷购的性向，害怕他诅咒。她也知道吟赞仙人的威力，便说道："好吧！"走到他的跟前。(4)婆罗多后裔啊！他把她带到无人之处，玩弄了她，征服敌人者啊！这时，吟赞仙人回到自己的净修林。(5)

坚战啊！吟赞看见自己的儿媳、远财的妻子伤心地哭着，就好言安慰她，询问她。(6)这位美人就把谷购说的话告诉他，也把自己经过认真思考回答谷购的话告诉他。(7)吟赞听说了谷购的行为，勃然大怒，怒火仿佛燃烧他的心。(8)这位极易发怒的苦行者满腔愤怒，扯下一绺头发，当作祭品，投入了准备好的祭火中。(9)于是，从火中出来一个和他的儿媳一样美貌的女子。接着，他又扯下一绺头发投入祭火。(10)火中又出现一个眼光凶恶、形貌可怕的罗刹。他俩对吟赞说道："我们能为你做什么？"(11)愤怒的吟赞仙人对他俩说道："去把谷购杀了！""遵命！"他俩前去杀害谷购。(12)

婆罗多后裔啊！走到谷购跟前，灵魂高尚的吟赞仙人创造的那个女子迷惑谷购，偷走他的水罐。(13)谷购失去水罐，成了不洁的人，罗刹高举三叉戟，冲向他。(14)谷购看见他手持三叉戟，冲过来要杀自己，立刻站起身来，朝池塘跑去。(15)看见池塘里没有水，谷购又朝河流跑去，但所有的河流也都枯竭无水。(16)这样，他被手执三叉戟的可怕的罗刹追赶着，惊恐万状，急冲冲跑到他父亲燃着祭火的屋子。(17)国王啊！他刚要进去，一个守门的瞎眼首陀罗用力拽住他，把他拦在门口。(18)罗刹看见谷购被首陀罗拽住，就用三叉戟刺他。他被刺穿心脏，栽倒在地。(19)罗刹杀死谷购后，回到吟赞跟前，向

吟赞告别，和那个女子一道漫游去了。(20)

以上是吉祥的《摩诃婆罗多》中《森林篇》第一百三十七章(137)。

一三八

毛密说：

贡蒂之子啊！婆罗堕遮完成一天的吠陀诵习，背着一捆柴，回到自己的净修林。(1)过去，一见他回来，所有的火都会迎接他。这天，他的儿子被杀，所有的火没有迎接他。(2)大苦行者婆罗堕遮觉察到点燃祭火的屋里情况异常，就询问坐在那里看守屋子的瞎眼首陀罗说：(3)"首陀罗啊！这些火见到我，怎么没有一点高兴的样子？你也和往常不一样，净修林里一切都好吗？(4)我那个缺少智慧的儿子，没有到吟赞那里去吧？你赶快告诉我，我的心里焦急不安。"(5)

首陀罗说：

你那糊涂儿子肯定去了吟赞那里。他被一个强壮有力的罗刹杀死了，躺在这里。(6)他被手持三叉戟的罗刹追赶着，来到点燃祭火的屋子，我用双手把他拦在门口。(7)他一定是不洁净了，想要找水。手持三叉戟的罗刹很快就抓住他，把他杀死。(8)

毛密说：

婆罗堕遮从首陀罗嘴里听到这个噩耗，抱起儿子尸体，悲痛地哭泣道：(9)"你为了那些婆罗门而修炼苦行，希望获得连那些婆罗门都没有学会的吠陀知识。(10)你对那些灵魂高尚的婆罗门本来行为很好，对一切众生也没有罪过，但后来变得粗暴了。(11)孩子啊！我告诫过你不要去吟赞的住处，而你还是去了那个像死神阎摩一样的小人那里。(12)他威力巨大，心思狠毒，明知我这个老人只有一个儿子，仍然受愤怒控制。(13)由于吟赞的行为，我陷入丧子的悲痛，儿子啊！失去了你，我也要抛弃在这世上最可爱的生命了。(14)正像我这有罪之人因丧子之痛抛弃我的躯体，吟赞的大儿子也会突然杀死无罪的吟赞。(15)那些不生儿子的人是有福之人，他们不会有丧子之痛，能舒舒服服周游各地。(16)由于失去儿子，充满忧愁烦恼；由于悲痛，甚至诅咒亲爱的朋友，还有什么人比这样的人更有罪过？(17)我看到儿子丧命，我诅咒了自己的朋友，像这样的不幸，哪里还有第二个人能忍受？"(18)

婆罗堕遮这样悲悼了一阵，然后火化儿子，自己也跳入熊熊燃烧的大火中。(19)

以上是吉祥的《摩诃婆罗多》中《森林篇》第一百三十八章(138)。

一三九

毛密说：

那时，吟赞仙人的祭祀主人、大福大德的国王巨光在举行祭祀。(1)聪明的巨光选了吟赞的两个儿子近财和远财做助手。(2)贡蒂之子啊！他俩告别父亲走了，净修林里只剩下吟赞和远财的妻子。(3)

有一天，远财独自回家看望，在树林里看见身穿黑鹿皮的父亲。(4)尽管夜晚已深，尚未全黑，由于睡眼朦胧，他以为他的父亲是在密林里走着的野兽。(5)他把自己的父亲误认成野兽，不是出于有意，而是为了自己的人身安全，杀死了自己的父亲。(6)婆罗多后裔啊！他为自己的父亲举行了一切丧葬仪式，然后返回举行祭祀的地方，对自己的兄弟说道：(7)"你一人无论如何担负不起这个祭祀的任务，而我误认为父亲是野兽，将他杀了。(8)所以，牟尼啊！你最好替我执行杀害婆罗门的赎罪戒，我一人就能担负起这个祭祀的任务。"(9)

近财说：

那么，你就为聪明的巨光举行祭祀吧！我为你控制感官，执行杀害婆罗门的赎罪戒。(10)

毛密说：

坚战啊！把杀害婆罗门的罪赎过后，牟尼近财又回来举行祭祀。(11)远财看见自己的兄弟回来，就对在祭祀集会上的巨光这样说道：(12)"这是个杀害婆罗门的人，你不要让他进来看你的祭祀。毫

无疑问,即使看上杀害婆罗门的人一眼,也会对你造成麻烦。"(13)

国王啊!遭到差役们驱赶,近财一再说:"我不是杀害婆罗门的人。"(14)婆罗多后裔啊!而差役们一再说:"这是杀害婆罗门的人!"但他不承认自己是杀害婆罗门的人,说道:"是我的兄弟杀的,我为他赎了罪!"(15)

国王啊!天神们赞赏近财的行为,让他选择一个恩惠,并把远财赶走。(16)以火神为首,众天神赐给近财恩惠。近财选择让自己的父亲复活。(17)他还要求让自己的兄弟无罪,自己的父亲不记得曾被杀害,也让婆罗堕遮和谷购父子两人复活。(18)坚战啊!于是,死去的三人重新出现,谷购对以火神为首的众位天神说道:(19)"优秀的众天神啊!我学会吠陀,遵守种种誓言,吟赞怎么还能用那种方法杀死我这个通晓吠陀的苦行者?"(20)

众天神说:

牟尼谷购啊!你不要像你说的那样做了。你过去学吠陀走捷径,没有通过老师口授。(21)而吟赞辛辛苦苦,以自己的业绩令老师满意。他经过长期努力,才掌握吠陀。(22)

毛密说:

以火神为首的众天神让他们都活了过来,并对谷购说了这些话后,返回天国。(23)王中之虎啊!这是他的树木常年开花结果的净修林。你在这里住下,就可以摆脱一切罪恶。(24)

以上是吉祥的《摩诃婆罗多》中《森林篇》第一百三十九章(139)。

一四〇

毛密说:

贡蒂之子啊!婆罗多族国王啊!你经过了优湿罗毗阇山、美那迦山和白山,也经过了迦罗山。(1)婆罗多族雄牛啊!恒河有七条支流光彩熠熠。这里圣洁可爱,祭火常燃不熄。(2)现在,凡人看不到这些圣地。但你静心入定,你会看到这些圣地。(3)我们要进入白山和曼陀罗山,那里是药叉摩尼遮罗和药叉王俱比罗的住地。(4)坚战王啊！那里有八万八千步履迅速的健达缚，还有四倍这样数目的紧那罗和药叉。(5)人中俊杰啊！他们有各种各样形貌，手持各种各样武器，在那里侍奉药叉王宝善。(6)他们极其富有，行动迅疾似风，甚至能把天王因陀罗从宝座上推下来。(7)普利塔之子啊！这些山由这些强有力的药叉和精灵守护，很难上去，孩子啊！你在这里沉思入定吧！(8)贡蒂之子啊！这里还有俱比罗的一些凶恶的大臣和罗刹朋友，我们会遇到他们，你要鼓起勇气。(9)

国王啊！这是六百由旬宽广的盖拉娑山，天神们常来这里，婆罗多的后裔啊！这里有毗沙拉圣地。(10)贡蒂之子啊！俱比罗宫中有无数药叉、罗刹、紧那罗、长蛇、金翅鸟和健达缚。(11)国王啊！普利塔之子啊！今天有我和怖军的威力保护，你就凭借苦行和自制力，进入那里吧！(12)伐楼拿王、战斗中常胜的阎摩、恒河、阎牟那河和大山都会保佑你吉祥平安。(13)

恒河女神啊！我在因陀罗的金山顶上听到你的声音，吉祥女神啊！你在山中保护这位所有阿阇弥吒族人尊敬的国王吧！山的女儿啊！这位国王要进入这些山，请你庇护他！(14)

坚战说：

毛密仙人从来没有这样担心过。大家要好好保护黑公主，不能疏忽大意。毛密仙人认为这个地方难以行走，所以你们一定要保持身心清净。(15)

护民子说：

随后，坚战王又对英勇非凡的怖军说道："怖军啊！你要精心保护住黑公主。阿周那不在跟前，弟弟啊！在艰难困苦中，靠你照顾黑公主。"(16)灵魂高尚的坚战王又走到孪生的无种和偕天跟前，吻他们的头，拥抱他们的身体，含泪说道："别害怕，走吧！但不要大意！"(17)

以上是吉祥的《摩诃婆罗多》中《森林篇》第一百四十章(140)。

一四一

坚战说：

怖军啊！这里藏着很多有力的罗刹和怪物，要依靠火和苦行才能前进。(1)贡蒂之子啊！俱卢后裔啊！你要依靠力量消除饥渴，也要依靠体力和精明。(2)贡蒂之子啊！你也听了毛密仙人讲述盖拉娑山的情况，你用脑子想想，黑公主怎么去得了呢？(3)你带着偕天、烟氏仙人、车夫们、厨师们和所有的随从，(4)车辆和马匹，还有不堪路途劳累的众婆罗门，大眼怖军啊！你带着他们所有人回去吧！(5)我、无种和大苦行者毛密仙人，我们三人将带着少量食物，恪守誓言，往前走去。(6)在我回来以前，你就好好住在恒河之门，保护德罗波蒂，等着我回来。(7)

怖军说：

婆罗多后裔啊！吉祥的黑公主忍受疲劳和痛苦，一路往前走，想要看到阿周那。(8)不看见他，婆罗多后裔啊！你的焦虑日益增强，何况又看不到偕天、黑公主和我。(9)如果你想要这样，你可以把我们所有的仆从、车夫和厨师都打发回去。(10)我却无论如何也不愿把你抛在罗刹出没、道路崎岖难行的山中。(11)人中之虎啊！大福大德、恪守誓言的黑公主也决不会丢下你，转身回去。(12)一向对你忠心耿耿的偕天也不会转身回去，因为我知道他的想法。(13)大王啊！我们大家都渴望看到左手开弓的阿周那，因此，让我们和你同行吧！(14)如果山中洞穴很多，不能驾车行驶，我们就步行，国王啊！你不要担心！(15)我已经想好，遇到般遮罗国黑公主不能走的地方，我就背着她走，你不要担心！(16)如果给玛德利带来欢乐的这对娇嫩的勇士无种和偕天不能越过险阻，我也会带着他们越过。(17)

坚战说：

怖军啊！你这样说话，但愿你的力量增强！在漫长的路上能背着黑公主走。(18)你还要带着这对孪生兄弟走，像你这样的勇气在别人身上很难见到，祝你幸运！但愿你的力量、名声、正法和荣誉增

长！(19)你有勇气带着这对孪生兄弟和黑公主走,大臂者啊！但愿你不会疲乏,不会失败！(20)

护民子说：

于是,美丽可爱的黑公主含笑说道："婆罗多后裔啊！不要为我担心,我自己会走。"(21)

毛密说：

贡蒂之子啊！这香醉山只有凭苦行才能登上去,让我们大家发挥苦行的力量。(22)国王啊！贡蒂之子啊！无种、偕天、怖军、我和你,我们大家会见到阿周那。(23)

护民子说：

国王啊！他们这样说着往前走,欣喜地看到妙臂王的广阔疆域,那里有很多象和马。(24)雪山下的这片土地上,分布着一群群山野猎人,还有数以百计的俱邻陀人,天神们也常来这里,充满各种奇迹。(25)俱邻陀王妙臂看见他们后,满怀喜悦来到边界,恭敬地迎接他们。(26)受到他的礼遇,大家高兴地住下。第二天太阳升起时,他们又动身前往雪山。(27)国王啊！把以帝军为首的所有随从、厨师、车夫和黑公主的侍女们,(28)都交给俱邻陀王妙臂后,这些无比英勇的俱卢后裔徒步前进。(29)这些般度之子和黑公主想要见到阿周那,满怀喜悦,离开妙臂的国土,慢慢向前走去。(30)

以上是吉祥的《摩诃婆罗多》中《森林篇》第一百四十一章(141)。

一四二

坚战说：

怖军啊！孪生的无种和偕天啊！般遮罗公主啊！你们要知道,过去的业不会消失,看看我们如今在森林里流亡！(1)想要见到阿周那,你们互相说道："我们没有力气了,累了。尽管走不动了,但我们还是要往前走！"(2)

看不见英雄阿周那在跟前,我的身子像烈火燃烧的一堆棉花。(3)英雄啊！这种想要见到阿周那的渴望,还有黑公主过去遭受的侮辱，烧灼流亡林中的我和弟兄们。(4)怖军啊！看不见在无种之前出生的普利塔之子，无限光辉、不可战胜的大弓箭手阿周那，我受着煎熬。(5)正因为想见到他，我和你们一起在许多可爱的圣地、森林和湖泊漫游。(6)怖军啊！已经五年没有见到信守誓言的英雄阿周那，我受着煎熬。(7)怖军啊！看不见皮肤黝黑、头发浓密、步履如同雄狮的大臂阿周那，我受着煎熬。(8)怖军啊！看不见精通武器、英勇善战、无与伦比的弓箭手、人中俊杰阿周那，我受着煎熬。(9)

阿周那双肩如同狮子，在敌军中游荡，犹如愤怒的死神和颞颥开裂的大象。(10)他在这对孪生兄弟之前出生，驾驭白马，威力无穷，勇气和精力毫不比帝释天逊色。(11)由于我的不可挽回的过失，我看不见所向无敌的大弓箭手阿周那，陷入巨大的痛苦。(12)

他一向宽宏大量，哪怕受到卑微的人侮辱；他经常对走正道的人给以庇护，赐予无畏。(13)阴险狡诈，施展诡计，谋财害命，对于这样的人，即使是手持金刚杵的因陀罗，他也像致命的毒药。(14)大力士阿周那英勇威武，灵魂无限，但对倒下的敌人也会怀有恻隐之心，赐予无畏。(15)

他是我们大家的依靠，在战斗中消灭敌人。他是给我们大家带来珍宝，带来幸福的人。(16)依靠他的勇敢，过去我有很多神奇的珍宝，种类繁多，现在全为难敌占有。(17)英勇的般度之子啊！依靠他的臂力，过去我的会堂全用宝石建成，在三界享有盛名。(18)他的勇气如同婆薮提婆之子黑天，在战斗中如同作武王，所向无敌，不可战胜，我现在看不到他。(19)怖军啊！这位英勇的杀敌者出生在大勇士大力罗摩、不可战胜的你和黑天之后。(20)他的臂力和威武如同摧毁城堡的因陀罗，速度如同风，面庞如同月亮，愤怒如同永恒的死神。(21)

大臂英雄啊！为了见到这位人中之虎，我们就要进入香醉山。(22)那里有广阔的枣林，那罗和那罗延的净修林。我们会看到崇高的山，山中一直居住着很多药叉。(23)我们将忍受大苦行，徒步前往罗刹们守护的、俱比罗的可爱的莲花池。(24)怖军啊！不修苦行的人，凶恶的人，贪婪的人，不平静的人，不能到达那个地方，婆罗多后裔啊！(25)怖军啊！我们想要追寻阿周那的足迹，手持武器，佩带宝剑,和恪守誓言的众婆罗门一起,前往那里。(26)普利塔之子啊!不控制自我的人会遇到苍蝇、蚊子、牛虻、老虎、狮子和长蛇,而控制自我的人不会遇到这些。(27)为了见到阿周那,我们控制自我,节制饮食,一起进入香醉山。(28)

以上是吉祥的《摩诃婆罗多》中《森林篇》第一百四十二章(142)。

<h2 style="text-align:center">一四三</h2>

护民子说:

这些威力无限的英雄带着张开的弓、箭囊和箭,戴上护腕和护指,佩带宝剑。(1)国王啊!这些世上最优秀的弓箭手带着众婆罗门和般遮罗国公主,向香醉山走去。(2)他们看到很多湖泊、河流、山峦和森林。山顶上有很多浓荫覆盖的大树,常年开花结果,神仙经常出没。(3)英雄们控制自我,只吃根茎和果子,在那些高低不平、崎岖难行的地方走着,看见各种各样的野兽。(4)这些灵魂高尚的英雄进入这座山。山上充满仙人、悉陀和天神,为健达缚和天女们所喜爱,紧那罗四处漫游。(5)

民众之主啊!英雄们进入香醉山时,狂风骤起,降下大雨。(6)大量尘土和树叶随风卷起,大地、空中和天上笼罩在黑暗之中。(7)尘土遮天蔽日,他们什么也分辨不清,甚至互相之间不能说话。(8)婆罗多后裔啊!大风扬起沙石,黑暗遮住眼睛,他们彼此看不见对方。(9)树木和其他植物被大风刮断,倒在地上,发出巨大声响。(10)狂风搅得大家糊里糊涂,心想:"是不是天塌了?是不是山崩了?"(11)他们被狂风吓住,用手摸索着附近的树、蚁垤或坑洼,作为藏身之处。(12)大力士怖军举着弓,带着黑公主,躲在一棵树下。(13)坚战和烟氏仙人躲进大树林;偕天带着祭火供品躲进山中。(14)无种和众婆罗门,还有大苦行者毛密仙人,也吓得躲在树下。(15)

风势减弱,尘土平息,又下起了倾盆大雨。(16)雨借风势,不停地下降,到处都是夹带沙石的水流。(17)民众之主啊!四处的水流变

成河流，带着污泥，翻着泡沫。(18)水流滚滚，翻起浪花，漂起木筏，一路上冲倒很多树木，发出巨大的声响。(19)

然后雨停下，风平息，水退去，太阳又出来。(20)婆罗多后裔啊！这些英雄慢慢从藏身之地走出来，聚集在一起，继续向香醉山走去。(21)

以上是吉祥的《摩诃婆罗多》中《森林篇》第一百四十三章(143)。

一四四

护民子说：

灵魂高尚的般度之子们动身上路的时候，德罗波蒂却不能用脚走路，坐了下来。(1)这位美名远扬的般遮罗国公主身体娇嫩，被狂风暴雨折磨得筋疲力尽，痛苦不堪，晕了过去。(2)晕倒的时候，这位黑眼睛公主用她浑圆的、美丽的双臂撑着双腿。(3)这样撑着如同象鼻的双腿，她像芭蕉树那样颤抖着，突然倒在地上。(4)看见这位臀部丰满的美人像蔓藤一样倒地，英勇的无种跑上前去扶她。(5)

无种说：

国王啊！婆罗多后裔啊！黑眼睛的般遮罗公主累倒了，你来看看她吧！(6)大王啊！这位步履轻柔的公主本不该受苦，却受着这样大的苦，疲惫憔悴，你安慰安慰她吧！(7)

护民子说：

坚战王听了无种的话，满怀悲痛。怖军和偕天立即奔跑过去。(8)以法为魂的贡蒂之子坚战看见她脸色苍白、形容枯槁，把她搂在怀里，伤心地诉说道：(9)"本该享福，本该住在护卫森严的宫中，躺在柔软舒适的床上，这位绝色佳人如今怎么会倒在地上？(10)本该享受荣华富贵，双脚娇嫩，脸似莲花，怎么会由于我的过错变得黝黑？(11)我为什么要喜爱掷骰子，失去理智，结果带着黑公主在这充满野兽的森林里流浪？(12)'般遮罗公主嫁给般度五子会得到幸福'，木柱王这样想，才同意嫁出大眼睛女儿。(13)但是，由于我这罪人的过错，她没有得到任何幸福，却因劳累和忧伤，身体憔悴，躺

倒在地上。"(14)

法王坚战正这样诉说着，以烟氏仙人为首，那些杰出的婆罗门来到跟前。(15)他们安慰坚战王，为他祝福，又念了一些驱逐罗刹的咒语，举行了一些仪式。(16)大仙们在念诵祈求平安的咒语时，般度之子们用清凉的手一再抚摸黑公主。(17)一阵带着水珠的凉风吹在般遮罗公主身上，她感到舒服，慢慢苏醒过来。(18)般度之子们将可怜的苦行女黑公主放在铺开的鹿皮上，安抚她，让她恢复知觉。(19)孪生兄弟无种和偕天用结满老茧的双手轻轻按摩她的有吉祥标志的、脚底通红的双足。(20)俱卢族俊杰法王坚战安慰她，并对怖军说道：(21)"大臂怖军啊！前面有很多冰雪覆盖、崎岖难行的大山，黑公主怎么能在那里行走呢？"(22)

怖军说：

王中因陀罗啊！你不要心情沮丧，我会带着你、黑公主和这对孪生的人中雄牛行走。(23)无罪的人啊！我那亲生儿子瓶首能在天上行走，和我一样有力气。他也会听从你的命令，带着我们大家走的。(24)

护民子说：

得到法王坚战允许，怖军心中默念罗刹儿子。父亲一想念他，以法为魂的瓶首马上双手合十，出现在跟前，向般度之子们行礼致敬。(25)以真理为勇气的大臂瓶首也向众婆罗门致敬，受到他们欢迎。然后，他对父亲怖军说道：(26)"你一想念我，我就立刻前来侍奉，大臂父亲啊！请吩咐吧！我一切都会办到，毫无疑问。"听了这话，怖军把罗刹儿子搂在怀里。(27)

以上是吉祥的《摩诃婆罗多》中《森林篇》第一百四十四章(144)。

一四五

坚战说：

怖军啊！你的这位亲生儿子是罗刹中的雄牛，英勇的力士，通晓正法，忠于我们，让他立刻背起母亲黑公主吧！（1）威力吓人的怖军啊！依靠你的力量，我会和般遮罗公主一起平安到达香醉山。（2）

护民子说：

听了兄长的话，人中之虎怖军就吩咐自己的粉碎敌人的儿子瓶首道：（3）"希丁芭之子啊！空中行走者啊！这位不可征服的母亲疲惫不堪，你强壮有力，能随意行走，就背着她吧！（4）祝你幸运！你把她背在肩上，在空中跟随我们走。离地面低一点，不要让她感到难受。"（5）

瓶首说：

我一人就能背着法王坚战、烟氏仙人、公主和这对孪生兄弟行走，更何况我现在还有帮手。（6）

护民子说：

这样说了后，英勇的瓶首背起黑公主，走在般度之子们中间。其他罗刹也背起般度之子们。（7）光辉无比的毛密仙人依靠自身的威力，沿着悉陀们的道路走，犹如第二个太阳。（8）威力可怕的罗刹们遵照罗刹王瓶首的命令，背起所有的婆罗门。（9）就这样，他们一路上观看风光旖旎的大小丛林，向广阔的枣林走去。（10）

这些英雄由步履迅急的大力士罗刹们背着快速前进，漫长的路也变短了。（11）一路上，他们看见很多地方聚居着弥戾车人，布满各种珍宝，山坡上蕴藏各种矿物。（12）他们还看见到处是持明、猿猴、紧那罗、紧布鲁沙和健达缚。（13）各种河流纵横，各种鸟禽鸣叫，各种野兽出没，还有许多猿猴为之增色。（14）他们经过很多地方，也经过北方的俱卢，看到充满各种奇迹的、美好的盖拉娑山。（15）

在盖拉娑山附近，他们看见了那罗和那罗延的净修林。那里长着很多神奇的树，常年开花结果。（16）他们看到那棵枣树，树干浑圆，形状可爱，光滑滋润，树阴浓密，无上吉祥。（17）这棵美丽的枣树光辉无比，茂密的叶子柔软滋润，伸展的树枝又长又宽。（18）树上挂满成熟的果子，淌着蜜汁，味美可口。大仙们常常来到这棵圣树下，各种鸟禽也经常聚集这里，欣喜若狂。（19）这里蚊子不咬人，有很多根茎、果子和水，绿草如茵，是众天神和健达缚常到之处。（20）这里地势平坦，天然优美，积雪柔软，没有险阻。（21）

到达这里，灵魂高尚的般度之子们和婆罗门雄牛们慢慢地从罗刹们的肩上下来。(22)然后，国王啊！般度之子们和婆罗门雄牛们一起观看那罗和那罗延的圣洁的净修林。(23)这个圣地阳光照不到，但没有黑暗，没有饥渴寒热之苦，也没有烦恼。(24)这里聚集着很多大仙，充满吠陀的吉祥，大王啊！那些抛弃正法的人很难进入。(25)这个圣地受到祭供，涂着香料，到处是作为供品的神奇的鲜花，光彩熠熠。(26)有很多宽大的祭火厅，里面有漂亮的木勺、器皿和大水罐。这里是一切众生的庇护所，回响着吠陀的诵读声。(27)

这个神圣的净修林适宜居住，能消除疲劳。它具有不可言喻的吉祥，祭神仪式为之增色。(28)这里的大仙人们以果子和根茎维生，克制自己，身穿黑鹿皮，如同太阳和火，以苦行完善自我。(29)这些苦行者一心追求解脱，控制感官，与梵同一。他们是大福大德的知梵者。(30)

大光辉的正法之子坚战控制住感官，身心纯洁，和弟兄们一起走向那些仙人。(31)这些大仙人具有神圣知识，专心诵习吠陀。他们看见坚战来到，高兴地迎上前去，为他祝福。(32)光辉似火的大仙人们满怀喜悦，以礼相待，献上洁净的水、鲜花、根茎和果子。(33)正法之子坚战高兴地接受大仙人们给予他的礼遇，态度谦恭。(34)

然后，般度之子坚战和黑公主愉快地进入景色迷人的圣地，如同帝释天宫，如同天国。(35)无罪的人啊！永不退却的坚战和弟兄们以及精通吠陀和吠陀支的众婆罗门一起，进入美丽可爱的圣地。(36)在那里，以法为魂的坚战王看到受天神和神仙们崇拜的那罗和那罗延的净修林，恒河为之增色。(37)这个神圣的净修林里，果子流着蜜汁，聚居着众多的大仙人。灵魂高尚的般度之子们到达这里，和众婆罗门一起住了下来。(38)

他们看到各种鸟类聚居的金顶美那迦山和吉祥的宾度湖。(39)恒河圣地美丽吉祥，河水纯洁清凉，布满宝石和珊瑚，树木为之增色。(40)神奇的鲜花盛开，赏心悦目。灵魂高尚的般度之子们在这里漫步游览。(41)

英勇的般度之子们，这些人中雄牛在那里一次又一次敬拜众天神和祖先，和众婆罗门一起住了下来。(42)天神般的般度之子们，这些

人中之虎看到黑公主玩着种种奇妙的游戏，心里感到快乐。(43)

以上是吉祥的《摩诃婆罗多》中《森林篇》第一百四十五章(145)。

一四六

护民子说：

这些人中之虎想要见到阿周那，在这里保持最高的纯洁，住了六夜。这些般度族英雄也在这里游乐玩耍。(1)这座优美的树林景色迷人，吸引一切众生。树上鲜花盛开，果实压弯枝头。(2)处处美丽可爱，有各种各样的杜鹃，滋润繁茂的树叶，清凉迷人的树阴。(3)到处有美妙的湖泊，湖水清澈，红莲和青莲相映生辉。般度之子们在那里观赏各种美景，十分愉快。(4)芳香的清风吹来，感觉舒服，般度之子们和黑公主以及众婆罗门心旷神怡。(5)

有一天，清净的东北风突然吹来一朵神奇的莲花，有一千个花瓣，如同太阳。(6)般遮罗公主看见这朵散发天香的、纯洁迷人的莲花被风吹来，落在地上。(7)国王啊！美丽的黑公主拿起这朵美丽芳香的无上莲花，满心欢喜，对怖军说道：(8)"怖军啊！你看，这朵神奇的莲花美妙绝伦，浓郁的芳香令我心生喜悦。(9)折磨敌人者啊！我要把这朵莲花送给法王坚战。希望你能满足我的愿望，也把这种花带回迦摩耶迦净修林。(10)如果你爱我，普利塔之子啊！你就多采集一些吧！我想把它们带回迦摩耶迦净修林。"(11)这样对怖军说了后，无可指摘的般遮罗公主拿着这朵莲花，去送给法王坚战。(12)

威力可怕的人中之虎怖军知道王后的意愿后，一心想讨好自己的心爱之人，(13)立即向吹来莲花的风的方向走去，想要多采集一些莲花。(14)他带上弓背镶金的弓和像毒蛇一样的箭，像发怒的狮子和颗颗开裂的大象。(15)这位力士想要讨好德罗波蒂，凭借自己的臂力，摒弃恐惧和疑惑，向山上走去。(16)山上青石地面上覆盖着树木、蔓藤和灌木，紧那罗出没其间。这位杀敌者在这座美丽的山上行走。(17)山上有各种矿物、树木、走兽和飞禽，色彩斑斓，犹如大地高高举起的一只手臂，戴满各种首饰。(18)

眼睛望着一年各季景色迷人的香醉山群峰，心中想着自己的目的，（19）耳、目和心沉浸在杜鹃的啼叫和蜜蜂的嗡嗡中，威力无穷的怖军向前走去。（20）精力旺盛的怖军闻到终年盛开的鲜花散发的香气，犹如林中发情的大象闻到强烈的香气。（21）香醉山的凉风吹拂，也就是受到自己父亲风神的抚摸，疲劳全被带走，浑身快乐，汗毛直竖。（22）克敌制胜的怖军为了寻找莲花，踏遍这个药叉、健达缚、天神和梵仙出没的地方。（23）

洁净的矿物层面高低不平地排列着，金色、黑色或银色，仿佛用手指涂抹而成。（24）云飘浮在山腰，犹如长了翅膀在舞蹈；一条条山溪奔腾直下，犹如佩戴珍珠项链。（25）山上有美丽的河流、丛林、瀑布和岩洞，许多孔雀随着天女们的脚铃声翩翩起舞。（26）方位象用牙尖摩擦岩面；水流直下，犹如绸衣脱落。（27）

很多鹿安详地站在不远处，嘴里嚼着草，不知道害怕，用好奇的眼光望着怖军。（28）贡蒂所生的这位吉祥的风神之子双腿迅猛，不止一次拨开缠结的蔓藤，愉快地前进。（29）这位青年决心满足爱妻的心愿。他的目光炯炯有神，魁梧如同金棕榈树，强壮如同狮子。（30）勇猛如同发情的大象，速度如同发情的大象，两眼通红如同发情的大象，抵御力如同发情的大象。（31）那些不可见的药叉女和健达缚女坐在爱人身边，转过身子注视他。（32）般度之子怖军仿佛是崭新的美的化身，在香醉山景色迷人的群峰中行走。（33）

他想起难敌给他们造成的许多苦难，决心满足住在林中的德罗波蒂的心愿。（34）他想："阿周那到天国去了，我又出来采花，高尚的坚战怎么办？（35）人中俊杰坚战不会让无种和偕天出来，他疼爱他俩，对森林不放心。（36）我怎样才能很快地采到花呢？"人中之虎怖军这样想着，像鸟王一样迅速前进。（37）

怖军疾行如风，两只脚踩得大地动摇，犹如时序变化时发生的地震，一群群大象惊恐万分。（38）这位大力士一路上践踏成群的狮子和老虎，他的胸膛撞倒和撞断很多大树。（39）这位般度之子迅速拔除蔓藤，像一头大象登上越来越高的山峰，发出吼声，犹如带着雷电的乌云。（40）他的可怕的吼声和弓弦声吓得鹿群四处奔逃。（41）

这时，大臂怖军在香醉山的群峰中，看见一片长宽好几由旬的美丽的芭蕉林。(42)这位大力士迅速跑向这片芭蕉林,犹如流着液汁的大象撞倒各种树木。(43)优秀的大力士怖军拔起许多棕榈树一般高大的芭蕉树,向四处乱抛。(44)

随后,他遇到很多巨大的野兽以及栖息在水边的羚羊鹿群、象群和水牛。(45)凶猛的狮子和老虎愤怒地张着大嘴,发出可怕的吼声,向怖军扑来。(46)风神之子怖军凭借自己的臂力,愤怒地抓起一头大象打死另一头大象,抓起一头狮子打死另一头狮子。这位般度族力士还用手掌打死很多猛兽。(47)那些狮子、老虎和熊罴被怖军杀得四处逃命,吓得屁滚尿流。(48)

赶走这些猛兽后,吉祥的般度之子大力士怖军立刻进入林中,发出震撼四方的吼声。(49)听到怖军的猛烈吼声,隐藏在林中的走兽飞禽吓得发抖。(50)听到林中的走兽飞禽突然发出惊叫,数以千计翅膀湿润的鸟儿腾空飞起。(51)看见成群的水鸟飞起,婆罗多族雄牛怖军追寻而去,发现一个美丽的大湖。(52)湖岸遍布金色的芭蕉林,在微风中摇晃,仿佛给宁静的大湖摇着扇子。(53)无限光辉的力士怖军立即跳进长满红莲和青莲的湖里,像一头大象,无拘无束地戏水。在水里玩了很长时间,才兴尽上岸。(54)

随后,般度之子怖军很快钻进茂密的树林,使出全部力气,吹响嘹亮的螺号。(55)怖军的螺号声、喊叫声和手臂拍击声仿佛在山洞中回响。(56)听见炸雷似的拍击声,睡在山洞里的狮子发出大声吼叫。(57)婆罗多后裔啊!听见狮子的吼叫声,许多大象也吓得高声吼叫,在山中四处引起回响。(58)

身躯庞大的猴中雄牛哈奴曼正在睡觉,听到这声音,张嘴打起哈欠。(59)在芭蕉林中打瞌睡的哈奴曼一边打哈欠,一边拍打他的像因陀罗旗杆一样高的尾巴,发出像因陀罗雷杵一样的巨响。(60)他的尾巴的拍打声在山中四面八方的洞穴中发出回响,犹如母牛哞哞鸣叫。(61)他的尾巴拍打声压倒醉象的声音,回荡在那些奇妙的山峰之间。(62)

听到这声音,怖军喜欢得汗毛直竖。他循着声音找去,走到那片芭蕉林。(63)大臂怖军看见猴王睡在芭蕉林中的一块巨石上。(64)像闪电一样难以逼视,像闪电一样通身发黄,像闪电一样光辉,像闪电一样敏捷。(65)粗短的脖子枕在交叉的双臂上,肩膀和身躯庞大,而显得腰部较细。(66)长满长毛的尾巴向上翘起,顶端微微弯曲,如同挺立的旗杆。(67)嘴唇鲜红,舌头深红,耳朵鲜红,眉毛抖动,牙齿又圆又尖,脸像一轮明月。(68)一口白牙装点他的脸,身上夹杂的鬃毛如同一堆无忧花。(69)在金色的芭蕉林中,无比光辉的哈奴曼犹如燃烧的火,以自身的美散发光芒。(70)这位身躯庞大、力量无穷的猴中豪杰无所畏惧,用蜜黄色的眼睛注视怖军。(71)威力可怕的怖军迅速走上前去,发出狮子吼,唤醒这个猴子。(72)

　　大士啊!听见怖军的吼声,飞禽走兽恐惧发抖。而哈奴曼微微睁开眼睛,用蜜黄色的双目满不在乎地打量怖军。(73)这猴子微笑着对贡蒂之子怖军说道：　"我有病,睡得正舒服,你为什么要吵醒我?(74)你应当知道怜悯众生。我们生为鸟兽,不知道正法。(75)人有智慧,怜悯众生。像你这样有智慧的人怎么会做出这些残酷的事,有害身心和语言,破坏正法?(76)你不懂正法,也不敬奉长者。你缺少智慧,毁灭这些林中的野兽。(77)你说说你是谁?为什么来到这个没有人烟的森林?(78)前面的路无法行走,这座山很难攀登,英雄啊!除了悉陀通行的路之外,无路可寻。(79)大力士啊!我是出于怜悯和同情,才这样劝阻你。你要相信,你不能够再往前走。(80)如果你听我的话,你就把这些甘露般的根茎和果子吃了,然后转身回去吧!"(81)

　　　　　以上是吉祥的《摩诃婆罗多》中《森林篇》第一百四十六章(146)。

一四七

护民子说：

　　听了智慧的猴王的话后,粉碎敌人的英雄怖军说道：(1)"你是谁!怎么化作猴身?我以婆罗门之后的种姓、一个刹帝利的身份问你。(2)我是月亮世系的俱卢后裔,贡蒂怀胎生下的般度之子,风神之子,有名的怖军。"(3)

　　风神之子哈奴曼微笑着听完怖军的话,对风神之子怖军说

道：(4)"我是猴子，不会让你走你想要走的路。你最好回去吧，不要冒生命危险。"(5)

怖军说：

猴子啊！不管有生命危险，还是别的什么，我不问你这些。你起来，给我让路！否则，你会有生命危险。(6)

哈奴曼说：

我病得很重，站不起身来。如果你一定要往前走的话，你就从我身上跨过去吧！(7)

怖军说：

无性的最高灵魂存在于你的身体中，凭知识可以认知他，我不能不尊重他，所以不能从你身上跨过去。(8)如果我不是凭经典知道他是一切众生的创造者，我就会跨过你和这座山，如同哈奴曼跨过大海。(9)

哈奴曼说：

俱卢族俊杰啊！我问你，这跨过大海的哈奴曼是谁？如果你说得出，你就说来听听！(10)

怖军说：

他是《罗摩衍那》中英勇的猴王，享有盛名。他是我的哥哥，有值得赞美的品德，有智慧、勇气和力量。(11)为了罗摩的妻子，这位猴王一步就跨过一百由旬宽的大海。(12)这位大勇士是我的兄长。我的力量、勇气和武艺和他一样强大，我能把你打败。(13)站起来！给我让路！否则，你今天就看看我的威力吧！如果你不照我的吩咐做，我就把你送往阎摩殿。(14)

护民子说：

看他陶醉于自己的力量，以臂力强大而自命不凡，哈奴曼心中暗笑着，对他说道：(15)"无罪的人啊！请开恩，我年老体弱，站不起身。你可怜可怜我，把我的尾巴挪开一点，走过去吧！"(16)

怖军轻蔑地笑着，用左手去抓大猴子的尾巴，但不能挪动它。(17)大力士怖军又用双手去扳动像因陀罗彩虹一样高耸的尾巴，但即使用双手，也扳不动。(18)怖军眉毛竖起，双目圆睁，面孔皱起，满身大汗淋漓，依然扳不动尾巴。(19)吉祥的怖军站在猴子身边，竭尽全力，想要扳动尾巴，结果羞愧地低下了头。(20)贡蒂之子怖军双手合十，恭恭敬敬地行礼，说道："猴中之虎啊！请开恩，原谅我说的难听的话。(21)请问你是悉陀还是天神？是健达缚还是俱希迦？你愿意的话，就告诉我吧！你化作猴身，你是谁？"(22)

哈奴曼说：

克敌者啊！你好奇心切，想要知道我的情况。我就把一切详细告诉你，请听吧，般度之子啊！(23)眼如莲花的人啊！我是世界的生命——风神的儿子，为吉萨利的妻子所生，名叫哈奴曼的猴子。(24)

太阳的儿子妙项，帝释天的儿子波林，他俩都是猴王，粉碎敌人者啊！(25)无比英勇的猴族头领们侍奉他俩。我和妙项友好，犹如风和火。(26)由于某种原因，妙项遭到自己的兄弟欺凌，和我一起在哩舍牟迦山住了很长一段时间。(27)

那时，毗湿奴化身下凡，作为十车王的英勇有力的儿子，名叫罗摩，在这大地上活动。(28)为了让自己的父亲高兴，这位优秀的弓箭手带着妻子、弟弟和弓，住进弹宅迦林。(29)罗波那变为一只鹿，骗过大智慧的罗怙后裔罗摩，强行从阇那私陀那掠走他的妻子悉多。(30)妻子被掠走后，罗怙后裔罗摩和弟弟一道去寻找妻子，在一个山顶上看见猴中雄牛妙项。(31)从那时起，妙项和灵魂高尚的罗怙后裔罗摩成了好朋友。罗摩杀死波林，让妙项登上王位，妙项则派出猴子寻找悉多。(32)

于是，我们同亿万只猴子一道，按照一只兀鹰提供的悉多被掠走的方向走去。(33)为了让做事不知疲劳的罗摩的事情成功，我一下就跳过一百由旬宽的大海。(34)我在罗波那的宫中，见到悉多王后，向她通报了名字，然后返回。(35)

后来，英雄罗摩杀死所有的罗刹，带回自己的妻子，仿佛重新获得失传的吠陀知识。(36)罗摩离开时，我向他乞求一个恩惠："杀敌英雄啊！只要罗摩的故事在世上流传，我也就会活着。"他说道："好吧！"(37)

罗摩在位治理国家一万一千年，然后，前往天国。(38)无罪的孩子啊！至今，天女和健达缚们经常诵唱英雄罗摩的事迹，令我高兴。(39)俱卢子孙啊！这条路凡人不能通行，只有天神能走，所以，我在这里拦住你,婆罗多后裔啊!以免有谁攻击你或诅咒你。(40)这是天神的路,凡人不能走。而你到这里来要找的那个湖就在附近。(41)

以上是吉祥的《摩诃婆罗多》中《森林篇》第一百四十七章(147)。

一四八

护民子说:

听了这些话,威武的大臂怖军心中充满喜悦,亲切地向兄长俯首行礼,用温柔的话语对猴王哈奴曼说道:(1)"我能见到你,没有比我更幸福的人了。见到你,我得到极大满足。这是你给我的恩惠。(2)高贵者啊!我还希望你能为我再做一件事,让我高兴。当你跃过充满鳄鱼的大海时,英雄啊!你以怎样一种无与伦比的形象出现,我希望能见一见。(3)这样我会感到满意,对你的话也会相信。"光辉的猴子听了这话,笑了笑,说道:(4)

"当时我的形象你不能见到,其他任何人也不能见到,因为时间和场合不同,那不是发生在现在的事。(5)圆满时代是另一种时间,三分时代和二分时代又是一种时间。现在是毁灭的时代,我不会具有当时那种形象。(6)大地、河流、树木和山峦,悉陀、天神和大仙,都要依据时间,适应各个时代的情况。力量、身体和能力,消失而又产生。(7)俱卢族后裔啊!你别看我那时的形象了。我必须适应时代,时间是难以逾越的。"(8)

怖军说:

你讲讲时代的数目,每个时代的行为方式,法、利和欲的状况,身体、勇气和生生死死的情况。(9)

哈奴曼说:

弟弟啊!在称作圆满的时代,正法长存不衰。在这个最好的时代,所有该做的事都圆满完成。(10)在这个时代,正法不会衰落,人民不会毁灭。由于具有这样的优点,这个时代称作圆满时代。(11)

弟弟啊!在圆满时代,没有天神、檀那婆、健达缚、药叉、罗刹和蛇,也没有买卖。(12)没有娑摩吠陀、夜柔吠陀和梨俱吠陀。没有人工劳作,果实只要一想就会得到。正法就是弃绝。(13)在这个时代,没有疾病,没有感官衰退,没有猜忌,没有哭泣,没有傲慢,也没有诽谤。(14)没有争斗,没有懒惰,没有仇恨,没有敌意,没有恐惧,没有烦恼,没有嫉妒,没有悭吝。(15)至高的梵是瑜伽行者的最终归宿;一切众生的灵魂是白色的那罗延。(16)

在圆满时代,婆罗门、刹帝利、吠舍和首陀罗有自己的标志,众生恪守各自的职责。(17)那时,一切种姓的人都有同样的生活阶段,同样的行为,同样的知识、思想和力量,做同样的事,遵循同样的正法。(18)依据同一部吠陀,按照同一部经咒举行仪式。虽然有各种正法,但依据同一部吠陀,也就奉行同一种正法。(19)按照人生四个阶段行事,不贪求果报,达到最终的归宿。(20)在圆满时代,四种种姓的正法与自我约束相关,以圆满为特征,永远四足俱全。(21)圆满时代超越三性。现在,你听我讲述三分时代吧!在这个时代,有了祭祀。(22)

在三分时代,正法减少一足,毗湿奴变成红色。人们很守信,热衷祭祀和正法。(23)在三分时代,流行各种祭祀、正法和仪式,设法通过仪式和布施获得果报。(24)在三分时代,人们不背离正法,热衷苦行和布施,遵守自己的正法,举行仪式。(25)

在二分时代,正法又减少两足,毗湿奴变成黄色,吠陀分成四部。(26)一些人懂得四部吠陀,另一些人懂得三部、两部或一部吠陀,还有些人连一首吠陀颂诗都不懂。(27)这样,不同的经典导致多种多样的仪式。众生从事苦行和布施,也迷恋激情。(28)人们不通晓一部吠陀,吠陀已被分成多部。真理丧失,也就很少有人坚持真理。(29)因为人们离开真理,产生许多疾病、贪欲和天灾。(30)受到这些折磨,一些人修炼严厉的苦行,另一些人怀着欲望或希望升入天国,举行祭祀。(31)就这样,到了二分时代,由于缺乏正法,众生走向毁灭,贡蒂之子啊!到了争斗时代,正法只剩下一足。(32)

到了黑暗的争斗时代,毗湿奴变成黑色,吠陀习俗、正法、祭祀和仪式衰竭。(33)灾害、疾病、懒惰、错误、愤怒、祸患和病痛流行。(34)随着时代衰落,正法也衰落;随着正法衰落,世界也衰落了。(35)随着世界衰落,运转世界的动力也衰落。在衰落的时代,正法产生与愿望相反的结果。(36)这个争斗时代不久就会出现,长寿的人们又要适应这个时代。(37)

克敌者啊!你十分好奇,想要知道我的情况。一个聪明的人怎么会关心这种毫无意义的事?(38)大臂者啊!你问我时代的数目,我已经全部告诉你。祝你幸运!现在请走吧!(39)

以上是吉祥的《摩诃婆罗多》中《森林篇》第一百四十八章(148)。

一四九

怖军说:

不看到你过去的形象,我无论如何也不会走。如果你对我开恩,就请你展现一下自己的形象吧!(1)

护民子说:

听了怖军这样说,猴子笑了笑,然后显示自己跃过大海时的形象。(2)为了使自己的弟弟高兴,身躯庞大的哈奴曼将自己身体的宽度和高度大大增加。(3)这位无比光辉的猴子使自己的身体遮蔽芭蕉林,高似大山,然后站在那里。(4)高大的身躯犹如又一座大山,眼睛深红,牙齿尖利,眉毛皱起,这个猴子甩动长尾巴,站在那里,占据四面八方。(5)

俱卢子孙怖军看见哥哥的巨大形象,惊诧不已,一再表示喜悦之情。(6)怖军看见他像光辉的太阳,绚丽的山岳,燃烧的天空,闭上眼睛。(7)哈奴曼仿佛笑着对怖军说道:"无罪的人啊!你只能看到我的这种形象了。(8)如果我想增长,还可以按照我的意愿增长,怖军啊!到了敌人之中,我可以凭我的精力,使我的形体无限增长。"(9)

看到这个可怕的奇迹,哈奴曼的身躯像文底耶山和曼陀罗山一样雄伟,风神之子怖军手足无措。(10)他高兴得汗毛直竖,精神振奋,双手合十,对站着的哈奴曼说道:(11)"主啊!大勇士啊!我已经见到你身躯的雄伟了,请你自己把你的身体缩回原状吧!(12)你无可限量,不可战胜,犹如高高升起的太阳,犹如美那迦山,我都看不见你了。(13)英雄啊！现在我心里觉得奇怪，有你在身边，罗摩怎么还用得着亲自去与罗波那交战？(14)因为你凭自己的臂力和勇气就能摧毁楞伽城，连同它的所有士兵和坐骑。(15)风神之子啊！你没有什么做不到。在战争中，罗波那和他的所有人马都抵不上你独自一人。"(16)

听了怖军这样说，猴中雄牛哈奴曼用温柔深沉的声音回答道：(17)"大臂怖军啊！婆罗多后裔啊！正如你所说的，那下贱的罗刹不是我的对手。(18)但我把这如同世间荆棘的罗波那除掉了，罗怙后裔罗摩的美名就会受损，所以我放过了他。(19)英勇的罗摩消灭罗刹王和他的战士们，把悉多带回自己的京城，也就在世间赢得美名。(20)现在你走吧，大智慧的人啊！你一心为兄长谋利益，有风神保佑，祝你一路平安！(21)俱卢族俊杰啊！这就是你去芬芳林的路。你将看到由药叉和罗刹守护的财神的花园。(22)

"但是，到那里后，你不要急忙动手采花，因为凡人尤其要注意敬重神灵。(23)婆罗多族雄牛啊！虔诚地献上供品，行礼致敬，念诵经咒，神灵会赐恩，婆罗多后裔啊！(24)

"弟弟啊！不要粗鲁莽撞，要守护自己的法，遵循自己的法，然后了解和通晓最高的法。(25)如果不学习正法，不侍奉长者，即使像祭主仙人这样的人，也不可能通晓正法。(26)一个人应该分辨清楚，有的地方将非法称作正法，而将正法称作非法，那里的人们缺乏智慧，陷入愚痴。(27)行为产生正法，正法产生吠陀，吠陀产生祭祀，祭祀确立众天神。(28)按照吠陀行为法则举行的祭祀维系神灵，祭主仙人和太白仙人教导的行为准则维系凡人。(29)

"买卖、开矿、经商、耕作和饲养，一切都靠职业、正法和婆罗门维系。(30)三吠陀、职业和刑法，这是智者的三门学问。正确运用这三者，世界秩序就得到确立。(31)如果大地上不依法行事，没有三吠陀和正法，没有刑法，世界就会失控。(32)如果众生不遵行职业法，就会毁灭；如果认真遵行这三种法，就能生存。(33)

"属于一种种姓的一种法，是再生族的甘露。祭祀、诵习吠陀和布施这三件事对所有人是共同的。(34)为人祭祀和传授吠陀，这两件事是婆罗门的专业；刹帝利的职责是保护人民；商人的职责是养育人

民。(35)侍奉再生族被称作是首陀罗的职责,就像学生侍奉老师。首陀罗不能乞食、祭供和发誓。(36)

"贡蒂之子啊!刹帝利的职责,也就是你的职责,是依法保护人民。你要谦虚,控制感官,尽到自己的职责。(37)听取有智慧、有学问的善良长者的建议,国王能依靠刑杖很好治理国家,而沾染恶习,就会遭到毁灭。(38)国王正确地运用惩罚和赏赐,世界就会井然有序。(39)要经常派遣探子到国家、城堡、敌军和友军中间了解情况,探明虚实。(40)国王成事的四种手段是深思熟虑,英勇无畏,赏罚分明,精明能干。(41)安抚、施舍、离间、惩罚和蔑视,这些手段分别使用,或合并使用,可以成事。(42)

"婆罗多族雄牛啊!所有的策略,包括派遣探子,都以商量筹谋为基础。商量决定的策略能获得成功。因此,要与精通策略的人商量。(43)女人、傻子、贪婪的人、孩子、轻浮的人或者精神失常的人,不能和他们谈论保密的事。(44)要和智者们一起商量事情,要让有能力的人办理事情,要和可靠的人一起制定政策,蠢材一概不用。(45)要让遵行正法的人负责法事,让智者负责财务,让阉人负责后宫妇女,让残酷的人负责残酷的事。(46)敌方的力量强弱,做什么或不做什么的行动谋略,要通过自己的人,也要通过敌方的人了解。(47)要赏赐通情达理的人,要惩罚放荡不羁的人。(48)一个国王赏罚分明,世界就会有法度,秩序井然。(49)

"普利塔之子啊!这是为你安排的行之不易的、严峻的正法,希望你谦虚谨慎,按照自己的职责维护它。(50)正像婆罗门依靠苦行、正法、自制和祭祀升入天国,吠舍依靠布施、好客、仪式和正法获得善终,(51)刹帝利依靠在大地上惩罚和保护升入天国,正确地运用刑杖,摒弃爱憎、贪婪和愤怒,到达善者的世界。"(52)

以上是吉祥的《摩诃婆罗多》中《森林篇》第一百四十九章(149)。

一五〇

护民子说:

然后,猴子收缩能随意增长的庞大身躯,用两手拥抱怖军。(1)

婆罗多后裔啊！怖军被哥哥一拥抱，疲倦顿时消失，浑身舒服。(2)猴子眼里含着泪水，声音哽咽，亲切地对怖军说道：(3)"走吧，英雄啊！回自己住的地方去吧！在平时谈话中，你要想起我，俱卢族俊杰啊！不能让任何人知道我在这里。(4)大力士啊！现在是众天神和健达缚的妇女们离开财神住处，来到这里的时间。(5)见到了你，我的眼睛也就没有白生，怖军啊！和你在一起，我接触到凡人的身体，想起罗怙后裔罗摩。(6)英勇的贡蒂之子啊！你见到我也不能白见。你尊我为兄长，婆罗多后裔啊！那就选择一个恩惠吧！(7)如果我去象城，我会把卑鄙的持国之子们全都杀了。(8)我会用巨石把象城砸得粉碎，实现你的愿望，大力士啊！"(9)

听了灵魂伟大的哈奴曼的话，怖军满心喜悦，回答道：(10)"猴中雄牛啊！你已经为我做了一切，大臂者啊！祝你幸福！请你原谅我，请你垂怜我！(11)勇士啊！有你做主，般度族就有了保护者。依靠你的威力，我们将战胜一切敌人。"(12)

哈奴曼听后，出于兄弟之情和朋友之谊，对怖军说道："我会做你喜欢的事。(13)大力士啊！一旦你冲进充满箭和矛的敌人军队，发出狮子吼，英雄啊！我会用我的声音提高你的声音。(14)我将坐在阿周那的旗帜上，发出可怕的吼声，剥夺敌人的性命。"这样说完后，哈奴曼就消失不见了。(15)

优秀的猴子走后，优秀的力士怖军沿着那条路，在宽阔的香醉山上漫步前进。(16)一路上，他回忆猴子无与伦比的光辉的身躯，回忆十车王之子罗摩的伟大事迹。(17)为了寻找芬芳林，他踏遍山上许多景色迷人的大大小小的树林。(18)婆罗多后裔啊！他看见那些林中各种美妙的莲花和鲜花盛开，一群群疯象满身沾着泥浆，犹如一团团降雨的乌云。(19)他在路上急速前进，还看见林中有很多雄鹿和雌鹿，嘴里嚼着草，斜着眼睛望他。(20)

怖军英勇无畏，进入野牛、野猪和老虎出没的大山。(21)林中的树木开满鲜花，结满柔嫩的红芽，树枝下垂，在风中摇曳，仿佛向他乞求什么。(22)路上经过一些莲花池，含苞未放的莲花好像双手合十向他致敬，狂蜂飞舞，池边有可爱的圣地和丛林。(23)怖军的心思和目光集中在鲜花盛开的山峰，把黑公主的话当作路上的干粮，加快速

度前进。(24)

这天过完,他在一个充满鹿的森林里看见一条大河,长着纯洁的金莲花。(25)河里充满如醉似狂的野鸭,还有鸳鸯为之增色。这条河仿佛就是为这座山安上的纯洁的莲花花环。(26)大勇士怖军在河边看见庞大的芬芳林,灿若初升的太阳,令人心生喜悦。(27)看到这座芬芳林,般度之子怖军感到愿望已经实现,不由得心中思念起在林中受苦的、心爱的黑公主。(28)

以上是吉祥的《摩诃婆罗多》中《森林篇》第一百五十章(150)。

一五一

护民子说:

怖军走到盖拉娑山可爱的山顶上,在美丽的树林中,看到众罗刹守护的可爱的莲花池。(1)这个美丽的莲花池源自财神俱比罗宫殿附近的山泉。池边有各种树木蔓藤,布满浓荫。(2)池中长满神奇的黄莲和金莲,景观美妙,足以净化世界。(3)贡蒂之子怖军看见池中充满纯净的水,味似甘露,清凉,吉祥,轻盈。(4)可爱的莲花池充满莲花香气,覆盖着无比芳香的金莲花。(5)吠琉璃的莲花茎色彩绚丽,令人迷醉。由于天鹅和野鸭碰撞,白色的花粉洒落。(6)这里是灵魂伟大的药叉王俱比罗的游乐地,受到健达缚、天女和天神们崇拜。(7)仙人、药叉、紧布罗沙、罗刹和紧那罗常来这里。这个圣地受到俱比罗保护。(8)贡蒂之子大力士怖军看到这个莲花池,凝视这个神圣的湖,心中充满无限喜悦。(9)

奉药叉王之命,有数百数千的名叫迦娄陀婆沙的罗刹,佩戴种种奇妙的武器,守护这个莲花池。(10)他们看见身围兽皮、佩戴金镯、威力可怕的贡蒂之子英雄怖军。(11)看到这位克敌英雄手持武器,佩带宝剑,毫无畏惧地想要采摘莲花,他们互相叫喊道:(12)"这个手持武器、身穿兽皮的人中之虎到这里来想干什么?应该问问他。"(13)于是,他们走到充满威力的大臂怖军跟前,问道:"请告诉我们,你是谁?(14)大光辉的人啊!你一身牟尼打扮,穿着树皮,请

说说，你来这里干什么？"（15）

以上是吉祥的《摩诃婆罗多》中《森林篇》第一百五十一章（151）。

一五二

怖军说：

罗刹们啊！我是般度之子，正法之子坚战的弟弟怖军。我和兄弟们一起到达广阔的枣树净修林。（1）般遮罗公主在那里看见风从这里刮去的一朵芳香美丽的莲花，她想多要一些。（2）夜行者们啊！你们要知道，我是为了让我的肢体完美的合法妻子欢喜，来到这里采花。（3）

罗刹们说：

人中雄牛啊！这是俱比罗心爱的游乐地，必死的凡人不能在这里游玩。（4）怖军啊！神仙、药叉和天神们得到药叉王允许后，才能在这里饮水和游乐，般度之子啊！健达缚和天女们也能在这里游玩。（5）无论什么人，如果他藐视财神，行为不轨，想在这里游玩，毫无疑问，都会遭到毁灭。（6）你无视俱比罗，想要强行采摘莲花，你怎么还说自己是法王的弟弟呢？（7）

怖军说：

罗刹们啊！我在附近没有看见财神俱比罗大王，即使看见他，我也不会向他乞求。（8）国王们不向人乞求，这是永恒的正法。我无论如何也不想抛弃刹帝利的正法。（9）这美丽的莲花池源自山泉，不是灵魂伟大的俱比罗的家产。（10）它属于俱比罗，也同样属于一切众生。既然是这种情况，谁用得着向谁乞求？（11）

护民子说：

威武的怖军这样对罗刹们说完，就冲过去。四周的罗刹愤怒地责骂他，阻拦他说："别这样！"（12）大光辉的怖军威力可怕，无视这些罗刹，依然冲过去。他们便阻拦他。（13）他们怒气冲冲，高举武器，圆睁双目，追赶他，叫喊道："抓住他！捆住他！宰了他！我们把怖军煮熟吃掉。"（14）

怖军举着沉重的镶金大铁杵，如同举着阎摩刑杖，勇猛地冲向他们，叫喊道："站住！站住！"（15）凶恶可怕的罗刹们举着长矛和铁叉等等武器，扑向怖军，想要杀死他，将他团团围住。（16）贡蒂所生的风神之子怖军是迅猛有力的杀敌英雄。他一向热爱真理和正法，英勇非凡，从不受制于敌人。（17）这位灵魂高尚的英雄在敌人中杀出一条条路，粉碎他们的武器，在莲花池旁，从他们的头领开始，杀死一百多个敌人。（18）他们看到他的勇气和力量，也看到他的智力和臂力，知道他们不能和他对抗，而头领已被杀死，也就四散逃去。（19）这些名叫迦娄陀沙的罗刹被怖军击溃，痛苦不堪，知觉混乱，迅速腾入空中，逃向盖拉娑山峰。（20）

像因陀罗打败成群的檀那婆和提迭，怖军在这场战斗中战胜成群的敌人。这位克敌制胜者跳入那个莲花池，随意采摘莲花。（21）他也喝了甘露一般的水，又变得精力充沛。他采摘了一些芳香浓郁的莲花。（22）

那些被怖军用武力赶跑的名叫迦娄陀沙的罗刹们聚集在财神俱比罗跟前，可怜巴巴地如实禀报怖军在战斗中的勇气和力量。（23）听了他们的话，财神笑了笑，对罗刹们说道："就让怖军随意采摘莲花吧！我知道他这样做是为了黑公主。"（24）

罗刹们辞别财神，不怀恶意，又来到俱卢族俊杰怖军那里。他们看见怖军独自一人，在莲花池里随意玩耍。（25）

以上是吉祥的《摩诃婆罗多》中《森林篇》第一百五十二章（152）。

一五三

护民子说：

婆罗多族雄牛啊！怖军采集了很多神奇珍贵的莲花，各式各样，纤尘不染。（1）忽然狂风大作，飞沙走石，打在身上令人难受，预示一场战斗。（2）随着暴风，一颗明亮耀眼的大流星坠落。太阳受到遮蔽，失去光辉，笼罩在黑暗之中。（3）就在怖军大显威风之时，出现可怕的暴风，大地摇晃，天降沙雨。（4）四面八方一片通红，走兽飞

299

禽发出尖厉的叫声。黑暗笼罩一切，什么也分辨不清。(5)

　　看到这个奇异的现象，善于辞令的正法之子坚战说道："有谁要来进攻我们？(6)作战奋勇的般度之子们啊！做好准备，祝你们幸运！看这样子，我们要显示我们的威风了！"(7)

　　这样说完，法王坚战环顾四周，没有看见怖军。(8)克敌英雄坚战向黑公主、双生子和身边的人们询问在作战中行为可怕的弟弟怖军：(9)"般遮罗公主啊！怖军怎么不在？他想做什么？这位喜欢冒险的英雄是不是又去冒险了？(10)这些突然从四面八方出现的恐怖现象预示一场大战。"(11)

　　这位可爱的王后黑公主聪明机智，笑容甜蜜，想要让坚战王高兴，回答道：(12)"国王啊！今天风吹来一朵芳香的莲花。我出于喜欢，让怖军为我采摘这种莲花。(13)我对他说：'英雄啊！如果你看到有许多这样的莲花，你就把它们全都摘下，赶快回来！'(14)国王啊！般度之子大臂怖军为了让我高兴，就从这儿往东北方向采花去了。"(15)

　　听了黑公主这样说，坚战王就对孪生的弟兄说道："沿着怖军的去路，我们一起赶快走吧！(16)罗刹们背着这些疲倦憔悴的婆罗门走，天神般的瓶首啊！你仍旧背着黑公主走。(17)我想怖军一定走到很远的地方去了，因为他去了很久，而他的速度和风一样快。(18)他快速如同金翅鸟飞越大地。他也能腾入空中，随意降落。(19)夜行的罗刹们啊！我们要靠你们的力量去寻找他了，趁他还没有得罪通晓吠陀的悉陀们。"(20)

　　婆罗多族雄牛啊！以希丁芭之子瓶首为首，罗刹们回答说："遵命！"他们熟悉俱比罗的莲花池那一带。(21)他们带着般度之子们和众婆罗门，满心喜悦和毛密仙人一起上路。(22)他们一起到达那里，在树林中看到那个开满莲花的、迷人的莲花池。(23)他们看见灵魂高尚的怖军站在池边，还有那些被打死的大眼药叉。(24)怖军站在岸上，双臂举着大铁杵，犹如众生毁灭时刻手持刑杖的死神。(25)

　　法王坚战见到他后，一再拥抱他，用亲切的声音说道："贡蒂之子啊！你这是做什么？(26)嗨！祝你幸运！你这样鲁莽，连天神们也不会喜欢。如果你想让我高兴，以后不要做这样的事了。"(27)

坚战王规劝贡蒂之子怖军后，天神般的般度之子们接过那些莲花，然后在莲花池中游耍。(28)这时，出现许多手拿石头武器、身躯庞大的护林者。(29)婆罗多后裔啊！他们见到法王坚战、神仙毛密、无种、偕天和其他婆罗门仙人，谦恭地俯首行礼。(30)这些罗刹受到法王坚战安抚，心平气和。这些人中雄牛、俱卢后裔在财神俱比罗知道的情况下，愉快地在那里住了不长的一段时间。(31)

以上是吉祥的《摩诃婆罗多》中《森林篇》第一百五十三章(153)。《朝拜圣地篇》终。

诛辫发阿修罗篇

一五四

护民子说：

罗刹们和怖军之子瓶首走后，般度之子们安心住着。(1)有一天，怖军不在，一个罗刹突然掠走法王坚战、孪生的无种和偕天以及黑公主。(2)他曾经自称是精通经咒和一切武器的婆罗门，每天侍奉般度之子们。(3)他窥视着普利塔之子们的弓和箭，寻找时机。他是名叫辫发的阿修罗。(4)那天，克敌英雄怖军出去打猎，这个阿修罗就露出另一种面目，丑陋凶恶。(5)这个灵魂邪恶的阿修罗抢走所有的武器，抓走德罗波蒂和三位般度之子。(6)但般度之子偕天努力挣扎，逃脱了。这位大力士朝怖军去的地方，发出叫喊。(7)

在被掠走的途中，法王坚战对阿修罗说道："傻瓜啊！你的正法正在失去，而你自己还不知道。(8)不管是人，还是牲畜，还有健达缚、药叉、罗刹、飞禽和走兽，他们都依赖人而生存，你也一样。(9)人的世界繁荣了，你们的世界也会繁荣。人世悲哀，天神们也会伤心。他们受到崇拜，依靠祭祀和祭品而繁荣昌盛。(10)罗刹啊！我们是国家的捍卫者和保护者。如果没有保护国家的人，哪里会有繁荣和幸福？(11)食人者啊！罗刹不应该藐视没有过错的国王，而我们没有哪怕微小的过失。(12)不应该背叛朋友和信任自己的人，不应该背叛供你吃住的人。(13)你依靠我们,有吃有住,受到尊敬,过得舒服,傻瓜啊!你为什么还要掠走我们?(14)你做出这种徒劳无益的事,白白活到这把年纪,白白有个脑袋,你会白白送死,白白丢掉性命。(15)如果你心思恶毒,抛弃一切正法,那你把武器还给我们,你在战斗中夺走德罗波蒂吧!(16)如果执迷不悟,一定要做出这样的事,那么,你在世上只会获得非法的恶名。(17)罗刹啊!你今天强抢这个人间妇女,你是拿水罐搅和毒药喝下去。"(18)

这样说完,坚战王在罗刹身上一下子变得沉重。在沉重的压力下,罗刹不能快速前进。(19)然后,坚战王又对德罗波蒂和无种说道:"别怕这个愚蠢的罗刹,我已经控制他的步伐了。(20)风神之子大臂怖军也不会走得太远。过一会儿他赶到,这个罗刹就活不成了。"(21)

国王啊!偕天看到这个头脑愚蠢的罗刹,对贡蒂之子坚战说道:(22)"国王啊!对于刹帝利来说,面对战斗,或是牺牲生命,或是战胜敌人,还有什么比这更应该做的事呢?(23)折磨敌人者啊!不是我们战胜他,就是他战胜我们,大臂者啊!我们应该杀死他,国王啊!地点和时间都合适。(24)以真理为勇气的人啊!这是我们履行刹帝利正法的时候,不管是获胜,还是倒下,我们都能得到好的归宿。(25)婆罗多后裔啊!如果太阳落下时,这个罗刹还活着,我就不再称自己是刹帝利了。(26)喂!喂!罗刹啊!你站住!我是般度之子偕天。今天要么是你杀死我,把他们带走,要么就是你被杀死,躺倒在这里。"(27)

偕天这样说着,大臂怖军突然出现在眼前,犹如手持金刚杵的因陀罗。(28)他看见被掠走的两个兄弟和名声卓著的黑公主,也看见站在地上责骂罗刹的偕天。(29)他也看见这个愚蠢的罗刹被死神夺走智慧,迷失正路,到处游荡,却遭到命运阻挡。(30)

看到他的两个兄弟和德罗波蒂被掠走,大力士怖军勃然大怒,对罗刹说道:(31)"过去你观察我们的武器时,我就把你识破了。但我不在乎你,没有杀死你。你装成婆罗门的样子,不说我们的坏话。(32)你做讨人喜欢的事,不做令人厌恶的事。你是客人,又没有罪过,为什么要杀死你呢?就是知道你是打扮成婆罗门的罗刹,杀了你,也会进地狱的。(33)那时候,杀你的时机还不成熟。而今天时机已经成熟,因为行为奇异的死神让你产生劫掠黑公主这种念头。(34)你已经咬住死神之线垂下的钩,就像水中的鱼已经上钩,你今天怎么可能从我的手里逃脱?(35)你要去你心中早已想好的地方,现在你去不成了。你要走上钵迦和希丁波的那条路了。"(36)

听了怖军这番话,受死神驱使的罗刹吓得放下他们三人,准备和怖军战斗。(37)他气得嘴唇发抖,对怖军说道:"罪人啊!我没有迷失方向。由于你的缘故,我要耽搁一下。(38)你在战斗中杀死的那些罗刹,我都听说了。今天,我要用你的鲜血作为祭供他们的清水。"(39)

听了他的话,怖军愤怒地舔着嘴唇,犹如死神显身。他仿佛笑着冲向罗刹,想要开始搏斗。(40)罗刹看见怖军要和他搏斗,也奋勇冲向怖军,犹如勃罗冲向手持金刚杵的因陀罗。(41)

怖军和罗刹展开激烈的肉搏战,玛德利的双生子无种和偕天也愤怒地冲上前去。(42)但贡蒂之子怖军笑着阻止他俩,说道:"我能对付这个罗刹,你们站在一旁看着吧!(43)国王啊!我用我自己、我的兄弟们、正法、善行和祭供起誓,我会消灭这个罗刹。"(44)

这样说完,怖军和罗刹这两位英雄互相挑战,用胳膊扭住对方。(45)怖军和罗刹互不相容,愤怒地对打,犹如天神和檀那婆交战。(46)两位大力士拔起一棵棵大树,互相对打,发出吼叫,犹如夏末的雨云。(47)两位优秀的力士互相疯狂扭打,都想战胜对方,大腿撞断许多大树。(48)这场毁坏树木的战斗就像从前猴中的狮子波林和妙项两兄弟之间的树战。(49)他俩一刻不停地拔树对打,一再发出吼叫。(50)

一心想要打死对方,他俩把那个地方的树都拔光了,数以百计的树倒地成堆。(51)婆罗多后裔啊!顷刻间,这两位大力士又搬起石头对打,仿佛两座大山用乌云作战。(52)他俩怒不可遏,互相用形状可怕的坚硬的石头,仿佛用金刚杵迅猛地打击对方。(53)他俩自恃有力,互相对打。然后,又用双臂抱住对方,犹如两头大象互相拽拉。(54)他俩心高气傲,又用可怕的拳头互相对打,拳击的声音咚咚直响。(55)怖军握紧五头蛇般的拳头,迅猛地朝罗刹的脖子打去。(56)罗刹被怖军的手臂打得筋疲力尽。怖军看准机会,朝他扑

去。(57)

天神般的大臂怖军用双臂举起罗刹,猛摔到地上。(58)般度之子怖军把他摔得粉身碎骨,又用胳膊肘使劲把他的头颅从身上拽下。(59)辫发阿修罗的头颅被怖军用力拽下,嘴唇紧闭,眼睛圆睁,牙齿咬紧,沾满血污,犹如果子从枝头坠落。(60)大弓箭手怖军杀死辫发阿修罗后,向坚战走去。他受到优秀的众婆罗门赞颂,就像因陀罗受到众摩录多赞颂。(61)

以上是吉祥的《摩诃婆罗多》中《森林篇》第一百五十四章(154)。《诛辫发阿修罗篇》终。

战药叉篇

一五五

护民子说:

杀死罗刹后,贡蒂之子坚战王回到那罗延净修林,住在那里。(1)一天,他想起弟弟阿周那,便召集所有的弟弟和黑公主,说道:(2)"我们已在森林里,平安地度过四年。毗跋蒜(阿周那)说过到第五年,(3)他会到达山中之王、峰中之最的白山。我们盼望团聚,也答应到达那里。(4)光辉无比的普利塔之子(阿周那)过去与我约定:'我要用五年时间求取知识。'(5)我们将看到手持甘狄拨神弓、制服敌人的阿周那获得武器,从天国回到人间。"(6)说罢,般度之子(坚战)又召集所有的婆罗门,告诉这些苦行者事情缘由。(7)这些修炼严酷苦行的婆罗门十分高兴,向普利塔之子(坚战)右旋绕行,祝福他吉祥如意,(8)说道:"婆罗多族雄牛啊!不久,你将由祸转福,知法的人啊!度过这场灾难后,你将以刹帝利之法保护这大地。"(9)

制服敌人的坚战王听了这些苦行者的话后,带着弟弟们和众婆罗门一起出发。(10)黑公主陪伴这位吉祥者,希丁芭之子(瓶首)和众罗刹紧随其后,毛密保护他。(11)一路上,这位光辉灿烂、信守诺言的坚战和他的弟弟们有时步行,有时由众罗刹驮行。(12)坚战王感受着种种艰辛,向狮子、老虎和大象出没的北方走去。(13)他看见盖拉瑟山、美那迦山、香醉山麓和弥卢山,(14)山上有许多吉祥的溪流。第十七天,他来到圣洁的雪山山顶。(15)国王啊!离香醉山不远,在长有各种树木和蔓藤的、圣洁的雪山山顶,(16)般度族兄弟看到更加圣洁的牛节净修林,四周的树木由旋流灌溉,鲜花盛开。(17)

　　制伏敌人的般度族兄弟疲劳消失,走上前去,向法魂王仙牛节行礼问安。(18)王仙像欢迎儿子一样,欢迎这些婆罗多族雄牛。他们受到款待,在那里住了七个夜晚。(19)到了第八天,他们与这位世界闻名的仙人牛节商议后,决定启程。(20)他们向牛节一一介绍各位婆罗门。这些婆罗门作为寄宿者,像亲友一样受到适时的款待。(21)然后,般度族兄弟把精致的衣服和美丽的首饰存放在牛节的净修林里。(22)聪明的牛节通晓一切正法,知道过去和未来,这位知法者像教诲儿子一样,教诲这些婆罗多族公牛。(23)得到同意后,这些精神高尚的英雄带着黑公主和精神高尚的众婆罗门向北方走去。他们出发时,国王牛节跟随在后。(24)光辉灿烂的牛节委托众婆罗门照应般度族兄弟。他向贡蒂的儿子们祝福致意,在指点路线后,便转身回去。(25)以真理为勇气的贡蒂之子坚战带着弟弟们,步行走向野兽成群出没之地。(26)

　　般度族兄弟在树木环绕的山顶上住宿,第四天进入白山。(27)美丽的白山水源充足,犹如庞大的云团;层嶂叠峦,蕴藏金银珠宝,美丽可爱。(28)他们遵循牛节指示的路线一路走去,看见各种各样的山。(29)山上有许多难以穿越的洞穴和难以行走的巉岩,他们都幸运地通过。(30)烟氏仙人、黑公主、般度族兄弟和毛密大仙一起到达那里,没有一个人掉队。(31)这些大勇士走近圣洁的摩利耶凡大山。那里充满飞禽,鸟鸣兽叫,(32)猴群出没,十分迷人。那里有莲花池,有池塘和大森林。(33)然后,他们看见紧那罗的居住地,悉陀和遮罗纳出没的香醉山,心生喜欢,汗毛直竖。(34)持明在那里游荡,还有紧那罗女。到处是大象和狮子,还有骄傲的八足兽。(35)还有其他各种动物,发出悦耳的叫声。这香醉山林犹如天国欢喜园。(36)

　　般度之子们满怀喜悦,缓步进入这令人心旷神怡的美丽丛林。(37)这些英雄偕同黑公主和精神高尚的众婆罗门,听到鸟儿的鸣声婉转悦耳,甜蜜迷人;(38)看到树木结满各季的果实,盛开各季的鲜花,硕果累累,树枝低垂。(39)芒果,李子,绽开的可可豆,镇头迦果,阿阇多迦果,茴香子,石榴,香橼,(40)面包果,林古遮果,香蕉,海枣,芒果蔗,鸽子果,詹波迦果,可爱的尼波果,(41)吉祥果,劫毕陀果,蒲桃,迦湿摩利果,枣子,无花果,优昙波罗果,阿湿波陀果,奶果,榍如果,菴摩勒果,柯子,川练,(42)英吉德果,夹竹桃,大果镇头迦。他们在香醉山顶上看到这些和其他各种树木,(43)树上结满甘露般美味的果实。还有,詹波迦,无忧树,盖多迦,醉花,(44)奔那迦,七叶树,迦尼迦罗,波吒罗,古吒阇,可爱的珊瑚和青莲,(45)波利质多树,黑檀树,松树,娑罗树,多罗树,多摩罗树,波利雅罗树,木棉树,金苏迦树,申恕泯树,山楂树。(46)这些树上停留着鹧鸪,啄木鸟,伯劳,鹦鹉,杜鹃,麻雀,鸽子,山鸡,(47)还有信誓鸟、沙燕和其他各种鸟,鸣声甜蜜,悦耳动听。(48)清澈的湖面绚丽多彩,到处盛开着黄莲花、白莲花、红睡莲、青莲花、白睡莲、红莲花。(49)水中到处游动着迦丹波鸟,鸳鸯,鹗,水鸡,迦兰陀鸟,鸭子,天鹅,苍鹭,鹈鹕,还有其他水禽。(50)蜜蜂兴高采烈,沉醉于红莲花蜜,被莲花中坠落的花粉和花蕊染红。(51)他们在香醉山顶上,看到莲花池中,这些蜜蜂发出嗡嗡的鸣声。(52)他们还处处看到,在用簇簇莲花装饰的蔓藤凉亭中,雌孔雀伴随雄孔雀听到云中乐声而欣喜若狂。(53)这些林中的舞蹈家发出甜蜜的叫声,如同歌唱;展开美丽的尾翎,愉快兴奋,翩翩起舞。(54)他们看到另外有些雄孔雀带着雌孔雀在蔓藤茂密的山坡上寻欢作乐。(55)在树林的间隙中,他们还看到有些大孔雀,在树枝上骄傲地展开尾翎,犹如美丽的头冠。(56)山顶上茂盛的浆果枝条犹如爱神之箭,开满金色的花朵。(57)他们看到,林地的迦尼迦罗花宛如精美的耳环,盛开的古罗勃迦花宛如爱神之箭,激发情人的渴望。(58)他们看到,灿烂的帝罗迦树宛如林地的吉祥志。(59)他们看到,可爱的芒果树宛如爱神之箭,花团簇拥,色泽艳丽,蜜蜂营营嗡嗡。(60)娑罗树、多摩罗树、波吒罗树和醉花树开满花朵,金色,红色,如同森林大火,(61)如同眼膏,如同吠琉璃,缠绕座座山顶,如同花环。(62)

就这样，这些英雄缓步行走，观赏四周景色。这里是象群和狮虎出没之地，(63)回响着八足兽的巨大吼声，其他各种动物的叫声。在香醉山顶上，开满各季的花果。(64)那些林地像太阳一样金黄，没有任何荆棘，没有不开花的树木。香醉山顶上的树木都长有可爱的绿叶和果实。(65)他们看到，山顶上湖泊和溪流像水晶一般清澈。到处是白翅膀的天鹅，鸣叫的仙鹤。(66)色彩缤纷的莲花，感觉舒适的水流，芳香的花环，美味的果子。山顶上的树木百花盛开，光彩夺目。(67)这里有各种各样的树木和蔓藤，长满树叶、花朵和果子。(68)

坚战望着巍峨之山的这些树木，以甜蜜的话音，对怖军说道：(69)"毗摩啊！你看四周美丽的景色，这是天神的娱乐之地。我们到达这没有人迹的地方，圆满成功，狼腹啊！(70)香醉山顶上，优异的树木鲜花盛开，蔓藤缠绕，光彩熠熠，普利塔之子啊！(71)你听，雄孔雀和雌孔雀结伴游荡，在山顶上发出鸣叫，毗摩啊！(72)鹧鸪、啄木鸟、迷醉的杜鹃和鸲鹆栖息在这些枝叶繁茂、鲜花盛开的大树上。(73)普利塔之子啊！树顶上红色、黄色和棕色的鸟，与这么多的山鸡互相凝视。(74)在绿色和棕色的草坪上，在山溪中，仙鹤到处可见。(75)蜂王、鸭子和红背鸟说着甜蜜的话语，令一切生物陶醉。(76)莲花色的四牙雄象带着雌象，踏碎湖中碧水。(77)悬空高挂的水流从山顶坠落，从各个瀑布口泻下。(78)毗摩啊！各种银矿石像阳光一般闪烁，像秋云一般洁白，为大山增添光彩。(79)有些矿石颜色像眼膏，有些像黄金，有些像鸽子，有些像英古德果。(80)那些砷矿洞，色如晚霞；那些垩矿石，色呈兔红。(81)白云和乌云的光泽，晨曦的阳光，这种种光辉，为大山增添美色。(82)正如牛节所说，在这山顶上，能看到健达缚和他们的情人，还有紧那罗，普利塔之子啊！(83)能听到各种歌声、器乐和曲调，令一切生物陶醉，毗摩啊！(84)你看这伟大的恒河，圣洁美丽的天河，天鹅成群，仙人和紧那罗侍奉。(85)你看这山中之王，到处是矿石、河川、紧那罗、飞禽走兽、健达缚、天女和迷人的树林，(86)还有各种形状的猛兽和千姿百态的山峰，制服敌人的贡蒂之子啊！"(87)

这些克敌的英雄精神愉快，到达至高无上的领域，观赏这山中之王,不知餍足。(88)然后,他们看见王仙阿哩湿底赛那的净修林,到处是花环和果树。(89)他们走向施行严酷苦行的阿哩湿底赛那。他羸弱瘦削,但精通一切正法。(90)

以上是吉祥的《摩诃婆罗多》中《森林篇》第一百五十五章(155)。

一五六

护民子说:

坚战走到这位用苦行焚烧罪恶的仙人面前,愉快地通报姓名,向他俯首行礼问好。(1)然后,黑公主、怖军和著名的孪生子上前俯首行礼,围绕和侍奉这位王仙。(2)同样,般度族的祭司,知法的烟氏仙人也按照礼仪,走向这位恪守誓言的仙人。(3)这位知法的牟尼凭借天眼通,认出他们是俱卢族俊杰,般度的儿子们,说道:"请坐!"(4)

坚战和弟弟们一起入座,这位大苦行者向俱卢族聪慧的雄牛致意问安:(5)"你是否不起任何邪念,依法行事?你的任何作为是否没让父母失望?普利塔之子啊!(6)你是否尊敬一切老师、长者和智者?你是否不愿意做任何罪恶之事?普利塔之子啊!(7)你是否知道按照规矩知恩图报,而不以恶报恶,俱卢族俊杰啊!你是否不自我夸耀?(8)你是否尽力尊敬善人,让他们高兴?虽然住在森林,你也遵循正法?(9)你的行为,普利塔之子啊!诸如布施、正法、苦行、纯洁、正直和宽容,是否没有让烟氏仙人为难?(10)你是否追随父亲和祖父的品行?普利塔之子啊!你是否遵循王仙的道路?般度之子啊!(11)据说,每当儿子或孙子在各自家族诞生,在祖先世界的祖先或悲伤或欢笑:(12)'他作恶,我们会得到什么恶果?他行善,我们会得到什么善果?'(13)父亲,母亲,火,老师,第五是自我,普利塔之子啊!谁尊重这五者,他就征服两个世界。(14)

"在新月和满月之日,餐风饮露的仙人凌空而行,前来游览这座优秀的山。(15)能看到可爱的紧那罗和他们的情人在山顶上互相信誓旦旦,国王啊!(16)能看到许多身穿光洁丝衣的健达缚和天女,普利塔之子啊！（17）成群的持明，佩戴花环，容貌可爱；还有蟒、金翅鸟和蛇等等。（18）在新月和满月之日，能听到山上大鼓、腰鼓、螺号和小鼓的乐声。（19）婆罗多族雄牛们啊！站在这里就能听到这一切。你们决不要期望走近那里。（20）从这里再往前走是不可能的，婆罗多族雄牛们啊！因为这里是人迹不能到达的天神乐园。（21）这里的一切生灵都憎恨行为稍有疏忽的人，罗刹打击这种人，婆罗多子孙啊！（22）越过这座山顶，坚战啊！便展现获得最高成就的神仙的领域。（23）普利塔之子啊！如果有人随心所欲，执意往前走，那么，罗刹会用铁叉杀死他，歼灭敌人者啊！（24）在新月和满月之日，孩子啊！能看到乘坐人车的俱比罗，财富充盈，天女环绕。（25）所有的生物都能看到罗刹之王坐在山顶上，犹如升起的太阳。（26）婆罗多族俊杰啊！这座山顶是天神、檀那婆、悉陀和俱比罗的花园。（27）在新月和满月之日，冬布鲁侍奉施财者，孩子啊！在香醉山上，能听到他的歌声和曲调。（28）在新月和满月之日，所有的生物都能在这里看到这种美景，孩子坚战啊！（29）

"住下吧，般度族俊杰啊！享用一切美味的食物和果子，直到与阿周那相见。（30）你们已经来到这里，孩子啊！不必犹疑。随意住下，尽情游乐，最优秀的弓箭手啊！你将保护这大地。"（31）

以上是吉祥的《摩诃婆罗多》中《森林篇》第一百五十六章(156)。

一五七

镇群王说：

般度的这些儿子灵魂高尚，具有天神般的勇气，他们在香醉山住了多久？（1）这些灵魂高尚的人间英雄住在那里时，吃些什么？告诉我，善者啊！（2）仔细告诉我怖军的勇武，这位大臂者在雪山做了些什么？他确实没有与罗刹再次发生战斗吗？优秀的婆罗门啊！（3）他们是否遇见俱比罗？因为阿哩湿底赛那说这位施财者会去那里。（4）我想听到详情，苦行者啊！因为我不满足于听取他们的行迹。（5）

护民子说：

听了那位光辉无比的仙人的有益教诲后，婆罗多族雄牛们始终遵照执行。(6)他们吃牟尼吃的食物,吃美味的果子,吃无毒之箭射杀的兽肉,(7)吃各种纯净的蜂蜜。这些婆罗多族雄牛,般度族兄弟就这样住在雪山顶上。(8)他们这样住着,听着毛密讲述各种教诲,第五年就过去了。(9)国王啊!瓶首过去带着所有罗刹离开时,说过在需要的时候,他会再来。(10)这些灵魂高尚的人在阿哩湿底赛那的净修林里住了许多月,看到伟大的奇迹。(11)般度族兄弟在那里娱乐游戏,那些德行高尚的牟尼和遮罗纳满怀喜悦,(12)前来拜访。他们灵魂完美,信守誓言。婆罗多族俊杰们与他们进行圣洁的谈话。(13)

几天后,一只金翅鸟突然抓走住在湖中的一条富贵的大蛇,(14)高山颤动,大树倒塌,所有的生物和般度族兄弟看到这个奇迹。(15)然后,从高山顶上,一阵风给般度族兄弟带来各种芳香花环。(16)般度族兄弟和朋友们,还有著名的黑公主,看到这些五彩缤纷的天国之花。(17)大臂怖军这时舒服地坐在山上僻静之处,黑公主抓住这个机会,(18)对他说道:"金翅鸟猛力飞动,刮起大风,五彩缤纷的鲜花落进马车河,婆罗多族雄牛啊!所有生物亲眼目睹。(19)在甘味林里,你的信守誓言的弟弟曾经挫败健达缚、大蛇和罗刹,甚至因陀罗,杀死精通幻术的妖怪,获得甘狄拨神弓,人中之主啊!(20)你也威武雄壮,臂力过人,不可抵御,不可抗拒,能与百祭神(因陀罗)媲美。(21)所有的罗刹都惧怕你的臂力,怖军啊!让他们撤离这座山,迁居各方。(22)这样,你的朋友们就能消除恐惧和疑惑,放心观赏这座佩戴美丽花环的吉祥山峰。(23)长久以来,我心驰神往,毗摩啊!想凭借你的臂力,看看这座山峰。"(24)

这位折磨敌人的大臂者仿佛不能忍受黑公主对自己的责备,犹如优良的牛不能忍受鞭打。(25)这位般度之子吉祥高贵,灿若金子,步似雄狮和雄牛,刚强有力,勇敢骄傲。(26)他眼红肩宽,勇似疯象,狮子牙,大肩膀,高似娑罗树。(27)他灵魂高尚,肢体优美,螺脖子,粗胳膊,拿起镀金的弓、刀和箭囊。(28)犹如高傲的狮子,发情的大象,这位勇士毫无恐惧和疑虑,向山上冲去。(29)

所有的生物都看到他带着弓、箭和刀,像兽中之王狮子和发情的大象一样行走。(30)为了取悦黑公主,这位般度之子手持棍棒,毫无恐惧和疑虑,进入山中。(31)软弱、忧虑、怯懦或妒忌,全都没有干扰这位普利塔之子，风神的儿子。(32)这位大臂者到达惟一的通道，崎岖不平，形状可怖，由此登上高高的山顶。(33)大臂者到达山顶，紧那罗、大蛇、牟尼、健达缚、罗刹都很高兴。(34)

在那里，这位婆罗多族雄牛看到俱比罗的住宅，由许多金宫和水晶宫组成。(35)香醉山的风轻轻吹拂，散发种种芳香，所有的生物都感到舒适愉快。(36)那里有各种各样奇异的树木，开着奇异的花朵，五彩缤纷，美丽绝顶，不可思议。(37)这位婆罗多族雄牛看到罗刹之王的宫殿布满宝石网，挂满美丽的花环，吉祥如意。(38)大臂怖军手持棍棒、刀和弓，舍生忘死，站立不动，犹如一座大山。(39)他吹起令敌人毛骨悚然的螺号，拨响弓弦，拍响手掌，所有生物惶恐不安。(40)药叉、罗刹和健达缚们毛发竖起，迎着般度之子附近的这种声音冲来。(41)药叉和罗刹手持闪闪发亮的棍棒、铁弓、剑、标枪、叉子和斧子。(42)于是，他们和怖军发生战斗，婆罗多子孙啊！怖军用速度惊人的箭，粉碎那些庞然大物使用的标枪、叉子和斧子。(43)这位大力士用利箭穿透空中和地上嗷嗷乱叫的罗刹的肢体。(44)一阵血雨从四周罗刹的身上喷出，洒向大力士。(45)所有的生物看到怖军手臂的威力，许多药叉和罗刹的肢体和头颅破裂；(46)看到相貌可爱的般度之子被罗刹们遮掩，就像太阳被云团遮掩。(47)正如太阳用光照射一切，这位有力的大臂者以真理为勇气，用致命的箭穿透一切。(48)所有的罗刹咒骂着，发出巨大的吼叫，但发现怖军毫不慌乱。(49)他们遍体箭伤，对怖军充满恐惧，兵器散落，发出可怕而痛苦的嚎叫。(50)他们丢下棍棒、标枪、剑、叉子和斧子，怀着对这位持硬弓者的恐惧，朝南方逃去。(51)

然而，有一位罗刹名叫有珠，是俱比罗的朋友。他胸宽臂壮，手持棍棒和铁叉。(52)这位大力士罗刹显示出大将风度和男子气概。看到他们逃跑，他仿佛发出冷笑，说道：(53)"你们为数众多，却战败在一个凡人手下，回到财神俱比罗宫中，如何向他交代？"(54)说罢，这位罗刹阻止他们逃跑，自己手持标枪、铁叉和棍棒，冲向般度之子。(55)见他如同发情的大象飞速冲来，怖军射出三支牛牙箭，射中他的肋部。(56)大力士有珠怒不可遏，挥起大棒，扔向怖军。(57)怖军也向空中扔出大棒，上面带有许多磨尖的箭，形状可怕，如同闪电。(58)这些箭附在大棒上,造成累赘,但没有影响大棒的飞行速度。(59)英勇的怖军精通棍棒战术,勇力惊人,挫败了罗刹的攻击。(60)于是,精明的罗刹拿起一支可怕的、装有金棍的铁标枪,趁机扔向怖军。(61)这支标枪发出可怕的呼啸声,擦过怖军的右臂,喷着火光,重重地掉在地上。(62)这位俱卢后裔是伟大的弓箭手,勇敢无比,被标枪刺伤。他擅长棍棒战,抓起棍棒。(63)这棍棒由全钢制成。怖军紧握棍棒,吼叫着,猛然冲向有珠。(64)有珠也吼叫着,挥动闪闪发光的大铁叉,快速扔向怖军。(65)怖军擅长棍棒战,用棍棒头击碎铁叉。他快速冲上前去,犹如金翅鸟抓蛇。(66)这位大臂者腾入空中,使劲挥舞棍棒。他在战斗中吼叫着,扔出棍棒。(67)犹如因陀罗掷出金刚杵,快速似风,这棍棒击中罗刹,然后落到地上,像女巫倒地。(68)所有的生物目睹怖军击倒威力可怕的罗刹,犹如狮子击倒公牛。(69)看到这位罗刹倒地而死,其他活着的夜行者(罗刹)发出可怕而痛苦的叫声,向东方逃去。(70)

以上是吉祥的《摩诃婆罗多》中《森林篇》第一百五十七章(157)。

一五八

护民子说:

听到山洞中回响各种嘈杂之声,贡蒂之子无敌(坚战)、玛德利双生子(无种和偕天)、(1)烟氏仙人、黑公主、众婆罗门和所有的朋友发现怖军不在,都忧心忡忡。(2)这些大武士把黑公主委托给阿哩湿底赛那;这些英雄全副武装,一起向山顶走去。(3)这些大武士到达山顶,环顾四周;这些大弓箭手见到制服敌人的怖军。(4)那些威力可怕、身躯庞大的罗刹已被怖军打倒在地,失去知觉。(5)这位大臂者手持棍棒、刀和弓,威风凛凛,就像因陀罗在战场上杀死所有的檀那婆。(6)普利塔之子们到达至高无上的境界,一起上前拥抱狼腹(怖军),然后,坐在那里。(7)这四位大弓箭手为山顶增添光彩,犹如优秀的天神保护世界,吉祥幸运,为天国增添光彩。(8)

看到俱比罗的宫殿和倒地的众罗刹,兄长对坐着的弟弟说道：(9)"是鲁莽还是糊涂，毗摩啊！你犯下这个罪孽。你不该这样，英雄啊！犹如牟尼说谎。(10)知礼明法的人知道不做国王憎恨之事，怖军啊！你做这事会招致众天神恼恨。(11)一个寻思作恶的人，不顾利益和正法，普利塔之子啊！他很快就会得到恶行的果报。如果你想让我高兴，不要再做这种事。"(12)这位以法为魂的兄长对坚强的弟弟说了这些话。光辉的贡蒂之子坚战善于辨别事物本质。他思考着这件事，不再说话。(13)

同时，那些从怖军手中死里逃生的罗刹，一起向俱比罗的宫殿跑去。(14)他们怀着对怖军的恐惧，飞快地跑到俱比罗的住处，发出可怕而痛苦的叫声。(15)他们丢失兵器，精疲力竭，披头散发，浑身是血，对药叉王说道：(16)"大王啊！你的随从，所有的罗刹，配备有棍棒、铁闩、剑、标枪和梭镖，都被杀死了。(17)财主啊！一个凡人肆意践踏这座大山。他独自一个在战场上杀死了成群的迦娄陀婆沙。(18)罗刹之王和药叉的财主啊！他们被杀死，躺在那里，毫无知觉，大王啊！(19)他占据了那座山，我们逃命。你的朋友有珠也死了。这都是那个人干的，你看怎么办？"(20)

听了这番话，药叉王怒不可遏，气红了眼，说道："怎么回事？"(21)听到怖军第二次犯错误，药叉王财神愤怒地说道："备马！"(22)他的车无与伦比，宽如云团，高如山峰。他们为他配上健达缚马。(23)他的这些良种马具备一切优点，有光泽，有力量，有速度，眼睛清澈，装饰着各种宝石。(24)这些拉车的马光彩熠熠，好似飞箭待发，互相感到兴奋，显示必胜的迹象。(25)光辉尊贵的王中之王站在这辆雄伟的车上，在众天神和健达缚的赞美声中出发。(26)众药叉身躯庞大，强壮有力，金光闪闪，眼睛发红，全副武装，成千上万。(27)这些英雄簇拥着灵魂高尚的药叉财主，快速出发。(28)

般度族兄弟看到伟大的财神容貌可爱，正走近过来，高兴得毛发竖起。(29)而俱比罗看到般度的这些儿子，手持弓和剑的大勇士，也很高兴。(30)财神的随从们如同飞鸟，快速到达山顶，站在般度族兄弟附近。(31)然后，药叉和健达缚看到财神对般度族兄弟心生欢喜，婆罗多子孙啊！他们也心平气和站在那里。(32)灵魂高尚的般度族兄弟，无种、偕天和知法的正法之子（坚战）向施财之主行礼。(33)这些大勇士双手合十,围绕财神,仿佛沉思自己的罪过。(34)财神坐在吉祥的花椅上。这花椅由毗首羯磨(工巧天)制造,周边美丽。(35)成千成千的药叉和罗刹身躯庞大,速度敏捷,耳如尖钉,陪同财神坐下。(36)成百成百的健达缚和成群的天女也围绕财神坐下,犹如众天神围绕因陀罗。(37)怖军佩戴美丽的金色花环,手持弓、箭和剑,望着财神。(38)尽管他已受伤,但毫无恐惧,也不疲弱,在这紧张的时刻,望着财神。(39)

看到怖军手持锋利的箭,准备决战,俱比罗对正法之子(坚战)说道:(40)"所有的生物都知道,普利塔之子啊!你热心为众生谋利益。所以,不必害怕,你和你的亲属,就住在这山顶上吧!(41)你不要生怖军的气,般度之子啊!他们被时间杀害,只是假手你的弟弟。(42)你不要羞愧,感到这事由鲁莽造成。众天神早就预见这些药叉和罗刹要遭到毁灭。(43)我不生怖军的气,我很高兴,婆罗多族雄牛啊!我一向对怖军的行为感到满意。"(44)

他对坚战这样说罢,又对怖军说道:"孩子啊!你不要放在心上,俱卢族俊杰啊!为了取悦黑公主,你才做了这件莽撞的事,毗摩啊!(45)你没有想到我和众天神,依靠自己的臂力,杀死这些药叉和罗刹。为此,我喜欢你,因为今天我摆脱了可怕的咒语,狼腹啊!(46)我过去犯了一个过失,惹怒杰出的投山仙人,遭到诅咒。现在,这个诅咒解除了。(47)我早就预见到这场麻烦,般度族的欢乐啊!你没有任何罪责,杀敌者啊!"(48)

坚战说:

尊者啊!你怎么会遭到灵魂高尚的投山仙人的诅咒?我想听听你被诅咒的原因,天神啊!(49)我感到惊奇的是,这位智慧的仙人发怒,你和军队以及随从怎么没有被焚毁?(50)

俱比罗说:

在俱舍波提,众神聚会,人主啊!在三百大莲[①]面目恐怖、全副武装的药叉簇拥下,我出发了。(51)途中,我看见杰出的投山仙人正在阎牟那河边修炼严酷的苦行,那里飞鸟成群,树木开花,景色秀

---

① 大莲是一个极大的数量单位。

丽。(52)看到大仙高举手臂,面向太阳而立,光辉灿烂,犹如一团熊熊燃烧的烈火,(53)我的朋友,吉祥的罗刹王,名叫有珠,出于愚蠢、无知、狂妄、糊涂,婆罗多子孙啊!从空中拍了一下大仙的头。(54)大仙发怒,仿佛焚烧所有空间,对我说道:"你的朋友心地不正,藐视我。(55)你亲眼看到他侮辱我,财主啊!因此,他和你的军队将遭到凡人杀戮。(56)坏心眼啊!你也将与那些军队一起遇到麻烦。只有见到那个凡人,你才能从罪孽中解脱。(57)你的这些军队的儿孙们不会受到这个可怕诅咒影响。走吧!他会执行你的命令。"(58)这就是我从前遭到的大仙人的诅咒,大王啊!你弟弟怖军解放了我。(59)

以上是吉祥的《摩诃婆罗多》中《森林篇》第一百五十八章(158)。

一五九

俱比罗说:

坚战啊!坚定、能干、地点、时间和勇气是世事成功的五重法则。(1)在圆满时代,人们是坚定的,精通各自的职业,婆罗多子孙啊!懂得勇敢的规则。(2)优秀的刹帝利啊!坚定,了解天时地利,通晓一切法规,这样的刹帝利能统治大地。(3)普利塔之子啊!在一切事业中这样行动的人,英雄啊!活在世上赢得名声,死后也有好的归宿。(4)因陀罗就是抓住合适的时间和地点,施展勇气,杀死弗栗多,与婆薮们一起赢得天国的统治权。(5)灵魂卑鄙、心术不正的人,一味追逐邪恶,不辨是非,今生和来世注定毁灭。(6)愚蠢透顶的人,不知道选择时机,不辨是非,贸然行动,一事无成,今生和来世注定毁灭。(7)灵魂邪恶,奸佞狡诈,野心勃勃,行为鲁莽,这样的人一味作恶。(8)人中雄牛啊!这怖军无所畏惧,不懂正法,骄傲自大,智力低下,缺乏忍耐,你教教他吧!(9)

当你再回到王仙阿哩湿底赛那的净修林,在第一个黑半月,住在那里,不必忧伤和恐惧。(10)我已经安排鬈发童女和健达缚、药叉、罗刹以及所有山上居民,人中因陀罗啊!保护你和那些优秀的婆罗门,大臂者啊!(11)狼腹(怖军)行事鲁莽,呆在这山上,国王啊!你要好好制止他,优秀的持法者们啊!(12)从今往后,林中所有的生物都会照看你,经常侍奉你们,在任何地方都保护你们,王中因陀罗啊!(13)我的仆从会取来各种美味的饮食侍奉你们,人中雄牛啊!(14)正如吉湿奴(阿周那)受到伟大的因陀罗保护,这狼腹(怖军)受到风神保护,你受到正法之神保护,孩子啊!你是他在瑜伽中生的儿子。(15)那对孪生子受到双马童保护,是他俩的亲生儿子。所以,你们在这里,全部受到我保护,坚战啊!(16)

怖军的弟弟翼月生(阿周那)善于分辨事物本质,通晓各种正法特征,在天国也很顺利。(17)据认为,世上那些最幸运的佼佼者,从一出生就被安排在赢得财富的位置上,孩子啊!(18)自制、施舍、力量、智慧、廉耻、坚定、威严和高尚,这是光辉无比的大士具备的品质。(19)吉湿奴(阿周那)从不神志糊涂,做那种遭人谴责的事,般度之子啊!人们也不在人群中散布他的谣言。(20)他受到天神、祖先和健达缚尊敬,为俱卢族增添荣誉,正在因陀罗的宫中学习武艺,婆罗多子孙啊!(21)你的曾祖父,光辉的福身王,凭借正法统辖所有的君主。他在天国为这位手持甘狄拔神弓的普利塔之子(阿周那)感到高兴,普利塔之子啊!(22)这位大勇士犹如家族的支柱,合适地供奉祖先、天神和婆罗门,声名远被,在阎牟那河举行七次重大马祭。(23)你的这位曾祖父福身王赢得天国,住在因陀罗的世界,国王啊!他问候你的健康。(24)

护民子说:

然后,狼腹(怖军)放下标枪、棍棒、剑和弓,婆罗多族雄牛啊!向俱比罗行礼。(25)这位司库者和保护者向寻求保护者说道:"你一向灭敌人威风,长朋友志气。(26)你们这些折磨敌人者就住在自己可爱的房屋里吧!药叉们会满足你们的欲望。婆罗多族雄牛啊!(27)头发浓密的胜财(阿周那)很快就会来到,人中雄牛啊!他学完武艺,因陀罗会亲自把他送来。"(28)

俱希迦王(俱比罗)这样教导行为高尚的坚战后,走向山中最优秀的居住地。(29)成千成千的药叉和罗刹乘坐镶嵌宝石和铺满坐垫的车子,跟随在后。(30)那些良种马如同飞鸟,发出嘶鸣声,沿着爱罗婆多路，前往俱比罗的宫殿。(31)财神的这些马飞快地掠过空中，仿佛拽云饮风。(32)然后，按照财神的命令，从山顶上搬去那些死去的罗刹的躯体。(33)由于智慧的投山仙人的诅咒，他们和有珠一起，命该在战斗中被杀死。(34)灵魂高尚的般度族兄弟在那些房屋中愉快地度过这一夜，在众罗刹侍奉下，无忧无虑。(35)

以上是吉祥的《摩诃婆罗多》中《森林篇》第一百五十九章(159)。

一六〇

护民子说：

然后，太阳升起，烟氏仙人完毕日常仪式，与阿哩湿底赛那一起，来到般度族兄弟那里，制服敌人者啊！(1)般度族兄弟向阿哩湿底赛那和烟氏仙人行触足礼，然后，双手合十，向所有的婆罗门致敬。(2)烟氏大仙握住坚战的右手，望着东方，说道：(3)"山中之王曼陀罗覆盖大地，四周围绕大海，巍然屹立，光辉灿烂，大王啊！(4)因陀罗和俱比罗保护东方，般度之子啊！这个地区有美丽的山岳和树林。(5)通晓一切正法的、智慧的仙人们说，这就是伟大的因陀罗和俱比罗王的宫殿，孩子啊！(6)臣民、通晓一切正法的仙人、悉陀、沙提耶和众天神，供奉从这里升起的太阳。(7)阎摩王以法为魂，主宰一切生命，管辖南方，这是死者必经之路。(8)圣洁的止息城是死神的住处，雄伟壮观，充满无价财宝。(9)智者们将那座山中之王称作日落之山，国王啊！太阳落到那里，与真理并存。(10)伐楼拿王住在这座山中之王和浩淼大海中，保护一切生物。(11)伟大的弥卢山吉祥辉煌，名声显赫，坐落在北方，大德啊！这是知梵者必经之路。(12)在这山上梵宫里，住着众生的灵魂生主。他创造一切动和不动的生物。(13)大弥卢山也是梵天心生子们吉祥安康的住处。这些心生子中，第七位是陀刹。(14)这里也是以极裕为首的七位神仙出没的地方，孩子啊！(15)

"你看，这个洁净的地方，巍峨的弥卢山峰，那里住着祖先和心满意足的天神。(16)那边是无始无终的那罗延神主，人们说他是一切生物的终极原因。（17）他的住处充满光辉，吉祥神圣，在梵宫后面闪耀，连天神们也不易看到。（18）这位灵魂高尚的毗湿奴的住处光辉灿烂，胜过太阳和火，所以，天神和檀那婆难以看到，国王啊！（19）一切发光体到达那里，便不再发光，因为这位灵魂高尚的大神自己发光，盖过一切。（20）那些修道人诚心诚意，修炼严酷苦行，积聚光辉的功德，到达那罗延大神诃利那里。（21）那些灵魂高尚的人，修炼瑜伽获得成功，驱除黑暗和痴迷，到达那里，不再返回尘世，婆罗多子孙啊！（22）大神的这个住处永恒，不灭，不变，大德啊！你在这里要经常向它致敬，坚战啊！（23）

"尊贵的太阳也胜过一切发光体，驱除黑暗，向南绕行。（24）然后，这创造白天的太阳过了黄昏，到达日落之山，向北行走。（25）围绕弥卢山一圈后，关心众生利益的太阳神又出现在东方，般度之子啊！（26）尊贵的月亮和各种星座也这样运转，把一个月分成朔望盈亏好多部分。（27）太阳就是这样，不知疲倦地围绕大弥卢山运转，然后回到曼陀罗山，造福众生。（28）太阳神用光线驱除黑暗，养育世界，在这宽畅的道路上运转。（29）想要制造寒冷，他便转向南方，于是给众生带来寒季。（30）太阳转回时，以自己的热力摄走一切动和不动的生物的热力。（31）人们出汗，困乏，疲倦，虚弱，所有的生物总是昏昏欲睡。（32）经过这段不可言状的路程后，尊贵的太阳又制造雨水，抚育众生。（33）威力无比的太阳用舒服的风雨和温暖，抚育动和不动的生物，然后又转回。（34）就这样，太阳不知疲倦地转动时间之轮，影响一切生物，普利塔之子啊！（35）太阳的轨迹永不停顿，般度之子啊！他摄取众生的热力，又赐予热力。（36）这位大神永远给予众生生命和事业，创造白天和黑夜，月亮的盈亏，时间的分秒，婆罗多子孙啊！"（37）

以上是吉祥的《摩诃婆罗多》中《森林篇》第一百六十章（160）。

一六一

护民子说：

这些灵魂高尚的人信守誓言，住在这山中之王，高兴愉快，盼望会见阿周那。(1)他们有勇气,有威力,品质纯洁,以诚实和坚定为财富。成群成群的健达缚和大仙喜欢来到他们这儿。(2)山上树木葱茏,鲜花盛开,这些大勇士感到心旷神怡,犹如摩录多群神到达天国。(3)看到满山遍野树木高耸,鲜花怒放,孔雀和天鹅欢声鸣叫,他们万分喜悦。(4)在山上,他们看到俱比罗亲自建造的莲花池,围有堤岸,聚集着迦丹波鸟、迦兰陀鸭和天鹅。(5)他们看到富丽堂皇的游戏场,挂满鲜艳的花环,还看到珍贵的宝石,令人着迷。(6)他们长期漫游,坚持苦行,不能想象这山顶五彩缤纷,芳香袭人,树木高耸,白云缭绕。(7)由于这座高山自身的光辉和各种药草的光辉,无法区分哪是白天,哪是夜晚,人中英雄啊!(8)无比光辉的太阳住在那里,抚育动和不动的生物。这些人中狮子住在那里,看到太阳升起和落下。(9)这些英雄看到太阳升降,黑暗来去,看到四周八方笼罩在阳光之网中。(10)

他们坚持诵习,履行责任,诚实守法,誓言纯洁,等待着信守誓言的大勇士(阿周那)回来。(11)这些普利塔之子专心修炼苦行和瑜伽,发出最高的祝愿:"在这里与学会武艺的胜财(阿周那)相会,让这个欢乐赶快到来!"(12)他们经常望着山上绚丽的树林,思念有冠者(阿周那),度过一个日夜如同一年那样漫长。(13)当时,灵魂高尚的吉湿奴(阿周那)得到烟氏仙人同意,束起了发髻,启程出发,他们便失去欢乐。他们的心系在他身上,哪里会有欢乐?(14)行走似疯象的吉湿奴(阿周那)遵照兄长坚战的盼咐离开迦摩耶迦林后,他们便忍受忧愁的打击。(15)阿周那驾着白马,前往因陀罗那里乞求武器。这些婆罗多子孙思念他,在这山上好不容易度过一月。(16)

然后,有一天,这些大勇士正在思念阿周那,突然看见因陀罗的飞车套着骏马,如同闪电,一闪而至,他们心生喜悦。(17)摩多梨驾驭这辆飞车,闪闪发光,骤然照亮天空,犹如云中的大流星,犹如燃烧的无烟火苗。(18)他们看到有冠者胜财(阿周那)站在车上,佩戴花环和各种装饰,像因陀罗那样威武有力,光辉灿烂,来到这山上。(19)他佩戴头冠和花环,到达山上,走下因陀罗的飞车,先向烟氏仙人,后向无敌(坚战)行触足礼。(20)他也向狼腹(怖军)行触足礼。然后，玛德利的两位儿子向他行礼。他走到黑公主那里，安抚她，然后谦恭地站在兄长身旁。(21)与无与伦比的阿周那相会，他们无比高兴，而佩戴头冠和花环的阿周那见到他们，也满怀喜悦，赞美坚战王。(22)

普利塔的儿子们走近这辆因陀罗的飞车，心情愉快，右旋绕行。诛灭那牟吉的因陀罗正是乘坐这辆飞车，杀死提底的七群儿子。(23)俱卢族王子们万分高兴，像招待神中之王那样殷勤侍奉摩多梨，并恭敬地问候诸神平安健康。(24)摩多梨也向他们行礼，并像父亲那样教诲他们，然后驾驭这辆光辉无比的飞车，又回到天王的身边。(25)

优秀的神车飞走后，这位歼灭一切敌人的、灵魂高尚的、因陀罗的儿子（阿周那），把因陀罗赠给他的首饰，贵重，美丽，像阳光一样灿烂，愉快地赠给可爱的子月①的母亲（黑公主）。(26)然后，他坐在像太阳和火焰一样辉煌的俱卢族雄牛和婆罗门雄牛中间，如实讲述发生的一切：(27)"就这样，我亲自从因陀罗、风神和湿婆那里学会了这些武艺，我的戒行和禅定也使因陀罗和众天神感到满意。"(28)行为纯洁的有冠者（阿周那）向他们简要讲述了进入天国的经过，高兴地与玛德利的两个儿子一起，睡了一夜。(29)

以上是吉祥的《摩诃婆罗多》中《森林篇》第一百六十一章(161)。

一六二

护民子说：

这时，空中响起来自天宫的各种乐器声和喧闹声。(1)车轮声，铃铛声，各种飞禽走兽的鸣叫声，婆罗多子孙啊！随处可闻。(2)健达缚和天女乘坐灿若太阳的飞车，簇拥着制服敌人的天王。(3)天王登上马拉的飞车，用金子装饰，吉祥辉煌，雷声隆隆。(4)这位摧毁城堡的千眼神很快到达普利塔之子们这儿，从车上下来。(5)

吉祥的法王坚战看到灵魂高尚的天王，与弟弟们一起走上前

---

① 子月是怖军和黑公主德罗波蒂所生之子。

去。(6)慷慨布施的坚战按照礼仪，隆重接待这位灵魂无与伦比的天王。(7)光辉的胜财（阿周那）俯首行礼，像仆人一样谦恭地站在摧毁城堡的天王身旁。(8)看到胜财（阿周那）束着发髻，具备苦行，纯洁无瑕，谦恭地站在天王身旁，(9)光辉的贡蒂之子坚战十分满意。而摧毁城堡的天王看到翼月生（阿周那），也满怀喜悦。(10)坚战王心情愉快，沉浸在喜悦之中，聪慧的天王对他说道：(11)"般度族国王啊！你将统治这大地。祝你好运，贡蒂之子啊！你可以回到迦摩耶迦净修林去。(12)国王啊！般度之子胜财（阿周那）勤奋努力，从我这里学会所有武艺，赢得我的喜爱。他在三界不可战胜。"(13)对贡蒂之子坚战这样说罢，千眼神受到大仙们赞美，高兴地返回天国。(14)

般度族兄弟和帝释天因陀罗在财神的住处相会，哪位智者专心诵习这个故事，(15)信守誓言，克制自我，修习一年梵行，他就能不受阻碍，平安幸福，生活一百个春秋。(16)

以上是吉祥的《摩诃婆罗多》中《森林篇》第一百六十二章(162)。

一六三

护民子说：

因陀罗像来时那样回去后，毗跋蔌（阿周那）与兄弟和黑公主一起，向正法之子坚战行礼致敬。(1)坚战抚摸向他行礼的阿周那的头顶，兴奋激动，结结巴巴地说道：(2)"阿周那啊！在天国，你是怎样度过时光的？你怎样让天王满意而获得武器？(3)你学会正确使用这些武器了吗？婆罗多子孙啊！神主楼陀罗高兴给你武器吗？(4)你怎样见到持弓的尊者因陀罗？怎样取悦他，得到这些武器？(5)制服敌人者啊！尊者百祭神（因陀罗）对你说：'你使我满意。'你做了什么，使他满意？我想听到详细的情况，大光辉者啊！(6)你怎样使大神和天王满意？无罪者啊！你怎样让持金刚杵者（因陀罗）高兴？制服敌人者啊！告诉我全部经过吧，胜财（阿周那）啊！"(7)

阿周那说：

请听，大王啊！我依照规矩见到百祭神（因陀罗）和尊者商迦罗

321

(湿婆)。(8)在学习了你所说的学问后,国王啊!依照你的盼咐,我去林中修苦行,制服敌人者啊!(9)从迦摩耶迦林到婆利古峰去修苦行。途中住了一夜,见到一位婆罗门。(10)贡蒂之子啊!他问我:"你到哪里去?请告诉我。"我如实告诉他一切,俱卢族的喜悦啊!(11)这位婆罗门听我的坦诚之言,优秀的国王啊!他对我产生好感,向我致敬,国王啊!(12)然后,他高兴地对我说道:"婆罗多子孙啊!你修炼苦行吧!凭借苦行,不用多久,你就会见到众神之主。"(13)

于是,我听从他的话,登上雪山,修炼苦行。大王啊!第一个月,我吃树根和野果。(14)第二个月,我只喝水。第三个月,我绝食,般度族的喜悦啊!(15)第四个月,我站立举臂,没有断命,真像是一个奇迹。(16)第四个月后的第一天过去,有个生物化作野猪,走近我的身边。(17)它转来转去,用嘴拱地,用脚踩地,用肚皮擦地。(18)在它后面,另一个生物化作高大的猎人,拿着弓、箭和刀,还有一群女子伴随。(19)

我拿起弓和两个取之不竭的大箭囊,向那个令人毛骨悚然的怪物射出一箭。(20)与我同时,这个猎人也拉开他的强弓,射出更加猛烈的箭,我的心仿佛为之震颤。(21)国王啊!他对我说:"是我先射中的。你为什么违背狩猎规则,还要射箭?(22)我要用我的利箭消灭你的傲气。你站好了!"然后,这庞然大物向我冲来。(23)我巍然屹立。他猛烈地向我射箭,铺天盖地。我也向他倾泻箭雨。(24)我用念过咒的、箭头锃亮的羽毛箭穿透他,犹如金刚杵穿透大山。(25)于是,他化出成百成千个身体,我向这些身体射出无数的箭。(26)我射中他们后,大王啊!这些身体又变成一个,婆罗多子孙啊!(27)他变成大头小身,又变成小身大头,又合成一个,跟我交战,国王啊!(28)在交战中,我用箭不能制服他。于是,我拿出风神法宝,婆罗多族雄牛啊!(29)仿佛出了奇迹,我没能杀死他。这个法宝居然失灵,我大为惊讶。(30)大王啊!然后,我在交战中,又特意使用一系列大箭,射向这个家伙。(31)我挽弓射出椿耳箭、铁网箭、雨箭、优波那箭、石箭和石雨箭,他却笑着吞下所有这些箭,无罪者啊!(32)一切归于平静后,我射出梵箭。然后,我又追加许多燃烧的箭,堆在他身上,越堆越高。(33)我射出的火焰点燃世界,刹那间,四周和天空一片明亮。(34)随即,这位大光辉者也摧毁这箭。梵箭也失灵,国王啊!恐惧向我袭来。(35)于是,我拿着弓和取之不竭的两个箭囊,拼命射箭,而他仍然吞下所有的箭。(36)一切武器和箭都无效,都被吞吃,我与他展开肉搏战。(37)我们用拳头攻击,用手掌拍打。但我没能打倒他,反而自己倒在地上,不能动弹。(38)大王啊!这个家伙笑了笑,和那些女子一齐消失。我目睹这一切,仿佛遇见奇迹。(39)

随后,这位尊者呈现另一种样子,穿着神奇的天神服装,大王啊!(40)这位尊贵的大神是天国之主,他摒弃猎人的模样,呈现自己的神圣容貌,站在那里。(41)以公牛为标记,黄眼睛,形体多变,持弓,这位尊者在乌玛陪同下,亲自显身。(42)他向我走来,而我仍像在战场上那样,面对他站着,折磨敌人者啊!他手持三叉戟,对我说道:"我很满意。"(43)然后,尊者拿起我的弓和两个取之不竭的箭囊,交给我,说道:"你选个恩惠吧!"(44)他接着说:"我喜欢你,贡蒂之子啊!说说我能为你做什么?说说你的愿望,英雄啊!我会满足你。除了不死之外,任何愿望都行。"(45)

于是,我双手合十。我的心愿是武器。我俯首向湿婆行礼,说道:(46)"如果尊者高兴,我希望得到一个恩惠。我想学会天神使用的那些武器。"尊贵的三眼大神(湿婆)对我说道:"我给你。(47)我的楼陀罗武器将侍奉你,般度之子啊!"大神高兴地把兽主法宝给了我。(48)大神给我这个永恒的武器时,说道:"这武器无论如何不应该用于凡人。(49)只有受到严重迫害时,你才能使用它,胜财啊!在任何情况下,你只能用它来抵御其他武器。"(50)我受到以公牛为标记的大神恩惠,这个能抵御一切武器、立于不败之地的神圣武器,活生生地站在我身旁。(51)它是敌人的摧毁者,敌军的征服者,不可战胜,连天神、檀那婆和罗刹都不敢嘲笑。(52)经大神示意,我在那里坐下。而我再看时,大神已经消失。(53)

以上是吉祥的《摩诃婆罗多》中《森林篇》第一百六十三章(163)。

一六四

阿周那说：

我受到灵魂高尚的、三眼大神的恩惠，在那里愉快地住了一夜，婆罗多子孙啊！(1)一夜过后，我做完晨事，看到我原先见过的那位优秀的婆罗门。(2)我如实告诉他所有的经过，说我遇到了尊贵的大神，婆罗多子孙啊！(3)王中因陀罗啊！这位优秀的婆罗门高兴地对我说："正如你见到别人见不到的大神，(4)你还会遇到毗婆薮之子和所有的世界保护者，见到神中因陀罗，他会给你武器，无罪者啊！"(5)这样说罢，国王啊！他一再拥抱我。然后，这位像太阳一样光辉的婆罗门依照自己的心愿离去。(6)

这天下午，一阵清风吹来，杀敌者啊！仿佛万象更新。(7)在这雪山脚下，附近各处呈现圣洁芳香的鲜花。(8)到处能听到天国的美妙乐声，赞美因陀罗的迷人歌声。(9)成群的天女和健达缚唱着歌，走在神中之神的前面。(10)成群的风神和因陀罗天宫中的随从乘坐神车而来。(11)因陀罗在沙姬陪同下，乘坐装饰华丽的马车，与众天神一起，来到那里。(12)与此同时，拥有无比财富的财神俱比罗也出现在我面前，国王啊！(13)我看见住在南方的阎摩，看见住在各自方位的伐楼拿和天王。(14)

大王啊！这些神中雄牛安抚我，说道："左手开弓者（阿周那）啊！你看这些住在各方的世界保护者。(15)为了完成天神的任务，你已经看见商伽罗（湿婆）。你也将从我们这里得到武器。"(16)于是，我控制自己，向这些神中雄牛行礼。我按照礼仪，接受他们的那些伟大的武器，主人啊！(17)我接受武器后，天神们允许我离开，婆罗多子孙啊！然后，天神们像来时那样回去了，制服敌人者啊！(18)神主摩诃梵（因陀罗）也登上光辉的飞车。这位消灭天神之敌的尊者，仿佛微笑着说道：(19)"早在你来之前，我就知道你了，胜财啊！而后我向你显了身，婆罗多族雄牛啊！(20)你过去经常在圣地沐浴，修炼苦行。由此，你将进入天国，般度之子啊！(21)你仍然要修炼最严厉的苦行。"尊者讲述了一切苦行方法。(22)又说道:"我将委派摩多梨把你接到天国,因为众天神和灵魂高尚的仙人都知道你。"(23)然后,我对帝释天(因陀罗)说道:"尊者啊!请施恩于我。我要选你做老师,学习武艺,天国之主啊!"(24)

因陀罗说:

孩子啊!学会了武艺,你将从事可怕的事业,制服敌人者啊!为了这个目的,你想获得那些武器。那就满足你的愿望吧,般度之子啊!(25)

阿周那说:

于是,我说道:"杀敌者啊!除非我的其他武器失效,我不会对凡人使用这些神圣的武器。(26)给我这些神圣的武器吧,神主啊!我以后将依靠这些武器赢得世界,神中雄牛啊!"(27)

因陀罗说:

胜财啊!我说这些话是为了考验你。你的这番话完全配作我的儿子。(28)到我家去,学习所有的武艺吧,婆罗多子孙啊!学习风神、火神、婆薮、伐楼拿和成群的摩录多,(29)沙提耶、祖先、健达缚、蛇、罗刹、毗湿奴、尼黎提和我本人拥有的一切武艺,俱卢后裔啊!(30)

阿周那说:

这样对我说罢,帝释天(因陀罗)从那里消失了。然后,我看见摩多梨驾着因陀罗的马车来到。这马车圣洁神奇,国王啊!(31)那些世界保护者都已离去,摩多梨对我说道:"神中之王帝释天想见你,大光辉者啊!(32)好好完成这项无与伦比的任务吧,大臂者啊!看看功德者的世界!带着你的凡体,去天国吧!"(33)听了摩多梨的话,我告别雪山,右旋绕行,登上那辆高贵的车。(34)摩多梨精通马经,慷慨大度,按照规则驾马启程,马速犹如思想和风。(35)我站在飞动的车上,国王啊!这位车夫望着我的脸,惊讶地说道:(36)"我今天仿佛见到奇迹,你站在神车上,脚步没有移动一下。(37)因为这些马最初启动时,即使是天王,我也经常看到他脚步会移动,婆罗多族雄牛啊!(38)而你就这么在飞动的车上,俱卢后裔啊!在我看来,你的气质胜过帝释天。"(39)

说罢，进入空中，国王啊！摩多梨向我指点天神的住处和宫殿，婆罗多子孙啊！(40)帝释天的车夫愉快地向我指点欢喜园和其他许多天神的园林。(41)于是，我看到帝释天的永寿天宫，装点着天国的如意果树和宝石。(42)太阳不照它，既不冷，也不热，没有劳累，没有灰尘、污泥和黑暗，也没有衰老，人中之王啊！(43)那里看不到天神们忧愁、不幸和憔悴，大王啊！也看不到他们疲倦，制服敌人者啊！(44)那里没有怒和贪，没有邪恶，世界之主啊！在天神的住处，生物永远满意和快乐。(45)那里绿树成荫，花果常开，各种各样的水池长满红白莲花。(46)那里风儿吹拂，清凉，芳香，纯净，新鲜，地面装饰着鲜花和各种奇妙的宝石。(47)许多漂亮的飞禽走兽发出甜蜜的叫声，许多天神乘坐飞车。(48)我看到诸位婆薮、楼陀罗、沙提耶和成群的摩录多、诸位阿提迭和双马童，我向他们所有致敬。(49)他们祝福我有勇气，有荣誉，有威力，有力量，掌握武艺，在战场上获胜。(50)

　　然后，进入这座由天神和健达缚侍奉的可爱城市，我双手合十，走近天王千眼神。(51)慷慨的布施者帝释天高兴地让给我一半座位，这位婆薮之主十分尊敬地触摸我的肢体。(52)为了求取武器，慷慨布施者啊！我与众天神和健达缚一起住在天国，学习武艺，婆罗多子孙啊！(53)广慈的儿子奇军成为我的朋友。他教会我全部健达缚艺术，国王啊！(54)以后，我学会武艺，愉快地住在帝释天的宫中，备受尊敬，一切愿望都得到满足。(55)我听到悦耳的歌声和乐声，看到最美的天女跳舞，折磨敌人者啊！(56)我毫不懈怠，追求真知，婆罗多子孙啊！我非常专心致志，学习武艺。(57)于是，千眼神满足我的愿望。我就这样，住在天国，国王啊！度过这段时光。(58)

　　　　以上是吉祥的《摩诃婆罗多》中《森林篇》第一百六十四章(164)。

一六五

阿周那说：

　　我得到信任，学成武艺后，因陀罗抚摸我的头，说道：(1)"现在，即使成群的天神也不能战胜你，何况人间那些灵魂不健全的凡人？你在战斗中不可估量，不可攻击，不可比拟。"(2)这位天神心生喜悦，汗毛竖起，又说道："英雄啊！没有一个人在箭术上能与你匹敌。(3)你永远不会迷惑。你聪明能干，说话诚实，控制感官，遵守梵行。你是精通武艺的勇士，俱卢后裔啊！(4)你已经掌握十五种武器以及五种使用方法，普利塔之子啊！没有人可与你相比。(5)怎样发出、收回、返转、补救和对抗，胜财啊！你全都知道。(6)现在是你酬谢老师的时候了，折磨敌人者啊！你答应酬谢后，我会知道以后的事。"(7)

于是，国王啊！我对天王说道："如果我能办到，你告诉我该做的事吧！"(8)杀死勃罗和弗栗多者（因陀罗）笑着对我说道："如今在这三界之中，你无所不能。(9)我的檀那婆敌人名叫全甲族，居住在靠近海湾的、难以到达的地区。(10)他们总数有三亿，容貌、力量和光泽都一样。杀死他们，贡蒂之子啊！这就是你给老师的报酬！"(11)

于是，他把摩多梨驾驭的天车交给我。这辆天车配有毛色如同孔雀的马匹，光彩熠熠。(12)他把华贵的王冠戴在我的头顶，又给了我装饰品，与他自己身上佩戴的一样。(13)还有穿刺不透的铠甲，手感和色泽都属上乘；又把不会老化的弓弦安装在我的甘狄拨神弓上。(14)然后，我乘坐这辆闪闪发光的战车出发。过去，神主就是乘坐这辆战车战胜毗娄遮那之子钵利。(15)战车的声响引起众天神注意。他们以为我就是天王，聚拢过来，世界之主啊！见到我后，便问道："你要干什么？翼月生（阿周那）啊！"(16)我如实告诉他们说："我要去战斗。"得知我要去消灭全甲族，这些无罪的大德祝福我。(17)他们对我表示满意，如同对摧毁城堡的大神："摩诃梵（因陀罗）乘坐这辆战车，战胜了高波罗、那牟吉、勃罗、弗栗多、波罗诃罗陀和那罗迦。(18)还有几千百万和几千千万提迭，摩诃梵乘坐这辆战车战胜他们。(19)贡蒂之子啊！你也乘坐这辆战车，战胜全甲族，就像摩诃梵过去征服敌人那样。(20)这是最好的螺号，你将依靠它战胜檀那婆，就像灵魂高尚的商伽罗（湿婆）依靠它征服世界。"(21)

我受到众天神赞美；为了胜利，我接受众天神赠送的"天授"海

螺。(22)带着海螺、铠甲和箭,握住弓,我走向恐怖的檀那婆住处,准备作战。(23)

以上是吉祥的《摩诃婆罗多》中《森林篇》第一百六十五章(165)。

一六六

阿周那说：

一路上,我处处都受到大仙们赞美。后来,我见到可怕的大海,永不衰竭的水中之王。(1)波涛汹涌,浪花翻滚,犹如群山摇撼;海面上有成千条船,满载宝石。(2)鲸鱼、海龟、巨鲸和鳄鱼,犹如山岳沉入水中。(3)到处可见成千上万的海螺沉在水中,犹如夜晚的星星笼罩在云层中。(4)同样,成千堆珍珠漂流,狂风卷动。这真像是奇迹出现。(5)我越过这波涛汹涌、万水汇聚的大海,看到附近住满檀那婆的提迭城。(6)

摩多梨很快把车降到陆地,车声隆隆,直驱那座城市。(7)听到这车声犹如空中霹雳,那些檀那婆惊恐不安,以为我是天王。(8)他们手持叉、剑、斧、棍和杵,个个心慌意乱,紧握弓和箭。(9)这些檀那婆胆战心惊,关闭城门。全城严加防范,不见一个人影。(10)我拿起声音嘹亮的"天授"海螺,绕着阿修罗城,从容地吹奏。(11)这螺声停在空中,发出回声,即使庞大的生物也瑟瑟发抖,隐身躲藏。(12)

然后,全甲族全体出动,全副武装,手持各种武器。(13)有大铁叉、棍、杵、弯剑、矛和车轮,婆罗多子孙啊!(14)还有百杀器、火器和五光十色的短刀。这些提底的儿子们成千上万地涌现。(15)摩多梨观察各种车道,驾驭马匹行走平坦之地,婆罗多族雄牛啊!(16)在他驾驭下,马匹快速前进,以致我什么也看不见,真像是奇迹。(17)檀那婆们一次又一次鼓动成群结队的战士。这些战士声色都已变形。(18)巨大的声响使成千上万犹如山岳的大鱼失魄落魂,在大海中漂浮。(19)然后,这些檀那婆快速向我冲来,成百成千次地向我发射锋利的箭。(20)我与他们展开激烈的战斗,婆罗多子孙啊!一场可怕的、消灭全甲族的战斗。(21)神仙、成群的檀那婆仙人、梵仙和悉陀聚集在战场上。(22)这些牟尼希望我获胜,用合适的、甜蜜的言词赞美我,就像他们曾在达罗迦大战中赞美因陀罗。(23)

以上是吉祥的《摩诃婆罗多》中《森林篇》第一百六十六章(166)。

一六七

阿周那说:

战场上,全甲族全都手持武器,一齐向我猛冲过来。(1)这些大勇士切断车路,呐喊着从四面包围我,向我射来箭雨。(2)另一些勇敢的檀那婆手持铁叉和长矛,向我投掷铁叉和火器。(3)一阵阵铁叉之雨夹杂着粗棍和标枪,不断袭来,落在我的车上。(4)一些全甲族手持锐利的武器,貌似凶神恶煞,向我冲来。(5)我用甘狄拨神弓射出各种速度飞快、直线行走的箭,每次十箭,杀死他们。我的这些用石头磨尖的箭迫使他们转身逃命。(6)

摩多梨迅速策马前进,马速似风,驰过许多车路。在摩多梨驾驭下,这些马践踏提底的儿子们。(7)有一百匹马拉着这辆大战车,但在摩多梨驾驭下,仿佛只有几匹马在运作。(8)马蹄践踏,车轮嘎嘎作响,我的箭飞射,阿修罗成百成百地死去。(9)另外一些阿修罗,或失去生命,或手持弓箭,但车夫已死,都由马匹拉回去。(10)四面八方充塞着死于各种兵器的战士,我的心感到沉重。(11)但我看到摩多梨具有神奇的勇气,依然轻松地驾驭着这些迅疾的马。(12)于是,我用各种轻捷的武器,成百成千地砍杀全副武装的阿修罗,国王啊!(13)

我竭尽全力投身战斗,杀敌者啊!帝释天的车夫英雄摩多梨十分高兴。(14)在马匹和战车的冲撞下,一些阿修罗走向毁灭,另外一些弃阵逃跑。(15)还有一些全甲族仿佛要在战场上与我决一高低,从四面八方用密集的箭雨围攻我。(16)于是,我成百成千地用各种念过梵箭咒语的轻箭,快速粉碎他们的箭。(17)这些伟大的阿修罗受到打击,怒气冲冲,一齐向我进攻,倾泻箭叉刀剑之雨。(18)于是,我使用天王赐给我的至高法宝,又尖又亮,名叫摩诃梵,婆罗多子孙啊!(19)依靠这个法宝的威力,我成百成千地粉碎他们投射的刀剑、三叉戟和长矛。(20)在粉碎了他们的武器后,我愤怒地每次一弓十箭,把他们全都射死。(21)在战斗中,从我的甘狄拔神弓中射出的箭,像成群的蜜蜂那样密集,摩多梨钦佩不已。(22)

他们又向我射箭,多如蝗虫,但我用箭有力地粉碎他们的箭。(23)全甲族遭到杀伤,又一次从四面八方倾泻箭雨,围攻我。(24)我用那些燃烧的、快速的灭箭法宝,抵御他们的箭力,成千成千地杀死他们。(25)他们受伤的肢体流出鲜血,犹如雨季山顶暴雨倾泻。(26)我的快速笔直的箭,杀伤力如同因陀罗的雷杵,这些檀那婆陷入绝望。(27)他们的身体和内脏粉碎,他们的武器失效。于是,全甲族开始用幻术与我作战。(28)

以上是吉祥的《摩诃婆罗多》中《森林篇》第一百六十七章(167)。

一六八

阿周那说:

于是,四面八方出现石雨。那些石头巨大如山,非常可怕,向我砸来。(1)我用因陀罗的兵器发射像金刚杵那样的飞箭,把每块石头击成碎片。(2)石雨粉碎时,产生火;那些碎石像掉进火堆。(3)石雨平息后,在我身旁又出现更大的水雨,水柱粗似车轴。(4)成千条强劲的水柱从天而降,充满天空和四面八方。(5)除了水柱倾泻,狂风呼啸,提迭号叫,此外什么也感觉不到。(6)天地之间到处是水,不停地流向地面,令我困惑。(7)我掷出因陀罗教给我的法宝干燥器,用这个可怕的、燃烧的法宝吸干水流。(8)

我摧毁了石雨,吸干了水雨,那些檀那婆又施展幻术,放出火和风,尊者啊!(9)于是,我用喷水器熄灭火,用大石器止住风速。(10)这个伎俩失败后,打仗打疯了的檀那婆们同时施展各种幻术,婆罗多子孙啊!(11)出现了令人毛骨悚然的暴雨,夹杂着形状可怕的武器、火、风和石头。(12)这场幻术暴雨,在战斗中向我压来。

随即，四周出现一片可怕的、浓密的黑暗。(13)当这世界被笼罩在可怕的、浓密的黑暗中，马匹扭头转身，摩多梨跌落下来，(14)金刺棒也从他手中掉落地上，婆罗多族雄牛啊！他一再恐惧地问我："你在哪里？"(15)他失去了镇定，一阵强烈的恐惧向我袭来。他失去神智，颤抖着对我说道：(16)"过去，为了甘露，神魔之间展开大战，普利塔之子啊！我曾亲眼目睹，无罪者啊！(17)为了杀死商波罗，又发生一场大战，我当时就是天王的车夫。(18)在杀死弗栗多时，同样由我驾马；我也目睹与毗罗遮那之子（钵利）的残酷战斗。(19)这些可怕的战斗我都在场，从未失去过神智，般度之子啊！(20)祖先肯定已经安排让众生毁灭，因为这场战斗不会有别的结果，只有世界毁灭。"(21)

听了他的话，我自己鼓励自己："我要搅乱这些檀那婆的幻术魔力。"(22)我对恐惧的摩多梨说道："看看我的臂力，看看我的武器和甘狄拨神弓的威力。(23)今天，我要凭我的武器幻术，破除他们可怕的幻术和浓密的黑暗。不要害怕，车夫啊！坚强些！"(24)说罢，我施展武器幻术，人中之王啊！为了天国的利益，扰乱一切敌人。(25)这些阿修罗王受到我的幻术折磨后，又施展各种法力无比的幻术。(26)忽儿光明，忽儿黑暗吞噬一切；世界忽儿变得不可见，忽儿沉入水中。(27)在光明的时候，摩多梨坐在战车前方，驾驭那些训练有素的马匹，驰骋在令人毛发直竖的战场上。(28)于是，凶猛的全甲族向我扑来，我找到机会，就把他们送进阎摩殿。(29)正当置全甲族于死地的战斗在进行中，我突然看不到任何一个檀那婆了。他们用幻术藏了起来。(30)

以上是吉祥的《摩诃婆罗多》中《森林篇》第一百六十八章(168)。

一六九

阿周那说：

那些提迭施展幻术，隐身与我作战，我用武器的威力对付他们。(1)甘狄拨神弓射出的箭，一一命中他们的脑袋，不管他们站在

331

哪里。(2)全甲族在战斗中受到重创,突然收起幻术,进入自己的城。(3)这些提迭逃跑时,显露原形。我看到那里有数十万死去的檀那婆。(4)一眼望去,破碎的武器和饰物,成堆的肢体和铠甲,(5)没有马匹行走的插足之地。突然,他们一蹦,跳到空中。(6)全甲族布满整个天空,又变得不可见。他们发动进攻,投掷成堆的石头。(7)另外一些可怕的檀那婆跑到地下,抓住马腿和车轮,婆罗多子孙啊!(8)他们抓住这些栗色马和车子,向正在作战的我和车子四周,堆石成山。(9)山上堆山,重重叠叠,我们所在的这个地方似乎变成了山洞。(10)

我被群山围住,马被抓住,我痛苦至极。摩多梨注意到了。(11)他见我怀有恐惧,便说道:"阿周那,阿周那!别害怕。你扔出金刚杵。"(12)听了他的话,我扔出金刚杵。这是天王宠爱的金刚杵,人中之王啊!(13)我走到山那儿,对甘狄拨神弓念了咒语,射出与金刚杵接触的锐利的铁箭。(14)这些箭在金刚杵的推动下,都变成了金刚杵,破除那些幻术,击中全甲族。(15)那些檀那婆被金刚杵击中后,像山岳那样互相拥抱着跌倒在地。(16)那些在地下拉住马和车的檀那婆,也被箭射中,送进阎摩殿。(17)这个地方布满像山岳那样的全甲族的尸体,犹如群山林立。(18)而马匹、战车和摩多梨,还有我,没有受一点伤。这真像是奇迹。(19)

于是,国王啊!摩多梨笑着对我说道:"阿周那啊!在众天神身上没见到的英勇在你身上见到了。"(20)成群的阿修罗被杀死,在这城里,到处能听到他们的妻子哀号,犹如秋天的雌鹤。(21)我和摩多梨一起进入他们的城,战车隆隆声吓坏这些全甲族妇女。(22)见到成千上万匹孔雀一般漂亮的马和太阳一般辉煌的战车,这些妇女成群结队地逃跑。(23)她们惊慌失措,身上的装饰品叮当作响,那声音犹如石头掉在山上。(24)这些提迭妇女恐惧地逃进自己的宫中。那些宫殿用金子建造,镶嵌许多奇妙的宝石。(25)

我看到这座绝妙的城市胜过天城,便问摩多梨:(26)"为什么天神不住这种地方?我觉得它胜过因陀罗城。"(27)

摩多梨说:

这原先就是我们天王的城市,普利塔之子啊!后来,众天神被全甲族从这儿赶了出来。(28)他们修炼严酷的大苦行,取悦了祖先。他们选择的恩惠是居住在这里和在战斗中不怕天神。(29)后来,帝释天(因陀罗)鼓动尊者自在天(湿婆)说:"请尊者考虑自身的利益,处理这件事吧!"(30)于是,尊者对婆薮之主(因陀罗)做出指示:"杀弗栗多者啊!你以另一种化身,置他们于死地。"(31)就这样,为了杀死他们,帝释天(因陀罗)把武器交给你,因为众天神无法像你那样杀死他们。(32)在时机成熟时,你来到了这里,置他们于死地,婆罗多子孙啊!你已经这样做了。(33)伟大的因陀罗为了消灭檀那婆,给了你威力巨大的上等武器,人中因陀罗啊!(34)

阿周那说:
进入城中,杀死这些檀那婆后,我和摩多梨一起返回天宫。(35)

以上是吉祥的《摩诃婆罗多》中《森林篇》第一百六十九章(169)。

一七〇

阿周那说:
我返回时,看到另一座宏伟的、自由移动的天城,像火和太阳那样辉煌。(1)那里有奇妙的宝石树和艳丽的鸟群,住着永远欢乐的宝罗摩和迦罗盖耶。(2)有正门、塔楼和四个城门,难以攻克,全部由宝石建成,看上去像奇迹。群树围绕,树上那些花果也用神奇的宝石制成。(3)树上还有许多神奇迷人的鸟。到处都是永远快乐的阿修罗,戴着花环,手持弓和槌,装备有叉、剑和杵。(4)见到这座神奇壮观的提迭城,国王啊!我问摩多梨:"我看到了什么?"(5)

摩多梨说:
从前,一位名叫布罗玛的提迭女和一位名叫迦罗迦的阿修罗女,她俩修炼至高的苦行一千仙年。苦行结束时,自在天(湿婆)赐给她俩一个恩惠。(6)她俩选择的恩惠是儿子不受痛苦,王中因陀罗啊!不遭到天神、罗刹和蛇杀害。(7)这座可爱的城能在空中移动,建筑辉煌,镶嵌各种宝石,甚至天神以及药叉、健达缚、蛇、阿修罗和罗刹都难以攻克。(8)那里具备一切愿望和品质,没有忧愁和病痛,婆罗多族俊杰啊！这座城是梵天为迦罗盖耶们建造。(9)众天神都避开这座在空中游移的天城，英雄啊！城里居住着宝罗摩和迦罗盖耶这些檀那婆。(10)这座伟大的城市名叫金城，由宝罗摩和迦罗盖耶这些大阿修罗守护。(11)他们永远快乐，不会被任何天神杀死，王中因陀罗啊！他们住在这里，无忧无虑，心满意足。不过，梵天曾经指示说，凡人能置他们于死地。(12)

阿周那说：

知道他们不能被天神和阿修罗杀死，主人啊！我兴奋地对摩多梨说道："快，到那个城去！(13)让我用武器消灭这些天王的敌人。因为对我来说，这些与天神为敌的恶魔并非不可杀害。"(14)于是，摩多梨驾着马拉的天车，很快把我带到金城附近。(15)那些衣着华丽的提迭们一见到我，迅速跳起，穿上铠甲，登上战车。(16)这些异常勇敢的檀那婆，用梭镖、铁箭、投枪、刀、剑和长矛，愤怒地向我杀来。(17)我凭借知识的力量，用稠密的箭雨抵挡他们稠密的武器之雨，国王啊！(18)在战斗中，我用行车的路线迷惑他们。这些檀那婆受到迷惑，互相撞倒。(19)他们糊里糊涂地互相厮打，我趁机用成百簇燃烧的箭射穿他们的脑袋。(20)

这些提迭受到打击，又回到城里。他们施展檀那婆幻术，带着城市，腾入空中。(21)于是，我用巨大的箭雨封路，阻挡提迭的去路。(22)但这座天城是大神恩赐的，闪耀神奇的光辉，提迭们很容易带着它，随心所欲，在空中游弋。(23)忽而直落地下，忽而向上腾起，忽而斜线飞行，忽而沉入海中。(24)我用各种武器袭击这座城市。它像长寿天宫一样辉煌，能随意飞行，人中之王啊！(25)我施展法宝，布下箭网，制服了这座城市和提迭，婆罗多族雄牛啊！(26)我发射的直线飞行的铁箭粉碎这座阿修罗城，它跌落在地，国王啊！(27)我的快如闪电的铁箭射中那些阿修罗。他们在死神的催促下，乱成一团。(28)然后，摩多梨驾驭太阳一般辉煌的战车，飞快地降落地面，仿佛从空中栽下。(29)

后来，那些不肯屈服的勇士用六千辆战车把我围住，要与我决战，婆罗多子孙啊！(30)在战斗中，我用饰有兀鹰羽毛的利箭攻击他们。他们像大海的波浪那样退缩。(31)想到没有人能与这些勇士交战，我一个接一个使用所有的武器。(32)这些优秀勇士的数千辆战车仿佛渐渐抵挡住了我的神奇武器。(33)能看到这些大勇士成百成千地在战场上驰骋，采用各种奇特的行车路线。(34)那些奇妙的头冠和花鬘，奇妙的铠甲和旗帜，奇妙的装饰，仿佛令我心生喜欢。(35)而我在战斗中施展法宝，泼洒箭雨，没有能折磨他们，相反，他们折磨我。(36)这些善战的勇士投射各种武器折磨我。在这场大战中，我感到痛苦，巨大的恐惧袭来。(37)

于是，我在战场上向神中之神楼陀罗行礼，说道："护佑众生吧！"然后，我使用这件诛灭一切敌人的、名叫"楼陀罗法宝"的伟大武器。(38)随即，我见到一个三头九眼的人。他有三张脸，六个手臂，阳光般闪耀的头发，头上缠着蟒蛇，杀敌者啊！(39)见到这永恒可怕的楼陀罗法宝，我的恐惧消失。我拿起甘狄拨神弓，婆罗多族雄牛啊！(40)向光辉无比的三眼大神湿婆行礼后，放箭射击这些檀那婆中的因陀罗，婆罗多子孙啊！(41)箭一射出，战场上出现数以千计各种模样的鹿、狮子、老虎，世界之主啊！熊、水牛、蛇和牛，(42)大象、湿地鹿、八足兽、公牛、猪、猫、狗、饿鬼和菩龙陀，(43)兀鹰、金翅鸟、鳄鱼、毕舍遮、药叉和仇神者，(44)俱希迦、尼内多、象面鱼和猫头鹰，(45)还有鱼群和龟群。它们挥舞各种武器和刀。还有亚杜达那，手持棒槌。(46)随着我的箭射出，这些和其他许许多多各种模样的怪物充斥整个世界。(47)这些怪物形貌各异，三头，四齿，四脸，四臂，专吃生肉、脂肪和骨髓。他们不停地杀戮聚在一起的檀那婆。(48)我又射出另一些摧毁敌人的铁箭，像太阳和火那样辉煌，像雷电那样闪耀，一下子消灭所有的檀那婆，婆罗多子孙啊！(49)

看到这些檀那婆被甘狄拨神弓射中丧命，从空中跌落，我又一次向摧毁三城的湿婆大神行礼。(50)神车夫看到楼陀罗法宝歼灭这些天神装束的檀那婆，高兴至极。(51)看到我完成天神都难以完成的业绩，因陀罗的车夫摩多梨向我致敬。(52)他双手合十，满怀喜悦，说道："你完成了天神和阿修罗都不能完成的业绩。甚至神主也不能取得这种战绩。(53)因为这座宏伟的空中之城，天神和阿修罗都不能摧毁，英雄啊！你凭借自己的勇敢、武器和苦行的威力，摧毁了

它。"(54)

这座城市被摧毁、檀那婆们被杀死后，所有的妇女号啕着走到城外。(55)她们披头散发，像雌鹗一样痛苦悲伤，俯伏在地，哀悼她们的儿子、父亲和丈夫。(56)她们痛哭哀悼死去的主人，嗓子疼痛，双手捶打胸脯，扯掉花环和首饰。(57)这座檀那婆城遭到痛苦和不幸的打击，充满忧愁，没有吉祥，没有光彩，没有主人。(58)犹如失去大象的水池，树木枯死的森林，这座城像健达缚城那样不复可见。(59)

完成了这个任务，我满心喜欢。摩多梨很快把我从战场带回天王的宫殿。(60)在摧毁金城，杀死大阿修罗和全甲族后，我回到帝释天（因陀罗）那里。(61)摩多梨向天王详细报告我的全部业绩，大光辉者啊！(62)摧毁金城，挫败幻术，在战场上杀死威力巨大的全甲族。(63)这位摧毁城堡的千眼神，尊贵吉祥，与诸位摩录多一起，听了之后，说道："好啊！好啊！"(64)然后，天王和众天神一再安抚我，说了这些甜蜜的话：(65)"你取得的这个战绩超过天神和阿修罗。你杀死我的敌人，普利塔之子啊！是对老师的重大酬谢。(66)这样，你将在战斗中永远坚强，胜财啊！你应该毫不犹豫地使用这些武器。(67)因为在战场上，天神、檀那婆和罗刹，还有药叉、阿修罗、健达缚、鸟和蛇，都不能与你抗衡。(68)贡蒂之子啊！以法为魂的贡蒂之子坚战将保护由你的臂力赢得的世界。"(69)

以上是吉祥的《摩诃婆罗多》中《森林篇》第一百七十章(170)。

一七一

阿周那说：

后来，我的箭伤痊愈，舒服自在。有一次，天王关心我，说道：(1)"你已经拥有天神的所有武器，婆罗多子孙啊！在大地上，没有一个凡人能制服你。(2)当你站在战场上，孩子啊！毗湿摩、德罗纳、慈悯、迦尔纳、沙恭尼和其他国王，都不及你的十六分之一。"(3)主人摩诃梵（因陀罗）赐给我这件刺不破的护身铠甲和金制的天国花环。(4)天神因陀罗还赐给我声音洪亮的"天授"海螺，亲自给我戴上这顶天神的头冠。(5)帝释天（因陀罗）赐给我天神的衣服和首饰,又多又漂亮。(6)就这样,我备受尊敬,与健达缚少年们一起,愉快地住在因陀罗的圣洁宫殿,国王啊！(7)后来,帝释天和众天神一起,高兴地对我说道:"阿周那啊！你该走了,因为你的兄弟们在想你。"(8)

就这样,我在因陀罗的宫中住了五年,婆罗多子孙啊！牢牢记着由掷骰子引起的分裂,国王啊！(9)然后,我来到香醉山,在山顶上看到你和陪随你的弟弟们。(10)

坚战说:

胜财啊！真幸运,你得到了这些武器,婆罗多子孙啊！真幸运,你赢得了天王神主的欢心。(11)折磨敌人者啊！真幸运,你亲眼见到了尊敬的湿婆大神和女神,以能战善斗赢得他的欢心,无罪者啊！(12)真幸运,你遇到了那些世界保护者,婆罗多族雄牛啊！幸运啊！我们力量增强了。幸运啊！你又回来了。(13)我认为我们现在已经赢得以城市作项链的大地女神,已经制服持国的儿子们。(14)婆罗多子孙啊！我想看看那些天神的武器,你用它们杀死了英勇的全甲族。(15)

阿周那说:

明天天亮后,你会看到这些天神的武器,我用它们歼灭了凶狠的全甲族。(16)

护民子说:

胜财（阿周那）讲述了他来到这里的情况后,与兄弟们一起度过这一夜。(17)

以上是吉祥的《摩诃婆罗多》中《森林篇》第一百七十一章(171)。

一七二

护民子说:

天明拂晓时,法王坚战和弟弟们起身。完成了必要的事情后,(1)他催促给兄弟们带来欢乐的阿周那说:"让我们看那些你用来战胜檀那婆的神奇武器吧！"（2）于是，国王啊！般度之子胜财（阿周那）展示众天神送给他的那些神奇武器，婆罗多子孙啊！（3）威力无比的胜财（阿周那）按照礼仪，彻底净身，光彩熠熠。他以地为车，以山为辕，以树木为轴，以修竹为杆。（4）他穿上辉煌的铠甲，拿起甘狄拨神弓和产生于水中的"天授"海螺。（5）光辉灿烂的大臂者贡蒂之子开始依次展示那些天神的武器。（6）

然后，当他演示这些武器时，大地在他的双脚踩动下，连同树木一起摇晃。（7）河流和大海也翻滚涌动，山岳崩裂。风儿不吹，（8）太阳不照，火焰不烧，再生族的吠陀也不知怎么失去光辉。（9）那些地下的生物受到折磨，镇群王啊！窜出地面，围绕着般度之子。（10）他们浑身颤抖，双手合十，捂住脸，在那些武器烧烤下，乞求胜财（阿周那）。（11）

于是，梵仙、悉陀、神仙和所有的动物来到。（12）著名的王仙、天神、药叉、罗刹、健达缚和鸟，（13）祖先、诸位世界保护者、尊贵的大神及其随从也都来到。（14）这时，大王啊！在般度族兄弟周围，风儿伴随着芳香的天花吹拂。（15）在众天神的催促下，健达缚们唱起各种歌曲，成群的天女翩翩起舞，国王啊！（16）在这喧闹的时刻，在众天神的催促下，那罗陀仙人来到，国王啊！对普利塔之子说了他应该听取的话：（17）"阿周那啊，阿周那！不要使用这些天神的武器，婆罗多子孙啊！任何时候都不要无端使用这些武器。（18）即使在合适的场合，如果没有陷入痛苦，也无论如何不要使用它们。否则，要犯下极大的错误，俱卢族的喜悦啊！（19）如果你按照要求保护好它们，胜财啊！那么，这些威力巨大的武器无疑会带来幸福。（20）而如果不保护好它们，就会导致三界毁灭，般度之子啊！再也别这样做了。（21）无敌（坚战）啊！你会看到普利塔之子在战场上用这些武器消灭敌人。"（22）

这些天神劝阻了普利塔之子阿周那后，和聚集在那里的另一些天神们一起，从原路返回，人中雄牛啊！（23）他们离去后，俱卢后裔啊！般度族兄弟和黑公主一起，愉快地住在这个树林里。（24）

以上是吉祥的《摩诃婆罗多》中《森林篇》第一百七十二章（172）。
《战药叉篇》终。

蟒蛇篇

一七三

镇群王说：

这位优秀的勇士掌握了武艺，从杀弗栗多者（因陀罗）的宫殿回来。这些普利塔之子与英雄胜财（阿周那）团聚后，又做了些什么？（1）

护民子说：

这些英雄是人中因陀罗。他们和像因陀罗那样的阿周那一起，在这座优秀的山上，这些可爱树林中，在财神的娱乐园里游玩。（2）这位弓箭手，人中因陀罗，永远热衷于武器的有冠者（阿周那），多次游览这些无与伦比的宫殿和绿树成荫的娱乐园。（3）由于财神俱比罗的恩惠，这些王子得到一个住处。他们不必为众生操心，国王啊！这是他们的平静时期。（4）他们与普利塔之子团聚后，在那里住了四年，犹如度过一夜。加上先前的六年，般度族兄弟平静地住在森林里，已有十年。（5）

后来，吉湿奴（阿周那）坐在国王身边，能与神王媲美的孪生英雄站在一旁，刚强的风神之子（怖军）说了这番可爱而有益的话：（6）"俱卢王啊！为了让你信守诺言，讨你喜欢，我们跟随你到森林，耽误了消灭难敌一伙。（7）我们住在这里，已是第十一个年头。难敌夺走理应我们享受的幸福。我们可以骗过这个智力和品质低下的家伙，愉快地住在无人察觉的地方。（8）遵照你的命令，国王啊！我们毫不犹疑，摒弃骄傲，在森林中游荡。他们以为我们住在附近，不会知道我们移往远处。（9）度过隐居的岁月后，我们就能痛痛快快铲除这个人中的败类，人中因陀罗啊！着着实实报复这个卑鄙的家伙，（10）这个仆从围绕的难敌。然后，你就掌握这大地，国王啊！我们在这天国般的山上游荡，能够排遣忧愁，人中之神啊！（11）你的纯洁芬芳的声誉会在这动与不动的世界中消失，而你拥有了俱卢族雄牛的王国，你就能获得伟大的荣誉，进行盛大的祭祀。(12)你从财神俱比罗那里得到的，你永远能得到，人中因陀罗啊！把你的才智用在报仇杀敌上吧，婆罗多子孙啊！(13)即使手持金刚杵者亲自与你遭遇，也不能承受你的勇猛的威力。即使与众天神遭遇，那两位也不会蒙受痛苦，法王啊！(14)那两位是以金翅鸟为标志者（黑天）和悉尼的孙子（大力罗摩），协助你达到目的。像黑天那样，国王啊！这位悉尼族勇士力大无比。(15)像黑天和雅度族那样，优秀的国王啊，我们的孪生英雄精明能干，协助你达到目的。为了你的权力和财富，我们遇到敌人，也会采取同样的行动。"(16)

于是，灵魂高尚的、优秀的正法之子（坚战）知道了他们的心思，他通晓法和利，崇高庄严，向俱比罗的宫殿右旋绕行。(17)法王（坚战）向住所、河流、池塘和所有的罗刹告辞，俯看来时之路，又回首仰望山峰。(18)他做出决定："等我和朋友们一起完成事业，战胜敌人，夺回王国，山中因陀罗啊！我还会来看你，矢志不渝，修炼苦行。"(19)

在诸位弟弟和众婆罗门陪伴下，俱卢之主（坚战）出发上路。瓶首照旧驮着他们和随从，越过山岳和瀑布。(20)看到他们启程出发，毛密大仙满心欢喜，像父亲教诲儿子那样教诲他们。然后，他满心欢喜，前往圣洁的天国住所。(21)普利塔的儿子们接受了他和阿哩底湿赛那的教诲，这些人中俊杰一边行走，一边观赏可爱的圣地、苦行林和大水池。(22)

以上是吉祥的《摩诃婆罗多》中《森林篇》第一百七十三章(173)。

一七四

护民子说：

离开了这座优秀的山上舒适的住处，那里布满溪流，到处是大象、飞鸟和紧那罗，婆罗多族雄牛们失去了快乐。(1)后来，这些婆罗多族雄牛看到俱比罗喜爱的像云海那样的盖拉娑山，他们又感到极大的喜悦。(2)这些英雄看到崇山峻岭，悬崖巉岩，连绵山脊，瀑布激流，散布各处的低洼平地，(3)还有各种鸟兽出没的大森林。这些人中俊杰带着弓和刀，高兴地边走边看。(4)这些人中雄牛经常住在林中、河边、溪旁、山洞或峡谷中，度过一夜又一夜。(5)

在这些人迹罕至的地方住了许多夜后，他们越过形状不可思议的盖拉娑山，到达十分迷人的牛节净修林。(6)他们与牛节王会面，受到款待，消除烦恼。他们向牛节王详细讲述吉祥的旅途生活。(7)他们在这座天神和大仙常来常往的圣洁的净修林里，舒服地住了一夜。

然后，这些英雄前往毗沙罗枣林，又在那里愉快地居住下来。(8)这些力量伟大的人中俊杰住在那里，在那罗延的住处，无忧无虑，观赏俱比罗喜爱的、天神和悉陀经常出没的莲花池。(9)这些人中英雄、般度之子们无忧无虑，观赏这个莲花池，在那里娱乐，就像婆罗门仙人来到欢喜园娱乐，无所畏惧。(10)这些人中英雄在枣林愉快地住了一个月，然后，按照来时的路线渐渐走向吉罗陀（野人）王妙臂的地区。(11)

这些人中英雄经过支那、杜伽罗、德罗德、达尔婆和古宁陀这些宝石丰富的地区，越过难以通过的雪山地区，看到了妙臂的城堡。(12)妙臂王听说国王的儿孙们到达他的地区，十分高兴，出来迎接，俱卢族的雄牛们向他行礼问安。(13)与妙臂王相见后，他们和以除忧为首的所有车夫，包括帝军在内，还有随从、侍卫和厨师，(14)在那里愉快地住了一夜。然后，他们送走瓶首及其随从，带着所有的车夫和车子前往山中之王亚牟那。(15)

这座山上溪流纵横，粉红的山顶披着雪袍，这些人中英雄走到毗沙卡逾波树林居住。(16)这座大树林犹如奇车园，充满野猪和各种鸟兽。他们以打猎为主，平平安安在这座树林里度过一年。(17)在那里，狼腹（怖军）在山洞口遇见一条有力的蛇。这条蛇受饥饿折磨，形状可怕，犹如死神。怖军绝望迷乱，内心痛苦。(18)这时，优秀的执法者、光辉无比的坚战成为狼腹（怖军）的救星，把全身肢体被蛇紧紧缠住的狼腹（怖军）解救出来。(19)

这些可信的俱卢后裔实践苦行，光辉吉祥，正在树林里度过第十二年。他们离开这座与奇车园一样的树林，(20)走向荒野边缘。这些始终热爱箭术的人，到达婆罗私婆蒂河，想要住宿，走到双林水

341

池。(21)看见他们到双林,住在那里的苦行者上前迎接。这些苦行者行为驯顺,达到三昧,以草、水杯、食物和石磨维生。(22)娑罗私婆蒂河边覆盖着各种无花果树、骰子树、劳希多迦树、藤树、斯努诃树、枣树、佉底罗树、希利沙树、吉祥果树、英古德树、比卢树、莎弥树和荆棘。(23)这里为药叉、健达缚和大仙们所钟爱,仿佛是众天神获得祭品的地方。这些王子满怀喜悦,在娑罗私婆蒂河边游荡,愉快地度过时光。(24)

以上是吉祥的《摩诃婆罗多》中《森林篇》第一百七十四章(174)。

一七五

镇群王说:

牟尼啊!怖军的精力胜过万头大象,力大无比,怎么会面对这条蟒蛇惊慌失措呢?(1)他曾在莲花池中杀死最优秀的药叉和罗刹,自恃有力,向补罗斯迭之子财神挑战。(2)你说这位折磨敌人者内心痛苦,充满恐惧,我十分好奇,想听听这件事。(3)

护民子说:

这些强大的弓箭手,从王仙牛节的净修林来到这个神奇壮观的树林居住,国王啊!(4)狼腹(怖军)佩刀持弓,偶然出去观看这座天神和健达缚常来常往的可爱树林。(5)他观看雪山美丽的景点,那是神仙和悉陀游荡,天女成群出没之地。(6)到处是鹧鸪、鸳鸯、山鸡、杜鹃和蜂王的鸣声。(7)那里的树木常年开花结果,接触白雪而柔软,树阴浓密,令人赏心悦目。(8)他看到像吠琉璃和珠宝那样的山溪,融雪的水中充满天鹅和迦兰陀鸭。(9)松树林犹如捕捉飞云的罗网,还有混杂黄檀香树的、高高的黑檀香树林。(10)

强壮有力的怖军在荒野平地上游猎,用纯洁的箭射鹿。(11)他看到一条身躯庞大的蟒蛇来到山崖,身体堵住山洞,令人毛发直竖。(12)蛇冠高耸似山,盘曲圆似太阳和月亮,蛇皮色彩斑斓,肤色黄褐似檀香。(13)蛇嘴犹如山洞,闪闪发光,颜色赤红,四颗牙齿,眼睛燃烧,舌头不断舔着嘴角。(14)它使一切生灵颤抖,犹如死神阎

摩。它呼吸的咝咝声仿佛在咒骂近身者。(15)

　　这条饥饿的蟒蛇突然扑向怖军，紧紧缠住怖军的双臂。(16)由于这条蟒蛇曾经获得恩惠，怖军被它一接触，就神志迷糊。(17)怖军拥有万头大象的臂力，无人与之匹敌。(18)光辉的怖军就这样被蛇制服，不能动弹，只能微微蠕动。(19)这位精力胜过万头大象，肩膀如同狮子的大臂者，被蒙受恩惠的蟒蛇缠住，神志迷糊，失去力量。(20)这位英雄竭力挣扎解救自己，但怎么也无法反抗这条蟒蛇。(21)

　　　　以上是吉祥的《摩诃婆罗多》中《森林篇》第一百七十五章(175)。

一七六

护民子说：

　　光辉的怖军被蟒蛇制服后，思忖道："这条蛇的勇力大得出奇。"(1)然后，他对蟒蛇说道："如果你愿意，蛇啊！请告诉我，你是谁？蛇中魁首啊！你要把我怎么样？(2)我是般度族的怖军，法王的弟弟。我拥有万头大象的精力，你怎么制服我的？(3)我在战斗中多次杀死狮子、老虎、水牛和大象，(4)还有强壮的檀那婆、毕舍遮和罗刹，他们不能承受我的臂力，优秀的蛇啊！(5)你是否具有某种知识的力量，或是获得某种恩惠？尽管我做出努力，依然被你制服。(6)我肯定凡人的勇力不会如此，因为你居然能挫败我的巨大力量，蛇啊！"(7)

　　行为纯洁的英雄怖军这样说着，蟒蛇用力盘曲，把怖军完全缠住。(8)蟒蛇将这位大臂者缠紧后，又放松他的粗壮的双臂，说道：(9)"幸运啊！今天，我饥饿，众天神把你送给我作为食物，大臂者啊！幸运啊！等了这么长时间，因为对于一切有形体的生物，生命是可爱的。(10)然而，我一定要告诉你，我怎么会成为蛇的，制服敌人者啊！现在请听，优秀者啊！(11)由于圣贤们发怒，我才落到这个境地。我希望诅咒结束，告诉你这个蛇的故事。(12)

　　"你一定听说过名叫友邻的王仙，是你和你的祖先的祖先，长寿的嗣子。(13)我就是他。由于我藐视婆罗门,受到投山仙人诅咒,落到这个境地。看看我这个命运啊!(14)你是我的后裔,面貌可爱,是不该杀的。但是,今天我还是要吞食你。你看命运就是这样!(15)因为在第六时分,无论我抓获什么,不管是大象,还是水牛,都不能逃生,人中俊杰啊!(16)你不仅仅是被生为动物的蟒蛇抓住,俱卢族俊杰啊!这是我获得的恩惠。(17)因为我从天车前端的因陀罗宝座上跌落下来时,我向这位可尊敬的、优秀的牟尼请求道:'给诅咒一个终止期吧!'(18)这位光辉者满怀怜悯,对我说道:'国王啊!度过一段时间后,你会获得解脱。'(19)然后,我跌落地面,但我没有失去记忆。即使年代已经久远,我仍然记得过去的一切。(20)这位大仙对我说:'谁能准确回答你提出的问题,他就能使你摆脱诅咒。'(21)'国王啊!你抓住的任何生物,即使比你更强大,也会顿时失去勇力。'(22)我也听到那些同情和怜悯我的婆罗门这样说。他们说完,便消失不见。(23)这就是我,投胎为蛇,住在污秽的地狱里,作恶多端,苦熬光阴,大光辉者啊!"(24)

大臂怖军对蟒蛇说道:"大蛇啊!我并不生你的气,也不抱怨自己。(25)因为一个人或者能驾驭幸福和痛苦的来去,或者不能,不必为此烦恼。(26)任何凡人的行为怎么可能躲避命运呢?我相信命运是至高的,个人的企图是徒劳的。(27)你看,我一向依赖臂力,今天,受到命运打击,无缘无故落到这个境地。(28)然而,今天,我伤心的不是自己遭到毁灭,而是我的那些兄弟,失去王国,流亡森林。(29)雪山崎岖难行,充满药叉和罗刹。他们见到我这样,会陷入慌乱。(30)或者,听到我死去,他们会失去勇气。他们恪守正法,由于我渴求王国,他们才遭受磨难。(31)聪明的阿周那精通一切武艺,天神、健达缚和罗刹不能战胜他,或许他不会陷入绝望。(32)这位大臂者威力无比,一天之内就能把天王赶下宝座,(33)更何况持国的儿子,那个无耻的赌徒,贪婪欺诈,为世人所痛恨。(34)我还为我可怜的母亲悲伤,她思念儿子,总是盼望我们比别人更强大。(35)但是,在我死后,蛇啊!我那孤苦无助的母亲寄托在我身上的希望都将化作泡影。(36)孪生兄弟无种和偕天追随兄长,受人尊敬,一向得到我的臂力庇佑。(37)一旦我死去,我想他俩会失去勇力,垂头丧气,忧愁

悲伤。"(38)狼腹(怖军)被蟒蛇紧紧缠住,不能动弹,就这样哀叹着。(39)

现在,贡蒂之子坚战想到出现的那些可怕的恶兆,不禁心烦意乱。(40)因为在净修林南边,天空燃烧,一头雌豺恐惧地发出不祥的嗥叫。(41)一只雌鹌鹑独翅,独眼,独脚,面目可憎,鸣声刺耳,对着太阳吐血。(42)炎热的狂风夹带着沙石吹来,右边所有的鸟兽发出鸣叫。(43)而在背后,一只黑乌鸦叫着:"去吧,去吧!"坚战的右臂不住跳动。(44)他的心和左脚也跳动,左眼也出现不吉祥的跳动。(45)聪明的法王预感到危险,询问黑公主:"怖军在哪里?"婆罗多子孙啊!(46)黑公主回答说:"狼腹出去很久了。"于是,大臂王(坚战)与烟氏仙人一起出发。(47)他对胜财(阿周那)说道:"保护好黑公主。"又把无种和偕天托付给众婆罗门。(48)这位国王沿着怖军从净修林出去的足迹,看到地上有他留下的印记。(49)那位英雄(怖军)奔走打猎,速度飞快,两腿生风,刮倒和折断沿路的树木。(50)他沿着这些印记走到山洞,看见弟弟被蛇王缠住,不能动弹。(51)

以上是吉祥的《摩诃婆罗多》中《森林篇》第一百七十六章(176)。

一七七

护民子说:

坚战走近被蟒蛇缠住的、可爱的英雄弟弟,说道:(1)"贡蒂之子啊!你怎么遭此灾厄?这条蛇冠似山的大蛇是谁?"(2)弟弟看到兄长法王,便把他被抓住的种种情况,一一告知。(3)

坚战说:

蛇啊!你是天神,是提迭,还是蛇怪?请说实话。坚战在问你。(4)你要得到什么,或知道什么,才会满意?蛇啊!我要给你什么食物?你怎样才能放了他?(5)

蛇说:

人中之王啊!我原先是位国王,名叫友邻,是你的祖先,无罪者啊！我是月亮族第五代，长寿的著名的儿子。(6)依靠祭祀、苦行、诵习、自制和勇敢，我获得稳固的三界统治权。(7)我成为统治者后，骄傲滋长，一千个婆罗门为我抬轿。(8)我依仗权势，昏头昏脑，侮辱了这些婆罗门。于是，投山仙人让我落到这个境地，大地之主啊！(9)由于灵魂高尚的投山仙人怜悯我，般度之子啊！我至今尚未失去智慧，国王啊！(10)在第六时分，我获得你的弟弟作为食物。我不能放掉他，也不想要别的食物。(11)但是，如果你能回答我提出的问题，那么，我就释放你的弟弟狼腹（怖军）。(12)

坚战说：

蛇啊！你想问什么就问吧。或许我能让你满意。(13)凡是婆罗门知道的，你全知道，蛇王啊！听了你的问话，我会回答。(14)

蛇说：

婆罗门是什么样的？国王啊！他应该知道什么？坚战啊！你说吧。因为听你说话，我们能推断你智慧过人。(15)

坚战说：

古人说，谁具备诚实，施舍，宽容，守戒，温和，自制，仁慈，他就是婆罗门，蛇王啊！(16)他应该知道至高的梵，蛇啊！梵既不痛苦，也不快乐。达到了梵，便没有忧伤。你以为如何？(17)

蛇说：

这个标准，这个真理，甚至这个梵，适用四个种姓。即使在首陀罗身上，也能发现诚实，施舍，不发怒，温和，不杀生，仁慈，坚战啊！(18)你说应该知道的那个东西既不痛苦，也不快乐，人中之王啊！然而，缺乏这两者的东西，我认为不存在。(19)

坚战说：

首陀罗身上的特征在婆罗门身上见不到。首陀罗不一定是首陀罗，婆罗门也不一定是婆罗门。(20)蛇啊！古人说，谁表现出那种行为，他就是婆罗门。如果不存在那种行为，蛇啊！就称之为首陀罗。(21)你又说应该知道的那个东西不存在，因为超越这两者的东西不存在，(22)所以，你认为缺乏这两者的东西不存在，蛇啊！但是，正如在冷和热之间，存在既不冷，也不热，(23)同样也存在某种既不快乐，也不痛苦的境界。这是我的想法，蛇啊！你以为如何？(24)

蛇说：

国王啊！如果你依据行为判断婆罗门，那么，在见到行为之前，出生也就毫无意义，长寿者啊！(25)

坚战说：

大智大慧的蛇啊！我认为所有的种姓都是混杂的，人的出生难以断定。(26)任何男子与任何女子都能繁殖后代。语言、性交、生和死，对于所有的人都相同。(27)那些洞悉真谛的人重视祭祀。他们知道这是仙人的准则，因此，热衷于恪守戒律。(28)在脐带割断之前，人的出生仪式就已进行。在那里，他的母亲是莎维德丽（颂诗），父亲是老师。(29)一个人不在吠陀中诞生，在行为方面，他就与首陀罗等同。对此持有异议的自生摩奴说道：(30)"种姓由行为决定。如果不依据行为，就会出现严重的混乱。"蛇中因陀罗啊！(31)谁具有良好的行为，大蛇啊！我前面已经说过，他就是婆罗门，优秀的蛇啊！(32)

蛇说：

我已经听了你的回答，坚战啊！应该知道的你全知道。现在，我怎么还能吃你的弟弟狼腹（怖军）呢？(33)

以上是吉祥的《摩诃婆罗多》中《森林篇》第一百七十七章(177)。

一七八

坚战说：

在这世上，你如此精通吠陀和吠陀支。请告诉我，什么样的作为才是无上之道？(1)

蛇说：

施舍，说可爱的话，说真实的话，坚决不杀生，婆罗多子孙啊！这样的人升入天国。这是我的想法。(2)

坚战说：

蛇啊！请说说施舍和诚实，哪一项更重要？不杀生和说话可爱，孰轻孰重？(3)

347

蛇说：

乐善好施和诚实，不杀生和说话可爱，它们的轻重之分，主要取决于效果。(4)有时施舍胜过诚实，有时诚实胜过施舍，王中因陀罗啊！(5)同样，有时不杀生比说话可爱更重要，大弓箭手啊！有时说话可爱更重要，大地之主啊！(6)就是这样，国王啊！一切依据效果。你有什么其他想法，请说吧！我将告诉你。(7)

坚战说：

怎样看待灵魂升入天国，必然的业报，以及感官对象，请告诉我。(8)

蛇说：

国王啊！依据自己的业，可以见到三种道路：再生为人，升入天国，转生为动物。(9)乐善好施，坚持不杀生，便能从凡人世界升入天国。(10)反之，则再生为人或转生为动物，王中因陀罗啊！我告诉你其中的区别，孩子啊！(11)一个人充满欲望和愤怒，沉溺于杀生和贪婪，那么，他将失去人的地位，转生为动物。(12)而低级的动物也能转生为人，同样，牛、马等等也能转生为天神。(13)作业的生物都遵循这三条道路，固守这永恒的原则，国王啊！(14)灵魂有形体，有力量，追求果报，一次又一次转生享受，孩子啊！形成各自的生物特征。(15)

坚战说：

蛇啊！请如实告诉我，灵魂怎样与声、触、色、味和香安然相处？(16)为什么你不同时接受这些感官对象？大智者啊！请回答我的所有问题，优秀的蛇啊！(17)

蛇说：

灵魂实体依附身体后,长寿者啊！在感官的辅助下,按照规则享受。(18)你要知道,知觉、智慧和思想,婆罗多族雄牛啊！是灵魂掌管享受的感官。(19)生物的灵魂走出领地,依靠处于感官对象中的思想,依次进入这些感官对象。(20)生物的思想在这里起作用,人中之虎啊！因此,不会出现同时接受所有感官对象的情况。(21)灵魂居于两眉之间,人中之虎啊！对不同的实体发出不同程度的智慧。(22)在智慧起作用后,智者们才有感觉,王中之虎啊！这是灵魂的活动方式。(23)

坚战说：

请你告诉我，思想和智慧的主要特征。对于理解至高精神，这是首要的任务。(24)

蛇说：

智慧突然发生，追随灵魂，孩子啊！它依附灵魂，对灵魂的意向起作用。(25)智慧无所谓性质，而思想有性质。智慧依据对象产生，而思想自发产生。(26)我已经讲了思想和智慧的区别。在这方面，你也是智者。你以为如何？(27)

坚战说：

哦，你是智者中的魁首！你的智慧光辉灿烂。应该知道的你全知道，何必还要问我？(28)你无所不知，具有神奇的业绩，居住在天国，怎么会变糊涂，我大惑不解。(29)

蛇说：

财富甚至能使一个聪明的勇士糊涂。依我看，任何生活舒适的人，都不理智。(30)荣华富贵，利令智昏，坚战啊！我跌落下来。现在，我醒悟过来，也要让你明白。(31)大王啊！你已经帮我完成了任务，折磨敌人者啊！由于与你这位善人谈话，我受到的严厉诅咒得以解除。(32)

从前，我乘坐天车在天上巡游。我骄傲狂妄，目空一切。(33)梵仙、天神、健达缚、药叉、罗刹和紧那罗，以及三界的所有居民，都向我纳税贡赋。(34)凡我亲眼看到的生物，我都立刻剥夺其光辉，大地之主啊！因为这是我的目光的威力。(35)我让一千位梵仙为我抬轿，这一过失使我从富贵中跌落下来，国王啊！(36)当时，我用脚踢了抬轿的投山仙人一下。随即，我听到一个隐身者愤怒地说道："滚下去，你这条蛇！"(37)然后，我的装饰品掉落，我从天车前端翻滚下来。我头朝下跌落时，我知道自己变成了蛇。(38)我请求这位婆罗门："让诅咒有个终止期吧，尊者啊！你应该宽恕一个出于无知犯事的人。"(39)于是，他怀着怜悯，对正在跌落的我，说道："法王坚战会帮你摆脱诅咒。(40)人中之主啊！一旦你骄傲、残忍、强横的恶果消失，大王啊！你会得到善果。"(41)

看到这种苦行的力量，我十分惊讶。因此，我向你询问梵和婆罗门性。(42)诚实,自制,苦行,不杀生,不断施舍,这是人们的成功途径,不靠出身,不靠家族,国王啊!(43)你的大臂弟弟怖军获得自由,未受伤害。祝你好运,大王啊!我又要返回天上去了。(44)

护民子说:

友邻王这样说罢,摆脱蛇身,恢复神身,升天而去。(45)以法为魂的坚战带着弟弟怖军,在烟氏仙人陪同下,返回吉祥的净修林。(46)然后,法王坚战向所有团聚在一起的婆罗门,如实讲述全部经过。(47)听完之后,所有的婆罗门、三位弟弟以及著名的黑公主,都感到十分羞愧。(48)所有这些婆罗门关心般度族的利益,责备怖军鲁莽,劝他以后不可这样。(49)而般度之子们看到强壮有力的怖军终于脱险,满怀喜悦,继续愉快地生活在一起。(50)

以上是吉祥的《摩诃婆罗多》中《森林篇》第一百七十八章(178)。

《蟒蛇篇》终。

摩根德耶遇合篇

一七九

护民子说:

他们住在那里,雨季来临。这个季节驱散炎热,给众生带来舒适。(1)雷声隆隆的乌云覆盖天空和四周,连绵的雨水使白天和夜晚永远昏暗不明。(2)成百成千的乌云标志炎热离去,阳光之网消失,闪电发出纯洁的光辉。(3)大地上嫩草丛生,爬虫迷醉,雨水浇灌,烟雾、灰尘和红霞都被洗净。(4)在雨水笼罩下,任何东西都看不清,不管是平地还是洼地,河流还是陆地。(5)河流湍急,涛声隆隆,犹如飞箭呼啸,为树林带来雨季的美丽。(6)树林深处,野猪、鹿和鸟禽在暴雨折磨下,发出各种鸣叫声。(7)沙燕、孔雀和成群的杜鹃疯狂地飞来飞去,青蛙们神气活现。(8)对于穿行荒野的般度族兄弟,雷声隆隆,气象万千的雨季,就这样平安地过去了。(9)

然后,秋天来临,到处是麻鹬和天鹅,林地蔓草成熟,溪水清澈。(10)天空洁净，星星明亮，到处是飞鸟和走兽。对于灵魂高尚的般度族兄弟，秋天吉祥安全。(11)他们看到夜晚澄澈，云彩清凉，群星璀璨，月亮照耀。(12)他们看到河流吉祥，河水清爽，装饰着蓝莲花、红莲花和白莲花。(13)

他们行走在圣地娑罗私婆蒂河岸，满怀喜悦。那河岸像天空一样广阔，长满尼波树和野稻。(14)这些手持硬弓的英雄看到娑罗私婆蒂河水充溢，水流平稳清澈，十分高兴。(15)对于住在那里的般度族兄弟，秋天的昴宿满月之夜尤为圣洁，镇群王啊！(16)般度族兄弟，婆罗多族的优秀后裔，与那些行为纯洁、品性高尚的苦行者一起，度过这个圣洁的月夜。(17)黑暗降临时，般度族兄弟和烟氏仙人以及车夫和厨师，一起前往迦摩耶迦林。(18)

以上是吉祥的《摩诃婆罗多》中《森林篇》第一百七十九章(179)。

一八〇

护民子说：

在坚战带领下，贡蒂之子们到达迦摩耶迦林。他们受到成群的牟尼欢迎，与黑公主一起住下。(1)这些般度的宠儿安心住在那里，许多婆罗门从四面八方汇集而来。(2)然后，有位婆罗门说道："阿周那的好朋友梭利（黑天）要来这里。这位大臂者善于自制，思想高尚。(3)俱卢后裔啊！诃利（黑天）已经知道你们来到这里。他一直盼望见到你们，盼望你们平安幸福。(4)还有大苦行者摩根德耶，活了许多年，潜心学习和苦行。他也马上要来见你们。"(5)

他正这么说着，优秀的武士盖沙婆（黑天）乘车来了，由塞尼耶马和妙项马拉着。(6)提婆吉之子（黑天）在真光陪同下，犹如摩诃梵（因陀罗）在宝罗密陪同下，前来看望这些俱卢族俊杰。(7)聪慧的黑天从车上下来，高兴地按照礼仪，向法王（坚战）和优秀的力士怖军问候。(8)他也向烟氏仙人致敬。同时，孪生兄弟（无种和偕天）向他问候。然后，他拥抱阿周那，抚慰黑公主。(9)陀沙诃后裔（黑天）与可爱的英雄阿周那久别重逢，一次又一次地拥抱这位制服敌人

351

者。(10)同样,黑天可爱的王后真光也拥抱般度族五兄弟可爱的妻子黑公主。(11)然后,般度族兄弟偕同妻子和祭司,向莲花眼(黑天)致敬,围坐在他周围。(12)

智者黑天与普利塔之子胜财(阿周那),阿修罗的羞辱者相会,犹如灵魂伟大的造物主,尊者(湿婆)与古诃相会。(13)有冠者(阿周那)向伽陀之兄(黑天)如实讲述了森林中的全部情况,然后问道:"妙贤和激昂怎么样?"(14)

杀死摩图者(黑天)依礼向普利塔之子们、黑公主和祭司致敬,与他们坐在一起,赞美坚战道:(15)"般度之子啊!正法比获得王国还重要。人们说苦行能达到目的,国王啊!你正直无欺,依法行事,赢得这世和来世。(16)你履行诺言,注重学习,掌握全部箭术,依照刹帝利法赢得财富,举行一切古已有之的祭祀。(17)你不热衷享乐之法,不为满足欲望而行事,你不为贪财而违法,因此,你天生是位法王。(18)施舍、诚实、苦行,国王啊!祭祀、平静、坚定和宽容,在你获得王国、财富和享受后,普利塔之子啊,你永远热爱这些至高的品德。(19)俱卢之野的人们看到黑公主在大庭广众受辱无助,除了你,般度之子啊!谁能承受这种违法悖理之事。(20)无疑,你将实现一切愿望,很快又会正确地保护臣民。一旦你的诺言兑现,我们就要惩处俱卢族。"(21)

陀沙诃族雄狮(黑天)对烟氏仙人、黑公主、坚战、孪生兄弟和怖军说道:"你们真幸运,真吉祥,有冠者(阿周那)获得武器,高高兴兴回来了。"(22)

陀沙诃族主人(黑天)和朋友们一起,又对祭军(木柱王)之女黑公主说道:"黑公主啊!你的孩子们专心学习箭术,信守誓言,品行端良。你的这些儿子一贯结交善人,修习禅定,祭军之女啊!(23)你的父亲和兄弟给予他们王权和领土。但这些孩子在祭军和舅舅们家里都得不到欢乐。(24)他们一路平安,到达阿那尔多,专心学习箭术。你的这些儿子进入苾湿尼城,不妒忌众天神,黑公主啊!(25)正如你,还有尊敬的贡蒂,能够指导他们的行为,妙贤也同样认真地指导他们。(26)正如始光是阿尼娄陀、激昂、苏尼陀、婆奴的指导者和保护人,他也是你的孩子们的指导者和保护人。(27)王子激昂这位优秀的教练，不知疲倦地指导这些英雄掌握棍棒、刀和盾，学会驾车和骑马。（28）始光像老师一样训练他们，给他们武器。他对你的这些儿子和激昂的勇敢表示满意。（29）每当你的这些儿子出去游玩时，祭军之女啊！总会有车辆和大象——跟随在后。"（30）

然后，黑天又对法王说道："陀沙诃族、古古罗族和安陀迦族勇士执行你的命令，你指向哪里，他们就冲向哪里，国王啊！（31）让持犁者（大力罗摩）率领摩豆族军队，箭速似风，配有步兵、马兵、车兵和象兵，人中因陀罗啊！准备完成你的事业。（32）般度之子啊！让持国的儿子难敌，这个罪大恶极者，与他的亲属和朋友一起，走上梭婆城和梭婆王的道路。（33）你就随意待在这里，人中因陀罗啊！遵守在会堂上做出的诺言。让象城等着你以及陀沙诃勇士和骑兵吧！（34）你随意游览，消除怒气，涤除罪恶，然后，无忧无虑，回到富饶的象城和王国。"（35）

对于人中俊杰（黑天）如实表述的看法，灵魂高尚的法王（坚战）表示赞同。他双手合十，望着盖沙婆（黑天），说道：（36）"盖沙婆啊！无疑，你是般度族的引路人，普利塔之子们都以你为庇护。一旦时机来到，毫无疑问，你会这样做的。（37）按照诺言，在森林里度过十二年，再按规定过完隐姓埋名的生活，般度族兄弟就会来到你这儿，盖沙婆啊！"（38）

护民子说：

正当苾湿尼族后裔（黑天）和法王（坚战）这样说着，婆罗多子孙啊！以法为魂的大苦行者摩根德耶来到。他勤修苦行，已经活了几千岁。（39）众婆罗门、黑天和般度族兄弟一起，向这位几千岁的老仙人致敬请安。（40）这位优秀的仙人接受致敬后，舒服地坐下。盖沙婆（黑天）按照众婆罗门和般度兄弟的想法，对他说道：（41）"般度族兄弟和汇集这里的众婆罗门，还有黑公主、真光和我本人，都想聆听你的至高言词。（42）请你告诉我们那些发生在古代的神圣故事，国王、妇女和仙人永垂不朽的高尚行为，摩根德耶啊！"（43）

正当他们围坐在那里，灵魂纯洁的仙人那罗陀也来看望般度族兄弟。（44）所有的人中雄牛按照礼仪，侍奉这位灵魂高尚的智者。（45）神仙那罗陀得知他们正在等待摩根德耶讲故事，也表示赞同。（46）精通时间的那罗陀仿佛笑了笑，说道："梵仙啊！讲你想给般度族兄弟讲的故事吧！"(47)闻听此言，大苦行者摩根德耶说道："请放心，我大有可讲。"(48)闻听此言，般度族兄弟和众婆罗门安下心来，望着这位犹如中午太阳的大牟尼。(49)

以上是吉祥的《摩诃婆罗多》中《森林篇》第一百八十章(180)。

一八一

护民子说：

般度之子俱卢族王（坚战）看到大牟尼愿意说，便先引话题，好让他讲述故事：(1)"尊者啊！你年高德劭，知道天神、提迭、灵魂高尚的仙人和一切王仙的事迹。(2)我们认为你值得侍奉和崇敬，对你向往已久。这位提婆吉之子（黑天）是来看望我们的。(3)我看到自己失去幸福，而品行恶劣的持国之子们兴旺繁荣，不禁产生一个想法：(4)人行善或作恶，会自食其果，那么，自在天会怎么样？(5)优秀的知梵者啊！一个人的善业或恶业，是在今生跟随他，还是在来生？(6)在死后或在今生，有身体的灵魂抛弃身体后，善业或恶业怎么追随它，与它结合？优秀的婆罗门啊！(7)业属于现世还是来世，一个人死后，业停留在何处？婆利古后裔啊！"(8)

摩根德耶说：

这个问题适合你，优秀的说话者啊！应该知道的，你全知道。你提这个问题是为了加以强调。(9)那我就讲述这个问题，请注意听着，一个人今生和来世怎样享受幸福或痛苦。(10)

最先出生的生主，为有身体者创造了干净、纯洁和遵循正法的身体。(11)那些圣洁的先民拥有力量和决心，信守誓言，说话诚实，与梵同一，俱卢族的喜悦啊！(12)他们可以随意去天上与天神相聚，想回来也就回来。(13)他们想死就死，想活就活，没有痛苦，没有忧虑，没有烦恼，事事如意。(14)他们亲眼见到众天神和灵魂高尚的仙人，亲眼见到一切正法。他们能控制自我，毫无妒忌。(15)他们寿命数千岁，儿子数千个。后来，随着时间推移，他们只限于在地面活动。(16)他们受爱欲和嗔怒控制，靠欺诈和诡计生活，充满贪欲和痴迷，被众天神抛弃。(17)由于犯下恶业，这些罪人沦为牲畜或坠入地狱，在各种轮回中，一次又一次受煎熬。(18)愿望落空，计划失效，知识无用，思想混乱，对一切充满疑惧，备受痛苦。他们普遍犯有恶业。(19)出身低劣，疾病缠身，灵魂邪恶，没有光彩。这些罪人丧失信仰，破坏规矩，沉溺爱欲。他们寿命短促，得到恶报。(20)

贡蒂之子啊！一个人死后的归宿由他生前的业决定。那么，智者和愚者的业库在哪里？(21)一个人在哪儿享受他的善业或恶业？请听我回答你的问题。(22)人体原本是大神创造的。一个人用它做了大量的善业或恶业，(23)一旦寿命结束，他抛弃衰亡的身体，立即转生，中间没有间隙。(24)他自己所做的业，像影子一样紧紧跟随他，产生果报，或者享福，或者受苦。(25)也有智者认为人受死亡法则控制，与善相或恶相无关。(26)这是缺乏智慧的见解，坚战啊！你应该掌握智者中的最高见解。(27)

修炼苦行，通晓经典，信守誓言，崇尚真理，尊敬老师，(28)品行端正，出身纯洁，克己忍让，神采奕奕，这些人总是生在高贵的子宫里，具有善相。(29)他们调伏感官，控制自己，纯洁无瑕，很少生病，没有痛苦，没有恐惧，没有烦恼。(30)无论是死去、出生，还是在子宫里，他们具有慧眼，懂得自己之我和最高之我。到达这个大地后，他们积下善业，再前往天国。(31)

人们所得到的，有的靠神赐，有的靠机会，有的靠自己的业，国王啊！你不要有别的想法。(32)我给你讲个比喻，优秀的说话者啊！我认为这是人世间最珍贵的，坚战啊！(33)有的人今世幸福，来世不幸福；有的人来世幸福，今世不幸福；有的人今世和来世都幸福；有的人今世和来世都不幸福。(34)

有些人拥有大量财富，终日享用，肢体装饰华丽，杀敌者啊！他们热衷肉体享乐，只有今世，没有来世。(35)有些人修炼瑜伽，酷爱苦行，勤奋学习，恪守戒律，身体由此衰老。他们控制感官，关心众生利益，杀敌者啊！这些人没有今世，而有来世。(36)有些人，他们首先依法行事，然后，依法获得财富，娶妻，举行祭祀。他们既有今世，又有来世。(37)有些人不学知识，不修苦行，不施舍。这些蠢人

也不繁衍子孙。他们是不幸者，今世和来世都享受不到幸福。(38)

你们具有超人的勇气和精力，具有神威，为了神的事业，从另一个世界降生大地，具有人体，通晓知识。(39)你们这些英雄修炼苦行，控制自我，遵循仪轨，恪守戒律，做了许多大事，以最高的方式取悦天神、仙人和列祖列宗。(40)随着时间推移，你们将凭借自己的业绩，赢得善人的最高居处——天国。俱卢族中的因陀罗啊！当你看见自己遇到麻烦时，不要怀疑，你能享受幸福。(41)

以上是吉祥的《摩诃婆罗多》中《森林篇》第一百八十一章(181)。

一八二

护民子说：

般度的儿子们对灵魂高尚的摩根德耶说道："我们想听听再生族之首（婆罗门）的伟大品性，请说说吧！"(1)尊者摩根德耶具有大威力，大苦行，通晓一切经论，说道：(2)

"海诃夜族的奠基者波罗布伦阇耶，年轻时英俊健壮，一次出外打猎。(3)他在蔓草茂密、灌木丛生的树林里游荡。附近有一位牟尼，身着黑兽皮衣。他误以为是树林中的一头鹿，射死了牟尼。(4)犯下这个错误，他深感内疚，心情沉痛，走到海诃夜族德高望重的长辈面前。(5)这位莲花眼王子向他们如实讲述了事情经过，大地之主啊！(6)他们先听说，后见到这位吃根果为生的牟尼已被射中，心情沮丧，孩子啊！(7)他们到处寻访这是谁的儿子，很快来到坚䩞仙人多尔刹的净修林。(8)

"他们向灵魂高尚、严守誓言的牟尼致敬请安。而牟尼向他们还礼时，他们站着不动。(9)他们对灵魂高尚的牟尼说道：'我们不配受你尊敬，牟尼啊！因为我们犯了罪，杀害了一个婆罗门。'(10)婆罗门仙人问道：'你们怎么杀了一个婆罗门？你们说，他在哪里？请你们看看我苦行的威力！'(11)他们把事情经过如实告诉牟尼后，又回到那里，却怎么也找不到那位死去的仙人。他们心生羞愧，迷惑不解，仿佛做了一场梦。(12)

"然后，攻克敌人城堡的牟尼多尔刹对他们说道：'这位可是你们杀死的那位婆罗门？他是我的儿子，诸位大王啊！他具有苦行的威力。'(13)见到这位仙人，他们惊讶不已，齐声说道：'真是奇迹！'大地之主啊！(14)他们问道：'我们明明看到他在那里死了，怎么又活了？是苦行的威力使他复活的吗？我们想听听，婆罗门仙人啊！如果我们能听的话。'(15)牟尼对他们说道：'死亡不能控制我们，诸位大王啊！我扼要地向你们解释原因和理由。(16)我们只知道真理，心中不弄虚作假，我们恪守自己的正法，因此，我们不惧怕死亡。(17)我们说婆罗门好话，不说他们坏话，因此，我们不惧怕死亡。(18)我们用食物和饮料招待客人，用丰富的食物供养仆从，我们生活在充满威严的地方，因此，我们不惧怕死亡。(19)我已经简要地向你们作了说明。你们不要羡慕妒忌，一起走吧！不用害怕犯了什么罪过。'(20)

"这些大王说道：'好吧！'便向大牟尼行礼告辞，高兴地返回自己的地方去了，婆罗多族雄牛啊！"(21)

以上是吉祥的《摩诃婆罗多》中《森林篇》第一百八十二章(182)。

一八三

摩根德耶说：

你再听我说明婆罗门的伟大品性。有位王仙，名叫威尼耶，正在举行马祭。我们听说阿多利想去他那里，乞求钱财。(1)后来，他从正法上考虑，又不想去了。这位大光辉者经过思考，想去森林生活，他叫来合法妻子和儿子们，对他们说道：(2)"如果我们要获得无限丰富的果报，无忧无虑，那就马上同意去森林，增加我们的德行。"(3)他的妻子遵循正法，回答道："到灵魂高尚的威尼耶那里去乞求许多财富吧！这位王仙正在祭祀。你向他乞求，他会赐给你财富。(4)然后，你收下，婆罗门仙人啊！带回这些财富，分给你的儿子和随从。在这之后，你愿意去哪儿就去哪儿吧！这是最高的法，为知法者所享用。"(5)

阿多利说：

灵魂高尚的乔答摩对我说过，吉祥女啊！威尼耶遵循法和利，恪守真理和誓言。（6）然而，乔答摩对我说过，那里的婆罗门嫉恨我，所以，我不想去。（7）在那里，对于我说的符合法、欲和利的话，他们都认为毫无意义。（8）不过，智慧女啊！我乐意听从你的话，到那里去。威尼耶会给我牛和大量财富。（9）

摩根德耶说：

这样说罢，大苦行者阿多利立即前去参加威尼耶的祭祀。到了祭祀场，他赞颂国王道：（10）"国王威尼耶啊！你是大地之主，众王之首，成群的牟尼赞美你。除了你之外，没有人懂得正法。"（11）大苦行者仙人（乔答摩）说道："不要再这样说了。你的思想混乱，对我们来说，占据首位的是生主因陀罗。"（12）于是，王中因陀罗啊！阿多利回答乔答摩说："他是赐予者，犹如生主因陀罗。是你糊涂了，因此，你缺乏智慧。"（13）

乔答摩说：

我知道，我不糊涂。你想说好话，说糊涂了。你是企图得到好处，才会见他，赞颂他。（14）你不懂得最高的法，也不懂得它的用途。你像小孩一样幼稚，白活了这把年纪。（15）

摩根德耶说：

他俩当着众牟尼的面发生争论。这些参加威尼耶祭祀的牟尼们问道："这两个人怎么了？（16）谁让他俩进入威尼耶的会场？他俩为了什么事大声嚷嚷？"（17）迦叶波通晓一切正法，以最高正法为灵魂。他召唤这两位争吵的婆罗门。（18）于是，乔答摩对参加集会的优秀牟尼们说道："诸位婆罗门中的雄牛，请听我俩发生的争论。阿多利说威尼耶是赐予者，我们对此表示极大的怀疑。"（19）精神高尚的众牟尼听后，立即跑到知法的永童那里，以求解除疑问。（20）听了他们如实的传达，这位大苦行者向他们讲述了法和利。（21）

永童说：

梵和王权结合，王权也和梵结合。国王是占据首位的正法，臣民的主人。他是帝释天、金星、创造主和祭主，（22）生主、统治者、君主、刹帝利、大地之主和人中之王。他有这么多美称，谁不该尊敬他？（23）国王被称作古老的子宫、战胜者、进攻者、高兴者、昌盛者和天国向导。（24）他为正义而愤怒，在战斗中求生存，促进真理和正法。众仙人惧怕非法，依靠王权的力量。（25）犹如空中的太阳用光辉驱除天国的黑暗，国王强有力地驱除大地上的非法。（26）因此，依据经典的权威观点，国王的至高地位是成立的。对国王持这种看法的一方取胜。（27）

摩根德耶说：

精神伟大的国王看到这一方取胜，满怀喜悦，对原先赞美他的阿多利说道：（28）"你说我在一切人中出类拔萃，能与众神媲美，是最优秀者。为此，婆罗门仙人啊！我将给你各种各样的财富。（29）给你一千个穿戴漂亮的年轻女奴，给你十亿金子和十担金首饰，婆罗门啊！我向你施舍，因为我认为你无所不知。"（30）精神伟大的阿多利遵照礼仪，接受这一切。然后，这位光辉的大苦行者回到家里。（31）他具有自制力，高兴地把财富交给儿子们，自己到森林里去修苦行。（32）

以上是吉祥的《摩诃婆罗多》中《森林篇》第一百八十三章（183）。

一八四

摩根德耶说：

战胜敌人城堡的英雄啊！请听聪慧的牟尼提出问题，辩才天女吟唱回答。（1）

多尔刹说：

贤女啊！在这世上，对人来说，什么最好？怎样做，才能不偏离自己的正法？肢体美丽的女子啊！请告诉我这一切。得到你的指点，我不会偏离自己的正法。（2）我应该怎样祭供火？在什么时候，以什么方式，正法才能不毁灭？请告诉我这一切，吉祥女啊！这样，我能不染尘垢，在这世上游荡。（3）

摩根德耶说：

可爱的多尔刹这样询问，辩才天女看到这位婆罗门真心想听，又

359

具有高超智慧，便讲了这些关于正法的有益话语。(4)

辩才天女说：

知道梵无处不在，坚持学习，纯洁，认真，这样的人能去天城，与众天神一起，获得快乐。(5)那里有许多可爱、宽阔、圣洁的水池，不受侵扰，鲜花盛开。这些水池没有污泥，鱼儿畅游，台阶优美，布满金色的莲花。(6)行善积德的人坐在这些池边，受到天女侍奉，万分高兴。这些天女肤色金黄，装饰美丽，香气清馨。(7)

施舍母牛，能进入最高世界；施舍公牛，能进入太阳世界；施舍住宅，能进入月亮世界；施舍金子，能长生不死。(8)如果施舍的母牛忠实可靠，不会逃逸，奶汁纯净，牛犊优良，那么，他享受天国的年数，与他身上的毛发一样多。(9)如果施舍的公牛忠实可靠，年轻强壮，套轭负重，力大无比，那么，他享受十个施舍母牛者的世界。(10)如果品行端正，信守誓言，向火中投放祭品七年，多尔刹啊！那么，他能以自己的善业净化前七代祖先和后七代子孙。(11)

多尔刹说：

请问古代火祭的戒规是什么？请告诉我，形体优美的女子啊！得到你的指点，我今后就懂得了古代火祭的戒规。(12)

辩才天女说：

不纯洁的人，手不干净的人，不懂得梵的人，不聪明的人，不应该进行祭祀。众天神喜欢纯洁。他们想吃时，不愿接受不虔诚的人提供的祭品。(13)不通经典的人不应该祭神，因为，这样的人祭祀徒劳无功，多尔刹啊！不通经典的人是不圆满的人。这样的人不应举行火祭。(14)信仰虔诚，恪守戒规，吃剩下的祭品，这样的人举行火祭，会到达圣洁芳香的牛世界，看到至高的和真正的神。(15)

多尔刹说：

吉祥女啊！我认为你是智慧女神，精通最高世界的情况，精通祭祀的效果，形体美丽的女子啊！请问你是谁？(16)

辩才天女说：

我是从火祭中产生的，为了给婆罗门中的雄牛释疑解惑。遇见了你，我就有责任，向你如实讲述这些事。(17)

多尔刹说：

没有一位女子能与你媲美，因为你像吉祥女神一样，光辉无比。

你神圣的体态非常可爱,吉祥女啊!你具有女神的智慧。(18)

辩才天女说:

智者啊!正是那些人用最好的供品祭祀,养育我长大,两足类中的优秀者啊!赋予我容貌,婆罗门啊!(19)你要知道,智者啊!在祭祀中供奉的物品,无论是木的,铁的,还是泥的,都会造就神圣的容貌和智慧。(20)

多尔刹说:

考虑到这种最高的好处,牟尼们精进努力,满怀喜悦。请告诉我这些智者达到的、无忧无虑的最高解脱。(21)

辩才天女说:

他们通晓吠陀,追求这种自古闻名的最高境界;以苦行为财富,依靠诵习、施舍、誓愿和圣洁的瑜伽,消除忧愁,获得解脱。(22)在它的中间,有一棵芬芳的藤树,枝条成千,洁净鲜亮。从它的根部,流出许多可爱的河流,水质甜蜜。(23)大河流经一个一个枝条,河里永远有粮食、糕饼、肉食、蔬菜和牛奶。(24)在这里,众天神、因陀罗和诸位摩录多,以火为嘴,享受各种最高祭祀的供品,牟尼啊!这就是最高境界。(25)

以上是吉祥的《摩诃婆罗多》中《森林篇》第一百八十四章(184)。

一八五

护民子说:

而后,般度之子坚战王又对摩根德耶说道:"请你告诉我毗婆薮之子摩奴的事迹。"(1)

摩根德耶说:

太阳神毗婆薮的儿子,名叫摩奴,是一位高仙。他光华四射,神采奕奕,如同生主大梵天一样。(2)因为摩奴力大无穷,神光焕发,十分吉祥,具有非凡的苦行法力,所以,比他的祖父、父亲更要出类拔萃。(3)

在枣树河岸上,摩奴高高举起一条胳膊,用一只脚独立在地上,

修炼严峻又重大的苦行。(4)他头朝下,眼睛一眨不眨,坚忍不拔地苦修苦炼,经过了整整一万年。(5)

有一天,摩奴长发盘头,身着湿淋淋的破烂衣服,正在苦修苦炼的时候,一条小鱼游到河边,对他开口说道:(6)"尊者啊!我是一条小鱼,凶残的大鱼使我害怕,请求你保护我!信守戒行的人啊!(7)因为那些凶残的大鱼,总是不断地吞食柔弱的小鱼,这仿佛是为我们水族定下的一条永远不变的规矩。(8)我请求你救一救我,使我脱离恐怖的洪波。倘若我得到了你的拯救,我一定会报答你的恩惠!"(9)

听完了小鱼这几句话,摩奴的心里油然生出一片怜悯之情,伸出手把那条小鱼拿了起来。(10)那条鱼儿身上的鳞片银辉闪闪,好似皎洁的月光。他把小鱼放进水罐,收养起来。(11)对它关心备至,满怀感情,就好像对待自己的儿子一样。(12)

随着岁月的流逝,鱼儿在水罐中渐渐成长,长得又大又壮,那只罐子和那一点水已经养不下它了。(13)鱼儿见到了摩奴便说:"尊者啊!今天请你另外给我找一个好的住处吧!"(14)尊者摩奴仙人听罢,亲手把鱼儿捧出水罐,然后把它带到一湾大水塘旁边。(15)摩奴轻轻地把鱼儿放进水塘,从此鱼儿就在池塘里生活,悠然自得地度过了很多年头。(16)

那个水塘虽然有一由旬宽,两由旬长,但是鱼儿生长得很快,到后来,它的身体在水塘中动也不能动了。(17)

一天,鱼儿见到了摩奴,再次向他说道:"善良的尊者啊!恒河是大海的皇后。父亲啊!请把我带到那里生活,或者我遵照你的旨意去做。"(18)长于自制的摩奴听完了鱼儿的话,坚定地带着鱼儿向恒河走去,又亲手把它放入宽阔的恒河之中。(19)

在恒河生活了一段时间,鱼儿见到了摩奴,又一次向他诉说:(20)"因为我的身躯十分庞大,在宽阔的恒河里也活动不开了。主人啊,摩奴王!请你快把我带到大海吧!"(21)随后,摩奴亲自用手把大鱼从恒河水中捧了出来,将它放入苍茫的大海。(22)那条鱼虽然躯体巨大,但是摩奴捧起它的时候,它就遂顺摩奴的心愿,变得轻而易举了。摩奴的手触到鱼的身体,感觉到舒服无比;摩奴的鼻子嗅

到鱼的气味，感觉到扑鼻的馨香。(23)

当摩奴亲手把大鱼放入茫茫大海的那一刻，鱼儿好似微微含笑，然后向摩奴开口说道：(24)"尊者啊！承蒙你多方保护我的性命，我现在仔细地说给你听，到某个时候你应该做哪些事情。(25)摩奴王啊！大有洪福的人！这一块莽莽大陆上的植物和动物，不久都将走向完全毁灭的道路，(26)洪水时代即将到来，整个世界就要变成洪水时代了。有一件使你感到无上欣慰和幸运的事情，我今天要明白地告诉你。(27)所有的动物和植物，一切活动或静止的东西，它们都不可避免地遭遇到那极其可怕的洪水时代。(28)你要让人为你造一条船，船身要坚固，再牢牢地系上一根缆绳。你偕同七位仙人一起登上这条船，大仙啊！(29)我从前曾说过的那些各式各样的种子，你要把它们都带进船舱，把它们分门别类保管妥善。(30)深受神仙和凡人喜爱的人啊！到时候，你要在船上等待我到来。苦行者啊！我的头上长着犄角，你一看就能辨认清楚。(31)至高无上的人啊！你对我所讲的这些话，千万不要有任何疑虑。"(32)摩奴回答鱼说："我一定按照你说的那样去做！"他们俩互相道别之后，便依照各自的心愿，分头上路了。(33)

洪水来临了，摩奴遵照鱼的指示，把各类种子携带齐全，乘坐着一条美丽的大船，漂荡在波浪翻滚的海面上。(34)这时，摩奴想起了那条鱼，鱼此时也知道摩奴的心思。那条长有犄角的大鱼迅速地游向了摩奴所在的地方。(35)摩奴在海里一眼便看见了那条长着犄角的大鱼，它的模样正像此前鱼儿说过的一般，犹如一块巍然耸立的巨大岩石。(36)摩奴把缆绳结成索套，把它牢牢地挂在了鱼头的犄角上。(37)那条鱼一套上缆绳，便奋起全力，十分迅猛地拉起船只在海上航行。(38)

大海的水浪仿佛是在舞蹈，汹涌的波涛仿佛是在吼叫，那条鱼拖着船在大海上漂游着。(39)飓风吹得船只东摇西摆，就好像是一位轻狂的女郎在浩瀚无垠的海上旋转。(40)一时间，大地不见了，方位失去了，东西南北都分辨不出来了。天是洪水，空间是洪水，那时节，一切都变成洪水了。(41)世界一片混沌，只能看见七位仙人、摩奴和那一条鱼。(42)

那条鱼不知疲倦地在滔滔洪水上奋力拉船，就这样拉了许多个年头。(43)鱼儿终于把船拉到了雪山高峰屹立的地方。(44)尔后，那条鱼面带微笑，对众仙人说道："你们赶快把这条船牢牢地系在雪山的这座高峰上！"(45)众仙人听了鱼儿的吩咐，当时就迅速地把船系在了雪山高峰上。(46)"系船峰"便因此而得名，一直到今天仍然沿用这个名称。(47)

这时，鱼儿向众仙人说明了自己的真实身份："我本是生主大梵天，大神之中没有谁比我更崇高。是我变为鱼的形象，把你们从恐怖中拯救出来。(48)所有一切芸芸众生，包括天神、阿修罗以及凡人，乃至整个世界，动物和植物，全要由摩奴去创造他们。(49)经过严峻的苦行，摩奴会有广大的苦行法力。因为有我赐予他恩典，摩奴创造生物时不会陷入愚痴。"(50)

鱼儿说完这一番话，刹那间便消失得无影无踪了。这时，太阳神毗婆薮的儿子摩奴的心里，创造生物的欲望油然而起。他创造生物的时候，曾一度陷入愚痴，之后便继续修炼更为艰巨的苦行。(51)摩奴具备了广大的苦行法力，然后就开始创造各种生物，各种生物也都有了正确的身形。(52)

我已经向你讲述了这篇著名的《鱼往世书》。这篇故事能消除一切罪孽。(53)人若能经常从头聆听这篇摩奴的故事，他就可以获得幸福，万事成功，升入天国。(54)

以上是吉祥的《摩诃婆罗多》中《森林篇》第一百八十五章(185)。

一八六

护民子说：

然后，富有修养的法王坚战又问声名远被的摩根德耶：(1)"你已经目睹几千个时代的末日，大牟尼啊！除了灵魂伟大的至高者梵天，在这世上，没有一个人的寿命有你那样长。(2)在时代毁灭时，这个世界没有天空，没有天神和檀那婆，婆罗门啊！只有你侍奉梵天。(3)毁灭过后，祖先又觉醒，你看到创造众生。(4)至高者如实创造四类众生,婆罗门仙人啊!使各方有风,各处有水。(5)你专心沉思他,进入禅定,取悦这位全世界的祖先和导师,再生族中的优秀者啊!(6)由此,你赢得至高者的恩惠,结束一切的死亡和毁灭身体的衰老从不侵袭你,婆罗门仙人啊!(7)时代毁灭时,没有太阳,没有火,没有风,没有月亮,没有天,没有地,一无所有。(8)动和不动之物毁灭,众天神和阿修罗毁灭,大蛇毁灭,世界变成一片汪洋。(9)惟有你一人侍奉灵魂无比伟大的众生之主梵天,他以莲花为标志,睡在莲花中。(10)你亲眼目睹过去的一切事情,再生族的优秀者啊!所以,我们想听你讲述一切原因。(11)因为只有你一人有过多次体验,再生族的优秀者啊!这世上的一切,没有一件你不知道。"(12)

摩根德耶说:

我向古老的原人、永恒不灭的自在天致敬,然后向你讲述。(13)自在天遮那陀那眼睛宽长,身着黄衣。他是创造者,制造障碍者,制造一切事物者。(14)他是不可思议的伟大奇迹,至高的净化者,无始无终,遍布一切,永恒不灭。(15)这位创造者不被创造。他是元阳之源。甚至众天神都不知道,谁知道这个原人。(16)

在整个世界毁灭后,优秀的国王啊!一切奇迹从头开始出现,人中之虎啊!(17)先是圆满时代,人们说它持续四千年,它的开始和结束各占四百年。(18)人们说三分时代持续三千年,它的开始和结束各占三百年。(19)同样,二分时代持续两千年,它的开始和结束各占两百年。(20)相传争斗时代持续一千年,它的开始和结束各占一百年。你要注意一个时代开始和结束的时间长度是相同的。(21)争斗时代毁灭后,圆满时代又回来。这一万二千年又称作一个时代。(22)一千个这样的时代称作一个梵日。当所有一切回归梵宫,人中之虎啊!智者们称之为世界毁灭。(23)

在时代结束时,在最后一千年余下不多的时间里,婆罗多族雄牛啊!几乎人人都说假话。(24)在这段时间里,祭祀、施舍和誓言徒有形式,普利塔之子啊!(25)在时代消亡时,婆罗门做首陀罗的事,而首陀罗谋取财富或者按照刹帝利方式生活。(26)在这个争斗时代,婆罗门放弃祭祀和诵读,不向祖先供奉饭团和水,饮食也无禁忌。(27)

婆罗门不祈祷,孩子啊,首陀罗却祈祷。世界颠倒混乱,这是毁灭的前兆。(28)在这大地上,许多弥戾车(蛮族)国王鼓励欺诈,热衷说谎,人中之主啊!(29)他们是安达罗人、塞种人、布邻陀人、耶婆那人、甘婆阇人、奥尼迦人、首陀罗人和阿毗罗人,人中俊杰啊!(30)那时,没有一个婆罗门依靠自己的正法生活,刹帝利和吠舍也偏离正道,人中之王啊!(31)人都短命,乏力,缺少生气和勇敢,缺少体魄,缺少精力,缺少真话。(32)这个时代临近结束,国土荒芜,野兽出没。修习梵行的学生也徒有其名。首陀罗一口一个"喂"!婆罗门倒是一口一个"贤士"!(33)

在时代结束时,人中之虎啊!人口众多。一切气味难闻,国王啊!一切味道难尝,人中之虎啊!(34)在时代毁灭时,妇女生育过多,身材矮小,抛弃戒规,以口交欢,国王啊!(35)在时代毁灭时,国中堡垒林立,十字路口豺狼横行,妇女毛发直竖,国王啊!(36)母牛奶水稀少,人中之主啊!树上乌鸦成群,花果稀少。(37)国王们受到杀婆罗门者玷污,满嘴谎言,婆罗门还接受他们的施舍,大地之主啊!(38)婆罗门陷入贪婪和痴迷,与伪善者为伍,国王啊!他们四处奔走,忙于乞食。(39)家主惧怕赋税,变成窃贼,伪装牟尼,经商谋生。(40)一些人虚假地蓄留指甲和头发,贪图钱财,人中之虎啊!修习梵行的学生徒有其名。(41)他们在净修林里胡作非为,喝酒,玷污老师的床,追求现世享乐,满足肉体需要。(42)到处是邪教徒,讲究吃喝,人中之虎啊!在时代毁灭时,净修林不复存在。(43)

尊者啊!因陀罗不再按照季节下雨,所有的种子不能正常生长,婆罗多子孙啊!非法之果茂盛,无罪者啊!(44)奉行正法的人被认为活不长,大地之主啊!因为任何正法不复存在。(45)人们出售商品,大多弄虚作假,人中之虎啊!商人诡计多端。(46)守法的人减少,作恶的人增多,法的力量失去,非法的力量猖獗。(47)在时代毁灭时,守法的人贫穷短命,违法的人富裕长寿。(48)人们采用非法手段行事,凭借少量资本就能成为疯狂的富翁。(49)人们行为狡诈,国王啊!千方百计吞没别人出于信任存放在他那里的钱财。(50)吃人的怪物和飞鸟走兽栖息在城市寺院和塔庙。(51)女孩子七岁、八岁就已怀孕,国王啊!男孩子十岁、十二岁就已做父亲。(52)男人十六岁就有白发，人的生命很快消逝。(53)在时代消亡时，大王啊！青年的行为像老人，老人的行为像青年。(54)妇女品行不端，瞒过自己的丈夫，偷偷与男仆甚至牲畜交媾。(55)

一千年的时代临近结束，生命消逝时，大王啊！出现连年干旱。(56)于是，众生精力衰竭，忍饥挨饿，纷纷倒毙在大地上，大地之主啊！(57)然后，七个燃烧的太阳，人中之主啊！吸干大海和河流中的水。(58)不管是木还是草，不管是干的还是湿的，婆罗多子孙啊！全都化为灰烬，婆罗多族雄牛啊！(59)毁灭之火，借助狂风，婆罗多子孙啊！席卷已被太阳烤干的世界。(60)这火烧裂大地，也窜入地下世界。它给天神、檀那婆和药叉造成巨大威胁。(61)这火焚毁蛇的世界和地上的一切，刹那间又毁灭地下的一切，大地之主啊！(62)毁灭之火借助凶恶的狂风，燃遍二百万由旬。(63)这燃烧的世界之主焚毁一切，包括天神、阿修罗、健达缚、药叉、蛇和罗刹在内。(64)

然后，空中涌现神奇的云团，犹如象群，以闪电作为装饰的花环。(65)有的云团黑似青莲，有的像睡莲，有的像莲花蕊，有的黄色。(66)有的褐色，有的像乌鸦蛋，有的像莲花瓣，有的朱红色。(67)有的像城堡，有的像象群，有的像眼膏，有的像鳄鱼。这些佩戴闪电花环的云团涌现。(68)形状可怕，发出的隆隆雷声可怕，大王啊！这些云团布满整个天空。(69)它们笼罩整个大地，包括山岳、森林和矿藏，倾泻雨水，大王啊！(70)在至高之神的催促下，这些吼叫的、可怕的云团很快使一切地方水满为患，人中雄牛啊！(71)暴雨淹没了大地，也浇灭了可怕、凶恶和暴烈的大火。(72)

在大神操纵下，大雨滂沱，这场水灾延续十二年。(73)然后，大海越过自己的界限，山崩地裂，婆罗多子孙啊！(74)突然，四处狂风大作，云团翻滚离散，纷纷在空中消失。(75)而后，人中之主啊！大神自在天吸进可怕的狂风，睡在原始莲花中，婆罗多子孙啊！(76)

在一片可怕的汪洋中，动和不动的生物都已灭亡，天神和阿修罗也灭亡，药叉和罗刹也消失。(77)没有人类，没有动物和植物，也没有天空，大地之主啊！只有我一个人享受殊荣，在这世界上游荡。(78)在一片可怕的汪洋中游荡，见不到任何生物，优秀的国王啊！我感到无比忧伤。(79)我泡在水中走了很长的路，人中之王啊！

精疲力竭，但找不到一个栖息的地方。(80)

后来，有一天，我在汪洋中看到一棵又大又宽的榕树，大地之主啊！(81)在这棵树展开的树枝上，人中之主啊！有一张铺有神奇毯子的卧床，大地之主啊！(82)我看见床上坐着一个孩子，大王啊！脸庞犹如圆月，大眼睛犹如开放的莲花，婆罗多子孙啊！(83)于是，我惊诧不已，大地之主啊！思忖道："在世界走向毁灭之时，这个孩子怎么会躺在这里？"(84)依靠苦行，我知道过去、现在和未来，却想不明白这个孩子，人中之主啊！(85)他的皮肤呈亚麻花色，胸前有吉祥的卷毛相记，仿佛是吉祥天女的住宅显现在我眼前。(86)

这个孩子眼似莲花，胸有卷毛，光辉灿烂，他对我说了这些悦耳动听的话：(87)"尊者摩根德耶啊！我知道你很疲乏，想休息一下。如果你愿意，婆利古后裔啊！就住在这里吧！(88)你进入我的身体，优秀的牟尼啊！住在那里。我为你安排这个住处，作为对你的恩惠。"(89)听他这么一说，我不再顾忌自己的长寿和人的身份，婆罗多子孙啊！(90)那个孩子突然张开嘴。在神力的作用下，我身不由己，进入他的嘴。(91)

我突然进入他的肚子后，人中之主啊！我看见布满王国和城市的整个大地。(92)我看见恒河、百溪河、悉多河、阎牟那河、憍湿吉河、遮尔曼婆蒂河、苇多罗婆蒂河、旃陀罗跋伽河和娑罗私婆蒂河，(93)信度河、断索河、戈达瓦利河、婆薮奥迦娑罗河、纳利尼河和那尔摩达河，婆罗多子孙啊！(94)达姆罗河和维纳河，圣洁的河水带来吉祥，还有苏维纳河、黑维纳河、伊罗摩河、大河、索纳河、毗舍利耶河和甘布那河，人中之虎啊！(95)我在这位伟大灵魂者的肚子里，看到这些和其他的河流在大地上流动。(96)我看到大海充满海兽和珍珠宝藏，水域辽阔，杀敌者啊！(97)我看到天空在太阳和月亮照耀下，闪发着像火和太阳一样的光辉。国王啊！我看到大地装饰着许多树林。(98)婆罗门用许多苏摩酒举行祭祀，国王啊！刹帝利忙于安抚所有的种姓。(99)吠舍合法地耕种土地，人中之主啊！首陀罗也安心侍奉再生族。(100)我在这位伟大灵魂者的肚子里游荡，国王啊！看见雪山和金峰山，(101)看见尼奢陀山和藏有银矿的白山，大地之主啊！看见香醉山。(102)看见曼陀罗山和大尼罗山，人中之虎啊！

368

看见金山弥卢,大王啊!(103)看见摩亨陀罗山和优秀的文底耶山,看见摩罗耶山和巴利耶多罗山。(104)还有许多其他的山,我在他的肚子里看见这些和其他许多装饰有各种宝石的山。(105)我在那里游荡,人中之主啊!还看见大地上的狮子、老虎、野猪和蛇,这些和其他一切动物,大地之主啊!(106)

进入他的肚子后,我各处游荡,看见以帝释天(因陀罗)为首的所有天神,人中之虎啊!(107)看见健达缚、天女、药叉和仙人,大地之主啊!看见提迭、檀那婆和迦勒耶,人中之主啊!辛希迦的儿子以及其他一些天神的敌人。(108)我在这位伟大灵魂者的肚子里,看到所有我在这个世界上看到的动和不动之物。我以果子为食物,周游这里整个世界。(109)我在他的体内,用了一百多年,也没有发现他的身体的尽头。(110)我不断地边走边想,人中之主啊!也没有找到这位伟大灵魂者的尽头,国王啊!(111)

于是,我按照礼仪,用自己的思想和行为,祈求赐予恩惠的至高之神庇护。(112)国王啊!突然一阵风,把我从这位伟大灵魂者的张开的口中吹出,人中俊杰啊!(113)他坐在那棵榕树树枝上,人中之主啊!拿着整个世界,人中之虎啊!(114)我看到他坐在那里,呈现儿童模样,胸前有吉祥的卷毛相记,无比光辉,人中之虎啊!(115)然后,这位胸有卷毛、身着黄衣、光辉灿烂的儿童,英雄啊!仿佛对我微微一笑,说道:(116)"优秀的牟尼摩根德耶啊!你在我的身体里,休息得好吗?请告诉我。"(117)

随即,我的目光焕然一新。我发现自己获得精神智慧,得到解脱。(118)他的双脚优雅坚实,脚底赤红,装饰着柔软的红脚趾,孩子啊!(119)我谦恭地俯首向他行触足礼。我看到他威力无比,光辉无比。(120)我谦恭地双手合十,急切地走上前去。我看到这位众生的灵魂、眼似莲花的大神。(121)

我双手合十,向他致敬后,说道:"神啊!我想知道你和你的至高的幻力。(122)尊者啊!我从你的嘴,进入你的身体。在你的腹中,我看到了整个世界。(123)神啊!在你的体内,还有天神、檀那婆、罗刹、药叉、健达缚和蛇,以及世上一切动和不动之物。(124)依靠你的恩惠,神啊!我的记忆没有失去,不断地在你体内东奔西跑。(125)莲花眼啊！我想知道你，无可指责者啊！为什么你在这里显现儿童模样，吞下整个世界？你能告诉我。(126)为什么整个世界会留在你的体内？无罪者啊！你呆在这里已有多久了？制服敌人者啊！(127)我出于婆罗门的愿望，神主啊！想听你如实详细讲解，莲花瓣眼啊！因为我所见到的，实在不可思议，主人啊！"(128)

我这样说罢，这位吉祥、光辉、善言的神中之神安慰我，对我说了这些话。(129)

以上是吉祥的《摩诃婆罗多》中《森林篇》第一百八十六章(186)。

一八七

大神说：

确实，甚至众天神也不真正知道我，婆罗门啊！出于对你的喜欢，我告诉你，我是怎样创造的。(1)你对祖先虔诚，婆罗门仙人啊！你祈求我的庇护。因此，你亲自见到了我。你的梵行是伟大的。(2)

水被称作那罗（nāra），这是我起的名字。由此，人们称我为那罗延（nārāyana），因为水是我的道路（ayana）。(3)我的名字叫那罗延。我是永恒不变的源泉。我既是一切众生的创造者，也是毁灭者，优秀的婆罗门啊！(4)我是毗湿奴，我是梵天，我是神中之王帝释天（因陀罗），我是俱比罗（财神），我是饿鬼之王阎摩。(5)我是湿婆，我是苏摩，我是生主迦叶波，我是维持者和安排者，我是祭祀，优秀的婆罗门啊！(6)火是我的嘴，地是我的脚，月亮和太阳是我的眼睛，天空和各方是我的身体，风在我的意念中。(7)我举行过数百次慷慨布施的祭祀。我在祭坛上，受到精通吠陀的智者祭拜。(8)这大地上，刹帝利国王向往天国，祭拜我；吠舍也盼望赢得天国，祭拜我。(9)

我曾化作湿舍（蛇），支撑大地。这大地四海围绕，装饰有弥卢山和曼陀罗山，宝藏丰富。(10)我曾化作野猪，奋力拉出沉入水中的大地，婆罗门啊！(11)我曾化作牝马嘴似的海火，优秀的婆罗门啊！吞饮汹涌的水，然后又排放出来。(12)依据力量和次序，梵是我的嘴，王权是我的双臂，民众依附我的双腿，首陀罗分享我的双脚。(13)梨俱吠陀、娑摩吠陀、夜柔吠陀和阿达婆吠陀都从我这里出来，又回到我这里。(14)修习苦行，崇尚平静，控制自我，向往解脱，摆脱爱欲、愤怒和仇恨，无所执著，涤除罪恶，(15)恪守真理，摒弃傲慢，通晓自我，这些婆罗门永远思念和侍奉我。(16)

我是毁灭之光，我是毁灭者阎摩，我是毁灭者太阳，我是毁灭之风。(17)天空中见到的那些星宿，你要知道，优秀的婆罗门啊！是我的形态。(18)你要知道，宝藏是我的衣服，大海是我的床，四方是我的住所。(19)爱欲、愤怒、喜悦、恐惧和痴迷，你要知道，优秀者啊！所有这些都是我的形状。(20)那些做善事的人，诚实，施舍，修习严厉的苦行，不杀生，婆罗门啊！他们会得到善果。(21)按照我的安排，人们生活在我的形体中。我控制他们的意识，他们才不会随心所欲地行动。(22)正确学习吠陀，举行各种祭祀，内心平静，抑制愤怒，这些婆罗门得到善果。(23)那些做恶事的人，贪婪，卑劣，没有教养，不能控制自我，智者啊！他们得不到善果。(24)你要知道，我是大善果，行善之人的目标。我是瑜伽行者追随的道路，痴迷之人难以到达。(25)什么时候正法衰微，非法猖獗，优秀者啊！我就创造自己。(26)提迭热衷杀生，而优秀的天神消灭不了他们。一旦他们和凶恶的罗刹在这世界上横行，(27)我就诞生在善人的家里，采取人的形体，平息一切。(28)

我用自己的幻力，创造了天神、人、健达缚、蛇、罗刹和不动的生物，然后又毁灭他们。(29)在行动之时，我又回想形体，进行创造。为了维系规则，我采取人的形体。(30)在圆满时代，我是白色的。在三分时代，我是黄色的。在二分时代，我是红色的。在争斗时代，我是黑色的。(31)在这个时代，非法占了四分之三。在这个时代结束时，我成为恐怖的时神。(32)我独自毁灭三界所有动和不动之物。我是三界行者，一切的灵魂，世界幸福的赐予者，主宰者，遍行者，无限者，感官之主，大步者。(33)我独自转动时轮，婆罗门啊！我没有形体，是一切众生的毁灭者，全世界的动因。(34)这样，我的灵魂遍布一切众生，优秀的牟尼啊！而任何人都不知道我，优秀的婆罗门啊！(35)你从我这里得到的任何痛苦，婆罗门啊！全都是为了你得到更大的幸福，无罪者啊！(36)你在世界上看到的任何动和不动之

物都是由我安排的。我的灵魂无所不在，优秀的牟尼啊！（37）

全世界的祖先是我的一半身体。我的名字叫那罗延，持有螺号、转轮和棍棒。（38）时代转动多少千年，婆罗门仙人啊！作为宇宙的灵魂，全世界的祖先，我就睡多少千年。（39）任何时候我都呆在这里，优秀的牟尼啊！我不是儿童，但采取儿童的形体，直到梵天醒来。（40）我具有梵天的形体，始终对你满意，婆罗门啊！我给了你这个恩惠，众婆罗门仙人的崇敬者啊！（41）你看到一片汪洋，所有动和不动之物消灭，你心烦意乱。我知道后，便向你显示世界。（42）你进入我的身体，看到整个世界。你感到惊讶，但不能理解。（43）于是，婆罗门仙人啊！我很快把你从嘴中送出。我向你解释灵魂，即使这对于天神和阿修罗都难以理解。（44）只要大苦行尊者梵天还没有醒来，婆罗门仙人啊！你就安下心来，愉快地游荡吧！（45）等这位全世界的祖先醒来，我就合成一体，从我的身体中，优秀的婆罗门啊！（46）创造出天、地、光、风、水和世界上其他动和不动之物。（47）

摩根德耶说：

这样说罢，孩子啊！这位无比神奇的大神消失。我看到各种各样的生物。（48）国王啊！在时代毁灭时，我见到这个奇迹，婆罗多族俊杰啊！恪守正法的优秀者啊！（49）我过去见到的那位眼似莲花的大神，现在是你的亲戚遮那陀那（黑天），人中之虎啊！（50）由于他的恩惠，我的记忆没有失去，贡蒂之子啊！而且依然保持长寿，自己选择死亡。（51）这位古老的原人，至高的主人，是苾湿尼族的黑天。这位灵魂不可思议的大臂诃利（黑天）坐在这里，仿佛在游戏。（52）沙特婆多（黑天）是维持者、安排者和毁灭者。乔宾陀（黑天）胸前有吉祥卷毛相记，是所有生主的主人。（53）我见到这位苾湿尼族之虎（黑天），立即回想起来，他是无生的原神毗湿奴，身穿黄衣的原人。（54）这位摩豆族后裔（黑天）是一切众生的父母，俱卢族雄牛啊！你们去向这位救主寻求庇护吧！（55）

以上是吉祥的《摩诃婆罗多》中《森林篇》第一百八十七章（187）。

一八八

护民子说：
听罢这番话，普利塔之子们和人中雄牛孪生子，与黑公主一起，向遮那陀那（黑天）致敬。(1)人中之虎啊！黑天接受致敬后，也按照礼仪用最甜蜜的颂辞安抚这些值得尊敬的人。(2)贡蒂之子坚战又问大牟尼摩根德耶关于这个统一世界的未来进程：(3)

"善言者啊！我们从你那里听到关于时代产生和灭亡的种种事情，十分神奇，婆利古族牟尼啊！(4)我对这个争斗时代充满好奇。一旦正法混乱，还会留下什么？(5)在时代毁灭时，人们还会有什么勇气？吃什么食物？怎样娱乐？寿命多长？穿什么衣服？(6)到达什么样的终点，圆满时代重新出现？牟尼啊！请你详细说说，讲述各种各样的事吧！"(7)

听罢这些话，这位优秀的大牟尼为了取悦苾湿尼族之虎（黑天）和般度族兄弟，又开始讲述。(8)

摩根德耶说：
婆罗多族雄牛啊！我告诉你到达混浊时代，一切世界的未来之事。(9)

过去，在圆满时代，正法在人类中像雄牛一样强大有力，按照四分计算，完整无缺，没有欺骗和狡诈。(10)在三分时代，非法占去一分，正法保留三分。在二分时代，正法和非法各占一半。(11)然后，非法占有三分，盛行于世，正法在人类中只剩下四分之一。(12)你要知道，人的寿命、勇气、智慧、体力和光辉，随着时代依次减少，般度之子啊！(13)国王、婆罗门、吠舍和首陀罗都虚伪地行使正法，人人都是伪君子，坚战啊！(14)在这世界上，人们自以为是智者，抛弃真理。抛弃了真理，他们的寿命也就短了。(15)寿命短了，就不能充分学习知识；知识贫乏，也就无知而贪婪。(16)人们沉溺于贪婪、愤怒和爱欲，执迷不悟，充满仇恨，互相希望害死对方。(17)

婆罗门、刹帝利和吠舍互相混杂，变得同首陀罗一样，抛弃苦行和真理。(18)下等成为中等,中等沦为下等。在时代结束时,世界就是这样。(19)在时代毁灭时,麻布是上等衣料,食物是粗粮,男人与妻子作对。(20)在时代毁灭时,人们靠吃鱼和肉维生,挤羊奶喝,因为奶牛已经灭绝。(21)在时代毁灭时,人们不祈祷,无信仰,成为盗贼,互相抢劫,互相杀戮。(22)在时代毁灭时,人们在河岸锄地播种,而收获贫薄。(23)即使那些一向信守誓言、祭拜天神的人也卷入贪婪,互相侵吞。(24)在时代毁灭时,父亲侵吞儿子,儿子侵吞父亲,都追求超常享受。(25)

婆罗门挑剔吠陀,不守誓言,受因明论蛊惑,不祭祀,不供奉。(26)人们在低田耕作,让母牛驾辕拉犁,让只有一岁的小马驮载重负。(27)儿子弑父,父亲杀子,漠然置之;夸夸其谈,也不受谴责。(28)整个世界变得野蛮,不讲礼仪,放弃祭祀,没有欢乐,也没有喜庆。(29)人们强占穷人、亲属和寡妇的财产,习以为常。(30)人们缺乏勇气和力量,僵硬固执,陷入贪欲和痴迷,满足于恶人的空口许诺。他们依靠恶行,占有财产。(31)国王心思邪恶,鼓励谋杀,热衷于互相残杀,贡蒂之子啊!他们头脑愚蠢,却自以为是智者。在时代结束时,刹帝利成为世界的荆棘。(32)在时代毁灭时,他们不再是保护者,贪婪,骄傲,自负,狂妄,只喜欢动用刑杖。(33)他们一再侵占善人的财产和妻子,不管他们如何哭喊,毫无同情心,婆罗多子孙啊!(34)

在时代即将结束时,没有人求娶,也没有人嫁女,全都自由选择。(35)在时代即将结束时,国王神志昏乱,不知餍足,不择手段,掠夺别人的财产。(36)在时代即将结束时,婆罗多子孙啊!整个世界变得野蛮,这只手抢夺那只手。(37)世上的人们自以为是智者,抛弃真理;老人的思想像儿童,儿童的思想像老人。(38)在时代即将结束时,懦夫自以为是英雄,英雄怯懦沮丧,互相缺乏信心。(39)全世界吃同样的食物,陷入贪婪和痴迷,非法蔓延,正法消失。(40)

在时代毁灭时,婆罗门、刹帝利和吠舍都不存在,人中之主啊!世界只有一个种姓。(41)父亲不容忍儿子,儿子不容忍父亲,也没有一个妻子听从丈夫。(42)在时代即将结束时,人们投靠吃大麦或吃小麦的国家和地区。(43)在时代即将结束时,人们随意择食,人中之主

374

啊！男人和女人互不容忍。(44)整个世界变得野蛮，坚战啊！人们不再举行祭祀，以满足祖先。(45)没有谁是谁的学生，也没有谁是谁的老师，整个世界被黑暗吞没，人中之主啊！(46)在时代即将结束时，人的最高寿数是十六岁，然后就失去生命。(47)女孩子五岁、六岁就生育，男孩子七岁、八岁就繁殖。(48)在时代结束时，国王啊！妻子不能满足丈夫，丈夫不能满足妻子，王中之虎啊！(49)在时代毁灭时，人们贫穷匮乏，徒有神圣的标志，热衷杀生，没有谁是谁的施舍者。(50)在时代毁灭时，国中堡垒林立，十字路口豺狼横行，妇女毛发直竖，国王啊！(51)在时代结束时，毫无疑问，人们变得极端野蛮，什么都吃，行为残忍。(52)

在时代结束时，婆罗多族俊杰啊！人们贪得无厌，做买卖时，全都互相欺骗。(53)在时代即将结束时，人们不掌握知识，就举行仪式，行动随心所欲。(54)在时代毁灭时，人们出于本性，行为残忍，互相猜疑。(55)他们若无其事地毁坏园林，毁灭世界上的一切有生命的物体。(56)他们受贪欲驱使，在大地上游荡，成为婆罗门，享受婆罗门的财产。(57)而再生族受首陀罗压迫，满怀恐惧，长吁短叹，在大地上游荡，找不到保护者。(58)在时代毁灭时，人们粗暴残忍，伤害生物，扼杀生命。(59)再生族恐惧地跑向河流和崎岖的山岭，寻求庇身之地，俱卢后裔啊！(60)国王昏庸，优秀的再生族始终处在赋税的重压下，国王啊！犹如乌鸦受到陀私优（贱民）折磨。(61)在时代毁灭的可怕岁月里，大地之主啊！人们失去坚定，甘愿追随首陀罗，从事不法行为。(62)首陀罗宣讲正法，婆罗门奉为准则，成为他们的侍从和学生。(63)

在时代毁灭时，这个世界颠倒混乱，人们崇拜骨灰堂，而摒弃天神；首陀罗也不再侍奉再生族。(64)在大仙的净修林，在婆罗门的居住地，在神庙，塔庙，在蛇的居住地，(65)在时代毁灭时，大地以骨灰堂为标志，而不以神庙为装饰。这便是时代结束的标志。(66)时代即将毁灭时，人们抛弃正法，脾气暴戾，喜欢吃肉喝酒。(67)时代即将毁灭时，国王啊！花中生花，果中生果，大王啊！(68)在时代毁灭时，雨神不再按时下雨，人们也不再按照顺序办事，首陀罗和婆罗门对立冲突。(69)不久，弥戾车（蛮族）遍布大地。婆罗门惧怕沉重的

赋税,逃向四面八方。(70)整个国土受到干旱折磨,人们前往净修林,以根果维生。(71)

在如此混乱的世界里,没有规则,学生不遵守教诲,行为丑陋。(72)老师无人照顾。亲戚朋友忙于追逐财富。在时代结束时,一切众生陷入困境。(73)四面八方熊熊燃烧,所有的星宿移动位置,星星预示凶兆,狂风怒吼,流星崩落,呈现出大恐怖的景象。(74)太阳和另外六个太阳一起燃烧,到处是可怕的轰鸣和灼热的光芒。只有当太阳升起和落下时,才笼罩在云中。(75)在时代即将结束时,千眼神不再按时下雨,谷物也就不生长。(76)

妇女经常说话粗鲁,喜欢哭叫,不听从丈夫的话。(77)在时代毁灭时,儿子杀害父母,妇女杀害丈夫,依赖儿子。(78)在时代结束时,罗睺随时侵吞太阳,大王啊!到处火焰燃烧。(79)旅行者乞求不到饮食和住处,露宿街头。(80)在时代即将结束时,招灾的乌鸦、蛇、兀鹰和鸟兽都发出尖厉的叫声。(81)在时代即将结束时,人们抛弃亲戚、朋友和仆人。(82)在时代即将结束时,人们逐步投靠其他的国家、地区和城镇。(83)人们在大地上游荡,互相发出可怕的叫喊:"父亲啊!儿子啊!"(84)

在喧嚣和混乱中,时代毁灭,世界以婆罗门为首,渐渐恢复正常。(85)在此期间,为了世界的繁荣,命运又变得和顺。(86)月亮、太阳、鬼宿和木星相聚黄道,圆满时代开始降临。(87)雨神按时下雨,星星明亮,星宿循序右行。安乐富饶,健康无病。(88)在时神催促下,出现一位名叫迦尔基毗湿奴耶舍的大智大勇的婆罗门。(89)他将诞生在商勃罗村,一个纯洁的婆罗门居住地。他只要转念一想,所有的车辆、武器、士兵和铠甲都会供他使用。(90)他将以法取胜,成为转轮王。他将引导混乱的世界走向稳定。(91)这位光辉灿烂的婆罗门思想高尚,将结束这场毁灭。他将毁灭一切,推动时代。(92)在众婆罗门簇拥下,这位婆罗门将铲除任何地方卑劣的弥戾车(蛮族)。(93)

以上是吉祥的《摩诃婆罗多》中《森林篇》第一百八十八章(188)。

一八九

摩根德耶说：

在消灭了盗贼后，他按照礼仪，举行盛大的马祭，把这个大地交给再生族。(1)在确定自在天制定的种种神圣规则后，这位功德卓著的长者将归隐森林。(2)世间的人们都效仿他的品行。在众婆罗门消灭盗贼后，一切安定。(3)这位婆罗门之虎将黑羊皮、标枪、三叉戟和各种武器，安置在他征服的地区。(4)迦尔基受到优秀的婆罗门赞美，他也尊敬优秀的婆罗门。他经常在大地上游荡，热衷于杀死陀私优（蛮族）。(5)这些陀私优发出可怕的叫喊："父亲啊！儿子啊！"迦尔基给他们带来毁灭。(6)

于是，非法灭亡，正法昌盛，婆罗多子孙啊！圆满时代来到，人们奉行礼仪。(7)在圆满时代，有净修林、塔庙、水池、水井和各种祭祀仪式。(8)婆罗门是善人，牟尼修苦行，净修林曾经信奉邪教，现在信奉真理，人人都是顺民。(9)播下的一切种子，都会生长，王中因陀罗啊！任何季节都有谷物。(10)人们乐善好施，奉守誓愿，控制自我。婆罗门专心祈祷和祭祀，热爱正法，满怀喜悦。国王依法保护富饶的大地。(11)在圆满时代，吠舍热爱商业，婆罗门热爱六业①，刹帝利乐于保护众生。(12)首陀罗乐于听从其他三种种姓。这是圆满时代、三分时代、二分时代和最后时代的非法，我已告诉你。(13)般度之子啊！整个世界都知道时代的数目。我已经向你讲述了过去和未来的一切，因为我记得仙人们所称颂的、风神讲述的往世书。(14)由于我长寿，我多次亲眼目睹轮回之路，我都告诉了你。(15)

现在，你和你的弟弟们再听我讲些别的话，以消除你们对正法的怀疑，坚定不移的人啊！(16)你本人要永远坚持正法，优秀的执法者啊！因为以法为魂的国王，今生和来世都享受快乐。(17)你要听从我对你讲的这些圣洁的话，无罪者啊！任何时代也不要对婆罗门傲慢无

---

① 婆罗门的六业是：教授吠陀、学习吠陀、祭祀、为他人祭祀、布施和接受布施。

礼。婆罗门一旦忿怒，会发出誓愿，毁灭世界。(18)

护民子说：

听了摩根德耶的话，俱卢族的优秀国王，聪明睿智、光辉无比的坚战说道：(19)"牟尼啊！我要保护臣民，应该奉行什么正法？我应该怎样行动，才不偏离自己的正法？"(20)

摩根德耶说：

怜悯众生，关心他们的利益，不妒忌，乐于保护臣民，犹如保护自己的儿子。遵循正法，摒弃非法，供奉祖先和天神。(21)出现疏失，要通过布施加以补偿。永远不要骄傲，而要谦恭。(22)征服整个大地后，你将高兴和幸福。这就是我告诉你的过去和未来的正法。(23)

你知道了世界的过去和未来，孩子啊！你就不必忧心忡忡。(24)大臂者啊！即使居住在天国的大神也要面对时神。在时神的催促下，众生困惑不安，孩子啊！(25)对于我说的这些，你不要犹豫不决，无罪者啊！过多地怀疑我的话，你会失去正法。(26)你出生在著名的俱卢族，婆罗多族雄牛啊！你就以行动、思想和言语来实行这一切吧！(27)

坚战说：

优秀的婆罗门啊！你说的这些话悦耳迷人，我将努力履行你的教诲，主人啊！(28)我没有贪欲，没有恐惧，没有妒忌，婆罗门中的因陀罗啊！我将照你说的一切去做，主人啊！(29)

护民子说：

听了这位灵魂高尚的般度之子的答话，国王啊！般度族兄弟和持角弓者（黑天）都很高兴。(30)听了智者摩根德耶圣洁的言谈，他们学到了往世书，都很惊讶。(31)

以上是吉祥的《摩诃婆罗多》中《森林篇》第一百八十九章(189)。

一九〇

护民子说[*]：

般度之子又对摩根德耶说道："请你说说婆罗门的高贵。"（1）于是，摩根德耶说道。（2）

从前，在阿逾陀城，有位甘蔗族国王，名叫环住，出外打猎。（3）他单枪匹马，追赶一只逃得很远的鹿。（4）途中，他感到疲惫，又饥又渴。他看到一座郁郁葱葱的树丛，便进去了。（5）在树丛中，他看见一座非常可爱的水池，便带着马进入水池。（6）他消除疲劳后，采集莲藕放在马前，然后上岸。（7）他躺在那里，听到一阵甜蜜的歌声。（8）他思忖道："我没有看到这里有人的踪迹。这是谁的歌声呢？"（9）

随即，他看见一位容貌非常美丽的女孩一边采花，一边唱歌。（10）这女孩渐渐走近国王身边。（11）国王问道："吉祥女啊！你是谁？"（12）她回答说："我是女孩。"（13）国王说道："我向你求婚。"（14）女孩回答说："答应一个条件，你就能得到我，否则不行。"（15）国王问她什么条件。（16）女孩回答说："不要让我见到水。"（17）国王说道："好吧！"于是，他走上前去，与她一起坐下。（18）

国王坐在那里时，他的卫队追随而来。他们寸步不离，围绕国王。（19）国王充分休息后，带着这位完好无损的少女乘坐轿子，回到自己的城里。国王悄悄地与她一起享乐，不关心其他一切。（20）

后来，宰相询问国王的贴身女侍："这里有什么情况吗？"（21）这些女侍回答说："我们发现一件新鲜事：不能把水带到这里。"（22）于是，宰相悄悄让人建造一座无水的园林，树木名贵，根茎花果丰富。然后，他到国王那里，说道："有一座高雅的无水园林，你去尽情享用吧！"（23）

---

[*] 以下1—59，原文为散文体。

听了他的话，国王带着王后，进入那座园林。有一次，国王和王后在这座可爱的园林里娱乐。然后，他感到疲惫，又饥又渴，看到一座非凡的阿底目多树丛。(24)国王带着爱人进去，看到一座清澈的水池，水面上漂浮一层甘露。(25)看到这座水池，他和王后一起来到池边。(26)国王对王后说道："真好啊！下到水里去吧。"(27)听了他的话，王后走下水池，沉入水中，再也没有浮起。(28)国王找她，找不到。(29)他舀干水池，在一个洞口看见一只青蛙。他愤怒下令："所有青蛙，格杀勿论！谁有求于我，必须带着死青蛙来，作为礼品。"(30)

于是，人们到处虐杀青蛙。众青蛙陷入恐怖之中，如实禀报青蛙王。(31)然后，青蛙王穿上苦行服，到国王那里，(32)走上前去说道："国王啊！别发怒，行行好吧！你不能杀害无辜的青蛙。(33)有诗为证：坚定的人啊！请息怒，不要杀害这些青蛙；人们一旦陷入无知，他们的财富会消失。(34)请你做出这个担保：遇见青蛙不再发怒；你何必要违背正法，杀害青蛙有何益处？"(35)

国王心中充满失去爱人的痛苦，听了这话，回答说："我不能宽恕。我要杀死它们。这些坏家伙吃掉我的爱人。我要杀死所有的青蛙。智者啊！你别阻拦我。"(36)闻听此言，青蛙王的感官和心都很痛苦，说道："国王啊！发发慈悲吧。我是青蛙王，名叫阿优。那位是我的女儿，名叫苏肖波那。她就有这个坏习惯，从前已经骗过许多国王。"(37)国王说道："我要她，把她给我吧！"(38)于是，父亲把女儿给了国王，嘱咐道："你要听从丈夫。"(39)他还对女儿说道："由于你不诚实，欺骗过许多国王，你生下的儿子会敌视婆罗门。"(40)国王贪恋她的欢爱本领，得到了她，犹如得到了三界统治权。他向青蛙王俯首行礼，含着喜悦的泪水，哽咽着说道："承蒙厚爱。"(41)青蛙王告辞女婿，从原路回去了。(42)

过了一段时间，她为国王生了三个儿子：舍罗、陀罗和勃罗。后来，父亲让长子舍罗灌顶为王。他自己心系苦行，到森林里去了。(43)

有一次，舍罗出去打猎。他遇见一只鹿，便驱车追赶。(44)他对车夫说道："快，给我追。"(45)车夫听后，对国王说道："不要心存

幻想。你抓不到这只鹿,除非你的车套上瓦密耶双马。"(46)

于是,国王对车夫说道:"告诉我瓦密耶双马的事,否则我杀了你。"(47)闻听此言,车夫既怕国王发怒,又怕瓦摩提婆诅咒,对国王说道:"瓦摩提婆的瓦密耶双马,速度快如思想。"(48)闻听此言,国王对车夫说道:"去瓦摩提婆的净修林!"(49)他到了瓦摩提婆的净修林,对这位仙人说道:"尊者啊!我要猎取的一头鹿逃跑了。我要制服它。你能给我瓦密耶双马。"(50)仙人对他说道:"我给你瓦密耶双马。你用完后,立刻还我。"(51)他得到双马后,告辞仙人。他用瓦密耶双马套车,去追鹿。行进途中,他对车夫说道:"这对宝马不适合婆罗门。我不把它们还给瓦摩提婆了。"(52)说罢,他抓到了鹿,便返回自己的城,把双马安放在后宫。(53)

然后,仙人思忖道:"这个青年王子得到好马,爱不释手,不还给我了。哎呀,真糟糕!"(54)他考虑过后,在满月之时,对自己的学生说道:"阿多雷耶啊!去对国王说:'如果用完了,请把瓦摩耶双马还给老师吧!'"(55)这位学生到国王那里去说了。(56)国王回答说:"这是国王的马,婆罗门不该享有这种珍宝。婆罗门要马有什么用?就这样,请回吧!"(57)他回去告诉了老师。(58)听到这些不愉快的话,瓦摩提婆心中充满愤怒,亲自前往国王那里催促还马。国王依然不还。(59)

瓦摩提婆说:

国王啊!请你还我瓦密耶双马。因为你已经做了别人做不到的事。伐楼拿在梵和王权中间活动,别让他用可怕的套索杀死你。(60)

国王说:

婆罗门的坐骑是一对驯良温顺的公牛,瓦摩提婆啊!带着它们到你愿意去的地方吧,大仙啊!吠陀颂诗载负像你这样的人。(61)

瓦摩提婆说:

吠陀颂诗确实载负像我这样的人,但那是在来世,大地之主啊!在这个世界上,我和其他人的坐骑都是这种动物!国王啊!(62)

国王说:

让四头驴驮你吧!或者让最好的骡,或者让栗色的马驮你吧!你带着它们走吧!你要知道,瓦密耶双马是我这样的刹帝利的坐骑,而

不是你的坐骑。(63)

瓦摩提婆说：

常言道："婆罗门的誓愿是可怕的。"国王啊！我依靠誓愿生活在这世上。但愿形状恐怖的大铁尖叉把你戳成四块。(64)

国王说：

一旦人们知道你这个婆罗门用言语、思想和行动杀人，瓦摩提婆啊！他们会在我的鼓动下，手持尖叉和刀剑，打倒你和你的学生。(65)

瓦摩提婆说：

婆罗门的言语、思想和行动不会受到非难，国王啊！智者通过苦行达到梵，是生活中的最优秀者。(66)

摩根德耶说：

瓦摩提婆这样说后，国王啊！出现一些形象可怕的罗刹。他们手持铁叉，杀死国王。当时，国王大声说道：(67)"只要甘蔗族人，或者我的弟弟陀罗，甚至其他人，婆罗门啊！在我的统治下，我就不会交出瓦摩提婆的瓦密耶双马。他们不是这种遵行正法的人。"(68)国王这样说道，被罗刹杀死躺倒在地上。甘蔗族人得知国王丧命，就为陀罗灌顶。(69)

婆罗门瓦摩提婆前往王国，对国王陀罗说道："国王啊！一切正法表明应该向婆罗门施舍。(70)如果你害怕犯有非法之罪，人中因陀罗啊！那就赶快在今天还我瓦密耶双马。"这位国王听了瓦摩提婆的话，愤怒地对车夫说道：(71)"从我的箭中，取出一支形状奇特的毒箭。我要射死瓦摩提婆，让他痛苦地倒在地上，任凭野狗撕咬。"(72)

瓦摩提婆说：

我知道你和王后有个十岁的儿子，名叫胜箭，王中因陀罗啊！你马上就会按照我的话，用形状可怕的箭射死这位可爱的孩子。(73)

摩根德耶说：

国王啊！瓦摩提婆这么一说，国王射出的那支威力凶猛的箭，杀死了后宫里的王子。陀罗得悉后，说道：(74)"甘蔗族人啊！我要为你们做件好事，消灭这个婆罗门。把另一支威力凶猛的箭拿来，大地

的主人们，现在请看我的勇力！"（75）

瓦摩提婆说：

国王啊！你安上这支形状可怕的毒箭，但你不能射出这支利箭，甚至不能瞄准我，人中因陀罗啊！（76）

国王说：

甘蔗族人啊！你们看，我被摄住了。我不能射出这支箭，不能消灭他了。祝愿瓦摩提婆长寿吧！（77）

瓦摩提婆说：

你用这支箭接触一下王后，你就能摆脱这场灾厄。（78）

摩根德耶说：

于是，国王这样做了。然后，王后对牟尼说道："瓦摩提婆啊！我与他共同生活，天天念诵，寻求婆罗门的恩宠。这样，婆罗门啊！我能获得功德世界。"（79）

瓦摩提婆说：

眼睛美丽的王后啊！你拯救了王族。你选择一个无与伦比的恩惠吧，我满足你。无可指摘的王后啊！统治你自己的人和庞大的甘蔗族王国吧。（80）

王后说：

尊者啊！我选择的惟一恩惠是让我的丈夫现在就摆脱罪孽。你考虑他的孩子和亲属的平安吧！这便是我选择的恩惠，优秀的婆罗门啊！（81）

摩根德耶说：

听了王后这番话，俱卢族英雄啊！牟尼说道："好吧！"于是，国王很高兴，行礼致敬，把瓦密耶双马还给他。（82）

以上是吉祥的《摩诃婆罗多》中《森林篇》第一百九十章（190）。

一九一[*]

护民子说：

众仙人和般度族兄弟问摩根德耶："有谁比你活得更长？"（1）他告诉他们说："有的。有位王仙名叫帝释光，他的功德耗尽后，从天上降下。他们说他的名声已经灭绝。他来到我面前，说道：'你认得我吗？'（2）我对他说：'我们不是炼丹术士，我们只是用苦行磨炼身体，追求自己的目的。（3）不过，在雪山，有只猫头鹰，名叫钵罗迦罗迦尔纳，他可能会认得你。雪山路途遥远，但它住在那里。'（4）

"他变成一匹马，驮着我到猫头鹰住的地方。（5）王仙问它道：'你认得我吗？尊者！'（6）它想了一想，说道：'我不认识你。'（7）王仙帝释光听后，又对猫头鹰说道：'有谁比你活得更长？'（8）猫头鹰听后，回答道：'有的。有一座水池，名叫帝释光。那里住着一只仙鹤，名叫那提占伽。它比我活得更长，你去问它吧！'（9）

"帝释光带着我和猫头鹰，到那提占伽仙鹤居住的水池。（10）我们问它：'尊者你认得帝释光国王吗？'（11）闻听此言，它想了一想，说道：'我不认得帝释光国王。'（12）于是，我们又问它：'有谁比你活得更长？'（13）它回答我们说：'有的。就在这座水池里，住着一只乌龟，名叫阿古波罗。它比我活得更长。或许它会认得这位国王。我们问问阿古波罗吧。'（14）

"然后，仙鹤叫唤乌龟阿古波罗：'我们有事要问你，快来吧！'（15）乌龟听后，爬出水池，来到我们站着的岸边。（16）它来到后，我们问道：'尊者你认得国王帝释光吗？'（17）它想了一想，眼睛涌满泪水，心情激动，浑身颤抖，几乎昏厥，双手合十，说道：'我怎么会不认得他？过去有一千次，他把我放在祭坛前。这水池就是他施舍的牛踏出来的。我就住在这里。'（18）

"我们刚听完乌龟讲述的这些话，一辆天车从天而降。（19）我们

---

[*] 本章1—20、24—28原文为散文体。

听到对帝释光说的话：'你上天国，回到适合你住的地方去吧！你名声卓著。不必顾虑，去吧！(20)善业的声誉响彻天地。只要声誉存在，这个人就受到称道。(21)在这世上，哪个人罪恶昭彰，臭名远扬，他就坠入地下世界。(22)因此，在这个大地上，一个人应该自始至终从事善业，摒弃恶业，遵行正法。'(23)

"听了这些话，国王说道：'等一下，现在我先把这两位长者送回他们的住处。'(24)他把我和猫头鹰钵罗迦罗迦尔纳送回我们住的原地。然后，他乘坐那辆天车回到适合自己住的地方。(25)这就是我见到的跟我一样长寿的人。"摩根德耶向般度族兄弟讲述了这一切。(26)

般度族兄弟高兴地说道："妙啊！你做了一件好事。国王帝释光从天国降下，你让他又回到了自己的天国住处。"(27)

摩根德耶回答他们说："提婆吉的儿子黑天不也是这样吗？他把堕入地狱的王仙尼伽从苦难中解救出来，让他返回天国。"(28)

以上是吉祥的《摩诃婆罗多》中《森林篇》第一百九十一章(191)。

一九二

护民子说：

婆罗多族雄牛啊！法王坚战询问这位勤修苦行、纯洁和长寿的摩根德耶：(1)"知法者啊！你通晓天神、檀那婆、罗刹和各种王族谱系和仙人谱系。在这世界上，你无所不知，优秀的婆罗门啊！(2)你知道人、蛇和罗刹的神奇故事，牟尼啊！现在，我想听你如实讲述这件事，婆罗门啊！(3)甘蔗族著名的古婆罗娑战无不胜，他为什么要改名为敦杜摩罗？(4)我想知道这件事，婆利古族优秀者啊！为什么聪明睿智的古婆罗娑会改名？"(5)

摩根德耶说：

坚战王啊！听我告诉你敦杜摩罗的圣洁故事。(6)请听甘蔗族国王古婆罗娑怎样变成敦杜摩罗，大地之主啊！(7)

孩子啊！有位著名的大仙名叫优腾迦，婆罗多子孙啊！他的净修林在可爱的沙地上,俱卢后裔啊!(8)优腾迦修炼了许多年严酷的苦行,大王啊!借以取悦毗湿奴,主人啊!(9)尊神感到满意,向他显身。仙人见到大神,俯首行礼,用各种赞辞称颂他:(10)

"神啊!你创造了一切众生,包括天神、阿修罗和人,还有动和不动的生物,以及梵、吠陀和可知的事物。大光辉者啊!(11)天空是你的头,神啊!月亮和太阳是你的眼睛,风是你的呼吸,火是你的精力,永恒者啊!四方是你的手臂,大海是你的肚子。(12)山岳是你的腿,神啊!洞穴是你的肚脐,杀死摩图者啊!大地女神是你的脚,药草是你的毛发。(13)因陀罗、苏摩、火神和伐楼拿,众天神、阿修罗和大蛇都谦恭地侍奉你,用各种赞辞称颂你。(14)你遍及一切众生,世界之主啊!修行瑜伽、充满威力的大仙都赞美你。(15)你满意,世界安享太平;你发怒,世界笼罩恐怖。你是惟一的解除恐怖者,人中至尊啊!(16)你带给天神、人和一切众生幸福。神啊!你以三步赢得三界。你消灭富裕的阿修罗。(17)依靠你的三步,众天神达到至高的涅槃。你一发怒,提迭王们走向毁灭,大光辉者啊!(18)你是一切众生的创造者和阻挠者,众天神取悦你,以求得幸福。"(19)

毗湿奴听了灵魂高尚的优腾迦的赞美,说道:"我喜欢你,选择一个恩惠吧!"(20)

优腾迦说:

我见到诃利(毗湿奴),这位永恒的原人,神圣的创造者,世界的主人,也就是获得恩惠了。(21)

毗湿奴说:

我喜欢你的坚定和虔诚,优秀的婆罗门!你确实应该从我这里得到一个恩惠,婆罗门啊!(22)

摩根德耶说:

诃利(毗湿奴)这样允诺赐予恩惠,婆罗多族俊杰啊!优腾迦双手合十,选择了一个恩惠:(23)"眼似莲花的神啊!如果你喜欢我,让我的智慧永远遵行正法、真实和自制,大自在天啊!但愿我永远对你虔诚。"(24)

毗湿奴说:

由于我的恩惠,这一切会实现,婆罗门啊!你也会获得瑜伽力,为天国居民,也为三界完成一项伟大业绩。(25)你听我说,有一位大阿修罗,名叫敦杜。他修炼严酷的苦行,旨在毁灭世界。有人会杀死他。(26)有一位名叫巨马的国王。他的儿子纯洁而自制,名叫古婆罗娑。(27)这位优秀的大地之主将依靠我的瑜伽力,按照你的命令,成为敦杜摩罗(杀敦杜者),婆罗门仙人啊!(28)

摩根德耶说:

毗湿奴这样对优腾迦说完,就消失了。(29)

以上是吉祥的《摩诃婆罗多》中《森林篇》第一百九十二章(192)。

一九三

摩根德耶说:

在甘蔗王死后,国王啊!舍夏陀获得大地,他以最高正法为灵魂,成为阿逾陀城的国王。(1)舍夏陀的儿子名叫迦俱尸佗,具有勇力。迦俱尸佗的儿子是阿内那斯。阿内那斯的儿子是普利图。(2)普利图的儿子是毗首伽娑。他的儿子是聪明的阿尔陀罗。阿尔陀罗的儿子是优婆那娑。优婆那娑的儿子是室罗伐悉多。(3)他就是建造室罗伐悉底城的国王。室罗伐悉多的儿子是力量强大的巨马。巨马的儿子就是古婆罗娑。(4)古婆罗娑有二万一千个儿子,全都精通学问,强壮有力,难以制胜。(5)古婆罗娑的品德超过了父亲。到了时候,巨马为古婆罗娑灌顶,大王啊!让这位崇尚正法的英雄登基为王。(6)智勇双全的国王巨马把王权移交儿子后,到苦行林去修苦行。(7)

然后,坚战王啊!优秀的婆罗门优腾迦听说王仙巨马前往森林。(8)优腾迦光辉灿烂,灵魂不可测量。他来劝阻这位精通一切武器的人中俊杰。(9)

优腾迦说:

你的任务是保护。因此,你应该执行这一项任务,国王啊!由于你的恩惠,我们无忧无虑地生活。(10)你灵魂高尚,保护这个大地,国王啊!世界才会无忧无虑。你不能去森林。(11)伟大的正法表现在保护臣民,在森林里就无法表现。请你撤消这个想法吧!(12)在哪儿

387

也找不到比这更重要的正法,王中因陀罗啊!历来王仙都保护臣民。你应该保护那些国王应该保护的臣民。(13)

现在,我不能无忧无虑地修苦行,国王啊!在我的净修林附近的平坦的沙地上,(14)有一片沙海,名叫优阇那迦,有许多由旬长,许多由旬宽。(15)那里,住着一位非常勇敢的檀那婆王,名叫敦杜。他是摩图和盖达跛的儿子,暴虐残忍。(16)他住在地下,英勇非凡,国王啊!你先杀死他,然后去森林,大王啊!(17)他躺在那里,修炼严酷的苦行,目的是毁灭世界和三十三天,国王啊!(18)所有的天神、提迭、罗刹、蛇、药叉和健达缚都不能杀死他,国王啊!因为他得到世界祖先的恩惠。(19)杀死他!不要有别的想法。祝你幸运!你会赢得巨大、永远和持久的声誉。(20)这个恶魔睡在沙漠下面,年终时,喘息一声,整个大地连同山岳和森林一齐摇撼。(21)他的喘息之风掀起大片尘土,遮蔽太阳之路,地震延续七天,连同火花、火焰和烟雾,十分可怕。(22)

因此,国王啊!我不能停留在自己的净修林里,王中因陀罗啊!为了世界的利益,杀死他!杀死了这个阿修罗,世界才会安宁。(23)我认为你能够杀死他。毗湿奴会把他的威力输送给你。(24)毗湿奴以前赐予我一个恩惠:哪位国王准备杀死这个暴虐的大阿修罗,毗湿奴就会输送给他难以制胜的威力。(25)王中因陀罗啊!杀死这个凶猛残暴的提迭吧!(26)因为微弱的威力即使燃烧几百年,也不能焚毁威力巨大的敦杜,世界保护者啊!(27)

以上是吉祥的《摩诃婆罗多》中《森林篇》第一百九十三章(193)。

一九四

摩根德耶说:

听了优腾迦的这番话,俱卢族俊杰啊!不可战胜的王仙双手合十,对优腾迦说道:(1)"婆罗门啊!你的来临不会徒劳,尊者啊!我有个儿子名叫古婆罗婆。(2)他坚定,敏捷,勇敢,举世无双。他能实现你的愿望,毫无疑问。(3)他有许多儿子,个个是铁臂勇士,婆罗门啊！你放了我吧。我已经告别武器。"（4）光辉无比的牟尼说道："那就这样吧！"于是，王仙命令儿子帮助灵魂高尚的优腾迦，说道："干吧！"然后，自己前往森林。（5）

坚战说：

尊者啊！那位勇敢非凡的提迭是谁？以苦行为财富的人啊！我想知道他是谁的儿子？谁的孙子？（6）尊者啊！我没有听说过这位强大有力的提迭，以苦行为财富的人啊！我希望如实知道一切情况，大智者啊！（7）

摩根德耶说：

听着，国王啊！所有的情况是这样的，人中之主啊！当世界变成一片可怕的汪洋时，动和不动之物毁灭，一切众生毁灭，婆罗多族雄牛啊！（8）尊者毗湿奴，这位一切众生的源泉，永恒不灭的原人，独自躺在水床上，躺在威力无比的湿舍的蛇冠上。（9）这位创世者，尊者，永不毁灭的诃利（毗湿奴），用巨大的蛇身盘绕大地。（10）这位大神睡着时，从他的肚脐上，长出一朵与太阳一样的莲花。在这既像太阳，又像月亮的莲花中，诞生世界的祖先和导师梵天。（11）他有四部吠陀、四个形体和四张脸。他依靠自身的威力，英勇无比，不可战胜。（12）

后来，在某个时候，两个勇气非凡的檀那婆摩图和盖达跛看到主宰者诃利（毗湿奴）。（13）这位大光辉者躺在神奇的蛇冠之床。这床有许多由旬长，许多由旬宽。（14）他头戴憍斯杜跛宝石冠，身穿黄色丝绸衣，吉祥，美丽，光辉灿烂，犹如一千个太阳，神奇壮观。（15）摩图和盖达跛看见眼似莲花的祖先在莲花里面，惊诧不已。（16）于是，他俩吓唬无比光辉的梵天。大名鼎鼎的梵天受到他俩多次恐吓，便摇动莲杆，摇醒盖沙婆（毗湿奴）。（17）大神乔宾陀（毗湿奴）看到这两位勇气非凡的檀那婆，说道："欢迎，两位大力士啊！我喜欢你们，赐给你们一个最好的恩惠。"（18）这两位勇气非凡的大阿修罗，对感官之主（毗湿奴）笑了笑，大王啊！他俩回答毗湿奴说：（19）"神啊！你接受我俩的恩惠吧。我俩是赐予恩惠者，至高的神啊！我俩会赐给你恩惠，说吧！不要犹豫。"（20）

尊者说：

那我就接受恩惠，两位英雄啊！你俩勇气非凡，无人可比。我想

要一个恩惠：（21）让我杀死你们这两个真正的勇士。为了世界的利益，我希望实现这个愿望。（22）

摩图和盖达跋说：

我俩过去从不言而无信，即使随口说的话也是如此，何况做出诺言。你要知道，人中至尊啊！我俩热爱真理和正法。（23）我俩的力量、容貌、勇气、平静、正法、苦行、施舍、守戒、气质和自制，无人能比。（24）现在我俩大祸临头，盖沙婆（毗湿奴）啊！就照你的话办吧！因为时神不可超越。（25）大神啊！我俩希望你做一件事，主人啊！请在没有遮蔽的地方杀死我俩，至高的神啊！（26）而且让我俩成为你的儿子，眼睛美丽的大神啊！你要知道这是我们选择的恩惠，至高的神啊！（27）

尊者说：

好吧！我会这样做的。这一切都会实现。（28）

摩根德耶说：

乔宾陀（毗湿奴）想了想。但是，这位诛灭摩图者无论在地上，或在天上，都找不到没有遮蔽的地方。（29）然后，这位优秀的大神看到自己的双腿没有遮蔽，国王啊！这位声誉卓著的诛灭摩图者用锋利的转轮砍下了摩图和盖达跋的头。（30）

以上是吉祥的《摩诃婆罗多》中《森林篇》第一百九十四章（194）。

一九五

摩根德耶说：

他俩的儿子名叫敦杜，具有大威力和大光辉。他修炼大苦行，英勇无比。（1）他单腿直立，瘦骨嶙峋，青筋暴露。梵天对他表示满意，赐给他一个恩惠，主人啊！（2）"但愿天神、檀那婆、药叉、蛇、健达缚和罗刹都不能杀死我。这就是我选择的恩惠。"（3）祖先（梵天）对他说道："就这样，去吧！"闻听此言，他俯身向梵天行触足礼，然后离去。（4）

英勇无比的敦杜得到恩惠后，想起自己父亲的死，便跑到毗湿奴那里。(5)他愤怒地打败众天神和健达缚,一次又一次严重侵扰众天神和毗湿奴。(6)有一片沙海,名叫优阇那迦。这个灵魂邪恶的家伙来到这个地方,婆罗多族雄牛啊!竭尽全力侵扰优腾迦的净修林,主人啊!(7)这位凶猛的敦杜,摩图和盖达跋的儿子,住在地下,藏在沙中。(8)为了毁灭世界,他躺在优腾迦净修林附近,依靠苦行的力量,喷出火焰。(9)

就在这时,国王古婆罗娑带着军队、随从和车马,还有二万一千个强壮有力的儿子。(10)这位杀敌者和优腾迦一起,前往敦杜的住处。(11)按照优腾迦的要求,尊敬的主宰者毗湿奴为了世界的利益,把自己的威力注入这位国王。(12)这位难以征服者出发时,天上传来一个洪亮的声音:"这位吉祥的王子将成为敦杜摩罗(杀敦杜者)。"(13)众天神在四周撒下天花,天鼓自动擂响。(14)在这位睿智的国王行进途中,凉风吹拂,天王下雨,清洗大地。(15)在大阿修罗敦杜住地的空中,出现天神的飞车,坚战啊!(16)众位大仙与天神和健达缚一起,怀着好奇,观看古婆罗娑和敦杜的战斗。(17)

已经注入那罗延(毗湿奴)的威力,国王和他的儿子们迅速占领四面八方,俱卢族后裔啊!(18)国王古婆罗娑和儿子们一起,在这个沙海上挖沙。(19)他们挖了七天,发现这个强大有力的敦杜。他的形体巨大可怕,藏在沙中,像太阳一样光辉灿烂,婆罗多族雄牛啊!(20)敦杜朝西睡着,大王啊!犹如死亡之火闪闪发光,王中之虎啊!(21)古婆罗娑的儿子们团团围住他,向他发射和投掷锐利的箭、棍、杵、三叉戟、铁闩、标枪和锃亮的刀剑。(22)强壮有力的敦杜遭到袭击,愤怒地起身,吞吃各种武器。(23)他口吐火焰,犹如喷出毁灭之火。他用自己的威力烧烤国王的儿子们。(24)他愤怒地口吐火焰,仿佛要在刹那间毁灭世界,王中之虎啊!这个奇观正像从前迦比罗主人愤怒地焚毁娑伽罗的儿子们。(25)

正当他们受到愤怒之火烧烤,婆罗多族俊杰啊!威力无比的国王古婆罗娑走近醒来的敦杜,犹如走近另一位精神伟大的瓶耳。(26)国王身上涌出大量的水,压倒敦杜的威力,大王啊!这位瑜伽行者,凭借瑜伽,国王啊!用水熄灭了火。(27)国王用梵箭焚烧这个凶猛的提迭,解除世界的恐怖,婆罗多族俊杰啊!(28)王仙古婆罗娑用梵箭烧

死这个大阿修罗，犹如另一位三界之主消灭众神之敌。这位杀敌者从此以敦杜摩罗（杀敦杜者）闻名于世。(29)

三十三天的众天神和大仙们高兴地说道："你选择一个恩惠吧！"国王啊！他双手合十，鞠躬致敬，兴奋地说道：(30)"我要把财富施舍给优秀的婆罗门。但愿敌人难以战胜我。我希望与毗湿奴结为朋友，不对众生造成威胁，永远热爱正法，长久居住天国。"(31)众天神和仙人们，还有健达缚和聪明的优腾迦，高兴地回答国王说："就这样吧！"(32)众天神和大仙们向这位国王致以各种祝辞后，返回各自的住所。(33)

那时，坚战啊！国王剩下三个儿子，名叫德利达娑、迦比罗娑和旃陀罗娑，婆罗多子孙啊！通过他们，国王啊！灵魂高尚的甘蔗族继续繁衍。(34)古婆罗娑就是这样杀死摩图和盖达跋的儿子、英勇非凡的提迭敦杜，高贵者啊！(35)国王古婆罗娑从此得名敦杜摩罗（杀敦杜者），名副其实。(36)

你问的这件事，已经全部讲给你听了。由于这些事迹，敦杜摩罗的故事闻名于世。(37)谁聆听这个与毗湿奴声誉有关的圣洁故事，他就会以法为魂，多子多孙。(38)在朔望之日聆听这个故事就会长寿和坚定，避邪消灾，不怕生病。(39)

以上是吉祥的《摩诃婆罗多》中《森林篇》第一百九十五章(195)。

一九六

护民子说：

然后，婆罗多族俊杰坚战王询问大光辉者摩根德耶这个难以回答的正法问题：(1)"尊者啊！我希望听你讲述女性的至高伟大和微妙的正法，婆罗门啊！(2)一切都是天神的显现，婆罗门仙人啊！日、月、风、地和火，高贵者啊！(3)父亲、母亲、母牛和其他一切造物，婆利古族的喜悦啊！(4)我把这一切视同师长，同样，我也尊敬忠于丈夫的妇女。对丈夫忠贞和顺从，在我看来绝非易事。(5)请你讲讲忠于丈夫的妇女的伟大，主人啊！妇女控制自己的感官和思想，一心一意将丈夫奉若神明。(6)尊者啊！妇女顺从父母和丈夫，主人啊！在我看来难以做到，婆罗门啊！(7)我没有看到比严格的妇女之法更难的事情。品行端正的妇女总是尽力做着连父母也难以做到的事情。(8)妇女忠于丈夫，说话诚实，十月怀胎，按时分娩，还有什么比这更奇妙？(9)她们冒着最大的危险和无比的痛苦，艰难地生下儿子，主人啊！又怀着巨大的爱心抚育儿子，优秀的婆罗门啊！(10)

"有些人为非作歹，心中厌弃，但事情照做，我认为这很困难。(11)请你如实告诉我刹帝利的法则，婆罗门啊！这种法则对于精神邪恶和残忍的人，是难以遵循的。(12)尊者啊！我要问这个问题，优秀的答题者啊！婆利古族的优秀者啊！我要听你解答这个问题，信守誓言者啊！"(13)

摩根德耶说：

我将回答你提出的所有难以回答的问题，婆罗多族俊杰啊！听我如实讲给你听。(14)有些人认为母亲伟大，有些人认为父亲伟大，母亲养育孩子，是件难事。(15)父亲通过苦行、祭神、礼赞、忍耐和念咒等等手段祈求儿子。(16)经过如此艰难的努力，得到了难以得到的儿子，英雄啊！然后为儿子的未来操心。(17)父母总是希望儿子名声远扬，富贵自在，多子多孙，遵行正法，婆罗多子孙啊！(18)知法的儿子实现父母的愿望，父母始终对他满意。这样的儿子在今生和来世，永远获得名声和正法。(19)妇女不是依靠祭神、祭祖或戒斋，而是依靠顺从丈夫，才能进入天国。(20)坚战王啊！关于这个话题，请你专心听我讲述为忠于丈夫的妇女制定的正法。(21)

以上是吉祥的《摩诃婆罗多》中《森林篇》第一百九十六章(196)。

一九七

摩根德耶说：

有位杰出的婆罗门名叫憍尸迦。他诵习吠陀，奉行正法，是位以苦行为财富的苦行者，婆罗多子孙啊！(1)这位优秀的婆罗门研究吠陀以及吠陀支和奥义书。有一次，他站在某处树根下，念诵吠陀，(2)树顶上栖息着一只雌鹤，正好把粪便排泄在婆罗门头上。(3)婆罗门看到她，十分生气，产生恶意。他愤怒地瞪视雌鹤。(4)雌鹤受到婆罗门恶意相视，坠落地上。婆罗门看到雌鹤落地而死，不由得心生怜悯，哀伤不已。(5)这位智者反复说道："我受爱憎感情控制，做了不应该做的事。"然后，去村子乞食。(6)

在村子里，他只拜访纯洁的家族，婆罗多族雄牛啊！他进入一户先前常去的人家。(7)他乞求道："请施舍！"女主人说道："请等一下！"便去洗刷餐具。(8)正在这时，国王啊！她的丈夫饥饿难忍，突然回来了，婆罗多族俊杰啊！(9)这位贤妻看到丈夫，便撇下婆罗门，给丈夫端水洗脚和漱口，铺好坐席。(10)这位黑眼女郎用可口的食物和甜蜜的话语，谦恭地侍奉丈夫。(11)她总是吃丈夫吃剩的食物，坚战啊！想丈夫所想，将丈夫奉若神明。(12)她从不先于丈夫吃喝，甚至心里也没有起过这种念头。她的所有感情倾注给丈夫，喜欢顺从丈夫。(13)她品行端正，纯洁，聪明，为家庭利益着想，永远做对丈夫有益的事。(14)她永远控制感官，顺从天神、客人、侍从、婆婆和公公。(15)

这位眼睛美丽的妇女在侍奉丈夫时，看到婆罗门，记起他站在这里乞食。(16)这位享有名声的善女子感到羞愧，婆罗多族俊杰啊！她拿了食物出来给婆罗门。(17)

婆罗门说：

这是怎么回事？你叫我"等一下"，美女啊！你耽搁了，没有理我。(18)

摩根德耶说：

看到婆罗门满腔的愤怒仿佛在燃烧，人中因陀罗啊！这位善女子像先前一样平静地说道：(19)"请你原谅，婆罗门啊！我的丈夫是我的大神，他又饿又累，回到家里，我要侍奉他。"(20)

婆罗门说：

婆罗门不重要，倒是你的丈夫重要！你按照家庭法则行事，轻视婆罗门。(21)因陀罗都要向他们行礼呢！何况地上的凡人。傲慢的女子啊！你不知道，你没有从老人们那里听说，婆罗门像火一样，甚至能焚烧大地。(22)

女子说：

我没有轻视婆罗门。他们和天神一样，富有思想，婆罗门啊！请你原谅我的罪过吧，无罪者啊！（23）我知道智慧的婆罗门的伟大功德和威力。由于他们发怒，大海变咸而不能饮用。（24）同样，那些苦行炽烈、灵魂完美的牟尼，他们的愤怒之火至今在弹宅迦树林燃烧，不能熄灭。（25）由于婆罗门的威力，恶毒残忍的大阿修罗伐达比遇到投山仙人，被吃下去消化掉。（26）

我已经听说婆罗门的许多威力，他们精通梵学，灵魂高尚。他们的怒气很大，但恩惠也很大，婆罗门啊！（27）请原谅我这次的越规吧，无罪者啊！我乐于遵循顺从丈夫这一法则，婆罗门啊！（28）在一切天神中，丈夫是我的至高之神。我应该一如既往，奉行这个法则，优秀的婆罗门啊！（29）你看，婆罗门啊！这就是顺从丈夫获得的果报：我知道你出于愤怒，烧死了一只雌鹤。（30）愤怒是寄寓人身的敌人，优秀的婆罗门啊！谁摒弃愤怒和痴迷，众天神便知道他是婆罗门。（31）谁说话诚实，使老师满意，即使受人伤害，也不伤害人，众天神知道他是婆罗门。（32）谁调伏感官，崇尚正法，热爱诵习，纯洁无瑕，控制欲望和愤怒，众天神知道他是婆罗门。（33）谁通晓正法，富有思想，视世界和自己同一，热爱一切正法，众天神知道他是婆罗门。（34）谁自己诵习，又教人诵习；自己祭祀，又为别人祭祀，尽力施舍，众天神知道他是婆罗门。（35）谁修习梵行，是再生族中的优秀者，研究吠陀，勤奋诵习，众天神知道他是婆罗门。（36）

应该称颂婆罗门的长处，例如他们宣传真理，不说谎。（37）人们说，婆罗门的财富是诵习，自制，正直，永远控制感官，优秀的婆罗门啊！知法的人们说，真实和正直是最高之法。（38）永恒的正法难以理解，但存在于真实中。老人们教诲说，正法应该以圣典为标准。（39）正法经常被看作是微妙的，优秀的婆罗门啊！你也是知法者，热爱诵习，纯洁无瑕，但我认为你没有真正懂得正法，尊者啊！（40）

有位住在密提罗的猎人，孝顺父母，说话诚实，控制感官。他会向你阐述正法。如果你愿意，去那里吧！祝你好运，优秀的婆罗门啊，（41）我啰啰唆唆说得太多，请你原谅，无可指责的人啊！妇女不

会受到任何知法之人伤害。(42)

婆罗门说：

我喜欢你，祝你好运！我的怒气已消，美女啊！你的责备是我的最大福音。愿你吉祥如意，美女啊！我要走了，去完成自己的事。(43)

摩根德耶说：

婆罗门憍尸迦自我责备，告别那位妇女，返回自己的住处，人中俊杰啊！(44)

以上是吉祥的《摩诃婆罗多》中《森林篇》第一百九十七章(197)。

一九八

摩根德耶说：

这位婆罗门全面思考那位妇女奇妙的谈话。他责备自己，仿佛犯了罪过。(1)他想到正法的微妙方式，说道："我应该相信她，我要去密提罗城。(2)那里住着一位灵魂完美、通晓正法的猎人。我今天就去向这位以苦行为财富的人问法。"(3)他心里这样想着。他相信那位妇女的话，因为她知道雌鹤的死，并且说了那些符合正法的美妙的话。他满怀好奇，出发前往密提罗城。(4)

经过许多树林、村庄和城镇，他到达遮那迦精心保护的密提罗城。(5)这座美丽的城市以正法为边界，充满祭祀和喜庆，有许多城门和塔楼，各种房屋和围墙。(6)他进入这座可爱的城市，那里楼阁毗连，商品丰富，大路整齐。(7)到处是车、马和象，人们心宽体胖，沉浸在喜庆之中。(8)

他经过那里，目睹许多事情。他打听那位正法猎人，一些婆罗门告诉了他。(9)他到达那里，看见这位苦行者正在屠宰场里，出售鹿肉和水牛肉。顾客闹闹哄哄，婆罗门便站在一旁。(10)那位猎人知道婆罗门来了，急忙起身，走到婆罗门呆着的僻静地方。(11)

猎人说：

我向你致敬，尊者啊！欢迎你来，优秀的婆罗门啊！我是猎人，祝你好运！我能为你做什么，请吩咐吧！（12）一位贞节的女子已经告诉你："去密提罗城吧！"我知道你来这里的全部目的。（13）

摩根德耶说：

听了他的话，婆罗门非常高兴。他思忖道："这是第二个奇迹。"（14）猎人对婆罗门说道："这不是你呆的地方。如果你愿意，尊者啊！到我家里去吧，无罪者啊！"（15）婆罗门高兴地说道："好吧！"猎人在前面领路，把婆罗门带回家里。（16）进入可爱的家中，他请婆罗门坐下。这位优秀的婆罗门接受他端来的洗脚和漱口的水。（17）然后，婆罗门舒服地坐着，对猎人说道："我觉得这种职业不适合你。我很遗憾，你从事这种可怕的职业。"（18）

猎人说：

这是我们家族祖传的职业。我遵行自己的正法，婆罗门啊！别生气。（19）我维护创造主早已为我安排的职责，我努力服从老师和长者，优秀的婆罗门啊！（20）我说话诚实，不妒忌他人，尽自己能力施舍。我靠天神、客人和侍从吃剩的食物生活。（21）我不轻视任何人，不逞强，优秀的婆罗门啊！前生的业总是跟随着作业者。（22）

耕种、畜牧和经商，这是人世生活。刑罚、治理和吠陀，世人靠此维持。（23）相传首陀罗从事工作，吠舍从事耕种，刹帝利从事战争，婆罗门一向从事梵行、苦行、经咒和真理。（24）国王依法统治臣民，臣民热爱自己的职业。国王约束人们从事自己的职业，不让他们背离职责。（25）国王是臣民的主人，应该具有威严。国王处死背离职责的人，犹如猎人用箭杀死鹿。（26）婆罗门仙人啊！在遮那迦的统治下，没有发现背离职责的人。四种姓都热爱自己的职业，优秀的婆罗门啊！（27）遮那迦王惩处应受惩处的人，即使是儿子犯法也不放过。但他不麻烦守法的人。（28）国王雇佣探子，依法侦察一切。财富、王权和刑杖都属于刹帝利，优秀的婆罗门啊！（29）国王奉行自己的正法，渴望更多的财富。国王是一切种姓的保护者。（30）

婆罗门啊！我自己从不杀生，我一向出售别人杀死的野猪和水牛，婆罗门仙人啊！（31）我不吃肉，在妻子来月经后同房①，长期斋

---

① 按照《摩奴法论》规定，妇女的经期为十六天，除了其中的头四夜以及第十一夜和第十三夜，其余十夜允许同房。

戒，夜里进食，婆罗门啊！（32）一个生来没有教养的人，可以变成有教养的人。一个从事杀生的人，也能成为守法者。（33）如果国王偏离正道，伟大的正法混乱，非法猖獗，臣民混杂。（34）魔鬼、侏儒、驼背、大头、阴阳人、瞎子和聋子，全都生出来了。国王违反正法，臣民无法生存。（35）

遮那迦国王依法观察一切，一向体恤所有热爱自己职业的臣民。（36）我认真做事，让所有的人感到满意，不管他们赞扬我，还是谴责我。（37）依法生活和享受，不仰仗别的什么，这样的国王蓬勃向上。（38）总是尽力施舍食物，忍耐，坚守正法，给值得尊敬者应有的尊敬，怜悯众生，这些品德只存在于弃绝尘世的人身上。（39）一个人应该摒弃谎言，不受请求而做善事，不因爱欲、愤怒和仇恨而放弃正法。（40）遇到快乐不狂喜，遇到痛苦不焦灼，遇到困难不糊涂，不放弃正法。（41）

如果做了错事，就不要一错再错。而要好好想想，让自己做善事。（42）不要以恶对恶，永远与人为善。谁想作恶，只会伤害自己。（43）邪恶狡诈的人尽做坏事，认为正法不存在，嘲笑纯洁的人。这些不相信正法的人注定走向毁灭。（44）罪恶总像吹气的皮囊一样膨胀，狂妄的傻瓜夸夸其谈，暴露他们的内心，犹如太阳照出原形。（45）在这世上，傻瓜单靠自我吹嘘，不会焕发光彩，而有学问的人即使其貌不扬，也光彩照人。（46）他不指责别人，不吹嘘自己。在这大地上，凡有德之士都隐而不露。（47）

犯了罪过，良心受到折磨，也就摆脱了罪过。他心里想着："我不再这样做了"，也就避免重蹈覆辙。（48）优秀的婆罗门啊！依靠这样的行为，避免再次犯罪，婆罗门啊！在正法中就有这样的教诲。（49）遵行正法的人在不知道的情况下犯了罪过，事后就消除罪过，婆罗门啊！正法解除人们由于疏忽犯下的罪过。（50）一个人做了恶事，会觉得自己不是人。因此，他应该做善事，有信心，不妒忌。（51）犹如补缀衣服上的破洞，如果一个人改恶从善，就能摆脱一切罪恶，犹如月亮摆脱乌云。（52）正像太阳升起，驱散黑暗，一个人坚持从善，就能摆脱一切罪恶。（53）你要知道，优秀的婆罗门啊！贪欲是罪恶的温床。贪婪的人没有多少知识，一心作恶。非法披着正法

外衣,犹如陷阱覆盖着草。(54)自制、净化,依据正法说话,这一切在人们中容易见到,但智者的德行难以获得。(55)

摩根德耶说:

大智者婆罗门询问正法猎人:"我怎样才能学到智者的德行?人中俊杰啊!请如实告诉我吧,大智慧的猎人啊!"(56)

猎人说:

优秀的婆罗门啊!祭祀、施舍、苦行、吠陀和真实,在智者的德行中,永远具备这五种净化手段。(57)控制了爱欲、愤怒、骄傲、贪婪和虚伪,智者才会感到满意,认为符合正法。(58)那些虔诚地祭祀和诵习的人,不会有不良行为。他们维护德行,这是智者的又一特征。(59)服从老师,诚实,不发怒,施舍,在智者的德行中,永远具备这四种品质,婆罗门啊!(60)一心想着德行,始终坚守德行,就能达到满意。这种满意,用其他方法,不能达到。(61)吠陀的奥义是真实,真实的奥义是自制,自制的奥义是弃绝,这些永远存在于智者的德行中。(62)

有些人思想糊涂,蔑视正法,走上歧途。他们的追随者也备受折磨。(63)智者善于自制,向往学问和弃绝,登上合法之路,追求真理和正法。(64)具备智者德行的人获得最高智慧。他们尊敬老师,坚持不懈,寻求正法的目的。(65)依靠知识,侍奉守法者,摒弃那些邪恶残忍、破坏界限的异教徒。(66)五种感官之水汇成河流,充满爱欲、贪婪和执著。制作坚定之船,渡过艰难的人生之河。(67)正法由智慧和瑜伽构成,逐渐积累壮大。它存在于智者的德行中,犹如美丽的红色染在白色的衣服上。(68)

不杀生,说真话,符合一切众生的最高利益。不杀生是最高正法,立足于真理。立足于真理,也就繁荣富强。(69)真理尤为重要,是智者德行的基点。德行是善人的正法,善人以德行为标志。(70)人天生获得各自的本性。灵魂邪恶的人不能控制自我,陷入愤怒和爱欲之类的错误。(71)相传做事符合规则,就是正法。智者教导说,缺乏德行,就是非法。(72)

不发怒,不抱怨,不自私,不妒忌,正直,平静,这些是智者的德行。(73)精通三吠陀,纯洁,行善,富有思想,顺从师长,控制自我，这些是智者的德行。(74)精神高尚，从事艰难事业，依靠自己的行为赢得尊敬，在这些人的身上，丑恶荡然无存。(75)智者按照正法，领悟到这种古老、永恒和神奇的德行就是正法，他就走向天国。(76)虔诚，不骄傲，尊敬婆罗门，奉行经典，这样的善人进入天国。(77)

吠陀宣示的最高正法，各种法论中的正法，智者实行的正法，这是智者的三种法相。(78)通晓学问，朝拜圣地，忍耐，诚实，正直，纯洁，这些是智者德行的表现。(79)善人总是怜悯众生，坚持不杀生，不议论别人，热爱婆罗门。(80)智者怀有相同的看法，都知道善业和恶业积累而成果报。(81)有规矩，有品德，为整个世界谋求利益，这样的善人赢得天国。他们纯洁无瑕，行进在善路上。(82)智者怀有相同的看法，他们都是施舍者，分享者，扶贫济困，怜悯一切众生。(83)尊敬一切人，以经典为财富，修炼苦行，坚持施舍，这样的人在世上获得幸福和吉祥。(84)

思想坚定的善人遇见善人，即使超出自己的能力，也要施舍，哪怕连累妻子和侍从受苦。(85)认清世事、正法和自己的利益，善人这样生活，岁岁年年，永远繁荣。(86)不杀生，说真话，仁慈，正直，不害人，不狂妄，有廉耻，忍耐，自制，平静。(87)聪明，坚定，同情众生，不贪婪，不仇恨，这样的善人受世人尊敬。(88)

人们说善人的至高行为有三个步骤：不害人，施舍，永远说真话。(89)善人在哪里都有怜悯心，慈悲为怀，满意地走在至高的正法之路上。他们灵魂高尚，具有智者的德行，矢志正法。(90)不妒忌，忍耐，平静，知足，说话可爱，摆脱爱欲和愤怒，实践智者的德行。(91)坚持正法，不知疲倦，永远实践智者的德行。这是善人知行兼备的至高之路。(92)他们登上智慧的楼台，优秀的婆罗门啊！俯瞰迷乱的众生，纷繁的世事，善业和恶业，优秀的婆罗门啊！(93)

我按照我的智力和学问，告诉了你这一切，婆罗门啊！把智者的德行和品质放在首位，婆罗门雄牛啊！(94)

以上是吉祥的《摩诃婆罗多》中《森林篇》第一百九十八章(198)。

一九九

摩根德耶说：

坚战啊！然后，正法猎人对婆罗门说道："毫无疑问，我从事的职业是可怕的。(1)命运强大有力，婆罗门啊！前生作的业难以超越。这就是前生犯罪的恶报。我正在努力消除这个过错，婆罗门啊！(2)命运早已安排好，杀害者只是一个工具。我们都是这种业的工具，优秀的婆罗门啊！(3)那些动物遭到屠宰，我们出售它们的肉，供天神、客人、侍从和祖先享用。这便是动物的正法。(4)药草、植物、牲畜、鹿和鸟是世人的日常食物，圣典上也是这样说的。(5)仁慈的尸毗王奥湿那罗通过施舍自己的肉躯，获得难以获得的天国。优秀的婆罗门啊！(6)古时候，在兰迪提婆国王的厨房里，婆罗门啊！每天要屠宰两千头牲畜。(7)兰迪提婆经常布施肉食，这位国王的名声无与伦比，优秀的婆罗门啊！他也经常在四月一次的祭祀中屠宰牲畜。(8)圣典上也说火爱食肉，婆罗门啊！在祭祀时，婆罗门总是屠宰牲畜。这些牲畜经过咒语装饰，进入天国。(9)

"婆罗门啊！如果古时候火不爱食肉，那么，现在或许没有人会吃肉，优秀的婆罗门啊！(10)牟尼们对吃肉做出这样的规定：按照礼仪，虔诚地供奉天神和祖先后再吃，不算过错。(11)圣典上也说，这样等于不吃肉，正如修习梵行的人在经期与妻子同房，[1] 依然是婆罗门。(12)判断真伪之后，运用这个规定。从前，有个国王名叫绍陀娑，在可怕的咒语控制下吃人，婆罗门啊！你对这事怎么看？(13)

"我认为这是我自己的正法，我就不抛弃它，优秀的婆罗门啊！我知道这是我前生作的业，我就依靠它生活。(14)在这世上，婆罗门啊！抛弃自己的职业，被认为不合法；热爱自己的职业，才被认为合法。(15)前生作的业，不会离开人的灵魂。创造主决定各种职业时，考虑到这个规律。(16)一个从事卑贱职业的人，智者啊！应该注意怎

---

[1] 意思是与妻子同房只是为了生育儿女。

样做善事，怎样避免受损害。解除恶业的方法多种多样。（17）我总是乐善好施，说真话，顺从师长，尊敬婆罗门，热爱正法，我不多嘴多舌，不狂妄自大，优秀的婆罗门啊！（18）

"人们认为耕种是善业。但相传这个职业也严重杀生。人用犁耕田，会伤害许多地下的昆虫和其他各种生物。你认为怎样？（19）人们说，稻谷等等粮食种子也都是有生命的，优秀的婆罗门啊！你认为怎样？（20）人们出猎，杀死动物，吃它们的肉，砍伐树木和药草，婆罗门啊！（21）树上果子中有许多生物，婆罗门啊！水中也有许多生物。你认为怎样？（22）所有一切都布满生物，生物以生物为生，大鱼吞食小鱼。你认为怎样？（23）各种生物以不同的生物为生，优秀的婆罗门啊！生物互相吞食。你认为怎样？（24）人们走路时，双脚踩死地上许多生物，婆罗门啊！你认为怎样？（25）即使是智者，坐下或躺下时，也不止一次地伤害生物。你认为怎样？（26）这个空间和大地到处充满生命，人们在无意中杀生。你认为怎样？（27）

"古时候，人们说起不杀生，感到惊讶。在这世界上，谁不杀生？优秀的婆罗门啊！好好想想，在这世上，没有不杀生的人。（28）苦行者坚持不杀生，优秀的婆罗门啊！但他们只是尽力减少杀生而已。（29）显赫的人，出身高贵的人，品德高尚的人，也做出可怕之事，而不以为耻。（30）朋友不欢迎朋友，敌人不欢迎敌人，观点正确的人不欢迎行为正确的人。（31）亲友不喜欢富裕的亲友，傻瓜自以为是智者，甚至指责老师。（32）

"在这世界上，能见到许多颠倒的现象，优秀的婆罗门啊！非法连着正法。你认为怎样？（33）关于正法和非法之业，能说许多。一个热爱自己职业的人，能获得大名声。"（34）

以上是吉祥的《摩诃婆罗多》中《森林篇》第一百九十九章（199）。

二〇〇

摩根德耶说：

这位精明的正法猎人，优秀的守法者，坚战啊！又对婆罗门雄牛说道：(1)"老人们说正法以圣典为准则。正法的行踪微妙，枝枝杈杈，没有尽头。(2)在生命死亡和结婚的时候，可以说假话。假话会变成真话，真话也会变成假话。(3)能给众生带来很大益处的话便是真话，相反则违背正法。你看，正法多么微妙。(4)

"一个人无论行善或作恶，优秀的婆罗门啊！毫无疑问，他必然得到果报。(5)愚者处于困境时，激烈咒骂天神，殊不知道这是他自己恶业的果报。(6)傻瓜、骗子和轻浮的人，总是得到相反的幸福和痛苦，优秀的婆罗门啊！知识、教养和勇气都救不了他们。(7)如果一个人的工作成果不依靠其他，那么，他希望什么，就会如愿获得什么。(8)可是，人们看到，有些人善于控制自己，有能力，有思想，却事业受挫，毫无成果。(9)有些人总是设法伤害众生，欺骗世人，却生活幸福。(10)有的人坐着不动，财富就会到手。有的人辛苦做事，却一无所获。(11)有些可怜的人渴求儿子，拜天神，修苦行，十月怀胎后，生下败家子。(12)有些人生下后，大吉大利，享有祖辈积累的大量财富和粮食。(13)

"人的病痛无疑产生于业。他们受烦恼折磨，犹如小鹿受猎人折磨。(14)聪明能干的医生用药草制止病痛，犹如猎人制服鹿群，婆罗门啊！(15)有些人食物应有尽有，可是肠胃有病，你看！他们不能享用，优秀的守法者啊！(16)而另外许多人臂膀粗壮，辛苦劳累，却很难得到食物，优秀的婆罗门啊！(17)因此，这个世界孤弱无助，充满痴迷和忧愁，经常被强大的洪流卷走。(18)如果有控制力，那么，所有的人都不会衰老，不会死亡，一切都能如愿以偿，不会遇见可憎的事情。(19)所有的人都渴望凌驾世界之上，竭尽全力，也不能如愿。(20)人们看到许多人的星相同样吉祥，由于业的关系，果报迥然不同。(21)优秀的婆罗门啊！没有一个人能主宰自己的命运。人们在世上看到的成果属于原先的业。(22)正如圣典所说，婆罗门啊！生命是永恒的，而世界上一切有生命的身体是无常的。(23)一旦身体被杀，肉躯毁灭，生命移往别处，依然受着业的束缚。"(24)

婆罗门说：

优秀的守法者啊！我想确切知道，生命怎么会是永恒的？优秀的说话者啊！(25)

猎人说：

身体毁灭时，生命不毁灭。愚者错误地认为生命死去。生命在身体里移动。身体毁灭是回归五大成分。（26）别人不会享受他作的业。作业者自己享受幸福或痛苦。他享受自己作的任何业。他作的业不会毁灭。（27）卑鄙的人变成纯洁的人。高尚的人变成犯罪的人。人在世上受到自己的业追随，受到它们的影响，然后再生。（28）

婆罗门说：

人怎样在子宫中产生？善恶有何区别？怎样形成善的出生和恶的出生？优秀者啊！（29）

猎人说：

显然，业与怀孕相联系。我将简要地告诉你，优秀的婆罗门啊！（30）物质成分相聚，人又再生。行善者在善的子宫再生，作恶者在恶的子宫再生。（31）善者可以成为天神，善恶兼有，可以成为人，痴迷者成为牲畜，犯罪者堕入地狱。（32）人在轮回中永远受到自己所犯过失的折磨，承受生死衰老的痛苦。（33）生命受到业的束缚，千万次转生为牲畜，甚至堕入地狱。（34）

人由于自己作的各种业，承受痛苦，死后进入恶的子宫，是为了抵消这种痛苦。（35）但他又积累另外许多新的业，又受到折磨，就像病人饮食不当。（36）即使永远承受痛苦的折磨，却自以为幸福。由于没有斩断束缚，新业依然产生，他像车轮一样，不断轮回转生，痛苦不堪。（37）如果他摆脱束缚，行为纯洁，就能到达善行世界，到达那里，便没有痛苦。（38）行为邪恶的人一味作恶，永无止境。因此，应该努力行善，避免作恶。（39）不妒忌，知恩义，做善事，这样的人获得幸福、正法、财富和天国。（40）文雅，善良，控制自我，聪明，这样的人的行为在今世和来世连续不断。（41）

一个人应该按照善人的法则生活，像智者那样行事，盼望世人免除痛苦烦恼，婆罗门啊！（42）智者具有学识，精通经典。在这世界上，按照自己的正法行事，不混淆职责。（43）智者热爱正法，以正法为生。他依靠正法，获得财富，优秀的婆罗门啊！他浇灌正法之根，在那里看到美德。（44）他以法为魂，心地平静，朋友满意，今生和来世愉快。（45）他获得他喜欢的声、触、色和香，人中俊杰啊！他获得

主人的地位。人们都知道,这是正法的果报。(46)

得到了正法的果报,他并不满足,大婆罗门啊!他不满足于这些,以智慧之眼漠然置之。(47)具有智慧之眼的人不沾染尘世的罪恶,自愿放弃一切,但不放弃正法。(48)他认识到世界的本质是毁灭,努力抛弃一切,依靠正当的方法追求解脱。(49)这样,他对一切漠然置之,摒弃恶业,成为具有正法的人,获得最高的解脱。(50)苦行是人的至善,平静和自制是根基。通过苦行,能实现心中的一切愿望。(51)通过控制感官、诚实和自制,能获得至高的婆罗门地位,优秀的婆罗门啊!(52)

婆罗门说:

什么是人们所说的感官?信守誓言的人啊!怎样控制它们?控制了它们,能得到什么果报?(53)怎样才能得到果报?优秀的守法者啊!我希望如实了解这种正法。(54)

以上是吉祥的《摩诃婆罗多》中《森林篇》第二百章(200)。

二〇一

摩根德耶说:

听了婆罗门的话,坚战啊!正法猎人这样回答婆罗门。请听,国王啊!(1)

猎人说:

为了获得知识,人首先有了思想。有了思想,就有爱和怒,优秀的婆罗门啊!(2)为了实现爱和怒,人就努力做事,习惯于享受喜欢的色和香。(3)于是,爱欲产生,紧接着,仇恨产生。然后,贪欲产生,紧接着,痴迷产生。(4)一个人受贪欲控制,受爱憎冲击,他的智慧不依据正法,却假装执行正法。(5)假装执行正法,虚伪地追求财富,获得成功,优秀的婆罗门啊!他的智慧热衷此道,觊觎罪恶。(6)朋友和智者劝阻他,优秀的婆罗门啊!他引经据典,高谈阔论。(7)由于贪欲作怪,身、口和意三方面的非法行为增长,所思、所说和所做都是罪恶。(8)非法行为猖獗,善良品质泯灭。这些作恶的人只将同类引为朋友。(9)由此，他获得痛苦，来世遭到毁灭。灵魂邪恶的人就是这样。现在请听获得正法的人。(10)他凭借智慧预先察觉罪恶，明辨幸福和痛苦，侍奉善人，由于行善，他的智慧总是符合正法。(11)

婆罗门说：

你讲述的美妙正法前所未闻，我认为你是具有神圣威力的大仙人。(12)

猎人说：

高贵的婆罗门和祖先一样，总是优先享受。在这世界上，智者总是全心全意做婆罗门喜欢的事。(13)优秀的婆罗门啊！我将告诉你，什么是他们喜欢的事。我先向婆罗门致敬，然后告诉你婆罗门的学问。(14)

这整个世界无论如何是不可征服的，婆罗门啊！它由五大成分构成，除此之外，一无所有。(15)五大成分是空、风、火、水和地。它们的属性是声、触、色、味和香。(16)它们所有的属性互相关联。在三种成分中，依次有前面的全部属性。① (17)第六种名为心，称作思想。第七种是觉，然后是我慢②。(18)还有五种感官和忧、善和暗。第十七种有一堆，称作未显。(19)已显和未显构成的属性称作第二十四，被世上一切已显和未显的感官对象掩盖。(20)

以上是吉祥的《摩诃婆罗多》中《森林篇》第二百零一章(201)。

二〇二

摩根德耶说：

婆罗门听了正法猎人的这些话，婆罗多子孙啊！想要继续这个饶有兴味的话题。(1)

婆罗门说：

优秀的说法者啊！人们所说的五大成分，请你确切地一一告诉我

---

① 火有空和风的属性，水有空、风和火的属性，地有空、风、火和水的属性。参阅下一章。
② 我慢指自我意识。

它们的属性。(2)

猎人说：

地、水、火、风和空，我将告诉你它们的属性。(3)婆罗门啊！地有五个属性，水有四个属性，火有三个属性，空和风两者有三个属性。(4)声、触、色、味和香是地的五个属性。它比其他成分有更多的属性。(5)优秀的婆罗门啊！声、触、色和味被称作是水的属性，信守誓言者啊！(6)火的三个属性是声、触和色。风的属性是声和触。空的属性是声。(7)

这十五个属性存在于五大成分中，存在于构成世界的一切成分中。它们互不对立，共同融合，婆罗门啊！(8)动和不动的生物出现灾变，灵魂及时进入另一个身体。(9)这些成分依次消失，又依次产生。到处能发现这五大成分的要素，它们覆盖动和不动的整个世界。(10)

凡感官感觉得到的，称为已显。凡超越感官，只能凭特征认知的，称为未显。(11)如果一个人自愿执著这些接受声等等的感官，那么，他在这世上受折磨。(12)如果一个人看到灵魂在世界中延伸，世界在灵魂中伸延，他无所不知，看到所有的成分。(13)在任何时候，任何情况中，看到所有的成分，他与梵同一，就不再沾染恶业。(14)一个人超越以知识为根基、由痴迷造成的苦恼，那么，他能通过由智慧照亮的所知之路，看到这个世界。(15)智慧的尊者说，人（灵魂）无始无终，自己产生，永不灭亡，无可比拟，没有实相，婆罗门啊！你询问的这一切都以苦行为根本。(16)天国和地狱两者都是感官，控制者升入天国，放纵者堕入地狱。(17)

瑜伽的全部方法就是控制感官。感官是苦行和地狱的根基。(18)毫无疑问，执著感官，则走向罪恶。控制感官，则获得成功。(19)谁永远控制自己的六感官，他就不会沾染罪恶，也就不会遭遇不幸。(20)人们说把人的身体看作一辆车，灵魂便是感官之马的驾驭者，犹如一位坚定、谨慎、熟练的车夫驾驭驯顺的良马，便能走向幸福。(21)

谁坚定地控制自己永不安分的感官缰绳，他就是优秀的车夫。(22)谁坚定地控制放纵的感官，犹如车夫坚定地控制奔马，他肯定会战胜感官。(23)如果思想屈从躁动的感官，就会失去智慧，就像狂风吹走水中的船。(24)由于痴迷，人们争论六感官的果报，而专心学习的人，依据六感官发现禅定产生的果报。(25)

以上是吉祥的《摩诃婆罗多》中《森林篇》第二百零二章(202)。

<h1 style="text-align:center">二〇三</h1>

摩根德耶说：

正法猎人讲述了这个微妙的问题后，婆罗多子孙啊！专心听讲的婆罗门又询问一个微妙的问题。(1)

婆罗门说：

我如实询问你，请你如实告诉我：善、忧和暗的属性。(2)

猎人说：

我将解答你问的问题。请听我逐一讲述它们的属性。(3)暗的属性是痴迷，忧的属性是活动，善充满光明，被认为最优秀。(4)一个受暗性控制的人充满无知，愚蠢，嗜睡，麻木，丑陋，易怒，阴沉，懒惰。(5)忧性之人说话敏捷，聪明，热情，妒忌，好奇，坚强，骄傲。(6)善性之人充满光明，坚定，爱沉思，不妒忌，不发怒，有智慧，能自制。(7)善性之人清醒，为世俗生活所烦恼。清醒，有所觉悟，就厌弃世俗生活。(8)一旦厌弃世俗生活，我慢就会软化，心地就会纯正。(9)一切对立都会互相抵消，他在哪儿都不再需要控制自己。(10)一个首陀罗出身的人，如果奉行美德，就能成为吠舍，也能成为刹帝利，婆罗门啊！(11)如果他行为正直，也可以成为婆罗门。我已经讲述了所有的属性，你还想听什么？(12)

婆罗门说：

身体之火遇到地元素，会发生什么情况？风怎样利用它的特殊地位发生作用？(13)

摩根德耶说：

婆罗门提出这个问题后，坚战啊！猎人回答灵魂高尚的婆罗门。(14)

猎人说：

火居住头中，保护身体。呼吸在头和火中活动。过去、现在和未来，一切都依靠呼吸。（15）我们认为梵光是一切成分中最优秀的。它是人（灵魂），一切众生的灵魂，永恒的原人。它是心、觉、我慢，是一切成分的领域。（16）它在任何地方，都受到呼吸保护。它依靠肚脐气，走自己的路。（17）位于膀胱底部和肛门的火，也就是肛门气，带动尿和粪。（18）在勤勉、行动和力量三者中起作用的是同一种气，通晓至高灵魂的人称之为喉咙气。（19）遍布人体一切关节的气，称作遍身气。（20）遍及一切元素的火，称作风。它四处跑动，对液汁、元素和病起作用。（21）从呼吸的结合中产生的结合，称作消化火。它消化人的食物。（22）呼吸和遍身气聚在肛门气和喉咙气之间，由此，火能充分哺育基础。（23）它的以肛门为终端的器官称作直肠。在人的一切呼吸中，从火中产生各种营养管道。（24）在火的推动下，呼吸到达直肠顶端，然后又折回向上，排出火。（25）肚脐以下是消化的部位，肚脐上是未消化的部位。肚脐中间是体内一切呼吸的基地。（26）在呼吸的推动下，十条脉管带着食物的液汁，从心脏向上下左右流动。（27）这就是瑜伽行者之路。通过它，走向最高境界。克服疲劳，控制坐势，坚定不移，把灵魂放在头部。呼吸和肛门气就是这样在所有的人体内延伸。（28）

人由部分组合而成，他的灵魂有十一种变异形态。你要知道，有形体的人永远从属于业。（29）火永远居于人体中，犹如存放在火盆中。你要知道，这火是灵魂，永远从属于瑜伽。（30）神居于灵魂中，就像水滴居于莲花中。你要知道，灵魂永远从属于弃绝。（31）你要知道，忧、善和暗都是生命的属性。你要知道，生命是灵魂的属性，而灵魂是至高的属性。（32）人们说生命的属性是有知觉。它活动和使一切活动。而智者们说至高者创造七个世界。（33）

在一切成分中，成分的灵魂不显现。只有智者凭借至高微妙的智慧才能见到。（34）他们通过心灵的平静，消除善业和恶业；固守平静的灵魂，获得无限的幸福。（35）平静的标志是心满意足，睡眠安稳，容光焕发，神采奕奕，犹如无风之灯。（36）在傍晚和深夜，始终都能控制自己的意念，不贪食，灵魂纯洁，他能看到自己的灵魂。（37）他

用自己的心，犹如用明亮的灯观照，看到自己与灵魂不同，他便获得解脱。(38)

用一切手段控制贪欲和愤怒，这被认为是祭祀的净化器，是苦行，是桥梁。(39)一个人永远应该保护苦行，避免愤怒；保护财富，避免妒忌；保护学问，避免骄傲和轻视；保护自己，避免放纵。(40)仁慈是最高的正法，宽容是最高的力量，自我的知识是最高的知识，真实的誓言是最高的誓言。(41)真实的话语是美好的，真实的知识是有益的。而能给众生带来最大利益的真实是最高的真实。(42)做事不图报答，行祭为了弃绝，这样的人是聪明睿智的弃世者。(43)即使师长也不能动摇他，他依据学问，努力追求与梵结合，这种名为瑜伽（结合）的离弃。(44)

不要伤害任何人，应该行走在仁慈之路上。人获得这一生，不要对任何人怀有仇恨。(45)无所有，无所求，心满意足，坚定不移，这就是最高知识，永远至高无上的自我知识。(46)放弃执著，运用智慧信守誓言吧！这样，你将到达没有痛苦的地方，今世和来世都不动摇。(47)牟尼应该坚持苦行，自制，调伏自我，努力征服不可征服的东西，不执著。(48)以无属性为属性，不执著，目标专一，坚持不懈，婆罗门啊！这是你的行为。人们用一个词，称之为幸福。(49)如果一个人抛弃痛苦和幸福这两者，他就达到梵。通过不执著，他走向永恒。(50)

我按照圣典，扼要地向你讲述了这一切。你还想听什么？(51)

以上是吉祥的《摩诃婆罗多》中《森林篇》第二百零三章(203)。

二〇四

摩根德耶说：

正法猎人讲述了完整的解脱法，坚战啊！婆罗门听了，心里非常高兴，说道：(1)"你依据正理讲述了这一切，凡这世上能见到的万事万物，你无所不知。"(2)

猎人说：

你亲眼目睹了我的正法，优秀的婆罗门啊！依靠它，我获得了成

就,婆罗门中的雄牛啊!(3)起来,尊者啊!快进屋去见我的父母,知法者啊!(4)

摩根德耶说:

婆罗门听后,进入里面。他看到一座壮丽的住宅,四开间,白灰墙,可爱迷人。(5)与天神的住宅一样,受到天神的崇敬。屋子里安放着床椅,散发着高雅的香气。(6)猎人的父母备受尊敬,身穿洁白的衣服,吃完饭,满意地坐在精美的椅子上。正法猎人见到父母,跪下行触足礼。(7)

两位老人说:

起来,起来,知法者啊!正法保佑你!我俩喜欢你的纯洁,愿你长寿,儿子啊!我俩一直受到你这个好儿子精心侍奉。(8)你甚至不知道天神中还有别的神。由于你虔诚,你完全具备婆罗门的自制能力。(9)你父亲的祖父以及各位祖先一直喜欢你对我俩的孝敬。(10)如今,你在思想、行为和言语上,不会失去孝顺心。我们不会看到你的智慧出现偏差。(11)在孝敬老人上,你所做的一切就像持斧罗摩那样,甚至更好。孩子啊!(12)

摩根德耶说:

然后,正法猎人把婆罗门介绍给父母。两位老人欢迎婆罗门,向他表示敬意。(13)婆罗门接受敬意后,问候道:"你俩和儿子、仆从,家中所有人都好吧?你俩的身体一向健康吧?"(14)

两位老人说:

我俩和家中的仆从们都很好,婆罗门啊!你来到这里,一切都顺利吧,尊者啊!(15)

摩根德耶说:

婆罗门满怀喜悦,回答说:"是这样。"然后,正法猎人对婆罗门说了这些有意义的话:(16)"尊者啊!我的父亲和母亲,他俩是我的最高之神。我对天神怎么做,对他俩也怎么做。(17)我尊敬两位老人就像世人尊敬以因陀罗为首的三十三天神。(18)婆罗门用祭品供奉天神,同样,我不知疲倦地供奉父母。(19)婆罗门啊!我的父母是我的最高之神。我一向用鲜花、果子和宝石满足他们,婆罗门啊!(20)他俩对我来说,就是智者所说的祭火、祭祀和四吠陀,婆罗门啊!他俩是我的一切。(21)我的生命、妻子、儿子和朋友都是为了这个目的。我总是和妻儿一起尽孝道。(22)我亲自为他俩沐浴洗脚,亲自给他俩送饭,优秀的婆罗门啊!(23)我给他俩讲顺耳的话,避开不愉快的话。为了他俩高兴,甚至不合法的事,我也做。(24)我认识到长者就是正法,优秀的婆罗门啊!我始终不知疲倦地孝顺父母,婆罗门啊!(25)一个希望繁荣的人有五个长者:父亲、母亲、祭火、自己和老师,优秀的婆罗门啊!(26)谁能正确地对待他们,他们就成为他的永远受崇拜的祭火。对于处在家主地位的人来说,这是永远的正法。"(27)

以上是吉祥的《摩诃婆罗多》中《森林篇》第二百零四章(204)。

二〇五

摩根德耶说:

灵魂高尚的正法猎人将父母介绍给婆罗门后,又对婆罗门说道:(1)"我有预见。请看,这是苦行的威力!为此,那位妇女告诉你说:'去密提罗城。'(2)她一心顺从丈夫,善于控制自己,诚实守戒,告诉你说:'在密提罗城住着一位猎人,他会为你讲述正法。'"(3)

婆罗门说:

奉守誓言者啊!我记得那位诚实守戒、忠于丈夫的妇女说的话,知法者啊!我认为你是有德之士。(4)

猎人说:

优秀的婆罗门啊!这位忠于丈夫的妇女对你说到我的时候,毫无疑问,她完全明了一切,主人啊!(5)我出于对你的好感,婆罗门啊!向你宣示这一切。听着,孩子啊!我要讲一些对你有益的话,婆罗门啊!(6)你忽视你的父母,优秀的婆罗门啊!他们没有打发你,你就撇下父母,离家出走,无可指责的人啊!你这样做,不符合吠陀的规定、目的和含义。(7)你的年迈的苦行者父母忧愁悲伤,双目失明。你去安抚他俩吧!不要让伟大的正法抛弃你。(8)你是苦行者,灵魂高尚,一向热爱正法。一切对你都没有意义,你快去安抚他俩

吧！(9)相信我，婆罗门啊！你不要再做别的事，马上就去，婆罗门仙人啊！我这样说是为你好。(10)

婆罗门说：

毫无疑问，你说的这一切都是实话，知法者啊！我对你很满意，充满善行和美德的人啊！(11)

猎人说：

你像天神一样，忠于正法。这古老、永恒和神圣的正法，对于灵魂不完善的人来说，难以达到。(12)你快去尽心侍奉你的父母吧！依我看，除此之外，没有更高的正法。(13)

婆罗门说：

我来到这里，真幸运！与你相见，真幸运！在这世上，像你这样的说法者是难得的。(14)几千个人中，有一个知法者，甚至一个都没有。我对你的实话很满意，祝你幸运，优秀的人啊！(15)我正要堕入地狱，是你救了我。我能见到你，也是命中注定，无罪的人啊！(16)就像迅行王坠落时，得到他的好外甥们救护，人中之虎啊！我得到你的救护。(17)我将遵照你的话，孝顺父母。一个灵魂不完善的人不知道怎样辨别正法和非法。(18)首陀罗出身的人难以理解永恒的正法。我认为你不是首陀罗。肯定有什么原因，作为报应，你才成为首陀罗。(19)大智者啊！我想确切知道这个原因。你善于控制自我。如果你愿意，请如实告诉我这一切。(20)

猎人说：

婆罗门是不可忽视的，优秀的婆罗门啊！请听我前生经历的一切吧，无罪的人啊！(21)我从前是位婆罗门，优秀的婆罗门儿子啊！我诵习吠陀，精通吠陀支，聪明能干。由于自己犯了过失，婆罗门啊！我才落到这般境地。(22)

我有一位朋友是国王，精通弓箭术。由于和他交往，我也成为优秀的弓箭手，婆罗门啊！(23)有一次，国王出去打猎，优秀的卫士陪随，大臣簇拥。在净修林里，他杀死了许多鹿。(24)而我射出一支可怕的箭，优秀的婆罗门啊！不偏不倚射中一位牟尼。(25)婆罗门啊！他发出惨叫，倒在地上，说道："我毫无过错，是谁犯下这个罪孽？"(26)我以为那是一头鹿，赶紧跑到那里，却看到我的箭不偏不倚射中了这位仙人。这是一位修炼严酷苦行的婆罗门，倒在地上，奄奄一息。(27)由于这个过失，我的心痛苦不堪。我对牟尼说道："我不是故意的，请你宽恕我，婆罗门啊！"(28)这位仙人气得发昏，婆罗门啊！对我说道："你将成为首陀罗出生的猎人，残忍的人啊！"(29)

以上是吉祥的《摩诃婆罗多》中《森林篇》第二百零五章(205)。

二〇六

猎人说：

我遭到仙人这样诅咒后，优秀的婆罗门啊！我好言安抚这位精通语言的仙人：(1)"牟尼啊！我今天做的这件事，不是故意的。请你宽恕这一切吧，尊者啊！请开恩吧！"(2)

仙人说：

咒语不能更改，毫无疑问就是这样的了。但我出于慈悲，现在给你一个恩惠。(3)你虽然出身首陀罗，但你懂得正法。毫无疑问，你会孝顺父母。(4)由于这种孝顺，你将获得巨大成就。你会记得前生，升入天国。一旦咒语消失，你又会成为婆罗门。(5)

猎人说：

过去，这位修炼严酷苦行的仙人这样诅咒了我，又这样施恩于我，优秀的人啊！(6)我拔出他身上的箭，优秀的婆罗门啊！把他带到净修林后，他就死了。(7)我向你讲述了我过去的一切，现在，我要到天国去了，优秀的婆罗门啊！(8)

婆罗门说：

人总要经历这些痛苦和幸福，大智者啊！你不必后悔。你知道自己的出身，做到了难以做到的事。(9)你现在的错误职业是由出身造成的。忍受了一定时间后，你又将成为婆罗门。我现在毫不犹疑，认为你是婆罗门。(10)如果一个婆罗门行为不端，走向堕落，桀骜不驯，专做坏事，那他就跟首陀罗一样。(11)如果一个首陀罗始终奉行自制、真理和正法，我认为他就是婆罗门，因为婆罗门由行为决定。(12)一个人由于行为错误，经历曲折不幸的遭遇。我认为你的过

错已经消除，优秀的人啊！（13）你不必后悔。像你这样的人从不懊丧。他们精通世事，知道怎样行动，永远皈依正法。（14）

猎人说：

用智慧消除心灵的痛苦，犹如用药草消除肉体的痛苦。具有智能，不会像儿童那样行事。（15）遇到不如意的事，失去可爱的东西，缺少智慧的人会感到内心痛苦。（16）一切众生有得有失，不会只有一人陷入悲伤。（17）遇见不如意的事，立刻摆脱；如果落到头上，则设法对付。悲伤无济于事，只会自添烦恼。（18）

聪明的人满足于知识，抛弃痛苦和幸福这两者，却能增加幸福。（19）永不知足的人是傻瓜，智者知足，不知足者永无尽头，知足常乐。朝着最高目的前进的人从不悲伤。（20）思想不要陷入绝望，绝望是剧毒。它会杀害愚呆的人，犹如狂怒的蛇咬死幼儿。（21）遇到挫折，陷入绝望，他就失去勇气，看不到人生的意义。（22）只要做事，总会有成果。忧郁沮丧，不会获得任何幸福。（23）应该寻求摆脱痛苦的方法。不要忧愁，努力工作，摒弃罪恶。（24）

如果想到众生的虚无，他就达到最高的智慧。智慧圆满的人看到最高目标，不会忧伤。（25）我不忧伤，智者啊！我安心期待着时间，由于我揭示的这些道理，我不消沉，优秀的婆罗门啊！（26）

婆罗门说：

你是智者，你的智慧圆满博大。我不替你忧伤。你满足于知识，通晓正法。（27）我向你告辞。祝你好运！愿正法保佑你。愿你精心奉行正法，优秀的守法者啊！（28）

摩根德耶说：

猎人双手合十，说道："好吧！"这位优秀的婆罗门右旋行礼后，启程出发。（29）这位婆罗门回去后，始终遵照礼仪，尽心孝顺年老的父母。（30）

坚战啊！我已经把所有这一切都讲给你听了，孩子啊！这些就是你询问的正法，优秀的守法者啊！（31）忠于丈夫的妇女和婆罗门的伟大，优秀的人啊！猎人孝顺父母的著名正法。（32）

坚战说：

优秀的婆罗门啊！你讲述的正法十分奇妙，至高无上，优秀的守

法者啊！（33）我愉快地听着，智者啊！仿佛只过了一会儿时间，尊者啊！我意犹未尽，还没有听够这最高的正法。（34）

以上是吉祥的《摩诃婆罗多》中《森林篇》第二百零六章(206)。

二〇七

护民子说：

法王（坚战）听了有关正法的优美故事后，又问苦行者仙人摩根德耶。（1）

坚战说：

从前，为什么火神要去树林？为什么在火神消失时，鸯耆罗大仙人变成火神，运送祭品？（2）火神只有一个，但在祭祀中，却有多种多样的火，尊者啊！我希望你告诉我这一切。（3）鸠摩罗是怎样诞生的？他怎么会成为火神的儿子？他怎样通过楼陀罗和吉提迦（昴宿），在恒河里生下？（4）我希望从你这里如实听到这一切，婆利古族的喜悦啊！我充满好奇，大牟尼啊！（5）

摩根德耶说：

人们讲述这个古老的传说，说是火神发怒，去树林里修苦行。（6）尊敬的鸯耆罗自己变成火神，用自己的光辉折磨和消灭黑暗。（7）这位大德住在净修林里，胜过火神。他变成火神后，照亮整个世界。（8）

火神修苦行时，感受到鸯耆罗的灼热光辉，光辉的火神十分沮丧，不知道怎么办。（9）尊敬的火神思忖道："梵天为这个世界创造了另一位火神。因为我在修苦行，失去了火神的地位。（10）我怎样才能再成为火神？"他这样想后，看到像火神一样烧灼世界的大牟尼。（11）他畏惧地慢慢走过去，而鸯耆罗对他说道："你赶快恢复你的火神地位，促使世界繁荣。在这三界动和不动的生物中，你闻名遐迩。（12）你是梵天创造的第一位驱除黑暗的火神。赶快回到自己的位置吧，驱除黑暗者啊！"（13）

火神说：

我在世上的声誉已经丧失，你成了火神。人们只知道你是火神，

而不知道我。(14)我放弃火神地位,你成为第一火神吧!我将成为第二火神,也就是生主的后裔。(15)

鸯耆罗说:

你做让众生升入天国的善事吧!你成为驱除黑暗的火神吧!让我马上成为你的第一个儿子吧!火神啊!(16)

摩根德耶说:

听了鸯耆罗的这番话,火神便这样做了,国王啊!鸯耆罗有个儿子,名叫祭主(毗诃波提)。(17)众天神得知火神有了第一个儿子鸯耆罗,都来到那里询问原因,婆罗多子孙啊!(18)经众天神询问,鸯耆罗说明了原因。众天神接受了他的说明。(19)我将告诉你梵书中提到的有关许多祭祀的各种各样光辉的火。(20)

以上是吉祥的《摩诃婆罗多》中《森林篇》第二百零七章(207)。

二〇八

摩根德耶说:

俱卢后裔啊!鸯耆罗是梵天的第三个儿子,他的妻子是阿波婆的女儿。请听我告诉你他的后代!(1)巨辉、巨称、巨梵、巨心、巨亮和祭主,国王啊!(2)鸯耆罗的大女儿名叫跛努摩提(有光)公主,在所有的子女中,她的美貌无与伦比。(3)鸯耆罗的二女儿,一切众生见了都喜欢。因此,大家就叫她罗伽(喜欢)。(4)鸯耆罗的三女儿名叫希尼婆利(纤月),身体瘦小,若隐若现。因此,人们说她是迦波尔迪(楼陀罗)的女儿。(5)四女儿光艳照人,名叫阿吉湿摩提(有焰);五女儿勤于祭供,名叫诃毗湿摩提(有祭)。鸯耆罗圣洁的六女儿,人们称她为摩希湿摩提(有牛)。(6)鸯耆罗的七女儿经常在光辉的火祭中出现,人们称她为摩诃摩提(有大)。(7)人们见到鸯耆罗尊贵的八女儿,会发出惊呼,说她完美无缺,称她为谷呼(新月)。(8)

以上是吉祥的《摩诃婆罗多》中《森林篇》第二百零八章(208)。

二〇九

摩根德耶说：

祭主的妻子是声名卓著的旃陀罗摩希。她生下六个圣洁的火和一个女儿。(1)祭祀时，接受酥油的火，就是祭主的儿子，名叫商优，光辉灿烂。(2)他在四月祭和马祭时，接受头胎生的牲畜祭品。虽然燃烧时有无数光辉的火焰，他是惟一有力的火。(3)商优的妻子萨谛耶无与伦比，是正法的女儿。他的儿子是光辉的火，三个女儿信守誓言。(4)他的第一个儿子名叫婆罗堕遮火，在祭祀时，接受第一份酥油供奉。(5)商优的第二个儿子名叫婆罗多火，在满月祭祀时，接受祭勺浇下的酥油祭品。(6)另外三个女儿的丈夫是婆罗多。他的儿子是婆罗多，女儿是婆罗提。(7)婆罗多火是生主婆罗多火的儿子，熊熊燃烧，无比猛烈，婆罗多族俊杰啊！(8)

婆罗堕遮的妻子是毗拉，后代是毗罗。婆罗门悄悄地说，毗罗接受酥油供奉，像苏摩一样。(9)他与苏摩一起，接受第二份祭品，被称作车主、车声或瓶精。(10)他和萨罗优生下悉地，以自己的光辉包围太阳。他带来祭火颂诗，在祈求时，经常提到他。(11)

不落之火①总是赞美大地，他的声誉、力量和吉祥永不衰落。(12)无罪之火是他的儿子，没有罪恶，纯洁无瑕，光焰闪耀，恪守规则。(13)他解救呼喊的众生，又名解救之火。他受到侍奉，赐予幸福。(14)他的儿子名叫有声之火，是痛苦制造者。由于他，世上的人们蒙受痛苦折磨，呻吟不已。(15)

那种超越整个世界智慧的火，通晓自我的人称他为胜世之火②。(16)内在之火消化身体里的食物。在一切世界的祭祀中，称他为享世之火③，婆罗多子孙啊！(17)他修习梵行，控制自我，永远恪守誓言。这是婆罗门在家祭中供拜的火。(18)他是著名的牛主，喜爱

---

① 祭主的第二个儿子。
② 祭主的第三个儿子。
③ 祭主的第四个儿子。

河流。通过他，行祭者完成一切祭祀。(19)饮水的牝马脸火是最可怕的火，名为享上之火①。他是依赖呼吸的智者。(20)经常接受家庭中的北门祭品，酥油如意供奉。这是最好的火，名为如意之火②。(21)

女儿曼耶提③是对平静的众生发怒之火。她是愤怒之味，对待一切众生凶猛可怕，名为娑婆诃。(22)爱欲之火的美貌在天国无与伦比。因此，众天神称他为爱欲之火。(23)不空之火兴奋地控制愤怒，佩戴弓箭和花环，站在战车上，驰骋疆场，消灭敌人。(24)大德啊！赞颂之火受到三种颂诗的赞颂，产生伟大的言语。人们称他为如愿之马。(25)

以上是吉祥的《摩诃婆罗多》中《森林篇》第二百零九章(209)。

二一〇

摩根德耶说：

迦叶波、极裕、波罗那、波罗那之子、鸯耆罗之火、行落和三辉，(1)为求儿子，多年修炼严酷的苦行："愿我们得到一个虔信正法的儿子，声誉与梵天一样。"(2)他们运用五种伟大的发音沉思入定，产生五色光芒的精力。(3)燃起的火是他的头，双臂如同太阳，皮肤和眼睛如同金子，双腿黝黑，婆罗多子孙啊！(4)五个人的苦行形成五种颜色，吠陀中称他为五生。他是五个世系的奠基人。(5)

这位大苦行者修炼了一万年苦行，产生祖先的可怕之火，创造后裔。(6)从他的头和口中，创造了毗诃特和罗檀多罗，两位迅速的攫取者。从他的肚脐中，创造了湿婆。从他的力量中，创造了因陀罗。从他的呼吸中，创造了风和火。(7)从他的双臂中，创造了两种低调和世界众生。创造了这些后，他又创造祖先的五个儿子：(8)毗诃杜尔阇的儿子钵罗尼提，迦叶波的儿子毗诃多罗，鸯耆罗勇敢的儿子跋努，婆尔遮的儿子绍婆罗，(9)波罗那的儿子阿努达多。他们被说成

---

① 祭主的第五个儿子。
② 祭主的第六个儿子。
③ 曼耶提是祭主的女儿。她的三个儿子是爱欲、不空和赞颂。

是五个世系的后裔。他创造了众天神、祭祀、黎明和另外十五个西方之神。(10)苦行创造了阿毗摩、阿迪毗摩、毗摩、毗摩勃罗和阿勃罗这五位神,还有祭祀和黎明。(11)苦行创造了苏密多罗、密多罗婆、密多罗阇耶、密多罗伐达那和密多罗达磨这些神。(12)苦行创造了修罗钵罗毗罗、毗罗、苏盖瑟、苏伐遮和修罗罕多罗这五位神。(13)他们五个一组分成三组,呆在这个世界上,骚扰祭祀天国的祭祀者。(14)他们抢夺和毁灭大地上祭祀者的祭品。他们抢夺和毁灭,出于对祭火的妒忌。(15)熟练的祭司将祭火安置在合适的地方,他们就不会走近放在祭坛上的祭品。(16)成堆的火用翅膀运送祭品,折磨他们。受到颂诗的安抚,他们不会破坏供奉的祭品。(17)

苦行的儿子毗诃杜格特住在大地上。在举行火祭时,他受到大地上善人的供奉。(18)苦行的儿子罗檀多罗,据说是一种火。祭官们知道他的祭品是供给密多罗文陀的。这位声誉卓著者和儿子们一起,无比喜悦。(19)

以上是吉祥的《摩诃婆罗多》中《森林篇》第二百一十章(210)。

二一一

摩根德耶说:

婆罗多火受到严格约束。他又名满意之火,因为他满意时,也会令人满意。他支撑一切众生,所以,被称为婆罗多。(1)湿婆火专门崇拜能力。他总是拯救一切受痛苦折磨的人,所以,被称为湿婆。(2)

苦行看到苦行的丰硕成果,为了保护成果,生下聪明的儿子布伦陀罗。(3)苦行还生下热烈的优湿摩,这种火见于一切众生。还有摩奴火,行使生主的职责。(4)精通吠陀的婆罗门提到商菩火。他们还提到光辉灿烂的阿婆娑底耶火。(5)苦行之火生下五个祭祀儿子,他们灿若金子,运送祭品,赐予精力。(6)

伽宛波提火疲倦而平静时,产生可怕的阿修罗和各种各样的人,大德啊!(7)鸯耆罗创造苦行的儿子摩奴和跋努,而精通吠陀的婆罗

门称他为毗诃跋努。(8)

跋努的妻子是苏钵罗阇、毗诃跋娑和苏摩阇,她们生了六个儿子。请听她们生下怎样的儿子。(9)人们称跋努的第一个儿子为勃罗陀火。他赐予软弱的众生以身体。(10)跋努的第二个儿子名叫曼优摩特火,他对平静的众生愤怒暴戾。(11)在这世上,毗湿奴火也被称为特利提摩特和鸯耆罗。据说,他在新月祭和满月祭接受祭品。(12)跋努的儿子阿提罗衍那,据说他与因陀罗一起分享最早收获的祭品。(13)与前面四个儿子一起,跋努的另一个儿子是尼罗揭罗诃,他一直在四月祭接受祭品。(14)

摩奴生下女儿尼夏(夜晚)和双生子阿耆尼(火)和苏摩(酒)。尼夏又成为摩奴的妻子,生下五种火。(15)吉祥的毗首那罗火与波尔阇尼耶(雨云)一起,在四月祭接受最新的祭品。(16)名为毗首波提(世界之王)的火是摩奴的第二个儿子。斯毗湿陀讫利特(如意之火)被认为至高无上,他使酥油正常供奉。(17)有个女孩名叫卢醯尼,是希罗尼耶格西布(金座)的女儿。由于她的业绩,成为他的妻子。他是生主火。(18)依靠呼吸,运转有身体者的身体,这是商尼希多火。他产生声音和形态。(19)阿迦尔摩舍(无秽之火)这位火神,运载祭品,行径有白有黑。他依附怒气,制造秽行。(20)苦行者一向称迦比罗为大仙。这种迦比罗火是数论和瑜伽的创始人。(21)在世上各种祭祀中,阿揭罗尼火总是把祭品送到死者那里。(22)

他在大地上还创造其他许多著名的火,主要用于纠正错误的火祭。(23)如果不知怎么由于风的缘故,火互相接触,应该用八钵祭品供奉苏吉火。(24)如果南火接触另外两种火,应该用八钵祭品供奉毗提火。(25)如果屋内之火接触森林之火,应该用八钵祭品供奉苏吉火。(26)如果经期中的妇女接触火祭之火,应该用八钵祭品供奉陀私优摩特火。(27)如果听说某个生物或牲畜死了,应该用八钵祭品供奉阿毗摩提火。(28)如果婆罗门生病,三夜没有祭火,应该用八钵祭品供奉优多罗火。(29)如果举行固定的新月祭和满月祭,应该用八钵祭品供奉波地讫利特火。(30)如果产房之火接触到火祭之火,应该用八钵祭品供奉阿耆尼摩特火。(31)

以上是吉祥的《摩诃婆罗多》中《森林篇》第二百一十一章(211)。

二一二

摩根德耶说：

穆蒂多是娑诃，也就是水之火的最可爱的妻子。娑诃这位大地之主和天空之主生下最高的火。(1)婆罗门称他为一切众生之火，众生的灵魂，众生的主人。(2)这种火神圣辉煌，永远是伟大的一切众生的主人。(3)这种火名为家主，永远在各种祭祀中受到崇拜，运载世人供奉的祭品。(4)无比高贵和神奇的水之火和他的儿子被称为大地之主、天空之主和万物之主。(5)他的婆罗多火焚烧死去的众生。在火赞祭中，最好的仪式是尼耶多。(6)水之火见到尼耶多前来，恐惧地钻入海中。众天神到处寻找，也找不到他。(7)水之火见到阿达婆，说道："你把祭品送到众天神那里去吧，英雄啊！我太疲乏了，阿达婆啊！去吧，对我行行好吧！"(8)他打发走阿达婆后，便到别处去了。而鱼儿们说出他的去处。他生气地对鱼儿们说道：(9)"你们各种各样的鱼将成为众生的食物。"这位祭品运送者又对阿达婆重复说过的话。(10)虽然众天神极力请求，他也不愿意运送祭品。他抛弃了自己的身体。(11)他抛弃身体，钻入地中。他接触到地，创造出各种各样的成分。(12)他的口产生香味和精力，他的骨产生松树，他的唾液产生水晶，他的胆汁产生绿宝石，(13)他的肝产生黑铁。众生具备这三种成分。他的指甲产生云母，他的血管产生珊瑚，国王啊！他的身体还产生其他各种成分。(14)

他抛弃自己的身体后，修炼最高的苦行。依靠婆利古和鸯耆罗等人的苦行，他又出现。(15)由于苦行，这火具有威力，膨胀扩大，熊熊燃烧。但他一看见仙人，就恐惧地钻入大海。(16)他一消失，整个世界都恐惧，便向阿达婆求助。天神和仙人都崇拜阿达婆。(17)阿达婆见到火后，亲自创造世界，当着一切众生的面，搅动大海。(18)这样，原先消失的火又被尊者阿达婆召唤出来。从此，他永远运送一切众生的祭品。(19)

这样，他在各种地方漫游，创造吠陀中提到的许多神和火灶。(20)除了信度河外，还有五河、提毗迦河、娑罗私婆蒂河、恒河、百罐河、萨罗优河、甘陀吉河，(21)遮尔曼婆蒂河、摩希河、梅迪亚河、梅达蒂提河和三河：达姆罗婆蒂河、吠多罗婆蒂河和憍湿吉河，(22)多摩娑河、那尔摩达河、戈达瓦利河、维纳河、波罗维尼河、毗摩河、梅陀罗他河，婆罗多子孙啊！(23)婆罗提河、苏波罗瑜伽河、卡维利河、穆尔穆罗河、黑河、黑维纳河、迦比罗河和索纳河。所有这些河是著名的火灶之母。(24)

阿德菩多的妻子是波利亚。她的儿子是毗杜罗陀。有多少种苏摩祭祀就有多少种火。(25)他们是梵天的精神之子，出生在阿多利家族。阿多利想要生子，自己保持他们。然后，这些火从梵天的身上产生。(26)

这样，我已经告诉你这些精神伟大、声誉卓著的火的起源。他们驱除黑暗，吉祥如意，无与伦比。(27)你知道这些火都跟吠陀中提到的阿德菩多一样伟大，因为所有的火都是一个火。(28)尊贵的第一个火鸯耆罗应该看作是惟一的火，多种多样的火是从他的身上产生的，就像光赞祭那样。(29)我已经讲述这些火的伟大谱系。他们受到各种颂诗净化，运送众生的祭品。(30)

以上是吉祥的《摩诃婆罗多》中《森林篇》第二百一十二章(212)。

二一三

摩根德耶说：

无罪的人啊！我已经对你讲述火的各种谱系，俱卢后裔啊！现在请听聪明的迦缔吉夜的出生故事。(1)我将告诉你阿德菩多的神奇的儿子。他是七位仙人的妻子生的，勇力无比，圣洁，声誉卓著。(2)

从前，天神和阿修罗热衷于互相厮杀。在战斗中，总是面目狰狞的檀那婆战胜天神。(3)因陀罗看到自己的军队多次遭到杀戮，很想寻找一位军队统帅。(4)他想："这个人应该力大无比，看到天军被檀那婆击溃，他能凭借勇气保护天军。"(5)他反复想着这件事，走到摩那娑山。这时，他听到一位妇女发出痛苦凄厉的叫喊：(6)"来人啊！

救救我！指派一个人做我的丈夫，或者他自己做我的丈夫吧！"（7）因陀罗对她说道："不要害怕，你没有危险。"说罢，他看见盖辛站在他的面前，（8）头戴王冠，手持棍棒，犹如一座矿藏丰富的高山。因陀罗用手护着那女孩，对盖辛说道：（9）"你行为卑劣，为什么要抢这女孩？你要知道，我持有金刚杵，停止骚扰她！"（10）

盖辛说：

你放开这女孩，帝释天啊！我想要她。你最好活着回到自己的城里去，杀死巴迦者啊！（11）

摩根德耶说：

盖辛这样说罢，扔出棍棒想要杀死因陀罗。因陀罗用金刚杵拦腰砍断掉下的棍棒。（12）盖辛发怒，扔出一座山峰。因陀罗看见山峰掉下，用金刚杵将它劈开。山峰坠落地上，国王啊！（13）山峰坠落，击中盖辛。他痛苦难忍，丢下高贵的女孩，逃跑了。（14）阿修罗逃走后，因陀罗询问女孩道："你是谁？是谁的孩子？你在这里做什么？面容美丽的女子啊！"（15）

女孩说：

我是生主的女儿，名叫提婆犀那。我的姐姐是提选犀那，她早被盖辛抢去了。（16）得到生主同意，我们姐妹俩与女友们一起来到摩那婆山玩耍。（17）大阿修罗盖辛经常来抢我们。提选犀那喜欢他，而我不喜欢他，杀死巴迦者啊！（18）我的姐姐已被他抢走，尊者啊！你奋力救出了我，天王啊！我希望你为我指定一个战无不胜的丈夫。（19）

因陀罗说：

你是我姨母的女儿。陀刹耶尼是我的母亲。我希望你告诉我你自己的力量。（20）

女孩说：

我是个弱女子，大臂者啊！但我的丈夫应该强壮有力。依靠我父亲赐予的恩惠，他将受到天神和阿修罗尊敬。（21）

因陀罗说：

你丈夫将拥有什么样的力量？公主啊！我想听听你的说法，无可指责的女孩啊！（22）

女孩说：

他应该强大有力，英勇无比，能战胜凶猛的天神、檀那婆、药

叉、紧那罗、蛇和罗刹。(23)他将和你一起,战胜一切众生。这样一位声名卓著的圣洁的人,才是我的丈夫。(24)

摩根德耶说:

听了她的话,因陀罗心里犯愁,思忖道:"按照这位公主所说的丈夫是没有的。"(25)然后,像太阳一样光辉灿烂的因陀罗看到太阳在日出之山上,高贵的月亮正在进入太阳。(26)这是新月之日楼陀罗的时刻,他看到天神和阿修罗在日出之山上战斗。(27)尊者因陀罗看到朝霞布满鲜红的云彩,伐楼拿的住处水色通红。(28)火带着婆利古和鸯耆罗用各种颂诗供奉的祭品,进入太阳。(29)第二十四分走近太阳,月亮依法在楼陀罗的时刻与太阳会合。(30)因陀罗望着月亮和太阳合而为一。他看到他们在楼陀罗的时刻结合,思忖道:(31)"楼陀罗时刻的结合是伟大的、充满光辉。月亮与火和太阳结合是神奇的。如果月亮生一个儿子,他可以成为这位公主的丈夫。(32)火也具有一切美德,他也是一位神。如果火生一个儿子,他可以成为这位公主的丈夫。"(33)这样想着,尊者因陀罗带着提婆犀那,来到梵界。他向老祖宗行礼问安后,说道:"请你为这位公主指定一位英雄丈夫!"(34)

梵天说:

这事正如你想的那样,杀死檀那婆者啊!这个结合正在孕育一个强壮有力的孩子。(35)这位勇士将成为你的军队统帅,百祭(因陀罗)啊!他也将成为这位公主的丈夫。(36)

摩根德耶说:

闻听此言,天王因陀罗向梵天行礼后,带了这女孩前往神仙们那里。这些杰出的婆罗门以极裕仙人为首,奉守伟大的誓言。(37)以百祭(因陀罗)为首的众天神来到他们的祭祀,想要分享他们通过苦行获得的苏摩酒。(38)这些灵魂高尚的仙人按照仪规,将祭品投入燃烧的祭火中,祭供众天神。(39)他们召唤运送祭品的阿德菩多火。这位高贵的火从太阳圆盘中出来。他按照仪规,控制语言,来到婆罗门念过颂诗的祭火中。(40)他接受仙人们供奉的各种祭品,把它们运送给天神,婆罗多族俊杰啊!(41)

这火出来时,看到这些灵魂高尚的仙人们的妻子。她们坐在自己的净修林里,舒适地沐浴。(42)她们像金色的祭坛一样辉煌,像月亮一样洁净无垢,像火一样闪闪发光,像星星一样神奇。(43)见到这些杰出的婆罗门的妻子,这火就想着她们,感官骚动,陷入爱欲。(44)他又想道:"我这样动情不合礼仪,因为我爱上这些杰出的婆罗门的好妻子,她们是戒除爱欲的。(45)我不能无缘无故观看和触摸她们。所以,我应该进入家主之火中去仔细观看。"(46)他在家主之火中观看这些灿若金子的妻子,仿佛用自己的火苗触摸她们,十分高兴。(47)这火在那里呆了很久,坠入情网,一心爱恋这些美丽的妻子。(48)但是,他没有能得到这些婆罗门的妻子,他的心备受爱情的煎熬,决定抛弃身体,前往森林。(49)

而陀刹的女儿娑婆诃早就爱上这火。很久以来,这位美丽的女孩一直在寻找机会。但这位无可指责的女孩没能见到这位精进不懈的火神。(50)当她知道这位火神确实到森林去了,她忍受着爱情的煎熬,思忖道:(51)"我将幻化成七位仙人的妻子的模样。一旦他迷上她们的模样,我就能爱上这位受爱情折磨的火神。这样,他会高兴,我也得到自己的爱情。"(52)

以上是吉祥的《摩诃婆罗多》中《森林篇》第二百一十三章(213)。

二一四

摩根德耶说:

鸯耆罗的妻子希娃具有品德和美貌。娑婆诃公主首先幻化成她的模样,人中之主啊!这位美丽的女子走到火神身旁,说道:(1)"火神啊!我受爱情煎熬,你应该爱我。如果你不爱我,那我只有去死。(2)火神啊!我是鸯耆罗的妻子,名叫希娃。我是与女友们商量决定后才来的。"(3)

火神说:

你怎么知道我受爱情折磨?你讲讲七位仙人中其他各位可爱的妻子的情况。(4)

希娃说:

你一直喜欢我们,而我们都怕你。从你的迹象,知道了你的心

思，她们派我来到你的身旁。(5)我来这里就是为了交欢。你快满足爱欲吧，火神啊！母亲们等着我，我就要走的。(6)

摩根德耶说：

于是，火神愉快地接受希娃。希娃也很愉快，用手接住他的精液。(7)她想："如果有人在这树林里看见我的形体，他们会说那些婆罗门的妻子与火神犯了错误。(8)为了避免这一点，我应该变成一只金翅鸟，这样，我能轻松地飞出树林。"(9)于是，她变成一只翅膀美丽的鸟，从大树林里飞出去。她看到白山，覆盖着茂盛的芦苇。(10)那里守护着许多眼睛有毒的、神奇的七头蛇，充满罗刹、毕舍遮、成群的可怕生物、罗刹女和无数鸟兽。(11)

她很快飞到难以到达的山顶，迅速把精液洒在金盆里。(12)她又幻化成灵魂高尚的七位仙人中其他各位妻子的模样，与火神相爱。(13)但是，她不能幻化成阿容达提的神圣模样，因为阿容达提具有苦行的威力和对丈夫忠贞。(14)俱卢族俊杰啊！在新月之日，可爱的娑婆诃六次把火神的精液洒在金盆里。(15)那些射出的精液具有威力，聚在一起，生出一个儿子。他受到仙人们崇拜。这射出的精液产生了室建陀（射出者）。(16)

这个孩子鸠摩罗（室建陀）有六个头，双倍的耳朵，十二只眼睛、手臂和脚，一个脖子，一个身躯。(17)古诃（室建陀）在第二天成形显现，第三天成为一个孩子，第四天长全各种肢体和器官。(18)庞大的红云带着闪电，围绕他。他像太阳，在红云中升起，闪闪发光。(19)他手持令人毛发直竖的大弓。这弓是摧毁三城者（湿婆）安放的，用以消灭天神的敌人。(20)他手持这张最优秀的弓，发出有力的吼叫，仿佛震聋三界动和不动的生物。(21)

听到他的如同云雨雷鸣般的吼声，两条大蛇吉多罗和爱罗婆多惊跳起来。(22)看到这两条大蛇掉下，这位像早晨的太阳一样光辉的火之子用双手抓住这两条蛇，另一只手握住标枪，另一只胳膊夹住一只红冠公鸡。(23)这是最有力的大公鸡。这位大臂者抓住这些东西后，又发出可怕的吼叫，然后玩耍起来。(24)这位力士用双手握住最好的螺号，吹得那些强有力的生物胆战心惊。(25)他玩耍时，一再用双臂拍打空气，用嘴吸吮三界。这位灵魂无与伦比者在山顶上闪闪发光，

犹如日出之山上的太阳。(26)

他灵魂无与伦比,出奇地勇敢,坐在山顶上,用各种不同的脸观看四周。他看到各种各样的景物,又发出吼叫。(27)听到他的吼叫,许多人都吓倒了。他们心慌意乱,恐惧地前去寻求他庇护。(28)各种肤色的人皈依他。婆罗门称他们为有力的会众。(29)这位大臂者站起身来,安抚这些人。然后,他拉开弓,对着巍峨的白山射出许多箭。(30)他用箭劈开雪山的儿子麻鹮山。从此,天鹅和秃鹫都到弥卢山去了。(31)被劈开的山坠落下来,发出异常痛苦的声音。在这座山坠落时,别的山也都恐惧地发出叫喊。(32)这位最优秀的力士听到异常痛苦的声音,并不惊诧。这位灵魂无与伦比者举起标枪,发出吼叫。(33)这位灵魂伟大者扔出巨大的标枪,猛烈地劈开白山可怕的山顶。(34)可怜的白山遭此打击,怀着对这位灵魂伟大者的恐惧,与群山一起,逃离大地。(35)于是,大地颤抖,到处迸裂。大地痛苦地拜见室建陀,才又恢复力量。(36)群山向室建陀致敬后,又回到大地。所以,人们在白半月第五天,都要供奉室建陀。(37)

以上是吉祥的《摩诃婆罗多》中《森林篇》第二百一十四章(214)。

二一五

摩根德耶说:

仙人们关心世界的繁荣,看到各种可怕的凶兆,忧心忡忡,努力保持世界的稳定。(1)那些住在奇车林里的人说:"大祸是火神给我们带来的,因为他与七位仙人中的六位妻子同居。"(2)另外有些人看到公主幻化而成的金翅鸟飞走,对金翅鸟说道:"你招来了灾祸。"但没有一个人知道这是娑婆诃做的事。(3)金翅鸟听说后,心想:"这是我的儿子",便悄悄走近室建陀,说:"我是你的母亲。"(4)而七位仙人听说这个强大有力的儿子的出生情况,便遗弃了六位妻子,神圣的阿容达提除外。(5)住在树林里的人都说孩子是那六位妻子生的。而娑婆诃告诉七位仙人说:"这是我的儿子。"国王啊!她一再解释说:"我知道,事情不是那样的。"(6)

大牟尼众友完成七仙人的祭祀后，悄悄跟在受爱情煎熬的火神后面。因此，他知道事情的全部真相。(7)众友第一个寻求鸠摩罗庇护，为大军（鸠摩罗）创作了神圣的赞美诗。(8)这位大牟尼为他举行了从出生仪式开始的所有十三种吉祥的儿童仪式。(9)他赞颂六脸神的伟大，赞颂公鸡、性力女神和会众的成就。(10)他举行仪式，为世界祈福。由此，众友仙人赢得鸠摩罗的欢心。(11)这位大牟尼发现是娑婆诃变换模样，告诉那些牟尼说，他们的妻子无罪。他们听后，尽管明白了事情真相，但仍然遗弃他们的妻子。(12)

众天神听说室建陀后，一起对因陀罗说："室建陀的力量不可抵御，帝释天啊！你别耽搁，赶快去杀死他。(13)如果你不杀死他，他今天就会成为因陀罗了。这位大力士将控制三界、控制我们和你，帝释天啊！"(14)因陀罗为难地对他们说："这个孩子力大无比。他在战斗中，甚至能战胜和消灭世界的创造主。(15)现在，让那些充满如意神力的世界之母去杀死室建陀。"母亲们同意道："好吧！"便去了。(16)而见到力大无比的室建陀，她们垂头丧气，心想他是不可战胜的，于是就寻求他的庇护。(17)她们说道："你是我们的儿子。我们维持这个世界。你欢迎我们吧！我们都有乳汁，满怀慈爱。"(18)

大军（室建陀）向她们致敬，满足她们的愿望。然后，这位最优秀的力士看见他的父亲火神走来。(19)父亲接受儿子致敬后，坚定地站着，和那些母亲一起围绕和保护大军（室建陀）。(20)在这些母亲中，有一位出生于愤怒的妇女。她手持叉子，保护室建陀，就像乳母保护儿子一般。(21)这位可怕的血海的女儿，以血为食物。她抱着室建陀，保护他，如同自己的儿子。(22)火神仿佛变成一位多子多孙的山羊脸商人，用各种玩具逗弄这个呆在山上的孩子。(23)

以上是吉祥的《摩诃婆罗多》中《森林篇》第二百一十五章(215)。

二一六

摩根德耶说：
各种行星和彗星、众仙人、众母亲、以火为首的各种燃烧物和会众们,(1)这些和其他许多可怕的天国居住者,与那些母亲一起,围绕着大军(室建陀)。(2)神中之王因陀罗想要战胜他,但发觉没有把握。他登上爱罗婆多象背,和众天神一起出发。他想要杀死大军(室建陀),快速前进。(3)

天神的军队精神抖擞,速度飞快,光辉无比。他们装备有彩旗和铠甲,各种坐骑和弓箭,穿着精致的衣服,由吉祥女神侍奉。(4)鸠摩罗(室建陀)迎着想要杀死他的因陀罗走去。强大有力的因陀罗想要杀死火神之子,快速走来,途中发出吼叫,鼓舞天神的军队。(5)受到众天神和优秀的仙人们崇拜的因陀罗,走到迦缔吉夜(室建陀)身旁。(6)神中之王因陀罗和众天神一起发出狮子吼。古诃(室建陀)听到这吼声,也发出海啸一般的吼声。(7)他的巨大吼声吓得天神的军队六神无主,慌作一团,犹如大海翻滚。(8)

火神之子看到众天神前来杀他,愤怒地从口中喷出一股股巨大的火焰,把天神的军队烧得在地上滚爬。(9)他们的头和身体烧着了,武器和坐骑也烧着了,犹如突然纷纷坠落的流星。(10)这些烧着的天神都去寻求火神之子庇护了。他们抛弃手持金刚杵的因陀罗后,才恢复平静。(11)因陀罗被众天神抛弃后,迅速向室建陀扔出金刚杵,击中室建陀的右胁,大王啊!劈开了这位灵魂伟大者的右胁。(12)由于金刚杵这一击,室建陀又生出另一个人。这个青年身披金铠甲,手持标枪,戴着神奇的耳环。由于他是由金刚杵击中而诞生,所以,被称为维沙卡(击中者)。(13)因陀罗看到生出的这另一个人像死亡之火一样光辉,恐惧地双手合十,请求室建陀保护。(14)室建陀赐给他和军队以无惧,优秀者啊!于是,众天神兴高采烈,弹奏乐器。(15)

以上是吉祥的《摩诃婆罗多》中《森林篇》第二百一十六章(216)。

二一七

摩根德耶说:

现在,请听室建陀的那些容貌神奇而可怕的会众。由于金刚杵的一击,室建陀生出许多男孩。这些可怕的男孩总是偷窃刚出生的婴儿和子宫中的胎儿。(1)由于金刚杵的一击,室建陀生出许多强壮有力的女孩。那些男孩都把维沙卡当作父亲。(2)这位尊者变成山羊脸,在战斗中保护他们。成群的女孩和所有的儿子围绕着他。(3)婆陀罗沙卡(室建陀)成为母亲们企盼的幸运。因此,大地上的人们都称室建陀为"孩子之父"。(4)那些想求儿子和有儿子的人总是在各地崇拜楼陀罗、火神、强壮有力的乌玛和娑婆诃。(5)

名为苦行的火神所生的那些女孩来到室建陀那里。室建陀问道:"我能做些什么?"(6)

母亲们说:

我们想成为全世界最高的母亲。由于你的恩惠,我们将受人尊敬。满足我们的愿望吧!(7)

摩根德耶说:

他回答说:"好吧!"这位大智者反复说道:"你们各不相同,有的吉祥,有的不吉祥。"(8)这群母亲将室建陀认作儿子后,便走了。迦吉、诃利摩、楼陀拉、毗诃利、阿哩雅、波罗拉和密多拉成为七个童子的母亲。(9)由于室建陀的恩惠,她们每人生了一个英勇的儿子,眼睛发红,凶猛可怕,名叫童子。(10)人们说这些是室建陀的这群母亲生的八英雄。他们连同山羊脸,被称作九英雄。(11)你要知道,室建陀的六个头中,第六个头是山羊脸,一直受到这群母亲的崇拜,国王啊!(12)在这六个头中,最著名的一个叫做婆陀罗沙卡。他创造了性力女神。(13)

这些事情发生在白半月第五天。在第六天,发生了可怕的战争,人中之主啊!(14)

以上是吉祥的《摩诃婆罗多》中《森林篇》第二百一十七章(217)。

二一八

摩根德耶说:

室建陀披着金色的铠甲和金花环,戴着金色的宝石王冠,金色的眼睛闪闪发光。(1)他穿着红色的外衣,牙齿尖利,拥有一切迷人的相记,博得三界喜欢。(2)对于这样一位戴着锃亮的耳环、赐予恩惠的青年英雄,美如莲花的吉祥女神亲自侍奉。(3)众生看到闻名天下的、优秀的鸠摩罗(室建陀)坐在那里,犹如满月之夜的月亮,受到吉祥的女神侍奉。(4)灵魂高尚的众婆罗门向这位大力士祭拜。大仙们在那里对室建陀说道:(5)"金色之神啊!祝你幸运。但愿你成为世界的拯救者。全世界在你这位六夜生者控制下。(6)你将赐给他们以无惧,优秀的神啊!因此,你应该成为因陀罗,保证三界的安全。"(7)

室建陀说:

诸位苦行者啊!因陀罗为全世界做些什么?神中之王永远应该怎样保护众天神?(8)

仙人们说:

因陀罗为众生指派力量、精力、儿子和幸福。这位神中之王满意时,会赐给一切恩惠。(9)他取走作恶者的东西,赐给行善者。这位杀死勃罗者(因陀罗)命令众生履行职责。(10)在没有太阳的地方,他成为太阳。在没有月亮的地方,他成为月亮。他也可以根据需要,成为火、风、地和水。(11)这就是因陀罗做的事,因为因陀罗力大无比,英雄啊!你是最优秀的力士,因此,你成为我们的因陀罗吧!(12)

因陀罗说:

大臂者啊!你做因陀罗吧,给我们大家带来幸福。现在就给你灌顶吧!你完全合格,优秀者啊!(13)

室建陀说:

你一心追求胜利,仍然统治三界吧!我是你的臣仆,因陀罗啊!我不想成为因陀罗。(14)

因陀罗说:

你的力量是神奇的,英雄啊!杀死众天神的敌人吧!世人惊叹你的勇气,就会鄙视我。(15)我虽然占据因陀罗的地位,但缺乏力量,被人战胜,英雄啊!人们将不遗余力,在我俩之间制造分歧。(16)一旦你和我分裂,主人啊!世界就会分裂。世人对我俩做出选择,分成两派。一旦众生分裂,就会发出战争,大力士啊!(17)在战斗中,孩

子啊！请相信我，你将战胜我。因此，你现在就成为因陀罗吧，不要耽搁了。(18)

室建陀说：

你是三界的主人，也是我的主人。祝你幸运！我能为你做些什么？帝释天啊！请你对我下令吧。(19)

因陀罗说：

如果你决心已定，说的是真话；如果你愿意服从我的命令，室建陀啊！请听着！(20)你将灌顶成为众天神的军队统帅，大力士啊！遵照你的话，我仍为因陀罗，大力士啊！(21)

室建陀说：

为了消灭檀那婆，为了众天神的利益，为了保护母牛和婆罗门，你给我灌顶为军队统帅吧！(22)

摩根德耶说：

室建陀被因陀罗和众天神灌顶为军队统帅。他受到大仙们祭拜，光辉灿烂。(23)为他举着的黄金华盖闪闪发光，犹如燃烧的火焰的光环。(24)声誉卓著的摧毁三城者（湿婆）亲自替他戴上工巧神制作的神圣的金花环。(25)人中之虎啊！这位以雄牛为标志的尊神带着妻子，高兴地前来供拜，折磨敌人者啊！(26)众婆罗门称楼陀罗为火神，因此，他是楼陀罗的儿子。楼陀罗射出的精液成了白山。火神的精液也被吉提迦（昴宿）们放在白山上。(27)众天神看到楼陀罗供拜古诃（室建陀），便称楼陀罗的儿子为最优秀的有德之士。(28)楼陀罗进入火中，才生下这个孩子，所以，室建陀成了楼陀罗的儿子。(29)依靠楼陀罗、火、娑婆诃和六位女子的力量，才生下这位最优秀的室建陀神，所以，他成了楼陀罗的儿子。(30)

这位吉祥的火神之子身穿两件干净的红衣服，灼热的身体闪闪发光，犹如笼罩在两朵红云中的太阳。(31)火神赠送的公鸡是他的装饰标志。他浑身通红，登上车子，犹如死神之火。(32)他的身体配有天生的铠甲，总是在作战时显现。(33)标枪、铠甲、精力、美丽、真实、不可伤害、梵性、不痴迷、保护虔诚者，(34)消灭敌人和保护世界，这一切都是室建陀与生俱有的，人中之主啊！(35)

众天神为他灌顶和装饰，他高兴愉快，容光焕发，犹如圆满的月亮。(36)可爱的诵读声,天神的乐器声,天神和健达缚的歌声,成群的天女,(37)有这些和其他各种令人高兴满意的装饰,火神之子在接受众天神灌顶时,仿佛在做游戏。(38)众天神看到,灌顶的大军(室建陀)犹如太阳驱散黑暗,冉冉升起。(39)天神的军队成千成千地从四面八方来到他那里,对他说道:"你是我们的主人。"(40)在一切众生围绕下,尊者接见他们。他受到致敬和赞美,他也安抚他们。(41)

因陀罗将室建陀灌顶为军队统帅后,想起自己曾经救护的提婆犀那。(42)他想一定是梵天亲自安排室建陀做她的丈夫。于是,他带来精心打扮的提婆犀那。(43)这位杀死勃罗者(因陀罗)对室建陀说道:"这个女孩在你尚未出生时,自在天就已指定她为你的妻子,优秀的神啊!(44)所以,按照礼仪,先吟唱颂诗,然后你用手拉住这位公主美如莲花的右手吧!"(45)闻听此言,室建陀便按照礼仪,拉住她的手。祭主吟唱颂诗,进行祭祀。(46)

这样,众天神知道提婆犀那是室建陀的王后。众婆罗门称她为舍希蒂、罗克什米、阿夏、苏卡波罗达、希尼婆利、谷呼、娑德毗提和波罗吉达。(47)提婆犀那得到室建陀这位永久的丈夫时,吉祥女神亲自显身,依附室建陀。(48)室建陀得到吉祥女神侍奉是在白半月第五天,所以,这一天称为吉祥的第五天。他达到目的是在白半月第六天,所以,这一天是伟大的第六天。(49)

以上是吉祥的《摩诃婆罗多》中《森林篇》第二百一十八章(218)。

二一九

摩根德耶说:

提婆犀那的丈夫大军(室建陀)受到吉祥女神侍奉。七位仙人的六位妻子来到他身旁。(1)这六位妻子奉行正法,恪守誓言,却被仙人们抛弃。她们迅速来到提婆犀那的夫主那里,说道:(2)"孩子啊!像天神一般的丈夫无缘无故地生气,抛弃了我们。我们从神圣的地位跌落下来。(3)有人说:'我们生了你。'听到这些不实之词,你应该救救我们。(4)依靠你的恩惠,我们的天国不会毁灭,主人啊!我们

希望你成为我们的儿子。你这样做后,就还清债了。"(5)

室建陀说:

你们是我的母亲。我是你们的儿子,无可指责的人啊!你们希望的一切都会实现。(6)

摩根德耶说:

这样说罢,室建陀对因陀罗说道:"应该怎么办?"因陀罗听见室建陀要他说,他就说道:(7)"卢醯尼的妹妹阿毗吉多公主出于妒忌,想成为老大,便去树林修苦行。(8)我在这件事上糊涂了,因为一个星宿从空中坠落。祝你好运,室建陀啊!你和梵天一起考虑一下这个重要时间。(9)达尼湿陀等星宿的时间,梵天已经制定。卢醯尼是第一个,这样数目就够了。"(10)听到因陀罗这样说,吉提迦(昴宿)们便去天国,成为一个车状的星座,闪闪发光,由火神掌管。(11)毗娜达对室建陀说道:"你是我的提供祭品的儿子,我希望永远和你呆在一起,儿子啊!"(12)

室建陀说:

好吧!我向你致敬。出于爱子之心,你命令我吧!你永远住在这里,女神啊!你的儿媳会孝敬你的。(13)

摩根德耶说:

然后,这群母亲对室建陀说:"诗人们赞颂我们是整个世界的母亲。我们希望成为你的母亲,尊敬我们吧!"(14)

室建陀说:

你们是我的母亲。我是你们的儿子。请说吧,我能做什么,让你们高兴。(15)

母亲们说:

让我们拥有古代的世界母亲们的地位,不要让她们拥有这个地位。(16)让我们受到世界的尊敬,不要让她们受到尊敬,神中雄牛啊!依靠你,她们夺走了我们的子孙。把子孙还给我们!(17)

室建陀说:

你们不能再抚育失去的子孙了。我另外赐给你们一些子孙,让你们心满意足。(18)

母亲们说:

我们想吃掉那些母亲的子孙,把他们给我们吧!她们的保护神是

和你不同的。(19)

室建陀说：

我赐给你们子孙，可是，你们说了可怕的事。祝你们幸运！好好保护那些可尊敬的子孙吧！(20)

母亲们说：

我们将按照你的意愿保护子孙。祝你幸运，室建陀啊！我们喜欢与你长久住在一起，主人啊！(21)

室建陀说：

你们采用各种形体折磨人们的年幼孩子，直到他们长到十六岁。(22)我要给你们像楼陀罗那样不朽的灵魂。由此，你们将无比愉快地生活，受人崇敬。(23)

摩根德耶说：

于是，从室建陀的体内蹦出一个金光灿灿、强壮有力的人，专吃人间的孩子。(24)他落到地上时，毫无知觉，只是感到饥饿。经室建陀同意，这个恶鬼采取楼陀罗的容貌。优秀的婆罗门称这个恶鬼为室建陀波湿摩罗（室建陀的迷妄）。(25)毗娜达被称为可怕的鸟鬼。人们称布多那为女罗刹，应该知道这是布多那鬼。(26)面目狰狞可怕，在夜间出没，这个凶恶的女鬼被称作息多布多那（冷酷的布多那），专门偷取妇女的胎儿。(27)人们说阿底提是勒婆蒂，她的鬼是奈婆多。这个可怕的大鬼专门折磨幼小的婴儿。(28)人们称提迭们的母亲提底为穆克曼底迦。这位难以接近的女鬼酷爱吃幼儿的肉。(29)据说室建陀所生的童男和童女也吃胎儿。他们都是可怕的恶鬼，俱卢后裔啊！(30)据说这些童男就是这些童女的丈夫。他们的行为像楼陀罗那样，不知不觉地偷走孩子。(31)智者称母牛们的母亲为苏罗毗，鸟鬼骑在她身上，与她一起吃世上的孩子，国王啊！(32)娑罗摩公主是狗的母亲，人中之主啊！她也总是偷取妇女的胎儿。(33)树的母亲住在迦兰遮树里，所以想求儿子的人都礼拜迦兰遮树。(34)这十八种和其他的恶鬼喜欢吃肉喝酒，他们经常连续十夜呆在产房里。(35)迦德卢把身体变得微细后，进入孕妇体内，吃掉那里的胎儿，生下蛇。(36)而健达缚们的母亲偷了胎儿便走，所以，在这世上能见到流产的妇女。(37)天女们的母亲抓着胎儿，坐在那里，所以，人们称之为死

436

胎。(38)血海的女儿据说是室建陀的乳母。她在迦丹波树中,作为罗希多耶尼受到崇拜。(39)正像楼陀罗呆在男子体内一样,阿哩雅呆在妇女体内。鸠摩罗(室建陀)的母亲阿哩雅受到人们崇拜,以求取各种愿望。(40)

我已经向你讲述了这些抓取孩子的恶鬼。孩子们在十六岁以前不安全,十六岁以后才安全。(41)这些母亲鬼和那些雄鬼,全都被称为室建陀鬼。(42)一个人应该沐浴、焚香、涂软膏、供奉祭品,尤其是举行室建陀祭礼,安抚他们。(43)他们受到合适的祭供和崇敬,就会赐给人们幸福、长寿和勇气,王中因陀罗啊!(44)

现在,我向大自在天致敬后,再向你讲述那些折磨十六岁以上男子的恶鬼。(45)一个人醒着或睡着时,看到天神,立刻神志迷糊,人们称他为天神鬼。(46)一个人坐着或躺着时,看到祖先,立刻神志迷糊,他被称为祖先鬼。(47)一个人蔑视悉陀,受到他们愤怒的诅咒,他立刻神志迷糊,他被称为悉陀鬼。(48)一个人闻到各种香味或尝到各种滋味,立刻神志迷糊,他被称为罗刹鬼。(49)神圣的健达缚接触大地上的一个人,这个人立刻神志迷糊,他是健达缚鬼。(50)药叉偶然遇见一个人,这个人立刻神志迷糊,他被称为药叉鬼。(51)毕舍遮在任何地方攀附上一个人,这个人立刻神志迷糊,人们称他为毕舍遮鬼。(52)一个人由于犯错误,心里生气,立刻神志迷糊,治愈的方法依据经典。(53)由于困惑、恐惧或见到可怕的事物,立刻神志迷糊,治愈的方法是勇气。(54)

恶鬼分为三类:一类贪玩,另一类贪吃,还有一类贪色。(55)他们一直折磨人到七十岁。此后,发烧替代恶鬼折磨人。(56)恶鬼总是避开那些不放纵感官、自制、纯洁、精进不懈和信仰虔诚的人。(57)关于这些人间恶鬼,人们说:他们不敢接触虔信大自在天的人。(58)

以上是吉祥的《摩诃婆罗多》中《森林篇》第二百一十九章(219)。

二二〇

摩根德耶说:

室建陀满足了母亲们的愿望后,婆婆诃对他说道:"你是我的亲

生儿子。(1)我希望你能给我一个最难得到的恩惠。"室建陀问道："你要什么样的恩惠？"(2)

娑婆诃说：

我是陀刹的可爱的女儿，名叫娑婆诃，大臂者啊！我从小就喜欢祭火。(3)但是，火神并不真正知道我爱他，儿子啊！我希望永远和火神住在一起。(4)

室建陀说：

女神啊！婆罗门把念过颂诗的祭神和祭祖的供品投入祭火时，总要先说"娑婆诃！"(5)从今以后，行为端正，恪守正道的人们都要这样祭供。这样，你就永远和火神住在一起了，美丽的女子啊！(6)

摩根德耶说：

娑婆诃听了这些话，很满意。她和丈夫火神连在一起了。她受到室建陀尊敬，她也向室建陀致敬。(7)

然后，生主梵天对大军（室建陀）说道："你到你的父亲、摧毁三城的大神那里去吧。(8)楼陀罗进入火中，乌玛进入娑婆诃，为了全世界的利益，生下你这个战无不胜者。(9)灵魂伟大的楼陀罗把精液射入乌玛的子宫，溅落在山上，生出明吉格和明吉迦。(10)其余的精液落入血河，还有一部分落在太阳光中，一部分落在大地上，另外有些沾在树上。这样，这些精液分成了五份。(11)智者们称他们为形形色色的伽那。这些可怕的食肉者是你的会众。"(12)

大军（室建陀）说道："好吧！"这位灵魂无与伦比者、父亲的宠儿，向父亲大自在天致敬。(13)

那些想要求取财富的人，应该用阿罗迦花供拜五类伽那。想要解除病痛的人，也应该这样供拜。(14)为孩子祈福的人，永远应该供拜楼陀罗孪生的明吉格和明吉迦。(15)求取儿子的人，应该供拜出生在树中、吃人肉的神圣妇女婆利底迦。(16)因此，人们传说的毕舍遮鬼，类别不计其数。现在，国王啊！请听铃铛和旗帜的起源吧。(17)

爱罗婆多（大象）有一对名为威阇延迪的铃铛。聪明的因陀罗亲自把它们带来，送给古诃（室建陀）。(18)一个给毗沙卡，另一个给室建陀。迦缔吉夜（室建陀）和毗沙卡的旗帜是红色的。(19)力大无比的大军（室建陀）神玩耍着众天神送给他的玩具娃娃。(20)

在成群成群的毕舍遮鬼和天神围绕下，在吉祥女神陪伴下，他在金山上闪闪发光。(21)有了这位英雄，这座金山灿烂辉煌，犹如光辉的太阳照耀洞穴优美的曼陀罗山。(22)鲜花盛开的桑多那树林、夹竹桃树林、波利质多树林、蔷薇和无忧树林，(23)迦丹波树丛，还有天国的鹿群和鸟群，白山由此光辉灿烂。(24)那里有成群的天仙和所有的大仙。云中乐声隆隆，犹如翻腾呼啸的大海。(25)天国的健达缚和天女们翩翩起舞，也听到众生欢乐的巨大声响。(26)就这样，整个世界和因陀罗一起，在白山上观看喜悦的室建陀，百看不厌。(27)

以上是吉祥的《摩诃婆罗多》中《森林篇》第二百二十章(220)。

二二一

摩根德耶说：

尊者室建陀被灌顶为军队统帅时，吉祥的诃罗（湿婆）高兴地前往跋陀罗婆陀。这位主子和波哩婆提一起，乘坐太阳一般金色的车。(1)这辆精美的车由一千头狮子驾辕，在时神催促下，驰向光明的天国。(2)那些鬃毛美丽的狮子在空中驰骋，吼叫着，仿佛要吞饮整个天空，使一切动和不动的生物胆战心惊。(3)兽主（湿婆）和乌玛（波哩婆提）站在车上，光辉灿烂，犹如太阳和闪电呆在带着彩虹的云朵上。(4)他的前面是尊者财神，带着俱希迦们，乘坐名叫布希波迦的人车行进。(5)因陀罗乘坐爱罗婆多大象，带着众天神，跟在赐予恩惠的、以公牛为标志的大神后面行进。(6)大药叉不空佩戴花环，带着瞻婆、药叉和罗刹们，走在右边。(7)右边的天神摩录多们手持各种武器，带着婆薮们和楼陀罗们一起行走。(8)形体可怕的阎摩和摩哩提逾（死神）一起行走，四周围绕数百种疾病。(9)在阎摩后面走着的是楼陀罗锐利可怕的三叉戟，名叫维阇耶（胜利），装饰得十分漂亮。(10)尊者海神伐楼拿的套索十分可怕。他在形形色色的海怪围绕下，缓缓行进。(11)在维阇耶后面走着的是楼陀罗的长矛，围绕着棍、杵和标枪等等锐利武器。(12)在长矛后面走着的是楼陀罗光辉的华盖，国王啊！还有水瓶，围绕着成群的大仙。(13)在右边走着的刑杖闪闪发光,由吉祥女神陪伴,受到婆利古、鸯耆罗和众天神崇敬。(14)在他们后面,光辉的楼陀罗站在明净的飞车上,使所有的天神兴高采烈。(15)

仙人、天神、健达缚、蛇、河流、树和天女们,(16)星宿、行星、天神的孩子和各种各样的妇女,都跟在楼陀罗后面行进。那些容貌美丽、肢体优美的妇女抛撒花雨。(17)波尔阇尼耶(雨神)向持弓的大神行礼,跟随在后。月亮在大神的头顶上举着白色的华盖,风神和火神手持麈尾,站在两旁。(18)因陀罗在后面,由吉祥女神陪伴,国王啊!和所有的王仙一起赞美这位以公牛为标志的大神。(19)高利、维迪亚、甘陀利、盖希尼、密多拉和莎维德丽一起,跟在波哩婆提后面行进。(20)所有的学问都是诗人们创造的。因陀罗和众天神站在军队之首,执行大神的命令。(21)罗刹鬼举着旗帜,走在前面。药叉王名叫宾伽罗,是楼陀罗的朋友。他经常在坟场忙碌,赐给世人欢乐。(22)大神在他们陪同下,随意行走,有时在前面,有时在后面,因为他的行踪是不固定的。(23)世上的人们用很好的仪式供奉楼陀罗神。他们称这位持弓的楼陀罗大神为湿婆。他们用各种各样的东西供奉这位大自在天。(24)

这样,吉提迦(昴宿)的圣洁儿子、提婆犀那的丈夫在天神军队簇拥下,跟随神中之王。(25)然后,大神对大军(室建陀)说了重要的话:"你要永远精进不懈,保护摩录多第七支队。"(26)

室建陀说:

主人啊!我将保护摩录多第七支队。大神啊!你快告诉我其他该做的事情。(27)

楼陀罗说:

孩子啊!你在做事时,总要看着我。凭着你看我和对我的虔诚,你将会得到最大的好处。(28)

摩根德耶说:

大神这样说后,拥抱了室建陀,便打发他走了。在室建陀走后,突然出现巨大的凶兆,大王啊!使所有的天神失魂落魄。(29)

天空和星星燃烧起来,世界一片混沌,大地摇晃作响,黑暗笼罩,主人啊!(30)见到这可怕的情景,商迦罗(湿婆)心情激动,乌玛以及众天神和大仙们也都一样。(31)正当他们不知所措时,看到一支可怕的大军,手持各种武器,像火山和乌云一般压来。(32)这支不计其数的可怕军队发出各种叫声,冲向众天神和尊者商迦罗(湿婆),挑起战斗。(33)他们一次又一次向天神的军队发射箭网,投掷山、百杀器、标枪和棍棒。(34)天神的军队遭到这些可怕的武器袭击,立刻四处逃跑。(35)这些檀那婆攻击天神的军队,杀死士兵、大象和马,捣毁武器和车辆。(36)他们遭到这些阿修罗杀戮,犹如树林遭到火焚。他们纷纷倒下,犹如燃烧的成片的树林。(37)在这场大战中,天神们惨遭杀戮,身首分家,无人保护。(38)

强大有力的攻克城堡之神(因陀罗)看到他的军队在檀那婆攻击下纷纷逃跑,便安抚他们说:(39)"不要恐慌,祝你们幸运!拿起武器,英雄们啊!鼓起勇气,不要害怕。(40)战胜这些面目狰狞、行为邪恶的檀那婆!祝你们幸运,和我一起向这些大阿修罗冲去!"(41)

听了因陀罗的话,天神们得到安慰,跟随因陀罗,向檀那婆发起反击。(42)于是,所有的天神,强大有力的摩录多、沙提耶和婆薮们一起,快速向前冲去。(43)他们在战斗中,愤怒地向对方军队发射许多武器。那些箭拼命吸吮提迭身上的血。(44)锋利的箭穿透提迭的身体,掉落下来,犹如蛇从山上坠落。(45)那些被箭射穿的提迭的身体纷纷倒在地上,国王啊!犹如吹散的云片。(46)面对天神们各种各样的箭,檀那婆军队吓得转身逃跑。(47)天神们兴奋地呼喊着,挥舞武器,打击各种乐器。(48)

就这样,这场互相厮杀的战斗进行得十分激烈,天神和檀那婆的血肉横飞。(49)突然,天神的厄运降临,凶狠的檀那婆又开始屠杀天神。(50)出现巨大的乐器声和鼓声,檀那婆首领们可怕的狮子吼。(51)然后,从可怕的提迭军队中,跳出一位强大有力的檀那婆,名叫摩希舍。他举着一座巨大的山。(52)天神们看到他举着一座山,犹如看到乌云围绕的太阳,纷纷逃跑,国王啊!(53)摩希舍追赶天神们,扔下这座山。这座形状可怕的山落下,把无数天神击倒在地。(54)摩希舍和其他檀那婆一起威胁天神们,穷追猛打,犹如狮子追逐小鹿。(55)因陀罗和天神们看到摩希舍追赶过来,恐惧地逃离战场,丢盔弃甲。(56)

摩希舍立刻愤怒地攻击楼陀罗的车子，冲上去抓住楼陀罗的车辕。(57)摩希舍愤怒地冲向楼陀罗的车子时，天地发出沉重的呻吟，大仙们神志迷乱。(58)身躯庞大的提迭们发出雷鸣般的叫喊："我们必定战胜他们。"(59)在这样的战斗中，尊者（楼陀罗）也不杀死摩希舍。他想起室建陀能杀死这个灵魂邪恶者的檀那婆。(60)摩希舍看到楼陀罗的车子，发出可怕的吼叫。天神们胆战心惊，而提迭们兴高采烈。(61)

正当天神们陷入可怕的恐惧之中，大军（室建陀）来到了。由于愤怒，他如同燃烧的太阳。(62)他身穿红衣服，佩戴红花环，披挂金铠甲，嘴巴鲜红，手臂强壮。(63)他站在像太阳一样金光灿烂的战车上。一见到他，提迭军队立刻逃离战场。(64)强大有力的大军（室建陀）向摩希舍投去一支闪发光焰的锐利标枪，王中因陀罗啊！(65)标枪击中摩希舍巨大的头。摩希舍的头裂开，倒地而死。(66)天神和檀那婆们看到这支投出的标枪杀死成千成千的敌人后，又回到室建陀的手中。(67)大多数提迭被聪明的大军用箭射死，余下的提迭惊慌失措，被室建陀的不可抵御的会众杀死，成百成百地被吃掉。(68)他们吃檀那婆们的肉，喝檀那婆们的血。他们兴高采烈，刹那间就消灭了所有的檀那婆。(69)

就像太阳驱走黑暗，火烧掉树，风吹散云，著名的室建陀依靠自己的勇力战胜敌人。(70)他受到众天神供拜，这位吉提迦（昴宿）的儿子（室建陀）像光芒四射的太阳，向大自在天致敬。(71)室建陀消灭敌人后，走到大自在天那里。攻克城堡者（因陀罗）拥抱大军（室建陀），对他说道：(72)"室建陀啊！你杀死了摩希舍。他是得到梵天恩惠的。对他来说，天神都是稻草做的，优秀的胜利者啊！你已经消灭天神的仇敌，大臂者啊！(73)你在战场上杀死了成百个与摩希舍一样的檀那婆。这些天神的敌人曾经折磨我们。(74)另外一些檀那婆成百成百地被你的会众吃掉了。你在战场上，所向无敌，不可战胜，就像乌玛的夫主一样。(75)天神啊！这是你的第一项著名的业绩。在这三界之中，你的声誉永不会毁灭。天神之子啊！众天神将受你统辖，大军（室建陀）啊！"(76)沙姬的丈夫（因陀罗）这样说后，经尊者三眼大神同意，与众天神一起回去。(77)楼陀罗前往跛陀罗婆

陀,众天神回去。楼陀罗对众天神说道:"你们看待室建陀,要像看待我一样。"(78)

在杀死檀那婆群魔后,室建陀受到大仙们供奉。这位火神的儿子在一天之内就征服了所有三界。(79)谁专心诵读这个室建陀诞生的故事,他就会获得富裕,死后进入室建陀的世界。(80)

以上是吉祥的《摩诃婆罗多》中《森林篇》第二百二十一章(221)。
《摩根德耶遇合篇》终。

黑公主和真光对话篇

二二二

护民子说:

众婆罗门和灵魂高尚的般度族兄弟坐着,黑公主和真光一起进来。她俩很高兴,笑着,愉快地坐下。(1)王中因陀罗啊!这两位说话动听的女子久别重逢,讲述着俱卢族和雅度族国王们的有趣故事。(2)然后,黑天可爱的细腰王后真光、萨多罗吉特的女儿悄悄对祭军的女儿(黑公主)说道:(3)"黑公主啊!你是怎样侍候般度族兄弟的?这些青年像世界保护者一样英勇,备受尊敬,怎么会受你控制而不生气!美丽的女子啊!(4)般度族兄弟总是看你脸色,顺从你,请你告诉我所有的真情,容貌可爱的女子啊!(5)是发愿、苦行,还是沐浴、咒语或药草?是学问的威力、魔法的威力,还是祈祷、火祭或药物?(6)请你告诉我,般遮罗公主啊!这些著名的婚姻知识,黑公主啊!这样,黑天也会永远顺从我。"(7)

声誉卓著的真光这样说后,便住了口。而高贵的、忠于丈夫的黑公主回答道:(8)"真光啊!你问我的是不贞女子的行为,我怎么能讲述不正当的行为方式呢?(9)你不应该产生这样的问题或怀疑。你是黑天可爱的王后,具有智慧。(10)如果丈夫知道妻子使用咒语或魔法,就会害怕妻子,犹如害怕潜入房间的蛇。(11)一个恐惧的人怎么会平静?没有平静,怎么会有幸福?丈夫不会由于妻子使用咒语而变得顺从。(12)那些谋杀者借口施展魔法,让人染上敌人送来的可怕疾病,给人毒药。(13)毫无疑问,人的舌头或皮肤一接触他们赠送的粉末,立即就会死去。(14)妇女也可以使男人得水肿、麻风、白发和阳痿,或成为哑巴、瞎子和聋子。(15)这是邪恶的妇女,不择手段伤害自己的丈夫。一个妻子无论如何都不应该做使丈夫不愉快的事。(16)请听我怎样对待灵魂高尚的般度族兄弟的全部真实情况,声誉卓著的真光啊!(17)

"我永远摒弃傲慢,摒弃欲望和愤怒,总是努力侍奉般度族兄弟和他们的妻子。(18)我控制情感,把自己的心放在他们的心上,不傲慢,满足丈夫们的心愿,顺从他们。(19)我总是害怕说错、站错、看错、坐错、走错或误解。(20)我就是这样侍奉般度族兄弟。这些大勇士如同太阳、火和月亮,威力无比,用目光就能杀死敌人。(21)天神、人、健达缚、装饰华丽的青年、财主或美男子,我一概不想。(22)在丈夫没有吃饭、没有沐浴、没有睡觉之前,我不会吃饭、睡觉,即使有仆人侍候。(23)丈夫从田野、从树林或村庄回到家里,我起身欢迎他们,端上坐椅和水。(24)我擦亮餐具,洗净食物,准时开饭,精心贮藏粮食,打扫房间。(25)我说话坦率,不与品行不端的女人交往。我顺从随和,从不偷懒。(26)我避免无端发笑,避免时不时站在门口,也避免在暗处或花园里久留。(27)我避免大笑、粗暴和发怒。我真心诚意侍奉丈夫。无论如何都不想与丈夫分离。(28)丈夫为家族之事外出居住时,我就不戴花,不打扮,奉守誓言。(29)凡是丈夫不饮、不嚼、不吃的东西,我也都不碰。(30)我按照教规约束自己的行为,体态优美的女子啊!我也修饰打扮,一心维护丈夫的利益。(31)

"家族中的那些规矩,婆婆早就对我讲述。施舍,供物,祭祖,在新月和满月之日供奉牛奶粥,尊敬应受尊敬的人,以及其他的规矩,我都知道。(32)我不知疲倦,日日夜夜奉行这些规矩。我总是全心全意遵守这些职责和规定。(33)我侍候这些恪守正法和真理的温柔的丈夫,就像对待发怒的毒蛇。(34)

"依附丈夫是我的正法。我想这是妇女们永恒的正法。丈夫是神,妻子是走向他的路,谁会做使他不愉快的事呢?(35)我睡觉、吃饭和讲话,都不违背丈夫的意愿。我即使受到委屈,也从不抱怨婆婆。(36)吉祥的女子啊！我专心致志，坚持不懈，孝敬长辈，丈夫反而服从我。(37)我始终亲自侍奉贡蒂，这位说话真实的英雄母亲，沐浴、穿衣和吃饭。(38)在衣服、首饰和食物方面，我从不违背她的意愿，从不抱怨这位像大地母亲一样的普利塔（贡蒂）。(39)

"从前，在坚战的住宅里，总有八千个婆罗门吃金钵斋。(40)还有八万个净身家主，每人带了三十位女仆，要坚战扶养。(41)还有十万名禁欲的苦行者用金钵索取精美的食物。(42)我尽力首先用饮料、衣服和食物供奉那些宣讲梵的婆罗门。(43)灵魂高尚的贡蒂之子有一万名女仆。她们佩戴贝壳手镯、金项圈、(44)昂贵的花环和金首饰，喷洒檀香，珠光宝气，精通歌舞。(45)我知道她们每个人的名字、相貌、食物和衣着，还有她们该做和不该做的事。(46)聪明的贡蒂之子的这一万名女仆，手持钵盂，日日夜夜侍候客人用餐。(47)有一万匹马、十万头象，跟随坚战住在天帝城。(48)

"这是国王当时统治大地时的情况。我制定人员的数目和规则。(49)从后宫所有的侍从，到牧牛人和牧羊人，我知道什么该做，什么不该做。(50)在声誉卓著的般度族中，惟有我知道国王的收入和支出，吉祥的女子啊！(51)婆罗多族雄牛们把所有的家务堆在我身上，脸庞美丽的女子啊！他们全都喜欢奉承我。(52)我承担起这个不能让心术不正的人承担的重任。我放弃了所有的快乐，日夜操劳。(53)惟独我知道奉行正法的丈夫们的宝库，它犹如伐楼拿的大海充满宝藏，难以接近。(54)我日日夜夜忍受饥渴，悉心侍奉这些俱卢后裔。对我来说，白天黑夜都一样。(55)我总是第一个醒来，最后一个人睡，真光啊！这是我的永久的魅力所在。(56)我只知道这样对丈夫施展魅力。我不仿效不贞女人的行为，也不喜欢那种行为。"(57)

听了黑公主讲述的充满正法的话，真光向奉行正法的般遮罗公主致敬，说道：(58)"我有罪，般遮罗公主，祭军之女啊！请原谅我，因为我随心所欲地与女友开玩笑。"(59)

以上是吉祥的《摩诃婆罗多》中《森林篇》第二百二十二章(222)。

二二三

黑公主说：

我将告诉你赢得丈夫的心的正当途径，女友啊！照着去做，你就能斩断丈夫与其他女人的关系。(1)在一切世界，包括天神世界中，没有一个像丈夫这样的天神，因为他满意时，能满足你的一切愿望，而他发怒时，可能会杀死你。(2)从丈夫那里你能得到儿子和各种享受，新奇美观的床和坐椅，衣服、花环和香料，还有天国和不寻常的声誉。(3)在这世上，幸福是不容易得到的。一个善女子要经受痛苦，才能得到幸福。所以，你要是用友情、爱心和肉体受苦，取悦黑天。(4)用美味的食物、漂亮的花环、各种香料以及精通家务，使丈夫感到"她喜爱我"，而充满爱情地拥抱你。(5)你听到丈夫走到门口的声音，要起身站在屋子中间；看到他进屋，赶快递上椅子，帮他洗脚，以示敬意。(6)打发你的女仆，你亲自动手做所有该做的事，黑天会知道你的感情："她全心全意地爱我。"真光啊！(7)丈夫在你面前说的话，即使没有什么秘密，也要藏在心中。因为不知哪个嫔妃会把你的话搬给黑天，这样，他可能会不高兴。(8)你要用各种方式款待对你丈夫友好、忠诚和有益的人。你要永远摒弃对你丈夫仇视、对立、有害和欺骗的人。(9)不要在男人们面前激动和轻慢，控制感情，守住舌头。即使对你的两个孩子始光和商波，也决不要悄悄地侍奉他们。(10)你结交的女友应该出身高贵、清白无罪。你要躲开那些粗暴、酗酒、贪吃、偷窃和反复无常的坏女人。(11)这些就是著名的婚姻知识。它能升入天国和消灭敌人。佩戴昂贵的花环和首饰，涂上软膏和纯洁的香粉，去取悦你的丈夫吧！(12)

以上是吉祥的《摩诃婆罗多》中《森林篇》第二百二十三章(223)。

二二四

护民子说：

遮那陀那（黑天）与以摩根德耶为首的婆罗门和灵魂高尚的般度族兄弟一起坐着，融洽地交谈。(1)杀死摩图的盖沙婆（黑天）与他们谈妥一切后，准备上车，呼唤真光。(2)

于是，真光拥抱木柱王的女儿，充满感情地对她说了一些知心话：(3)"黑公主啊！你不要烦恼，不要忧伤，不要失眠。你的丈夫们像天神一样，一旦他们胜利，你会获得这大地。(4)像你这样具有品行和相貌可敬的女子是不会长久受苦的，黑眼女郎啊！(5)我听说，毫无疑问，你和丈夫们会享有这大地，荆棘会清除，对立会消除。(6)木柱王的女儿啊！在消灭持国的儿子们，报仇雪恨后，你会看到坚战占据这大地。(7)俱卢族妇女得意忘形，嘲笑你遭流放。你很快就会看到她们陷入绝望。(8)你要知道，在你遭受苦难的时候，还要伤害你，黑公主啊！这些人全都走向阎摩殿。(9)你与坚战生的向山，与怖军生的子月，与阿周那生的闻业，与无种生的百军，与偕天生的闻军，(10)你的这些儿子都很健康，都是精通武艺的英雄。与激昂一样，他们都很高兴地呆在多门城。(11)妙贤像你一样全身心地喜爱他们，没有隔阂，没有焦虑。(12)始光的母亲（艳光）同样全身心地爱护他们。盖沙婆（黑天）和跋努等人都教导他们。(13)我的婆婆总是关心他们的食物和衣着。以罗摩为首的安陀迦族和苾湿尼族也都喜欢他们，对他们的爱护就像对始光一样，美丽的女子啊！"(14)

说完这些亲切可爱的贴心话，她愉快地走向黑天的车子，准备离去。(15)黑天的王后这位美丽的真光，向黑公主右旋绕行，登上黑天的车。(16)这位折磨敌人的、雅度族的优秀者（黑天）微笑着安慰黑公主后，驾驭快马回去了。(17)

以上是吉祥的《摩诃婆罗多》中《森林篇》第二百二十四章(224)。《黑公主和真光对话篇》终。

牧 场 篇

二二五

镇群王说：

这些人中俊杰在森林里风吹日晒，身体消瘦。普利塔的这些儿子到达湖边和神圣的树林后，他们又做了些什么？（1）

护民子说：

般度之子们到达湖边后，遣散和安顿人们。然后，他们在可爱的树林、高山和河流各地区游荡。（2）这些英雄住在树林里，以苦行为财富，认真修禅。一些精通吠陀的老者前来看望。这些人中俊杰向他们致敬。（3）

有一天，世上一位善讲故事的婆罗门前来拜访俱卢族。会面后，他偶然见到奇武之子（持国）。（4）这位俱卢族优秀的老国王请他坐下，向他还礼。然后，应老国王要求，他讲述了正法之子、风神之子、因陀罗之子和双生子的情况：（5）由于风吹日晒，他们身体消瘦，面容憔悴，充满痛苦。受英雄们保护的黑公主也仿佛失去了保护，蒙受痛苦。（6）

持国王听了婆罗门的讲述，感到同情和难过。他知道这些王族子孙住在森林里，沉入痛苦之河。（7）他内心备受煎熬，不禁叹息落泪。他勉强保持镇定，回想自己造成的这一切，说道：（8）"为什么我的诚实、纯洁、行为高尚的长子法王无敌（坚战）现在睡在地上，过去他睡在兰古鹿毛绒床上？（9）这位与因陀罗一样的王子，过去都是由成群的摩揭陀和苏多吟唱赞美诗唤醒的，如今他躺在地上，夜晚过后，由成群的鸟儿唤醒他。（10）为什么狼腹（怖军）风吹日晒，身体消瘦？他全身充满怒气，当着黑公主的面，躺在原本不适合他躺的地面上。（11）同样，有思想的好孩子阿周那总是服从正法之子坚战王。他的全身肢体仿佛疼痛不堪，夜里肯定难以入眠。（12）看到双生子、黑公主、坚战和怖军郁郁寡欢，他像一条勇猛的蛇发出叹息，夜里肯

第三　森林篇

定难以入眠。(13)这对本应快乐的双生子也失去了快乐。他俩身体丰满，犹如天上的神仙。他俩受到正法和诺言的约束，肯定也不平静，彻夜难眠。(14)风神的儿子（怖军）像风神一样强劲有力。他的勇猛威力受到正法之绳束缚，肯定强压怒火，唉声叹气。(15)他躺在地上，想着要杀死我的儿子们。这位武艺出众的人受到诺言和正法的约束，正在等待时机。(16)

"无敌（坚战）受骗失败时，难敌说出污言秽语。这些话刺透狼腹（怖军）的身体，燃烧他的内脏，犹如大火燃烧木柴。(17)正法之子（坚战）从不想做恶事，胜财（阿周那）始终追随他。而随着流亡森林，怖军的怒火增长，犹如风助火势。(18)这位英雄怒不可遏，自己捶打自己的手掌，发出灼热可怕的叹息，仿佛要焚烧我的子孙。(19)愤怒的手持甘狄拨神弓者（阿周那）和狼腹（怖军）犹如阎摩和时神，在战场上，射出的箭犹如金刚杵，杀得敌人一个不剩。(20)难敌、沙恭尼、车夫之子（迦尔纳）和智力低下的难降，他们看到甜蜜，而看不到灾祸，忽视狼腹（怖军）和胜财（阿周那）。(21)

"一个人做了善业或恶业，等待他的是业的果报。他身不由己地接受果报。有谁能摆脱果报呢？(22)犁过土地，播下种子，天神适时降雨。我想，除非命运故意作弄，怎么会不结果收获呢？(23)人们认为般度族兄弟品行端正，掷骰子玩得不公平。我被坏儿子们操纵，导致俱卢族走向毁灭。(24)确实，风不推也会吹；确实，孕妇总会分娩；确实，白天开始，夜晚消失；黄昏开始，白天消失。(25)为什么要做别人不做的事？为什么人们怎么也不肯施舍财产？达到了目的，也会变得一无所有。应该怎样做？为何这样做？(26)应该保护的东西要让它不破碎，不流失，不泄漏。如不保护就会崩溃散落。但是，在这世上，所作之业肯定不会消失。(27)请看胜财（阿周那）的英雄气概，他从森林前往因陀罗的世界，学会了四种天国武器，又回到这个世界。(28)带着肉身进入天国，有哪个凡人还会像他那样愿意返回人间？无非他看到无数俱卢族人受时神折磨，濒临死亡。(29)这位弓箭手阿周那左手也能挽弓，他的甘狄拨神弓是世界之精华，他的那些武器是天国法宝，有谁能承受这三种力量？"(30)

449

难敌和妙力之子（沙恭尼）偷偷听了国王的这些话。他们到迦尔纳那里，把这一切都告诉他。难敌心情沮丧，很不愉快。(31)

以上是吉祥的《摩诃婆罗多》中《森林篇》第二百二十五章(225)。

二二六

护民子说：

迦尔纳在妙力之子（沙恭尼）陪伴下，听到了持国王的这些话后，及时地对难敌说道：(1)"你凭借自己的力量驱逐了英勇的般度族兄弟，婆罗多子孙啊！你独自享用这大地吧，就像杀死商波罗者（因陀罗）享用天国。(2)东方、南方、西方和北方的所有国王都向你交纳贡赋，人中之主啊！(3)因为光辉的吉祥女神过去亲近般度族兄弟，如今让你和你的兄弟们赢得，国王啊！(4)以前，我们忧愁憔悴，看到光辉的吉祥女神在坚战的天帝城。(5)现在，我们看到你凭借智慧的力量，已把光辉的吉祥女神从坚战王那里夺来，大臂者啊！(6)这样，王中因陀罗啊！所有的国王都听从你的命令，询问：'我们做什么？'(7)现在，大海环绕的整个大地女神属于你，还有山岳、森林、村庄、城市和矿藏，各种点缀着城镇的林区。(8)你受到婆罗门尊敬，国王啊！你受到国王们尊敬。你勇气非凡，光彩照人，犹如太阳照耀空中的天神。(9)你像星宿之王月亮一样发光，俱卢族人拥戴你，犹如楼陀罗们拥戴阎摩，摩录多们拥戴因陀罗。(10)般度族兄弟不服从你的命令，从来也不惧怕你，我们看到他们失去了吉祥女神，流亡森林。(11)

"大王啊！听说般度族兄弟与森林中的婆罗门们一起住在双林湖河边。(12)你赶快带着至高的吉祥女神去那里，大王啊！像太阳那样，用你的灼热的威力折磨般度的儿子们。(13)国王啊！你看，你拥有王国，般度的儿子们失去王国；你拥有吉祥女神，他们失去吉祥女神；你拥有财富，他们失去财富。(14)让般度族兄弟看到你享有伟大的荣华富贵，就像看到友邻王之子迅行王。(15)吉祥女神确实有能力，大王啊！朋友和敌人都能看到她在一个人身上闪闪发光。(16)在这世上，一个人站在平地看到敌人陷入泥坑，犹如站在山上俯瞰地上的人，还有比这更愉快的事吗？(17)获得儿子或财富，甚至获得王国，这快乐也比不上见到敌人落难，人中之虎啊！(18)一个达到目的的人，看到胜财（阿周那）身穿树皮和鹿皮衣住在净修林里，难道会不高兴吗？(19)让你的衣着华丽的妻子们看到身穿树皮和鹿皮衣的、不幸的黑公主，让她更加悲哀，让她抱怨自己和生活，因为她失去了财产。(20)看到你的妻子们花枝招展，她会感到无法承受的悲哀，就像过去在大会堂中一样。"(21)

迦尔纳和沙恭尼对国王说了这些话后，便默不做声，镇群王啊！(22)

以上是吉祥的《摩诃婆罗多》中《森林篇》第二百二十六章(226)。

二二七

护民子说：

难敌王听了迦尔纳的话后，开始很高兴，尔后又气馁，说道：(1)"迦尔纳啊！你的话全都说到我的心里。但是，我没有获得去般度族住地的允诺。(2)持国王为这些英雄们悲伤。由于般度族兄弟实施苦行，他更加关心他们。(3)如果国王知道我们的计划，为了防患未然，他不会允许我们去的。(4)因为除了铲除我的住在树林里的这些仇敌外，说不出任何其他要去双林的目的。(5)你知道在赌博的时候，那个奴婢子（维杜罗）对我、对你和对妙力之子（沙恭尼）说的话。(6)想起过去的那些话和其他的悲哀，我不知道该去还是不该去。(7)我能看到怖军和阿周那带着黑公主在树林里受苦受难，这是我的莫大喜悦。(8)我获得这个世界感到的快乐，也不如我看到般度的儿子们身穿树皮和鹿皮衣。(9)还有什么快乐能超过我看到木柱王的女儿黑公主在森林身穿袈裟衣？迦尔纳啊！(10)如果让法王（坚战）和怖军这些般度族兄弟看到我享有最高的荣华富贵，那才活得有意思！(11)但是，我想不出去树林的办法。怎样让国王允许我去呢？(12)你与妙力之子（沙恭尼）和难降，想个巧妙的办法，让我们去树林。(13) 我今天决定去还是不去后，明天我就到国王的身边。(14) 当我和俱卢族俊杰毗湿摩一起坐着的时候，你和妙力之子（沙恭尼）要说出你们想好的办法。(15) 在听了毗湿摩和国王关于我去树林的意见后，我将求助祖父，作出决策。"(16)

所有的人都同意道："好吧！"然后，回到各自的住所。一夜过去后，迦尔纳来到难敌王那里。(17) 迦尔纳笑着对难敌王说道："我想出了办法，你听着，人中之主啊！(18) 双林的那些牛场等着你去，国王啊！毫无疑问，我们可以借口巡视牛场去那里。(19) 因为巡视牛场一向是正常的，人中之主啊！这样，父亲就会同意你去，国王啊！"(20)

他俩正在商量安排巡视牛场之事，犍陀罗王沙恭尼仿佛笑着，说道：(21)"我看这个办法很合适。国王不仅会同意，还会催促我们去。(22) 双林的那些牛场等着你去，国王啊！毫无疑问，我们可以借口巡视牛场去那里。"(23)

于是，他们笑着，互相拍打手掌。他们这样决定后，便去见俱卢族俊杰。(24)

以上是吉祥的《摩诃婆罗多》中《森林篇》第二百二十七章(227)。

二二八

护民子说：

镇群王啊！他们一起见到持国王，向持国王请安，持国王也向他们问好，婆罗多子孙啊！(1) 然后，一位名叫沙孟伽的牧人，按照他们事先的安排，向持国王报告附近牛群的情况。(2) 随即，人中之主啊！罗陀之子（迦尔纳）和沙恭尼对王中优秀者持国王说道：(3) "俱卢后裔啊！现在牛场那边景色可爱，到了清点牛群的时候，也到了牛犊打印记的时候。(4) 这也是你的儿子打猎的好时候，国王啊！你让难敌去吧。"(5)

持国说：

打猎是好事，查看牛群也是好事，孩子啊！我记得牧人们是不可信任的。(6)但是我听说那些人中之虎就住在那附近,所以,我不同意你们自己去那里。(7)他们是受骗失败的,现在在森林里坚持修苦行,身体消瘦。这些大勇士是有力量的,罗陀之子(迦尔纳)啊!(8)法王(坚战)不会发怒,但怖军不会忍耐,祭军的女儿(黑公主)也是一团火。(9)你们狂妄痴迷,得罪他们。他们会用苦行之火焚烧你们。(10)或者,这些义愤填膺的英雄佩戴刀剑,用武器之火焚烧你们。(11)如果你们依仗人多势众对付他们,那是极不光彩的。而且,我认为你们也对付不了他们。(12)因为大臂胜财(阿周那)在因陀罗世界里居住,获得天国武器后,又回到森林。(13)过去,阿周那没有天国武器,也能征服大地。现在这位勇士有了天国武器,怎么不能杀死你们?(14)或者,你们听了我的话,小心翼翼去那里,那也会别别扭扭,过得不愉快。(15)或者,一些士兵冒犯了坚战,即使是无意的,也会归咎你们。(16)因此,让一些办事可靠的人去清点牛群吧!我不同意你自己去,婆罗多子孙啊!(17)

沙恭尼说:

般度的长子懂得正法,他在大会堂上承诺要在森林里住十二年,婆罗多子孙啊!(18)所有的般度族兄弟都追随坚战,奉行正法。贡蒂之子坚战不会生我们的气。(19)我们很想去打猎。我们只想清点牛群,而不想见到般度族兄弟。(20)因此,不会发生任何不高尚的举动,我们不会到他们的住地去的。(21)

护民子说:

听了沙恭尼的话,持国王不情愿地同意难敌带着大臣们去那里。(22)得到同意后,甘陀利的儿子、婆罗多族俊杰(难敌)在大批军队的簇拥下,和迦尔纳一起出发。(23)难降、赌棍沙恭尼和其他的兄弟们,还有成千成千的妇女们,随同而行。(24)大臂难敌出发前往双林湖,所有的市民带着妻子也跟随前往。(25)八千辆车,三万头大象,成千上万步兵,九千匹马。(26)货车、妓女、商人、吟唱诗人和成百成千精通打猎的猎手。(27)国王的队伍闹闹哄哄,犹如雨季狂风呼啸,人中之主啊!(28)难敌王到达后,把全部人马驻扎在离双林湖仅仅四里的地方。(29)

以上是吉祥的《摩诃婆罗多》中《森林篇》第二百二十八章(228)。

二二九

护民子说：

难敌王在树林各处安营，在牛场附近住下。(1)人们在这可爱的名胜地区住下，这里水源充足，树木葱郁，一切都很方便。(2)迦尔纳、沙恭尼和其他兄弟们各自都在难敌的住地附近住下。(3)国王查看了成百成千头牛，全都打上标记。(4)他给牛犊烙上印记。他也知道那些交配过的母牛。他还清点那些哺育牛犊的母牛。(5)

在完成清点和给三岁小牛烙印后，这位俱卢后裔在牧人们簇拥下，愉快地游荡。(6)所有的市民和成千成千的士兵在树林里像天神们那样随心所欲地玩耍。(7)那些牧女盛装打扮，能歌善舞，侍奉持国之子。(8)这位国王在成群的妇女围绕下，十分高兴，按照她们的身价赏给她们各种财宝、食物和饮料。(9)然后，他们四处围猎豺狼、水牛、鹿、熊和野猪。(10)他在树林里用箭射击动物，捆绑大象，在各个可爱的景点捕捉鹿群。(11)他喝着牛奶，吃着美食，观赏鲜花盛开的美丽树林。(12)迷醉的蜜蜂营营嗡嗡，孔雀引颈鸣叫。他渐渐来到圣洁的双林湖。他无比威严，犹如手持金刚杵的因陀罗。(13)

恰好在这同一天，正法之子坚战正在举行王仙的祭祀，人中之主啊！这位俱卢族的优秀国王用林中的食物，按照神圣的仪式举行祭祀。(14)完成祭祀后，这位俱卢后裔、聪明的国王和合法妻子黑公主一起，回到湖边的住处。(15)

然后，难敌和他的弟弟给侍从们下令道："快把娱乐场地布置好。"婆罗多子孙啊！(16)侍从们应声道："好吧！"然后，前往双林湖边布置娱乐场地。(17)而持国之子（难敌）的先遣部队到达双林湖边，健达缚们阻止他们进入树林。(18)其实，人中之主啊！健达缚王早就在伽那们陪同下，从俱比罗的宫殿来到那里，国王啊！(19)因为他一向喜欢与成群的天女和众天神的儿子一起游戏玩耍。为此，他把这湖围了起来。(20)国王的侍从们看到这里已经封闭，国王啊！他们便回到难敌王那里。(21)

听了他们的报告,难敌派出他的疯狂战斗的军队,命令道:"把他们赶走!"(22)遵照国王的命令,先遣部队前往双林湖,对健达缚们说道:(23)"难敌是持国的儿子,强大有力。他要来这里游玩,你们都离开。"(24)人中之主啊!健达缚们闻听此言,笑了起来,用粗暴的语言回答这些人说:(25)"你们的国王难敌愚蠢无知。他也不想想,竟然对我们这些天国居民,像对侍从那样发号施令。(26)你们这些智力低下的家伙,也不动动脑子,就来向我们传达他的这些话,毫无疑问是想找死。(27)你们赶快全都回到俱卢族国王那里去。否则,你们今天就会进入法王(阎摩)可憎的住地。"(28)听了健达缚们的这些话,国王的先遣部队回到持国王之子(难敌)那里。(29)

以上是吉祥的《摩诃婆罗多》中《森林篇》第二百二十九章(229)。

二三〇

护民子说:

他们全都来到难敌那里,大王啊!向他报告健达缚们说的那些话。(1)威武的持国之子(难敌)得知他的军队遭到健达缚阻挡,婆罗多子孙啊!他满腔愤怒,对士兵们说道:(2)"把那些不明事理、跟我作对的家伙们消灭掉!即使是百祭(因陀罗)带着众天神在那里玩耍。"(3)听了难敌的话,强壮有力的持国的儿子们和成千成千的士兵们全副武装。(4)他们冲散健达缚,强行进入树林,四面八方充满大声的狮子吼。(5)然后,俱卢族军队受到另外一些健达缚阻挡,大地之主啊!但是,他们不听从健达缚的劝阻,依然进入树林。(6)

持国的儿子们和国王没有听从健达缚们的话停止前进。于是,所有的健达缚在空中飞行,去报告奇军。(7)健达缚王奇军非常气愤,对他们说道:"要教训这些卑劣的俱卢族人!"(8)健达缚们遵照奇军的吩咐,拿起武器,冲向持国的儿子们,婆罗多子孙啊!(9)看到健达缚们举着武器飞快降落,持国的儿子们当着难敌的面,逃离战场。(10)看到持国的儿子们全都转身逃跑,英雄毗迦尔多那(迦尔纳)没有转身。(11)望着健达缚大军降临,罗陀之子(迦尔纳)用密集的箭雨抵挡。(12)这位车夫之子(迦尔纳)用剃刀箭、牛牙箭和铁箭,轻松地杀死成百成百健达缚。(13)这位大勇士使健达缚们的高贵躯体纷纷坠落,顷刻之间驱散了奇军的军队。(14)聪明的车夫之子(迦尔纳)虽然杀死了这些健达缚,但是,又有成百成千的健达缚冲过来。(15)奇军的军队飞速降落,这大地顷刻之间成为健达缚的世界。(16)

于是,难敌王、妙力之子沙恭尼、难降、毗迦尔纳和持国的其他儿子们,站在像大鹏鸟一样发出叫声的战车上,杀戮奇军的军队。(17)他们以迦尔纳为先锋,再次投入战斗。车声隆隆,马蹄嗒嗒,他们援助毗迦尔多那(迦尔纳),围攻健达缚们。(18)所有的健达缚与俱卢族人交战。战斗激烈,令人毛骨悚然。(19)健达缚们纷纷中箭,力不能支。俱卢族人望着中箭的健达缚们,高声吼叫。(20)

见到健达缚们惊慌失措,奇军怒不可遏,从座位上站起来,一心要杀死俱卢族人。(21)奇军精通各种战术,运用幻术武器作战。奇军的幻术使俱卢族人神志迷糊。(22)持国之子的每个战士都被十个健达缚包围,婆罗多子孙啊!(23)他们受到沉重打击,恐惧地从战场逃到坚战王的住地。(24)

持国之子的军队全线崩溃,而太阳神之子迦尔纳仍像高山一样屹立不动,国王啊!(25)难敌、迦尔纳和妙力之子沙恭尼虽然身受重伤,依然在战场上与健达缚们作战。(26)成百成千的健达缚想要杀死迦尔纳,在战场上一齐向他冲来。(27)这些大力士手持刀剑、标枪、叉子和棍棒,想要杀死车夫之子(迦尔纳),把他团团围住。(28)有的砍断他的车辕,有的扳倒旗杆,有的掀翻车轴、马匹和车夫。(29)有的捣毁华盖、挡板和绳索。这样,成千上万健达缚把车子捣成碎片。(30)于是,迦尔纳拿着刀和盾,从自己的车上跳到毗迦尔纳的车上,策马逃跑。(31)

以上是吉祥的《摩诃婆罗多》中《森林篇》第二百三十章(230)。

二三一

护民子说：

大王啊！大勇士迦尔纳被健达缚们打败，所有的士兵当着持国之子难敌的面纷纷逃跑。(1)难敌望着所有的持国之子转身逃跑，大王啊！他依然呆在那里，没有转身。(2)看到健达缚大军迎面扑来，这位克敌者向他们倾泻滂沱的箭雨。(3)健达缚们想要杀死难敌，不顾箭雨，把他的车团团围住。(4)他们捣毁车辕、车轴、挡板、旗帜、车夫、马、车杆和座位，把整个车子捣得粉碎。(5)难敌失去座位，从车上翻落地下，大臂奇军冲上前来把他逮住。(6)就在难敌被逮住的时候，王中因陀罗啊！健达缚们包围了站在车上的难降，也把他逮住。(7)另外一些健达缚带着奇军，向毗文沙提冲去，还有一些健达缚则向文陀、阿奴文陀以及所有的王后们冲去。(8)持国之子难敌的士兵在健达缚们追赶下，与原先战败的那些士兵一起逃向般度族。(9)国王已被抓走，所有的车马和妓女都到般度族那里寻求庇护。(10)"英俊的大臂者、大力士、持国之子难敌王被健达缚们抓走了，普利塔之子们快去追吧！(11)难降、难拒、丑面和难胜，还有王后们，也都被健达缚们抓走了。"(12)难敌的大臣们，为国王担忧，痛苦地呼叫着，声音凄切，全都来到坚战那里。(13)

难敌的这些年迈的大臣痛苦悲哀，前来向坚战求助。而怖军对他们说道：(14)"这完全是咎由自取。健达缚们完成了我们想要完成的事。(15)大爷啊！这是一个赌博耍赖的国王听从奸臣挑唆的结果。如同我们听说的那样，'别人会替弱者杀死仇敌'。(16)我们亲眼看到健达缚们做出这件超人的业绩。我们很幸运，在这世上还有这样的人，会希望我们快乐，卸下我们的重担，让我们坐享幸福。(17)那个心思恶毒的人自己舒舒服服，想要看到我们在这里处境很难，风吹日晒，修苦行而瘦弱憔悴。(18)那些追随这个灵魂邪恶、行为非法的俱卢后裔的人现在见到耻辱。(19)这是教唆此事的人犯下非法之罪。我要对你们这些目击者说，贡蒂之子们是无罪的。"(20)贡蒂之子怖军这样

怒气冲冲地说着，坚战王对他说道："现在不是发怒的时候。"（21）

以上是吉祥的《摩诃婆罗多》中《森林篇》第二百三十一章(231)。

二三二

坚战说：

这些俱卢族人遭逢不幸，惊恐不安，来我们这里寻求庇护，弟弟啊！你怎么能这样对他们说话？（1）亲族之间发生分歧和争吵，结下冤仇，狼腹啊！但是，亲族关系并没有消失。（2）如果哪个外来者进攻亲族，那么，善人们不会容忍外来者肆虐。（3）那个傻瓜知道我们在这里住了很久，却藐视我们，做出这种不漂亮的事。（4）难敌在战场上被健达缚强行抓走，妇女们受到外来者侵凌，我们的家族受到伤害。（5）为了保护前来求助的人们，保护我们的家族，诸位人中之虎啊！起来，做好准备，别耽搁！（6）阿周那，双生子，还有你，不可战胜的怖军，去把被抓的持国之子难敌救出来！（7）诸位人中之虎啊！这些战车装备有全套武器，飘扬金旗，由帝军等等车夫驾驭。（8）登上这些战车，弟兄们，去攻打健达缚！你们要奋勇作战，救出难敌。（9）任何一个王族武士都应该竭尽全力保护前来求助的人，你怎么能例外？狼腹啊！（10）如果有人跑来求助，双手合十请求庇护，即使他是宿敌，谁能视而不见，甩手不管呢？（11）般度之子啊！救敌人出困境，与恩惠、王位和生子这三件事一样重要。（12）不幸的难敌希望借助你的一臂之力，救他一命，难道还有比这更重要的事吗？狼腹啊！（13）如果不是祭祀仪式需要继续进行，狼腹啊！我毫无疑问会亲自上阵，英雄啊！（14）你要千方百计，怖军啊！用和平的方式解救难敌，俱卢族的喜悦啊！（15）如果健达缚王不肯和平解决，你就用温和的战斗解救难敌。（16）如果用温和的战斗，他也不肯释放俱卢族人，怖军啊！那就使用一切手段，征服敌人，救出他们。（17）祭礼仪式正在进行，狼腹啊！我只能给你们这些命令，婆罗多子孙啊！（18）

护民子说：

胜财（阿周那）听了无敌（坚战）的这些话后，他听从长兄的

话,去救俱卢族人。(19)

阿周那说:

如果健达缚不肯和平释放持国之子们,那么,今天大地就要吸吮健达缚王的鲜血了。(20)

护民子说:

听到言而有信的阿周那做出这样的许诺,那些俱卢人才感到放心,国王啊!(21)

以上是吉祥的《摩诃婆罗多》中《森林篇》第二百三十二章(232)。

二三三

护民子说:

听了坚战的话后,这些人中雄牛个个面露喜色,在怖军的率领下出发。(1)这些大勇士全都披挂盔甲,金光灿烂,坚不可摧,婆罗多子孙啊!(2)般度之子们全都配备有战车、旗帜和弓箭,看上去像燃烧的火焰。(3)登上精良的战车,套上快马,这些车中之虎迅速出发。(4)见到大勇士般度之子们一起走来,俱卢族士兵发出高声呼喊。(5)立刻,这些行动迅速的大勇士与那些喜气洋洋的健达缚在林中相遇,双方无所畏惧。(6)

看到四位般度族英雄驱车来到战场,喜气洋洋的健达缚们全都转过身来。(7)这些香醉山的居民看到这些光辉灿烂的人,如同世界保护者出现在面前,便排好阵容。(8)听从聪明的法王的命令,般度之子们先是温和地进行战斗,婆罗多子孙啊!(9)但是,健达缚王的士兵头脑迟钝,不懂得温和处理是上策。(10)于是,左手开弓者(阿周那),这位难以制服的克敌者,在战场上和善地劝慰那些健达缚,说道:(11)"强占别人的妻子,与凡人交往,这种不体面的行为不符合健达缚王的身份。(12)听从法王的命令,你们放了这些大勇士、持国之子们吧!放了他们的妻子吧!"(13)

听了这位名声卓著的般度之子的话后,健达缚们笑了笑,回答说:(14)"孩子啊!我们在这大地上只听从一个人的话。我们得知他的命令，就无所顾忌地去执行。(15)惟独他的命令，我们才执行，婆罗多子孙啊！除了天王之外，谁也不是我们的统治者。"(16)贡蒂之子胜财（阿周那）听了这些话，又对健达缚们说道：(17)"健达缚们啊！如果你们不肯和平释放持国之子，我只能动手救出难敌。"(18)说罢，左手开弓者胜财（阿周那）向健达缚们一一射出锋利的箭。(19)自恃有力的健达缚们向般度族兄弟泼洒箭雨，般度族兄弟也回击这些天国居民。(20)行动敏捷的健达缚们和速度可怕的般度族兄弟之间发生了一场激烈的战斗，婆罗多子孙啊！(21)

以上是吉祥的《摩诃婆罗多》中《森林篇》第二百三十三章(233)。

二三四

护民子说：

健达缚们佩戴金花环，配备有天神武器，从四面包围过来，发射燃烧的箭。(1)四位般度族英雄在战斗中击倒成千成千健达缚，国王啊！这真像是奇迹。(2)正像健达缚们捣碎迦尔纳和持国之子难敌的战车那样，他们捣碎健达缚的战车。(3)国王啊！这些人中之虎在战场上，与成百成百健达缚交战，发射无数的箭雨。(4)箭雨从四面八方倾泻，健达缚们无法接近般度之子们。(5)阿周那看到健达缚们怒气冲冲，便对准目标，使用大型的天神武器。(6)自恃有力的阿周那在战斗中用火神武器把成千成万健达缚送往阎摩殿。(7)同样，大弓箭手、优秀的力士怖军，国王啊！在战场上用利箭射死成千成千健达缚。(8)玛德利的双生子勇敢善战，自恃有力，冲锋在前，也成百成百杀死敌人，国王啊！(9)这些灵魂伟大的人用天神武器砍杀，健达缚们带着持国之子们朝天飞去。(10)贡蒂之子胜财（阿周那）发现他们朝天飞去，便用庞大的箭网将他们团团围住。(11)他们被箭网围住，就像鸟儿困在笼中。他们怒不可遏，向阿周那倾泻棍棒、长矛和刀剑之雨。(12)武艺高强的胜财（阿周那）挡住了棍棒、长矛和刀剑之雨，用月牙箭摧毁健达缚们的身躯。(13)头、脚和手臂散落，犹如天降石雨，令人恐惧。(14)

健达缚们遭到灵魂伟大的般度之子（阿周那）杀戮。他们在空中向地上的阿周那倾泻箭雨。（15）这位左手开弓者、光辉的克敌者用各种武器挡住箭雨。这些箭反射回去，穿透健达缚们。（16）俱卢后裔阿周那发射桩耳箭、因陀罗网以及太阳神、火神和苏摩神的武器。（17）贡蒂之子（阿周那）的这些飞矢烧烤健达缚们，犹如因陀罗折磨提迭们，痛苦至极。（18）他们向上逃跑，遭到箭网阻拦。他们向下逃跑，又遭到左手开弓者（阿周那）的月牙箭阻拦。（19）

看到健达缚们被聪明的贡蒂之子（阿周那）吓得胆战心惊，奇军拿起棍棒，向左手开弓者（阿周那）冲去。（20）他手持棍棒猛冲过来交战，普利塔之子（阿周那）连连射箭，把他的全铁棍棒击成七块。（21）见自己的棍棒被这位敏捷的勇士用箭射得粉碎，他施展幻术，隐身与般度之子（阿周那）作战。他站在空中，投掷天神武器。（22）强大有力的健达缚王用幻术隐蔽自己。阿周那发现他隐身作战，便向他投掷念过咒语的、在空中飞行的天神武器。（23）具有多种形体的阿周那十分生气，他依靠射声法防止敌人消失。（24）

健达缚王遭到灵魂伟大的阿周那的各种武器打击，他显现自己原是阿周那的好友。（25）看到自己的好友奇军在战斗中精疲力竭，般度族雄牛（阿周那）收回投出的武器。（26）看到胜财（阿周那）收回武器，般度族兄弟全都收住奔马和弓箭。（27）于是，奇军、怖军、左手开弓者（阿周那）和双生子互相问好，停留在车上。（28）

以上是吉祥的《摩诃婆罗多》中《森林篇》第二百三十四章（234）。

二三五

护民子说：

然后，光辉的大弓箭手阿周那笑着对站在健达缚士兵中间的奇军说道：（1）"你为什么要捕捉俱卢族人？英雄啊！你抓难敌和他的妻子，用意何在？"（2）

奇军说：

灵魂伟大的神住在这里，知道邪恶的难敌和迦尔纳的目的，胜财啊！(3)他们知道你们住在树林里，承受着难以承受的辛苦。他们是来嘲笑你和声誉卓著的黑公主。(4)知道了他们的企图，天王对我说道："你去把难敌和他的大臣抓到这里来。(5)你在战斗中要保护阿周那和他的弟兄，因为般度之子（阿周那）是你的好友和学生。"(6)遵照天王的命令，我迅速来到这里。我抓住了这个灵魂卑劣的家伙。我要回到天界去了。(7)

阿周那说：

如果你愿意让我高兴的话，放了他们吧！奇军啊！难敌是我们的兄弟。这是法王的命令。(8)

奇军说：

这个坏家伙作恶多端，不能放他。他已经欺侮法王和黑公主，胜财啊！(9)恪守誓愿的贡蒂之子法王不知道他的企图。你已经知道了，你就看着怎么办吧！(10)

护民子说：

他们一起走到坚战王那里，告诉他难敌的一切恶行。(11)无敌（坚战）听了健达缚的话后，让健达缚们释放难敌，并称赞他们道：(12)"这是幸运的。你们强大有力，而没有杀死这个行为恶劣的持国之子及其大臣和亲戚。(13)这是给我的一个大恩惠，诸位天行者啊！释放这个灵魂卑劣的人，不会贬低我的家族。(14)告诉我你们的心愿。我们很高兴见到你们。你们满足心愿后，赶快回去吧！"(15)

健达缚们告别聪明的般度之子（阿周那），高兴地带着仙女们，在奇军率领下，回去了。(16)天王降下神奇的甘露雨，使那些在战斗中被俱卢族人杀死的健达缚们复活。(17)般度族兄弟释放了所有的亲族和王后。他们做了一件难以做到的事，心情愉快。(18)俱卢族人带着妇女和儿童向这些灵魂伟大的大勇士致敬。他们在俱卢族人中间像火焰一样闪闪发光。(19)坚战释放了难敌及其弟兄们，带着感情说道：(20)"兄弟啊！不要在任何地方施展这种暴力了，因为施暴者不能得到幸福，婆罗多子孙啊！(21)带着你的所有弟兄，按照自己的愿望平安回家吧，俱卢族的喜悦啊！不要垂头丧气。"(22)难敌王告别般度之子（坚战），满怀羞愧，回城去了。(23)俱卢后裔们走后，贡蒂之子英雄坚战和弟兄们一起接受众婆罗门致敬。(24)他在众苦行者

围绕中,犹如因陀罗在众天神围绕中,在双林中愉快地游乐。(25)

以上是吉祥的《摩诃婆罗多》中《森林篇》第二百三十五章(235)。

二三六

镇群王说：

这个灵魂卑劣、狂妄自大的难敌战败受俘,后来被灵魂伟大的仇敌般度族兄弟释放。(1)他一向傲慢、自负、狡诈,始终藐视慷慨大度的般度族兄弟。(2)这个邪恶的难敌一向自吹自擂,在我看来,这下子很难进入象城。(3)他满怀羞愧和忧伤,护民子啊!请你详细说说他是怎样进城的。(4)

护民子说：

持国之子难敌被法王释放后,羞愧地低着头,神情沮丧,痛苦地一路走着。(5)这位国王由四支军队陪随,返回自己的京城。他想到自己蒙受羞辱,忧心忡忡。(6)途中一个地方,有草有水,美丽可爱,他由着自己的心愿,驾车进入,吩咐象队、马队、车队和步兵就地驻扎。(7)难敌坐在像火焰一般光辉的躺椅上,他本人黯然失色,犹如被罗睺吞吃的月亮。在黎明时分,迦尔纳来到那里,对他说道:(8)"多么幸运,你还活着,甘陀利之子啊!多么幸运,我们还能相会!多么幸运,那些形体可爱的健达缚们被你打败!(9)多么幸运,我见到了你们所有兄弟,俱卢族的喜悦啊!你们这些大勇士打败了敌人,从战场上凯旋而归。(10)而我,你也亲眼看到,迎战所有的健达缚,却没能阻止自己军队的败退。(11)我身体受了箭伤,十分痛苦,逃离了战场。我觉得这是一个奇迹,在这里见到你们,婆罗多子孙啊!(12)你们没有受伤,带着妻子、财产和车马,从那场非凡的战斗中脱身回来。(13)在这世上,婆罗多子孙啊!没有一个人能在战场上做到你和你的弟兄们做到的事,大王啊!"(14)听了迦尔纳的话后,难敌王垂下头,用结巴哽咽的话语说道,国王啊!(15)

以上是吉祥的《摩诃婆罗多》中《森林篇》第二百三十六章(236)。

二三七

难敌说：

我不对你的话生气，罗陀之子（迦尔纳）啊！因为你不了解情况。你以为我凭自己的威力打败了健达缚敌人。（1）我带着我的弟兄们与健达缚们激战良久，大臂者啊！双方都有伤亡。（2）而当这些英雄施展幻术飞上天空，我们与这些天行者的战斗便不一样了。（3）我们在战斗中被打败，成为俘虏，连同我们的侍从、大臣和儿子，还有妻子、财产和车马。我们被他们抓着带入高高的空中之路，痛苦不堪。（4）而有些可怜的士兵和大臣逃到大勇士般度族兄弟那里，得到了保护。（5）他们对般度族兄弟说道："持国之子难敌王连同他的弟兄、大臣和妻子，都被健达缚们抓到天上去了。（6）老天保佑！你们救救国王和他的妻子吧！无论如何不要让俱卢族的女眷遭受侮辱。"（7）

听了这些话，以法为魂的般度族长子安抚他的弟兄，命令他们解救我们。（8）于是，般度族兄弟来到这个地方。这些大勇士个个有能耐，是人中雄牛。他们先是请求和平解决。（9）虽经好言相劝，健达缚们仍不肯释放我们。于是，阿周那、怖军和自恃有力的双生子向健达缚们倾泻无数箭雨。（10）那些天行者全都撤离战场，心里乐滋滋的，拽着我们这些不幸的人，飞上天空。（11）然后，我看见胜财（阿周那）施展他的非凡武器，用箭网笼罩四面八方。（12）奇军看到般度之子用无数利箭罩住天空，便显示自己是胜财（阿周那）的朋友。（13）折磨敌人的奇军和般度之子拥抱，互相问候请安。（14）他们相遇后，互相都脱去铠甲。当奇军和胜财（阿周那）互相致敬时，健达缚英雄们和般度族兄弟混为一体了。（15）

以上是吉祥的《摩诃婆罗多》中《森林篇》第二百三十七章(237)。

二三八

难敌说：

与奇军相遇后，杀敌英雄阿周那笑着说了一些强硬的话：（1）"英雄啊！你应该释放我的兄弟们，优秀的健达缚啊！只要般度族还活着，他们就不应该受到骚扰。"（2）听了灵魂高尚的般度之子这番话，迦尔纳啊！健达缚告诉他说，我们经过商量，出来观看般度族兄弟及其妻子失去幸福的情形。（3）健达缚这么一说，我满脸羞愧，真想有个地缝钻进去。（4）然后，健达缚们和般度族兄弟一起来到坚战那里，告诉他我们商定的阴谋，把我们这些俘虏交给了他。（5）可怜的我，陷入敌手，当着妇女们的面，被捆绑着送交坚战，还有什么比这更痛苦？（6）这是一些被我放逐的人，我始终与他们为敌，现在却由他们释放我这个坏心人，留我一条活命。（7）英雄啊！我宁愿在大战中战死，也比这样活着要好！（8）如果我被健达缚杀死，我的名声便会在大地上传颂，我也会在伟大的天宫获得永恒的、圣洁的世界。（9）

诸位人中雄牛啊！现在请听我的决心：我要坐在这里，绝食至死。你们都回家吧！所有我的弟兄今天都回城去。（10）以迦尔纳为首的所有朋友，以难降为首的所有亲属，今天都回城去。（11）我受了敌人羞辱，不能再回城去。我以往灭敌人威风，长朋友志气。（12）而现在却给朋友添愁，让敌人高兴。我回到名叫大象的城市，能对国王说什么呢？（13）毗湿摩、德罗纳、慈悯、德罗纳之子（马嘶）、维杜罗、全胜、波力迦、月授和其他一些受长者尊敬的人，（14）还有那些婆罗门、行会首领和中立者，他们会对我说什么？我又怎样回答他们？（15）我曾经站在敌人头上，踩在敌人胸上，现在自己失足，跌落下来，我能对他们说什么呢？（16）冥顽不化的人，即使获得财富、知识和权力，也不可能长久保持，诸位贤士啊！就像我这个狂妄自大的人。（17）哎呀！由于愚蠢，我糊里糊涂犯了错误，做了坏事，落入危险的境地。（18）

因此，我将绝食至死。我不能再活下去。想到自己被敌人救出困境，哪个有头脑的人还能活下去？（19）我是一个骄傲的人，却受到敌人嘲笑，丢失大丈夫气概。勇敢顽强的般度族兄弟蔑视我。（20）

护民子说：

难敌满怀忧愁，对难降这样说道："难降啊！听我的话，婆罗多子孙啊！（21）让我给你灌顶，成为国王，统治这个富饶的大地吧！它得到迦尔纳和妙力之子（沙恭尼）保护。（22）你要坚定地保护弟兄们，就像杀弗栗多者（因陀罗）保护摩录多们。让亲属们依附你生活，就像众天神依附百祭（因陀罗）。（23）你要始终关心婆罗门的生活，不要懈怠。你要永远成为亲属和朋友的归宿。（24）你要照顾亲族们，就像毗湿奴照顾众天神。你要保护那些长者。你走吧，去统治大地！（25）让所有的朋友高兴，让所有的敌人颤抖。"难敌搂住他的脖子，说道："你走吧！"（26）

听了他的话，可怜的难降痛苦不堪，双手合十，匍匐在地，嗓子哽咽，结结巴巴地对自己的长兄说道：（27）"请开恩吧！"他趴在地上，忧心如焚，痛苦的泪水洒落在难敌的脚上。（28）这位人中之虎说道："不能这样！大地和高山可以崩裂，天空可以破碎，太阳可以失去光亮，月亮可以失去清辉，（29）风可以失去速度，火焰可以失去灼热，雪山可以移动，海水可以干枯，（30）没有你，我不能统治这大地，国王啊！"他反复说道："你开恩吧，在我们的家族中，只有你能成为百年之王。"（31）

王中因陀罗啊！难降这样说罢，抱着长兄的值得崇敬的双脚，放声大哭，婆罗多子孙啊！（32）看到难降和难敌如此悲伤，迦尔纳也感到痛苦，走上前去，对他俩说道：（33）"俱卢后裔啊！你们俩为何像凡夫俗子那样，失去理智，陷入悲伤？有哪个悲伤之人能消除忧愁？（34）既然悲伤不能消除忧愁，那么你们俩这样悲伤，意义何在？振作起来！不要悲伤忧愁，让敌人高兴。（35）般度族兄弟解救你，国王啊！这是他们应该做的事。地方居民永远应该做国王喜欢的事。他们在你的保护下，才得以安居乐业。（36）你不应该像凡夫俗子那样发怒。由于你决定绝食至死，你的弟兄们精神沮丧。起来，走吧，祝你幸运！好好安抚你的弟兄们！（37）

"国王啊！我不理解你今天的轻率态度，英雄啊！你突然陷入敌手，般度族兄弟解救你，这有什么奇怪的呢？杀敌者啊！(38)职业武士和地方居民，不管他们知道不知道，都应该做国王喜欢的事。(39)通常，将帅攻击敌军，在战斗中被俘，总是由自己的士兵解救。(40)职业武士和国王领土上的居民应该联合起来，努力为国王效劳。(41)这样，国王啊！般度族兄弟住在你的领土上，今天碰巧救了你，这有什么可抱怨的呢？(42)国王啊！当你率领自己的军队前进时，王中魁首啊！般度族兄弟没有跟随在你后面，这才是不合适的。(43)这些强壮有力的英雄不会临阵脱逃，他们早已在大会堂上成为你的奴仆了。(44)现在，你享用着般度族的珍宝。你看，般度族兄弟精神抖擞，并没有想要绝食至死。国王啊！起来，祝你幸运！你不应该忧虑重重。(45)毫无疑问，人主啊！国王领土上的居民应该做国王喜欢的事，这有什么可抱怨的呢？(46)王中因陀罗啊！如果你不听我的话，我就一直呆在这里，侍奉你的双脚，杀敌者啊！(47)没有你，我也不能活，人中雄牛啊！如果你绝食至死，人主啊！你将成为其他国王嘲笑的对象。"(48)

护民子说：

听了迦尔纳这番话，难敌王并不想站起身来，依然决心升天。(49)

以上是吉祥的《摩诃婆罗多》中《森林篇》第二百三十八章(238)。

二三九

护民子说：

难敌王怨气难消，执意绝食至死，国王啊！这时，妙力之子沙恭尼安抚他，说道：(1)"迦尔纳说得很对，你都听到了，俱卢后裔啊！你为什么愚昧无知，要放弃我为你赢得的巨大财富呢？你为什么失去理智，要舍弃生命呢？王中俊杰啊！(2)今天我才明白，你从不侍奉长者。一个人如果不能控制突如其来的快乐和悲哀，那么，他即使获得财富，也会毁于一旦，犹如一只未经烘烤的泥罐浸泡在水中。(3)

荣华富贵并不给国王带来胆怯、懦弱、拖沓、懈怠和耽于感官享受。(4)在你身处逆境时，受到般度族兄弟善待，这有什么可悲伤的？不要悲伤不已，辜负了般度族兄弟做的这件好事。(5)你应该高兴，应该报答般度族兄弟，王中因陀罗啊！而不应该悲叹自己背运。(6)请你不要自尽，高高兴兴记住他们的恩情。你把王国还给普利塔之子们，便会赢得声誉和正法。(7)知道了自己该做的事，你就不会忘恩负义。与般度族兄弟言归于好，让他们安顿下来，把父亲的王国还给他们，你便会获得幸福。"(8)

听了沙恭尼的话，难敌怀着兄弟情谊，望着俯伏在他脚下的难降，这位陷入困惑的英雄。(9)他用自己天生完美的双臂扶起克敌者难降，拥抱他，亲吻他的头。(10)想到迦尔纳和妙力之子（沙恭尼）说的这些话，难敌王陷入绝望，心中充满羞愧，无比沮丧。(11)听了朋友们的这些话后，他赌气说道："我不要任何正法、财富、友谊、权力、知识和享受，你们不要阻拦我，走吧！(12)我决心已定，要绝食至死。你们全部回城吧，去侍奉我的长辈。"(13)

闻听此言，他们对克敌者难敌王说道："你在什么地方，王中因陀罗啊！我们也在什么地方，婆罗多子孙啊！没有你，我们怎么能进城呢？"(14)他的朋友、大臣、弟兄和亲属用各种方式劝说他。但他决心已定，毫不动摇。(15)持国之子（难敌）按照自己的决定，铺好达哩薄草垫，沾水洁身后，席地而坐。(16)他穿上拘舍草衣，奉守最高戒行，缄默无言。这位人中之虎一心想要升天，凝思集虑，摒绝外界。(17)

暴虐的提迭和檀那婆们知道了他的决定。他们早就被众天神打败，住在地下。(18)他们知道难敌要毁灭自己的派系，便举行三火祭祀，召唤难敌前来。(19)他们精通咒语，按照奥义书中的仪式，运用咒语和祷词举行祭祀，念诵祭主和优娑那念诵的以及阿达婆吠陀中念诵的那些咒语。(20)那些婆罗门精通吠陀和吠陀支，恪守誓言，专心致志，念着咒语，将牛奶祭品投入祭火。(21)

祭仪结束时，国王啊！火中出现一位神奇的女子吉提亚，打着哈欠，说道："我做什么？"(22)提迭们内心喜悦，对她说道："持国之子难敌王要绝食至死，你去把他带来。"(23)吉提亚回答道："好吧！"

便走了。一眨眼,她就到达难敌王那里。(24)一忽儿,她就把国王带到地下世界,向檀那婆们交差。(25)檀那婆们见到国王已被带来,当晚就聚会,个个满心欢喜,睁大眼睛,对难敌说了这些带有傲气的话。(26)

以上是吉祥的《摩诃婆罗多》中《森林篇》第二百三十九章(239)。

二四〇

檀那婆们说：

哦,王中因陀罗难敌啊！婆罗多后裔啊！你一向由英雄们陪伴,由灵魂伟大的人们陪伴。(1)你怎么会突然决定绝食至死呢？因为自杀被认为是堕落行为,有损名誉。(2)像你这样聪明的人不会陷入各种不恰当的行为方式,以致受到根本的打击。(3)制止这种毁灭正法、财富和幸福的想法,国王啊！这种想法有损于你的名誉、威严和坚定,而长敌人的志气。(4)主人啊！请听关于你的神性和身体构造的真实情况,然后,你会坚强起来。(5)

从前,通过苦行,我们从大自在天那里得到你。你的上半身完全由金刚合成,刀箭不入。(6)而你的下半身,无罪的人啊！是由女神用花制成的,形态美丽,迷住女人的心。(7)这样,王中魁首啊！你的身体与自在天和女神有关,人中之虎啊！你有神性,不是凡人。(8)以福授为首的无比英勇的刹帝利英雄们精通天国武器,会杀死你的敌人。(9)不要再悲伤了！你没有危险。檀那婆们为了帮助你,已经变成大地上的英雄。(10)另外一些阿修罗也将进入毗湿摩、德罗纳和慈悯等人的身体。由这些阿修罗控制,他们将毫不留情,与你的敌人作战。(11)不管是儿子、兄弟、父亲或亲友,也不管是学生、亲族、儿童或老人,(12)在战斗中都不放过,俱卢族俊杰啊！他们的灵魂已被檀那婆们控制,毫无慈悲。(13)他们杀害亲友,把慈爱之心远远抛在脑后。这些人中之虎兴高采烈,内心一片昏黑。由于命运的安排,他们无知愚昧。(14)他们互相喊着："你别想从我这里逃命。"他们豪迈地投射一切刀箭,狂热地杀人,俱卢族俊杰啊！(15)灵魂伟大的般度族兄弟也有能力回击。这些大力士在命运的安排下,也会杀死他们。(16)使用棍、杵、刀和各式武器,勇敢地与你的敌人作战,国王啊!(17)

为了消除你内心对阿周那的恐惧,英雄啊!我们已安排了杀死阿周那的计策。(18)被杀的那罗迦的灵魂已经依附迦尔纳的形体。一想起从前的仇恨,英雄啊!他就会与盖沙婆(黑天)和阿周那激战。(19)迦尔纳这位大勇士是优秀的杀敌者,以勇敢为骄傲,将会在战场上征服普利塔之子(阿周那)和所有的敌人。(20)持金刚杵者(因陀罗)得知这一切,为了保护左手开弓者(阿周那),将会骗取迦尔纳的耳环和铠甲。(21)为此,成百成千的提迭和我们联合,还有名为"敢死队"的罗刹们,将会杀死英雄阿周那。你别悲伤!(22)这个大地将归你一人,没有别人分享。不要让我们失望。你不应该这样。如果你死了,我们这一派系就完了,俱卢后裔啊!(23)走吧,英雄啊!你不应该有其他任何想法。你永远是我们的庇护所,而般度族兄弟是天神的庇护所。(24)

护民子说:

这样说罢,提迭们拥抱这位王中之象,檀那婆中的雄牛们像对待儿子一样,安抚这位难以驯服的人。(25)在坚定了他的信心后,又说了些亲切的话,婆罗多子孙啊!然后盼咐他说:"回去吧!你会胜利的。"(26)按照提迭们的盼咐,吉提亚又把这位大臂者带回他原来要绝食至死的地方。(27)吉提亚放下这位英雄后,向他致以敬礼。然后,她告别这位国王,消失不见。(28)

她离开后,难敌王觉得这一切都发生在梦中,婆罗多子孙啊!他心里想着:"我将在战场上征服般度族。"(29)难敌想迦尔纳和"敢死队"联合一起,是能够把杀敌者普利塔之子(阿周那)杀死的。(30)这样,打败般度族的愿望在邪恶的持国之子的心中坚定起来,婆罗多族雄牛啊!(31)迦尔纳的思想和灵魂已被那罗迦的精神占据,产生杀死阿周那的残酷决心。(32)罗刹们控制了那些"敢死队"英雄的思想,充满黑暗的激情,一心想杀死阿周那。(33)毗湿摩、德罗纳和慈悯等人的思想也被檀那婆们控制,不再对般度之子们怀抱同情,人主啊!难敌王没有把这一切告诉任何人。(34)

第二天早上，毗迦尔多那·迦尔纳双手合十，笑着对难敌王讲了些合情合理的话：(35)"死了不能战胜敌人，活着才能看到好运。死了还有什么好运？还有什么胜利？俱卢后裔啊！现在不是悲伤、恐惧或者死去的时候。"(36)这位大臂者用双臂拥抱他，说道："起来，国王啊！为何躺着？为何忧伤？杀敌者啊！你曾经凭自己的勇力折磨敌人，怎么会想要死呢？(37)或许，你看到阿周那的勇敢后，产生恐惧。我向你保证，我将在战场上杀死阿周那。(38)我以我的武器起誓，十三年期满后，我将把普利塔之子们带来，归你处置，人主啊！"(39)

听了迦尔纳的话，也想到提迭们的话，在其他人的俯首请求下，难敌站起来了。他听了提迭们的话后，内心思想已经坚定。(40)这位人中之虎命令军队套上车辕。军队中含有大量车兵、象兵、马兵和步兵。(41)这支军队出发，举着白色的华盖、旗帜和洁白的尘尾，浩浩荡荡犹如恒河水。(42)车兵、象兵和步兵熙熙攘攘，异常壮观，犹如雨云已经飘散而秋季尚未到来时的天空。(43)持国之子难敌王像帝王那样受到优秀的婆罗门赞美。他接受他们的胜利祝福和双手合十的花环。(44)难敌光彩熠熠，无比吉祥，与迦尔纳和赌徒妙力之子（沙恭尼）一起，走在前面，王中因陀罗啊！(45)以难降为首的所有弟兄，还有广声、月授和大王波力迦，(46)俱卢族的后裔们驾着各种各样的车马和大象，跟随这位王中之狮前进。没有多久，国王啊！他们进入自己的城。(47)

以上是吉祥的《摩诃婆罗多》中《森林篇》第二百四十章(240)。

二四一

镇群王说：

灵魂伟大的普利塔之子们住在树林里时，善人啊！那些大弓箭手持国之子们干了些什么？(1)还有毗迦尔多那·迦尔纳、大力士沙恭尼以及毗湿摩、德罗纳和慈悯的所作所为，请你告诉我。(2)

护民子说：

就这样，普利塔之子们救出难敌后离去。难敌获释，回到象城，伟大的国王啊！毗湿摩对这位持国之子说道：(3)"孩子们！早在你们要去苦行林时，我就说过话。我不赞成你们去，你们就是不听。(4)结果，英雄啊！你被敌人强行抓走，又被知法的般度族兄弟救出，不知害羞。(5)甘陀利之子啊！你和你的军队亲眼看到车夫之子（迦尔纳）由于害怕健达缚们，从战场逃跑，人主啊，你和你的军队，王中因陀罗啊！呼天喊地，王子啊！(6)你们看到了灵魂伟大的般度族兄弟的勇气，也看到了思想邪恶的车夫之子（迦尔纳）的勇气，大臂者啊！(7)在箭术、勇气和正法上，王中魁首啊！迦尔纳都远远不如般度族兄弟，热爱正法的人啊！(8)为了家族的繁荣，我认为你应该与灵魂伟大的般度族兄弟和解，最优秀的和解者啊！"(9)

听了毗湿摩的话，人中之主持国之子放声大笑，带着妙力之子（沙恭尼），抬腿就走。(10)知道他走了，以迦尔纳和难降为首的大弓箭手们也跟随大力士持国之子走了。(11)俱卢族的祖父毗湿摩看到他们都走了，国王啊！他羞愧难当，回到自己的住所。(12)大王啊！毗湿摩离开后，人中之主持国之子又回到那里，与大臣们商议：(13)"怎样对我们有利？下一步该怎么办？怎样做才好？"婆罗多子孙啊！(14)

迦尔纳说：

难敌啊！请你听着。我来告诉你怎么办，俱卢后裔啊！你听了之后，应该照办，克敌者啊！(15)现在这大地属于你，英雄啊！没有人分享，王中魁首啊！你保护这大地吧！就像思想伟大和消灭敌人的帝释天。(16)

护民子说：

听了迦尔纳的话，国王又对他说道："有你在，没有什么事办不到，人中雄牛啊！(17)你就成为忠于我的心腹朋友吧！我有个计划，请听我如实告诉你。(18)当我看到般度之子举行盛大的王祭，我就产生了这个愿望。请你实施，车夫之子啊！"(19)迦尔纳听后，对国王说道："现在，大地上所有的国王都受你管辖，王中魁首啊！(20)召集优秀的婆罗门，按照规定置办各种必需的祭祀用品，俱卢族俊杰啊！(21)让召集而来的那些精通吠陀的祭司，国王啊！按照经典规定为你举行仪式，克敌者啊！(22)让你的大祭举行吧！安排丰富的食物

和饮料,充满繁荣昌盛的气派,婆罗多族雄牛啊!"(23)

听了迦尔纳的话,人主啊!持国之子召来祭司,说道:(24)"你按照规定和顺序为我举行最高的王祭,保证丰厚的布施。"(25)这位婆罗门中的雄牛听后,对国王说道:"俱卢族俊杰啊!只要坚战还活着,在你的家族里,就不能举行最高的祭仪,王中魁首啊!(26)而且,你的父亲持国长寿,还活着。因此,你举行这种祭祀是违禁的,王中魁首啊!(27)但是,主人啊!有另一种火祭与王祭一样,你就举行这种祭祀吧,王中因陀罗啊!请听我的话。(28)世上的国王都向你交纳贡赋,国王啊!你就让他们交纳税赋,进贡成品或半成品的金子。(29)你就用金子制作一把犁,王中魁首啊!你用这把犁犁祭祀用地,婆罗多子孙啊!(30)就在那里按照规定举行祭祀,食物丰富,装饰绚丽,四周没有干扰。(31)这种祭祀称作毗湿奴祭,适合善人举行。除了古代的毗湿奴,没有人举行过这种祭祀。(32)这种火祭与最高的王祭相匹敌。这种祭祀既使我们高兴,也对你有利,婆罗多子孙啊!它将顺利进行,实现你的愿望。"(33)

听了众婆罗门的话,大地之主持国之子对迦尔纳、妙力之子(沙恭尼)和弟兄们说道:(34)"众婆罗门说的所有这些话无疑令我满意。如果你们也满意,那就别耽搁,告诉我。"(35)所有的人听后,都对国王说道:"好吧!"然后,国王依次向参与计划的人们下达指示。(36)他命令所有的工匠制作这把犁,王中俊杰啊!一切都依照所说的安排就绪。(37)

以上是吉祥的《摩诃婆罗多》中《森林篇》第二百四十一章(241)。

二四二

护民子说:

然后,所有的工匠、主要的大臣和大智慧的维杜罗都向持国之子禀告:(1)"大祭准备好了,国王啊!时辰到了,婆罗多子孙啊!这把神圣贵重的金犁造好了。"(2)闻听此言,人主啊!王中魁首持国之子下令大祭开始。(3)于是,食物丰富、装饰绚丽的祭祀开始,甘陀罗之子（难敌）按照经典和顺序行祭。(4)持国之子很高兴，声名远播的维杜罗、毗湿摩、德罗纳、慈悯、迦尔纳和声誉卓著的甘陀利也很高兴。(5)他派遣快速的使者，去邀请各地的国王和婆罗门，王中因陀罗啊！这些使者奉命骑上快马出发。(6)难降对一位出发的使者说道："你快去到双林，按照礼仪邀请般度族那些罪人和那座大森林里的众婆罗门。"(7)

他到了般度族住处，向他们行礼后，说道："王中魁首难敌举行祭祀，大王啊！(8)这位俱卢后裔依靠自己的勇力赢得大量财富。各地国王和婆罗门都去那里。(9)灵魂伟大的俱卢后裔派我前来，国王啊！人中之主持国之子这位国王邀请你们。你们应该去观看这位国王的赏心悦目的祭祀。"(10)听了使者的话，人中之虎坚战王回答说："真是幸运！难敌王举行大祭，光宗耀祖。(11)我们也应该去，但现在无论如何不行。我们要信守誓约，直到十三年期满。"(12)

怖军听了法王的话后，说道："法王坚战国王到时候会去的。(13)那时，他会把难敌扔进刀剑挑起的战火中。十三年后，坚战王会出现在战斗的祭坛上。(14)这位般度之子会把愤怒的祭品撒在持国之子们身上。那时，我们会来的。你把这些话告诉难敌。"(15)般度族其他弟兄没有说什么不愉快的话。使者便如实向持国之子报告。(16)

各地的俊杰、国王和高贵的婆罗门都来到持国之子的城里。(17)按照经典、种姓和顺序，他们受到礼遇，非常高兴，十分愉快，人中之主啊！(18)持国之子在全体俱卢族人簇拥下，满怀喜悦，对维杜罗说道：(19)"奴婢子！快点做事，让祭祀场上所有的人都有食物，舒服满意。"(20)聪明知法的维杜罗听到吩咐，便按照标准，向所有种姓的人致敬，克敌者啊！(21)他高兴地向他们分发可口的食物饮料、芳香的花环和各种衣服。(22)

英雄难敌按照经典和顺序完成最后的仪式，王中因陀罗啊！他安抚了数以千计的国王和婆罗门，赐给他们各种财富，然后送走他们。(23)送走那些国王后，他在弟兄们围绕下，与迦尔纳和妙力之子（沙恭尼）一起进入象城。(24)

以上是吉祥的《摩诃婆罗多》中《森林篇》第二百四十二章(242)。

二四三

护民子说：

大王啊！进城时，歌手们赞颂这位常胜不败的大弓箭手，人们赞颂这位王中魁首。(1)人们撒着炒米和檀香粉，说道："真是幸运，国王啊！你的祭祀没有遇到障碍，圆满完成。"(2)而有些饶舌之人对国王说道："你的祭祀不能与坚战的相比。你的祭祀不及他的十六分之一。"(3)这些饶舌之人对国王这样说，而他的朋友们说道："这个祭祀超过所有的祭祀。(4)迅行王、友邻王、曼陀多和婆罗多，他们都是举行这个祭祀而升入天国，受到供奉。"(5)

听着朋友们的这番美言，婆罗多族雄牛啊！国王高兴地进城回宫。(6)他向父母行触足礼，人中之主啊！也向毗湿摩、德罗纳、慈悯和聪明睿智的维杜罗行触足礼。(7)而弟弟们向他行礼。这位爱护弟弟的长兄坐在首座，弟弟们围绕着他。(8)大王啊！车夫之子（迦尔纳）站起身来，对他说道："真是幸运，婆罗多族俊杰啊！你的大祭圆满完成。(9)等到在战斗中杀死普利塔之子们，你举行王祭之时，人中俊杰啊！我再向你致敬。"(10)声名卓著的大王持国之子回答道："你说得对，英雄啊！一旦消灭灵魂卑劣的般度族兄弟，(11)完成伟大的王祭，人中俊杰啊！你再向我贺喜，英雄啊！"(12)说罢，这位大智慧者俱卢后裔拥抱迦尔纳，婆罗多子孙啊！他一心向往最高的王祭。(13)这位王中魁首对站在身旁的朋友们说道："什么时候我能杀尽般度族，举行豪华的王祭？"(14)这时，迦尔纳对他说道："听我说，王中之象啊！只要还没杀死阿周那，我就一直不洗脚！"(15)大勇士、大弓箭手、持国之子们听到迦尔纳发誓要在战场上杀死阿周那，齐声喝彩。他们觉得般度族已被征服。(16)然后，王中因陀罗啊！难敌送走这些人中雄牛。这位吉祥的主人进入自己的家中，犹如财神俱比罗进入奇车园。所有的大弓箭手也回到自己的住所，婆罗多子孙啊！(17)

然而，大弓箭手般度族兄弟受到使者的话刺激，念念不忘这件事，无法感到快乐。(18)密探又带来车夫之子（迦尔纳）发誓要杀死阿周那的消息，王中因陀罗啊！（19）正法之子（坚战）听到之后，抑郁烦恼，人中之主啊！他想到迦尔纳勇敢非凡，身穿刀枪不入的铠甲，想到种种艰难困厄，无法平静。（20）这位灵魂伟大的人忧心忡忡，决定离开这座充满各种野兽的双林。（21）

持国之子难敌王与他的英雄弟兄们以及毗湿摩、德罗纳和慈悯一起统治大地。（22）有车夫之子迦尔纳这位勇将与他配合，大地之主难敌始终愉快友好。（23）他举行各种祭祀，支付丰厚的酬金，供奉优秀的婆罗门，国王啊！这位折磨敌人的英雄也善待弟兄们，因为他已经认定：财富就是用于布施和享受。（24）

以上是吉祥的《摩诃婆罗多》中《森林篇》第二百四十三章(243)。《牧场篇》终。

梦鹿恐惧篇

二四四

镇群王说：

强大有力的般度之子们放走难敌后，在那座树林里做了些什么？请你告诉我。（1）

护民子说：

夜里，贡蒂之子坚战睡在双林里时，有一群鹿在他梦中显现，嗓子哽咽。（2）这位王中因陀罗对这些双蹄合十、浑身颤抖的鹿说道："你们想说什么就说吧！你们是谁？有什么愿望？"（3）听了著名的贡蒂之子、般度之子的这番话，这些死里逃生的鹿对坚战说道：（4）"我们是双林中死里逃生的一些鹿，婆罗多子孙啊！别让我们绝种，大王啊！请你迁居别处吧。（5）你们所有兄弟都是英雄，精通武艺，已经使居住林中的动物家族所剩无几了。（6）让我们这些剩下的鹿作为种子留存，大智者啊！请你开恩，王中因陀罗啊！让我们得以繁殖，坚战啊！"（7）看到这些仅够留种的、恐惧发抖的鹿，法王坚战感到非常痛心。（8）这位热心为众生谋利益的国王说道："好吧！你们说

得有理，我将照办。"(9)

早上，这位优秀的国王醒来，怀着对鹿的怜悯，对聚在一起的弟兄们说道：(10)"昨天夜里，那些死里逃生的鹿在梦中对我说：'祝你幸运！我们越来越少，请可怜可怜我们吧！'(11)它们说得很对，我们应该怜悯这些居住林中的动物。我们在这里住了一年零八个月，以它们为食。(12)另外有一个美丽可爱的迦摩耶迦树林，里面有许多动物。它在这荒野尽头，在著名的草滴湖边。我们住到那里去，愉快地度过其余的日子吧！"(13)

于是，这些通晓正法的般度族兄弟，还有与他们同住的众婆罗门，迅速出发。以帝军为首的随从跟随在后。(14)他们沿着道路前进，路上有可口的食物和洁净的水。最后，他们看到圣洁的迦摩耶迦净修林，里面住有苦行者。(15)在婆罗门雄牛们陪伴下，这些俱卢后裔、婆罗多族俊杰进入这座树林，犹如有德之人进入天国。(16)

以上是吉祥的《摩诃婆罗多》中《森林篇》第二百四十四章(244)。《梦鹿恐惧篇》终。

斗 米 篇

二四五

护民子说：

灵魂伟大的般度族兄弟住在这座树林里，艰难地度过十一年，婆罗多族雄牛啊！(1)这些人中俊杰可以享福，但他们以根茎果子为食，忍受着最大的痛苦，期待着时机的到来。(2)大臂王仙坚战总感到弟兄们承受的极大痛苦都是由他的罪过造成的。(3)这位国王想起那场赌博造成的罪恶，就不能安睡，心头上仿佛扎着刺。(4)这位般度之子想起车夫之子(迦尔纳)的粗鲁话语，就会发出痛苦的长叹，含有愤怒的毒气。(5)阿周那、双生子、声誉卓著的黑公主以及所有人中最威武有力的怖军，看见坚战这样，都忍受着无比的痛苦。(6)这些人中雄牛想到流放时间已剩下不多，勇气和怒气使他们激动得几乎变形。(7)

有一次，贞信之子大瑜伽行者毗耶娑来看望般度族兄弟。(8)贡蒂之子坚战看见他来到，迎上前去，按照礼仪欢迎这位灵魂伟大的人。(9)般度之子控制感官，恭顺地陪毗耶娑坐下，向他俯伏行礼，令他高兴。(10)大仙看到这些孙儿在林中以野生食物维生，形体消瘦，充满同情，哽咽地说道：(11)"大臂坚战啊！请听我说，优秀的守法者啊！一个没有经过苦行锻炼的人，孩子啊！不会获得巨大的幸福。(12)因为人总是交替经受幸福和痛苦。谁也不会永远遭遇不幸，人中雄牛啊！(13)而具备最高智慧的聪明人，他知道命运忽升忽降，因此，既不忧伤，也不喜悦。(14)幸福来临，他享受，痛苦来临，他忍受。等待时机到来，犹如农夫等待谷物成熟。(15)没有什么东西比苦行更高；通过苦行，能获得伟大的东西，婆罗多子孙啊！你要知道，通过苦行，没有什么事会不成功。(16)诚实、正直、不发怒、施舍、驯顺、平静、不妒忌、不杀生、纯洁和控制感官，大王啊！这些是行为圣洁之人的成功手段。(17)热衷非法行为，愚昧无知，归依畜生道，这样的人投生在苦难的子宫中，不会获得幸福。(18)今生做的事，来生尝到结果。因此，应该通过苦行和自制约束身体。(19)应该尽力施舍，在合适的时间，向合适的人致敬和供奉，摒弃悭吝，衷心喜悦。(20)一个说真话的正直之人会获得没有烦恼的生命，一个摒弃愤怒和妒忌的人会获得最高的平静。(21)一个善于克制和完全平静的人永远不会陷入困境，一个自我控制的人看到别人富贵，也不会焦灼。(22)一个乐善好施的人是享受幸福的人。一个不杀生的人安然无恙。(23)尊敬值得尊敬的人，就会转生在大家族中。控制自己的感官，就不会遇到不幸。(24)一心向善，遵循时间的规律再生，仍然成为思想美好之人。"(25)

坚战说：

尊者啊！请说说施舍和苦行这两项德行，在死后，哪一项更重要？哪一项更难做？大牟尼啊！(26)

毗耶娑说：

在这世界上，没有什么比施舍更难做，因为对财富的渴望巨大，而财富又难以获得。(27)那些勇敢的人为了追求财富，舍弃可爱的生命，投身大战，进入大海和荒野。(28)为了财富，有些人成为农夫和牧人，有些人成为仆从。(29)要放弃得之不易的财富是非常困难的。因此，我认为，没有什么比施舍更难做。(30)而且，还要特别注意，应该用正当的手段获取财富，在合适的时间和地点，施舍给善人。(31)用非法的手段获取财富，进行施舍，并不能拯救施舍者摆脱大恐惧。(32)怀着纯洁的心，在合适的时候向合适的人施舍，哪怕数量微薄，坚战啊！也会产生无穷的功果。(33)人们传颂着一个古老的传说，那就是牟陀伽罗施舍一斗米而获得果报。(34)

以上是吉祥的《摩诃婆罗多》中《森林篇》第二百四十五章 (245)。

二四六

坚战说：

为什么这位灵魂伟大的人施舍一斗米？以什么方式施舍给谁？尊者啊！请告诉我。(1)我认为神的法则显而易见，谁遵行妙法，行为使神满意，就会产生果报。(2)

毗耶娑说：

在俱卢之野，有个人叫牟陀伽罗。他以法为魂，坚守誓言，说真话，不妒忌，以拾落穗为生。(3)他像鸽子那样觅食维生，仍然热情待客和举行祭祀。这位大苦行者举行一种名为"希望"的祭祀。(4)这位牟尼半个月与妻儿一起吃饭，另半个月则像鸽子那样采集一斗米。(5)他毫不吝啬地进行新月和满月祭祀，用供奉天神和招待客人剩下的食物维持自己的身体。(6)三界之神因陀罗总在新月和满月之时，亲自带着众天神来享用他的祭品，大王啊！(7)在新月和满月的日子里，他过着牟尼的生活，满心喜悦，向客人们施舍食物。(8)每当这样的日子，这位灵魂伟大的人毫不吝啬，布施食物。而只要客人来到，剩下的米会自行增加。(9)由于这位牟尼施舍之心纯洁，即使几百个婆罗门智者前来享用，食物依然保持增长。(10)

以天为衣的杜婆沙听说牟陀伽罗虔信正法，坚守誓言，便去他那里，国王啊！(11)这位牟尼衣衫褴褛，像个疯子，头发剃光，说着各种粗话，般度之子啊！(12)这位杰出的牟尼走上前来，对婆罗门说

479

道："优秀的牟尼啊！你知道，我来乞求食物。"(13)牟陀伽罗回答这位牟尼说："欢迎你！"并端上洗脚和漱口的水。(14)他坚守誓言，热情好客，无比信任这位饥饿的疯子，把依靠苦行获得的上等食物赐给他。(15)于是，这位饥肠辘辘的疯子吃光所有的美味食物，牟陀伽罗又给他添加。(16)又吃完后，他用剩下的食物抹抹自己的肢体，按原路回去了。(17)

到了下一次祭祀的日子，他又来了，吃光这位以拾落穗维生的智者的全部食物。(18)这位牟尼自己没有吃的，又去采集落穗。饥饿并不能改变牟陀伽罗的本性。(19)这位拾落穗的优秀婆罗门和他的妻子毫无愤怒、嫉恨、轻蔑和困惑。(20)

而杜婆沙决心已定，每到时候，就来到拾落穗的优秀牟尼这里，一连六次。(21)牟尼杜婆沙看不出他的心情有什么改变，只看出他本性纯洁，心地洁净无垢。(22)于是，这位牟尼高兴地对牟陀伽罗说道："在这世上，没有一个施主像你那样毫无私欲。(23)饥饿会赶走正义感，夺走坚定性。舌头追逐感官对象，贪图美味。(24)生命产生于食物，心儿浮躁，难以控制。心和感官的专一，实际上就是苦行。(25)即使是心地纯洁的人，也很难舍弃自己的辛苦所得，而你完全做到了这一切，善人啊！(26)与你相遇，人们蒙受恩惠，感到高兴。控制感官、坚定、施舍、克制和平静，(27)怜悯、真实和正法，全都集合于你一身。你以德行征服所有世界，达到最高境界。(28)哦！天神们也在传颂你的伟大施舍，恪守誓言者啊！你将带着肉身升入天国。"(29)

正当杜婆沙牟尼这样说着，一位天神使者驾着飞车来到牟陀伽罗面前。(30)这飞车可以随意飞行，由天鹅和仙鹤驾驭，挂着成串成串的铃铛，散发各种神奇的香气。(31)天神使者对这位婆罗门仙人说道："你以德行赢得了这辆飞车，请上车吧！你已经获得最高成就，牟尼啊！"(32)仙人闻听此言，对天神使者说道："我希望像你说的那样，具备天国居民的品行。(33)那里的居民具备什么样的品行？修炼什么样的苦行？具有什么样的决心？在天国有什么样的天国快乐或缺陷？天神使者啊！(34)优秀家族的善人们说：'绕火七步，结为好友。'我以朋友的名义询问你，主人啊！(35)请你不要迟疑，如实告

诉我。我听了之后，将根据你说的话，做出决定。"(36)

以上是吉祥的《摩诃婆罗多》中《森林篇》第二百四十六章(246)。

二四七

天神使者说：

大仙啊！你的智慧还没有开窍。你已经获得备受崇敬的、至高的天国幸福，却还像一个无知的人那样思索它。(1)上面的那个世界称作"天国"。通向上面的大道始终由天车行驶，牟尼啊！(2)不修苦行的人，不实行任何祭祀的人，不说真话的人，还有异教徒，都不能去那里，牟陀伽罗啊！(3)以法为魂，调伏自我，平静，克制，无私，乐善好施，这样的人以及带有伤痕的英雄，(4)他们行为杰出，以平静和克制为核心，能去那里，进入那些善人们享受的功德世界，婆罗门啊！(5)天神们、沙提耶们、毗奢们、摩录多们、大仙们、亚摩们、达摩们、健达缚们和天女们都住在那里，牟陀伽罗啊！(6)这一群又一群天神居住的世界为数众多，由光明构成，灿烂辉煌，称心如意。(7)那里有三万三千由旬的山中之王弥卢，由金子构成。那里有许多天国花园，牟陀伽罗啊！(8)供行为圣洁的天神们娱乐的欢喜园等等。那里没有饥饿，没有干渴，没有劳累，没有冷热和恐惧。(9)没有憎恨，没有不祥，也没有疾病。到处芳香迷人，到处感觉舒适。(10)到处声音悦耳。没有忧愁，没有衰老，没有烦恼和哀怨，牟尼啊！(11)这样的世界来自自己的业果。人们凭自己的善行进入那里。(12)住在那里的人们通体光明，牟陀伽罗啊！这是由他们的行为造就，而不是由他们的父母造就。(13)在那里，没有汗，没有臭味，没有粪便，没有尿，他们的衣服也不沾灰尘，牟尼啊！(14)他们的花环永不凋谢，散发神奇的芳香，美丽迷人。他们都乘坐这样的飞车，婆罗门啊！(15)摒弃妒忌、忧愁和苦恼，摆脱愚痴和私欲，这些赢得天国的人们在那里幸福地生活，大牟尼啊！(16)

牟尼中的雄牛啊！在这些世界的上面是帝释天（因陀罗）的世界，具有种种神圣的特点。(17)再上面是由光明构成的、美丽的梵界,婆罗门啊!那些通过自己的纯洁行为获得净化的仙人们去那里。(18)那里住着另一类名叫利菩的神中之神。他们的世界高高在上,众天神崇拜他们。(19)他们的世界自我发光,灿烂辉煌,是至高的如意神牛。他们不存在妇女造成的烦恼,也不贪图世界权位。(20)他们不靠祭品生活,甚至也不喝甘露。他们具有神圣的身体,但形体不可感知。(21)这些永恒的神中之神并不渴望所谓的幸福。一劫又一劫转换,他们毫无变化。(22)对他们来说,哪有什么丧老和死亡?也无所谓高兴、愉快和幸福。他们既不痛苦,也不快乐,哪有爱和恨呢?牟尼啊!(23)连天神们也都渴望这种最高境界,牟陀伽罗啊!但这种最高成就难以达到。怀有欲望的人不能达到。(24)

这样的世界有三十三个。通过最高的自我控制或按照规定施舍,智者们能进入其余的世界。(25)你已经获得由施舍产生的幸福果报。你因苦行而光辉闪耀,请享用这个通过善行获得的果报吧!(26)

婆罗门啊!这是天国的幸福以及各种各样的世界。我已经讲过了天国的优点,现在,我告诉你它的缺点。(27)一个人在天国享受自己的业果,不做别的事,直到业果连根耗尽。(28)业果耗尽,他就坠落,心中充满幸福而坠落,我认为这就是天国的缺点,牟陀伽罗啊!(29)在见到灿烂辉煌的吉祥幸福之后,难以承受下界生活中的不满和痛苦。(30)坠落者知觉混乱,情绪激动。在花环凋谢时,想到要坠落而心怀恐惧。(31)这种可怕的缺点,甚至梵界也存在,牟陀伽罗啊!但在善人们的眼中,天国的优点不计其数。(32)牟尼啊!从天国坠落的另一个最大特点是:由于行善,再生为人。(33)他出生在这里,吉祥富贵,享受幸福。如果他在这里不觉悟,那就再往下降。(34)今生作业,来世享用。因此,婆罗门啊,今生称作"业地",来生称作"果地"。(35)

我讲的这一切,都是你问的,牟陀伽罗啊!承蒙你的恩惠,善人啊!我们立即前往那里。(36)

毗耶娑说:

听了这些话后,牟陀伽罗用心思考。想定之后,这位杰出的牟尼对天神使者说道:(37)"天神使者啊!我向你致敬!现在,孩子啊!你可以走了。有这样大的缺点,我不想去天国,不想要幸福了。(38)

坠落是非常痛苦的。这样的痛苦十分可怕。享有天国的人仍然坠落人世。因此,我不向往天国。(39)我只想去一个无限地方,那里没有忧愁,没有痛苦,没有动荡。"(40)

这位牟尼说罢,送走天神使者。他放弃拾落穗的生活,坚守至高的平静。(41)他对责备和赞誉一视同仁,对泥土、石头和金子一视同仁。他修行纯洁的智瑜伽,禅思不已。(42)通过修禅,他获得力量,获得无上的神通。他达到永恒和至高的成就,名为"涅槃"。(43)

因此,贡蒂之子啊!你也不必悲伤。你从煊赫的王位坠落。依靠苦行,你还会获得。(44)乐极生悲,苦尽甘来,幸福和痛苦轮番绕着人转,就像车辐绕着车轴转。(45)勇敢无比的人啊!十三年期满后,你会获得祖先留传的王国。消除你心头的恐惧吧!(46)

护民子说:

尊者毗耶娑富有智慧,对般度之子说了这些话后,又回到净修林修苦行去了。(47)

以上是吉祥的《摩诃婆罗多》中《森林篇》第二百四十七章(247)。《斗米篇》终。

黑公主遇劫篇

二四八

护民子说:

这些婆罗多族优秀的大勇士如同众天神,在这座鹿儿众多的迦摩耶迦树林游荡娱乐。(1)他们观看四周各种各样林中景点和按照季节开花的可爱的林地。(2)般度族兄弟擅长狩猎,像因陀罗那样,在这座大树林里游荡。这些克敌者在那里度过了一些日子。(3)后来,这些人中之虎、克敌者为了养育众婆罗门,同时四出打猎。(4)他们征得苦行严酷的大仙人草滴和家庭祭司烟氏的同意,把黑公主留在净修林。(5)

那时,声名显赫的信度国王增武之子渴望结婚,前往沙鲁瓦国。(6)在一大群称职的王侍簇拥下,他与许多国王一起走近迦摩耶

483

迦。(7)在那里，他看到著名的黑公主，这位般度族兄弟的可爱妻子站在空旷树林的净修林门口。(8)她相貌美丽，神采奕奕。她的光艳照亮林地，犹如闪电照亮乌云。(9)他们全都双手合十，谛视这位无可指摘的女子，心想："她是天女，还是天神的女儿？或者是天神制造的幻觉？"(10)

　　信度国王增武之子胜车看到这位体态无可指摘的女子，惊讶不已，心里高兴。(11)他色迷心窍，对国王俱胝迦摄说道："这位体态无可指摘的女子是谁的？她究竟是不是凡人？(12)见到这位异常美丽的女子，我不想去结婚了。我要把她带回自己宫中。(13)朋友啊！你去了解一下她是谁的人？她是谁？从哪里来？这位秀眉女子为什么来到荆棘丛生的树林。(14)这位肥臀、大眼、皓齿、细腰的绝世美人会接受我。(15)获得这位美女，我也就心满意足。去吧，了解一下，谁是她的庇护人，俱胝迦摄啊！"(16)

　　佩戴耳环的俱胝迦摄听后，从车上跳下，前去打听，犹如豺狼走向雌虎。(17)

　　　　　　　以上是吉祥的《摩诃婆罗多》中《森林篇》第二百四十八章(248)。

二四九

俱胝迦摄说：

　　你是谁？独自站在净修林里，攀着迦丹波树枝，光艳照人；犹如黑夜里点燃的火焰，风吹更明亮，秀眉女子啊！(1)你容貌绝伦，呆在这树林里，难道不害怕？你是女神、女药叉或者女檀那婆？杰出的天女或者美丽的女提迭？(2)你是蛇王美丽的女儿或者游荡林中的夜行女？伐楼拿、阎摩、苏摩或财神的王后？(3)你是来自陀多、毗菩多、萨毗多或帝释天（因陀罗）的宫殿？因为你没有问我们是谁？我们也不知道这里谁是你的庇护者。(4)我们对你备加尊敬，贤女啊！请问你的出身和主人。如实告诉我们你的亲属、丈夫和家庭，还有你在这里做什么？(5)

　　我是国王妙车的儿子，人们都叫我俱胝迦摄。这位英雄如莲花，

484

站在金车上,犹如祭坛上的祭火,是三穴国国王,名叫赐安。(6)在他后面,这位是俱宁陀国王的杰出儿子,一向住在山上。他肩膀宽阔,手持大弓,惊奇地望着你。(7)那个站在莲花池边上的青年黝黑英俊,是甘蔗族国王妙力的儿子。他是杀敌英雄,肢体美丽的女子啊!(8)十二位妙雄国王子跟随着他,手持旗帜,站在红马驾驭的车上,犹如祭坛上燃烧的祭火。(9)他们的名字是:鸯伽罗迦、贡阇罗、古普多迦、舍多伦阇耶、商阇耶、苏钵罗毗陀、钵罗般迦罗、罗维、婆罗摩罗、首罗、钵罗多波和俱诃罗。(10)有六千名车兵、象兵、马兵和步兵跟随着他。你是否听说过胜车这个名字,妙雄国王就是他,吉祥的女子啊!(11)他的那些精神饱满的弟兄,钵罗诃迦、阿尼迦维达罗纳等等,那些强壮有力的妙雄国青年英雄,也跟随着这位国王。(12)这位国王和这些同伴一起前进,犹如因陀罗在摩录多群神的护卫下。现在,美发女子啊!请告诉我们这些无知之人,你是谁的妻子?谁的女儿?(13)

以上是吉祥的《摩诃婆罗多》中《森林篇》第二百四十九章(249)。

二五〇

护民子说:

听到这位尸毗族俊杰向她询问,黑公主微微抬头观看。她放开树枝,拢紧自己的拘舍草衣,说道:(1)"王子啊!我心里完全明白,像我这样的人不应该跟你说话。但这里没有一个人,男人或女人,能回答你的话。(2)这里只有我一个人,就让我回答你吧,贤士啊!你要明白这一点。否则,我这样一个恪守妇道的人,怎么能独自在树林里跟你说话?(3)我知道你是妙车的儿子,人们都叫你俱胝迦摄。因此,我告诉你我的亲属,尸毗族王子啊!请听明白。(4)我是木柱王的女儿,人们叫我黑公主,尸毗族王子啊!我自愿选择了五兄弟做丈夫,你一定听说我们住在甘味城。(5)坚战、怖军、阿周那和玛德利孪生的英雄儿子,这些普利塔之子四出打猎,把我安顿在这里。(6)坚战王去北边,怖军去南边,阿周那去东边,双生子去西边,我想,现在该是这些优秀的勇士回来的时候了。(7)你们下马来,在接受他们的敬意后,再去你们想去的地方吧!灵魂伟大的正法之子(坚战)热情好客。他见到你们,会很高兴。"(8)木柱王的女儿面庞似月,心情愉快,对尸毗族王子这样说道。她考虑着怎样以礼待客,进入圣洁的草屋。(9)

以上是吉祥的《摩诃婆罗多》中《森林篇》第二百五十章(250)。

二五一

护民子说:

然后,所有的国王都坐在那里,婆罗多子孙啊!妙雄国王听了俱胝迦摄的话后,对这位尸毗王子说道:(1)"我的心已经迷上这位答话的女子魁首,你怎么就回来了?(2)大臂者啊!实话告诉你:一看见这位女子,其他女子就如同母猴了。(3)一见到她,我的心就被抓走了。告诉我,尸毗王子啊!这个漂亮的女子是不是凡人?"(4)

俱胝迦摄说:

她是著名的黑公主,木柱王的女儿,般度王子的王后,备受尊敬。(5)普利塔之子们全都喜爱和敬重她。你已经见到她,妙雄王啊!可以满意地回妙雄去了。(6)

护民子说:

妙雄——信度国王胜车心术不正,回答说:"我们去见黑公主。"(7)他们一行七人,进入空旷的净修林,犹如豺狼进入虎穴,对黑公主说道:(8)"你好,美臀女郎啊!你的丈夫们身体安康吧?你祝愿平安的那些人们都安然无恙吧?"(9)

黑公主说:

俱卢后裔、贡蒂之子坚战王很好,我和他的弟兄们以及你问候的其他人也都很好。(10)请用水洗脚就座,王子啊!我要给你们五百只鹿做早餐。(11)黑羚羊、花斑羚羊、大鹿、小鹿、八足兽、兔子、利舍鹿、如如鹿、桑波罗鹿和野牛,(12)还有野猪、水牛和其他各种野兽,贡蒂之子坚战会亲自送给你们。(13)

胜车说：

这份早餐很好，你待我礼节周到。来吧，登上我的车，你会得到圆满的幸福。(14)你不必挂念那些可怜的普利塔之子们。他们已经背运，失去王国，丧魂落魄，流亡森林。(15)聪明的女子不会委身背运的丈夫。她追随富贵的丈夫。一旦丈夫败落，她就离去。(16)他们已经失去财富，失去王国，永无出头之日。你不必出于对般度之子们的忠贞而苦苦厮守。(17)做我的妻子吧！美臀女郎啊！抛弃他们，追求幸福，与我一起享受信度国和妙雄国吧！(18)

护民子说：

听了信度国王这些煽动的话，黑公主紧皱双眉，从那儿走开。(19)细腰女郎黑公主蔑视信度王，堵住他的话，说道："别说这种话，可耻！"(20)这位无可指摘的女郎盼望丈夫们回来，她做出的回答令人难堪。(21)

以上是吉祥的《摩诃婆罗多》中《森林篇》第二百五十一章(251)。

二五二

护民子说：

木柱王女儿美丽的脸气得通红，眼睛也发红，眉毛上下攒动，又怒声斥责妙雄国王道：(1)"你侮辱这些声名显赫、刚烈威武的大勇士，不感到羞耻吗？傻瓜啊！他们像因陀罗一样，忠于职守，即使与药叉和罗刹作战，也是毫不动摇。(2)人们从不中伤值得尊敬的人，他们修苦行，有学问，不管是漫游林中，还是住在家中。只有像狗那样的人才会说出这种混话，妙雄王啊！(3)我相信，在刹帝利范围内，看见你坠入地狱，没有一个人会拉你的手，把你从地狱口中救出来。(4)你想战胜法王（坚战），就像一个人手持棍棒，想把一头春情发动的大象逐出兽群。这头大象在雪山上行走，犹如移动的山峰。(5)出于愚蠢，你用脚去踢强大有力的睡狮，还去拔它脸上的睫毛。一旦看到愤怒的怖军，你就会逃跑。(6)你想制服愤怒刚烈的阿周那，就像一个人用脚去踢一头雄壮有力的、睡在山洞里的猛狮。

(7)你想与般度族兄弟中最年轻的两位俊杰较量,就像一个疯子用脚去踩两条双舌剧毒的黑蛇尾巴。(8)我受他们保护,因此,如果你夺取我,就像竹子、芭蕉和芦苇,结果以后便死去,自己并不繁荣;也像螃蟹结子。(9)

胜车说:

我知道,黑公主啊!如你所说,这些王子是这样的人。但是,现在你不可能以此威胁恐吓我们。(10)我们出生在十七个高贵家族中,具备六种品德,黑公主啊!我们认为般度之子们缺乏这些品德。(11)快登上这车或骑上这象;空话对我们没用。或者你说些可怜的话,恳求妙雄王开恩吧!(12)

黑公主说:

我刚毅坚强,而妙雄王认为我软弱无力,会屈服压力,乐意向妙雄王乞求哀怜。(13)黑天和阿周那这对战友同乘一辆战车追随我的足迹,连因陀罗也难以把我夺走,何况可怜的凡人?(14)一旦杀敌英雄阿周那站在战车上,粉碎仇敌之心,为我进攻你的军队,就像夏季的烈火焚烧枯木干草。(15)追随黑天的苾湿尼族的英雄们,羯迦夜族的大弓箭手们以及所有的王子都会兴高采烈,追随我的足迹。(16)胜财(阿周那)亲手用甘狄拨神弓射出雷鸣般迅捷可怕的箭,发出恐怖的呼啸声。(17)这位手持甘狄拨神弓者(阿周那)用甘狄拨神弓接连射出密集的箭,犹如疾飞的鸟群,伴随着螺号和手腕护套声。这些箭射中你的胸膛时,你的心会有什么感觉?(18)看到怖军手持大棒向你冲来,看到玛德利的双生子从左右包抄你,喷出愤怒的毒气,你将受尽折磨,卑贱的人啊!(19)我无论怎样也不会背弃尊贵的丈夫,甚至没有这样的念头。凭这真心,我将亲眼看到普利塔之子们制服你,把你拽走。(20)即使你强行抢走我,我也不会惊慌,因为我会遇见这些俱卢族英雄,重新回到迦摩耶迦。(21)

护民子说:

这位大眼女郎瞪着他们,谴责他们想要抢她,恐惧地喊道:"别碰我,别碰我!"同时,她呼叫祭司烟氏。(22)胜车抓住她的衣服,她用力推掉他。这个邪恶的人翻倒在地,犹如断根之树。(23)他再次强行拉她。黑公主气喘吁吁,被拉上了车。她向烟氏的双脚行

礼。(24)

烟氏说：

你没有打败那些大勇士，不能把她带走。你想想自古以来的刹帝利法则，胜车啊！(25)你做出这种卑鄙之事，遇到以法王为首的般度族英雄，你肯定会遭罪。(26)

护民子说：

说罢，烟氏夹在步兵队伍中间，跟在被抢走的声名卓著的公主后面。(27)

以上是吉祥的《摩诃婆罗多》中《森林篇》第二百五十二章(252)。

二五三

护民子说：

大地上最优秀的弓箭手普利塔之子们分头四出游猎，打死了许多鹿、野猪和水牛后，又集合在一起。(1)大森林里充满鹿群和野兽，回荡着群鸟的叫声。坚战也听到鹿的叫声，对弟兄们说道：(2)"鹿和鸟都朝太阳照耀的方向逃去，发出尖厉的叫声，表明它们极端痛苦，遭到傲慢的敌人侵袭。(3)我们的猎物已经足够，赶快回去吧！因为我的心灼热痛苦，怒气掩盖了我的智慧，体内的生命之主（灵魂）正在失落。(4)现在迦摩耶迦树林对我来说，就像一个池子，池中的蛇被金翅鸟叼走；就像一个王国，失去了国王和财富；就像一个罐子，里面的酒被醉鬼喝尽。"(5)于是，这些英雄登上高大的车子，套上快如旋风和急流的信度马，返回净修林去。(6)

他们往回走时，有一只豺发出嗥叫，走近他们的左侧。坚战王听到它的叫声，对怖军和胜财（阿周那）说道：(7)"这头出身低贱的豺跟在我们左边嗥叫，很清楚，邪恶的俱卢族藐视我们，发起了进攻。"(8)他们走出行猎的大森林，进入他们的树林。他们看到一个女孩在哭泣，那是他们妻子的侍女和奶姐妹。(9)车夫帝军迅速驾车过去，从车上跳下，跑过去，王中因陀罗啊！激动地询问这位奶姐妹：(10)"为什么你倒在地上哭泣？为什么你脸色苍白，毫无血气？

会不会是邪恶的暴徒侵袭黑公主？她体态无可指摘，眼睛宽阔，身体与俱卢族雄牛相匹配。（11）即使王后钻进大地，升上天空，沉入大海，普利塔之子们也会跟踪追寻，因为法王痛苦不堪。（12）般度族兄弟征服敌人，解除苦难，战无不胜，哪个愚蠢之人竟敢抢占他们视同生命的无价之宝？难道他不知道这位女子的保护者就在这里？她是般度族兄弟体外的另一颗心。（13）今天，这些锋利而可怕的箭将穿透谁的肉体，插入地面？你不必为她悲伤，胆怯的女郎啊！你要知道：黑公主今天就会回来，因为普利塔之子们会杀死所有的仇敌，与祭军之女（黑公主）团聚。"（14）

　　于是，这位奶姐妹擦了擦美丽的脸庞，对车夫帝军说道："胜车藐视像因陀罗那样的般度族五兄弟，闯进这里，抢走黑公主。（15）他们的踪迹还清晰可见，就像刚砍倒的树尚未枯萎。因此，你们赶快掉头去追，公主还没有走远。（16）你们全都像因陀罗一样，披挂宽大美丽的铠甲，携带昂贵的弓箭，快去追吧！（17）不要让她受到恐吓和惩罚而昏厥，神志迷乱，脸色苍白，把身体交给一个下贱之人，犹如把满勺酥油浇进灰中。（18）犹如把祭品投入糟糠之火；犹如把花环放在坟场；犹如祭司疏忽大意，让狗舔吃了祭祀的苏摩；犹如在大森林里觅食的豺闯进莲花池。（19）你们的妻子鼻眼端庄，脸儿像月亮一样皎洁，不要让无耻之徒触摸，犹如让狗舔吃祭祀的饭团。快去追寻吧，不要让时间迅速流失。"（20）

坚战说：

贤女啊！住嘴吧，别说了！不要在我们面前说这些粗话，如果那些国王或王子迷信自己的武力，他们会受骗上当的。（21）

护民子说：

这样说罢，他们迅速出发，沿着踪迹追寻。他们不断像猛兽一样发出喘息声，拨动大弓上的弓弦。（22）然后，他们看到军队的马蹄扬起的尘土，也看到了烟氏夹在步兵中间行走，正在向怖军呼喊着："冲啊！"（23）王子们心里很难受，仍然安慰烟氏说："你放心吧！"他们像老鹰扑向肉食一般，迅速地冲向那支军队。（24）黑公主遭到劫掠，激起这些像因陀罗一样勇敢的人愤怒满腔。他们看到自己的妻子就在胜车的车上，怒火烧向胜车。（25）怖军、阿周那、双生子和坚战

王，这些大弓箭手一齐向信度王发出吼叫，吓得这些敌人晕头转向。(26)

以上是吉祥的《摩诃婆罗多》中《森林篇》第二百五十三章(253)。

二五四

护民子说：

见到怖军和阿周那，刹帝利们情绪激动，在树林里发出可怕的叫声。(1)灵魂邪恶的胜车亲眼看到俱卢族雄牛们的旗顶，灰心丧气，对在他车上的、光辉的祭军之女（黑公主）说道：(2)"有五位大勇士追来了，我想他们就是你的丈夫，黑公主啊！你是知道的，美发的女子啊！请告诉我们：在哪辆车上是哪位般度之子？"(3)

黑公主说：

你犯下这样可怕的、折寿的罪孽，何必还要认识这些大弓箭手？愚蠢的人啊！我的英雄丈夫们来了，你们谁也休想在战斗中活剩下来。(4)不过，你这个找死的人既然问了我，我就告诉你一切，这也是规矩。看到了法王和他的弟兄，我不再痛苦，也不惧怕你。(5)

他的旗顶上鸣响着两个声音悦耳、式样美观的鼓，名叫难陀和乌波难陀。他善于判断正法的意义，干事的人们始终追随他。(6)他的肢体像金子一般纯洁和金黄，眼睛宽大，鼻子似鹰，人们称这位俱卢族俊杰为正法之子坚战，我的丈夫。(7)这位遵行正法的人中英雄，甚至敌人前来请求庇护，他也会留人活路。因此，愚蠢的人啊！为了自己的最高利益，你赶快放下武器，双手合十。(8)

你看到那个站在车上的大臂者，他像茁壮的娑罗树。他咬紧嘴唇，皱着眉头。他是我的丈夫，名叫狼腹（怖军）。(9)品种优良、训练有素和强壮有力的坐骑驮着这位英雄。他的业绩非凡。他的名字怖军传遍大地。(10)冒犯他的人，休想留在世上。他永远不会忘却宿仇，非要制敌于死地不可。即使报了仇，也还不平静。(11)

他温和，大度，坚定，声誉卓著，控制感官，孝顺老人，这位人中英雄是坚战的弟弟和学生，名字叫胜财（阿周那），我的丈

夫。(12)这位贡蒂之子光辉似火,善于抵抗和粉碎敌人。(13)

这位智者善于判断一切正法的意义,解除恐惧者的恐惧。人们说他的形体漂亮,在大地上无与伦比,所有的般度族兄弟都保护他。(14)他们待他胜过自己的生命,他也信守誓言。这位英雄就是我的丈夫无种。另一位持剑的英雄,心灵手巧,他是偕天。(15)生性愚蠢的人啊!今天你就会看到他的业绩,犹如因陀罗与提迭军队交战。这位英雄精通武艺,聪明睿智,所作所为令正法之子坚战王高兴。(16)他的光辉如同日月,在般度族兄弟中最年轻,最可爱。他的智慧无与伦比,善于判断,是贤士中的善辩者。(17)这位英雄总是不屈不挠,聪明睿智。他是我的丈夫偕天。他宁可抛弃生命,投身火中,也不说任何背离正法的话。他一向意志坚强,恪守刹帝利正法。这位人中英雄,贡蒂把他看得比自己的生命更宝贵。(18)

就像一只装满珠宝的船,撞裂在海边鲸鱼背上,你将看到你的部队全军覆没,被般度之子们消灭。(19)这些就是般度之子们的情况。你愚昧无知,藐视他们。如果你能安然无恙,从他们手中脱身,那你就是活着获得再生。(20)

护民子说:

然后,五位普利塔之子如同五位因陀罗,撇开那些颤抖着双手合十的步兵,愤怒地从四面围攻,向那些车兵发射黑压压的箭雨。(21)

以上是吉祥的《摩诃婆罗多》中《森林篇》第二百五十四章(254)。

二五五

护民子说:

信度王鼓动国王们,喊道:"顶住!杀啊!快冲上去!"(1)那些军队在战场上看到怖军、阿周那、双生子和坚战,发出可怕的叫声。(2)尸毗国、信度国和三穴国的士兵看到这些人中之虎,犹如看到凶猛的真虎,胆战心惊。(3)怖军拿着全铁金钉的棒槌,冲向注定要死的信度王。(4)然而,俱胝迦摄插入他俩中间,用庞大的军队包围狼腹(怖军),发起进攻。(5)大量的长矛、标枪和铁箭从这位英雄的手臂中射向怖军，但怖军岿然不动。(6)他用棒槌打死了信度国军队前锋的一头大象及其象夫，还有十四个步兵。(7)普利塔之子（阿周那）想要逮住妙雄王，杀死军队前锋的五百个山民英雄、大勇士。(8)坚战王也亲自在战场上，眨眼之间杀死了一百个向他进攻的妙雄国勇士。(9)能看到无种手持短刀，从车上跳下，像播散种子那样，一会儿就让那些护象士兵的脑袋纷纷落地。(10)偕天驾车冲向象兵，射出许多铁箭。那些象兵纷纷坠落，犹如孔雀从树上飞下。(11)

然后，三穴王手持弓箭，从大车上跳下，用棒槌打死坚战王的四匹马。(12)这位贡蒂喜欢的法王，用半月箭射穿走近他身旁的那个步兵的胸膛。(13)这位英雄的心碎裂，口吐鲜血，倒在普利塔之子（坚战）面前，就像一棵砍断了根的树。(14)法王的马被杀死，帝军陪着他，从车上跳下，登上偕天的大车。(15)

赐安和摩诃穆克瞄准无种，从两边向他发射锐利的箭雨。(16)他俩倾泻箭雨，犹如雨季的两团雨云。而玛德利的儿子（无种）用大箭把他俩一一射死。(17)三穴王妙车精通驭象，站在车辕上，指挥他的大象捣毁无种的车。(18)无种毫不畏惧，从车上跳下，占据一个高地，手持盾牌和短刀，屹立不动，犹如一座山岳。(19)妙车指挥狂怒的大象甩起鼻子，去杀无种。(20)而无种趁大象走近，用刀连根砍掉象鼻和鼻牙。(21)这头佩戴脚镯的大象发出吼叫，耷拉脑袋，跌倒在地，把骑象的人也摔死了。(22)玛德利的英雄儿子完成这个壮举，这位大勇士登上怖军的车，得到保护。(23)

在战斗中，俱胝迦摄国王向怖军冲来。国王的车夫策马前进，怖军用锋利的刀刃砍下了车夫的头。(24)而国王不知道车夫已经被大臂者杀死。他的那些马失去车夫，在战场上狂奔乱跑。(25)优秀的杀敌者、般度之子怖军追上去，用标枪杀死这位失去车夫、转身逃跑的国王。(26)胜财（阿周那）用锐利的月牙箭砍断所有十二位妙雄王子的脑袋和弓。(27)这位杰出的勇士在战场上杀死进入他的射程的尸毗族、甘蔗族、三穴族和信度族将士。(28)可以看到这位左手开弓者（阿周那）杀死许多驮着幢幡的大象和扛着旗帜的武士，(29)有身无首，有首无身，整个战场，尸横遍地。(30)狗、兀鹰、苍鹭、渡鸦、鸢、豺和乌鸦都来享用这些死难勇士的血肉。(31)

493

这些英雄战死,信度王胜车恐惧地释放黑公主,一心想逃跑。(32)军队一片混乱,这个卑鄙小人让黑公主下车。他只想活命,逃向森林。(33)法王看见烟氏带来黑公主,便让英雄的玛德利之子扶她上车。(34)胜车已经逃跑,狼腹(怖军)四处出击,用铁箭杀死那些逃跑的士兵。(35)而左手开弓者(阿周那)看见胜车王已经逃跑,便阻止怖军杀死信度国士兵。(36)

阿周那说:

那是胜车王的罪过,给我们带来严重麻烦。我却在这个战场上没有看到他。(37)你去追寻他吧,祝你幸运!为什么要杀害这些士兵?这毫无益处,你认为怎样?(38)

护民子说:

听了聪明的阿周那这番话,怖军望着坚战,乖巧地说道:(39)"敌军将领们被杀,士兵大部分逃散,国王啊!你带着黑公主从这里回去吧!(40)王中因陀罗啊!带着孪生兄弟和灵魂伟大的烟氏回到净修林后,国王啊!好好安抚黑公主。(41)我不会放过愚蠢的信度王。哪怕他躲到地下,甚至让帝释天做他的车夫,也休想活命。"(42)

坚战说:

只要想起杜沙罗①和声誉卓著的甘陀利,大臂者啊!信度王纵然灵魂邪恶,但不一定要杀死他。(43)

护民子说:

闻听此言,聪明的黑公主情绪激动,又生气,又害羞,对怖军和阿周那两位丈夫说道:(44)"如果你们要让我高兴,那就应该杀死这个卑鄙小人,信度族的杂种,家族的败类。(45)无冤无仇,抢夺别人的妻子,偷袭别人的王国,对于这样的敌人,即使在战场上俯首乞求,也不能饶命。"(46)这两位人中之虎听后,便去追寻信度王。国王带着黑公主和祭司回去。(47)

他进入净修林,看到坐垫和水罐狼藉满地,以摩根德耶为首的婆罗门七零八落。(48)这些婆罗门聚在一起,为黑公主哀伤。这时,大智大慧的国王带着妻子回来,走在两个弟弟中间。(49)他们看到国王

---

① 信度王胜车的妻子,杜沙罗是持国和甘陀利的女儿。

战胜信度族和妙雄族,带着黑公主回来了,十分高兴。(50)国王在他们的围绕下坐在那里,光辉的黑公主和孪生兄弟进入净修林。(51)

怖军和阿周那听说敌人只走出一迦罗沙远,便亲自策马,加速追赶。(52)这样的奇迹只有阿周那能完成——射死一迦罗沙远的信度王的马。(53)因为他拥有天神的武器,在危难时刻,阵脚不乱,运用念过咒语的箭,完成难以完成的业绩。(54)然后,怖军和阿周那两位英雄冲向信度王。他失去了马,独自一人,胆战心惊。(55)信度王看到自己的马死了,又看到阿周那大显神威,他痛苦不堪,急于逃命,跑向森林。(56)大臂者阿周那看到信度王大步逃跑,追上去,说道:(57)"凭这么点勇气,你怎么强行夺人之妻?王子啊!你回来,逃跑对你不合适。你怎么能把随从们抛在敌人中间,自己逃跑呢?"(58)

尽管普利塔之子(阿周那)这样说,信度王还是不回来。刚强有力的怖军猛地冲上去,喊道:"站住,站住!"仁慈的普利塔之子阿周那对怖军说道:"不要杀他。"(59)

以上是吉祥的《摩诃婆罗多》中《森林篇》第二百五十五章(255)。

二五六

护民子说:

胜车痛苦不堪,看到这两兄弟举起武器,他想要活命,快速奔跑。(1)刚强有力的怖军从车上跳下,追上逃跑的胜车,愤怒地抓住他的头发。(2)怖军怒不可遏,把他举起,摔到地上,掐住脖子揍他。(3)他清醒过来后,呻吟着站起来,而大臂怖军又用脚踢他的头。(4)怖军用膝盖顶他,用肘捶他。他饱受殴打,失去知觉。(5)阿周那阻止狂怒的怖军,说道:"为了杜沙罗,听法王的话,俱卢后裔啊!"(6)

怖军说:

这个行为邪恶的疯子,卑贱的小人,折磨无辜的黑公主,不该让他活下去。(7)但国王总是发慈悲,你也总是用幼稚的智慧干扰我,

我能做什么呢？(8)

护民子说：

说罢，狼腹（怖军）用月牙箭把胜车的头发削成五撮，胜车一声不吭。(9)然后，狼腹（怖军）让胜车王做出选择："你要是想活，就听从我说的办法，愚蠢的人啊！(10)你要在大庭广众宣布自己是奴隶。这样，我就留你活命。这是战争胜利者的规则。"(11)胜车王人命危浅，对武艺显赫的人中之虎怖军说道："好吧！"(12)于是，普利塔之子狼腹（怖军）把他捆紧，塞上车去。他不能动弹，失去知觉，沾满尘土。(13)然后，怖军跟随阿周那上车，返回净修林，去见坚战。(14)

怖军把这副模样的胜车交给坚战。坚战王笑了笑，说道："放了他！"(15)怖军对坚战王说道："请告诉黑公主：这个心思邪恶的人已沦为般度族的奴隶了。"(16)而这位长兄谦和地说道："如果你遵守我们的规矩，把这个行为不端的人放了。"(17)黑公主看了看坚战，对怖军说道："把国王的这个奴隶放了吧，你已经把他的头发削成五撮了。"(18)

胜车王获释后，急忙走上前去，向坚战王行礼，也向所有的牟尼致敬。(19)慈悲的正法之子坚战王看到左手开弓者（阿周那）扶住胜车，说道：(20)"你不是奴隶了，走吧！你已经获释，以后在任何地方都不要再做这种事了。该死的色鬼！你卑劣，你的同伴也卑劣。除了你这样的卑鄙小人外，谁会做这种事？"(21)这位婆罗多族的优秀国王望着这个作恶者，感到他似乎已经丧失元气，心生怜悯说道：(22)"你的智慧应该伴随正法增长，不要热衷非法。带着你的马、车和步兵，平平安安回去吧，胜车啊！"(23)

胜车王听了这些话，满面羞愧，低垂着头，默不作声，痛苦地前往恒河门，婆罗多子孙啊！(24)他在那里祈求乌玛的丈夫怪眼神庇护。他修炼大苦行，赢得以公牛为标志的大神欢心。(25)三眼神表示满意，亲自接受他的祭品。他接受大神赐给他的恩惠，说道："请听着：(26)但愿我能战胜般度族五位勇士。"国王这样对大神说，而大神回答说："不行！(27)他们是不可战胜的，不可杀害的，你只能在战场上抵挡他们。但是，大臂阿周那除外，他连天神也难以抵

挡。(28)他持有螺号、转轮和棒槌,人们称他为'不可战胜之神'。他武艺高强,得到黑天保护。"(29)

听了这些话后,胜车王回到自己的住处。般度族兄弟依旧住在迦摩耶迦树林里。(30)

以上是吉祥的《摩诃婆罗多》中《森林篇》第二百五十六章(256)。

二五七

镇群说:

遭遇黑公主被劫这样重大的苦难之后,人中之虎般度之子们做些什么?(1)

护民子说:

击败胜车王,救出黑公主之后,法王坚战和成群的牟尼坐在一起。(2)这些大仙人同情地听着,般度之子坚战对摩根德耶说道:(3)"我想,时间和天意强大有力,众生的命运不可违背。(4)我们的妻子通晓正法,遵行正法,这样的事情怎么会落到她身上,犹如莫须有的偷窃罪名落到纯洁的人头上?(5)没有犯任何过失,没有做任何该受谴责的事,德罗波蒂对婆罗门也完美地奉行伟大的正法。(6)胜车王头脑愚痴,强行劫走她。因此,他和他的同伴在战斗中被击败,他的头发被削落。(7)我们杀戮信度族军队,救回了她。我们没有想到妻子会遭劫掠。(8)林中生活艰苦,以狩猎维生,这是居住林中的人杀害居住林中的动物。我们的亲戚逼迫我们过这种流亡生活。(9)你可曾见过或听说过天下还有什么人比我更不幸?"(10)

以上是吉祥的《摩诃婆罗多》中《森林篇》第二百五十七章(257)。

二五八

摩根德耶说:

婆罗多族雄牛啊!罗摩也曾遭受无比的痛苦。遮那迦王的女儿、他的妻子就曾被强有力的罗刹抢去过。(1)罗刹王罗波那从天空飞来，施用幻术，飞快地从净修林劫走她，还杀害了金翅鸟阇吒优斯。(2)罗摩靠猴王妙项的力量，在海上架起一座大桥，焚毁楞伽城，用利箭夺回自己的妻子。(3)

坚战说：

罗摩出生在什么家族？他如何英勇？有什么样的威力？罗波那又是谁的儿子？他和罗摩如何结下冤仇？(4)尊者啊！我还想听一听做事不知疲倦的罗摩的事迹，请您把一切都详详细细讲给我听！(5)

摩根德耶说：

甘蔗族有一位伟大的国王，名叫阿阇。他有一个儿子叫十车，经常诵习吠陀，纯洁善良。(6)十车王有四个儿子，个个精通利和法，他们是罗摩、罗什曼那、设睹卢袛那和大力士婆罗多。(7)罗摩的生母是憍萨厘雅，婆罗多为吉迦伊所生，罗什曼那和设睹卢袛那这两个折磨敌人的儿子为须弥多罗所生。(8)大王啊！毗提诃国王遮那迦有个女儿名叫悉多，她是创造主亲自为罗摩创造的心爱的王后。(9)

人主啊！罗摩和悉多的出身我已对你讲了，现在我再对你讲讲罗波那的出身。(10)罗波那的祖父是大神生主，自在天，一切世界的主人，具有大苦行的创造主。(11)这位大神有个可爱的儿子，从自己的心中产生，名叫补罗私底耶。补罗私底耶有个儿子，名叫吠室罗伐拿，为母牛所生。(12)吠室罗伐拿离开自己的父亲，到祖父身边去了，国王啊！父亲补罗私底耶非常生气，就依靠自己创造自己。(13)他用自己的一半造出一个婆罗门，名叫毗室罗伐。毗室罗伐对吠室罗伐拿怀有仇恨，一心想要报复。(14)

祖父却满心欢喜，赐给吠室罗伐拿长生不死，让他成为财神和世界保护者。(15)让他和湿婆大神交朋友，让他生下儿子那罗俱波罗，让他以充满罗刹的楞伽作京城。(16)

以上是吉祥的《摩诃婆罗多》中《森林篇》第二百五十八章(258)。

二五九

摩根德耶说：

补罗私底耶愤怒地用半个身子变成牟尼，名叫毗室罗伐。愤怒地盯着吠室罗伐拿。(1)罗刹王俱比罗（吠室罗伐拿）心里明白父亲对自己恼恨，千方百计想安抚他。(2)这位以人为坐骑的王中之王住在楞伽城。他选了三个罗刹女，送给父亲作侍女。(3)婆罗多族之虎呀！这三个罗刹女能歌善舞，努力让灵魂伟大的补罗私底耶满意。(4)她们一个叫摩厘尼，一个叫罗迦，还有一个叫补沙钵迦塔，民众之主啊！这三个细腰美女互相竞赛，都想成为受宠者。(5)

灵魂伟大的世尊对她们表示满意，赐给她们恩典，让她们每人按照自己的心愿生下国王一般的儿子。(6)补沙钵迦塔生了两个儿子，都是罗刹王，一个叫鸠槃羯叻拿，一个叫罗波那，力大无比。(7)摩厘尼生了一个儿子，叫维毗舍那。罗迦生了一子一女，儿子叫伽罗，女儿叫首哩薄那迦。(8)

兄妹五个中，维毗舍那相貌出众，大福大德，守护正法，热心祭祀。(9)罗波那有十个头，弟兄中最年长。这位罗刹雄牛勇猛顽强，威武有力。(10)鸠槃羯叻拿力气最大。这位可怕的夜行者精通幻术，作战凶猛。(11)伽罗是英勇的弓箭手，仇视婆罗门，爱吃生肉。首哩薄那迦也很凶狠，专门干扰仙人。(12)他们全都精通吠陀，英勇非凡，恪守誓言，和父亲一起愉快地住在香醉山。(13)

一天，他们看见以人为坐骑的吠室罗伐拿和父亲坐在一起，气派豪华。(14)他们下定决心修苦行，要和吠室罗伐拿比高低。他们的苦行十分严厉，令梵天满意。(15)十首罗波那用一只脚在地上站，一站就是一千年，饮风为生，在五个火堆中间沉思入定。(16)鸠槃羯叻拿躺在地上，节制饮食，恪守誓言。维毗舍那只靠一片干树叶充饥。(17)他聪明睿智，热心斋戒，口中念念有词，始终坚持严厉的苦行。(18)伽罗和首哩薄那迦满心欢喜，侍奉和保护修炼苦行的兄长们。(19)

苦行修满一千年，难以制服的十首罗波那将自己的头颅砍下，投入了祭火，令世界之主梵天满意。(20)梵天亲自来到他们跟前，让他们停止苦行，一一赐给他们恩典。(21)

梵天说：

孩子们啊！我对你们很满意，停止苦行，选择恩典吧！除了长生不死，我可以让你们的任何愿望都实现。(22)罗波那啊！你胸怀壮志，将所有的头颅投入了祭火。这些头颅会依照你的愿望，重新长在你身上。(23)你的身躯会完美无缺，还能随意变形，毫无疑问，在战场上所向无敌。(24)

罗波那说：

梵天啊！天神、健达缚、阿修罗、长蛇、鬼怪、紧那罗、药叉和罗刹，但愿他们全都不能战胜我。(25)

梵天说：

凡是你提到的，除了人之外，你都不用害怕，祝你幸运！这由我为你安排。(26)

摩根德耶说：

听了梵天的话，十首罗波那非常高兴。这个吃人的罗刹缺少智慧，根本没有把人放在心上。(27)祖父梵天又问鸠槃羯叻拿有什么愿望，他的心智被黑暗遮蔽，提出的要求竟是睡大觉。(28)"好吧！让你如愿以偿！"说完，梵天又询问维毗舍那，一再对他说："孩子啊！你选择恩典吧！我现在很高兴。"(29)

维毗舍那说：

世尊啊！即使我遭遇大灾大难。但愿我的心也不背离正法。我还希望不用学习，就能掌握具有梵力的法宝。(30)

梵天说：

粉碎敌人者啊！你虽然投胎罗刹，但你的智慧不沉湎非法。我要赐你长生不死。(31)

摩根德耶说：

民众之主啊！获得梵天恩典后，十首罗刹罗波那在战斗中打败财神，将他赶出楞伽城。(32)财神丢弃楞伽城，进入香醉山，随身带着很多罗刹和紧那罗，还有很多药叉和健达缚。(33)

罗波那还强行夺走财神的云车补沙钵戈。吠室罗伐拿诅咒他说："这云车不会供你乘坐。（34）有一天谁在战争中杀死你，这云车就归他乘坐。你藐视我这位兄长，你不久就会死到临头。"（35）

大王啊！维毗舍那以法为魂，常把善者的正法记在心，遵照执行，获得最大的幸运。（36）聪明可敬的财神对弟弟维毗舍那很满意，让他担任药叉和罗刹大军的统帅。（37）

吃人的罗刹们和力大无穷的毕舍遮们聚集在一起，为十首罗波那灌顶为王。（38）十首王能随意变形，还能在空中飞行，倚势进犯天神们和提迭们，掠夺珠宝。（39）他让众界哭泣，因此得名罗波那①。十首罗波那力大无穷，随心所欲，天神们惊恐万分。（40）

以上是吉祥的《摩诃婆罗多》中《森林篇》第二百五十九章（259）。

二六〇

摩根德耶说：

于是，天神、梵仙、王仙和悉陀们把火神推举在前，请求梵天庇护。（1）

火神说：

毗室罗伐的儿子十首本来就是大力士，您又赐给他恩典，使他不能被杀死。（2）这位大力士为非作歹，蹂躏一切众生，所以求您保护我们，因为找不到别的保护者。（3）

梵天说：

不管是阿修罗还是天神，都不能在战斗中战胜他。但征服他的办法已有安排。（4）按照我的安排。有四只胳膊的毗湿奴要化身下凡。这位优秀武士将完成这个任务。（5）

摩根德耶说：

老祖宗梵天当众说道："你们和众天神一起下凡大地。（6）你们要让各地的母熊和母猴生下儿子，一个个都能随意变形，力大无穷，担

---

① 罗波那意译为"使他人哭泣者"。

任毗湿奴的助手。"(7)于是,所有的天神、健达缚和檀那婆立即愉快地用自身的一部分转生大地。(8)

为了保证完成天神的事业,赐恩的梵天当众命令一位名叫东杜毗的健达缚女也到大地上去投生。(9)奉梵天之命,这位健达缚女投生人世,成为驼背女曼他罗。(10)

以因陀罗为首,所有杰出的天神纷纷下凡,让优秀的母猴和母熊生下儿子。这些儿子的名声和力量都像他们的父亲。(11)他们能砍断山峰,以婆罗树、多罗树和石头为武器,个个身体结实如同金刚杵,力量如同洪水。(12)他们有万头大象之力,行动迅速似风,有些四处游荡,有些住在林中。(13)

世界创造主梵天安排好这一切,又提醒曼他罗,教给她应该怎样做。(14)驼背女听了梵天的吩咐,行动迅速似思想,到处挑拨离间,引发仇恨。(15)

以上是吉祥的《摩诃婆罗多》中《森林篇》第二百六十章(260)。

二六一

坚战说:

婆罗门啊!罗摩他们的出生您已经一一讲述。我还想知道他们为什么前往森林,请您讲讲。(1)婆罗门啊!十车王之子罗摩和罗什曼那兄弟俩英勇非凡,弥提罗公主悉多名声卓著,他们为什么前往森林?(2)

摩根德耶说:

十车王有了儿子,满心喜欢,热心祭祀,热爱正法,常常为老年人做好事。(3)他的儿子们渐渐长大,一个个威武有力,精通高深的吠陀和箭术。(4)他们遵守梵行,完成学业,娶妻成亲,十车王始终快乐幸福。(5)长子罗摩聪明睿智,赢得臣民喜欢。罗摩讨人喜欢,成为父亲心头的安慰。(6)

十车王是个有道明君,知道自己年事已高,于是召来通晓正法的祭司和大臣,和他们一起商量。(7)婆罗多后裔啊!十车王想立罗摩

为储君，为他举行灌顶礼，德高望重的大臣们很高兴，一致认为这是适合时宜的决定。(8)

罗摩眼睛微红，胳膊粗长，步履如同醉象，胸膛宽阔，头上是卷曲的黑发。(9)这位英雄神采奕奕，精通一切正法，力量不在因陀罗之下，才智与祭主相仿。(10)他精通一切学问，控制感官，受到黎民百姓爱戴，甚至敌人见到他也从心里赞赏。(11)他制服恶人，保护遵行正法的善人。他刚毅沉着，不屈不挠，战无不胜。(12)

俱卢后裔啊！罗摩为母亲憍萨厘雅增添快乐，十车王为有这样的儿子，心中无比喜悦。(13)威力巨大的十车王想了想罗摩的优点，高兴地对祭司说道："祝你幸运！(14)婆罗门啊！今夜鬼宿进入吉祥的位置，做好一切准备，请罗摩来灌顶。"(15)

驼背女曼他罗听到这些话，连忙跑去告诉吉迦伊，说道：(16)"吉迦伊啊！国王今天的宣布是你的大不幸，可怜的人啊！您好似被凶恶愤怒的毒蛇咬定。(17)憍萨厘雅真是幸福的女人，人们就要为她的儿子灌顶。您哪里还会有好运？您的儿子不能执政当国君。"(18)

听了这些话，吉迦伊戴上所有首饰，这位腰细如同祭坛的美人颇有姿色。(19)她单独去见丈夫十车王，满脸微笑，显得纯洁善良，说话甜蜜，像和丈夫诉柔情，话衷肠：(20)"国王啊！你说话算数，从不食言，你曾许诺要满足我一个心愿，今天你就兑现这个诺言，摆脱这个诺言的约束吧！"(21)

十车王说：

好啊！我一定让你满意。你想要什么，我都依你。为了依你，今天不该杀的人可杀，该杀的人也可以留他一条命。(22)要我给谁钱财或者剥夺谁的钱财？除了婆罗门的钱财，大地上的任何钱财都属于我。(23)

摩根德耶说：

吉迦伊听了国王的话，拥抱国王，认识到自己的力量，开口说道：(24)"你要为罗摩灌顶，一切已经准备就绪。但我要你让婆罗多灌顶，让罗摩去森林！"(25)

婆罗多族俊杰啊！十车王一听吉迦伊可怕的要求，心中顿时充满痛苦，一句话也说不出口。(26)

英勇的罗摩以法为魂,知道父亲许过愿,认为国王应该信守诺言,于是就自愿动身去森林。(27)祝你幸福,坚战王啊!毗提诃公主悉多和吉祥的弓箭手罗什曼那跟随罗摩去森林。(28)

罗摩去了森林,十车王的身体服从时光流转的法则。(29)吉迦伊看到罗摩去了森林,十车王又一命归阴,便把婆罗多召来,对他说道:(30)"十车王升入天国,罗摩和罗什曼那去了森林,荆棘已经除尽,你就统治这个辽阔安定的王国。"(31)

婆罗多以法为魂,对母亲口吐怨言:"你做了可怕的事!你贪图财富,害死丈夫,毁灭家族。(32)玷污家族的母亲啊!你利欲熏心,却叫我落骂名!"说完,他痛哭失声。(33)他当着所有臣民,说明自己不怀敌意。他要去找兄长罗摩,接他回来。(34)憍萨厘雅、须弥多罗和吉迦伊三位母亲,他让她们坐在前面车上,自己同弟弟设睹卢袛那,满怀愁绪跟在后面。(35)怀着接回罗摩的心愿,他还带着很多城乡居民,数以千计的婆罗门,其中以婆私吒和缚摩提婆最有名。(36)

他见到罗摩和罗什曼那在质多罗俱吒山上,一身苦行者装束,手里拿着弓箭。(37)罗摩恪守父亲的诺言,坚决打发婆罗多回去。婆罗多无奈去了难提羯罗摩村,在那儿理朝政,把罗摩的鞋子供在前面。(38)

罗摩生怕城乡居民又来找寻,于是进入一片大森林,到达舍罗婆谀仙人的净修林。(39)他向仙人致敬,然后前往弹宅迦林,在景色宜人的戈达瓦利河边安下身来。(40)

住在那里,由于罗刹女首哩薄那迦的缘故,罗摩和住在阇那私陀那的罗刹伽罗结下深仇大恨。(41)罗怙后裔罗摩热爱正法,为了保护森林里的苦行者,他杀死一万四千个罗刹。(42)聪明的罗摩杀死突舍那和伽罗这两个威力巨大的罗刹后,森林里又有了安宁和正法。(43)

那些罗刹被杀,罗刹女首哩薄那迦也被割去鼻子和嘴唇,前往哥哥罗波那居住的楞伽城。(44)见到罗波那,首哩薄那迦痛苦难言,晕倒在哥哥双脚前,脸上有凝固的血迹。(45)

一见妹妹面容被毁,罗波那气得头晕目眩,愤怒地从座位上站起,咬牙切齿。(46)他遣散众大臣,单独询问首哩薄那迦:"贤妹啊!谁不把我放在眼里,把你弄成这般模样?(47)谁敢面对锋利的铁叉。

用身体去顶?谁敢把火放在头上,还能安稳睡觉?(48)谁敢用脚去踢可怕的毒蛇?谁敢站着用手去摸狮子的牙齿?"(49)罗波那说着这些话,七窍冒出光焰,就像黑夜里,从树洞中冒出火焰。(50)

他的妹妹首哩薄那迦告诉他说,罗摩英勇非凡,打败了伽罗和突舍那以及其他罗刹。(51)罗波那已经决定怎么办,安慰妹妹后,安排好京城的一切,自己腾入空中。(52)他越过了三峰山和迦罗山,看到水深无底的大海。(53)越过大海,十首罗波那飞向牛耳,那是手持三叉戟的大神湿婆心爱的安静地方。(54)到了牛耳,十首王遇见他的旧臣摩哩遮。这位罗刹惧怕罗摩,早就来到这里修苦行了。(55)

以上是吉祥的《摩诃婆罗多》中《森林篇》第二百六十一章(261)。

二六二

摩根德耶说:

看见十首王来到,摩哩遮有些慌乱,连忙捧上果子和根茎,恭恭敬敬接待他。(1)罗波那坐下休息,摩哩遮也跟着坐下。他俩都擅长辞令。摩哩遮委婉地对罗波那说道:(2)"您气色不像平常,楞伽城的一切是否安详?所有的臣民是不是像从前一样侍奉您?(3)罗刹王啊!您为何事光临这里?即使事情千难万难,您就当它已经办成。"(4)

罗波那告诉他罗摩的所作所为。摩哩遮听完后,简单地说道:(5)"您可别去惹罗摩!我知道他英勇非凡,有谁能挡得了他的迅猛的利箭?(6)我出家修苦行,原因就是这位人中雄牛。是谁不怀好意进谗言,要引导你自取灭亡?"(7)

听了摩哩遮的话,罗波那勃然大怒,骂道:"如果你不照我的话办,你就必死无疑!"(8)

摩哩遮心里暗想:"如果必定得死,那么死在英雄的手里也好,我就依了他。"(9)想好后,他对罗刹王罗波那说道:"我能为您做什么?我会奉命去做。"(10)

十首王对他说:"你去引诱悉多吧!你要变成一只鹿,头上的角是宝石的,满身斑斓的毛也是宝石的。(11)悉多看见这只鹿,一定会催促罗摩去捕捉。一旦这位迦拘蹉后裔离开,悉多就由我摆布了。(12)我劫走悉多,这个傻瓜丢掉老婆,也就活不成了,这样你就帮助了我。"(13)

摩哩遮听后,用水为自己祭供,然后让罗波那走在前,自己跟在后面,满怀痛苦。(14)他们来到做事不知疲倦的罗摩的净修林,一切都按预定计划进行。(15)罗波那变成剃光头的苦行僧,手里拿着托钵和绑在一起的三根小竹竿,摩哩遮变成了一只鹿,一同走向罗摩居住的地方。(16)

变成鹿的摩哩遮让毗提诃公主悉多看见自己。也是命运驱使,悉多催促罗摩捕捉这只鹿。(17)罗摩想让悉多高兴,马上拿起弓,留下罗什曼那保护悉多,自己跑去追赶鹿。(18)拿着弓,背着箭壶,佩着宝剑,戴着护臂和护指,罗摩跑去追赶鹿,就像楼陀罗在天上追赶鹿宿。(19)

罗刹摩哩遮一会儿消失不见,一会儿又出现在眼前,直到把罗摩引出很远,罗摩才明白这鹿是罗刹。(20)聪明的罗怙后裔知道它是夜行的罗刹,立刻射出从不虚发的箭,射死了鹿形罗刹。(21)罗刹中了罗摩的箭后,装出罗摩的声音,凄惨地喊叫道:"悉多啊!罗什曼那啊!"(22)

听到悲惨的叫声,毗提诃公主悉多立刻朝声音传来的方向跑去,罗什曼那对她说道:(23)"胆小的人啊!这是你的疑虑在作怪。有谁能敌得过罗摩?笑容美丽的人啊!过一会儿,你就会见到罗摩归来。"(24)

听了这话,由于妇人的天性,悉多哭哭啼啼,怀疑起言行纯洁的小叔子罗什曼那。(25)忠于丈夫的贞妇悉多对罗什曼那口出恶言道:"傻瓜啊!这不是你心中怀有邪念的时候!(26)我宁可拿起武器自己杀死自己,或者从山顶上跳下去,或者跳进熊熊燃烧的火里,(27)我绝不会丢下我的夫君罗摩,侍奉你这个下贱的人,就像一头雌虎决不会侍奉一头雄豺。"(28)

罗什曼那深爱罗摩,行为端正,一听悉多说出这样的话,连忙捂住两只耳朵,手持弓箭,沿着罗摩的足迹,去追寻罗摩。(29)

罗刹罗波那就在这时出现，一身苦行者打扮，丑恶已被美好的外形遮掩，就像埋在灰里的火。他想劫走无可非议的美人悉多。(30)遮那迦王的女儿悉多通晓正法，见他来到，连忙拿出果子和根茎，殷勤接待。(31)

罗刹雄牛罗波那不理会这一切，露出原形，劝说毗提诃公主悉多：(32)"悉多啊！我是有名的罗刹王罗波那，在大海的那一边，有我的美丽的京城楞伽。(33)你和我在一起，在一切男女中会大放光彩，所以，丰臀美人啊！抛弃过苦行生活的罗摩，做我的妻子吧！"(34)

丰臀美人、遮那迦之女悉多听了这些话，连忙捂住耳朵，说道："决不可能！(35)即使满缀星斗的天塌下来，大地迸裂，火焰变冷，我也不会抛弃罗怙后裔罗摩。(36)雌象已和徜徉在林中、颞颥流着醉涎、戴着莲花花环的雄象在一起，又怎会去接近野猪呢？(37)女人喝过蜜酒和蜜汁，还会稀罕喝大麦酸粥，世间哪有这样的怪事？"(38)

这样说完，悉多重新返回净修林。罗波那追上前去，拦住她。(39)他粗声恶气骂她，吓得她晕了过去。他抓住她的头发，把她带上天空。(40)这时，正在山中盘旋的兀鹰阇吒优私看见苦行女悉多被劫，哭喊着"罗摩啊！罗摩啊！"(41)

以上是吉祥的《摩诃婆罗多》中《森林篇》第二百六十二章(262)。

二六三

摩根德耶说：

英雄非凡的鹰王阇吒优私是阿噜诺之子，商婆底的同胞兄弟，十车王的好朋友。(1)因此，这鸟把悉多看做儿媳，见到她被罗波那拖在怀里，怒不可遏，一头扑向罗刹王。(2)他对罗波那高喊道："放开！快把弥提罗公主放开！只要我有一口气在，你这罗刹怎能把她抢走？你若不放下我这儿媳，我就叫你性命不保！"(3)

对罗刹王说完这些话，鹰王就用爪子使劲抓他，用翅膀拍打，用嘴啄，以致他遍体鳞伤，鲜血直淌，犹如山上流下的泉水。(4)罗波那眼看要被一心为罗摩利益着想的兀鹰杀死,连忙举起宝剑,砍断兀鹰的两只翅膀。(5)鹰王遭到伤害,像一堆云被削去顶端。罗刹依然抱着悉多,腾空飞去。(6)

毗提诃公主悉多放眼观看,下面有净修林,还有湖泊和河流,就向那里抛下她的首饰。(7)机智的悉多看见一座山顶上有五只大猴子,又向它们抛下一件她的精美的衣裳。(8)这件黄色的衣裳随风飘扬,落在那些猴王中,就像一道闪电出现在云间。(9)

在毗提诃公主被劫走时,聪明的罗摩已经杀死摩哩遮变的大鹿,正往回走,看见了罗什曼那。(10)一看见弟弟,他就骂道:"你怎么能把毗提诃公主独自抛在罗刹出没的森林中?"(11)

想到自己被化作鹿的罗刹引出来,现在弟弟也来到这里,他忧心似焚。(12)他一边骂,一边快步走到罗什曼那跟前,说道:"罗什曼那啊!即使毗提诃公主还活着,我也看不到她了。"(13)

罗什曼那把悉多说的话全部告诉了罗摩,包括那些不像样的话也说了。(14)罗摩心急如焚,跑向自己的净修林,途中见到受伤的鹰,像一座倒塌的山。(15)他怀疑这鹰是罗刹,拉开强有力的弓,和罗什曼那一起跑过去。(16)威武的鹰王对罗摩和罗什曼那说道:"祝你俩幸运!我是鹰王,十车王的好朋友。"(17)

听了他的话,他们两人收起弓,说道:"他提到我们父亲的名字,这是谁?"(18)他俩走到跟前,才看见他的两只翅膀已断。鹰对他俩说,他是为了悉多而遭罗波那杀害。(19)罗摩问他罗波那去了哪个方向,鹰王用颤动的头示意,然后气绝身亡。(20)从鹰王的示意,罗摩知道罗波那去了南方。他向父亲的朋友致敬,为他举行了葬礼。(21)

然后,罗摩回到净修林,看见坐垫和器皿狼藉,水罐破碎,空空荡荡,成了豺狼出没的地方。(22)悉多已被劫走,罗摩和罗什曼那痛苦悲伤,这对折磨敌人的兄弟在弹宅迦林里向南方走去。(23)罗摩和须弥多罗之子罗什曼那在这座大森林中,看见鹿群奔向四面八方,又听见林中生物发出可怕的叫声,好像起了森林大火。(24)过了一会儿,他们看见一个可怕的无头怪,高耸如云似山,躯干如同娑罗树,手臂巨大,胸膛上长着大眼,大肚子上长着大嘴巴。(25)

婆罗多后裔啊!这个无头怪是罗刹,突然用手抓住罗什曼那。罗什曼那顿时神情沮丧。(26)他被罗刹往嘴里塞,绝望地望着罗摩,说道:"看啊!我落到这般地步!(27)毗提诃公主被劫走,我遭到这种灾祸,你失去王国,父亲又去世。(28)我再也看不到你带着毗提诃公主回到憍萨罗,住进我们祖辈建立的王国。(29)人们准备好拘舍草、炒米和婆弥树枝,为你举行灌顶礼,你的脸像淡云映衬的月亮,那时看到你的人是有福之人。"(30)

聪明的罗什曼那这样哭泣着说了很多话,遇惊不慌的罗摩对他说道:(31)"人中之虎啊!不要绝望!有我在,谁也不能把你怎么样。在我砍断他的左臂时,你砍掉他的右臂!"(32)

这样说道,罗摩举起利剑,一下砍断罗刹的胳臂,像砍断一根芝麻秆。(33)英勇的须弥多罗之子罗什曼那望了望站在那儿的罗摩,立刻用剑砍下罗刹的右臂。(34)然后,他又照着罗刹的肋间猛砍下去,这个庞大的无头怪顿时倒地身亡。(35)

从罗刹的尸体中出现一个相貌如同天神的人,升入空中,闪闪发光,如同空中的太阳。(36)擅长辞令的罗摩问他:"请说说你是什么人?请问你为什么愿意这样奇怪地出现,在我看来仿佛是奇迹。"(37)

那个人回答说:"国王啊!我是名叫毗湿婆婆苏的健达缚。由于受梵天诅咒,我才这样从罗刹的胎里生出。(38)悉多被住在楞伽的罗刹王罗波那劫走了。你去找妙项,他会帮助你。(39)哩舍牟迦山旁有一个湖叫般波,湖水吉祥,里面有很多天鹅和野鸭。(40)妙项和四个大臣一起住在那儿。他是戴着金花环的猴王波林的兄弟。(41)我要告诉你的话就是这些,你会见到遮那迦之女悉多,猴王妙项肯定知道罗波那的住处。"(42)

说完,这位大光辉的神人就隐身消失,罗摩和罗什曼那两位英雄不胜惊讶。(43)

以上是吉祥的《摩诃婆罗多》中《森林篇》第二百六十三章(263)。

二六四

摩根德耶说：

悉多被劫走，罗摩痛苦不堪，来到不远的般波湖畔，湖里正盛开着红莲和青莲。(1)林中凉爽的清风向他拂来，风中带有甘露的芬芳，他不由得心中想念心上人。(2)想到自己心爱的妻子，罗摩被爱神的箭射穿，发出悲叹。罗什曼那劝慰他说：(3)"令人骄傲者啊！但愿这样的感情不再接触你，正如疾病不接触控制自我和遵守古老戒规的人。(4)你已经知道毗提诃公主的下落，是罗波那将她劫走，你就应该拿出你的聪明才智和大丈夫气概，去夺回你的妻子。(5)走吧！让我们去找住在哩舍牟迦山上的猴王妙项。有我做你的学生、随从和助手，你就放心吧！"(6)罗什曼那就这样用种种话语劝慰，罗怙后裔罗摩恢复正常，着手考虑怎么办。(7)他们在般波湖里沐浴，又敬拜祖先，然后英勇的兄弟俩动身向前。(8)

他们走近哩舍牟迦山，山中有很多果子和根茎。两位英雄看见五只猴子高踞在山头。(9)猴王妙项有个大臣叫哈奴曼，富有智慧，高耸似雪山。妙项派他作使者。(10)和哈奴曼交谈以后，兄弟俩就去见妙项，国王啊！从此，罗摩就和猴王结下友谊。(11)

罗摩说明来意后，猴王出示悉多被劫走时扔给猴子们的那件衣服。(12)得到可信的物证，罗摩亲自为猴王妙项举行灌顶礼，让他享有天下猴子的统治权。(13)然后，罗摩发誓，要在战争中杀死波林，猴王妙项也发誓，要把毗提诃公主悉多找回来。(14)他们这样发誓许愿后，又互相勉励一番，然后一起前往积私紧陀，渴望投入大战。(15)

到达积私紧陀，妙项就大声叫战，声似洪水。波林忍耐不住，而妻子陀罗劝阻他说：(16)"妙项这样大声叫战，看来这猴子强大有力，有了靠山，你不宜出去应战。"(17)

佩戴金花环的猴王波林擅长辞令，对容貌如月的妻子陀罗说道：(18)"你富有智慧，能辨别一切生物的叫喊声，你看我的这个徒

有其名的弟弟投靠了谁?"(19)

　　灿若月亮的陀罗思索了一会儿,然后对丈夫波林说道:"猴王啊!我全知道了,你听着!(20)十车王之子大勇士罗摩的妻子被人劫走。这位弓箭手和妙项结下同仇敌忾的友谊。(21)罗摩还有个须弥多罗所生的大臂弟弟,名叫罗什曼那。他富有智慧,不可战胜,准备完成任务。(22)曼陀、陀毗毗陀、风神之子哈奴曼和熊王阇婆梵是妙项的四个大臣。(23)他们个个都是大力士,灵魂高尚,富有智慧。依仗罗摩的勇武,他们一定会把你消灭。"(24)

　　陀罗的话是为波林着想,但猴王波林听不进去,还出于妒忌,怀疑陀罗心里对妙项有情。(25)他对陀罗说了些粗言恶语,然后走出洞口,对站在摩厘耶梵山下的妙项说道:(26)"傻瓜啊!你屡次败在我手下。我爱你如同生命,顾念手足之情,才一次次饶你的命。你为何又迅速跑来送命?"(27)

　　听了波林的话,克敌制胜的妙项向哥哥讲明原因,也仿佛提醒罗摩时候已到:(28)"我被你夺了妻,篡了国,我想我这样怎么活得了呢,所以就来了。"(29)

　　这样说了许多话后,波林和妙项就搏斗起来,娑罗树、棕榈树和石头是他们交战的武器。(30)他俩互相伤害,一起倒在地上,又神奇地跳起,互相用拳头打击。(31)这两个英雄互相用牙咬,用爪抓,满身鲜血淋漓,看起来像两棵鲜花盛开的金苏迦树。(32)

　　他俩扭打在一起,很难分清谁是谁。哈奴曼就向妙项的脖子上投去一个花环。(33)脖子戴了花环后,这位英雄光彩熠熠,就像雄伟吉祥的摩罗耶山戴着云彩花环。(34)妙项有了花环作标记,大弓箭手罗摩挽开硬弓,瞄准波林。(35)弓弦好似机关开动,波林惊恐万状,利箭射中他的心房。(36)他受了致命伤,鲜血从他口中流出。他看见罗摩,看见须弥多罗之子罗什曼那站在罗摩身旁。(37)他对竭拘蹉后裔罗摩破口大骂,然后失去知觉,倒在地上。陀罗看见他倒下,犹如星星之夫[①]月亮坠落地上。(38)

　　波林被杀,妙项进驻积私紧陀,并得到失去丈夫的容颜如月的陀

[①] 星星音译即"陀罗"。

罗。(39)罗摩在美丽的摩厘耶梵山上,住了四个月,妙项殷勤侍奉。(40)

罗波那回到楞伽,受着情欲煎熬。他让悉多住在像因陀罗的欢喜园一样的宫中,附近有无忧树林,如同苦行者的净修林。(41)悉多一身女苦行者的穿着,因思念丈夫,这位大眼美人肢体瘦损。她实行斋戒和苦行,只吃果子和根茎,痛苦地打发日子。(42)

罗刹王罗波那派了很多女罗刹守护她。她们打着火把,拿着长矛、利剑、铁叉、斧头和钉锤。(43)她们有的两只眼,有的三只眼,有的眼在额头上,有的长舌,有的无舌,有的三个乳房,有的三根发辫,有的独脚,有的独眼。(44)有的眼睛冒火,有的头发像骆驼毛。她们日夜守在悉多周围,不知疲倦。(45)这些女妖粗暴凶狠,声音可怕,常常口吐粗言恶语,威胁大眼悉多:(46)"她活着不尊重我们的主人,让我们把她捣成粉末,吃了她!"(47)

和丈夫分离,肝肠已断,又这样一再被女罗刹们辱骂恫吓,悉多哀叹道:(48)"你们赶快吃了我吧!我的丈夫有莲花眼,头发又黑又弯,没有了他,我对生命还有什么留恋。(49)失去我视同生命的爱人,我决心不吃不喝,让自己的身子像爬上棕榈树的母蛇一样干瘪。(50)除了罗怙后裔罗摩,我决不和别的男子亲近,我说的全是实话,随你们怎样处置!"(51)听了悉多的话,那些说话粗鲁的女罗刹去见罗波那,把一切情况都告诉他。(52)

她们走后,剩下一个名叫特哩竭吒的女罗刹。她既懂正法,说话又和蔼可亲,安慰毗提诃公主道:(53)"悉多啊!朋友啊!我有话要对你说,请你相信我!你不要怕,大腿美丽的人啊!请听我告诉你。(54)有一位罗刹雄牛,名叫阿槃底耶,聪明非凡,年事已高。他愿意保护罗摩的利益。关于你,他对我说,(55)要安慰悉多,让她放心,把我的话告诉她:'你的丈夫罗摩安然无恙,力量强大,又有罗什曼那紧紧跟随他。(56)吉祥的罗摩还与威力如同因陀罗的猴王妙项结下友谊,准备救出你。(57)胆小的人啊!你千万不要怕那个受世人唾骂的罗波那,有那罗俱波罗的诅咒保护着你,无可非议的人啊!(58)从前,罪恶的罗波那想霸占兰跋为妻子,受到那罗俱波罗诅咒。从此,这个不能控制感官的家伙就不能霸占不从他的妇女。(59)

你的丈夫罗摩由妙项保驾，罗什曼那相伴，很快就会到这里来救你。(60)

"'我还做了一些十分可怕的梦，预示这个愚蠢的、断送补罗私底耶家族的罗波那的毁灭。(61)这个凶恶的夜行者天生缺德，心肠狠毒，行为卑劣，给一切众生增添恐怖。(62)死神剥夺了他的理智，以致他和所有的天神为敌。我梦中所见的一切就是他毁灭的征兆。(63)我梦见十首罗波那用油洗澡，剃光头发，身陷泥沼，还多次站在驴车上，仿佛在舞蹈。(64)鸠槃羯叻拿等等罗刹赤身裸体，剃光头发，涂着红色檀香膏，戴着红色花环，驶向南方。(65)只有维毗舍那独自登上一座白色的山，他涂着白色檀香膏，戴着白花环，头缠白头巾，撑着白华盖。(66)他的四个大臣也登上白山，也戴着白花环，涂着白檀香膏，一旦大难临头，他们可以幸免。(67)

"'我还梦见罗摩的武器遍布包括大海在内的整个大地，这预示着你丈夫的英名将传遍大地。(68)我还梦见罗什曼那登上一堆白骨，吃着蜜奶粥，观察四面八方。(69)我还多次梦见你，满身鲜血淋漓，啼哭着向北走去，有一只老虎保护你。(70)毗提诃公主啊，你很快就会遇到喜事，不久就会与丈夫罗摩以及他的弟弟重逢。'"(71)

听了特哩竭吒的这些话，鹿眼女郎悉多怀抱着与丈夫重逢的希望。(72)这时，那些凶恶可怕的女妖回来，看见悉多和特哩竭吒依旧坐在那儿。(73)

以上是吉祥的《摩诃婆罗多》中《森林篇》第二百六十四章(264)。

二六五

摩根德耶说：

忠贞的悉多思念丈夫，痛苦悲伤，可怜她的衣服已经污秽，首饰只剩下一块摩尼宝石。(1)她端坐在一块大石上，女罗刹们团团围在她身旁。罗波那中了爱神的箭，痛苦难耐，一见到她就走上前。(2)他与天神、健达缚、药叉和紧那罗们交战中常胜不败，却被爱神折磨得神魂颠倒，来到无忧树园。(3)

他穿着神奇美妙的衣服,戴着精致的宝石耳环、漂亮的花环和顶冠,好像是春天的化身。(4)他竭力把自己打扮成像劫波树一样,但仍像焚尸场上的支提树一样令人害怕。(5)

夜行者罗波那站在细腰的悉多身旁,就像土星走近卢醯尼。(6)他为爱神的箭所伤,上前招呼悉多。臀部优美的悉多像受惊的小鹿恐慌不安。他对悉多说道:(7)"悉多啊!你对丈夫的情意已经足够充分,苗条的美人啊!现在望你对我垂怜,好好梳妆打扮一番。(8)丰臀美人啊!穿戴上贵重的衣服和首饰,爱我吧!你会在我所有的后妃中最受宠爱,美女啊!(9)我的后妃中有天神们的女儿,王仙们的公主,檀那婆们的女儿,提迭们的女人。(10)我有一亿四千个毕舍遮,还有比他们多一倍的吃人的罗刹,个个行为可怕,随时听候我的吩咐。(11)还有比他们多两倍的药叉,行动听我指挥。他们中有的一些还在我的兄弟财神麾下。(12)大腿美丽的人啊!我饮酒宴乐,总有健达缚和天女们在一旁侍候,就像侍候我的兄弟财神俱比罗。(13)我是婆罗门仙人毗室罗伐的儿子,以第五个护世主的身份闻名天下。(14)娇嗔的美人啊!就像三十三天之主因陀罗,我这里有种种珍馐佳肴,玉露琼浆,供你享用。(15)让痛苦的林居生活结束吧!就像曼多陀厘那样,做我的妻子,丰臀美人啊!"(16)

听了罗波那的话,面容美丽的毗提诃公主转过身去,把这个罗刹看得连草都不如,然后回答他的话。(17)毗提诃公主视夫如神明,不祥的泪水流个不停,落在耸起的双乳和美丽的双腿上。她对下贱的罗刹说道:(18)"罗刹王啊!这样的话你已说过很多回,让我这个不幸的薄命人,一遍遍听这叫人断肠的话。(19)幸运的人啊!祝你幸运!丢掉你的痴心妄想!我是有夫之妇,永远忠于丈夫,你休想得到我。(20)我生在弱小的人类中,也不适合做你的妻子。你若恃强施暴,又有什么快乐?(21)你的父亲是梵天所生。他是婆罗门,和生主一样。你也和护世主一样,为什么不保护正法?(22)你哥哥俱比罗是王中之王,又是湿婆大神的朋友。你提到他,自己也不感到羞愧?"(23)

这样说完,悉多号啕大哭,双乳抖动。这位苗条的美人忙用衣襟遮住脸和脖子。(24)这位痛哭的美人头上发辫又黑,又长,又柔顺,

如同黑蛇。(25)

尽管悉多说话不留情，但罗波那充耳不闻，这个头脑愚蠢的罗刹又说道：(26)"悉多啊！让以鳄鱼为标志的爱神用欲火焚烧我的肢体吧！你若不从，我不会强迫你这位臀部丰满、笑容可爱的美人。(27)我能怎么办呢？罗摩是个凡人，只不过是我们口中的食品，你却至今对他不忘情。"(28)

对肢体完美的悉多说完这些话，罗刹王罗波那隐身消失，到他想去的地方去。(29)悉多依旧住在无忧树园里，女罗刹们仍然围着她。她因忧愁而消瘦，惟有特哩竭吒侍奉她。(30)

以上是吉祥的《摩诃婆罗多》中《森林篇》第二百六十五章(265)。

二六六

摩根德耶说：

罗怙后裔罗摩由妙项护卫，须弥多罗之子罗什曼那陪随，住在摩厘耶梵山上，看到天空清澈。(1)这位杀敌英雄看到明净的空中，行星、星宿和星星伴随皎洁的月亮。(2)

突然凉风袭来，带着各种莲花的清香，吹醒住在山上的罗摩。(3)早晨醒来，想到身陷罗刹宫中的妻子悉多，以法为魂的罗摩心情沮丧，对罗什曼那说道：(4)"罗什曼那啊！你去积私紧陀，你知道猴王妙项终日寻欢作乐，只为自己打算，忘恩负义。(5)这个辱没家门的傻瓜，是我让他灌顶为王，所有的猿猴熊罴听他差遣。(6)大臂罗什曼那啊！罗怙后裔啊！为了这猴子，我和你来到积私紧陀园林，杀死波林。(7)罗什曼那啊！我认为这个猴子杂种是世上最忘恩负义的东西。这个傻瓜一坐上王位就把我忘得干干净净。(8)我看他不懂得遵守协议，缺少智慧，竟然对我这个恩人不理不睬。(9)如果他还懒懒散散，躺在那里，耽于享乐，你就打发他沿着波林的路，前往一切众生的归宿。(10)罗什曼那啊！如果这位猴中雄牛，还准备为我们效劳，你就把他带来，竭拘蹉后裔啊！快去吧，不要耽搁！"(11)

罗什曼那对长者言听计从，热心为他们谋利益。听了哥哥这样说，他带上漂亮的弓箭出发，到达积私紧陀城门，径直进去。（12）知道罗什曼那怒气冲冲地来到，谦逊的猴王妙项带着妻子出来迎接，向他敬拜，礼节周到。（13）

无所畏惧的须弥多罗之子罗什曼那向猴王妙项传达罗摩的话。猴王双手合十，俯首聆听，一字一句不遗漏。（14）王中因陀罗啊！然后，猴王妙项，偕同妻子和随从，高兴地对人中大象罗什曼那说道：（15）"罗什曼那啊！我并不愚昧无知，忘恩负义，没有心肝，为寻悉多，我已做出努力，您请听！（16）我把所有聪明的猴子派向各方，给他们定了期限，要他们一个月内就回来。（17）他们要把以大海为衣的大地寻遍，包括高山、矿藏、森林、城堡、乡村和城镇。（18）算来还有五个夜晚，就到了规定的一个月期限。到时候，请你和罗摩听佳音。"（19）

灵魂高尚的罗什曼那一听聪明的猴王这样说，怒气顿时消失，向猴王妙项回礼敬拜。（20）然后，罗什曼那带着妙项去见住在摩厘耶梵山上的罗摩，向他报告事情的进展。（21）

期限一到，数以千计的猴子头领回来。他们已把三个方向搜遍，只有去南方的猴子们还没有回来。（22）他们告诉罗摩，已把以大海为衣的大地仔细搜索，但没有发现毗提诃公主悉多，也没有找到罗波那的下落。（23）幸亏对去南方的猴子们还抱着一点希望，才使罗摩在悲痛中保住性命。（24）

过了两个月，一些猴子急急忙忙跑来报告妙项：（25）"猴中俊杰啊！那个茂盛的大蜜园，你和波林都要求细心看管，可是风神的儿子哈奴曼却在那里享受。（26）国王啊！还有波林的儿子鸯伽陀和其他一些您派往南方去寻悉多的猴中雄牛们。"（27）

听说猴子们的这种行为，猴王妙项就知道他们大功告成，因为他的臣仆只有完成了使命，才敢做出这样的举动。（28）聪明的猴中雄牛妙项连忙将这事告诉罗摩，罗摩也猜想那些猴子见到了悉多。（29）

以哈奴曼为首的猴子们休息过后，就去见在罗摩和罗什曼那身边的猴王妙项。（30）婆罗多后裔啊！看到哈奴曼的举动和脸色，罗摩深信不疑，断定他们已经见到悉多。（31）以哈奴曼为首的猴子们完成任

务，心满意足，依礼拜见罗摩、妙项和罗什曼那。(32)

罗摩握着弓和箭，对前来拜见的猴子们说道："你们是不是前来报喜，救我的命？你们的任务是不是已经完成？(33)我能不能在战争中杀死仇敌，夺回遮那迦之女悉多，重返阿逾陀城治国安邦？(34)如果我不能解救毗提诃公主，不能在战争中杀死仇敌，成为一个被夺去妻子的苦行者，我就不能再活下去了。"(35)

听了罗摩的话，风神的儿子哈奴曼回答道："罗摩啊！我现在告诉你好消息，我已见到遮那迦之女悉多。(36)我们在有高山、森林和矿藏的南方四处寻找，筋疲力尽，期限已到，忽然见到一个大山洞。(37)我们钻进洞去，里面长宽有好多由旬，一片黑暗，丛林茂密，昆虫滋生。(38)我们往里走了很长的路，出现阳光，看见那里有一座神宫。(39)罗怙后裔啊！这是提迭巧匠摩耶的住处。有一个名叫钵罗婆婆帝的女苦行者在那里修苦行。(40)她拿出各种饮料和食品款待我们。吃饱喝足，体力恢复，我们按照她的指点上路。(41)沿着她指点的路，我们走出洞口，看见大海边的萨赫耶、摩罗耶和陀哩杜罗三座大山。(42)

"我们登上摩罗耶山，面对汪洋大海，我们困顿沮丧，失去生还的希望。(43)大海长宽有好几百由旬，想到海中住着鲸鱼和鳄鱼，我们悲痛欲绝。(44)我们坐在那里，决定绝食弃生。我们在谈话中，说起兀鹰阇吒优私的故事。(45)

"这时，我们看见一只大鸟，像是一座山峰，形状可怕，俨然又一只大鹏金翅鸟。(46)他想吃掉我们，走到我们跟前，说道：'喂！谁在说话？谁在谈论我的弟弟阇吒优私？(47)我是鸟王，名叫商婆底，是阇吒优私的哥哥。有一次我们兄弟俩互相竞赛，一起飞向太阳。(48)我的两只翅膀被烧毁，而阇吒优私的翅膀没有被烧毁。从那时以来，已有很长时间，我再也没有见到我亲爱的弟弟鹰王。翅膀烧毁后，我就掉落在这座大山上。'(49)

"商婆底说完这些，我们就告诉他阇吒优私已经死了，也简单讲述了您的不幸遭遇。(50)国王啊！商婆底听到这个悲伤的消息，神情沮丧，克敌者啊！他又询问我们道：(51)'优秀的猴子们啊！罗摩是谁？悉多是怎么回事？阇吒优私怎样丧命？我想听到这一切。'(52)

"于是，我详详细细讲了这一切，您遭遇的不幸，我们绝食的原因。(53)然后，鸟王商婆底说了一番话，鼓起了我们的勇气。他说，'我知道罗波那，也知道他的楞伽城。(54)我在大海那一边，见到过楞伽城，坐落在特哩俱吒山的峡谷中。毗提诃公主一定在那里，我确信无疑。'(55)

"折磨敌人者啊！听了商婆底的话，我们全都站了起来，立刻商量渡海的办法。(56)可是谁也下不了决心跃过大海。我就钻进我父亲风神的身子，跃过一百由旬宽的大海，还杀死海里的一个女罗刹。(57)

"到了楞伽，我在罗波那的后宫见到贞洁的悉多，她实行斋戒和苦行，一心盼望见到丈夫。这位可怜的苦行女长发蓬乱，满身污垢，肢体瘦弱。(58)从各种迹象断定她是悉多，我趁她单独一人时，悄悄走上前去，对她说：(59)'悉多啊！我这猴子是风神的儿子，现在是罗摩的使者。为了见到您，我取道天空来到这里。(60)罗摩和罗什曼那两位王子都很好。猴王妙项保护着他们两兄弟。(61)悉多啊！罗摩和罗什曼那向你问好，作为罗摩的朋友，妙项也向你问好。(62)你的丈夫很快就会和所有的猴子一起来到，王后啊！请相信我，我是猴子，不是罗刹。'(63)

"仿佛思索了一会儿，悉多对我说：'我知道你是哈奴曼，因为阿槃底耶已经对我说过。(64)大臂者啊！阿槃底耶是一个年高德劭的罗刹，他讲过猴王妙项，讲过他有像你一样的一些大臣。(65)你回去吧！'说完，悉多就把这块宝石交给我。无可指摘的毗提诃公主就靠这块宝石活过这些时间。(66)

"为了让你相信，遮那迦之女悉多还说到这样一件事：有一次在质多罗俱吒山上，你曾用芦苇射击乌鸦，人中之虎啊！为了让你确信无疑，她才提起这事。(67)我听完这些，然后放火焚烧楞伽城，回到这里。"罗摩向带回好消息的哈奴曼表示致敬。(68)

以上是吉祥的《摩诃婆罗多》中《森林篇》第二百六十六章(266)。

518

二六七

摩根德耶说：

大家陪着罗摩坐在摩厘耶梵山上，遵照猴王妙项的命令，出类拔萃的猴子们都来到这里。（1）波林的岳父须私那带着一百亿猴子来到罗摩跟前，个个英勇有力。（2）迦阇和迦婆耶两个猴王英勇非凡，他们各由十亿猴子簇拥，出现在眼前。（3）大王啊！牛尾猴迦婆刹相貌可怕，带着六千亿猴子来临。（4）有个猴子住在香醉山，得名香醉，他带来一百亿凶猛的猴子。（5）有个猴子名叫波那娑，聪明伶俐力量大，带来五亿七千万猴子。（6）名叫陀底牟伽的猴子光辉吉祥，虽然年迈，仍很英勇。他带来一支棕猴大军，威力可怕。（7）阇婆梵带来一万亿黑熊，额头上都有檀香点，动作可怕。（8）

大王啊！还有很多猴子将领，他们的数目数也数不清，汇聚这里为罗摩效命。（9）他们像盛开的马樱花，像吼叫的狮子，奔跑跳跃，一片喧嚣。（10）有些猴子像山峰，有些猴子像水牛，有些猴子像秋天的云，有些猴子脸上像涂了朱砂。（11）猴子们蹦上跳下，扬起尘土，从四面八方汇聚这里。（12）这个庞大的猴子世界犹如涨潮的大海。他们遵照猴王妙项的命令，在这里安营。（13）

猴中因陀罗们已从四面八方汇聚这里。有一天，福星高照，是吉日良辰。（14）吉祥的罗摩排定军队阵容，和妙项一起出发，仿佛要粉碎一切世界。（15）风神之子哈奴曼担任全军的先锋，无所畏惧的罗什曼那殿后。（16）罗摩和罗什曼那戴着护腕和护指，在大批的猴子中光彩夺目，就像许多星星围绕太阳和月亮。（17）

猴军以娑罗树、棕榈树和石头为武器，犹如阳光照耀下的大片稻田。（18）为了完成罗摩的事业，浩浩荡荡的猴子大军在鸯伽陀、那罗、羯罗陀、曼陀、尼罗和陀毗毗陀的保护下前进。（19）一路经过很多吉祥的胜地，有很多根茎和果子，还有很多蜜、肉和水。（20）猴军在山顶上歇息，一路无阻，来到充满咸水的大海边。（21）猴军中无数旌旗招展，看上去像又一座海洋。他们进入海边森林，驻扎下

来。(22)

当着众位猴子首领们的面,吉祥的十车王之子罗摩抓紧时间,对妙项说道:(23)"你们考虑用什么办法可以渡过大海?这支军队这样庞大,渡海更是难上加难。"(24)一些机灵的猴子回答说:"猴子们不能跃过这整座大海。"(25)而有些猴子说可以用船渡海,有些猴子说可以用各种木筏渡海。但罗摩安抚大家说:"都不行啊!(26)这大海有上百由旬宽,所有的猴子都不能跨过它,英雄们啊!这个想法行不通。(27)何况也没有那么多的船能把这么多的军队都渡过。船又是商人的,像我这样的人怎么能侵害他们的利益呢?(28)一上船,我们庞大的军队如果出现漏洞,就会遭到敌人攻击。因此,我不赞成用船或木筏渡海。(29)我将抚慰大海,躺下实行斋戒,这样大海就会向我显身。(30)如果大海不给我指明出路,我就要用那些带着火和风的、闪闪发光的锐利武器焚烧大海。"(31)

罗摩说完,和弟弟罗什曼那一起依礼用水净身,躺在海边,身下是拘舍草垫。(32)然后,在梦中,大海向罗摩显身。这位海神是大小河流的丈夫,众多水怪簇拥着他。(33)周围有成百堆的珠宝,他叫了一声:"憍萨厘雅之子啊!"然后说出甜蜜的话:(34)"说吧,我能帮助你什么?人中雄牛啊!我也是甘蔗族后裔,是你的宗亲。"罗摩说道:(35)"大小河流的夫君啊!我要你给我一条路,让猴子大军通过,好去消灭玷污补罗私底耶家族的十首罗刹。(36)如果你不答应给我路,我就要用利箭和念过咒语的法宝把你烧干!"(37)

一听罗摩这样说,大海感到为难,双手合十,说道:(38)"罗摩啊!我不想与你作对,也不想阻碍你的事。你先听我说,听完了该怎么办就怎么办。(39)如果我听从你的盼咐,给你一条路,让你的军队通过,那么,别人也会持弓逞强,命令我这样做。(40)你这里有一个名叫那罗的猴子,受到工匠们崇敬。他是工巧大神毗首羯磨的有力的儿子。(41)他向我投下无论什么木头,草或石头,我都会把它们截住,堆积成为一座桥。"(42)

说完,大海隐身消失。罗摩便对那罗说道:"你在大海上建一座桥吧!我认为你能做到。"(43)用这个办法,罗摩建成了桥,桥宽十由旬,桥长一百由旬。(44)这座著名的那罗桥至今称誉天下。遵照罗

摩的命令,大海背负这座高山一样的大桥。(45)

罗刹王罗波那的兄弟维毗舍那以法为魂,带着四个大臣来到罗摩那里。(46)心胸宽大的罗摩接待他,对他表示欢迎,而猴王妙项怀疑他是奸细。(47)罗摩对维毗舍那的举止动作和真实意图感到满意,向他表示致敬。(48)他还给维毗舍那灌顶,让他成为一切罗刹之王,也让他成为罗什曼那的侍臣和朋友。(49)

人主啊,依照维毗舍那的主意,罗摩率领大军过桥渡海,用了一个月。(50)渡过大海,到达楞伽城,罗摩让猴子们捣毁城中许多很大的园林。(51)

罗波那有两个侍臣,一个叫俱舍,一个叫萨罗那。他们化作两只猴子前来侦察,被维毗舍那抓住。(52)这两个罗刹现出原形后,罗摩让他俩观看他的大军,然后放走他们。(53)

英勇的罗摩让大军进驻园林,然后派遣聪明的猴子鸯伽陀,作为使臣去见罗波那。(54)

以上是吉祥的《摩诃婆罗多》中《森林篇》第二百六十七章(267)。

二六八

摩根德耶说:

园林里有丰富的食物和水,有许多根茎和果子,罗摩让军队进驻,并按照规则警戒保卫。(1)

罗波那也按照经典设防。楞伽城有坚固的城墙和门楼,本来就难以攻入。(2)七条护城河水深无底,里面充满鳄鱼,河边安了佉底罗木尖桩,难以越过。(3)有瞭望塔,有发射器,士兵们拿着装满毒蛇的罐子,还有铁桩、石头和树脂粉。(4)铁杵、火把、铁箭、斧头、利剑、梭镖、百杀器和涂有蜂蜡的铁锤。(5)所有的城门都有卫队把守,站岗巡逻,有很多步兵、大象和马。(6)

鸯伽陀来到楞伽城门,向罗刹王罗波那通报姓名后,毫不畏惧地往里走。(7)置身亿万罗刹中,大力士鸯伽陀神采奕奕,就像云层围绕的太阳。(8)

众大臣簇拥着罗波那,鸯伽陀慢慢走近他。这位娴于辞令的使者向他传达罗摩的口信:(9)"国王啊!大名鼎鼎的憍萨罗王罗摩要我带给你这个及时的口信,望你听取照办:(10)'灵魂卑劣的国王刚愎自用,横行不法,在他治下的国家和城镇终将遭到毁灭。(11)你一人强行劫走悉多,对我犯下罪过,其他许多无辜者也不免要遭到杀身之祸。(12)过去你自恃有力,骄横跋扈,残杀林居的仙人,蔑视天神,(13)杀害王仙,强掳哭喊的妇女,你的这些恶行的果子现在已经成熟。(14)我要杀死你和你的大臣们,你要拿出胆量,和我交战,夜行者啊!我让你领教我的弓的厉害,领教人的勇气!(15)放了遮那迦之女悉多!如果你不放,我要用利箭消灭世上所有的罗刹。'"(16)

罗摩的使者传达的这番话很强硬,罗波那听了无法忍受,气得发昏。(17)有四个罗刹善于领会主子的意图,抓住鸯伽陀的四肢,犹如鸟儿进攻老虎。(18)鸯伽陀带着抓住他的四肢的四个罗刹,纵身腾入空中,站在屋顶上。(19)他的腾空动作迅猛,四个罗刹坠落地上,跌得惨重,心脏破裂。(20)

鸯伽陀甩掉罗刹,又从屋顶上跳下,跳出楞伽城,回到自己的军队。(21)机智英勇的鸯伽陀去见罗摩,向他禀报这一切。罗摩对他夸赞一番,让他好好休息。(22)

然后,罗摩派出全部行动如风的猴军,攻破楞伽城墙。(23)罗什曼那让维毗舍那和熊王阇婆梵冲在前,攻破了楞伽城最难攻的南门。(24)他带着一万亿猴军冲进楞伽城。这些猴子全身呈骆驼红,作战英勇。(25)他们又蹦又跳,扬起满天尘土,遮蔽太阳。(26)猴子们有些像稻花,有些像马樱花,有些像早晨的太阳,有些白似芦苇。(27)

国王啊!猴子们登上城墙,整个城墙变成一片棕黄。看到这种景象,城里老罗刹和女罗刹们惊恐万状。(28)猴子们打断一根根摩尼宝石柱,摧毁瞭望塔顶,捣碎迅猛的发射器。(29)这些大力士抓起百杀器、飞轮、铁桩和石头,用力挥臂扔进楞伽城里。(30)城墙上成群成群的罗刹数以百计,遭到猴子们进攻,纷纷逃跑。(31)

罗刹们能随意变形,罗波那一声令下,他们十万十万地结队出城,个个奇形怪状。(32)他们降下兵器之雨,驱散进攻的猴兵,也肃清城墙上的猴兵,个个无限英勇,威风凛凛。(33)罗刹们像一堆堆豆子数不清,相貌凶恶可怕,赶走猴兵,重新占领城墙。(34)

很多英勇的猴子中了标枪,肢体伤残,倒在疆场;很多罗刹被倒下的柱子和拱门压得粉身碎骨,躺倒在地。(35)英勇的罗刹们和猴子们混战一场,互相揪住头上的毛发,用牙咬,用爪抓。(36)猴子和罗刹双方发出喘息,遭到杀害,倒在地上,互相还抓住不放。(37)

罗摩射出密集的箭,犹如乌云降雨。箭射进楞伽城,杀死很多罗刹。(38)罗什曼那手持硬弓,不知疲劳,一再挽弓瞄准,发射铁箭,射倒城堡中的罗刹们。(39)楞伽城遭受重创,战斗取胜,目的达到,按照罗摩的命令,军队收兵回营。(40)

以上是吉祥的《摩诃婆罗多》中《森林篇》第二百六十八章(268)。

二六九

摩根德耶说:

罗摩的军队进入营地,有几群紧随罗波那的毕舍遮和小罗刹跑来偷袭。(1)那为首的有波哩婆那、布陀那、钵罗噜阇、俱卢陀婆娑、阿噜阇、诃利、瞻婆、钵罗伽娑和伽罗。(2)灵魂邪恶的罗刹们偷袭时不露身形,但维毗舍那能识别,破除他们的隐身术。(3)这一下他们原形毕露,猴子们力大跳得远,四处追杀他们,国王啊!他们全都丧命倒地。(4)

罗波那再也不能忍受,带着军队走出楞伽城,排定优舍那阵容,对付所有的猴兵。(5)罗摩见十首王罗波那布下阵容,也出兵应战,按照祭主的法则排定阵容。(6)然后,罗波那迎上前去,与罗摩交战,罗什曼那则和因陀罗吉多交战。(7)妙项与毗噜钵刹交战,尼伽厘婆吒与达罗交战,钵杜娑与波那娑交战,那罗与东达交战。(8)谁认为谁是自己的对手,就去与谁交战。在交战中,各自依靠自己的臂力。(9)战斗越来越激烈,令人毛发直竖,胆小者更加丧胆,就像从前天神和阿修罗展开大战。(10)

罗波那向罗摩泼洒标枪、铁叉和宝剑,罗摩也向罗波那发射锋利的铁箭。(11)罗什曼那向因陀罗吉多发射一支支致命的利箭,因陀罗吉多也用利箭射击罗什曼那。(12)维毗舍那对准钵罗诃私达,钵罗诃私达也对准维毗舍那,互相泼洒锋利的羽毛箭,无所畏惧。(13)威力巨大的武器互相撞击,三界中所有的动物和不动物惊恐不安。(14)

以上是吉祥的《摩诃婆罗多》中《森林篇》第二百六十九章(269)。

二七〇

摩根德耶说:

作战凶猛的钵罗诃私达突然扑向维毗舍那,吼叫着,用铁杵打击他。(1)铁杵来势迅猛,聪明的维毗舍那被击中。但这位大臂英雄毫不动摇,仍像雪山一样巍然屹立。(2)他抓起一支装有一百个铃铛的大标枪,对它念了咒语,对准钵罗诃私达的头颅投去。(3)这武器迅猛似雷鸣电闪,但见钵罗诃私达的头颅被砍下,犹如大树被狂风刮倒。(4)

看见钵罗诃私达在战斗中被杀,图牟那刹使尽全力,冲向猴军。(5)他的大军一拥而上,犹如可怕的乌云,英勇的猴子们吓得逃向四处。(6)猴中之虎哈奴曼看见英勇的猴子们突然逃散,立刻挺身而出。(7)国王啊!看到风神之子站在那里,猴子们又迅速从四面八方跑回战场。(8)

然后,罗摩和罗波那的军队互相攻打,喧嚣声四起,令人毛发直竖。(9)在这场恶战中,血流遍地。图牟那刹发射一支支利箭,驱赶猴军。(10)看到这个高大的罗刹冲向前来,克敌制胜的风神之子哈奴曼立即冲上前去迎战。(11)

哈奴曼和图牟那刹两位英雄都想打败对手,互相交战,就像因陀罗和波罗诃罗陀。(12)图牟那刹用铁杵和铁闩打击哈奴曼;哈奴曼连枝带干拔起很多大树,打击图牟那刹。(13)风神之子哈奴曼聪明睿智,拔起一棵极大的树,打死了图牟那刹,连同他的车马和御者。(14)

看到罗刹中的俊杰图牟那刹丧命,猴子们的信心大增,冲向前去奋勇杀敌。(15)猴子们看到胜利在望,越战越勇。罗刹们遭到杀戮,失去斗志,恐惧地逃回楞伽城。(16)这些败下阵来、侥幸活命的罗刹回到楞伽城,把一切经过报告国王罗波那。(17)

罗波那得知钵罗诃私达已经丧命,大弓箭手图牟那刹和军队也被猴中雄牛们歼灭。(18)他仿佛长叹一声,从宝座上站起,说道:"现在该是鸠槃羯叻拿出力的时候了!"(19)

说完,罗波那下令奏响各种乐器,用强烈的响声唤醒酣睡中的鸠槃羯叻拿。(20)罗波那竭尽努力,好不容易才把鸠槃羯叻拿唤醒。见他醒后很安详,悠然自在地坐着,十首罗刹王对大力士鸠槃羯叻拿说道:(21)"你真幸运,能这样熟睡不醒,一点也不知道巨大的恐怖已经降临。(22)罗摩带着一帮猴子,由一座桥渡海来到,他藐视我们,要把我们斩尽杀绝。(23)我抢了罗摩的妻子,名叫悉多的遮那迦之女。罗摩来这里救她,在大海上架起了一座桥。(24)钵罗诃私达等等我们的人都被他杀死,粉碎敌人的弟弟啊!除了你,没有谁能杀罗摩。(25)优秀的力士啊!你现在就披甲上阵,在战斗中杀死罗摩和所有的敌人,克敌制胜的弟弟啊!(26)突舍那有个弟弟叫雷迅,还有个弟弟叫钵罗摩亭,他俩也要带着大军,跟随你去战斗。"(27)

对英勇的鸠槃羯叻拿说完这些话,罗波那又向雷迅和钵罗摩亭交代任务。(28)突舍那的两位英勇的弟弟回答说:"遵命!"然后,让鸠槃羯叻拿在前,他们迅速跟着走出楞伽城。(29)

以上是吉祥的《摩诃婆罗多》中《森林篇》第二百七十章(270)。

二七一

摩根德耶说:

鸠槃羯叻拿带着随从走出楞伽城,看到胜利的猴军就站在前面。(1)猴子们迅速冲上前来,将他团团围住,拔起很多大树打他,还有些猴子无所畏惧,用爪子抓他。(2)猴子们用很多方式作战,用各种武器打击这位可怕的罗刹中的因陀罗。(3)

鸠槃羯叻拿遭到打击,却笑着吞吃猴子们,将波那娑、迦婆刹和

婆阇罗婆呼都吃下了肚。(4)看到罗刹鸠槃羯叻拿的这种凶残行为，达罗等等猴子吓得发出惊叫。(5)

猴王妙项立刻跑到惊叫的达罗和其他猴子头领跟前，无所畏惧地面对鸠槃羯叻拿。(6)这位猴中的大象思想高尚，迅猛扑向鸠槃羯叻拿，举起一棵娑罗树，使劲朝他头上打。(7)猴王妙项行动迅速，一下就打中鸠槃羯叻拿的头，娑罗树断裂，但鸠槃羯叻拿毫无损伤。(8)他感到自己被娑罗树打中，大声吼叫，笑个不停，伸出两只手，用力抓住妙项，把他劫走。(9)

看到猴王妙项被鸠槃羯叻拿劫走，给朋友带来快乐的英雄罗什曼那立刻冲上前去。(10)杀敌英雄罗什曼那向鸠槃羯叻拿发射一支速度飞快的金羽毛大箭。(11)羽毛箭穿透鸠槃羯叻拿的盔甲和身体，血淋淋地钻进地下。(12)

鸠槃羯叻拿心脏破裂，放下猴王妙项。这位大弓箭手以石头作武器，举起一块大石头，追赶罗什曼那。(13)见他追来，罗什曼那用顶端锋利的剃刀箭射断他的高举的双手，而他却变成了四只手。(14)他的所有的手都抓着石头当武器，罗什曼那用轻巧的剃刀箭显示威力，射断他的所有的手。(15)罗刹又把身躯变得庞大无比，身上还长出很多头、脚和手，罗什曼那立刻使出梵宝焚烧他的像高山一样的身躯。(16)这位大勇士在战斗中被法宝击中，倒在地上，就像一棵枝叶繁茂的大树被雷电击中。(17)

看到英勇的鸠槃羯叻拿像弗栗多那样倒地丧命，罗刹们吓得纷纷逃跑。(18)看到士兵们逃跑，突舍那的两个弟弟一面阻拦他们，一面愤怒地冲向罗什曼那。(19)看到雷迅和钵罗摩亭怒容满面，朝自己冲来，罗什曼那吼叫着向他俩发射羽毛箭。(20)

普利塔之子啊！聪明的罗什曼那和突舍那的两个弟弟展开恶战，令人毛发直竖。(21)罗什曼那向两个罗刹泼洒滂沱箭雨；两个罗刹英雄也愤怒地向罗什曼那泼洒箭雨。(22)大臂罗什曼那奋战雷迅和钵罗摩亭，可怕的战斗就这样持续了一会儿。(23)

然后，风神之子哈奴曼举起一座山峰，冲上来砸死罗刹雷迅。(24)大力士猴子尼罗也举起一块巨石，冲上来砸死突舍那的另一个弟弟钵罗摩亭。(25)

罗摩和罗波那的军队又混战一场,互相攻打,激烈可怕。(26)猴子们成百成百地杀死罗刹,罗刹们成百成百地杀死猴子,但罗刹们的伤亡比猴子们惨重。(27)

以上是吉祥的《摩诃婆罗多》中《森林篇》第二百七十一章(271)。

二七二

摩根德耶说:

听说鸠槃羯叻拿和他的随从,大弓箭手钵罗诃私达和威力无比的图牟那刹,在战斗中被杀身亡,(1)罗波那就对他的英勇的儿子因陀罗吉多说道:"杀敌者啊!你去杀掉罗摩,杀掉妙项和罗什曼那!(2)贤儿啊!你曾在战斗中打败沙姬的丈夫、手持金刚杵的千眼神因陀罗,赢得显赫名声。(3)杀敌者啊!最优秀的战士啊!你或者隐身,或者现形,用那些天赐的神箭,把我的敌人统统消灭!(4)无罪者啊!罗摩、罗什曼那和妙项都经受不住你的利箭,他们的追随者就更不用说了。(5)无罪者啊!钵罗诃私达和鸠槃羯叻拿都没有能为伽罗报仇,大臂者啊!你去完成这个任务吧!(6)儿子啊!你现在就去用利箭消灭那些敌人和他们的军队,就像你从前擒住因陀罗,让我高兴。"(7)

国王啊!因陀罗吉多听了罗波那的话后,回答道:"遵命!"然后,披上铠甲,登上战车,迅速驶向战场。(8)一到战场,这位罗刹中的雄牛就大声通报姓名,叫唤有吉祥标志的罗什曼那出来应战。(9)罗什曼那紧握弓箭,冲上前去。他的手掌声令罗刹害怕,就像狮子令小鹿害怕。(10)他俩激烈交锋,渴望战胜对方。他俩都精通天赐的武器,互相要比个高低。(11)罗波那之子因陀罗吉多是优秀的大力士,羽毛箭不能占上风,就做出别的更大努力。(12)他向罗什曼那投掷许多速度飞快的长矛。罗什曼那用利箭射断这些飞来的长矛。被利箭射中的长矛纷纷坠落地上。(13)

波林之子鸯伽陀举起一棵大树,快速冲上前去,打在因陀罗吉多的头上。(14)勇敢的因陀罗吉多毫不惊慌,举起一支标枪,投向鸯伽陀的胸膛,而罗什曼那一箭射断他的标枪。(15)猴中雄牛鸯伽陀冲到罗波那之子因陀罗吉多跟前，因陀罗吉多举起铁杵，打在这位英雄的左肋上。（16）波林之子鸯伽陀克敌制胜有本领，不把因陀罗吉多的打击放在心上，举起一根娑罗树干，扔向因陀罗吉多。（17）普利塔之子啊！鸯伽陀愤怒地扔出娑罗树，想要杀因陀罗吉多，但只砸坏他的车，砸死他的马和御者。（18）国王啊！车已毁，马和御者已死，罗波那之子因陀罗吉多从车上跳下，施展幻术，隐去身形。（19）

知道这个精通幻术的罗刹隐身消失，罗摩来到那里，保护他的军队。（20）因陀罗吉多用那些恩赐得来的利箭对准罗摩和大勇士罗什曼那，射中他们全身。（21）英勇的罗摩和罗什曼那也用利箭射击施展幻术而隐去身形的罗波那之子。（22）这个罗刹又愤怒地发射成百成千支箭，射中两位人中之狮罗摩和罗什曼那的全身。（23）

猴子们腾入空中，手里拿着巨石，寻找隐去身形不停射箭的罗刹。（24）英勇的罗刹罗波那之子依然用幻术隐去身形，不停地射箭，猛烈袭击猴子们和罗摩两兄弟。（25）

英勇的罗摩和罗什曼那两兄弟中了很多箭，倒在地上，就像太阳和月亮从空中坠落。（26）

以上是吉祥的《摩诃婆罗多》中《森林篇》第二百七十二章（272）。

二七三

摩根德耶说：

看到威力无比的两兄弟倒在地上，罗波那之子又射出很多恩赐得来的利箭，把他们两个困在乱箭之中。（1）两位英雄被因陀罗吉多的箭网困在战场，两位人中之虎像被关在笼中的两只鸟。（2）

猴王妙项看到他俩倒在地上，身上的箭伤数以百计，连忙带着众猴子，将他俩团团围住。（3）除了猴王妙项外，还有须私那、哈奴曼、鸯伽陀、曼陀、俱牟陀、陀毗毗陀、尼罗、达罗和那罗。（4）

这时，做完法事的维毗舍那来到那里，一见罗摩和罗什曼那倒在地上，连忙拿出还魂醒神的法宝，让这两位英雄苏醒过来。（5）猴王妙项又用念过神咒的拔箭灵药给他俩敷上，刹那间拔除所有的

箭。(6)这两位人中俊杰拔除了箭,恢复知觉,站了起来。这两位大力士刹那间消除疲劳。(7)

普利塔之子啊!维毗舍那看到甘蔗族后裔罗摩已经解除病痛,双手合十,说道:(8)"克敌者啊!受王中之王俱比罗派遣,密迹天带着水,从白山来到您的身边。(9)折磨敌人者啊!俱比罗大王为了让您看见那些隐身的生灵,送给你这种水。(10)只要用这种水擦擦眼睛,您就能看见隐身的生灵。您把这种水给谁擦一擦,他也能看见。"(11)

"好吧!"罗摩接过这种圣水,用它擦净双眼,思想高尚的罗什曼那也用它擦净双眼。(12)接着,妙项、哈奴曼、阎婆梵、鸯伽陀、尼罗和陀毗毗陀,所有的猴中俊杰都用它擦净双眼。(13)坚战王啊!正如维毗舍那所说,感官不能觉察的一切,刹那间呈现在他们眼前。(14)

因陀罗吉多完成任务,向父亲报功后,又匆匆回到前线。(15)看到他又回来,怒气冲冲,渴望交战。罗什曼那听从维毗舍那的意见,向他冲去。(16)因陀罗吉多以为胜利在望,欣喜若狂,忘了日常的礼仪。罗什曼那头脑清醒,愤怒地向他发射利箭。(17)他们两个又开始交锋,互相渴望打败对方。他俩的战斗无比奇妙,就像从前因陀罗和钵罗诃罗陀交战。(18)因陀罗吉多向罗什曼那发射一支支致人死命的利箭,罗什曼那也向罗波那之子因陀罗吉多发射利箭,一支支碰在身上如同烈火。(19)罗波那之子中了罗什曼那的箭,气得发昏,向罗什曼那发射八支毒蛇般的利箭。(20)

英勇的罗什曼那如何用碰在身上如同烈火的三支羽毛箭要了因陀罗吉多的性命,请听我细说分明。(21)他一支箭射中因陀罗吉多拿弓的手,使他身手分离,第二支箭又射断他的拿着铁箭的手。(22)他又用第三支,闪闪发光的宽刃箭,射断因陀罗吉多的头颅,连同漂亮的鼻子和晶莹的耳环。(23)断了手臂和头颅,无头躯干很可怕。优秀的大力士罗什曼那杀死了他,又用武器杀死他的御者。(24)

马匹拖着战车跑进楞伽城,罗波那看见车中没有了他的儿子。(25)罗波那发现儿子已经阵亡,吓得两眼乱转。他悲痛欲绝,起身要去杀死毗提诃公主悉多。(26)悉多呆在无忧树园,热切盼望见到

罗摩。灵魂邪恶的罗波那握着一把剑，迅速跑到那里。(27)

看到愚蠢的罗波那满腔愤怒，要行凶犯罪，阿桀底耶将他劝住。请听阿桀底耶用什么理由劝住他：(28)"您是显赫的大国君主，不能杀害一个妇人。这个妇人已经在您的家中被囚禁，(29)我认为，即使你不斩断她的身子，她也已经被杀。你去杀死她的丈夫吧！她的丈夫一死，她也就死了。(30)论威武英勇，因陀罗本人也不能和您相比。您在战斗中曾多次吓住包括因陀罗在内的众天神。"(31)

阿桀底耶用这样一些话平息了罗波那的怒气，让他采纳自己的意见。(32)罗刹决定出征，放下了剑，下令道："备好我的战车！"(33)

以上是吉祥的《摩诃婆罗多》中《森林篇》第二百七十三章(273)。

二七四

摩根德耶说：

因爱子因陀罗吉多丧命，十首王罗波那满腔愤怒，登上镶嵌有宝石和金子的战车出征。(1)成群成群的罗刹手持各种武器簇拥着他。他一面杀戮猴子将领们，一面冲向罗摩。(2)

见他满腔愤怒地冲来，曼陀、尼罗、鸯伽陀、哈奴曼和阇婆梵带着军队包围他。(3)猴将和熊将们挥动大树，就在十首罗波那的眼前，歼灭他的军队。(4)

眼看自己的军队被敌人歼灭，精通幻术的罗刹王罗波那施展起幻术。(5)从他的身体中出来成百成千个罗刹，手持箭、标枪和剑。(6)

罗摩用神奇的武器杀死所有的罗刹，罗刹王罗波那又施展幻术。(7)婆罗多后裔啊！十首罗波那变出很多罗摩和罗什曼那，冲向罗摩和罗什曼那。(8)国王啊！那些夜行的罗刹手持大弓，扑向罗摩和罗什曼那。(9)

看见罗刹王施展幻术，甘蔗族后裔罗什曼那毫不慌乱，沉着地对罗摩说道：(10)"杀死这些变成你的模样的邪恶的罗刹！"于是，罗摩杀死这些变成自己模样的罗刹。(11)

这时，因陀罗的御者摩多梨驾着套有棕红马的、灿若太阳的战

车,来到战场,停在罗摩身边。(12)

摩多梨说：

竭枸蹉后裔啊！这辆棕红马驾驭的战车是胜利车,人中之虎啊！因陀罗乘着这辆高贵的车,在战斗中杀死数以百计的提迭和檀那婆。(13)所以,人中之虎啊！你乘上这辆车去作战,由我驾驭,赶快去杀死罗波那,不要迟延！(14)

罗摩听后,怀疑摩多梨说的不是实话,而是罗刹施展的幻术。于是,维毗舍那对他说道：(15)"人中之虎啊！这不是灵魂邪恶的罗波那的幻术,大光辉的人啊！快快登上因陀罗的这辆车吧！"(16)

罗摩听了,高兴地对维毗舍那说道："好吧！"立刻登上战车,愤怒地冲向十首罗刹。(17)当他冲向罗波那时,一切众生发出惊叫,天上也响起狮子吼和鼓声。(18)

夜行的罗波那向罗摩投来一支极其可怕的铁叉,如同因陀罗的雷杵,又如高高举起的梵杖。(19)罗摩用利箭射断飞来的铁叉。看到罗摩身手不凡,罗波那心中充满恐惧。(20)十首罗刹怒气冲冲,迅速向罗摩发射成千成万支利箭,投掷各种各样的武器。(21)火箭、铁叉、铁杵、斧子、标枪、百杀器和锋利的剃刀。(22)

看到十首罗刹的可怕的幻术,所有的猴子吓得逃向四面八方。(23)这时,罗摩从箭囊中取出一支上等的金杆尖嘴羽毛箭,搭在梵宝上。(24)看到罗摩将念过咒的上等箭搭上梵宝,以因陀罗为首的众天神和健达缚们欣喜万分。(25)天神、健达缚和紧那罗们都认定,只要梵宝一发射,仇敌罗刹的性命就保不住。(26)

罗摩射出那支威力无比的箭,如同高举的梵杖,能致罗波那死命。(27)这位杰出的罗刹,被熊熊的大火包围,连同他的战车、御者和马匹都燃烧起来。(28)看到做事不知疲倦的罗摩杀死罗波那,众天神、健达缚和遮罗纳们皆大欢喜。(29)

五大元素抛弃这个幸运一时的罗波那。由于梵宝的威力,他在一切世界失去立足地。(30)他的身体元素,血和肉,都在梵宝的烈火中焚毁,连灰也看不到。(31)

以上是吉祥的《摩诃婆罗多》中《森林篇》第二百七十四章(274)。

二七五

摩根德耶说：

杀死天神们的仇敌、卑鄙的罗刹王罗波那，罗摩和罗什曼那以及朋友们都很高兴。(1)十首王罗波那被杀，天神们让仙人们走在前，向大臂罗摩致以胜利的祝福。(2)所有的天神和健达缚都用语言赞颂莲花眼罗摩，也为他洒下花雨。(3)永不退却者啊！向罗摩表过敬意后，他们又像来时那样回去，天上喜气洋洋，如同盛大的节日。(4)

杀了十首王，威名远扬，攻克敌人城堡的罗摩把楞伽城赐给维毗舍那。(5)随后，聪明睿智的老臣阿槃底耶走出城来。他让悉多走在前面，悉多前面是维毗舍那。(6)他对灵魂高尚、身陷不幸的竭枸蹉后裔罗摩说道："灵魂高尚的人啊！请迎回行为端正的王后遮那迦之女！"(7)

听了阿槃底耶的话，甘蔗族后裔罗摩从宝车上走下，看到泪流满面的悉多。(8)他看到这位肢体优美的女子坐在车上，忧伤憔悴，满身污垢，头发蓬乱，衣服发黑。(9)罗摩怀疑悉多已经失身，对她说道："走吧！毗提诃公主啊！你已经得救，我完成了这个任务。(10)贤女啊！你得到我这样的丈夫，就不能在罗刹宫中住到老，因此我杀死这个罗刹。(11)像我这样的人，深通正法，怎么能留下一个落入他人手中的女人？即使留下片刻也不行。(12)弥提罗公主啊！不管你的行为端正不端正，我不能再享用你，犹如被狗舔过的祭品。"(13)

可怜的王后悉多突然听到这种可怕的话，痛苦地倒在地上，就像被砍断的芭蕉树。(14)原本悉多满心喜欢，容光焕发，刹那间黯然无光，就像镜子上呵了气。(15)

听了罗摩说的话，所有的猴子和罗什曼那仿佛失去生命，木然不动。(16)这时，灵魂纯洁的老祖宗，创造世界的四面神梵天，乘飞车来到这里，向罗摩显身。(17)同来的还有因陀罗、俱比罗、阎摩、火神、风神、伐楼拿和纯洁的七仙人。(18)十车王通体闪耀神光，也乘着一辆由天鹅驾驭的、富丽堂皇的飞车来到。(19)空中布满众天神和

健达缚，犹如秋天的夜空群星璀璨。（20）

吉祥有福、美名远扬的毗提诃公主悉多起身，当着众人的面，对胸膛宽阔的罗摩说道：（21）"王子啊！我不生你的气，我知道女人和男人应有的行为。请你听我说！（22）风不停地运动，存在于一切生物之中，如果我行为有罪，它会让风抛弃我的生命！（23）如果我行为有罪，让火、水、空、地和风抛弃我的生命！"（24）

这时，空中传来圣洁的话音，四面八方都能听清，灵魂高尚的猴子们听了满心喜欢。（25）

风神说：

喂！罗怙后裔啊！我是不停地运动的风。弥提罗公主清白无辜，国王啊！你和妻子团聚吧！（26）

火神说：

竭枸蹉后裔啊！我存在于一切众生体内，罗怙后裔啊！弥提罗公主甚至没有犯下最微小的过失。（27）

伐楼拿说：

罗怙后裔啊！一切生物的体液源自我。我对你说，你接回弥提罗公主吧！（28）

梵天说：

孩子啊！你遵循王仙的正法，走善人的正道，产生这样想法不奇怪，但你听我说！（29）英雄啊！天神、健达缚、蛇类、药叉、檀那婆和大仙们的仇敌罗波那被你杀死。（30）从前，他得到我的恩惠，一切众生不能杀死他。事出有因，这个恶魔在一段时期内没有得到惩罚。（31）这个灵魂邪恶的罗刹也是自己找死，偏偏劫走悉多。而我利用那罗俱波罗的诅咒保护了悉多。（32）罗波那从前受到诅咒，如果他强行蹂躏不顺从他的女子，他的身子顿时会碎成百块。（33）大光辉的人啊！不要怀疑了，接回你的妻子吧！天神般的人啊！你完成了天神们的伟大使命。（34）

十车王说：

孩子啊！我是你的父亲十车王。我为你高兴，祝你幸福！人中俊杰啊！我现在表示同意，回去治理王国吧！（35）

罗摩说：

王中因陀罗啊！如果您是我的父亲，我这里向您致敬。我将遵照

533

您的命令，回到美丽的阿逾陀城。(36)

摩根德耶说：

人主啊！父亲十车王很高兴，又对罗摩说了一遍："去吧！眼角发红的罗摩啊！去统治阿逾陀城吧！"(37)

然后，罗摩向众天神致敬，又接受朋友们的祝贺，与妻子悉多团聚，就像因陀罗大神与妻子宝罗密团聚。(38)折磨敌人的罗摩赐给阿檠底耶恩惠，也赐给罗刹女特哩竭吒钱财，并向她致敬。(39)

在以因陀罗为首的众天神围绕下，梵天又对罗摩说道："憍萨厘雅之子啊！你想要我赐给你一些什么恩惠？"(40)罗摩一选择立足正法，二选择战胜敌人，三选择被罗刹们杀死的猴子们复活。(41)梵天说道："好吧！"大王啊！梵天的话一出口，猴子们死而复生，恢复知觉。(42)

大福大德的悉多也赐给哈奴曼恩惠："孩子啊！你的生命将与罗摩的名声同在。(43)红眼哈奴曼啊！由于我的恩惠，你将永远享受天国的美味。"(44)

就在这些做事不知疲倦的人们眼前，以因陀罗为首的众天神隐身离去。(45)

看到罗摩和悉多团聚，因陀罗的御者摩多梨无比高兴，当着朋友们的面，说道：(46)"以真理为勇气的人啊！你为天神、健达缚、药叉、人、阿修罗和蛇族解除了痛苦。(47)只要大地存在，包括天神、阿修罗、健达缚、药叉、罗刹和蛇族在内，众生将永远传颂你的美名。"(48)说完，摩多梨向优秀的武士罗摩行礼告别，登上灿若太阳的车子离去。(49)

随后，罗摩和罗什曼那，让悉多在前，带着以妙项为首的所有猴子，(50)安排好楞伽城的防务，让维毗舍那在前，再次通过那座桥，渡过大海。(51)正像一位国王由大臣们簇拥着，罗摩乘坐能在空中随意飞行的、光辉灿烂的云车补沙钵戈。(52)

到达海边，以法为魂的国王罗摩就在他曾经宿营的地方，和所有的猴子们一起住下。(53)到了适当的时候，罗摩召集他们，向他们致敬，赐给他们很多珠宝，遣散他们。(54)

猴王们、牛尾猴们和熊罴们离去后，罗摩和猴王妙项一起返回积私紧陀。(55)罗摩带着猴王妙项和维毗舍那,在云车补沙钵戈上,向毗提诃公主悉多展示森林美景。(56)到了积私紧陀,优秀的武士罗摩为功绩卓著的鸯伽陀举行灌顶礼,立他为猴国储王。(57)

然后,罗摩和罗什曼那带着他们,由来时走的那条路,返回自己的京城。(58)到了京城阿逾陀,国王罗摩派哈奴曼作为使者去见婆罗多。(59)

风神之子哈奴曼观察婆罗多的表现后,向他报告好消息,然后返回,罗摩这才前往难提羯罗摩村。(60)他看见婆罗多穿着树皮衣,满身污垢,坐在那里,把罗摩的鞋子供放在自己的座位前面。(61)婆罗多族雄牛啊!英雄的罗摩和罗什曼那,与婆罗多和设睹卢祇那相会,非常高兴。(62)婆罗多和设睹卢祇那见到兄长,又见到毗提诃公主悉多,欣喜万分。(63)婆罗多无限快乐,把王国交还归来的罗摩,就像交还一件由他妥善保存的东西。(64)

在毗湿奴星宿高升的吉日良辰,极裕仙人和缚摩提婆仙人为罗摩举行灌顶礼。(65)灌顶礼后,罗摩让杰出的猴王妙项和补罗私底耶后裔维毗舍那回家。(66)他送给他俩各种各样的珠宝,他俩高兴满意。他尽到了一切责任,难舍难分地送他俩上路。(67)罗怙后裔罗摩又向云车补沙钵戈敬拜,高兴地把它送还财神俱比罗。(68)

后来,罗摩和众神仙在戈摩蒂河边,顺利地举行了十次马祭,慷慨布施。(69)

以上是吉祥的《摩诃婆罗多》中《森林篇》第二百七十五章(275)。

二七六

摩根德耶说:

大臂者啊!就是这样,从前,无限光辉的罗摩遭遇极大的不幸,住在林中。(1)别发愁,人中之虎啊!你是刹帝利,折磨敌人者啊!走在依靠臂力、点燃决心的路上。(2)你并没有犯下哪怕最微小的过失。走在这样的路上,甚至包括因陀罗在内的天神和阿修罗都会绝望。(3)手持金刚杵的因陀罗和摩录多们一起,杀死弗栗多、难以制服的那牟吉和长舌罗刹女。(4)只要有助手,在这世上,任何目的都能达到。有了弟弟阿周那,在战斗中怎么会不取胜? (5)优秀的力士怖军英勇可怕,玛德利的双生子是两位年轻的大弓箭手,折磨敌人者啊!有他们这些助手,你为什么还要绝望? (6)他们甚至可以战胜手持金刚杵的因陀罗的军队和摩录多们,婆罗多族雄牛啊!有了这些貌若天神的大弓箭手做助手,你将在战斗中战胜一切敌人。(7)

你看,灵魂邪恶的信度王醉心于自己的勇力,强行劫走黑公主德罗波蒂。(8)你的灵魂高尚的弟弟们救回黑公主,完成难以完成的事业,战胜和降服胜车王。(9)罗摩没有助手,在战斗中杀死英勇可怕的十首罗刹,救回毗提诃公主悉多。(10)猴子们和黑面熊黑们是他的盟友,属于另一类生物,国王啊!你运用智慧好好想想吧!(11)因此,俱卢族之虎啊!别发愁,婆罗多族雄牛啊!像你这样灵魂高尚的人不用发愁,折磨敌人者啊!(12)

护民子说:

聪明睿智的摩根德耶这样安慰他,坚战王精神振奋,摒弃痛苦,又说道。(13)

以上是吉祥的《摩诃婆罗多》中《森林篇》第二百七十六章(276)。

二七七

坚战说:

我为我自己,为这些弟弟,为王国被夺走,大牟尼啊!都不像为这位木柱王之女(德罗波蒂)这样悲伤。(1)在掷骰子中,我们遭到那些恶人欺凌,是这位黑公主救了我们。而她却再次被胜车王强行从林中劫走。(2)你可曾见到或听说有哪位女子,忠于丈夫,大福大德,像这位木柱王之女?(3)

摩根德耶说:

坚战王啊!请听莎维德丽公主怎样获得名门淑女的一切福德。(4)在摩德罗人中有一位国王,以法为魂,遵行至高正法,尊敬婆罗门,庇护众生,信守誓言,控制感官。(5)这位国王名叫马主,举行祭祀，慷慨布施，精明能干，一心为一切众生谋利益，受到城乡居民爱戴。（6）他宽容大度，言而有信，制服感官，却没有子嗣，随着年龄增长，心生忧虑。（7）为了求取子嗣，他奉守严厉的戒律，饮食定时限量，修习梵行，调伏感官。（8）他念诵莎维德丽颂诗①，向祭火供奉祭品十万次，王中俊杰啊！每天只在第六时辰少量进食。（9）

他这样奉守戒律整整十八年。在十八年期满之时，国王啊！莎维德丽感到满意，向这位国王现身。（10）这位赐人恩惠的女神满怀喜悦，从祭火中升起，对国王说道：（11）"你修习纯洁的梵行，克制自我，奉守戒律，全心全意崇拜我，国王啊！令我满意。（12）你依照自己的心愿选择一个恩惠吧，摩德罗王马主啊！你无论如何都不要疏忽正法。"（13）

马主说：

我为履行正法而求取子嗣，女神啊！但愿我有许多儿子延续家族。（14）如果你对我满意，女神啊！我选择这个愿望，因为众婆罗门对我说："传宗接代是最高的正法。"（15）

莎维德丽说：

我早就知道你的意图，国王啊！为了你，我和老祖宗（梵天）说过你求取儿子的事。（16）由于自生神（梵天）的恩惠，善人啊！一个光辉的女孩很快就会降生大地。（17）你不必作出任何回答，因为我对你满意，奉老祖宗之命告诉你。（18）

摩根德耶说：

国王同意莎维德丽的话，说道："好吧！"但又恳求道："但愿尽快实现。"（19）莎维德丽隐身消失后，国王返回自己的家。他高兴地住在自己的王国，依法保护民众。（20）过了一些日子，恪守誓言的国王让遵行正法的大王后怀上身孕。（21）玛罗维公主腹中的胎儿渐渐长大，如同白半月空中的月亮，婆罗多族雄牛啊！（22）到了分娩时刻，生下一个眼似莲花的女孩，国王高兴地为她举行各种仪式。（23）由于念诵莎维德丽颂诗祭供，莎维德丽女神感到高兴而赐给

---

① 莎维德丽颂诗是《梨俱吠陀》中一首赞美太阳神的著名颂诗。莎维德丽也是一位女神的名字。

这个女孩,众婆罗门和父王为她取名莎维德丽。(24)这位公主渐渐长大,如同吉祥天女现身。时光荏苒,这个女孩到达青春妙龄。(25)人们看到她细腰丰臀,宛如一座金像,思忖道:"这女子是天女下凡。"(26)眼睛如同莲花瓣,光辉如同闪耀的火焰,没有人前来求娶她,因为都被这光辉挡住。(27)

在一个朔望日,她进行斋戒,梳洗头发,前去敬拜天神,嘱托众婆罗门按照仪式供奉祭火。(28)然后,她拿着剩余的须曼花来到灵魂高尚的父亲身旁,犹如吉祥天女现身。(29)这位丰臀女子向父亲行触足礼,献上那些须曼花,然后双手合十,站在父王身旁。(30)看到自己的女儿已是青春妙龄,貌若天仙,却无人求娶,国王心里难过。(31)

国王说:

女儿啊!你已经到了出嫁年龄,却没有人来向我求亲。你就自己去寻找一个品德与你相配的夫君吧!(32)你找到意中人,要来告诉我。我经过考察,就会把你嫁出去。你去挑选如意郎君吧!(33)我听过婆罗门吟诵法典,贤女啊!听我说给你听:(34)"不嫁女儿的父亲应受责备,不接近妻子的丈夫应受责备,不照顾寡母的儿子应受责备。"(35)听了我的这些话,你快去寻找丈夫。你要这样做,不要让我受神灵责备。(36)

摩根德耶说:

他对女儿说完这些话,指派一些老臣陪随她,催促道:"动身吧!"(37)这位机敏的女子仿佛羞涩地向父亲行过触足礼,听从父亲的话,立即出发。(38)她登上金车,在老臣们陪伴下,前往王仙们可爱的苦行林。(39)她向那些尊敬的长者行触足礼,孩子啊!依次造访一切苦行林。(40)公主在每个圣地向优秀的婆罗门施舍钱财,就这样前往一个又一个地方。(41)

上是吉祥的《摩诃婆罗多》中《森林篇》第二百七十七章(277)。

二七八

摩根德耶说：

此后，摩德罗王接待来访的那罗陀，坐在会堂里一起交谈，婆罗多后裔啊！（1）而莎维德丽已经访遍圣地和净修林，与老臣们一起回到父亲宫中。（2）美丽的公主看到父亲和那罗陀坐在一起，便低头向他俩行触足礼。（3）

那罗陀说：

你的女儿去了何处？又从哪里回来？国王啊！你为何不为这个青春女子找个丈夫？（4）

马主说：

正是为了这件事，我派她出去，今天才回来。神仙啊！听她说说选了哪个夫婿？（5）

摩根德耶说：

父亲催促道："详细说说吧！"美丽的公主如同听从神灵的话，开口说道：（6）"沙鲁瓦国王是位以法为魂的刹帝利，名叫耀军，后来成了瞎子。（7）这位睿智的国王双目失明，儿子年幼，邻国昔日仇敌趁此机会夺走他的王国。（8）他携带幼子和妻子定居林中。即使住在大森林中，他也奉守大誓愿，修炼苦行。（9）他的儿子萨谛梵生在城市，长在苦行林。我心中选定这位与我相配的丈夫。"（10）

那罗陀说：

哎呀！莎维德丽犯了一个大错，国王啊！她出于无知，选了这位有德的萨谛梵。（11）他的父亲说话诚实，他的母亲说话也诚实，因此，众婆罗门为他取名萨谛梵①。（12）他从小喜欢马，用泥土塑马，用笔画马，因此，又得名"画马"。（13）

国王说：

王子萨谛梵如今是否有威力或有智慧，是否宽容或勇敢，令国王

---

① 萨谛梵的意思是诚实。

喜欢？（14）

那罗陀说：

他像毗婆薮①一样有威力，像毗诃波提②一样有智慧，像伟大的因陀罗一样勇敢，像大地一样宽容。（15）

马主说：

王子萨谛梵是否布施或尊敬婆罗门，是否英俊、高贵或相貌可爱？（16）

那罗陀说：

他像商讫利提之子兰迪提婆一样尽力施舍，像优湿那罗之子尸毗一样尊敬婆罗门，言而有信。（17）耀军之子（萨谛梵）勇武有力，像迅行王一样高贵，像苏摩③一样相貌可爱，像双马童那样英俊。（18）他柔顺，温和，勇敢，诚实，控制感官，友善，不妒忌，知廉耻，有毅力。（19）总而言之，苦行和德行高深的人们称赞他永远正直，永远坚定。（20）

马主说：

你说了他具备的所有品德，尊者啊！如果他有什么缺点，也请你告诉我。（21）

那罗陀说：

他只有一个缺点，别无其他。从今天算起，萨谛梵的寿命还有一年，到时候就会舍弃身体。（22）

国王说：

莎维德丽啊！你去选择另一个人吧，贤女啊！他的这个缺点太严重，抵消了他的那些品德。（23）尊者那罗陀受到众天神敬重。正像他对我说的那样，萨谛梵短命，过完这一年就会舍弃身体。（24）

莎维德丽说：

分家只能一次，嫁女只能一次，说出"我给"只能一次，这三种只能一次。（25）无论他短命还是长寿，有德还是无德，我只能选一次丈夫，不能再选第二人。（26）心中做出决定，语言加以确认，然

---

① 毗婆薮是太阳神。
② 毗诃波提是天国祭司。
③ 苏摩是月亮神。

后付诸行动,我由我的心做主。(27)

那罗陀说:

你的女儿莎维德丽思想坚定,人中俊杰啊!无论如何也不会背离正法。(28)而任何人都不具备萨谛梵的品德,因此,我也赞成把你的女儿嫁给他。(29)

国王说:

你的话不可怀疑,句句在理,因为你是我的老师,我会照你说的去做。(30)

那罗陀说:

但愿你的女儿莎维德丽的婚事顺利!我就要离开了,祝你们大家平安吉祥!(31)

摩根德耶说:

这样说完,那罗陀升入空中,前往天国。而国王吩咐为女儿的婚礼做好一切准备。(32)

上是吉祥的《摩诃婆罗多》中《森林篇》第二百七十八章(278)。

二七九

摩根德耶说:

此后,国王操心嫁女之事,置办所有结婚用品。(1)然后,召集所有年老的婆罗门、大祭司和家庭祭司,选取一个吉日,和女儿一起出发。(2)国王前往圣洁的森林,到达耀军的净修林,与婆罗门一起徒步走近这位王仙。(3)他看到这位大福大德的国王双目失明,坐在婆罗树旁的拘舍草垫上。(4)国王依礼向这位王仙致敬,以得体的语言通报自己。(5)王仙通晓正法,赐给国王水、座位和一头牛,并询问道:"你为何而来?"(6)他把来意和盘托出,告诉他与萨谛梵有关的一切想法。(7)

马主说:

我的这个美丽的女儿名叫莎维德丽,通晓正法的王仙啊!请你依照正法接受她为儿媳。(8)

耀军说：

我们失去王国，住在林中，遵行正法，约束自我，成了苦行者。你的女儿不适合住在林中。她怎么能忍受净修林中的艰难困苦？（9）

马主说：

女儿和我都明白，快乐和痛苦忽有忽无。因而，这些话对我不起作用，国王啊！我是下了决心，才来到你这里。（10）你不应该破灭我的希望。我出于友情和礼貌，怀着爱意来到这里，你不能拒绝我。（11）我和你联姻，互相匹配。请你接受我的女儿为儿媳，让她成为萨谛梵的妻子。（12）

耀军说：

从前我也曾想到和你联姻，但考虑到我已经失去王国，便犹豫不决。（13）这正是我以前心中向往的事，那就让它在今天实现吧！因为你是我盼望中的客人。（14）

摩根德耶说：

于是，两位国王召集所有住在净修林中的婆罗门，让他们按照仪式举办婚礼。（15）马主嫁出了女儿，也赠送了足够的嫁妆，满怀喜悦，返回自己的住处。（16）萨谛梵获得了品德齐全的妻子，莎维德丽获得了称心的丈夫，也高兴满意。（17）在父亲回去后，她卸下身上所有的装饰品，换上树皮衣和赤褐袈裟。（18）她凭着殷勤、谦恭、自制和顺遂人意，博得人人喜欢。（19）她关心婆婆的身体和衣食起居，对公公恭敬如神，言语得体。（20）她说话可爱，聪明能干，性情平和，私下里温顺体贴，令丈夫满意。（21）

就这样，他们住在净修林中修炼苦行，度过了一段时间，婆罗多后裔啊！（22）而莎维德丽日日夜夜坐卧不安，那罗陀说过的话始终萦绕在心头。（23）

以上是吉祥的《摩诃婆罗多》中《森林篇》第二百七十九章（279）。

二八〇

摩根德耶说：

这样，时间一天天过去，终于到了萨谛梵死去的期限，国王啊！（1）那罗陀说过的话始终牢记在心，莎维德丽数着逝去的每一天。（2）这位光辉的女子想到丈夫在此后第四天就要死去，就立下"三夜斋"的誓愿，白天和黑夜都站着。（3）听说儿媳实行艰难的斋戒，国王心里难过，起身劝慰莎维德丽，说道：（4）"公主啊！你立下的誓愿过于严厉，因为要坚持三夜，实在太艰难。"（5）

莎维德丽说：

公公啊！你不要焦急，我会完成这个誓愿。我已下定决心这样做，因为决心就是保证。（6）

耀军说：

我决不能对你说："放弃誓愿吧！"像我这样的人只能对你说："祝愿你完成誓愿！"（7）

摩根德耶说：

思想高尚的耀军说完这些话，也就住口。莎维德丽站着实行斋戒，形同一根木柴。（8）丈夫明天就要死去，莎维德丽满怀痛苦，站着度过一夜，婆罗多族雄牛啊！（9）想到今天就是这个日子；她向燃烧的祭火供奉祭品，在太阳只升到四腕尺高时，就已经完成晨祷仪式。（10）然后，她依次向所有老婆罗门、婆婆和公公行礼致敬，双手合十，侍立一旁。（11）所有住在苦行林中的苦行者祝福莎维德丽幸福吉祥，永不守寡。（12）莎维德丽陷入沉思，心中接受所有苦行者说的话，心想："但愿如此。"（13）这位公主等待这个时刻，心里想着那罗陀所说的话，充满痛苦。（14）而公公婆婆对站在一旁的这位公主，高兴地说了这些话，婆罗多族俊杰啊！（15）

公公婆婆说：

你已经完成你立下的誓愿，现在到了吃饭时间，你赶快吃饭吧！（16）

莎维德丽说：

等到太阳落山，我了却心愿就吃饭。这是我心中的意愿和誓约。（17）

摩根德耶说：

正当莎维德丽说着关于吃饭的事，萨谛梵将斧头扛在肩上，抬步前往树林。（18）莎维德丽对丈夫说道："你不能一个人去。我要和你

一起去，因为我不能离开你。"（19）

萨谛梵说：

你以前没有去过树林，贤妻啊！况且你实行斋戒誓愿，身体虚弱，怎么能徒步前行？（20）

莎维德丽说：

我实行斋戒，不感到疲乏，也不感到劳累。我决心要去，你不要阻拦我。（21）

萨谛梵说：

如果你决心要去，我会顺遂你心愿。但是，你去和两位老人商量一下吧！不要让我犯错误。（22）

摩根德耶说：

这位严守誓愿的女子对公公和婆婆说道："我的丈夫要去大树林中采集果子。（23）我请求公公和婆婆允许我和他一起去，因为我不能与他分离。（24）你的儿子为了供养父母和祭火而去树林，不能加以阻拦。如果为了别的事，就可以阻拦。（25）我来到这里将近一年，从没有离开过净修林。我好奇心切，想要看看鲜花盛开的树林。（26）

耀军说：

自从莎维德丽由她父亲送给我做儿媳以来，我不记得她提出过任何请求。（27）就让这位新娘的心愿获得满足吧！儿媳啊！你一路上要留心萨谛梵。（28）

摩根德耶说：

声誉卓著的莎维德丽得到两位老人允许，与丈夫一起出发。她脸上仿佛露出笑容，但心中愁苦万分。（29）这位大眼女子看到四周的树林美丽可爱，回响着孔雀鸣叫声。（30）萨谛梵以甜蜜的话音对莎维德丽说道："看啊！这些水流纯净的河流，这些鲜花盛开的高山。"（31）无可指摘的女子仔细观察丈夫的一切举动。她此刻想着仙人的话，认为他已经死去。（32）她轻轻地迈着脚步，跟着丈夫前行。她等待着那个时刻,心儿仿佛裂成两半。（33）

以上是吉祥的《摩诃婆罗多》中《森林篇》第二百八十章(280)。

二八一

摩根德耶说:

英勇的萨谛梵和妻子一起采集果子,装满袋子,然后砍伐木柴。(1)他砍伐木柴时,身上冒汗。由于劳累,他感到头痛。(2)他疲惫不堪,走近可爱的妻子,说道:"我很累,感到头痛。(3)我的肢体和心仿佛在发烧,莎维德丽啊!我感到自己好像得病了,言语适当的人啊!(4)我感到好像许多尖叉扎进我的头,贤妻啊!我站不住了,想要躺下睡一会儿。"(5)莎维德丽上前抱住丈夫,把他的头放在自己怀里,随势坐在地上。(6)

然后,这位苦行女想着那罗陀的话,计算着这天的一时一刻一刹那。(7)忽然间,她看见一个人身穿黄衣,头戴顶冠,相貌堂堂,光辉如同太阳。(8)黑皮肤,红眼睛,手持套索,令人恐惧,站在萨谛梵身旁,紧盯着他。(9)看到这个人,她连忙将丈夫的头轻轻放下,站起身来,双手合十,心儿颤抖,痛苦地说道:(10)"我知道你是天神,因为你的形貌不像凡人。如果你愿意,请你告诉我,天神啊!你是谁?你想做什么?"(11)

阎摩说:

莎维德丽啊!你忠于丈夫,又具备苦行,因此,我告诉你,贤女啊!你要知道,我是阎摩。(12)你的丈夫萨谛梵王子寿命已尽,我要用套索系走他。你要知道,这就是我要做的事。(13)

摩根德耶说:

尊敬的祖先之王向她讲述了自己要做的事之后,为了讨她喜欢,又如实说明一切:(14)"这个人遵行正法,相貌英俊,美德深广似海,我不能派手下人来带走他,因此,我亲自前来。"(15)然后,阎摩从萨谛梵的身体中,用力牵出一个系上套索的、拇指大的小人儿。(16)这样,生命抽走,呼吸停止,神采消失,身体僵直,变得难看。(17)就这样,阎摩系着他,朝南走去。莎维德丽痛苦不堪,跟着阎摩走去。这位大福大德的女子忠于丈夫,恪守誓愿,卓有成

545

就。（18）

阎摩说：

回去吧！莎维德丽啊！你去收拾尸体，完成葬礼吧！你已经为丈夫尽了应尽的义务，你已经履行了应履行的责任。（19）

莎维德丽说：

不论我的丈夫被带到哪里，不论他自己去哪里，我也应该去哪里，这是永恒的正法。（20）凭借我的苦行、尊敬长辈、热爱丈夫和严守誓愿，也凭借你的恩惠，我的行程不会受到阻碍。（21）洞悉真谛的智者们说同行七步就成朋友。以友情为重，请听我告诉你一些话：（22）"灵魂不完善的人不能在林中居住、劳作和遵行正法。智者们宣讲正法。因此，善人们说正法是根本。（23）善人们赞同的一种正法，所有的人都遵行。我不想要第二种，也不想要第三种。因此，善人们说正法是根本。"（24）

阎摩说：

回去吧！你的话语令我满意，词音清晰又有理。除了他的生命之外，你选择一个恩惠吧！我赐给你任何恩惠，无可指摘的女子啊！（25）

莎维德丽说：

我的公公失去王国，居住林中，双目失明，但愿凭借你的恩惠，净修林中这位国王恢复视力，强壮有力，灿若火焰和太阳。（26）

阎摩说：

我赐给你任何恩惠，无可指摘的女子啊！将来就会像你说的那样。看来你一路行走已疲乏，回去吧！不必再劳累。（27）

莎维德丽说：

我在丈夫身边，怎么会疲乏？我的丈夫去哪里，我也肯定去哪里。你把我的丈夫带到哪里，我也会跟到哪里。请你再听我说几句，神主啊！（28）与善人交往一次，也是人们向往的至高幸事。与善人交朋友更是如此。与善人交往不会没有功果，因此，应该与善人们生活在一起。（29）

阎摩说：

你对我说的话句句有益，合人心意，增长智者的智慧，美丽的女

子啊！除了萨谛梵的生命，你再选择第二个恩惠吧！（30）

莎维德丽说：

我的睿智的公公被人夺走王国，但愿这位国王恢复自己的王国，这样，他老人家就不会背离自己的正法。这便是我选择的第二个恩惠。（31）

阎摩说：

这位国王不久就会恢复自己的王国，也就不会背离自己的正法，公主啊！我已经满足你的心愿，回去吧！不必再劳累。（32）

莎维德丽说：

你用法则制伏众生，制伏他们后，就毫不留情地带走他们，因此，天神啊！你以制伏力闻名于世。请你听我告诉你这些话：（33）"在行动、思想和语言上，对一切众生不怀敌意，赐予恩惠，慷慨布施，这是善人们永恒的正法。（34）这个世界普遍如此，人人都尽力而为。然而，善人对于前来求助的人，即使是敌人，也怜悯同情。"（35）

阎摩说：

听了你说的这些话，犹如口渴的人喝到水，贤女啊！如果你愿意，除了萨谛梵的生命之外，你再选择一个恩惠吧！（36）

莎维德丽说：

我的父王没有子嗣，但愿他得到一百个亲生儿子，让他们延续家族。这是我选择的第三个恩惠。（37）

阎摩说：

你的父亲会有一百个英勇的儿子延续家族，贤女啊！你的心愿已经得到满足，公主啊！回去吧！你的路已经走得很远。（38）

莎维德丽说：

在丈夫身边，我不会觉得远，因为我的思想跑得更远。你就一边走着，一边再听我说这些话：（39）"你是毗婆薮的儿子，威武有力，因而智者称你为毗婆薮之子。众生热爱平静和正法，天神啊！由此，你成为法王。（40）相信自己比不上相信善人，因此，所有的人都愿意亲近善人。（41）一切众生的信心都产生于友善，因此，人们都特别信任善人。（42）

阎摩说：

美丽的女子啊！你说的这些话，我没有听别人说过，令我满意。除了萨谛梵的生命之外，你就选择第四个恩惠，然后回去吧！（43）

莎维德丽说：

但愿我和萨谛梵有一百个亲生儿子，勇武有力，让他们延续家族。这就是我选择的第四个恩惠。（44）

阎摩说：

你会有一百个勇武有力的儿子，令你喜欢，柔弱的女子啊！不要过于劳累，回去吧！公主啊！你的路已经走得很远。（45）

莎维德丽说：

善人永远遵行正法，善人不会沮丧，不会动摇，善人与善人交往不会没有功果，善人与善人之间不会产生疑惧。（46）善人凭借真理引导太阳，善人凭借苦行支撑大地，善人是过去和未来之路，大王啊！善人在善人中间不会意志消沉。（47）知道这是高尚的人们遵行的生活方式，善人永远为他人谋利益，而不求回报。（48）在善人中，恩惠不会落空，利益和荣誉不会毁灭。这些在善人中恒定不变，因此，善人成为保护者。（49）

阎摩说：

你每次说的话都符合正法，合人心意，言词优美，含义深远，以致我对你无上崇敬，严守誓愿的女子啊！你就再选择一个无与伦比的恩惠吧！（50）

莎维德丽说：

你这次没有像在其他恩惠中那样设置无效的例外，赐予荣誉者啊！我就选择这个恩惠，但愿萨谛梵复活，因为我失去丈夫，形同死亡。（51）失去丈夫，我不再希罕幸福；失去丈夫，我不再希罕天国；失去丈夫，我不再希罕富贵；失去丈夫，我没有决心再活。（52）你已经赐给我恩惠，让我有一百个儿子，而你又夺走我的丈夫。我选择这个恩惠，但愿萨谛梵复活。这样，你的话也就成为真话。（53）

摩根德耶说：

说了一声"好吧！"毗婆薮之子法王阎摩松开套索，满怀喜悦，对莎维德丽说道：（54）"贤女啊！我放了你的丈夫，为家族增添欢乐的女子啊！你带他回去，从此他安然无恙，事事成功。（55）他和你都会活到四百岁，举行祭祀，遵行正法，在世上享有美名。（56）你和萨谛梵会生下一百个儿子，子子孙孙都是刹帝利国王。在这世上，你的名字将永垂千秋。（57）你的父亲和母亲玛罗维也会生下一百个儿子，统称摩罗婆族，子子孙孙绵延不绝。他们成为你的弟弟，个个都是刹帝利，如同三十三天神。"（58）

威武的法王赐给莎维德丽这个恩惠，请她回去，然后，他返回自己的住处。（59）这样，莎维德丽重新获得丈夫。在阎摩走后，她回到丈夫的尸体那里。（60）她看到躺在地上的丈夫，上前抱起他，把他的头放在自己的怀里，坐在地上。（61）萨谛梵恢复知觉，仿佛出游归来，怀着爱意久久凝视，对莎维德丽说道。（62）

萨谛梵说：

哎呀！我睡了这么久，你怎么不唤醒我？那个皮肤黝黑的人拖走我，他现在在哪里？（63）

莎维德丽说：

你在我的怀中睡了这么久，人中雄牛啊！控制众生的尊神阎摩已经走了。（64）你已经解除疲劳，大福大德的人啊！你已经睡醒过来，王子啊！如果可以，你就站起来吧！你看，夜已很深。（65）

摩根德耶说：

萨谛梵恢复知觉，仿佛舒舒服服睡了一觉，站起身来，向树林四周望了望，说道：（66）"我和你一起出来采集果子，细腰女啊！后来在砍伐木柴时，我头痛欲裂。（67）我头痛发烧，站立不住，于是睡在你的怀中，贤妻啊！我记得这一切。（68）就在你的怀中，我失去知觉，昏昏睡去。然后，我看到可怕的黑暗和一个大光辉的人。（69）如果你知道，就告诉我是怎么一回事？细腰女啊！我看到的是梦境，还是真事？"（70）

莎维德丽回答说："夜已很深，王子啊！明天我会把一切都如实告诉你。（71）起来吧！祝你幸运！起来吧！去看你的父母，信守誓言的人啊！夜已很深，太阳沉没。（72）夜行者游荡，兴奋活跃，发出可怕的叫声。还听到林中树叶沙沙声和动物行走声。（73）在西南方向，那些凶猛的豺狼发出恐怖的嗥叫，使我心惊胆战。"（74）

萨谛梵说：

树林笼罩在可怕的黑暗中，充满恐怖。你认不清路，不能行走。（75）

莎维德丽说：

今天在这树林中，一棵枯树着火，火焰随风摇曳，照亮这处和那处。（76）我去把火取来，点火照亮四周。这里有许多木柴，请你不要焦急。（77）你看上去还有病容，况且树林笼罩在黑暗中，你认不清路。如果你不能行走，（78）等明天天亮，看得清树林，征得你同意，我俩再动身，无辜的人啊！如果你愿意，我俩就在这里住一夜。（79）

萨谛梵说：

我头痛已经停止，肢体感到轻松。蒙受你的恩惠，我想要与父母团聚。（80）以前没有哪一次我不按时返回净修林。黄昏尚未来临，母亲就会阻止我出去。（81）就是在白天出去，双亲也会为我担心。父亲会和净修林居民一起寻找我。（82）以前有过好多次，父母双亲焦虑万分，责备我回家太迟。（83）我寻思此刻双亲为了我，不知处在什么情况？他俩看不到我，肯定痛苦万分。（84）两位老人深爱我，以前有过好多次，愁苦万分，在夜里流着眼泪对我说：（85）"失去了你，我们一刻也活不下去，儿子啊！只要有你在，我们肯定能活下去。（86）你是两位瞎眼老人的拐杖。家族世系依靠你，我俩的祭祖饭团、名声和传宗接代依靠你。"（87）

我确实是年迈的父母双亲的拐杖。他俩在夜里见不到我，会处在什么情况？（88）我痛恨睡这一觉，害得我的父亲和无辜的母亲为我担忧，心生疑惧。（89）我也心生疑惧，陷入困境。如果失去父母双亲，我也不愿意再活着。（90）我的父亲以智慧为眼睛，此时此刻肯定理智混乱，会一个一个问遍净修林居民。（91）贤妻啊！我为自己忧伤，不及为父亲和衰弱无力、依从丈夫的母亲忧伤。（92）此刻他俩必定为我忧心如焚。他俩活着，我才活着。他俩得靠我维生。我活着就是要让他俩高兴愉快。（93）

摩根德耶说：

他以法为魂，孝敬长辈，这样说罢，举起双臂，痛苦难忍，放声大哭。(94)看到丈夫忧愁憔悴，遵行正法的莎维德丽为他擦拭眼泪，说道：(95)"如果我确实修苦行、确实施舍、确实祭供，但愿我的公公、婆婆和丈夫今夜平安。(96)我不记得我以前说过谎，哪怕是在说笑中。凭着这种真诚，但愿我的公公婆婆今夜平安。"(97)

萨谛梵说：

我想见到父母，莎维德丽啊！走吧，别耽搁！如果我发现父母已经出了什么差错，美臀女啊！我以我自己发誓，我就不想活了。(98)如果你注重正法，如果你想让我活着，如果你要让我高兴，那就返回净修林吧！(99)

摩根德耶说：

美丽的莎维德丽站起身，拢了拢头发，用双臂抱住丈夫，扶起他。(100)萨谛梵站起来后，用手擦擦肢体，环顾四周，看到那个袋子。(101)莎维德丽对他说道："你明天来取这些果子。为了安全起见，我来拿这斧子。"(102)她把那个袋子挂在树枝上，然后，拿起那把斧子，回到丈夫身边。(103)这位美臀女让丈夫的左臂搭在自己左肩上，随即用右臂抱住他，缓步前行。(104)

萨谛梵说：

我经常行走熟悉路，胆怯的女子啊！凭借映照林间的月光能认出。(105)贤妻啊！就沿着这条我们前来采集果子的原路往回走吧，不必犹豫。(106)到了波罗沙树丛，这条路分叉，要走北边那条路。你加快步子吧！我身体轻松有力气，想要见到父母双亲。(107)

摩根德耶说：

这样说着，他加快速度，走向净修林。(108)

以上是吉祥的《摩诃婆罗多》中《森林篇》第二百八十一章(281)。

<h1 style="text-align:center">二八二</h1>

摩根德耶说：

就在这时，耀军在大树林中双目复明。他满怀喜悦，凭眼睛看到一切。(1)他和妻子尸毗耶一起，走遍所有净修林，寻找儿子，痛苦至极，人中雄牛啊！（2）夫妻俩走遍所有净修林、河边、树林和湖边，四处寻找儿子。（3）听到一点儿声音，就猜想是儿子，抬头赶向前去，心想萨谛梵和莎维德丽一起回来了。（4）他俩像疯人一样东奔西跑，双脚受伤裂开，创口流血，肢体被拘舍草尖和荆棘刺破。（5）

然后，净修林中所有的婆罗门赶来，围着劝慰他俩，将他俩带回自己的净修林。（6）在净修林里，这些以苦行为财富的老人围在他俩身边，用古代国王的种种传奇故事安慰他俩。（7）两位老人安静下来后，又渴望见到儿子。他俩回想起儿子幼年的情景，痛苦不堪。（8）他俩忧愁憔悴，又一次放声哭泣，发出悲诉："哎呀，儿子啊！你在哪里？哎呀，好儿媳啊！你在哪里？"（9）

苏伐尔遮说：
他的妻子莎维德丽修苦行，能自制，有品行，因此，萨谛梵一定活着。（10）

乔答摩说：
我诵习吠陀和吠陀支，积累了大量苦行，又从小修习梵行，老师们和祭火都对我满意。（11）我专心奉守一切誓愿，经常实行斋戒，饮风维生，行善积德。（12）凭借这种苦行，我知道他人心中的一切想法。你要知道这是真话，萨谛梵还活着。（13）

学生说：
我的老师口中说出的话从不虚妄不实，因此，萨谛梵还活着。（14）

众仙人说：
他的妻子莎维德丽具备不会守寡的一切吉相，因此，萨谛梵一定活着。（15）

跋罗堕遮说：
他的妻子修苦行，能自制，有品行，因此，萨谛梵一定活着。（16）

达尔毗耶说：
你已经双目复明，而莎维德丽完成誓愿，临走时也没有进食，因此，萨谛梵一定活着。（17）

曼德维耶说：
这里安安静静，只有飞禽走兽的声音，你又要统治大地，因此，

萨谛梵一定活着。(18)

烟氏说：

你的儿子具备一切品德，人人喜爱，长有长寿相，因此，萨谛梵一定活着。(19)

摩根德耶说：

这些说话诚实的苦行者这样安慰他。考虑到这些话有道理，他仿佛安下心来。(20)不一会儿，莎维德丽和丈夫萨谛梵一起来到，在夜色中高高兴兴进入净修林。(21)

众婆罗门说：

我们今天看到你双目复明，与儿子团聚，大地之主啊！我们一齐祝愿你繁荣昌盛。(22)与儿子团聚，见到莎维德丽，双目复明，获得这三件喜事，你真是福气大增！(23)我们这些人说的话，毫无疑问，真实不假。你很快就会繁荣昌盛，蒸蒸日上。(24)

摩根德耶说：

于是，众婆罗门点燃祭火，国王啊！一起坐在大地之主耀军身旁。(25)尸毗耶、萨谛梵和莎维德丽站在一旁，得到众人允许后，也轻松愉快地坐下。(26)与国王坐在一起的林居者们好奇心切，国王啊！询问王子道：(27)"你和妻子为何不早回来？为何直到深夜才回来？王子啊！你遇到了什么麻烦？(28)你的父母和我们都为你着急，王子啊！我们知道其中不会没有原因，请你告诉我们这一切。"(29)

萨谛梵说：

我征得父亲同意，带着莎维德丽一起去树林。后来，我在林中砍伐木柴时，头痛难忍。(30)由于头痛，我昏沉沉睡了一大觉。我以前从未昏睡过这么长时间。(31)想着不要让你们大家为我着急，因此，在深夜赶回来，再没有其他原因。(32)

乔答摩说：

你的父亲耀军忽然双目复明，既然你不知道其中原因，那就请莎维德丽告诉我们。(33)莎维德丽啊！我想要听你说说，因为你知道前后远近所有一切，莎维德丽啊！因为我知道你就像光辉的莎维德丽女神。(34)你知道其中的原因，因此，如实说出来吧！如果这不是你的什么隐秘，你就说给我们听吧！(35)

莎维德丽说：

这正像你们知道的那样，因为你们不会有别的想法。我没有什么隐秘，请听我如实告诉你们。(36) 灵魂高尚的那罗陀曾经预言我的丈夫的死期。今天正是期限到达的日子，因此，我不能离开他。(37) 他睡着时，阎摩现身，带着走卒们前来套走他，带往祖先居住的世界。(38) 我用真诚的言词赞颂这位天神，因此，他赐给我五个恩惠，请听我告诉你们。(39) 我的公公双目复明，收复王国，这是两个恩惠。还有，我的父亲生育一百个儿子，我自己也生育一百个儿子，(40) 我的丈夫萨谛梵享有四百年寿命。正是为了救活丈夫，我才实行严格的誓愿。(41) 我已经如实详细地向你们说明原因，我的巨大痛苦最终转变为幸福。(42)

众仙人说：

王族遭遇种种灾难，陷入黑暗深渊，贤女啊！你出身高贵，品行优秀，恪守正法，积下功德，拯救了王族。(43)

摩根德耶说：

众仙人聚在一起赞美这位优秀的女子，向她表示敬意。随即，他们告别国王和王子，高高兴兴地返回自己的住处。(44)

以上是吉祥的《摩诃婆罗多》中《森林篇》第二百八十二章(282)。

二八三

摩根德耶说：

夜晚逝去，日轮升起，所有的苦行者做完晨祷，又都来到这里。(1) 大仙们与耀军反复谈论莎维德丽的种种大福分，不知厌倦。(2) 然后，沙鲁瓦国的所有臣民来到这里，国王啊！报告说，那位国王已被自己的大臣杀死。(3) 听说连同助手和亲属，那位国王被大臣杀死，敌军也已经逃散，他们便来报告实情：(4) "全体民众对老王忠诚不二：'不管他的眼睛瞎不瞎，让他成为我们的国王吧！'(5) 根据这个决定，我们来到这里，国王啊！车辆已经驾到，还有车象马兵四军。(6) 出发吧，国王啊！祝你好运！城中已经响彻胜利的欢呼

声,但愿你永远享有祖传的王位!"(7)看到国王双目明亮,身体健康,他们睁大好奇的眼睛,一齐俯首伏地。(8)

然后,敬拜了净修林中所有年迈的婆罗门,也接受了他们的回拜,国王启程前往都城。(9)尸毗耶和莎维德丽一起坐上人抬的轿子,铺设精美,光辉灿烂,由军队护驾前行。(10)

此后,王室祭司们高兴地为耀军灌顶,让他登基,也为灵魂高尚的王子灌顶,让他成为王储。(11)在随后很长的时间中,莎维德丽的名声与日俱增,生下一百个儿子,个个都是永不退缩的英雄。(12)她也有了一百个同胞弟弟,生自摩德罗王马主和王后玛罗维,个个都是大勇士。(13)

就这样,自己、父亲、母亲、公公、婆婆和丈夫的家族,莎维德丽将所有人救出困境。(14)同样,德罗波蒂吉祥有福,品行举世公认,她也会像名门淑女莎维德丽那样,拯救你们所有人。(15)

护民子说:

就这样,般度之子(坚战)遵循灵魂高尚的仙人(摩根德耶)的教导,解除忧愁和烦恼,住在迦摩耶迦林中。(16)

以上是吉祥的《摩诃婆罗多》中《森林篇》第二百八十三章(283)。《黑公主遇劫篇》终。

盗耳环篇

二八四

镇群王说:

大婆罗门毛密奉因陀罗之命,来到般度之子坚战那里,说道:(1)"等左手开弓者(阿周那)回到这里,我将消除你从未透露过的巨大恐惧。"(2)优秀的智者啊!以法为魂的坚战对迦尔纳怀有什么样的巨大恐惧,对任何人都不说?(3)

护民子说:

王中之虎啊!你问我,我就告诉你这个故事,婆罗多族俊杰啊!

请听我讲。(4)

十二年过去，十三年来到，帝释天（因陀罗）为了般度族的利益，准备请求迦尔纳。(5)光辉的太阳神知道大因陀罗企图求取耳环，便来到迦尔纳那里，大王啊！(6)这位英雄躺在铺着优质床单的昂贵的床上。这是一位虔诚的、说真话的人。(7)在夜阑梦尽时，太阳神显身，王中因陀罗啊！出于对儿子的慈爱，他满怀怜悯，婆罗多子孙啊！(8)太阳神凭借瑜伽力，化作一位通晓吠陀的英俊的婆罗门，为了迦尔纳的利益，温和地说道：(9)"孩子迦尔纳啊！请听我说，优秀的坚持真理者啊！我现在说的话是出于好心，为了你的最高利益，大臂者啊！(10)帝释天想要帮助般度族，会乔装成婆罗门来取走你的耳环，迦尔纳啊！(11)全世界都知道你的品德：只要善人向你乞求，你就会施舍，而不提要求。(12)只要婆罗门向你请求，你总会施舍，孩子啊！人们说，无论什么财物，你都不会拒绝给予。(13)知道你是这样的人，因陀罗便亲自前来乞讨耳环和铠甲。(14)他向你乞讨，你不要给他耳环。你要竭力抚慰他，因为事关你的最高利益。(15)他说到耳环，孩子啊！你要推托各种理由，提供各种财物，尽量堵住他。(16)征服城堡者（因陀罗）想要耳环，你就用各种珠宝、妇女、美食和珍品堵住他。(17)迦尔纳啊！如果你给了他这对漂亮的、天生的耳环，你的命就会断送，你会走向死亡。(18)骄傲的人啊！有了这身铠甲和这对耳环，你在战场上才不会被敌人杀死。你要明白我的话！(19)你的这两件宝贝是从甘露中产生的，因此，如果你珍惜自己的生命，迦尔纳啊！就必须保护好。"(20)

迦尔纳说：

你是谁？对我说这些话，显示最大的善意，尊者啊！你一身婆罗门装束，如果愿意，请告诉我，你是谁？(21)

婆罗门说：

孩子啊！我是千光者（太阳神），出于好心，向你显身。你照我说的话做吧！因为这是对你最好的事。(22)

迦尔纳说：

确实，这是对我最好的事——牛主（太阳神）今天为了我的利益，对我说话。请听我的回答。(23)你赐恩于我，我表示感激。而我出于友爱,仍要对你说。如果你喜欢我,就不应该促使我背离自己的誓愿。(24)全世界都知道我的誓愿,太阳神啊!我肯定连生命也能施舍给优秀的婆罗门。(25)如果帝释天乔装成婆罗门来到这里,为了般度之子们的利益向我乞求,优秀的天行者啊!(26)我会施舍我的一对耳环和无与伦比的铠甲,优秀的天神啊!不会让我的闻名三界的声誉湮灭。(27)因为像我这样的人,不宜为了保命而丢弃名誉,只宜光荣地死去而赢得世人尊敬。(28)

如果杀勃罗和弗栗多者(因陀罗)向我乞求,我会给他耳环和铠甲。(29)为了般度之子们的利益,向我乞求耳环,这会使我的声誉传遍世界,而他的名誉扫地。(30)我选择享誉世界,哪怕舍弃生命,太阳神啊!声誉卓著的人享有天国,声名狼藉的人只有毁灭。(31)因为在这世上,名誉犹如母亲,给人以生命,失去名誉,徒有躯壳,虽生犹死。(32)创造主亲自吟唱这首古老的偈颂,太阳神啊!名誉就是人的生命,世界之主啊!(33)"在死后的世界,人的名誉是最高目标;在今生的世界,纯洁的名誉能延年益寿。"(34)

我施舍与生俱来之物,会赢得永恒的声誉。我按照礼仪向婆罗门施舍,(35)在战斗中献身,完成难以完成的业绩,在战场上征服敌人,我必定会赢得声誉。(36)在战场上赐给乞求活命的恐惧者以安全,为老人、儿童和婆罗门解除恐惧,(37)我将赢得世界上最高的声誉,征服罗睺者(太阳神)啊!你要知道:我发誓用生命保护我的声誉。(38)给予乔装婆罗门的摩诃梵(因陀罗)这无上的施舍,天神啊!我将达到世界的最高境界。(39)

以上是吉祥的《摩诃婆罗多》中《森林篇》第二百八十四章(284)。

二八五

太阳神说:

迦尔纳啊!不要做不利于自己、朋友、儿子、妻子和父母的事。(1)优秀的活人啊!活人都想获得名声,也想在天国享有持久的荣誉,但并不需要与身体作对。(2)如果你想赢得永恒的声誉,而与生命作对，毫无疑问，声誉将与生命一起失去。(3)你的父亲、母亲、儿子和其他亲属，他们都在这世界上活着，人中雄牛啊！还有国王们，人中之虎啊！也都生气勃勃地活着。你要知道这一点！(4)声誉对活着的人才有用，大光辉者啊！人死了，变成灰，声誉还有什么用？死人不知道声誉，活人才享受声誉。(5)声誉对于死人，犹如花环对于尸体。我这样说是为你好，因为你是虔诚的。(6)我要保护对我虔诚的人，就是这个原因。我知道你对我怀有最大的虔诚，大臂者啊！你是对我虔诚的人，照我的话去做吧！(7)

这里面有某种至高的天机，所以，我对你这样说。不要犹豫，照着去做吧！(8)你不能知道天神的秘密，人中雄牛啊！所以，我不告诉你这个秘密。到时候，你会知道的。(9)我再对你重复一遍，罗陀之子（迦尔纳）啊！你要记住：手持金刚杵者（因陀罗）前来乞求，你不要给他耳环。(10)大光辉者啊！有了这对漂亮的耳环，你光彩熠熠，犹如空中一轮皎月，两边挂着一对毗舍佉星星。(11)你要知道：声誉只对活着的人有用。摧毁城堡者（因陀罗）向你乞讨耳环，孩子啊！你要拒绝。(12)你可以用各种托辞，一再说明理由，打消天王求取耳环的念头，无罪的人啊！(13)你用各种甜言蜜语，有理有节，迦尔纳啊！打消摧毁城堡者（因陀罗）的企图。(14)

你经常向左手开弓者（阿周那）挑战，人中之虎啊！这位英雄也总是迎接你的挑战。(15)但是，只要你拥有这对耳环，阿周那就不可能在战斗中战胜你，即使因陀罗亲自帮他也不行。(16)因此，如果你想在战斗中战胜阿周那，就不要把这对漂亮的耳环给帝释天（因陀罗）。(17)

以上是吉祥的《摩诃婆罗多》中《森林篇》第二百八十五章(285)。

二八六

迦尔纳说：

尊敬的牛主（太阳神）啊！你知道我对你的虔诚，超过对其他任何天神，至高的光辉者啊！(1)由于我对你的虔诚，我对妻子、儿子、自己和朋友的爱，永远比不上我对你的爱，牛主啊！(2)你知道，灵魂高尚的人无疑会将爱和虔诚回报给爱戴他的人，放光者啊！(3)你是考虑到"迦尔纳对我虔诚，爱戴我胜过天上其他天神"。所以，你才对我说有益的话。(4)

我再次俯首向你请求，再次请你原谅。我的回答就是这样，伟大的光辉者啊！请你宽恕我。(5)我不像害怕说谎那样害怕死亡。任何时候，我都会毫不迟疑，连生命都可以给予所有的善人，尤其是婆罗门。(6)你对我说到般度之子颇勒古拿（阿周那），天神啊！你解除你心中对我和阿周那的焦虑吧，放光者啊！我会在战场上战胜阿周那。(7)天神啊！你也知道我有强大的武器威力，那是从持斧罗摩和灵魂高尚的德罗纳那里得到的。(8)你成全我的誓愿吧，优秀的天神啊！手持金刚杵者（因陀罗）前来乞求，我甚至连自己的生命也会给予。(9)

太阳神说：

孩子啊！如果你要把这对漂亮耳环给手持金刚杵者（因陀罗），那么，大力士啊！为了确保胜利，你也要对他说。(10)要有一个条件，你才把这对耳环给百祭（因陀罗），因为你有这对耳环，才不会被众生杀死。(11)诛灭檀那婆者（因陀罗）想要让阿周那在战场上杀死你，所以，想要取走你的耳环。(12)这位摧毁城堡者（因陀罗）不达目的不会罢休。你要一再使用友善的言词恳求这位天王：(13)"请你给我那支歼敌百发百中的'力宝'标枪，千眼神啊！我将给你这对耳环和无与伦比的铠甲。"(14)你给帝释天（因陀罗）耳环，要以这个为条件。有了这支标枪，迦尔纳啊！你在战场上就能杀死敌人。(15)天王的这支标枪不成百成千地杀死敌人，就不会回到你的手，大臂者啊！(16)

护民子说：

这样说罢，千光者（太阳神）突然消失不见。迦尔纳做完晨祷，将这梦告诉太阳。(17)雄牛（迦尔纳）按照夜里所见，将两人的对话依次如实告诉他。(18)征服罗睺的尊神太阳听了之后，似乎笑了笑，对迦尔纳说道："是这样。"(19)知道这事后，罗陀之子（迦尔纳）这位杀敌英雄想要得到标枪，等待着因陀罗。(20)

以上是吉祥的《摩诃婆罗多》中《森林篇》第二百八十六章(286)。

二八七

镇群王说：

热光者（太阳神）没有讲给迦尔纳听的那个秘密是什么？那对耳环是什么样的？那副铠甲是什么样的？(1)他的铠甲和耳环是从哪里来的？善人啊！我想听这些，苦行者啊！请你告诉我。(2)

护民子说：

国王啊！我告诉你太阳神的那个秘密，告诉你耳环是什么样的，铠甲是什么样的。(3)

国王啊！以前，有位婆罗门出现在贡提婆阇面前，精力充沛，神采奕奕，蓄须盘发，手持棍杖。(4)他形体无瑕，英俊漂亮，犹如闪发光焰。他肤色似蜜，话语甜美，以苦行和诵习吠陀为装饰。(5)这位伟大的苦行者对贡提婆阇国王说道："我想在你家讨饭吃，无私的人啊！(6)你和你的仆从都不能怠慢我。如果你同意，无罪的人啊！我就住在你家里。(7)我随意来去，谁都不能冒犯我的床位，国王啊！"(8)

贡提婆阇高兴地对他说道："好吧，这再好不过了！"然后，又对他说道：(9)"大婆罗门啊！我有一个声誉卓著的女儿，名叫普利塔，品行端正，温顺，不骄傲。(10)她将恭敬地侍奉你，不怠慢你。她的品行会使你满意。"(11)

这样说罢，贡提婆阇按照礼仪侍奉这位婆罗门，又对进来的大眼睛女儿普利塔说道：(12)"孩子啊！这位婆罗门大德想住在我家，我同意他说道：'好吧！'(13)孩子啊！相信你会取悦婆罗门，无论怎么也不会让我的话落空。(14)这位尊敬的婆罗门是苦行者，坚持诵习吠陀。这位大威力者说要什么，你就毫不吝啬地给什么。(15)因为婆罗门是最大的威力，婆罗门是最高的苦行。由于婆罗门致敬行礼，太阳才在天空照耀。(16)大阿修罗伐达比就是不尊敬该尊敬的人而被'梵杖'杀死，多罗詹伽也是如此。(17)孩子啊！现在这副重担落在你身上，你应该始终小心翼翼取悦婆罗门。(18)

"我知道，令人喜欢的女孩啊！你从小就尊敬所有的婆罗门和长辈。(19)对所有的仆人、朋友、亲属、母亲和我，你都恭敬有礼。(20)在这座城市和后宫里，没有一个人对你不满意，体态无瑕的女孩啊！你行为端正，连仆人之中也没有人对你不满意。(21)我认为能够派你侍奉易怒的婆罗门，普利塔啊！你还是个小女孩时，就成了我的女儿。(22)你以前出生在苾湿尼族，是苏罗的可爱女儿。你的父亲高兴地亲自把你这小女孩送给我。(23)你是婆薮提婆的姐姐，成了我的大女儿。你的父亲答应把他的第一个孩子送给我，所以，你成了我的女儿。(24)

"你出生在那样的家族，又在这样的家族中长大。你从快乐到快乐，犹如从一个莲花池到另一个莲花池。(25)大多数女子，尤其是出身卑贱的女子，不管怎么努力，都会失去童年的品行，美女啊！(26)普利塔啊！你出生在王族，美貌绝伦。具备这两者，你是完美的女子。(27)摒弃骄傲、伪善和虚荣，吉祥的女子啊！取悦这位赐人恩惠的婆罗门，你会得到好处，普利塔啊！(28)这样，你肯定会得到幸福，完美无瑕的女子啊！而这位优秀的婆罗门一旦发怒，我的整个家族就会焚毁。"(29)

以上是吉祥的《摩诃婆罗多》中《森林篇》第二百八十七章(287)。

二八八

贡蒂说：

国王啊！我将小心翼翼，恭敬地侍奉这位婆罗门，王中因陀罗啊！我会按照你承诺的去做，不会说话不算数。(1)供奉婆罗门是我的本性。做使你高兴的事，是我最大的幸运。(2)不管是早晨还是黄昏，也不管是晚上还是半夜，只要尊者来到，我都不会惹他生气。(3)王中因陀罗啊！按照你的命令，侍奉婆罗门对我有益，人中俊杰啊！我应该做有益之事。(4)相信我吧，王中因陀罗啊！这位高贵的婆罗门住在你的家里，不会受到怠慢。我对你说的是真话。(5)我会努力去做让婆罗门高兴和对你有益的事情，无罪的人啊！解除你

561

心中的焦灼吧，国王啊！(6)婆罗门大德备受尊敬，大地之主啊！他们能救人之难，反过来，也能置人死地。(7)我知道这一点，会让高贵的婆罗门心满意足。你不会由于我的缘故，从高贵的婆罗门那里遭到麻烦。(8)王中因陀罗啊！因为婆罗门受到冒犯，会让国王遭灾。从前，行落仙人由于美娘的缘故，就是这样做的。(9)我会极端谨慎，侍奉高贵的婆罗门，正如你对婆罗门允诺的那样，人中因陀罗啊！(10)

国王说：

好吧，贤女啊！为了我的利益，为了家族的利益，也为了你自己的利益，你必须毫不迟疑地去做，令人喜欢的女孩啊！(11)

护民子说：

这样说罢，声誉卓著、喜爱孩子的贡提婆阇把女儿普利塔交给婆罗门。(12)他说道："婆罗门啊！这是我的年轻的女儿，养尊处优。如果她有什么怠慢之处，请你别往心里去。(13)婆罗门大德通常不会对老人、孩子和苦行者发怒，即使他们犯错误。(14)甚至犯了大错误，婆罗门也会宽恕他们。所以，高贵的婆罗门啊！请接受她尽其心力的侍奉吧！"(15)

婆罗门说道："好吧！"于是，国王满心喜悦，派给他一座像天鹅和月光一样洁白的房屋。(16)在他的拜火祭堂，为他安排了漂亮的坐椅，也安放了食物等等一切用品。(17)公主摒弃懒散和骄傲，尽心竭力侍奉，取悦婆罗门。(18)心地纯洁的贞女普利塔按照礼仪，侍奉这位值得侍奉的婆罗门，犹如侍奉天神，使他心满意足。(19)

以上是吉祥的《摩诃婆罗多》中《森林篇》第二百八十八章(288)。

二八九

护民子说：

大王啊！这位恪守誓愿的女孩以纯洁的心使恪守誓愿的婆罗门心满意足。(1)有时，这位高贵的婆罗门说："我早上回来。"而实际上到傍晚、甚至夜里才回来。(2)无论什么时间，她都以丰富的食品供奉他，保证他居住舒适。(3)食品的供养、床椅的侍候，与日俱增，从不减少。(4)即使受到呵斥、责备或粗言恶语,国王啊!普利塔也从不为难婆罗门。(5)婆罗门经常过了时间回来,或者不回来。在难以准备食品的时候,他却吩咐:"拿吃的来!"(6)普利塔总会告诉他:"一切都已准备好了。"她像学生、儿子、姐姐那样温顺。(7)这位无可指摘的女孩努力满足高贵的婆罗门的愿望,让他心生喜悦,王中因陀罗啊!(8)高贵的婆罗门对她的品行感到满意,她则更加尽心竭力。(9)婆罗多子孙啊!早晨和傍晚,父亲问她:"女儿啊!婆罗门满意你的侍奉吗?"(10)声名卓著的女儿回答道:"绝对满意。"于是,精神高尚的贡提婆阇感到非常高兴。(11)

一年过去,这位优秀的念咒者没有发现普利塔的任何过失,衷心喜欢她。(12)于是,这位婆罗门心情愉快,对她说道:"贤女啊!我非常喜欢你的侍奉,美女啊!(13)你选择凡人难以获得的恩惠吧,吉祥女啊!由此,你的声誉将超过所有的女子。"(14)

贡蒂说:

精通吠陀者啊!我做了一切我该做的事,你和父亲都感到满意,婆罗门啊!我还要什么恩惠?(15)

婆罗门说:

贤女啊!如果你不想从我这里得到恩惠,笑容可掬的女子啊!那么,请接受这个能召唤天神的咒语吧!(16)用这个咒语,你无论召唤哪位天神,那位天神就会出现,受你控制,贤女啊!(17)不管他愿意,还是不愿意,都会受你控制。他在咒语的制约下,会像仆人一样俯首听命予你。(18)

护民子说:

这位无可指摘的女孩,由于害怕遭到诅咒,不能再次拒绝这位优秀的婆罗门,国王啊!(19)于是,婆罗门让这位体态无瑕的女孩掌握一套在《阿达婆顶》中传承的咒语,国王啊!(20)他赐予咒语后,王中因陀罗啊!对贡提婆阇说道:"我住得很舒服,国王啊!我对这女孩很满意。(21)在你家里,她总是很好地侍奉我。现在,我们该分手了。"说罢,他便消失了。(22)国王见婆罗门从那里消失,十分惊讶,便向普利塔致敬。(23)

以上是吉祥的《摩诃婆罗多》中《森林篇》第二百八十九章(289)。

563

二九〇

护民子说：

优秀的婆罗门离开后，又过了一些时间，这女孩思索这套咒语有没有威力：(1)"精神伟大者给了我一套什么样的咒语，我想很快知道它的威力！"(2)这样想着，她忽然发现自己月经来潮。她还是个未婚少女，感到害羞。(3)

然后，普利塔看到太阳升起，灿烂辉煌，她不满足太阳裹在朝霞中的美景。(4)她的目光变得具有神性，看到了天神的容貌，一位披挂铠甲、佩戴耳环的天神。(5)人中之主啊！怀着对咒语的好奇心，这位美丽的女子便召唤这位天神。(6)她净化呼吸，召唤太阳神。于是，太阳神迅速来临，国王啊！(7)他肤色似蜜，手臂宽大，脖子似贝壳，仿佛面露微笑；佩戴臂环和头冠，仿佛周身燃烧。(8)凭借瑜伽力，他将自己一分为二，既来这里，又当空照耀。他和善甜美地对贡蒂说道：(9)"我来听你使唤，贤女啊！由于咒语的威力，我受你控制。王后啊！要我做什么，请吩咐，我当效劳。"(10)

贡蒂说：

尊者啊！请回吧，回到你来的地方去。我是出于好奇，才召唤你，尊者啊！请原谅。(11)

太阳神说：

我会遵照你的吩咐回去的，细腰女郎啊！然而，无端召唤天神是不合适的。(12)吉祥的女子啊！你是想与太阳神结合，生个儿子。这个儿子有铠甲，有耳环，在这世上英勇无比。(13)步履似象的美女啊！你自愿奉献嫁给我吧！儿子将按照你的愿望诞生，美女啊！(14)贤女啊！我与你交欢后就走，笑容可爱的女子啊！我一发怒，就会诅咒你，诅咒你的父亲和那个婆罗门。(15)由于你的缘故，我无疑会把他们全都烧死。你那愚蠢的父亲还不知道你犯的错误。(16)那个婆罗门也不了解你的品行，把这套咒语赐给你。我要狠狠教训他们。(17)以摧毁城堡者（因陀罗）为首的所有天神在天上看到我被你捉弄，似乎都在嘲笑我，美丽的女子啊！（18）请看这些成群的天神！因为你已经有了天眼。这是我方才赋予你的，由此，你看到了我。（19）

护民子说：

于是，公主看到三十三天诸神在各自的领域舒适自在，这位大放光芒的天神像太阳那样闪耀。（20）见到他们，这位年轻的公主又羞又怕，对太阳神说道："牛主啊！回到你自己的宫中去吧！你的行为已经造成一个少女痛苦。（21）只有父亲、母亲和其他长者能把这个身体给人，我不会败坏人间的正法。保护自己的身体是妇女应该奉守的行为。（22）我召唤你，太阳神啊！是出于年幼无知，想知道咒语威力。念我还是个孩子，你应该宽恕我，主人啊！"（23）

太阳神说：

正是念你还是个孩子，我才温和地对待你，没有使用别的强暴手段得到你，贡蒂女孩啊！自愿嫁给我吧，你会获得幸福的，胆怯的女子啊！（24）我受了捉弄，回去是不合适的，体态无瑕的女子啊！我会成为世界的笑柄，成为所有天神的笑料，美丽的女子啊！（25）你与我交欢，会得到像我那样的儿子。你会扬名全世界，美女啊！（26）

以上是吉祥的《摩诃婆罗多》中《森林篇》第二百九十章（290）。

二九一

护民子说：

聪明的女孩说了许多好话，也没能说服太阳神。（1）由于害怕诅咒，这女孩也不能拒绝驱除黑暗者（太阳神），国王啊！她沉思了好一会儿：（2）"怎样能使无辜的父亲和婆罗门，不为了我的缘故遭受发怒的太阳神诅咒？（3）威力和苦行即使掩盖着，谁也不能糊里糊涂去接近，哪怕是孩子也不行。（4）现在我非常害怕，完全被他抓在手里。我怎么能做不该做的事呢，自作主张把自己给他？"（5）她害怕诅咒，想了许多，心烦意乱，身体蜷缩，脸上还得时时露出笑容。（6）她害怕诅咒，担心亲属，王中俊杰啊！以羞涩怯懦的语气对天神说话，人中之主啊！（7）

贡蒂说：

天神啊！我的父亲、母亲和其他亲属都活着。在他们还活着的时候，违反礼法是不应该的。(8)如果我与你结合，天神啊！便是违反礼法。由于我的缘故，家族的名声在世上败坏。(9)如果你认为这件事合法，优秀的苦行者啊！即使亲属没有把我给你，我也满足你的愿望。(10)难以对抗者啊！但是，我把自己给你后，仍要保持贞操。正法、名声、声誉和人的寿命全都仰仗你。(11)

太阳神说：

笑容可爱的女子啊！既不是你的父母，也不是其他长辈能给予你幸福，美臀女郎啊！听我的话。(12)美丽的女子啊！Kany!?（女孩）字根是 kan（喜爱），喜爱所有一切，美臀女郎啊！因此，在这世上，女孩是自由的，秀色女郎啊！(13)你没有做任何违法之事，美丽的女子啊！我怎么会同世上可爱的人一起违法呢？(14)所有女子和男子一样，是不受约束的，秀色女郎啊！这是世人的天性，否则就反常。这是古训。(15)你与我结合后，仍将是童女。而你会有一个声誉卓著的大臂儿子。(16)

贡蒂说：

如果我能从你那里得到一个儿子，驱除一切黑暗者啊！让他有耳环，有铠甲，成为臂壮力大的英雄。(17)

太阳神说：

这位大臂儿子会有耳环和天神的铠甲，这两件物品都是甘露制成的，贤女啊！(18)

贡蒂说：

如果他的耳环和优质铠甲是甘露制成的，那么，你就让我生下这个儿子吧！(19)天神啊！按照你说的那样，我们结合吧！但愿他具备你的勇气、容貌、气质和威力，但愿他遵行正法。(20)

太阳神说：

光彩炫目的王后啊！这对耳环是阿底提给我的。我会把它们给他，还有优质铠甲，胆怯的女子啊！(21)

普利塔说：

如果这个儿子如你说的那样，牛主啊！那就好吧，我与你结合，

尊神啊！（22）

护民子说：

天行者（太阳神）说道："好吧！"罗睺之敌（太阳神）以瑜伽为灵魂，进入贡蒂，接触她的肚脐。(23)太阳神的威力使这女孩惊恐不安，她倒在床上，知觉麻木。(24)

太阳神说：

我要走了，美臀女郎啊！你会生个儿子。他将成为掌握一切武艺的最优秀的勇士，而你仍是童女。(25)

护民子说：

于是，这女孩羞涩地对太阳神说道："就这样吧！"光辉灿烂的太阳神便走了，王中因陀罗啊！(26)

就是这样，贡提王的女儿含羞请求太阳神。得到承诺后，她倒在吉祥的床上，神志迷糊，犹如一株砍倒的蔓藤。(27)太阳神用光辉使她迷糊，依靠瑜伽进入，使她怀孕。但太阳神没有玷污她。然后，这女孩又恢复知觉。(28)

以上是吉祥的《摩诃婆罗多》中《森林篇》第二百九十一章(291)。

二九二

护民子说：

大地之主啊！在第十个白半月后的第一天，普利塔怀上胎儿。这胎儿犹如天上的众星之主。(1)这女孩害怕亲属责备，隐瞒怀孕之事。这美臀女子身怀胎儿，没有一个人知道，(2)因为除了奶娘外，没有哪个妇女了解她。而且，她住在闺阁之中，善于保护自己。(3)到了时候，这位肤色美丽的女孩生下婴儿。由于那位天神的恩惠，婴儿像甘露一样光辉。(4)他披挂铠甲，金灿灿的耳环，橘黄的眼睛，公牛的肩膀，跟他的父亲一样。(5)这位美丽的女孩与奶娘商量决定，婴儿一生下，就把他放在篮子里，四周铺好，(6)舒适、柔软，封上蜂蜡，盖子严实。她哭着把篮子放进马河。(7)

她知道未婚女孩不该怀孕，但出于爱子之心，王中因陀罗啊！她哀哀哭诉。(8)贡蒂把篮子放进马河水中时,哭着说话。请听她的哭诉:(9)"无论遇到空中、地上、天上或者水中的生物,但愿你平安,小儿子啊!(10)但愿你一路平安,没有风险,走近你的人都不怀恶意,儿子啊!(11)但愿水中之王伐楼拿在水中保护你,但愿空中无处不吹的风保护你,(12)但愿你的光辉的父亲,优秀的放光者到处保护你,儿子啊!你就是他用天神的方式赐给我的。(13)阿提迭、婆薮、楼陀罗、沙提耶、摩录多和因陀罗,各方和各方之主,(14)但愿所有的天神保护你!无论在平坦之地,还是在崎岖之地,甚至在异国他乡,我都能凭这铠甲的标记认出你。(15)儿子啊!你的父亲、发光的太阳神是有福的,他将凭天眼看到你在水中漂流。(16)那位收养你做儿子的妇女是有福的,儿子啊!你渴了,将吸吮她的奶汁,天神的儿子啊!(17)那位妇女看到你,会怀疑是梦。你灿若太阳,披挂天神的铠甲,佩戴天神的耳环,(18)又长又大的莲花眼,鲜亮红嫩的莲花手掌,美丽的前额,漂亮的发顶。她将收养你为儿子。(19)那些人是有福的,儿子啊!他们看到你在地上爬行,咿呀学语,满身尘土。(20)那些人是有福的,儿子啊!他们看到你进入青年时期,像一头出生在雪山森林里的鬃毛雄狮。"(21)

国王啊!普利塔就这样滔滔不绝,哀哀哭诉,把篮子放进马河水中。(22)在这夜晚,莲花眼普利塔在奶娘陪伴下,为儿子忧伤,哭泣着,渴望看到儿子。(23)她把篮子放走后,害怕父亲察觉,便回到宫中,又陷入忧伤。(24)这个篮子从马河漂流到遮尔曼婆蒂河,又从遮尔曼婆蒂河漂到阁牟那河,然后漂入恒河。(25)在恒河中,它漂到车夫地区旃巴域。篮子里的婴儿乘着波浪前进。(26)那是从甘露中产生的神圣的铠甲和耳环,也是注定的命运,保全了这个婴儿。(27)

以上是吉祥的《摩诃婆罗多》中《森林篇》第二百九十二章(292)。

二九三

护民子说:

正在这时,持国王的朋友,一位名叫升车的车夫,带着妻子来到恒河。(1)国王啊！他的妻子名叫罗陀，美貌举世无双，但没有儿子。为了求子，她做出了最大努力。(2)她偶然发现了这只漂流的篮子，装有把手，系有护符。恒河的波浪将篮子推到她的身旁。(3)出于好奇，这位美丽的女子抓住篮子，告诉升车车夫。(4)升车从水中提起篮子，用工具打开，看见里面的婴儿。(5)这婴儿如同早晨的太阳，身穿金铠甲，耳朵上佩戴锃亮的耳环，光辉灿烂。(6)车夫和妻子瞪大眼睛，惊讶不已。车夫把婴儿抱在怀里，对妻子说道：(7)"胆怯的女子啊！我有生以来，从未遇见过这样的奇迹，美丽的女子啊！我想，这是天神的孩子来到我们这里。(8)肯定是天神把他给我这个没有后嗣的人做儿子。"说罢，他把孩子交给罗陀，大地之主啊！(9)罗陀按照礼仪接受这个具有天神容貌的儿子。这是天神的婴儿，像莲花蕊那样美丽，笼罩着富贵吉祥。(10)

罗陀按照礼仪养育他。他长得健壮勇武。此后，罗陀也生下一些自己的儿子。(11)见到这个孩子身穿优质铠甲，佩戴金耳环，婆罗门给他取名富生。(12)就这样，这位英勇无比的王子成了车夫的儿子，得名富生，又名雄牛。(13)这位车夫的长子长得身强力壮。普利塔的密探发现了这个身穿天神铠甲的人。(14)升车车夫看到儿子已经长大，便派他到象城。(15)在哪里，他向德罗纳学习武艺。这位勇士与难敌结为朋友。(16)他从德罗纳、慈悯和罗摩那里学到四种武艺，成为世上著名的优秀弓箭手。(17)他与持国之子（难敌）联手，仇恨普利塔之子们。他总是渴望与灵魂伟大的翼月生（阿周那）交战。(18)自从迦尔纳和阿周那相遇后，人中之主啊！他俩总是互相挑战。(19)坚战看到他有耳环和铠甲随身，便认为他在战场上不会被杀死，心中忧虑不安。(20)

王中因陀罗啊！每当中午，迦尔纳站在水中，双手合十，礼赞光辉的太阳。(21)在这时，婆罗门走近他乞求财物，他不会拒绝施舍任何东西。(22)所以，因陀罗化作一个婆罗门，走到他那里，说道："请施舍吧！"而罗陀之子（迦尔纳）回答道："欢迎你。"(23)

以上是吉祥的《摩诃婆罗多》中《森林篇》第二百九十三章(293)。

二九四

护民子说：

雄牛（迦尔纳）看见乔装婆罗门的天王来到，向他说道："欢迎你！"但不知道他的心愿。(1)升车之子（迦尔纳）对这位婆罗门说道："我有金脖子的妇女，充满牛群的村庄，给你哪一样？"(2)

婆罗门说：

我不要金脖子的妇女，也不要其他增添快乐的东西，把这些给想要的人吧！(3)我要你的与生俱来的铠甲和耳环。如果你信守誓愿，把它们取下来给我吧！(4)我想要它们，快给我吧，燃烧敌人者啊！我认为这是一切收获中最高的收获。(5)

迦尔纳说：

我可以给你土地、妇女、牛群和够用多年的物品，婆罗门啊！但我不能给你铠甲和耳环。(6)

护民子说：

迦尔纳说了许多好话，恳求婆罗门，婆罗多族俊杰啊！婆罗门仍然不要别的恩惠。(7)迦尔纳竭力安抚他，按照礼仪侍奉他。但这位优秀的婆罗门就是不要别的恩惠。(8)这位优秀的婆罗门拒绝选择别的恩惠，罗陀之子（迦尔纳）仿佛笑了笑，又对他说道：(9)"婆罗门啊！我的与生俱来的铠甲和耳环是从甘露中产生的。有了它们，我在世上才不会被杀死，所以，我不能给你。(10)你就从我这里拿走王国吧！它土地辽阔，安全无敌，婆罗门雄牛啊！(11)我取掉了与生俱来的耳环和铠甲，就会受到敌人伤害，优秀的婆罗门啊！"(12)

诛灭巴迦的尊者（因陀罗）仍不选择别的恩惠，迦尔纳又微笑着说道：(13)"神中天王啊！我已知道你是谁了，主人啊！我白白给你恩惠是不合适的，帝释天啊！(14)因为你是天王显身，你应该给我恩惠。你是一切众生的主人，造物主啊！(15)天神啊！如果我给了你铠甲和耳环，我会被人杀死，帝释天啊！你会被人耻笑。(16)所以，要答应我一个条件，你才能如愿拿走我的耳环和无与伦比的铠甲，帝释

天啊！否则，我不能给你。"（17）

因陀罗说：

你是从太阳神那里知道我的。毫无疑问，他先来到你这里，告诉了你这一切。(18)孩子啊！你想要什么，就要什么吧，迦尔纳啊！除了我的金刚杵外，你随意选择吧！(19)

护民子说：

于是，迦尔纳十分高兴，走近婆薮之主（因陀罗），选择百发百中的标枪，实现自己的愿望。(20)

迦尔纳说：

婆薮之主（因陀罗）啊！以铠甲和耳环作交换，你给我在战场上杀敌百发百中的标枪吧！(21)

护民子说：

婆薮之主心中仿佛想了一会儿，对求取标枪的迦尔纳说道：(22)"迦尔纳啊！你给我与生俱来的耳环和铠甲，同时，拿走我的标枪吧！(23)我与提迭作战时，这支百发百中的标枪从我手中掷出，成百成百地杀死敌人，然后回到我的手中。(24)但它到了你的手中，只能杀死一个强大的、吼叫的、发光的敌人，然后就回到我这里，车夫之子啊！"(25)

迦尔纳说：

在大战中，我只想杀死一个敌人，他吼叫，他发光，我可能会怕他。(26)

因陀罗说：

你将在战场上杀死一个吼叫的、强大的敌人。而你想要杀死的那个人受到灵魂伟大者的保护。(27)精通吠陀的智者称作"野猪"、"不可战胜的诃利"和"不可思议的那罗延"的那个黑天保护他。(28)

迦尔纳说：

既然如此，尊者啊！就让这支百发百中的神奇标枪杀死一个英雄吧！我可以用它杀死一个威武的敌人。(29)我将取下耳环和铠甲给你。把它们从我身上割下时，但愿我不要害怕。(30)

因陀罗说：

你不会害怕，迦尔纳啊！因为你不想说谎，你的身上甚至不会留下任何疤痕。(31)能说会道的人啊！你父亲有什么样的肤色和光辉，迦尔纳啊！你也会有什么样的肤色和光辉。(32)如果你手上有别的武器，心不在焉，掷出这支百发百中的标枪，毫无疑问，它会落到你自己身上。(33)

迦尔纳说：

只有遇到最大危险时，我才掷出这支因陀罗标枪。正如你对我说的那样，帝释天啊！我对你说的是真话。(34)

护民子说：

迦尔纳接受了这支闪光的标枪，人中之主啊！他拿起锋利的刀，切割自己的身体。(35)天神、凡人、檀那婆和成群的悉陀，看到迦尔纳切割自己的身体，都呼叫起来。他们没有看到迦尔纳因痛苦而改变脸色。(36)于是，天神的鼓乐响起，天上撒下神圣的花雨。他们看到迦尔纳用刀切割自己的身体，这位人中英雄还不时露出微笑。(37)他从身上割下这件神圣的铠甲，血淋淋地交给婆薮之主（因陀罗）。然后，又割下耳环交给他。由于这个事迹，迦尔纳又被称作毗迦尔多那（"切割者"）。(38)

帝释天骗术得逞，露出微笑。他也为迦尔纳在世上赢得荣誉。他觉得自己已为般度族办成事情，便返回天国去了。(39)持国之子们听说迦尔纳受骗，个个垂头丧气，仿佛失去骄傲。而住在林中的普利塔之子们听说车夫之子（迦尔纳）的这个遭遇，心生喜悦。(40)

镇群王说：

般度族这些英雄住在哪里？他们从哪儿听到这个好消息？十二年过完后，他们在做什么？请你告诉我这一切。(41)

护民子说：

打败信度王（胜车），救回黑公主，聆听摩根德耶详细讲述古代天神和仙人的事迹后，和众婆罗门一起离开迦摩耶迦净修林，(42)带着车子、仆人和所有的厨师，这些人中英雄过完艰苦的林中生活，回到圣洁的双林。(43)

以上是吉祥的《摩诃婆罗多》中《森林篇》第二百九十四章(294)。《盗耳环篇》终。

引火木篇

二九五

镇群王说：

黑公主遭到劫持，般度族兄弟千辛万苦，救回黑公主。此后，他们在做什么？(1)

护民子说：

黑公主遭到劫持，般度族兄弟历尽艰辛。随后，不退王（坚战）与弟兄们一起离开迦摩耶迦树林。(2)坚战又来到可爱的双林，那里有甜蜜的根果，与摩根德耶净修林相对。(3)般度族兄弟与黑公主一起住在那里，节制饮食，吃储存的果子，婆罗多子孙啊！(4)贡蒂之子坚战王、怖军和阿周那，还有玛德利的双生子，一起住在双林。(5)这些以法为魂、信守誓愿、焚烧敌人和勇敢非凡的人，为了一位婆罗门，经受了重大磨难，而结果获得幸福。(6)

无敌（坚战）和弟兄们一起坐在树林里时，突然来了一位婆罗门，焦急地说道：(7)"我的钻火棍和引火木挂在树上。一头鹿来擦身，鹿角把它们带走了。(8)这头大鹿带着它们，迅速跑走了，国王啊！它跑出净修林，速度飞快。(9)赶快跟踪追击，抓住这头大鹿，把它们取回来，不要搅了我的火祭，般度族兄弟啊！"(10)

贡蒂之子坚战听了婆罗门的话，火急火燎，拿起弓箭，与弟兄们一起跑出去。(11)所有的弓箭手、人中雄牛全副武装，迅速动身，为了婆罗门，奋勇追鹿。(12)这些大勇士发射耳箭、梭镖和铁箭。般度族兄弟眼看鹿在附近，却没有射中。(13)他们忙着追捕之际，这头大鹿消失不见。他们一心追鹿，却找不见鹿，感到疲倦和痛苦。(14)在树林深处，一棵榕树的清凉树阴下，般度族兄弟身体疲惫，又饥又渴，坐在一起。(15)优秀的俱卢后裔啊！他们坐在一起时，无种心中怨愤，痛苦地对长兄说道：(16)"正法在我们家族从未沉沦，也不由于懒惰，丧失利益；我们在一切众生中无与伦比，为什么还会遇到麻

烦？国王啊！"（17）

以上是吉祥的《摩诃婆罗多》中《森林篇》第二百九十五章(295)。

二九六

坚战说：

不幸没有界限，没有标志，没有原因，完全由正法之神按照善恶分配。（1）

怖军说：

当初我没有杀死把黑公主当作奴仆带进大会堂的侍者，因此，我们陷入麻烦。（2）

阿周那说：

当初我容忍那车夫之子说出刺骨的粗言恶语，因此，我们陷入麻烦。（3）

偕天说：

当初沙恭尼掷骰子赢了你，婆罗多子孙啊！我没有杀了他，因此，我们陷入麻烦。（4）

护民子说：

然后，坚战王对无种说道："玛德利之子啊！爬到树上观察四面八方，（5）看看近处哪儿有水或者依水而长的树。你的哥哥们都累了，想喝水，孩子啊！"（6）

无种说道："好吧！"迅速爬上树，俯瞰四周，然后，对长兄说道：（7）"国王啊！我看到许多依水而长的树，听见鹤叫的声音，那里肯定有水。"（8）于是，坚持真理的贡蒂之子坚战说道："可亲的人啊！去吧，快去取些水回来！"（9）无种说道："好吧！"奉长兄的命令，他很快跑到有水的地方。（10）他看到洁净的水，四周鹤群围绕。他想饮水时，听到空中传来话音：（11）"不要鲁莽，孩子啊！这早已是我的财产。你回答了我的问题，玛德利之子啊！然后，你再喝水和取水。"（12）无种干渴难忍，没有在意这些话，喝了清凉的水，喝完就倒下了。（13）

无种去了很久，贡蒂之子坚战对克敌英雄偕天弟弟说道：(14)"你哥哥去了很久，偕天弟弟啊！去把你哥哥带回来，也把水带回来！"(15)偕天回答道："好吧！"他沿着那个方向，到达那里，看见哥哥无种倒地而死。(16)他为哥哥悲伤，心中焦灼，口中干渴。他跑向水边，那个声音又说道：(17)"不要鲁莽，孩子啊！这早已是我的财产。你回答了我的问题，便可随意喝水和取水。"(18)偕天口渴，没有在意这些话，喝了清凉的水，喝完就倒下了。(19)

然后，贡蒂之子坚战对维阇耶（阿周那）说道："犁敌人者啊！毗跋蕨啊！你的两个弟弟去了很久，你去把他们带回来，也把水带回来，祝你幸运！"(20)浓发（阿周那）听后，带上弓箭，拔出刀，这个聪明的人到达那个水池。(21)驾驭白马者（阿周那）看到他的两个人中之虎弟弟死在取水的地方。(22)贡蒂之子（阿周那）看到他俩好像睡着一样，十分痛苦。这位人中之狮举起弓，观察这座树林。(23)左手开弓者（阿周那）在这座大树林里，没有发现任何生物。他感到疲乏，跑向水边。(24)他跑到那里，听到空中传来话音："你干什么？你不能强行取水。(25)贡蒂之子啊！如果你回答了我问的问题，你就喝水和取水，婆罗多子孙啊！"(26)普利塔之子（阿周那）受到阻止，便说道："你站出来阻止我吧！让我用箭射穿你，你就不会再这样说话了。"(27)说罢，普利塔之子（阿周那）射出附有咒语的箭雨，覆盖整个地区，显示他射声①的本领。(28)他发射耳箭、梭镖和铁箭，婆罗多族雄牛啊！以一束束箭雨喷向空中。(29)

药叉说：

射箭有什么用？普利塔之子啊！你回答了问题就喝水。如果你不回答问题，喝了水，就不存在了。(30)

护民子说：

他射出不空之箭后，口渴难忍，没有理会这些话，喝水后就倒下了。(31)

然后，贡蒂之子坚战对怖军说道："无种、偕天和不可战胜的毗跋蕨（阿周那），(32)取水去了好长时间，没有回来，婆罗多子孙啊！

---

① 射声指凭听到的声音就能射中目标。

你去把他们带回来,也把水带回来,祝你幸运!"(33)怖军说道:"好吧!"他沿着那个方向,到达那里,他的人中之虎弟弟们都倒在地上。(34)见此情景,大臂怖军心中痛苦,口中干渴。他认为这是药叉或罗刹干的事,心想:"今天我肯定要打一仗了。(35)让我先喝点水。"普利塔之子狼腹(怖军)、人中雄牛想要喝水,跑了过去。(36)

药叉说:

不要鲁莽,孩子啊!这早已是我的财产。你回答了问题,贡蒂之子啊!然后再喝水和取水。(37)

护民子说:

威力无比的药叉对怖军说,而怖军并不理会这些话,喝水后就倒下了。(38)

然后,人中雄牛、贡蒂之子、大臂坚战王左思右想,忧心如焚,起身出发。(39)他走进荒无人烟的大树林,鹿儿、野猪和鸟禽出没。(40)那里有深色和浅色的树,景观美丽;那里有蜜蜂和小鸟,鸣声悦耳。(41)这位吉祥的人走进树林,看见装饰有金网的池子,犹如工巧天亲手制造。(42)池子里覆盖着蓝莲花、浆果、芦苇、盖多迦花、夹竹桃花、毕钵果。他疲惫地走到池边,惊奇地看着。(43)

以上是吉祥的《摩诃婆罗多》中《森林篇》第二百九十六章(296)。

二九七

护民子说:

他看见像帝释天一样庄重的弟弟们倒地而死,犹如世界保护者在时代结束时坠落地上。(1)看到阿周那死了,弓箭散在地上;怖军和双生子也都一动不动,丧失生命。(2)他满含悲伤的眼泪,深深地发出炽热的叹息。他用心思索:"是谁害死这些英雄?(3)他们身上没有武器伤痕,这里也没有任何人的足迹。我想那是一个大生灵,杀死了我的弟弟们。我要定心想一想。或者,我先喝一下水,也许就会明白了。(4)也许这是难敌干的事。他一向心思恶毒,悄悄唆使健达缚王安排这一切。(5)哪个英雄会信任这个灵魂卑劣、心思邪恶的人?对他来说，没有该做和不该做的区别。(6)也许是这个灵魂邪恶的人利用某些人偷偷摸摸干的。"大臂坚战这样想来想去。(7)他又想："这水并没有被毒药污染，因为弟弟们的脸色都正常。(8)除了死神阎摩外，谁能依靠这水，一个接一个害死这些人中俊杰？"(9)抱定这种想法，他走向水去。他进入水中，听到空中传来的话音。(10)

药叉说：

我是苍鹭，专吃水草和鱼。我已经把你的四个弟弟带给死神，王子啊！如果你不回答我问的问题，你将是第五个。(11)不要鲁莽，孩子啊！这早已是我的财产。你回答了我的问题，贡蒂之子啊！你再喝水和取水。(12)

坚战说：

请问你是哪位神？楼陀罗、婆薮或摩录多中的首领？鸟儿干不了这样的事。(13)在这大地上，谁有威力能推倒这四座大山：雪山、巴利耶多罗山、文底耶山和摩罗耶山。(14)优秀的力士啊！你做出了极其伟大的事业。这是天神、健达缚、阿修罗和罗刹都做不到的。在这场大战中，你创造了伟大的奇迹。(15)我不知道你要干什么？也不知道你的用意。我产生极大的好奇，也怀有恐惧。(16)因此，我心情激动，头脑发热，尊者啊！请问你是谁，站在这里？(17)

药叉说：

我是药叉，祝你幸运！我不是水鸟。你的那些威力巨大的弟弟都是我杀死的。(18)

护民子说：

听到这刺耳的不祥话语，国王啊！他走近说话的药叉，站在那里。(19)这个药叉眼睛畸形，身躯庞大，像多罗树那样高，像火和太阳那样发光，像山那样不可征服。(20)婆罗多族雄牛看到这样一位药叉站在堤堰旁，以雷鸣般深沉的声音，发出威胁。(21)

药叉说：

国王啊！我反复劝阻你的弟兄们，但他们仍然强行取水，所以，我杀了他们。(22)国王啊！在这里，想要活命的人，不喝这水。不要鲁莽，普利塔之子啊！这早已是我的财产。你回答了我的问题，贡蒂之子啊！你再喝水和取水。(23)

坚战说：

药叉啊！我并不贪图你既有的财产，因为善人从不赞赏这种贪欲。(24)一个人应该依靠自己说明自己，主人啊！我将尽我所知，回答你的问题。请问我吧！(25)

药叉说：

谁使太阳升起？谁是它的同行者？谁使它落山？它住在哪儿？(26)

坚战说：

梵天使太阳升起，众神是它的同行者，正法使它落山，它住在真理之中。(27)

药叉说：

依靠什么有学问？依靠什么变伟大？依靠什么有第二次？国王啊！依靠什么变聪明？(28)

坚战说：

依靠传承有学问，依靠苦行变伟大，依靠坚定有第二次，依靠侍奉长者变聪明。(29)

药叉说：

什么是婆罗门的神性？什么是他们的正法，如同善人？什么是他们的人性？什么是他们的劣性，如同恶人？(30)

坚战说：

诵习是婆罗门的神性；苦行是他们的正法，如同善人；死亡是他们的人性；毁谤是他们的劣性，如同恶人。(31)

药叉说：

什么是刹帝利的神性？什么是他们的正法，如同善人？什么是他们的人性？什么是他们的劣性，如同恶人？(32)

坚战说：

武艺是他们的神性；祭祀是他们的正法，如同善人；恐惧是他们的人性；脱逃是他们的劣性，如同恶人。(33)

药叉说：

什么是一首祭祀的娑摩（颂歌）？什么是祭祀的夜柔（祷词）？惟有什么能割裂祭祀？祭祀不能超越什么？(34)

坚战说：

生命是祭祀的娑摩（颂歌），思想是祭祀的夜柔（祷词），惟有语言能割裂祭祀，祭祀不能超越它。（35）

药叉说：

什么是最好的落？什么是最好的撒？什么是最好的站？什么是最好的说？（36）

坚战说：

雨是最好的落，种子是最好的撒，牛是最好的站，儿子是最好的说。（37）

药叉说：

享受感官对象，聪明睿智，受世人供奉，受众生尊敬，有呼吸而并不活着，这是什么人？（38）

坚战说：

不供养天神、客人、仆人、祖先和自己这五者，这样的人有呼吸而并不活着。（39）

药叉说：

什么比地重？什么比天高？什么比风快？什么比人多？（40）

坚战说：

母亲比地重，父亲比天高，思想比风快，忧虑比人多。（41）

药叉说：

什么东西睡觉不闭眼？什么东西生下不动弹？什么东西没有心？什么东西迅猛增长？（42）

坚战说：

鱼睡觉不闭眼，蛋生下不动弹，石头没有心，河流迅猛增长。（43）

药叉说：

远行的朋友是谁？在家的朋友是谁？生病的朋友是谁？垂死的朋友是谁？（44）

坚战说：

远行的朋友是商队，在家的朋友是妻子，生病的朋友是医生，垂死的朋友是施舍。（45）

药叉说：

什么独自运行？什么生而又生？什么是雪的良药？什么是大容器？（46）

坚战说：

太阳独自运行，月亮生而又生，火是雪的良药，大地是大容器。（47）

药叉说：

哪个词是正法？哪个词是声誉？哪个词是天国？哪个词是幸福？（48）

坚战说：

勤勉一词是正法，施舍一词是声誉，真理一词是天国，戒行一词是幸福。（49）

药叉说：

什么是人的自我？什么是命定的朋友？什么是人的生命支持？什么是人的归依？（50）

坚战说：

儿子是人的自我，妻子是命定的朋友，云雨是人的生命支持，施舍是人的归依。（51）

药叉说：

什么是至高的财富？什么是至高的拥有？什么是至高的收获？什么是至高的幸福？（52）

坚战说：

勤勉是至高的财富，学问是至高的拥有，健康是至高的收获，知足是至高的幸福。（53）

药叉说：

什么是世上最高正法？什么正法永远有果报？控制了什么不忧愁？与什么结交不破裂？（54）

坚战说：

仁慈是最高正法，三吠陀教诲的正法永远有果报，控制了思想不忧愁，与善人结交不破裂。（55）

药叉说：

抛弃什么，人变可爱？抛弃什么，人无忧愁？抛弃什么，人变富

有？抛弃什么，人有快乐？（56）

坚战说：

抛弃骄傲，人变可爱；抛弃愤怒，人无忧愁；抛弃欲望，人变富有；抛弃贪婪，人有快乐。（57）

药叉说：

人怎么会死亡？王国怎么会死亡？祭祖怎么会死亡？祭祀怎么会死亡？（58）

坚战说：

贫困的人死亡，没有国王的王国死亡，没有精通圣典的婆罗门的祭祖死亡，没有施舍的祭祀死亡。（59）

药叉说：

什么是方向？什么称作水？什么称作食物？普利塔之子啊！什么是毒药？什么是祭祖的时间？你回答之后，请喝水和取水。（60）

坚战说：

善人是方向，空间是水，牛是食物，渴求是毒药，祭祖的时间是婆罗门，药叉啊！你认为怎样？（61）

药叉说：

焚烧敌人者啊！你已经正确地回答了我的问题。现在，你回答什么是人？什么人拥有一切财富？（62）

坚战说：

善业的声誉触及天和地。只要这种声誉存在，他就被称作人。（63）爱和憎，苦和乐，过去和未来，一视同仁，这样的人拥有一切财富。（64）

药叉说：

你已经解答什么是人和什么人拥有一切财富，国王啊！所以，你的弟兄中有一个可以复活，你希望哪一个？（65）

坚战说：

黑皮肤，红眼睛，像大娑罗树那样挺拔，胸膛宽，手臂大，他是无种，药叉啊！让他复活吧！（66）

药叉说：

你喜欢怖军，依靠阿周那，国王啊！你为什么要让庶出的无种复活呢？(67)你为什么放弃力大如万头大象的怖军，而要无种复活呢？(68)人们都说你喜欢怖军，出于什么感情，你要让庶出的弟弟复活呢？(69)所有的般度族人都仰仗阿周那的臂力，你为什么放弃他，要无种复活呢？(70)

坚战说：

仁慈是最高正法，我认为它高于财富。我愿意实行仁慈，药叉啊！让无种复活吧！(71)人们知道我这位国王永远恪守正法。我不能偏离自己的正法，药叉啊！让无种复活吧！(72)玛德利就像贡蒂，对于我，没有什么两样。我愿意对两位母亲一视同仁，药叉啊！让无种复活吧！(73)

药叉说：

你认为仁慈比财富和爱欲更高，所以，那就让你所有的弟兄都复活吧！婆罗多族雄牛啊！(74)

以上是吉祥的《摩诃婆罗多》中《森林篇》第二百九十七章(297)。

二九八

护民子说：

于是，随着药叉话落，般度族兄弟都站了起来，他们的饥渴刹那之间也消失。(1)

坚战说：

请问你是谁？你单足独立水中，不可战胜。我想你不是药叉，而是天神。(2)你是一位优秀的婆薮、楼陀罗或摩录多，或者是三十三天的主子持金刚杵者（因陀罗）？(3)因为我的这些弟兄经历过千百次战斗，我没有看到用什么办法能把他们打倒。(4)我看到他们愉快地苏醒过来，感官恢复。你是我们的朋友，还是我们的父亲？(5)

药叉说：

我是你的父亲，孩子啊！我是法王，温和而勇敢的人啊！你要知道，我是来看你的，婆罗多族雄牛啊！(6)声誉、真理、自制、纯洁、正直、谦恭、坚定、施舍、苦行和梵行，这些是我的身体。(7)不杀生、平等、宽容、苦行、纯洁和不自私,你要知道,这些是我的门户,因为我一向喜欢你。(8)真幸运啊!你热爱五种品质①。真幸运啊!你征服六种状况②:两种开始、两种中间和两种结尾,它们导向另一世界。(9)我是正法之神,祝你幸运!我来这里是想考验你,你的仁慈我感到满意。我要给你一个恩惠,无罪的人啊!(10)选择一个恩惠吧!王中因陀罗啊!我会给你的,无罪的人啊!对我虔诚的人,不会有不幸。(11)

坚战说:
我请求的第一个恩惠是让婆罗门的祭火不要中断,他的钻火棍和引火木被鹿带走了。(12)

正法说:
贡蒂之子啊!那个婆罗门的钻火棍和引火木是我乔装成鹿取走的,为的是考验你,主人啊!(13)

护民子说:
尊神回答说:"我给你这个恩惠,祝你幸运!你再选择另一个恩惠,大神一般的人啊!"(14)

坚战说:
十二年林居生活过去,第十三年开始,但愿我们无论住在哪里,没有人认出我们。(15)

护民子说:
尊神回答说:"我给这个恩惠。"他又安慰以真理为力量的贡蒂之子说:(16)"即使你们以自己的面貌在这大地上行动,三界之中也不会有人认出你们,婆罗多子孙啊!(17)凭借我的恩惠,你们这些俱卢后裔第十三年将在毗罗吒城隐匿生活,不被人发现。(18)你们按照自己的心愿,想乔装成什么样子,就乔装成什么样子。(19)把钻火棍和引火木还给婆罗门,那是我为了考验你,乔装成鹿取走的。(20)儿子啊!选择第三个无与伦比的伟大恩惠吧!因为你是我生的,国王啊!维杜罗分享我的一部分。(21)

---

① 指平静、自制、离欲、弃绝和入定。
② 指饥、渴、忧、痴、老和死。

坚战说：

我亲眼看到了你，永恒的神中之神。我将高兴地接受你赐的恩惠，父亲啊！(22)但愿我能永远征服贪、嗔、痴，主人啊！但愿我的心常驻施舍、苦行和真理。(23)

正法说：

般度之子啊！你天生就具备这些品质。你就是正法，你仍会像你说的那样。(24)

护民子说：

这样说罢，使世界繁荣的尊神正法消失。聪慧的般度族兄弟聚在一起，舒舒服服睡了一觉。(25)消除疲劳后，这些英雄一起回到净修林，把钻火棍和引火木还给修苦行的婆罗门。(26)

谁吟诵这个起死回生、父子相会和增长声誉的伟大故事，他就会征服感官，控制自己，与儿孙一起享寿百年。(27)知道这个美好故事的人们永远不会热衷非法之事，不会背弃朋友，不会侵占他人财产，不会勾引他人妻子，不会吝啬委琐。(28)

以上是吉祥的《摩诃婆罗多》中《森林篇》第二百九十八章(298)。

二九九

护民子说：

般度族兄弟以真理为力量，有学问，恪守誓愿。他们与法王分别后，现在围坐在一起，开始度过第十三年乔装隐匿的生活。(1)灵魂伟大、信守誓言、富有教养的般度族兄弟双手合十，请求那些忠心耿耿追随他们过林居生活的苦行者，同意他们过这种隐匿生活：(2)"你们都知道持国之子们怎样使用各种诡计夺走我们的王国和财产。(3)我们艰难地在林中生活了十二年。剩下的第十三年，我们要乔装改扮，过隐匿生活，请你们同意。(4)灵魂卑劣的难敌、迦尔纳和妙力之子（沙恭尼）对我们恨之入骨，一旦发现我们，就会想方设法折磨我们的市民和亲人。(5)我们还能与婆罗门一起，在我们自己的王国里，过国王的生活吗？"(6)

这样说着，纯洁的法王之子坚战王痛苦不堪，忧愁难当，话音哽咽，昏厥过去。(7)

于是，众婆罗门和他的弟弟们一齐劝慰他，烟氏仙人对国王讲了一番意义重大的话：(8)"国王啊！你聪明睿智，驯顺温和，信奉真理，控制感官，这样的人遇到任何不幸，都不会失去理智。(9)即使精神伟大的天神，遇到危机，为了制服对手，也常常乔装隐匿。(10)因陀罗到尼奢陀，隐藏在高原净修林中，完成消灭敌人的业绩。(11)毗湿奴在投胎阿底提的子宫以前，为了杀死提迭，很长时间乔装马头人身，不为人知。(12)你也听说过，梵色（毗湿奴）乔装成侏儒，跨步夺得钵利的王国。(13)孩子啊！你也听说过，梵仙股生藏在母亲大腿里，完成世上的事业。(14)知法者啊！你也听说过，诃利为了征服弗栗多，藏在因陀罗的金刚杵里，完成了业绩。(15)你也听说过，火神为了众天神，进入水中，藏在那里。(16)同样，孩子啊！威力无比的毗婆薮隐居在大地各处，烧死所有的敌人。(17)毗湿奴化身住在十车王家里，在战斗中杀死十首王，创造了惊人的业绩。(18)就这样，这些精神伟大的人物乔装隐藏，战胜敌人。同样，你也会取胜。"(19)

知法的坚战听了烟氏仙人的这番话，深感满意。他信任经典的智慧和自己的智慧，不再动摇。(20)于是，优秀的大力士、大臂怖军用言语鼓励国王，说道：(21)"大王啊！怀着对你的尊敬，依凭合法的智慧，甘狄拨神弓手再也不会鲁莽行事。(22)我会经常看住偕天和无种。这两位可怕的勇士随时都能杀死他们的敌人。(23)我们不会拒绝你指派我们的任务。你安排一切吧！我们很快就会战胜敌人。"(24)

怖军这样说后，众婆罗门向婆罗多子孙们祝福道别，返回各自的家去。(25)所有精通吠陀的优秀苦行者和牟尼盼望重逢，按照礼仪祝福道别。(26)聪慧的般度族五兄弟与烟氏仙人一起，这些英雄带着黑公主起身出发，婆罗多子孙啊！(27)

由于某种原因，他们离开那里，只走了一迦罗沙路程。第二天天明，这些人中之虎为乔装隐匿作准备。(28)他们各人都精通经典，熟谙咒语，知道和平和战争的时间。他们围坐在一起，共同商议。(29)

以上是吉祥的《摩诃婆罗多》中《森林篇》第二百九十九章(299)。

《引火木篇》终。《森林篇》终。